我是貓

吾輩は猫である

夏目漱石

吳季倫——譯

文豪書齋 106

我是貓——

夏目漱石最受歡迎成名作

【獨家收錄 1905 年初版貓版畫・漱石山房紀念館特輯】

作　　者　夏目漱石
譯　　者　吳季倫
封面封底版畫繪者　橋口五葉（日本近代文學館提供）

總 編 輯　張瑩瑩
副總編輯　蔡麗真
主　　編　鄭淑慧
責任編輯　陳瑾璇
行銷企畫　林麗紅
專業校對　林昌榮
美術設計　洪素貞
封面設計　蕭旭芳

出　　版　野人文化股份有限公司
發行平台　遠足文化事業股份有限公司 (讀書共和國出版集團)
地址：231 新北市新店區民權路 108-2 號 9 樓
電話：（02）2218-1417　傳真：（02）2218-1142
電子信箱：service@bookrep.com.tw
網址：www.bookrep.com.tw
郵撥帳號：19504465　戶名：遠足文化事業股份有限公司
客服專線：0800-221-029
法律顧問　華洋法律事務所 蘇文生律師
印　　製　成陽印刷股份有限公司
初版首刷　2018 年 03 月
初版17刷　2023 年 10 月

歡迎團體訂購，另有優惠，請洽業務部（02）22181417 分機 1124

國家圖書館出版品預行編目 (CIP) 資料

我是貓：【獨家收錄 1905 年初版貓版畫 ・ 漱石山房紀念館特輯】夏目漱石最受歡迎成名作 / 夏目漱石著 ; 吳季倫譯 . -- 初版 . -- 新北市 : 野人文化出版 : 遠足文化發行 , 2018.03

面；　公分 . -- (文豪書齋 ;106)
譯自 : 吾輩は猫である

ISBN 978-986-384-257-6(平裝)

861.57　　106023302

我是貓

線上讀者回函專用 QR CODE，您的寶貴意見，將是我們進步的最大動力。

【我是貓・漱石山房紀念館特輯】

《我是貓》出版軼聞

夏目漱石文壇出道處女作・日本貓文學始祖

初版《我是貓》封面設計首度公開

日本最受歡迎的貓——福貓傳說

外表之謎・「貓」真的是黑貓嗎？

貓咪重生記——內田百閒《贋作・我是貓》

貓咪死亡通知明信片

漱石其實是狗控不是貓奴？

漱石山房紀念館獨家導覽

交通簡介

漱石山房紀念館簡介

朝聖必看！館藏作品介紹

粉絲必吃！漱石最愛・銀座秒殺名店「空也最中」

文豪迷必買！獨家商品介紹

夏目漱石文獻收藏館之旅

日本神奈川近代文學館

東北大學附屬圖書館漱石文庫

日本近代文學館

《我是貓》出版軼聞

夏目漱石文壇出道處女作、日本貓文學始祖——

《我是貓》是「日本國民文豪」夏目漱石的第一本小說，堪稱漱石的文壇出道代表作。這部作品於一九〇五年一月在俳句雜誌《杜鵑》發表，是夏目漱石的友人暨俳句作家高濱虛子鼓勵他寫的小說，當初預定只發表一回（即「第一章」），以短篇結束。

漱石和虛子沒有預料到這部作品一發表就大受好評，因此漱石續寫了第一回後面的部分，直至隔年一九〇六年八月，分為十一回連載。雜誌《杜鵑》因為這部作品的廣大人氣，銷量快速

《我是貓》日文版小說。

二〇一六年十一月由日本新潮社出版的《我也是貓》，封面上穿著西裝、以手支頭的貓咪，正是仿夏目漱石的照片繪製而成。這是為了紀念夏目漱石逝世百年及冥誕一百五十歲的作品，共收錄了赤川次郎、石田衣良、荻原浩等八名愛貓作家的短篇作品。

成長，由原本的俳句雜誌成為當代有力的文藝雜誌之一。

《我是貓》也因此一躍成為最受日本國民喜愛的小說，更是日本貓文學的始祖。不僅被多次改編成漫畫、電影、卡通、舞台劇、連續劇，「我是〇〇」的書名也被多次引用，出現如《我是鼠》《我是小鬼頭》《我是主婦》這類戲謔化的作品。就連知名作家三島由紀夫在少年時代（一九三七年）也寫過題為《我是蟻》的小品文。

初版《我是貓》封面設計首度公開——

初版《我是貓》（三冊）。（照片由日本近代文學館提供）

《我是貓》三冊出版於明治三十八年（西元一九〇五年）十月，至明治四十年五月，由大倉書店與服部書店聯合出版，分上、中、下三卷，三冊的裝幀及前扉頁由版畫家橋口五葉（明治末期到大正時期文學書裝幀作家）負責。出版的裝訂方式採和式裝訂，之後於十五刷時改為西式裝訂（即現在一般通用的書本裝訂方式）。

原本《我是貓》預定只出版一冊就完結，因此上卷的封面並沒有標示出「上編」（上圖左）。但因為首刷甫出版二十天就銷售一空，所以後來又決定出版中、下兩冊續集，中卷和下卷的封面上有「中

初版《心》書籍與書盒，夏目漱石親自負責裝幀設計。

初版《我是貓》扉頁插畫・苦沙彌追趕惡作劇的中學生。

©淺井忠・明治期洋畫家（照片由日本近代文學館提供）

初版《我是貓》扉頁插畫・貓偷喝桌上客人喝剩的啤酒。

©橋口五葉（照片由日本近代文學館提供）

編」「下編」的文字標示。

漱石非常注重書本的裝幀，他曾寫信給負責《我是貓》裝幀的橋口五葉，信中詳細描述他希望的封面顏色、紙張厚度、插圖顏色、燙金等細節。當他收到《我是貓》的中卷樣書時，還特地寫信給橋口五葉稱讚中卷「左右兩側的文字有古典的雅風」「比上冊更好」。

漱石對裝幀的堅持與美感，在他之後親自負責裝幀設計的《心》（西元一九一四年）、《玻璃門內》（西元一九一五年）中，終於呈現完美的藝術成果。

日本最受歡迎的貓——福貓傳說——

「我是貓，沒有名字。」正如《我是貓》開頭這段名句，漱石家的貓終生沒有名字。貓雖然跟著夏目一家從千駄木、西片町，最終搬到早稻田南町，但全家人只用「貓」來稱呼牠。這隻無名之貓，讓夏目漱石一躍成為國民作家，可以說是為漱石帶來福氣的「福貓」。

關於這隻「福貓」還有一則有趣的故事：經常出入漱石家的按摩老婆子某天偶然看到這隻貓，她對鏡子夫人說：「太太，這隻貓全身到腳爪都是黑色的，這可是隻難得的福貓呢。」

鏡子夫人也許是為了感念這隻貓給丈夫帶來了好運，所以每年在貓咪的忌日當天（九月十三日），都會在貓兒的墓前供奉一碗撒上柴魚片的飯和一片鮭魚。

位於漱石千駄木故居遺址上的貓咪雕像，照片中的貓咪憨態可掬。

外表之謎，「貓」真的是黑貓嗎？

漱石家的貓就如同圖中的貓，乍看是黑貓，實際上卻是深色的虎斑貓。

關於《我是貓》主角「貓」的外觀，從「福貓傳說」中按摩老婆子對貓的稱讚看來，一般人都認為「貓」應該是黑貓。就連橋口五葉在《我是貓》初版中畫的那隻偷喝啤酒的貓也是黑貓。但根據《漱石的回憶》一書，鏡子夫人曾經這麼形容「貓」的外貌。

> 那隻小貓是深灰色的毛色，上頭有虎斑的斑紋，猛一看會以爲是黑貓。

由此可以推斷，漱石家的貓不是全黑的黑貓，而是在燈光下看得到虎斑的深色虎斑貓。

貓咪重生記——內田百閒《贋作・我是貓》——

《我是貓》的結局中，貓酒醉後掉進水缸，口中喃喃念著「阿彌陀佛」，卻沒有明說貓兒「死了」。因此，後人一直試圖讓這隻貓「重生」，例如日本推理小說作家奧泉光的《我是貓殺人事件》，死而復生的貓甚至還遠征到了香港成為偵探。由此可知，《我是貓》在日本國民心目中的地位相當地高。

這些「貓咪後傳」中最有名的，就是漱石的弟子內田百閒所寫的《贋作・我是貓》。一九〇六年掉入水缸中的貓，爬上來時已經是一九四三年。牠住進德語教師五沙彌老師的家中，每天聽五沙彌老師跟氣球畫伯、公務員出田羅迷、共產黨員鱷果蘭哉……等怪人的奇言妙語，天天悠哉度日。

《贋作・我是貓》最有趣的笑點

《贋作・我是貓》
（日本旺文社出版）

在於，貓兒在五沙彌家的待遇跟在《我是貓》苦沙彌家中的待遇完全不同，地位有了極大的提升。儘管五沙彌家的環境沒有苦沙彌家好，家中聚集的人物格調與社會地位也較低，但貓兒的生活卻過得更滋潤優渥。

內田百閒（一八八九～一九七一年），夏目漱石門下的日本小説家、隨筆作家。別號「百鬼園」，其隨筆作品具有獨特的幽默感。

《我是貓》與《贋作・我是貓》貓兒的待遇比較

比較項目	我是貓	贋作・我是貓
貓的名字	無	阿比西尼亞，愛稱「阿比」（勝）
貓的餐具	鮑魚的貝殼充當碗	有點缺口的人類用餐具（勝）
貓的食物	湯汁拌飯	柔軟的麥飯澆上美味湯汁，加上五、六條小魚乾，偶爾還有兩個人魚頭加菜（大勝）
主人的態度	經常被踢開、被孩子惡作劇、偷吃年糕被嘲笑	經常被稱讚：「真是一隻漂亮的小貓咪」「真是守規矩的貓兒」（勝）

貓咪死亡通知明信片

夏目家的貓兒在明治四十一年九月十三日去世。隔天，漱石親自寄了貓兒的死亡通知給他的門生，明信片的邊框以墨塗黑，通知文字如圖：

誠如各位所知我家貓兒久病纏身，昨夜發現牠在後院倉庫的爐灶上往生。家人委託隔壁的人力車店將屍體放進橘子木箱埋在後院。本人因為要趕《三四郎》一書的稿子所以沒有親自參加葬禮。
以上九月十四日

漱石親自在木塊上題字「貓之墓」並寫了一句俳句「在此地下 不再有雷電轟轟的夜晚 漱石」。貓兒死後第十三年，漱石在早稻田南町家的後院建了九重的供養塔，合祀夏目家飼養過的貓兒、狗兒、文鳥等小動物，俗稱「貓塚」。

漱石其實是狗控不是貓奴？

夏目家除了養過貓、文鳥之外，還養過狗，看來漱石似乎挺喜歡小動物。因為「福貓」太過知名，所以知道漱石愛狗的人不多。相對於終其一生都沒有名字的「貓」，漱石家的狗兒有個很氣派的名字——赫克特（Hector），赫克特是希臘神話中的特洛伊王子，同時也是「特洛伊第一勇士」。漱石很疼愛這隻狗兒，即使衣服或外套被狗兒撲上來時弄髒，也不會因此責怪赫克特。

大正三年（一九一四年）十月三十一日，走失一個禮拜的赫克特被發現溺死在附近鄰居家的池塘裡，女傭看到狗的脖子上掛著「夏目」名牌，因此前來通知漱石。漱石請人幫忙把狗兒的屍體送回家，用黑色的和式外套包裹，就埋在後院貓兒墓旁約兩公尺的地點，木碑題上「給我的狗兒」，並寫上一句俳句「將你埋在 聽不見秋風呼嘯聲的 泥土裡」。此後，當漱石走出書房北側的外廊稍事休息時，就可以看到院子裡貓兒和狗兒並排的墳墓。

交通簡介

山鹿素行墓
②
弁天町交叉路口
全家超商
漱石山房紀念館
⑥
⑤
④
③
牛込保健中心

① 東京地鐵東西線早稻田站1號出口：左轉直走約10分。

② 弁天町交叉路口，右轉，過斑馬線到對面全家超商。

③ 到全家超商直走，左手邊看到「牛込保健中心」後右轉。

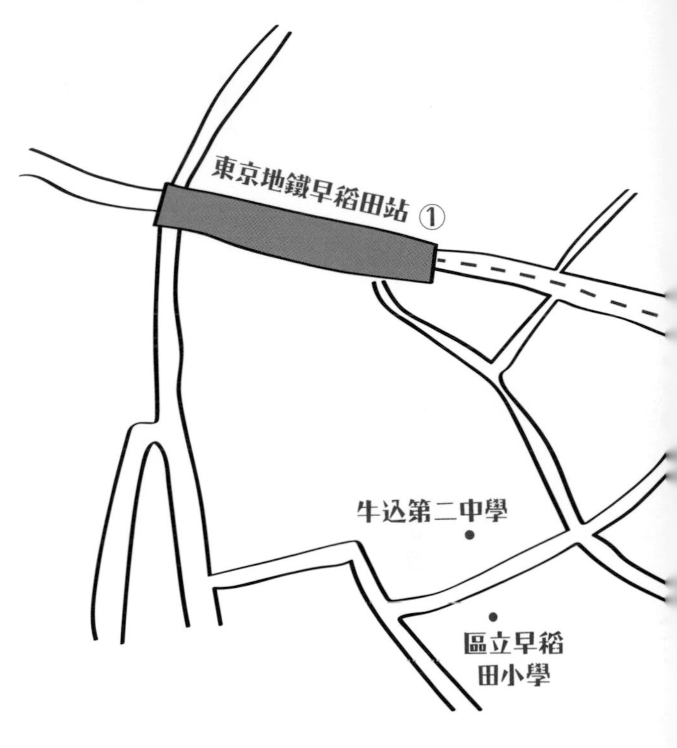

④看到通學步道，直走。

⑤看到地上的貓咪路標，表示你快到目的地了。

⑥目的地即在右手邊。

貓塚
④

⑤
道草庵

②
漱石書齋

③ 漱石像

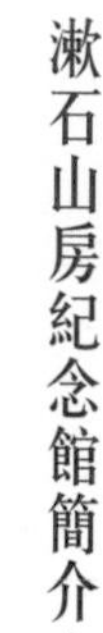

漱石山房紀念館簡介——

開館時間：上午10點至下午6點
（最後入館時間是下午5：30）
休館日：星期一、過年期間
參觀費用：一般300日圓、小學生與國中生100日圓

① **漱石山房紀念館**
兩層樓建築的漱石山房紀念館

② **漱石書齋**
書齋裡的夏目漱石（日本近代文學館提供）

③ **漱石像**
公園門口的漱石像

● 漱石公園

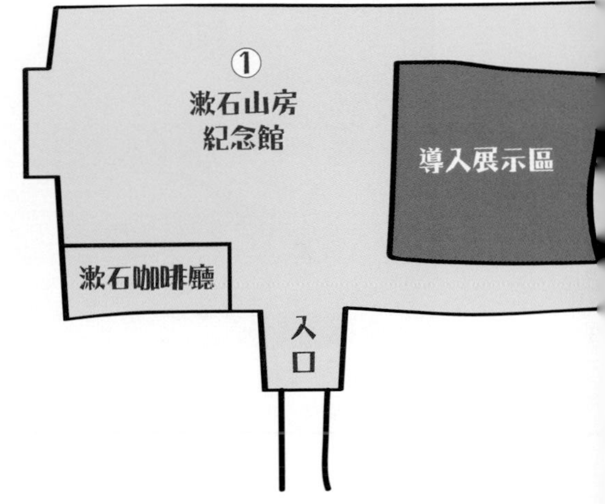

④ **貓塚**
戰爭時燒毀，現今的貓塚是復原過的

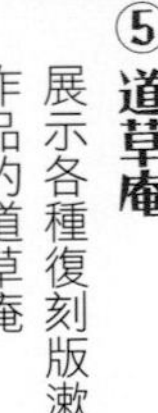

⑤ **道草庵**
展示各種復刻版漱石作品的道草庵

朝聖必看！館藏作品介紹

漱石的書房，紀念館的重現展示室就是以此照片為基礎。（日本近代文學館提供）

漱石山房紀念館與漱石公園相鄰，紀念館為兩層樓建築，一樓有兩個漱石相關展示區：入口右轉處是「導入展示區」，這個區域參觀免費，展示區播放的影片介紹了漱石與新宿區的關聯、其生涯簡介、家族……等基本資料，並展示各種版本的夏目漱石出版著作、相關文獻資料。

再往內部走，則是必須購買三百日圓門票才可入內參觀的漱石山房重現展示室，以模型維妙維肖地重現漱石的書齋、會客室、陽台式迴廊。漱石的人像、書桌、火盆、波斯地毯、書櫃和大量的藏書模型，讓參觀者可以感受到文豪書齋的特殊氛圍。

館內的動線指示是姿態各異的黑貓，跟著黑貓的腳步走，就能參觀整棟紀念館，相當有趣。

憑門票還可以參觀二樓的常設・特別展示區，此處可以看到豐富的館藏資料與極富意義的收藏品，展示區除了以影像介紹漱石與他的作品世界、包圍在漱石周遭的人們、漱石的俳句和書畫創作之外，還收藏了新宿區珍藏的漱石親筆草稿、書信、初版作品、鏡子夫人所穿的和服……品項非常豐富。

門票與入館紀念章

編輯部推薦！館藏必看TOP5！

TOP 1

夏目漱石《明暗》草稿

大正五年五月二十六日至十二月十四日在〈東京．大阪朝日新聞〉連載的漱石遺作草稿。正面與反面均有毛筆的塗鴉。

TOP 2

津田青楓「漱石老師像」墨畫

畫家津田青楓經常出入漱石家，也曾教過漱石油畫。這幅作品是紙本墨畫，上頭還有漱石作的七言律詩。青楓也曾擔任過《道草》《明暗》等作品的裝幀設計工作。新宿區收藏的「漱石老師讀書閑居圖」也是他的作品。

TOP 3

夏目漱石的名片

正面的名字是漱石的本名夏目金之助，背面的K是金之助（Kinno-suke）的縮寫。

Mr. K Natsume

Japan

（名片背面示意圖）

TOP 4

漱石夫人夏目鏡子所穿的和服

由漱石外孫女、隨筆家半藤末利子捐贈。

TOP 5

樋口五葉裝幀設計的《我是貓》

初版《我是貓》裝幀設計請參考本書第8頁文字解說。

粉絲必吃！漱石最愛‧銀座秒殺名店「空也最中」——

和菓子焦香酥脆的外皮搭配紅豆餡，最適合與咖啡、紅茶、日本焙茶一起享用。

紀念館入口處左右兩邊靠窗處是館內的「漱石café」（CAFÉ SOUSEKI），在此可以品嘗到夏目漱石最喜歡的知名日式甜點「空也最中」。空也是銀座的老牌日式甜點名店，店內的人氣商品「空也最中」是必須事前預約才能買到的絕品和菓子。「空也最中」也曾在《我是貓》中出現過。（見本書第87頁）

逛完紀念館後，可以坐在窗邊悠閒地品嘗甜點和飲料，翻閱店內的漱石相關書籍。另外，店內也販賣原創的漱石相關商品，如書籤、手帕、以漱石作品為名的招牌咖啡豆。

文豪迷必買！獨家商品介紹

漱石的粉絲可以在紀念館一樓販賣部購買館內導覽手冊、展示品圖錄等出版物，另外還有許多館內的獨家商品（如圖）！喜歡漱石老師的讀者千萬不可錯過！

獨家商品1

《我是貓》 一筆箋

初版《我是貓》中登場的各種貓咪造型的一筆箋，共24頁，每頁圖案皆不同哦！

價格：300日圓（含稅）

獨家商品2

漱石山房原稿　筆記本

當時一般的稿紙是十行二十字，但因為當初設計稿紙時《朝日新聞》是每行十九字，所以特意做成十九字的設計，原稿上的圖畫由橋口五葉設計，委託春陽堂印刷。

價格：300日圓（含稅）

獨家商品3

「漱石與猫」文件夾（正反面）

價格：300日圓（含稅）

獨家商品4

「漱石印章」文件夾（正反面）

價格：300日圓（含稅）

獨家商品5

《我是貓》紙膠帶

價格：400日圓（含稅）

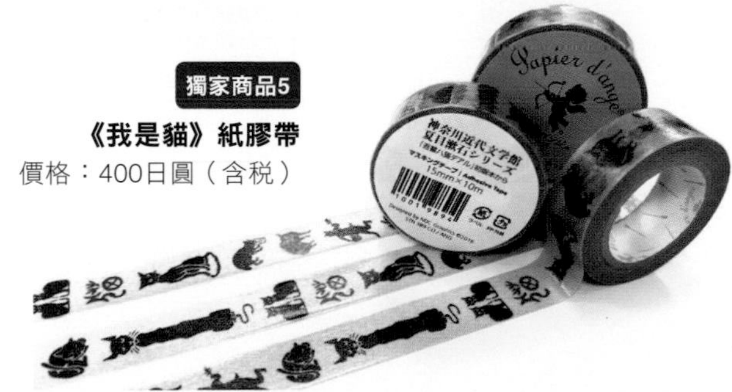

夏目漱石文獻收藏館之旅

日本神奈川近代文學館

位於高台上的神奈川近代文學館堪稱日本近代文學研究的重鎮，館藏豐富，除了近代文學相關收藏，戰後文學、大眾文學、兒童文學的相關資料也很充實。

館內收藏的夏目漱石相關資料與文獻，約有六百五十項資料，多達兩千三百張電子圖片，大多是當初留在漱石山房的原稿、信件、書畫、遺物、肖像照片等，就連漱石山房稿紙的印刷木版也收藏於此。

館內的夏目漱石特別收藏可在「Web版夏目漱石電子文學館」上免費看到。電子文學館中所有資料的相關背景皆附有詳細解說，不僅是研究者的文獻寶庫，也廣受一般民眾喜愛。

神奈川近代文學館。

掃一下，就能參觀Web版
夏目漱石電子文學館！

東北大學附屬圖書館漱石文庫

東北大學附屬圖書館（位於川內校區）。

位於東北大學附屬圖書館內的「漱石文庫」收藏了漱石的舊藏書，這些藏書都是漱石實際讀過，或是想要閱讀的書本，書頁中隨處可見漱石的筆記以及重點畫線，這是漱石文庫最大的特徵，同時也是漱石文學研究者的寶庫。除此之外，還有漱石的日記、筆記、考卷問題、作品的原稿與草稿。

如此龐大數量的藏書之所以會轉讓給東北大學，主要是因為當時東北大學附屬圖書館館長小宮豐隆是漱石的心愛弟子。當初因日本時局混亂，所以漱石的遺族決定將藏書捐贈給東北大學。

藏書的搬運自昭和十八年開始，於昭和十九年結束。隔年，位於早稻田南町的漱石山房因為空襲燒毀。所幸，漱石的珍貴資料在眾人的努力之下保存了下來。

小宮豐隆。

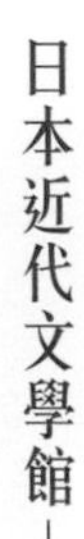

日本近代文學館

①正門

②日本近代文學館

舊前田家本邸

東門

③和館

草地廣場

①正門

日本近代文學館正門。

②日本近代文學館

一九六七年四月開館，位於東京目黑區駒場4-3-55。

③和館

鄰近的舊前田家本邸．和館（免費參觀）。

館內販售的明信片、一筆箋、文學特輯。

日本近代文學館位於靜謐的住宅區內，總共收藏了一百二十萬項的資料，是日本近代文學研究者不可缺乏的重要資訊來源。館內也收藏了包括夏目漱石在內多名日本近代文學知名作家的照片和電子圖像，可以透過申請付費使用。

二樓展覽室經常舉辦專題展覽活動，一樓售票處旁也有在販售與近代文學有關的明信片、一筆箋，或各種主題豐富的文學展導覽書籍。

目錄

夏目漱石文獻收藏館之旅

日本神奈川近代文學館

東北大學附屬圖書館漱石文庫

日本近代文學館

《我是貓》吾輩は猫である

我是貓

吾輩は猫である

第一章

我是貓，還沒有名字。

若問我是在哪裡出生的，我可一點頭緒也沒有，只隱約記得曾在一個濕濕暗暗的地方喵喵叫個不停。我第一眼見到人類，就是在那個地方。後來我才曉得，原來他是寄住在別人家裡的學生，這類學生屬人類當中最凶殘的族群。聽說這名寄宿生時常把我們捉去燉了吃掉。所幸那時候我還不懂事，並不害怕，當他把我抓放到手掌上，咻的一下子托高那瞬間，我只覺得渾身輕飄飄的。一會兒過後，我才在這名寄宿生的掌心裡定下神來，朝他的臉一瞥。這大概就是我對所謂的人類的第一印象，到今天仍然歷歷在目。我只覺得這玩意真詭異，臉上該有毛的位置卻光禿禿的，活脫脫像個燒水壺。日後我遇過許多貓，卻連一回也不曾見過那麼殘缺不全的面容。不單如此，人類的臉孔正中央還高高地隆起，那對窟窿裡更時不時猛然噴出煙來，把我嗆得七葷八素。現在我才明白，那是人類在吐菸。

我在這名寄宿生的掌中舒舒服服地蹲了一會兒，沒多久居然一陣天旋地轉，頭昏眼花，分不清是寄宿生在動還是自己在動，轉得我都快吐了。我正暗忖自己小命不保時，卻倏然咚的一聲，接下來只覺得眼冒金星。我記得的事情就到此為止，後來發生了什麼，怎麼想也想不起來了。

等我清醒過來，已經看不到那名寄宿生，而早前待在一塊的兄弟姊妹連一隻都不見蹤影，甚至最重要的媽媽也不知去向了。這個新的地方變得亮晃晃的，害我幾乎睜不開眼睛。我心想，這地方有些古怪，慢吞吞地試著往外爬時，才發現全身疼得厲害。原來我被人從稻草堆上，一把扔進竹林裡了。

好不容易爬出竹林一看，對面有個大池塘。我蹲在池邊思索該怎麼辦，卻沒什麼好方法；後來想到，如果啼哭幾聲，說不定那名寄宿生會來把我帶走，於是我嘗試喵喵地叫了叫，可惜誰都沒來，只聽到風聲颼颼掠過池面，眼看著太陽就要下山了。我肚子餓扁了，想哭也哭不出聲音。再這樣下去不行，得找到有食物的地方，只要是能吃的，什麼都好。打定主意之後，我循著逆時針方向慢慢繞著池塘爬，真的好難受啊。我忍著疼痛爬了好久，總算到了有人類氣味地方，從竹籬笆的破洞鑽進了一戶人家，暗忖只要進去總會有辦法的。因緣際會實在奇妙。倘若這道竹籬笆沒破了這個洞，我遲早要餓死路旁了。俗話說，同在一片樹蔭下避雨亦是前世因緣，這竹籬笆底下的破洞，至今仍是我拜訪鄰家花貓時來往的通道。我雖已鑽了進來，接下來卻不知道該如何是好。眼看著就要天黑，饑寒交迫，還下起雨來，連一分一秒都不允許猶豫了，我只好盡量往明亮些、暖和些的地方一步步走。如今回想起來，那時候我已經爬進這戶人家的住屋裡了。在這裡，我又有機會見到了寄宿生以外的人類。最先遇上的是個煮飯女傭，她可比剛才那名寄宿生來得粗暴得多，一瞧見我，不由分說拎起脖子就拋出門外了。我心想，這下可要一命嗚呼啦！乾脆閉起眼睛，聽天由命了。不幸之幸是，又冷又餓激起了我的求生意志，我趁女傭不注意，再次溜進灶房。結果不到眨眼功夫，我又被扔了出去。就這樣，扔出去一次我就爬回來一次，再出去一次我又爬回來一次，好像整整重複了四、五趟。我討厭死這個女傭了！前陣子我偷了她一尾秋刀魚當作報仇，終於消解了心底的積恨。就在她最後一次抓著我正要扔出去時，這家的主人過來探看並問什麼事這麼吵？女傭拎著我稟報主人：這隻小野貓趕了多少次都趕不走，老是跑回灶房裡，麻煩得很！主人捻著鼻子下面的黑毛，瞅著我的臉打量了半晌才說：那就收留牠吧！說完就回內室去了。主人看起來是個不太喜歡說話的人。女傭氣鼓鼓地把我丟進了灶房。從這時候起，我就決定以此為家。

我很少見到主人。聽說他在學校教書，一回到家就鑽進書房，鮮少露面。家人都以為他認真做學問，他本人也擺出一副埋首研究的模樣；然而，事實根本不是家人想像的那麼回事。我不時躡腳溜進他的書房裡窺看，發現他經常在大白天裡睡覺，有時候口水都滴落到掀開的書頁上了。主人的胃不太好，皮膚不僅顏色泛黃，並且缺乏彈性，看起來虛弱無力。不過，他的飯量卻出奇的大，吃撐了再服用高氏健胃藥，吞完藥以後就看書，讀個兩三頁便打起盹來，口水又滴到書上了。這就是他每天晚上慣常的作息。我雖是隻貓，卻也經常動腦子想事情。我覺得教師這一行實在逍遙得很。來世若能生而為人，我非當教師不可！成天呼呼大睡的工作，就是交給一隻貓也做得來。雖說如此，每當朋友來訪，主人似乎總要抱怨世上再沒有比教員更辛苦的行業了。

我在這個家剛住下來時，除了主人以外，其他人都相當厭惡我。無論我到什麼地方，他們總是把我一腳踢開，連瞧都不想瞧上一眼。光是從他們到今天都不肯幫我起個名字來看，就能知道他們根本沒把我放在心上了，我只好盡量待在當初收留我的主人身旁。主人早上看報紙時，我必定伏在他的膝上；主人白天補眠時，我也一定趴在他的背上。這倒不是出於我對主人情有獨鍾，而是因為別人不理不睬，我只好賴著他了。一些日子以後，我長了見識，從此早晨睡在木飯桶上，夜裡睡在暖爐桌上，太陽出來的時候就睡在簷廊上。不過我最喜歡的，還是晚上溜進被窩裡和這家的小孩一起睡。小孩分別是五歲和三歲，晚上向來睡在同一間房裡的同一張床鋪上。我總能在兩人中間覓得容身之處，想盡辦法鑽進去，但若運氣不好把其中一個碰醒，事情可就不妙了。小孩（那個小的尤其惡劣）不顧大半夜的，一醒來就大哭大嚷著「貓來啦、貓來啦」。經她這麼一叫，那位患有神經性胃疾的主人就會醒過來從隔壁房間趕來驅我走。事實上就在幾天前，我才被他拿尺狠狠抽了一頓屁股呢。

就我與人類住在一起的這段日子觀察下來，益發肯定他們是一群任性的傢伙。特別是經常與我睡在一塊的那兩個小傢伙，更是可惡至極！她們興致一來就把我頭上腳下倒著拎起，有時還會把袋子罩在我的腦袋瓜上，或是將我抓起來扔，甚至塞進灶裡去。我若是稍有反擊，他們全家人就一齊追著我滿屋子跑，迫害虐待我。拿上次來說，我只是往榻席上輕輕磨了磨爪子，竟然惹得太太雷霆大發，此後再也不准我進客廳，由著我在灶房的地板上冷得直打哆嗦，依舊不理不睬。我十分尊敬的白毛嫂子住在斜對門，每回遇見時，總得聽她泣訴世間就數人類最絕情了。前些日子，白毛嫂子生了四隻羊脂白玉似的貓娃兒，沒想到才出生第三天，那戶人家的寄宿生居然把四隻貓娃兒統統帶去後門的池塘那邊丟掉了。白毛嫂子哭著說完這樁慘劇的經過，誓言為了享有天倫之樂與美滿的家庭生活，我們貓族非得向人類宣戰，徹底剿滅人類才行！我覺得白毛嫂子這番話說得太好了。住在隔壁的花貓同樣義憤填膺，認為人類根本不懂什麼叫所有權。我們貓族有個共同的默契，鹽醃沙丁魚頭也好，鯔魚肚臍也罷，誰先發現就歸誰先吃。如果在場的另一隻貓違反這項規矩，大可訴諸武力解決，但是人類似乎絲毫沒有這種觀念，總是把我們找到的山珍海味奪去占為己有。他們仗著力氣大，公然搶走屬於我們的食物。白毛嫂子待在軍人的家裡，花貓的主人是個律師，而我住在教師家，對這種事情比他們看得淡泊些，過一天是一天，湊合著過就行了。任憑人類的本事再大，也不可能世世代代都這麼繁盛壯大。不如看開一點，耐著性子靜待貓族的輝煌盛世來臨吧。

提到恣意妄為，就來講一則我家主人由於任性而失了態的小故事。說來，我家主人分明沒有任何一項長處贏過別人，偏偏什麼事都喜歡插上一手。他曾經吟俳句投稿《杜鵑》[1]、作新詩寄至《明星》②，還用英文書寫錯誤連篇的文章；他也習過射箭、學過謠曲，並且一度咿咿嗡嗡地拉起了小提琴。可惜主人雖然樣樣通，卻是樣樣鬆。別瞧他染有胃疾，平時病懨懨的，一旦對某件事有了興趣，就會一頭栽進去，甚至在茅房裡唱起謠曲，即使被街坊取了個「茅房先生」的綽號也不介意，依然一遍遍吟唱著：「吾乃平宗盛③是也」，惹得鄰人哈哈大笑，嚷嚷著：「唷，宗盛又駕到嘍！」我住進這個家一個月左右時，主人在他領薪水的那一天，不曉得打哪裡來的主意，突然拎個大包袱匆匆忙忙進了家門。我還以為他買了什麼玩意，原來是水彩顏料、畫筆，和一種名為惠特曼的紙張④，看起來主人決定放棄謠曲和俳句，從今天起改成畫圖了。隔天開始，他果真連午覺都不睡，接連好幾天都窩在書房裡專心作畫。不過，主人畫出來的那些圖，沒人能夠辨別究竟畫的是什麼東西，他自己也覺得畫得不太好。一天，主人有個研究美學的朋友來訪，我聽到他向友人吐露了這番感慨：「我怎麼畫也畫不好。看別人畫圖很容易，輪到自己拿起筆卻覺得很困難。」主人倒是實話實說。這位戴著金絲眼鏡的朋友望著他回答：「沒有人一開始就能得心應手。光是待在屋子裡想像，根本不可能畫得出來。義大利畫壇巨匠安德烈亞·德爾·薩爾托⑤曾經說過：『作畫首重寫生。星辰掛天，露華沾地；禽鳥曉飛，獸類通走；金魚游池塘，寒鴉棲枯枝。大自然乃是栩栩如生之巨大畫幅也。』你若想畫一幅像樣的畫作，不如先從寫生著手吧？」

「是喔？安德烈亞·德爾·薩爾托說過這樣的話？我不曾聽過哩！很好，他講得真有道理，一點都沒錯！」主人佩服得五體投地。然而我卻從他朋友的金絲眼鏡裡，瞥見一抹嘲諷的笑意。

第二天，我照例到簷廊睡個舒舒服服的午覺。這時，主人難得走出書房，在我背後忙活老半天。我倏然醒了過來，將眼睛睜開一道細縫，想弄清楚主人到底在做什麼，赫然發現他正專心致志地效法安德烈亞·德爾·薩爾托。見他一副煞有介事，我忍不住笑了出來。他把朋友的揶揄信以為真，首先拿我當成寫生的對象。我已經睡飽了，這時直想伸懶腰打個呵欠，可是一想到主人如此聚精會神作畫，實在不忍心變換姿勢，只好勉強撐著不敢擅動。他已經畫完我的輪廓，正在往臉部上色。坦白說，我在貓族裡絕算不上相貌堂堂，從背脊、毛色到臉型，沒有任何一項比得上我族同類；但是，我長得再醜，總不至於像主人此刻畫出來的那副奇形怪狀。不說別的，毛色就錯了。我的毛色是波斯貓那種淺灰帶黃，並且有著類似漆樹樹幹上的花斑。我想，不管由誰來看，這都是無庸置疑的事實。可是瞧瞧主人現在塗上去的顏色，黃不黃、黑不黑、灰不灰、褐不褐，也不是這幾種混合而成的色彩，除了稱它是「某種顏色」之外，再也沒有其他方式可以形容了。不單如此，更離奇的是我居然沒有眼睛！雖說這幅寫生畫是我的睡容，自然不會有雙大眼睛；可是臉上連一處看起來像眼睛的部位都找不到，實在讓人無法分辨這究竟是一隻瞎貓，還是一隻睡著的貓了。我暗自忖想，依此看來，任憑主人努力效法安德烈亞·德爾·薩爾托，這輩子都甭想畫出一幅像樣的圖了。話說回來，他的那股熱忱倒是值得敬佩。我本想盡量忍著不動，無奈一泡尿快要憋不住了，渾身上下又癢得要命，情勢已迫在眉睫，我不得不失禮地把雙腿朝前使勁一蹬，低頭伸腰「啊」的打了一個大呵欠。事已至此，繼續安安分分待著不動也沒用了，橫豎已經破壞了主人的計畫，索性順勢到屋後去解決內急，於是慢條斯理爬離原地。不一會兒就聽到

①俳人柳原極堂（一八六七～一九五七）於一八九七年一月借用摯友正岡子規的雅號所創刊的俳句雜誌。

②歌人與謝野鐵幹（一八七三～一九三五）於一九〇〇年四月創刊的文藝月刊。

③平宗盛（一一四七～一一八五），日本平安時代末期的武將。

④英國高級製紙品牌惠特曼（Whatman）水彩紙。

⑤安德烈亞·德爾·薩爾托（Andrea del Sarto，一四八六～一五三一），文藝復興時期義大利佛羅倫斯的畫家。

主人既失望又生氣的怒吼聲從客廳傳了過來：「你這混帳東西！」我這位主人罵人時一律用「混帳東西」，除此之外他不知道還能拿什麼話來罵人。可是，他根本不曉得我已經忍耐多久了，像這樣不明究理劈頭就罵「混帳東西」，未免太沒禮貌了。假如平時我趴在他背上的時候，他能夠和顏悅色，我還甘願忍受這樣的謾罵，但他從來不曾爽快地對我做過一件好事，況且我現在不過是去撒個尿，卻換來一聲混帳東西，實在太過分了！人類原本就仗著自己的力量而日漸高傲，要是沒有出現更強悍一點的動物來教訓教訓人類，真不知道他們會囂張到什麼地步。

如果人類的恣意妄為只到這種程度，忍一忍也就算了，問題是我曾經聽聞人類做過比這些還要悲慘好幾倍的缺德事呢。

我家屋後有一塊十坪左右的茶圃。占地不大，但頗為清幽，在那裡曬太陽十分舒爽。每當家裡的小孩吵得我沒法好好睡個午覺，或是我不知該怎麼打發時間而心情鬱悶的時候，我總是去那裡陶養浩然之氣。記得那天是個風和日麗的小陽春，約莫午後兩點鐘，我吃完飯又睡了一個飽覺，醒來後去茶圃散步兼做運動。我逐一嗅著每株茶樹的樹根，一路逛到西側的杉樹籬笆邊，只見有隻大貓趴壓在一片枯菊上呼呼大睡。他似乎完全沒有察覺我靠近，又像是即使發現了也不在意，照樣鼾聲大作，舒坦地躺著酣睡。偷偷溜進別人的院子裡，居然還能睡得這般愜意，如此膽識令我大為吃驚。他是一隻通體墨黑的貓。那時剛過晌午，太陽晶瑩的光線灑落在他身上，那閃發亮的柔順貓毛彷彿燃燒著肉眼無法看見的火焰。他身材魁梧，塊頭幾乎大我一倍，堪稱貓中之王。我一方面讚嘆，一方面好奇，竟然不顧危險，直愣愣地站在他面前仔細打量。小陽春的微風拂過探進杉樹籬笆的梧桐枝椏，兩三枚葉片輕輕飄落在枯菊叢間。這位大王倏然圓眼大睜。那一幕至今我依然記得清清楚楚，那雙眼睛遠比人類珍愛的琥珀更加光彩輝耀。他一動也不動，從

雙眸深處發出的冷冽目光直射在我短窄的額頭上，喝問一句：「小子你是什麼東西？」我心想，這種粗俗的用語出自大王的口中似乎有失威嚴，但他鏗鏘有力的聲音，就是一隻狗也會嚇破膽，更不消說我有多害怕了；可是轉念一想，如果不向他請安問好，恐怕會危及性命，於是強自鎮定，故做雲淡風輕地回答：「我是貓，還沒有名字。」事實上這時候，我的心臟比平常跳得更為激烈。他一派旁若無人的態度，用相當瞧不起的口吻說：「啥？你說你是貓？我真不敢相信。小子你到底住在什麼地方啊？」「我就住在這位教師的家裡。」「瞧這副瘦乾巴的模樣，我猜也是那麼回事。」畢竟是大王，語氣分外盛氣淩人。他的措辭聽起來不像是隻住在好人家裡的貓，但看那身脂澤肥胖的模樣，似乎過的是吃得飽住得暖的生活。我不禁反問：「那麼，請問您又是誰呢？」他趾高氣揚地回答：「本大爺是車夫家的老黑！」說起車夫家的老黑，他可是這附近家喻戶曉的惡貓。他生長在車夫家，身強體壯卻毫無教養，大家都不願和他往來，甚至成了眾貓聯合起來敬而遠之的對象。一聽見他的名號，我頓時如坐針氈，心裡也有幾分輕視。我打算先掂一掂他的斤兩，因此問了他以下幾個問題：

「車夫和教師，不曉得是哪一方比較強呢？」

「當然是車夫強多了嘛！瞧瞧小子你家主人那副樣子，根本瘦得只剩皮包骨啦。」

「您是車夫家的貓，好像挺強壯的。看來，在車夫家可以吃到美味的飯菜。」

「那當然！本大爺不論上哪裡，一向不愁找不到吃的。你這隻小貓也甭在茶園裡兜來轉去，不妨跟著本大爺走，包管不到一個月就胖得認不出來嘍！」

「往後再勞駕關照。不過，教師的屋子住起來似乎比車夫家來得寬敞。」

「蠢貨！屋子再大，能填飽肚子嗎？」

我似乎把他惹惱了，只見他不停豎抖著兩只像削尖紫竹般的耳朵，氣沖沖地走了。

後來，我和車夫家的老黑結為好友。我和老黑經常不期而遇。每回見到，他總像車夫那樣逞威風。早前提過那些人類的缺德事，其實就是從老黑那裡聽來的。

有一天，我和老黑照例躺在暖和的茶圃裡閒聊。他又翻出了老掉牙的光榮史，當成新鮮事一般大肆吹噓，然後問了我：「你小子到現在為止，逮過幾隻耗子啦？」我自認智慧贏過老黑許多，但要比力量和勇氣，實在不是他的對手。我儘管心裡明白，但是突然被他這麼一問，畢竟還是有些難為情。不過，事實終歸是事實，總不能扯謊，我只好回答：「坦白講，我一直盤算著該抓了，但是還沒有抓過。」老黑聽了張口大笑，鼻尖冒出的長鬍鬚也跟著一陣亂顫。事實上，自命不凡的老黑難免有他的弱點。只要對他的氣勢表現出心悅誠服的模樣，咕嚕咕嚕地吞嚥口水以示聆聽教誨，就可以讓他以為對方甘拜下風了。與他熟識之後，我很快就掌握了這個竅門。遇到現在這種狀況，如果硬要為自己辯護，反而會把事態弄僵，那可划不來；我決定乾脆由著他自吹自擂，敷衍幾句才是上策，於是故做乖順地催他往下講：「您年紀比我大，應該抓過不少吧？」不出所料，他果然猶如見了牆洞就要湊上去吶喊似的，得意洋洋地回答：「不算多，大概逮到了三、四十隻吧！」他又繼續說：「若是一、二百隻耗子，我自己一個隨時都能應付得來，唯獨遇到黃鼠狼那種傢伙實在棘手。我曾經和黃鼠狼對戰過一回，下場甭提有多慘啦！」「哦，有過這種事？」我只好跟著搭腔。老黑眨著大眼睛告訴我：「那是去年大掃除的事了。我家主人拿著一袋石灰鑽進簷廊底下，好傢伙，沒想到老大一隻黃鼠狼嚇得竄了出來哩！」「是喔？」我假裝驚訝。「本大爺當時想，黃鼠狼這玩意也不過比耗子大一點，暗啐一句『你這畜牲』就追了上去，終於把那傢伙逼到陰溝裡啦！」「幹得好！」我為他喝彩。「唉，誰能料到那傢伙到了最後關頭居然放了個大臭屁，要說有多臭就有多臭！從此以後，一看到黃鼠狼就想吐！」說到這裡，他抬起前爪揉了揉兩三次鼻尖，彷彿又聞到去年的那股臭氣了。我聽了有點同情，想為他打氣，就說：「不過，換作是鼠輩被您盯上，可就死路一條了吧？誰都知道，您捉起老鼠可謂手到擒來，也正由於天天吃老鼠，才能這般體態豐腴、紅光滿面吧？」我原意是說來討好老黑，豈料卻適得其反。他長長嘆了一口氣，說道：「想想真沒意思，再怎麼賣力逮耗子又有啥用？……說起來，世上沒有比人類更貪婪的傢伙啦！人類把我逮的耗子統統搶去送到派出所，派出所自然不知道是誰抓的，收到一隻就給五分錢⑥。我家主人託了我的福，已經掙了一元五角錢，卻從來沒讓我吃上一頓好飯菜。哼，人類不過是一群體面的賊！」老黑說得一臉怒容，氣得連背上的毛都倒豎起來。沒想到無知的老黑居然也能體悟出這番道理。我覺得有些害怕，草草敷衍幾句就回去了。從這一天起，我打定主意這輩子絕不抓老鼠，也不當老黑的跟班到處去捉老鼠以外的食物。與其享用美食，我寧願睡個好覺來得輕鬆自在。看來，住在教師家的貓，也染上了教書匠的習氣。要是不當心一點，說不定遲早也會罹患胃疾呢。

說到教師，我家主人似乎到了最近才總算明白，自己在水彩畫方面沒指望了。他在十二月一日的日記裡寫了如後的一段話：

今日聚會時認識了名爲○○的人士。聽聞此人放浪形骸，今日一見，確實是一派熟知花柳的行家風範。與其說這種人由於廣受女子青睞而放蕩不羈，莫若說他生性風流而不得不然。據說此人之妻乃是藝妓，委實令人羨慕。說來，鄙視風流人士之人，自身多數不具拈花惹草的條

⑥當時東京市（一九四三年裁撤東京市，改設東京都，所轄區域大致相同）為預防傳染病，由市政府收購市民捕獲的老鼠作為獎勵。

件；而以風流人士自居的傢伙，其實同樣大都不具拈花惹草的條件。這些人根本沒有資格，卻非走上這條路不可；正如水彩畫之於吾人，明知藝成之日遙遙無期，卻又自詡爲行家而志得意滿。倘若單是上餐館喝幾杯酒、逛窯子尋歡作樂，就足以成爲花柳行家，吾人亦可自稱是出色的水彩畫家了。正如吾人最好別再提筆繪製水彩畫，那些愚蠢的花柳行家，同樣也該坦承自己是個剛進城的鄉巴佬才好。

這段關於行家的理論，讓人有些無法苟同，更不用說身為教師，居然脫口說出羨慕別人的妻子是藝妓，簡直不明事理！不過，他對自己的水彩畫的評價，倒是相當中肯。主人儘管有這番自知之明，可惜還是無法將孤芳自賞的心態改正過來。隔了兩天，他在十二月四日的日記，繼續寫下這段文字：

昨夜做了個夢，夢到覺得自己畫的水彩畫實在不成樣子，於是將它隨便扔到一旁，結果不知道是誰，竟把那幅畫裱上氣派的畫框，再掛到楣窗上。那幅畫裱了框後，我頓時覺得自己畫得很不錯，高興極了，不禁再三賞覽，心想我終於完成出色的畫作。不知不覺間天亮了。我睜開眼睛一看，升起的太陽將那幅畫的拙劣之處照得清清楚楚，畫還是和昨晚一樣差勁。

如此看來，主人連在睡夢中，對水彩畫仍然難以忘情。按照這位教師的那套行家理論，他自然當不成高明的水彩畫家了。

主人夢見水彩畫的第二天，許久未見的那位戴金絲眼鏡的美學家前來拜訪。他坐下來劈頭就問：「畫得怎麼樣了？」主人神色自若地回答：「我聽從你的勸告，正在努力寫生。練習下來才發現，以前不曾留意過的物體形狀與色彩的微妙變化，現在都能仔細分辨了。我想，西洋人就是因為自古強調寫生的重要，才能達到現今的成就。真不愧是安德烈亞・德爾・薩爾托！」他說得若無其事，隻字未提寫在日記裡的事，只一股腦地佩服安德烈亞・德爾・薩爾托。美學家一邊抓頭一邊笑著告訴他：「跟你老實說吧，那是我隨口胡說的。」「隨口胡說什麼？」主人還沒有發覺自己受騙了。「就是你佩服不已的安德烈亞・德爾・薩爾托的那番話，是我編出來的，沒想到你居然信以為真，哈哈哈……」

美學家笑得開心極了。我在簷廊上聽到這段對話，不由得想像主人會怎麼寫今天的日記。這位美學家把胡說八道捉弄別人當成唯一的樂趣，他完全沒有考慮安德烈亞・德爾・薩爾托事件會對主人的心情造成什麼樣的影響，甚至還沾沾自喜地講了以下這段往事：

「哎，我不過是說個玩笑話，別人卻往往信以為真，這讓我發現這種情況能夠激發出相當滑稽的美感，十分有意思。前些時候我告訴學生，在尼古拉斯・尼克貝⑦的忠告下，吉本⑧放棄用法語撰寫《法國大革命史》⑨的計畫，改用英文出版這套窮盡畢生之力的巨著。怎料那個學生記憶力特別好，竟在日本文學會的一場演講中，把我那段話原原本本複述了一遍，太可笑了！更

⑦尼古拉斯・尼克貝（Nicholas Nickleby）為英國小說家狄更斯（Charles Dickens，一八一二～一八七〇）於一八三八至三九年間連載完成的長篇小說《尼古拉斯・尼克貝》裡的主角名字。

⑧英國歷史學家愛德華・吉本（Edward Gibbon，一七三七～一七九四）的代表作為共六卷的《羅馬帝國衰亡史》，而不是《法國大革命史》。

⑨共三卷的《法國大革命史》為蘇格蘭哲學家湯瑪斯・卡萊爾（Thomas Carlyle，一七九五～一八八一）的代表作。

有趣的是，當時的聽眾約莫有百來人，居然個個專注聆聽呢。還有另一件更好笑的事。前些日子，在某位文學家與會的一個場合中，有人談起了哈里森的歷史小說《狄奧法諾》⑩，我也發表意見：『那部作品堪稱歷史小說之白眉⑪，尤其是女主人公臨死前的那一段，寫得真是陰氣襲人呢！』結果坐在我對面的一位號稱萬事通的大師立刻附和著說：『沒錯沒錯！那一段簡直是神來之筆呢！』我一聽就知道，那位大師和我一樣，根本沒讀過那部小說。」患有神經性胃疾的主人瞪大了眼睛問道：「你如此信口開合，萬一對方真的讀過那部小說，該怎麼辦呢？」主人的意思彷彿在說騙人倒無所謂，可是被識破的時候豈不是糟糕了嗎？那位美學家自信滿滿地回答：「怕什麼！到時候只要說誤記成另一本書，敷衍幾句就行啦！」說著，他高聲大笑。這位美學家雖然戴著一副金絲眼鏡，但他的本性與車夫家的老黑有幾分相像。主人悶不吭聲，逕自抽著日出牌香菸，臉上的表情彷彿在說吾人可沒有閣下的勇氣，而美學家帶著一副你就是沒膽量所以畫不好的眼神，接著說道：「不過，玩笑歸玩笑，作畫確實不是件容易的事。據說，李奧納多．達文西曾經要他的弟子照著教堂牆上的汙漬寫生呢。想來也有道理，上茅房時若是專心觀察牆上漏雨的水漬，就會發現那是一幅渾然天成的圖畫哩！你也照樣去用心寫生吧，一定會畫出有意思的東西來！」「你又騙我了吧？」「不，這回可是千真萬確的！這麼奇特的觀點，聽起來不是很像出自達文西的口中嗎？」「有道理，這個觀點確實奇特。」主人已經有一半被說服了。不過到目前為止，他好像還沒去過茅房寫生。

車夫家的老黑後來瘸了腿，具有光澤的毛色也漸漸變得淡淺而稀疏。我曾經誇讚過那雙比琥珀還美的眼眸也積滿了眼屎。我尤其留意到他意氣消沉，形體消瘦。我在那處茶圃最後一次見到他的那天，曾經問了他怎麼變成這副模樣？他回答：「這輩子再也不想碰上黃鼠狼的大臭屁，和魚販子的長扁擔啦！」

在赤松林間錯落點綴的楓紅，已如昔日的夢境般飄零無蹤。洗手石缽旁的紅白二色山茶花逐一凋謝，如今亦已悉數落盡。冬日的陽光早早就斜映在約莫兩丈長的向南簷廊上。自從颳起寒風的日子愈來愈多，我白天睡覺的時間似乎也愈來愈短了。

主人天天去學校，回來便躲進書房裡。有人來訪，他就抱怨不想去教書。水彩已經很少畫了。高氏健胃藥也不見功效，不再服用。小孩倒是乖巧地天天上幼兒園，一回到家就唱唱歌、踢踢球，有時揪住我的尾巴拎起來。

我沒能吃上什麼好東西，自然沒怎麼長肉，所幸還算健康，腿也沒瘸，就這麼過一天算一天。老鼠我是絕對不抓。女傭依然那麼討厭。名字到現在也沒人幫我取。反正說起欲望總是永無止境，我打算就當隻沒有名字的貓，一輩子待在這個教師家裡。

第二章

新年過後，我也有了點名氣[1]。感謝老天爺，一隻貓也有這麼值得驕傲的一天。

⑩此處指的是英國作家弗雷德里克·哈里森（Frederick Harrison，一八三一～一九二三）於一九〇四年出版的著作《*Theophano, the crusade of the tenth century: a romantic monograph*》，但是這部小說裡並沒有關於女主人公臨死前的那一段。

⑪出自《三國志》之典故，以眉中有白毛者比喻較為優秀傑出的人才。

①《我是貓》原以短篇小說的形式發表於一九〇五年一月的《杜鵑》雜誌，出刊後獲得廣大迴響而繼續連載。

元旦一早，主人收到了一張圖畫明信片。這是一位畫家朋友寄來的賀年卡。明信片用粉蠟筆把上方塗成朱紅，下方塗成深綠，正中央畫著一隻蹲坐的動物。主人在書房裡拿著這張圖片橫著瞧完豎著看，還說配色很不錯。既然稱讚過了，我還以為事情就算結束了，可是他依舊橫著瞧完豎著看，一會兒扭動身子換角度，一會兒伸長手臂拿遠看，那模樣活像個老人家在看算命書，過不久他又就著窗光把圖片湊近到鼻頭跟前仔細端詳。我趴在主人的膝上搖搖欲墜，直擔心要是再不快些結束可要危險了。半晌過後，總算沒晃得那麼厲害了，忽然聽到他嘀咕著這到底畫的是什麼呀？原來主人雖然佩服圖畫明信片的色彩搭配，但卻無法辨識出上面畫的是什麼動物，以致於苦惱了好一陣子。我懷疑真那麼難懂嗎？於是將睡眼優雅地睜開一道縫，不慌不忙地投去一瞥，毫無疑問，那正是我的肖像。雖說畫這張圖的人未必像主人那樣將安德烈亞·德爾·薩爾托的教誨奉為圭臬，但畢竟是一位畫家，從形體到顏色都有模有樣，任何人看了都知道是隻貓。但凡眼力好一些的，更能一眼看出，畫得這般活靈活現的貓絕不是別的貓，而是本貓在下我。一想到人類連這麼清楚明白的事實都看不出來，竟還苦惱了這麼大半天，不禁有點同情。我真的很願意告訴他，那張畫的是我；即使看不出來是我，至少希望讓他明白畫的是貓。可惜人類這種動物沒能得到上蒼眷顧，不懂我們貓族的語言，我只好深表遺憾，由著他繼續抱頭苦思了。

說到這裡，我想先向讀者公開聲明。人類向來有個相當惡劣的毛病，遇到什麼事總愛嚷嚷著貓呀貓的②，平白無故用鄙視的口吻批評我們貓族。某些渾然不覺自身無知還一臉高傲的教師，甚至以為牛和馬是孕育自人類的渣滓，而貓則是孕育自牛和馬的糞便，說起來根本上不了檯面。就算是貓，也絕不是那樣隨隨便便就能做出來的。乍看之下，每隻貓似乎都沒有區別，一模一樣，哪隻看來都沒有自己的特徵，然而只要站在貓的視角觀看我們的族群，就可以知道其實樣態非常複雜，人類社會那句俗語「十個人十個樣」在這裡也完全適用。包括眼神、鼻形、毛色，乃至於走路的姿態，統統不一樣。甚至是鬍鬚翹起的角度、耳朵豎直的狀態，還有尾巴下垂的模樣，沒有任何一項相同。再把好看或不好看、討喜或不討喜、聰穎或不聰穎等等全部加進去，簡直可以說是天差地別。我們分明有著如此明顯的差異，但據說人類的眼睛生來只看上面的天空，而不看底下的地面，所以無法辨識我們的相貌，更別說分辨我們的性格了，實在可憐。從前有句話叫「物以類聚」，說的正是這種情況——賣糕小販才懂賣糕小販，貓才懂貓。貓族的事，還是只有貓才了解。任憑人類再怎樣進化，唯獨這一點就是辦不到。況且老實說，人類並不如他們以為的那麼偉大，想懂得貓族之事簡直難上加難；更不用說我家主人那種連同情心都沒有的人，當然不懂愛的第一義諦是徹底了解彼此，哪裡還能指望他了解其他事呢？他像一只執拗的牡蠣，牢牢吸附在書房裡，決計不肯對外界張開硬殼，卻又裝出一副唯我達觀的面孔，實在有點可笑。他其實一點都不達觀，最好的證明就是我的肖像擺在他的眼前，他卻根本認不出來，還莫名其妙地說：「今年是日俄戰爭的第二年，所以畫的應該是一頭熊[3]吧。」

就在我趴在主人的膝腿上閉著眼睛想這些事時，女傭又送來了第二張圖畫明信片。睜眼一瞧，是活版印刷品，上面印著一整行的四五隻洋貓，有的拿著鋼筆，有的翻開書本，都在用功。其中一隻離開座位，正在桌角邊跳著〈貓兒貓兒〉[4]的西方版舞蹈動作。圖畫的上方用日本墨寫

②日文中有許多具有負面意義的語彙和成語都含有「貓」字。
③日俄戰爭於一九〇四年二月開戰。日本人當時以熊來諷喻俄羅斯人。
④江戶時代流傳至後世的民謠，其中一句歌詞提到了「貓兒貓兒」。

了「我是貓」幾個明顯的大字，右側甚至加上一首俳句「貓兒讀著書／貓兒歡喜跳著舞／初春一日好」。這張明信片是主人教過的學生寄來的，至於箇中含意，任何人應該都能一目了然，偏偏迷糊的主人似乎還是不懂，只見他歪著腦袋納悶，自顧自地嘟囔著：「怪了，莫非今年是貓年？」如此看來，他到現在還沒發現我已經小有名氣了呢。

這時，女傭又送來第三張明信片。這回不是圖畫明信片了，卡片寫著「恭賀新禧」，旁邊添上一行「煩請代向愛貓問好」。既然已經寫得一清二楚，主人再粗心也該懂了。只見他恍然大悟地望著我，嘴裡「唔」了一聲，眼神看起來也與平時不同，似乎帶著幾分尊敬之意。主人向來沒有得到外界注意，如今突然成了矚目的焦點，一切都是拜我之賜。這樣想來，他那尊敬的眼神我倒也受之無愧。

就在這時候，木格門那邊傳來了「叮咚——叮咚——叮咚咚咚咚」的鈴聲，應該是客人來了。客人上門，交給女傭去應門即可，我只在魚鋪的梅公造訪時才會出去迎接，所以這時我照樣一派輕鬆地坐在主人膝上。沒想到主人卻一臉憂慮地望向玄關，那神情彷彿放高利貸的債主就要闖進來似的。我猜他討厭陪那些前來拜年的賓客喝酒聊天。一個人的性情孤僻到這種程度，真不知道該拿他怎麼辦才好。既然不想接待，早早出門躲人就好了，可他又沒有那種勇氣，益發暴露出其宛如牡蠣的本性。隔了一會兒，女傭過來稟報寒月先生大駕光臨。這位名叫寒月的人好像也是主人教過的學生，已經畢業了，聽說現在的身分地位比主人還要高。不曉得為什麼，他常到主人家串門子，每回一來就喋喋不休地抱怨哪個女人似乎對他落花有意、哪個女人又對他吝於一笑，生活多麼有趣以及生活多麼乏味，或是一些駭人聽聞與香豔刺激的軼事，講完以後就回去了。我真不解他為何特地找上主人這種窩囊廢來發牢騷，不過我家這位和牡蠣一樣的主人在聽他講話時常常跟著搭腔，看著倒是挺有意思的。

「許久沒來問安了。其實從去年年底我一直忙得很，心裡總惦著要來，終究沒能來府上這邊。」寒月搓揉著和服外褂的繫帶，故作神祕地說。「那你都去了什麼地方？」主人正了神色，拉了拉染有家徽的黑棉外褂的袖口。這件外褂用的是棉布，但是衣袖過短，穿在裡面的薄綢舊衣從左右兩邊的袖口露出了半寸左右。「呵呵，去別的地方就是了。」寒月笑著答道。仔細一瞧，今天的寒月缺了一顆門牙。主人話鋒一轉，問道：「你的牙怎麼了？」「是啊，其實是因為我在某一處吃了香菇。」「你說吃了什麼？」「那個……吃了點香菇。吃的時候正要用門牙咬斷菇傘，結果牙就崩了。」「吃個香菇也能崩了門牙？你簡直像個老頭！這種事或許能寫成俳句，但以後要談情說愛可就沒個樣子了。」主人說著，掌心輕拍著我的頭。「喔，這就是那隻貓吧？長得挺肥的嘛，就算和車夫家的老黑相比也絕不遜色，真是個大塊頭！」寒月對我讚譽有加。「這陣子胖了不少。」主人自豪地猛拍我的頭。得到誇獎自然高興，可我的腦袋瓜有些疼。「前天晚上我還辦了一場小型的演奏會。」寒月把話題拉了回來。「在什麼地方？」「您就不必問在什麼地方辦的了。三把小提琴加上鋼琴伴奏，有意思極了。有三把小提琴一起拉，即使琴藝差了點，也還能湊合著聽。另外兩位是女士，再加上我，自己也覺得拉得挺好的。」「這樣嗎？那麼，兩個女士是何來歷？」主人羨慕地問道。別看主人平時冷峻的面孔猶如枯木凍岩，實際上他絕非不近女色之人。他以前讀過一部西洋小說，作者用諷刺的筆法描繪書中的一個人物，那個人對大都數的女人都會動心，經過估算，走在大街上的女人將近有七成都令他墜入愛河。我家主人讀了這段情節，竟然大表讚嘆地說：「此乃天經地義！」以我區區貓輩，自然不懂這樣一個風流男子，為何甘願過著牡蠣般的生活了。有人說那是失戀所致，有人說那是胃疾之故，也有人說那是阮囊羞澀造成的膽小個性。無論是哪一種原因，反正他的名號沒有大到足以被列為明治時期的歷史人物，也就不須深究了。不過，他詢問寒月的女伴時，語氣中透著欣羨，這是不爭的事實。寒月興致勃勃地用筷子夾起前菜的魚糕，津津有味地用門牙咬下了一半。我擔心他又會崩掉一顆牙，所幸這次平安無恙。「沒什麼值得一提的，兩位都是某處府邸的千金呢，您不認識的。」寒月冷淡地回答。「原來——」主人拖著長腔陷入沉思，沒有講出接續的「如此」二字。寒月似乎覺得聊得差不多了，試著邀約主人外出：「天氣挺好的，若是有空，我陪您出去散散步吧？旅順已經攻了下來⑤，街上熱鬧得很呢！」主人臉上的表情彷彿在說，比起攻克旅順的消息，他更想了解那兩位女伴的來歷。思索半晌，他總算下定決心，奮然起身說道：「那就出去吧！」主人沒有更衣，穿著這身染有家徽的黑棉外褂以及結城綢面料的棉袍就要出門。棉袍是二十年前他哥哥留下來的遺物，已經穿得很舊了。雖說結城綢十分耐穿，畢竟無法禁受長久的歲月，很多地方都變薄了，對著太陽一照就能看到內裡補丁上的針腳。歲末也好，新春也罷，主人身上總是同樣的服裝，也不講究是在家穿的還是外出穿的，出門時袖起手來便信步而行。我不曉得他到底是沒別的衣服可穿，還是即使有其他衣服也嫌麻煩懶得換，唯獨這件事，我可不認為是失戀所致。

兩人出門之後，我就不客氣地接收寒月吃剩的魚糕了。這時的我，再也不是一隻尋常的貓，起碼足以與桃川如燕⑥故事裡講述的貓，以及格雷⑦筆下那隻偷吃金魚的貓相提並論，我也不再把車夫家的老黑放在眼裡了。現在的我，總不至於連吃片魚糕還會惹來一頓數落吧，何況偷偷摸摸吃零食這種毛病，並不是貓族才有，家裡的女傭也常趁太太不在時，不客氣地偷吃糕餅，而且是一吃再吃。不單是女傭，事實上，連太太誇口家教嚴謹的小孩們也是這樣的。每天早上主人吃麵包時，兩個孩子總要分一點來蘸著砂糖吃，但約莫在四五天前吧，兩個小孩在主人和太太還在睡時早早醒來，面對面坐在餐桌前，糖罐正巧擱在餐桌上，連糖杓都在裡面。由於沒有人像平時那樣幫忙分糖，大的那個就從糖罐裡舀出一杓糖到自己的碟子上。小的跟著模仿姐姐，也舀出同樣一杓糖到自己的碟子上。兩個小孩瞪著對方，大的那個又往自己的碟子添了滿滿一杓，小的也馬上拿過杓子，學姐姐添了同樣一大杓。接著，姐姐又舀了一杓，妹妹也不肯服輸地加了一杓。姐姐把手伸向糖罐，妹妹也跟著抓起糖杓。就這樣妳一杓我一杓，終於兩枚碟子各堆出一座糖山，而罐子裡的糖僅僅剩下不到一杓了。這時候，主人揉著惺忪的睡眼從臥房走了出來，把她們舀了半天的砂糖全都倒回罐子裡。由此可見，人類從利己主義發展出來的公平原則或許比貓族來得優越，但是智慧卻比貓族還要低等。依我看來，何必把砂糖堆得像山一樣高，趕緊多舔幾口才是上上之策呀。可惜，還是那句老話，人類聽不懂我的語言，我也只好閉著嘴巴，伏在飯桶上同情地望著這場無謂的爭奪戰。

不曉得主人和寒月到底去什麼地方散步，也不知道他們是怎麼逛的，總之主人那天晚上回到家時已是夜裡，隔天早晨坐上餐桌已是九時許了。我照例伏在飯桶上觀看用餐的情景，他一語不發地吃著年糕湯，吃了一碗又一碗。雖說年糕塊切得不大，可他也一連吃了六七塊，最後一塊剩在碗裡，說句不吃了就放下筷子。要是換成別人耍脾氣不吃完，他絕對不會輕易放過，但他卻若無其事地看著既焦又糊的年糕屍骸沉在濁糊的湯汁裡，得意地展現一家之主的威風。太太從壁

⑤即日俄戰爭中的旅順會戰，日軍於一九〇五年一月一日攻下俄軍艦隊駐守的旅順港，當時日本國內多處舉辦了遊行慶祝活動。
⑥桃川如燕為說書名派歷代承襲的名號，此處指的是第一代，本名為杉浦要助（一八三二～一八九八），擅長講述《百貓傳》。
⑦湯瑪斯・格雷（Thomas Gray，一七一六～一七七一），英國詩人，曾寫過一首關於貓的詩〈哀悼溺死於金魚缸的愛貓〉（*Ode on the Death of a Favourite Cat Drowned in a Tub of Goldfishes*）。

櫥裡取出高氏健胃藥擱在桌上。「這藥不管用，不吃！」主人說道。「聽說這對澱粉質的東西很有效，您還是吃了比較好吧。」太太勸他服用，主人堅持不肯。「管它是不是澱粉，總之沒效用！」「您做事就是無法持之以恆。」太太喃喃說道。「不是我無法持之以恆，是這藥不管用！」「可是前陣子您不是說這藥真有效、真有效，天天都服用嗎？」「那陣子有效啦！這陣子沒效啦！」主人的回答對仗工整。「像這樣吃吃停停的，再怎麼有效的藥也沒成效了。您得耐著性子才行，胃病可不像別的病，不容易治好呢。」太太說著，轉頭看了一眼捧著托盤在旁伺候的女傭，她二話不說立刻幫腔。「太太說得對極了！要再多吃一陣子才知道這藥究竟是好還是壞嘛。」「隨妳們說去，我說不吃就是不吃！女人家懂什麼，給我閉上嘴！」「反正本來就是女人家嘛！」太太將高氏健胃藥往主人面前使勁一推，非逼他服用不可。主人一聲不吭，起身進了書房。太太和女傭對看一眼，沒好氣地笑了起來。這種時候我要是跟著進去爬到主人的膝腿上，肯定要倒大楣的，於是悄悄繞去院子，從那邊跳上書房的簷廊，往紙門的縫隙窺探，瞧見主人攤開一本名叫愛比克泰德⑧的人寫的書正在瀏覽。他如果能和平常一樣讀下去，可就讓我另眼相看了。五、六分鐘過後，他把書本用力扔到桌上。這樣的結果早就被我猜中了。我繼續觀察下去，這回他拿出日記本來，寫了以下這段文字：

與寒月到根津、上野、池之端，及神田一帶散步。於池之端妓館門前，見到藝妓身穿下襬綴有紋飾的春裳，在玩拍擊板羽球的遊戲。衣裳雖美，面貌卻極醜，和家裡的貓有幾分相像。

就算要說人長得醜，也不必拿我當例子吧。若讓我上喜多理髮店⑨去刮一刮臉，相貌也和人類沒多大差別。真是的，人類還以為自己長得有多美呢。

拐過寶丹本鋪⑩的轉角，迎面又走來一名藝妓。此女身形纖瘦，雙肩斜垂，模樣好看，一身淡紫衣裳亦穿得整齊優雅。她嫣然露出皓齒笑道：「源哥，人家昨夜實在太忙了……」，可惜聲音如浪跡天涯之客那般沙啞，白白糟蹋美妙風韻，吾人連返身探瞧所謂源哥乃何許人也亦嫌麻煩，照樣袖手向御成道⑪邁步走去。一旁寒月貌似心神不寧。

天底下最難懂的莫過於人心。我一點也猜不出眼前主人此刻的心情是生氣，還是欣喜，抑或試圖從哲學家的遺著裡尋求一絲安慰。我也完全摸不透他在冷眼笑看凡塵，還是渴望融入人間；他正為芝麻小事而火冒三丈，抑或超然置身於俗世之外。同樣面對這樣的情況，貓族可就單純多了。我們想吃就吃，想睡就睡；生氣時盡情發怒，想哭時嚎啕大哭。不說別的，我們絕不寫日記那種沒用的玩意，根本沒有寫它的必要。像主人那樣表裡不一的人類，也許才需要躲在暗室裡寫寫日記，抒發其不為人知的真性情；可是我們貓族，從行住坐臥到屙屎送尿⑫，無一不是真

⑧愛比克泰德（Epictetus，約西元五五～一三五年），希臘斯多噶派哲學家。
⑨當時開設於東京帝國大學正門附近的一家理髮店。
⑩守田寶丹本鋪，開設於現今的東京都台東區上野二丁目，主要的販售藥品「寶丹」為當時的家庭常備藥。
⑪御成道是皇族或將軍等具有高貴身分者外出時行經道路的尊稱。此處指現今的東京都神田萬世橋連接至上野廣小路的一條道路，因德川幕府時代的將軍從此路前往參拜上野寬永寺與淺草寺而得名。
⑫「行住坐臥、屙屎送尿」皆為佛教用語，意指日常生活中的一切行為進退。

正的日記，所以不必大費周章，想辦法將自己的真實的樣貌留存下來。要有那個閒功夫寫日記，還不如去簷廊睡一覺來得暢快呢！

吾人在神田某家飯館用晚膳，飲下兩三盅久違的正宗清酒，今晨胃腸狀況甚佳。竊以爲，晚膳小酌對胃疾大有裨益。高氏健胃藥毫無效用。任誰吹噓都無濟於事。總而言之，無效之物就是無效。

主人胡亂抨擊高氏健胃藥，簡直像在和自己吵架似的。今天早上他之所以發了好大一頓脾氣，總算從這裡看出了一點眉目。這或許就是人類寫日記真正的理由吧。

日前聽從〇〇建議停用早膳有助健胃，小試兩三日未用早膳，腹内咕咕叫鳴，不見功效。△△忠告，斷不可食醬菜，醬菜乃是胃疾之源，禁食醬菜即可斬除胃疾病根，康復指日可待。此後一周未曾伸箸稍沾，可惜未見效用，近來重又復食醬菜。就教××，唯有按腹揉療法方可治癒，但尋常按摩無濟於事，須用皆川流派之古法揉按一兩回，一般胃疾均可根治。據聞安井息軒⑬亦相當喜愛這種按摩技法，連豪傑坂本龍馬⑭也時常接受此種療法。吾人聽畢，急赴上根岸求治。豈料施治者說，正如斷骨非得揉捏才可治癒，五髒六腑亦需來個翻江倒海才能根治云云，施治過程殘忍如酷刑。揉療之後，渾身癱軟如棉，彷彿患上昏睡症，僅去一趟再也不敢領教了。A君說，莫吃固體食物。其後某日只喝牛奶，腸中咕嚕咕嚕作響，宛如水災鬧騰，整夜難眠。B氏曰，以橫隔膜呼吸幫助内臟運動，自可強健胃部功能，不妨一試。此法亦數度嘗試，總覺腹內擾動難受。況且，偶爾想起方聚精會神依樣照做，五六分鐘過後旋即故態復萌。倘若時刻牢記，心裡掛記橫隔膜，結果無法讀閱也不能寫文。美學家迷亭見此模樣諷曰，既非臨盆孕男，何苦醜態盡現？近來於是作罷。C先生云，蕎麥麵或有助益。隨即接連食用蕎麥清湯麵與蕎麥涼麵，無奈毫不見效，僅招腹瀉。吾人爲求醫治胃疾，已極盡所能遍嘗百草，每每徒勞無功。然而昨夜與寒月斟飲三杯正宗清酒，確實奏效。往後每晚小酌兩三杯爲宜。

我敢肯定主人這項決定絕對無法持之以恆，他不管做什麼都沒有毅力。他的心情和我的眼珠子一樣，瞬息萬變。不但如此，他雖在日記裡對胃疾擔心得不得了，在人前卻又裝得一副蠻不在乎，實在可笑。前些天，他的朋友某某學者來訪，發表高見，認為一切疾病不外乎祖先與自身犯下罪惡的報應。那位學者對此似乎頗有研究，聽他立論精闢，條理明晰，邏輯清楚。可憐我家主人，既沒有腦筋好駁斥，也沒有學識可反對，只是覺得自己正苦於胃疾，總得辯解幾句來保住面子，於是說道：「你的觀點很有意思，不過，大名鼎鼎的卡萊爾⑮也有胃疾喔！」話中之意是，就連卡萊爾也有胃不好的毛病，那麼我患胃疾可是件光榮的事。這個回答簡直驢脣不對馬嘴。那位朋友聽了以後，嚴厲指責：「雖然卡萊爾有胃疾，可是有胃疾的人未必都能成為卡萊爾！」這番話說得主人啞口無言。別瞧他那麼要面子，其實心裡還是巴不得有副強健的胃腸，才會可笑地

⑬安井息軒（一七九九～一八七六），日本江戶末期儒學家。
⑭坂本龍馬（一八三五～一八六七），日本江戶末期土佐藩武士。
⑮參見第47頁注釋⑨。湯瑪斯·卡萊爾（Thomas Carlyle，一七九五～一八八一），蘇格蘭哲學家，代表作為《法國大革命史》。

在日記裡寫下從今天開始晚上都要喝酒。回想起來，他今天早上吃了那麼多年糕湯，說不定就是昨晚和寒月對飲的緣故。我也想吃年糕了。

我雖是貓，一般東西倒是都吃。我沒辦法像車夫家的老黑那般神勇地遠征窄弄裡的魚鋪子，更沒有那個命像小巷裡二弦琴師傅家的三花子過著嬌貴的好日子，所以幾乎不太挑食。小孩吃東西時掉落的麵包屑也吃，糕點餡也嘗，醬菜難吃得很，但為了明白是什麼滋味，我還是吃過兩片醃蘿蔔。奇妙的是，照這個吃法，絕大都數東西都能入口。既然是一隻寄居在教師家的貓，就不該任性嬌縱，挑三揀四地嚷嚷著這些都不愛吃。聽主人說，法國有個名叫巴爾札克的小說家非常奢侈。不過，這裡說的奢侈不是指他天天享用山珍海味，而是說他身為小說家，對於文字的講究極盡奢侈之能。有一天，巴爾札克想為正在撰寫的小說人物取名字，左思右想都不滿意，這時有個朋友來家裡玩，便邀朋友一起出門散步。那位朋友根本不知道是怎麼回事，就被帶出去了。巴爾札克走在街上，別無他事，一心只想找到、只想發現一個自己搜索枯腸仍未曾覓得的人物名字，因此沿途什麼都不做，只管邊走邊看店鋪招牌。可是找了老半天，都沒有稱心的名字，他就這樣帶著朋友到處逛，朋友也滿頭霧水地跟著他一路走。他們從早到晚，在整座巴黎的大街小巷間穿梭探險。回程的途中，巴爾札克偶然瞥見一家裁縫鋪的招牌，店名寫的是「馬可仕」。巴爾札克拍手叫道：「非它莫屬，就是它了！『馬可仕』這名字太好了！『馬可仕』的前面再加上個字母縮寫『Z』，就是個完美的名字了。不加個『Z』字可不成！『Z・Marcus』實在太妙了！之前自己起的名字一開始覺得真好，之後看了還是有點做作，乏善可陳。這下總算找到稱心如意的名字了！」他一個人歡天喜地，根本忘了朋友陪著他辛苦受累。話說回來，不過是為了給小說裡的人物取個名字，非得耗費一整天探索巴黎，未免大費周章。這樣的奢侈固然值得稱許，但我這種家裡有個牡蠣似的主人的小貓，實在提不起勁去做那種事。隨便什麼都好，只要是吃的就行。我這種性格恐怕是環境養成的吧。我現在想吃年糕湯，絕對不是因為貪食美味，而是覺得自己得趁任何東西都還能吃得下去的時候吃一些，再加上想到主人吃剩的年糕湯或許還放在灶房裡……，不如繞去灶房瞧一瞧。

黏在碗底的那塊年糕的顏色還是和今天早上一樣。坦白說，年糕這玩意我到現在連一口都沒吃過。看起來似乎挺好吃的，但又有些噁心。我抬起前腳把黏在上面的菜葉剝下來，發現年糕的外皮沾在爪子上黏乎乎的，我把爪子湊到鼻前一聞，嗅到把鍋底的米飯盛到飯桶裡時飄出的那種氣味。我四下打量，心裡盤算著到底該不該吃。不知道該說是走運還是倒楣，灶房剛好一個人都沒有。女傭頂著一張從歲末到新春都一樣的臭臉在玩板羽球，小孩在內室唱著歌「小兔子你在說什麼呀⑯」，現在可是吃年糕的最佳時刻，錯過這個機會，就得再等上整整一年，才能嚐到年糕的滋味。我雖是一介貓輩，倒也在這一刻悟出了一項真理：「舉凡動物，遇上這天賜良機，無不甘願鋌而走險。」坦白說，我對年糕沒多大興趣，愈仔細瞧它待在碗底的模樣，我就愈覺得反胃，實在不想吃它。倘若這時女傭恰巧開了後門進來，或是小孩的腳步聲由遠而近傳了過來，我必定毫不遲疑地放棄那只碗，並且直到明年都不再想起年糕湯的事。然而，誰也沒出現。任憑我再三猶豫，依然不見任何人影，我不禁在心裡催促自己，快趁現在吃呀！我盯著碗底，暗自盼望著有人趕緊進來，卻還是沒人來。看來，我只好吃這塊年糕了。於是，我勾著碗緣，把全身的

⑯日本家喻戶曉的兒歌《兔子和烏龜》的其中一句歌詞。

重量探向碗底，張大嘴巴咬住年糕一角約莫一寸長。按理說，我都已經使出這麼大的力氣了，一般東西都可以咬斷，結果卻令我大出意外！我原本以為應該咬斷了年糕而準備鬆開牙齒時，牙齒竟然抽不回來。我心想再張口咬一次吧，無奈嘴巴也不得動彈。當我驚覺年糕根本是個妖怪時，已經來不及了。我猶如一腳陷入沼澤裡的人，急著拔出腿反倒陷得更深，嘴巴愈用力咬卻益發沉重，牙齒根本無法挪動。那玩意嚼勁十足，卻也因為太有嚼勁而拿它一點辦法也沒有。美學家迷亭先生曾經批評過我家主人是個優柔寡斷的人，這個形容還真貼切。這塊年糕也像我家主人一樣拖泥帶水，即使我咬了又咬，仍然像十除以三的答案，怎麼除也除不盡。就在這個苦惱的時刻，我腦中又閃現了第二項真理：「舉凡動物，皆可憑直覺預測禍福吉凶。」我雖然已經想出了兩個真理，可是牙齒依舊被年糕牢牢鉗住，根本高興不起來。年糕嵌進了牙齒裡，疼得像拔牙一樣。我若是不快些咬斷逃走，眼看著女傭就要來了。現在也聽不到小孩的歌聲，她們一定是跑來灶房了。我急得要命，把尾巴甩了好幾圈，可惜沒有任何效果；再把耳朵豎起又垂下，仍舊沒用。我想一想才察覺，耳朵和尾巴都和年糕毫不相干，根本白白甩尾巴、白白豎耳朵，又白白垂耳朵了，索性作罷。過了好半晌才想到，我只能靠前腳把年糕拿掉。我先抬起右腳，在嘴巴周圍來回搓磨，可是光這樣搓磨並不能把年糕截斷；我接著伸出左腳，以嘴巴為中心快速畫圈，但是這樣念咒作法還是擺脫不了年糕妖怪。我心想，做事最重要的是毅力，於是左右開弓輪流出擊，然而年糕依然在牙齒下面懸盪。哎，麻煩死了，乾脆兩隻腳一起來吧！說也奇怪，我居然破天荒只靠兩條後腿站了起來，簡直不是一隻貓了。不過，是貓也好，不是也罷，事到如今我已經顧不得那麼多了，總之唯一的目標就是把這個年糕妖怪弄下來，於是我拚命往臉上胡抓一番。由於前腳使勁過猛，我好幾度險些失去平衡摔下去，每次身子一歪就得靠後腳調整重心，可我又沒辦法在原地站得直挺挺的，以致於在灶房裡四處打轉兜繞。真沒想到我這麼靈活，居然站得住。剎時間，我又發現第三項真理：「大難當頭，平日不能之事亦能也，此謂天佑」。就在我與年糕妖怪殊死決戰之際，忽然聽見有人從內室走了過來。萬一被人撞見了這種節骨眼那還了得，於是我更加焦急地滿灶房亂跑。腳步聲愈來愈近。唉，可惜老天的庇佑還差那麼一點，小孩還是發現了我，立刻高聲大叫：「哎呀，貓兒吃了年糕湯在跳舞！」第一個聽到小孩叫喊的是女傭，她把羽球毽和羽球板隨手一扔，從後門衝了進來，見狀立刻嚷嚷著：「唉呀真是的！」接著是身穿染有家徽縐綢和服的太太啐了句：「這貓真討厭！」就連走出書房來探看的主人也罵了聲：「這混帳東西！」只有小孩子直喊著真好玩呀真好玩！一群人簡直像說好了似的，齊聲哈哈大笑。我既惱怒又難受，偏偏又沒辦法停下來，只得一邊胡蹦亂跳，一邊憂愁到底該怎麼辦才好。好半晌，眾人笑聲漸斂，豈料那個五歲的小女孩又添了一句：「媽媽，貓兒也跳太久了吧。」此話一出，好不容易止住的笑聲頓如狂瀾之勢，再度掀起一陣大笑。人類缺乏同情心的種種行徑我好歹聽過也看過不少，卻從來不曾像這一刻那麼憤恨難消。到最後，老天也不再庇佑我了，我重新恢復四腳著地的樣態，兩眼翻白，驚恐萬分，醜態盡露。主人畢竟不忍心見死不救，於是吩咐女傭：「好了，幫牠拿掉年糕。」女傭望向太太，那眼神的意思是讓牠再多跳一會兒不是頂好嗎？太太雖然想欣賞貓兒跳舞的模樣，倒也不願意為此害死一隻貓，於是沒有回應。主人再次轉頭命令女傭：「不幫牠拿掉就要死了，快些拿下來！」她臉上的表情彷彿在夢裡享用山珍海味到一半卻被吵醒了似的，不耐煩地抓住年糕，使勁一拽。她根本不顧我疼不疼，就這麼惡狠狠地用力拽拉，牢牢嵌在年糕裡的牙齒疼得我死去活來。我不是寒月，但那時還以為門牙全被拔斷了。霎時間，我又體悟到第四項真理：「舉凡一切安樂，皆須出於苦難。」等我如釋重負地環顧周遭時，家裡的人已經進內室去了。

這麼丟臉的時候還待在家裡和女傭打照面，我覺得怪不好意思，不如去找巷子裡二弦琴師傅家的三花子散散心，於是我從灶房的後門走了出去。三花子可是這一帶遠近馳名的美貓，我雖是貓而不是人，對於世間的男女情愛卻也略知一二。每當我在家裡見到主人愁容滿面，或是挨了女傭一頓好罵而情緒低落時，一定會去找這位異性好友聊聊天，說著說著心情就好轉了，方才的煩憂難受全都拋到腦後，彷彿重獲新生，女性的力量實在不容小覷。我不知道她在不在家，於是從杉樹籬笆的縫隙間望進裡面探找，一眼就瞧見三花子儀態端莊地坐在簷廊上。新年新氣象，她脖子上還戴著一條簇新的項圈。她圓潤的背脊極盡曲線之美，美得難以言喻；彎曲的尾巴、蹲立的腿腳、倦懶地微微搧動耳朵的模樣，簡直無法以筆墨形容。她優雅地待在暖洋洋的陽光下，肅然危坐，一身勝過天鵝絨的豐毛在春光的照耀下顯得光滑無比，即使靜止無風也彷彿飄然徐擺。我一時看得入迷，好半天才回過神來，忙著抬起前腳向她打招呼，並且一連喊了幾聲：「三花子姑娘！三花子姑娘！」「哎呀，可不是老師嗎？」三花子回應著並且步下了簷廊，繫在她的紅項圈上的鈴鐺叮叮噹噹響個不停。我心裡正讚嘆著：「過年時還掛上了鈴鐺，那聲音真好聽……」，三花子已經來到我的身旁，尾巴往左一搖，道了聲：「老師好，新年恭喜！」我們貓族彼此問候時，會將尾巴像木棒一樣豎起來，再朝左邊轉一圈。在這條街上，唯獨這位三花子稱我一聲老師。前面已經說過，我到現在還沒有名字，只有三花子總是開口閉口尊敬地稱我為老師，因為我住在教師家。聽到這句尊稱，我當然開心極了，忙不迭地連聲回應：「好好好，恭喜恭喜！打扮得真漂亮啊！」「是呀，去年底師傅買給我的，很漂亮吧？」說著，她在我面前將鈴鐺甩得叮噹作響。「不錯，音色真美。我從小到大，還沒見過這麼好看的呢。」「哎喲，哪兒的話，大家的頸子上都戴一兩顆哪！」她再叮叮噹噹晃了幾聲。「好聽吧？我真開心！」她又將脖子上的鈴鐺搖了又搖。「這麼看來，妳家師傅對妳實在疼愛有加。」相較於自己的境遇，我不禁暗暗羨慕。純潔的三花子天真地笑著說：「可不是嗎，簡直拿我當親生女兒唷！」我們貓族也會笑。人類以為自己是唯一會笑的動物，那可就錯了。我們笑的時候，鼻孔呈三角形，喉結震動，人類應該看不出來。「妳家主人到底是做什麼的？」「咦，主人？這說法挺新鮮。她是一位師傅，二弦琴師傅唷。」「這我曉得。我問的是她的身分。以前應該是一位出身尊貴的人士吧？」「是呀。」這時，從紙門裡面傳出了師傅彈奏二弦琴的樂音。

姬小松⑰下待　企足矯首盼君歸……

「琴聲很美吧？」三花子得意地說。「大概不錯吧，可惜我聽不出個門道。這彈的到底是什麼曲子？」「哎呀，那支曲子叫什麼來著？師傅最喜歡的就是那一支唷。……師傅瞧著年輕，其實已有六十二了，身子還硬朗得很呢。」年紀上了六十二還活著，當然不能不說是硬朗了。我於是應了一聲「喔」。儘管這回答有些愚蠢，可是我一時半刻也擠不出更高明的答案，只好隨口帶過。「別看她現在這樣，出身可是十分高貴喔。我常聽她這麼說。」「是喔？她是什麼來歷？」「聽說是天璋院⑱的文書官的妹妹夫家的婆婆的外甥的女兒。」「妳說什麼？」「就是那位天璋

⑰小松為一種小型松樹，又名日本五葉松、日本白松。此句原文為「君を待つ間の姬小松」，直譯是「等候著您的姬小松」，「松」與「待」的日文發音相同，藉此訴說一位女子苦候已久的愁思。

⑱天璋院（一八三六～一八八三），德川家第十三代將軍德川家定的正室，於家定過世之後遁入佛門，從篤姬之名改為法號天璋院。

院的文書官的妹妹的夫家的……」「原來如此。請講慢一點，是天璋院的妹妹的文書官的……」「哎呀，您說錯了，是天璋院的文書官的妹妹的……」「好，我懂了。天璋院，對吧？」「是的。」「的文書官，對吧？」「是呀。」「的夫家。」「是妹妹的夫家才對喔！」「對對對，我弄錯了，是妹妹的夫家。」「的婆婆的外甥的女兒嘛。」「的婆婆的外甥的女兒嗎？」「是呀，這樣您明白了吧？」「不明白。亂糟糟的，一點都抓不到頭緒。總歸一句話，她到底是天璋院的什麼人啊？」「您怎麼這麼糊塗呢？不是說了，她是天璋院的文書官的妹妹夫家的婆婆的外甥的女兒呀，我方才不是講了好幾遍嗎？」「那個我倒是全聽懂了。」「您只要聽懂那個就可以了嘛。」「是啊。」我不得不投降了。有些時候，我們也不得不講些貌似有理的違心之論。

紙門裡面的二弦琴聲戛然而止，接著是師傅的喚叫聲。「三花子呀、三花子呀，吃飯嘍！」三花子高興地說：「哎呀，師傅喊我了，我得回去了，行嗎？」就算我說不行也無濟於事。「那麼，請您改天再來玩。」她晃動著鈴鐺叮噹作響地離開，快到簷廊時又突然折了回來，擔心地問我：「您氣色很不好，怎麼了嗎？」我總不能告訴她是因為吃年糕湯而跳了一場舞的緣故，只好回答：「沒什麼大不了的，只是想點事情，結果犯了頭疼。老實說，我覺得只要跟妳說說話，頭應該就不疼了，所以才來這裡找妳的。」「這樣呀。那麼請多保重，再見！」她看起來有點依依不捨。經過這番聊談，吃年糕湯惹來的晦氣一掃而空，我又振作起來了，心情暢快無比。回程時，我打算抄近路穿過那塊茶圃，於是踏著地上開始融化的霜柱，往建仁寺式編紮的竹籬笆破洞探頭一看，卻瞧見車夫家的老黑又在枯菊上弓著背打呵欠。現在的我已不再是那個一看到老黑就害怕的膽小鬼了，不過要是他找我搭話，我又嫌麻煩，所以乾脆當作沒看見走過去。無奈以老黑的脾氣，一旦發現別人沒把他放在眼裡，他絕對不肯善罷甘休。「喂，沒名沒姓的土包子，最近挺神氣活現的嘛！就算天天都在老師家吃飯，也犯不著一臉驕傲吧？這樣瞧不起人太沒意思啦！」如此看來，老黑還不知道我已赫赫有名了。我雖想解釋一下，但想來他也聽不明白，不如客套幾句，能溜就趕緊溜之大吉。「嘿，是黑哥啊，恭喜恭喜！您還是一樣神采奕奕！」我豎起尾巴，朝左轉了一圈。老黑只豎起尾巴，並不回禮。「有啥好恭喜的？要是大過年的就得恭喜，你這個從年頭笨到年尾的傢伙才該恭喜咧！頭殼通風的小子，給我當心點！」頭殼通風似乎是句罵人的話，可是我不懂。「請問一下，頭殼通風是什麼意思？」「哎，挨了罵還問是什麼意思？就是說你空空如也啦！」空空如也，聽起來挺有詩意的，但究竟是什麼意思，簡直比頭殼通風更難以理解。我本想追問求知，可是就算問了，他也不會給我一個清楚的答覆，只好一聲不吭地站著，大眼瞪小眼，一時有些彆扭。就在這時，老黑家的車夫老婆高聲臭罵：「咦，放在擱板上的鮭魚不見了？不得了，又被老黑那個畜牲給偷啦！這貓真該死！待會兒回來，瞧我怎麼收拾你！」車夫老婆的咆哮聲肆無忌憚地撼動著初春恬靜的氛圍，倏然把千秋萬世風止樹靜⑲的氣氛搞得俗不可耐。老黑擺出一副愛罵就隨妳罵個夠的無賴樣，把國字下顎朝前一頂，示意我聽見了吧？我方才忙著和老黑周旋，沒法分神，直到這時才發現老黑的腳下掉著一塊沾滿泥巴的鮭魚骨頭，估計值個二分三厘錢。我頓時把他剛才罵我的惡行惡狀拋到腦後，奉上一句讚嘆：「您真是寶刀未老呀！」不過老黑可沒那麼容易討好，單憑一句話就會龍心大悅。只見他把右前腳往後一拐，搭上肩頭，好似捋胳膊挽袖子那般豪氣。「渾小子，什麼寶刀老不老的！不過是叼一兩塊鮭魚骨頭，有啥好拿

⑲出自謠曲〈高砂〉的唱詞。

來說嘴的！別瞧不起我，大爺我可是車夫家的老黑！」「第一次見到您的那時候，就知道您是老黑兄了。」「既然知道，居然還敢說什麼寶刀未老，豈有此理！」他愈說愈火冒三丈。我如果是人，早就被他一把揪住領口晃得死去活來了。我有些膽怯，心想大事不妙，這時又聽到車夫老婆扯起大嗓門買牛肉，劃破了左鄰右舍的寧靜：「哎，我說西川⑳老闆！喂，西川老闆啊！走那麼快做啥，有事找你呀！快點送一斤牛肉來！聽到了沒？知道了吧？我要一斤嫩一點的牛肉喔！」「哼，不過是一年買一次牛肉，需要這麼大聲嚷嚷嗎？光是一斤牛肉也要向鄰居炫耀一番，這婆娘哪來那麼多心眼！」老黑一邊譏笑，四條腿用力蹬地。我想不到話搭腔，只好不作聲地看著他。「區區一斤肉還不夠我塞牙縫。算了，買了就買了，我現在就去吃掉！」瞧他說的，根本把那斤牛肉當成特地為他買的。我抓住這個時機催他回去，於是說：「這回可是真正的上好美味，好極了！」「不關你的事，少囉嗦！給我閉嘴！」說著，他後腿一蹬，被刨起的霜柱碎冰全撲到我臉上，把我嚇了一大跳。我正忙著抖落身上的髒泥巴時，老黑已經鑽過籬笆，不知去向，想必是盯上西川老闆那裡的牛肉了。

一進家門，客廳裡難得的滿室春光，就連主人的笑聲聽起來也格外爽朗。我納悶地跳上敞開的簷廊，走到主人身邊一看，是位陌生的來客。這位男客的髮線分梳整齊，身穿染有家徽的棉布外褂和小倉面料的寬襬褲，似乎是個規規矩矩的讀書人。我朝主人的手爐那邊看過去，就在春慶漆菸盒旁，擺著一張名片，上面寫著「懇請惠允接見越智東風」，並且署名「水島寒月」。於是我不但知道客人的名字，還曉得他是寒月的朋友了。因為是半途才開始聽，所以我不太清楚主人和客人剛才聊了些什麼，內容似乎和我上回介紹過的那位美學家迷亭先生有關。

「他說要讓我見識有趣的巧思，讓我務必隨他一同前往。」客人不慌不忙地說。「你是說，他要你陪同去西餐館吃午飯，並說會有巧思嗎？」主人為客人續了茶，遞到他面前。「這個嘛，我當時也不明白何謂巧思，總之，以那位先生的作風，應當有什麼新花樣吧……」「所以，你就和他一道去了？原來如此。」「沒想到，事情出乎我意料之外。」聽到這裡，主人宛如目睹現場似的，朝趴在膝上的我敲了一記腦門。有點疼呀。「他又胡鬧了一場吧？那人就有這老毛病。」主人忽然回想起安德烈亞・德爾・薩爾托的那椿惡作劇。「您說得是。他說，來嚐些新奇的東西吧。」「吃了什麼？」「他先是看著菜單，就各種菜餚發表了高見。」「那時還沒點菜嗎？」「是的。」「後來呢？」「後來他轉頭看著服務生問說，沒瞧見什麼新奇的菜色哪。服務生不服氣地詢問要不要試試鴨胸肉或犢牛排？迷亭先生說自己大老遠專程來一趟，可不是為了吃那種庸俗調。服務生不懂庸俗調一詞的意涵，頓時一臉僵硬，不再回話了。」「那是當然。」「然後，迷亭先生威風凜凜地對我說，你若是去到法國和英國，就能盡情享用天明調及萬葉調㉑，可惜在日本不管上哪裡，端出來的全是一模一樣的東西，讓人提不起勁踏進西餐館。……請問他放過洋嗎？」「哪兒的話，迷亭幾時放過洋！他有錢有閒，想去倒是隨時都能出發。依我看，他大抵是把日後的計畫講成好像去過似的，拿人尋開心吧。」主人覺得自己妙語如珠，笑了起來，希望客人也能悟出箇中俏皮，但是客人並沒有露出佩服的表情。「是嗎？我還認真地洗耳恭聽，以為迷亭先生什麼時候又放洋了，畢竟他形容蛞蝓湯和燉青蛙的時候，簡直像親眼看過一樣。」「大概

⑳當時知名的肉鋪。

㉑前文的「庸俗調」日文為「月並」，明治時期俳人正岡子規以此批判舊派俳句。「天明調」是江戶中期的安永至天明年間，與謝蕪村等俳人倡導恢復松尾芭蕉時代的俳風；「萬葉調」則指《萬葉集》時代的和歌風格。

是從別人那裡聽來的吧。胡說八道可是他的看家本領。」「恐怕真如您所說的。」客人說著，望向花瓶裡的水仙，臉上隱約透著一抹遺憾。主人進一步追問：「那麼，他所謂的巧思，就是這些嗎？」「不，這只是序幕而已，好戲正要上場。」「是哦……」主人發出好奇的感嘆聲。「接下來，迷亭先生與我商量，照這麼看，蛞蝓和青蛙是吃不到了，不如退而求其次，吃點橡面坊㉒來充數吧？我沒多想便告訴他，那就依您說的吧。」「這樣啊，橡面坊未免有些蹊蹺。」「是的，如今想來確實蹊蹺。但是迷亭先生說得振振有詞，我一時沒能察覺。」客人宛如在為自己的粗心向主人道歉。「後來怎麼樣了？」主人對客人的歉意沒有表示絲毫同情，漠不關心地接續問道。「後來他要服務生送兩份橡面坊來，服務生向他確認是絞肉丸嗎？迷亭先生板起面孔糾正服務生，不是絞肉丸，是橡面坊！」「那麼，真有一道菜叫橡面坊的嗎？」「這個我也不知道。我那時同樣覺得有些異樣，可是一來迷亭先生的態度從容鎮定，再者他對西洋的事知之甚詳，況且我滿心以為他放過洋，於是也幫著告訴服務生就是橡面坊，絕錯不了！」「服務生怎麼處理？」「要說那個服務生呢，現在想來實在滑稽。他思索一會兒之後開口說，實在非常抱歉，今天不巧沒有橡面坊，若是願意改成絞肉丸，現在就能為您們送上兩份。迷亭先生十分遺憾地說，這樣就枉費我們專程來這一趟了，當真不能想想辦法張羅兩盤給我們品嘗嗎？說完，他給了服務生二十分銀幣。服務生於是說，那麼我先去和廚師商量一下，然後就進廚房去了。」「如此看來，他真的很想吃橡面坊呢。」「沒多久，服務生走來說，非常抱歉，若您要點這道菜，得花些時間烹煮。迷亭先生從容不迫地說，反正過年嘛，我們閒著沒事，在這裡多等些時候吃了再走也不礙事。說完，他掏出一支雪茄開始吞雲吐霧。我沒辦法，只好從懷裡掏出《日本新聞》來讀。至於那個服務生，又進廚房討論去了。」「真是費周張哪！」主人身子往前探，像在認真讀戰地通訊似的。「過一陣子服務生又出來了，可憐兮兮地說，最近橡面坊的食材缺貨，就算去龜屋和橫濱的十五號㉓也買不到，這陣子恐怕無法為顧客提供。迷亭先生看著我，連聲說太不巧了，我們可是為此而來的。我也不好悶不作聲，只得跟著說真遺憾，實在太遺憾了！」「所言極是！」主人也深表同意。我可不懂他是指哪句話所言極是。「服務生看起來也同樣遺憾，告訴我們如果改天食材備齊了，務必請兩位貴賓大駕光臨。迷亭先生問他想用什麼食材烹調？服務生只嘿嘿乾笑了幾聲沒有回答。迷亭先生再次問他，用的是日本派㉔的俳人吧？服務生回答是的，就是因為少了那項食材，所以這陣子就算去橫濱也沒能買到，實在萬分抱歉。」「哈哈哈，原來所謂的巧思就是這個！有意思！」難得看到主人這般開懷大笑，我險些從他抖晃的膝頭跌落。主人不顧快摔下去的我，依然逕自笑個不停。我猜，主人是因為得知慘遭安德烈亞．德爾．薩爾托之類惡作劇的不止他一個人，所以變得很高興。「之後，我們兩人走出餐館，迷亭先生十分得意地說，你瞧，一切都按我的劇本進行吧？橡面坊這個哏用得有意思吧？我回答令人佩服得五體投地，然後告辭了。實際上，午飯時間已經過了很久，我餓得受不住了。」「難為你了。」主人直到這時候才給予同情。我也同意主人的這句話。聊到這裡，一時沒了話題，只有從我喉頭發出的聲響傳入賓主兩人的耳裡。

㉒橡面坊為安藤鍊三郎（或安藤練三郎，記者暨日本派俳人，一八六九～一九一四）的筆名。橡面坊（tochimenbou）與絞肉丸（menchibou）諧音。

㉓龜屋為當時位於東京的西洋食品材料行。橫濱的十五號應該位於有許多外國人居住並開設舶來品店的山下町，但是文中提到的該地址（十五號）並不是販售食材的店家。

㉔指一群經常在《日本報》俳句專欄投稿發表的俳人形成的流派，來稿評選人為正岡子規。前文提到的橡面坊（安藤鍊三郎）也屬於這個流派。在這個段落中，迷亭用了許多與俳句一語雙關的意涵。

東風將久置而變涼了的茶一飲而盡，鄭重其事地說：「今日登門拜訪，其實是有一事相求。」「哦？有何貴幹？」主人也同樣斂起了笑意。「如您所知，我喜歡文學與美術……」「很好。」主人表示嘉許。「前幾天，我召集了一些同好組成朗誦會，每個月舉行一次聚會，希望往後能持續這方面的研究，也已經在去年底舉辦過第一次聚會了。」「想請問一下，所謂的朗誦會，到底是以什麼方式進行呢？聽起來似乎是有節奏地朗讀詩歌文章之類的作品。」「關於這個，朗誦會是先由古人之作開始，其後希望能逐漸加入同人的創作。」「所謂的古人之作，是否包含白樂天〈琵琶行〉那樣的詩歌呢？」「不是。」「像與謝蕪村㉕〈春風馬堤曲〉那一類的嗎？」「也不是。」「那麼，朗讀了什麼作品呢？」「上回朗誦了近松㉖的殉情記。」「近松？是那個寫淨瑠璃㉗的近松嗎？」近松這個名字，還會是其他人嗎？說到近松，當然是那位戲曲家了。我覺得主人這句反問簡直愚蠢透頂，但他完全不知道我心裡的老實話，仍然親密地摸著我的頭。這年頭總有人把別人對他的斜睨瞪眼，當成是情意綿綿的表現，所以主人這點小錯誤也就不足為奇，他喜歡摸我的頭就由他摸個夠吧。「是的。」東風回答之後，探瞧著主人臉上的表情變化。「那麼，是由一個人單獨朗誦，還是各自分配角色呢？」「各自分配角色對口朗誦。我們的第一要旨是盡量融入劇中人物的心境，發揮其性格特質，再加上手勢和姿態。台詞盡可能逼真地展現出那個時代的人物，所以從千金小姐到店鋪夥計，全都要有模有樣。」「那麼，這不就和演戲一樣嗎？」「是的，差別只在不穿戲裝，也沒有道具布景。」「恕我問一句，進行得順利嗎？」「這個嘛，我認為第一回應該算成功了。」「那麼你方才提到的殉情記……」「我們朗誦的是船夫載著客人去芳原㉘的那一段。」「那一幕可不容易詮釋呀！」主人不愧是教師，一聽就曉得是哪一段情節。只見他若有所思地微傾著頭，日出牌香菸的菸氣從鼻子飄出來，掠過耳畔，在頰邊繚繞不散。「沒什麼，那一幕還算容易詮釋，出場人物只有客人、船夫、名妓、女侍、鴇母和都管而已。」東風說得一派輕鬆。但是，主人一聽到名妓二字，不禁皺起眉頭，似乎沒有足夠的知識了解女侍、鴇母和都管等等行話，於是馬上提問：「這裡的女侍，是指妓院裡的下女嗎？」「我還沒怎麼研究，但是猜想這裡的女侍應該是指茶館的女佣，而鴇母可能是女傭臥房裡的雜工吧。」東風剛才分明還說什麼要盡量模仿出場人物的聲音腔調，現在看來，他對女侍和鴇母的工作內容根本不太清楚。「原來如此，女侍隸屬於茶館，而鴇母則是住在妓院裡面的人。至於都管，指的是人還是特定場所呢？如果是人，是男還是女呢？」「我覺得應該是指男人。」「他掌管哪些事務呢？」「這個嘛，我沒有調查到那麼詳細的地步。改天再查一查吧！」按這狀況看來，他們對口朗誦那一天，想必是和原本的故事相差十萬八千里的一場鬧劇。我稍稍抬頭望了主人一眼，主人的神情卻意外認真。「朗誦者除了你以外，還有些什麼人參加呢？」「各行各業的人都有。名妓由法學士的K君朗讀。他嘴上蓄鬍，說出口的卻是女人嬌滴滴的台詞，實在不怎麼搭調，而且有一段情節是名妓鬧肚子疼……」「朗誦時也得照樣肚子疼才行嗎？」主人擔心地探問。「是的。總而言之，表情相當重要。」東風始終秉持著文藝家的風範。「肚子疼得順利嗎？」主人問得妙極了。「畢竟是首次登臺，沒那麼容易說疼就疼。」東風也回得巧妙。「對了，你負責什麼角色？」主人問道。「我負責的是船夫。」「哦，你是船夫？」主人的言外之音彷彿在說，如果你能演船夫，那

㉕與謝蕪村（一七一六～一七八三），江戶時代中期的俳人暨畫家。
㉖近松門左衛門（一六五三～一七二五），江戶時代前期的淨瑠璃與歌舞伎劇作家，《曾根崎殉情記》為其代表作。
㉗日本傳統說唱敘事表演，常以三弦琴伴奏。淨瑠璃於江戶時代初期與傀儡戲結合，成為人形淨瑠璃，亦即有說唱敘事及伴奏的傀儡戲。
㉘一般寫為吉原，座落於江戶（現東京）的妓院區。

我好歹也能演個都管。片刻過後，主人毫不客套地挑明問道：「船夫演得吃力嗎？」東風並沒有惱怒，仍然以鎮定的語氣回答：「就因為船夫這個角色，使得費心舉辦的這場聚會落得了虎頭蛇尾的收場，理由是會場隔壁住著四五名女學生，不曉得她們從什麼地方探聽到消息，得知當天有一場朗誦會，於是在會場的窗下旁聽。正當我模仿船夫的口吻漸入佳境，滿意地心想這樣演一定很逼真的時候，……大概是動作太誇張了，一直忍著笑意聆聽的女學生們轟然爆出了笑聲，我頓時既驚慌又羞愧。受到這層挫折以後，後面再也沒法好好讀下去了，只好就此草草散會。」這樣結束的首次朗誦會他竟宣稱一切順利，我不禁想像著他若失敗會是什麼樣的窘況，忍不住笑了起來，喉頭不禁咕嚕咕嚕作響，主人也益發溫柔地摸著我的頭。嘲笑人類反而得到人類的疼愛，我在感謝之餘不免覺得有些可怕。「這簡直是天外飛來橫禍呀！」大過年的，主人居然說了晦氣話。「從第二回開始，我們要更加努力，擴大舉行，今天來拜訪正是為了這件事。我們希望邀請老師入會，借重您的長才。」「我可沒本事鬧肚子疼喔！」態度消極的主人立刻拒絕。「不，我們不會麻煩您鬧肚子疼。這是贊助會員的名冊，敬請過目。」說著，他從一只紫色的包袱裡小心翼翼地拿出一冊小本子，揭開來平放在主人的膝前並說：「懇請在這裡署名與蓋章。」我一看，上面整齊地羅列著當代知名的文學博士與文學士的大名。「這個嘛，我倒不是不願意成為贊助會員，只是想知道需要負擔哪些義務呢？」這位牡蠣老師看來有些擔心。「義務的話並沒有什麼特殊的要求，只要簽上大名表示同意就可以了。」「既然如此，我答應入會。」主人一聽到不必承擔義務，立刻放心下來。他臉上的神情像是只要無須負責，就算是造反的聯署書他也敢寫上名字。不僅如此，能夠讓自己的姓名出現在一群知名學者之中，這對從來不曾享受過這等待遇的主人來說，真可謂無上的光榮，也難怪他火速一口答應。「失陪一下。」主人說完，進去書房拿印章，我就這麼啪嗒一聲摔落到榻席上。東風抓起點心盤裡的蜂蜜蛋糕，一口塞進嘴裡，又費力嚼了好一陣子。看到他有些難受的模樣，使我想起了今天早上的年糕湯事件。就在主人從書房拿來印章的時候，蜂蜜蛋糕也安穩地落進了東風的胃囊裡。主人似乎沒有察覺點心盤裡的蜂蜜蛋糕少了一塊。若是他發現了，第一個懷疑的對象肯定是我吧。

東風告辭之後，主人進入書房，這才看到桌上不知道什麼時候多了一封迷亭先生捎來的信。

「值玆春節，恭賀新禧……」

主人心想，這麼四平八穩的書信還真是破天荒。迷亭先生的來信，幾乎沒一封是正經的。前些時候寄來的信上甚至寫道：「其後並無愛慕之婦人，亦未接得各方情書，暫且韜光養晦，請勿掛念。」相較之下，這封賀年信格外顯得中規中矩。

「理宜造府拜謁，然而不同於仁兄之消極主義，愚弟竭力採取積極方針，計畫迎此千古難見之新年，日日奔忙乃至頭暈眼花，以致遲未成行，尚乞海涵……」

以他的個性，新春佳節一定忙著到處玩樂。主人心裡覺得迷亭先生的確如實照寫。

「昨日偷閒，原擬請東風君品嘗橡面坊，可惜食材告罄，未能如願，萬分遺憾……」

就快露出馬腳了。主人心裡明白，不作聲地微微一笑。

「明日須赴某男爵主辦之和歌紙牌會，後天參加審美學協會之新年宴會，大後天是鳥部教授歡迎會，大大後天則爲……」

囉哩囉嗦！主人跳過這一大段。

「如上所述，一連串謠曲會、俳句會、短歌會、新詩會等等聚會，分身乏術，不克登門拜訪，謹以賀狀暫代，懇請諒恕……」

無須勞駕！主人逕自對著信紙回話。

「日後如蒙光臨寒舍，盼得共進晚餐，以敘舊情。舍下雖未能呈奉珍饈，仍有橡面坊供貴客享用……」

這個沒禮貌的傢伙，又拿橡面坊來胡鬧了！主人有些慍怒。

「無奈橡面坊近日食材告罄，或未及張羅，屆時望請品嘗孔雀舌是盼……」

這無疑是同時備妥兩個方案。主人有興趣往下讀了。

「如仁兄所知，孔雀一只，其舌肉分量不及小指半截。爲供饕家仁兄飽餐一頓……」

胡扯！主人簡直懶得理他了。

「非捕二、三十只孔雀方得應付。然，動物園及淺草花邸㉙等處雖見寥寥數只孔雀，尋常鳥店卻遍尋不著，委實煞費苦心……」

是你自找苦吃的！主人心中沒有絲毫謝意。

「此道孔雀舌佳餚，昔日羅馬鼎盛時期一度風行，可謂極盡奢華之能，素來垂涎已久，敬請諒察……」

什麼諒察不諒察的，荒唐！主人顯得漠不關心。

「直至十六、七世紀，孔雀已成歐洲各地之宴席必備美饌。猶記萊斯特伯爵㉚於凱尼爾沃思城堡㉛設宴款待伊麗莎白女王㉜之時，即曾饗以孔雀。知名畫家林布蘭㉝之作《饗宴圖》，亦繪有開屏孔雀置於食案一景……」

既然有閒功夫詳述孔雀的烹飪史，可見他不如自己說的那麼忙嘛。主人發著牢騷。

「總而言之，近來豐盛餐宴連連，愚弟縱然強健，如仁兄染罹胃疾之日恐不遠矣……」

如仁兄這三個字是廢話！何必拿我當胃疾患者的典型？主人犯起了嘀咕。

「據史學家考證，羅馬人日日排宴二三。倘二三膳皆爲食前方丈，縱爲饕家，亦將致消化機能失調如仁兄……」

又是如仁兄！太失禮了！

「然，爲兼顧奢華與養生，其人竭力窮究，終於獲知於貪享美味之際，亦須維持胃腸常態，由此發明一帖祕方……」

什麼祕方？主人立刻眼睛一亮。

「其人膳後必入浴。入浴後使計嘔盡浴前嚥下之物，清掃胃囊。廓清胃囊之效既奏，再回案前盡情遍嘗美味，嘗後重又入浴並予嘔之。如是行事，縱貪享珍饌，亦不傷內臟器官，可謂一舉兩得……」

有道理，確實是一舉兩得。主人已經面露羨慕的神色了。

「二十世紀之今日，交際頻繁及筵席遞增已無庸贅言。值我軍國多事，討俄二載，深信吾

㉙淺草花屋敷，座落於東京淺草的遊樂園。

㉚第一代萊斯特伯爵，羅伯特·達德利（Robert Dudley, 1st Earl of Leicester KG，一五三二～一五八八），都鐸王朝貴族，英格蘭女王伊麗莎白一世的寵臣。

㉛凱尼爾沃思城堡（Kenilworth），位於英格蘭中部的沃里克郡的一個城市，具有重要的軍事和歷史地位。此地有一座建於十二世紀的凱尼爾沃思城堡，伊麗莎白一世於一五七五年將該城堡慷慨贈與萊斯特伯爵。

㉜伊麗莎白一世（Elizabeth I，一五三三～一六〇三），英格蘭暨愛爾蘭女王，都鐸王朝最後一任君主。在位期間，英格蘭的無敵艦隊擊敗當時的海上霸主西班牙，被譽為黃金時代。

㉝林布蘭（Rembrandt Harmenszoon van Rijn，一六〇六～一六六九），荷蘭代表畫家之一。

等勝國之民仿效羅馬人窮究入浴嘔術之日，業已到臨。若否，竊以爲泱泱大國之民，不久亦將如仁兄，盡數淪爲胃疾病患，委實痛心……」

又是如仁兄！主人心想，這傢伙真惱人。

「通曉西洋諸事如吾人值此之際，自當戮力考證古史傳說，得多年失傳之祕方，若能將之用於明治之世，即可防禍於未然，以此功德聊報國家護吾平素耽樂之恩……」

事有蹊蹺……。主人側著頭推敲。

「因此，邇來涉獵吉本、蒙森㉞、史密斯㉟諸家之作，惜尚未覓得端倪，至感遺憾。然仁兄明瞭愚弟之志，堅信嘔吐祕方再興在即，及至成功始肯罷休。倘愚弟於前述名作喜見心得，必將立時稟報，請勿掛念。又，此前提及之橡面坊與孔雀舌等佳餚，亦於事成之後邀宴共享。如此安排，一便愚弟，二益爲胃疾所苦之仁兄。匆匆不一，不盡欲言。」

「哎，我還是被他捉弄了。都怪他寫得誠懇，這才認真讀到了信末。一年之始就開這種玩笑，迷亭還真是閒得發慌呀！」主人笑著說道。

接下來四五天我都安然度過，每天從早到晚就這麼看著白瓷花瓶裡的水仙一天天凋謝，而綠萼梅卻在花瓶裡一天天綻放，愈來愈覺得乏味。我曾找過三花子一兩回，但都沒能見到面。第一次以為她出門了，第二趟才得知她臥病在床。我躲在洗手缽旁的一葉蘭的葉蔭下，偷聽到紙門裡面的師傅和女傭的對話：

「三花吃東西了嗎？」「還沒。今天從早上到現在什麼都不吃，現在讓她睡覺了。躺在火爐旁邊，暖和一些。」我一聽，這哪裡是貓，簡直拿她當人伺候了。

對照自身的境遇，我既羨慕三花，也為自己心愛的貓如此得寵而感到欣喜。

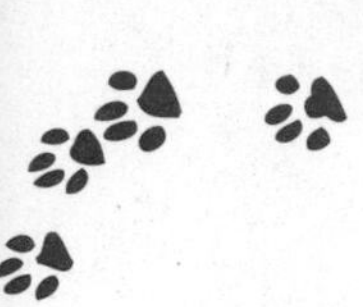

「真讓人著急哪，不吃飯，身子怎麼頂得住呢？」

「您說得是哪，連我們一天不用膳，隔天都沒法幹活了，更不用說三花了。」

女傭回話的語氣，簡直把貓當成了比她更為尊貴的動物。在這戶人家，或許貓真的比女傭更受重視。

「帶去給大夫看了嗎？」「去過了，那位大夫怪得很。我抱著三花進了診療間，大夫問說是不是受了風寒，接著就要給我把脈。我說生病的不是我而是她，並把腿上的三花抱起來重新擺好姿勢。大夫只笑咪咪地說他不懂怎麼幫貓治病，過幾天就會好的，用不著費心。您聽聽這大夫說的，簡直欺負人！我太生氣了，就說那不勞駕您了，這貓可是咱們家的寶貝，然後把她抱在懷裡趕緊回來了。」「此言甚是。」

「此言甚是」這句話畢竟不是在我住的那戶人家裡能聽得到的，只有天障院的某某人的某某人才會這樣講，我為這文雅的遣詞用字感到讚嘆。

「三花聽起來怎麼抽抽搭搭的……」「您說得是。想必是受了風寒，嗓子發疼哪。換做是誰傷了風，都要咳嗽的哪……」

不愧是天障院的某某人的某某人的女傭，說起話來畢恭畢敬。

「聽聞近來還出現肺病什麼的呢！真讓人憂心。」「可不是嘛。這年頭一下子說是肺病，

㉞特奧多爾・蒙森（Christian Matthias Theodor Mommsen，一八一七～一九〇三），德國文學家、法學家暨歷史學家，於一九〇二年榮獲諾貝爾文學獎。

㉟威廉・史密斯（William Smith，一八一三～一八九三），英國辭典編纂家。

一下子又說是黑死病，沒聽過的病一天比一天多，讓人一點也大意不得哪。」「舉凡不曾在昔日幕府時代見過的，便盡是一些壞東西，妳也得當心點哪。」「您說得對極了哪！」

女傭顯得非常感動。

「說三花染了風寒，可她不大出門哪。」「您有所不知，她近來交上了壞朋友。」

女傭猶如即將揭開一樁國家機密似的，看來相當得意。

「壞朋友？」「沒錯，就是大街上教員家那隻髒兮兮的公貓哪！」「妳說的教員，是指每天早晨大聲叫嚷的那一位嗎？」「就是他！正是那位洗臉時總是發出怪聲，簡直像隻大鵝快被勒死似的。」

像隻大鵝快被勒死似的聲音，這比喻真是高明。我家主人有個怪癖，每天早上在盥洗室漱口時，都會把牙刷往喉嚨裡一頂，盡情發出怪異的嘎嘎聲。他心情不好的時候，那聲音喊得格外刺耳，若是遇上心情好的時候，可就喊得益發帶勁了。總之，他心情好的時候和不好的時候，同樣都扯著嗓門嘎嘎大喊。聽太太說，這個習慣是搬來這裡之後才養成的。搬家後的某一天，他突然就這麼發出怪聲，之後就一天也不曾間斷過。像這樣給人添麻煩的毛病，到底有什麼必要堅持下去，我這貓族實在猜不出原因。理由先不去管它，罵我是隻「髒兮兮的貓」未免太過分了！我得豎起耳朵緊接著聽她們又說了些什麼。

「發出那種怪聲音，不曉得念的是什麼咒語。明治維新以前，哪怕是武士的上侍還是伺候穿鞋的僕役，都懂得各自的規矩。想當初住在公館林立的地方，沒有一個人像他那樣洗臉的。」「您說得對極了哪！」

女傭佩服得五體投地，一股腦地濫用「哪」的語尾詞。

「主人沒德行，想來養的也是隻野貓。下回再來，不妨打牠幾下。」「非打牠不可！三花之所以生病，肯定是牠害的，一定要報仇才行！」

我無端蒙受了不白之冤。這麼看來，往後還是少來為妙。我連一面也沒能見上三花子就回去了。

回到家裡，主人正在書房裡握筆沉思。我若是將在二弦琴師傅家聽到的批評據實以告，想必會惹得他大發雷霆，俗語說得好，不知者沒煩惱，還是讓主人當個念念有詞的神聖大詩人吧。

這時候，早前聲稱雜務纏身恕難拜訪的迷亭先生，居然翩然而至。他問道：「看來，您正在寫新詩，把有意思的拿來給我瞧瞧。」「嗯，我正打算翻譯一篇好文章。」主人鄭重其事地說道。「文章？誰的文章？」「我不知道是誰寫的。」「作者是無名氏？無名氏的作品也有佳作，不容小覷。在哪裡讀到的？」「教科書第二冊㊱。」主人不慌不忙地回答。「教科書第二冊？教科書第二冊是什麼？」「我是說，我正在翻譯的好文章，就在教科書第二冊裡面。」「別開玩笑了。你這是回敬我那件孔雀舌的惡作劇吧？」「我可不像你會胡謅一通。」主人泰然自若地捻著鬍鬚。「從前有個人請問山陽㊲先生近來可有名作推薦？山陽先生拿出馬夫寫的催款條說近日名作，當推此文。我從這個故事得到了啟示，說不定你挺有審美眼光呢。來吧，是哪一篇？讀給我聽聽，我來評評看是好是壞。」迷亭先生擺出一副審美專家的架勢。主人用和尚誦讀大燈國師㊳

㊱當時的中學英文教科書通常編纂五冊，此處指的第二冊中，有一篇文章內容是母親教導女兒何謂引力。
㊲賴山陽（一七八〇～一八三二），日本江戶時代後期的歷史學家與思想家。
㊳宗峰妙超（一二八二～一三三八），日本鎌倉時代後期的臨濟宗名僧，京都大德寺的開山祖師。

遺訓的腔調開始讀道：「巨人，引力。」「巨人，引力？那是什麼？」「題目是〈巨人引力〉。」「這題目真奇怪，我一點也不懂。」「題目的意思是說，有個巨人名字叫『引力』。」「這意思有些強詞奪理。不過，既然是題目，暫且不予置喙。趕快往下讀正文吧。你聲音好聽，滿有韻味。」「我讀的時候，你可別打岔喔！」主人叮嚀在先，接著讀了下去。

凱特望向窗外，幾個小朋友正在扔球嬉戲，他們把球高高地拋向空中。那顆球愈飛愈高，過了一會兒才掉下來。他們又一次把球扔了上去，接著又扔了三次，每一次往上扔，球都會掉下來。凱特問媽媽：「皮球爲什麼會掉下來呢？爲什麼不會一直一直往上飛呢？」「因爲有個巨人住在地底下。」媽媽告訴她，「那個巨人名叫引力。他的力氣很大，會把所有的東西都拉向自己這邊，他把房屋吸在地面，如果沒吸住，房屋就會飛走了，小朋友也一樣會飛走。妳看過葉子飄落吧？那是巨人引力把葉子召喚過去的。妳曾經把書本掉到地上吧？那也是巨人引力將書本喊過去的。皮球一飛上天，巨人引力就開口叫它，聽他這麼一叫，皮球就掉下來了。

「這就是全部？」「唔，好極了是吧？」「佩服佩服！沒想到竟然使出這一招來回敬我的橡面坊。」「我可不是用來回敬你的玩笑，而是覺得寫得真好才想翻譯過來，你沒有同感嗎？」主人看著金絲眼鏡後面的一雙眼睛。「實在令人吃驚。真沒想到你也有這番本領，這一回算是徹底認輸了。我服了，我真服了你！」迷亭先生自顧自地喋喋不休，主人始終不明白他的意思。「我根本沒想過要你服輸，只是覺得文章有趣，試著翻譯一下而已。」「很好很好，確實有趣，至少得到這種程度才算得上真正的高手！了不起，甘拜下風！」「言重了。我這陣子已經不畫水彩了，打算寫寫文章當消遣。」「這和你那遠近難辨、黑白不分的水彩畫，簡直是天壤之別！佩服之至！」「聽你這番誇讚，我愈來勁了。」主人始終沒聽出對方的言下之意。

這時，「前些時候打擾了！」寒月邊說邊走進來。「失迎失迎！我正在恭聽一篇偉大的文章，用以驅趕『橡面坊』的亡魂呢！」迷亭先生沒頭沒腦地說了這段話。「喔，這樣啊。」摸不著頭緒的寒月只得敷衍了一句，唯獨臉上沒有高興的神色的主人說道：「前幾天你介紹的那位越智東風來過了。」「是喔，來拜訪過了？那個名叫越智東風的，為人非常耿直，只是個性有點古怪，我也覺得恐怕會給您添麻煩，可是他非要我幫忙引薦不可……」「倒沒添什麼麻煩……」「他登門拜訪時，有沒有強調關於自己的姓名？」「沒有，印象中沒特別提及。」「這樣啊。他有個習慣，到任何地方都會對初次見面的人解釋自己的名字。」「解釋什麼？」唯恐天下不亂的迷亭先生從旁插嘴問道。「他非常介意別人把『東風』二字的讀音弄錯了。」「他怎麼說？」迷亭先生說著，從金漆鞣製薄皮的菸袋裡取出一些菸絲。「他總是事先聲明，我的名字不讀成『Ochi Toufu』，而是『Ochi Kochi』。」「這倒稀奇！」迷亭先生把雲井牌菸絲的菸氣深深吸進肚子裡。「理由完全歸結於他熱愛文學。把『東風』讀成『Kochi』，加上姓氏的越智，『Ochi Kochi』恰巧成為『遠近』這個詞語，並且還押了韻，他為此而自鳴得意。也由於這個原因，他總是抱怨別人將東風二字發音錯誤，枉費他的一番苦心。」「原來如此，確實罕見。」得意忘形的迷亭先生讓肚子裡的菸氣往上回到鼻孔。菸氣升到半途一時迷了路，竄到喉頭，只見握著菸桿的迷亭先生受了嗆，一連咳了好幾聲。「前幾天他來的時候說了，他在朗誦會上飾演船夫一角，受到女學生們的嘲笑了。」主人笑著說道。迷亭先生拿菸桿敲著膝頭說道：「對對對，就是那個！」我覺得危險，於是離他遠一點。「就是那場朗誦會！幾天前請他吃橡面坊的時候還講過這件事呢。他希望能在第二場聚會上邀請知名的文人舉行大會，請先生屆時務必光臨。我接著問他下次聚會還是準備朗誦近松描寫市井小民生活的作品嗎？他告訴我不是，下回挑了一個沒那麼久遠的作家所寫的《金色夜叉》[39]。我問他飾演什麼角色，他說是阿宮。東風飾演的阿宮，很有意思吧？我一定會出席，為他喝采！」「應該很有意思吧。」寒月的笑容有些不自然。「不過，我欣賞東風在任何地方同樣秉持著誠實而不輕佻的態度，迷亭和他完全相反。」主人一口氣報了安德烈亞·德爾·薩爾托、孔雀舌以及橡面坊的三箭之仇。迷亭先生卻毫不在意地笑著說道：「反正我就是小黠大痴嘛！」「這麼說也沒錯。」主人答道。事實上，主人並不懂「小黠大痴」的意涵，但他畢竟當了很多年教師，知道該怎麼巧妙敷衍，也就是把執教的經驗運用在這種社交場合上了。「小黠大痴是什麼意思？」寒月直率地反問。主人刻意擺脫「小黠大痴」的話題，逕自望著壁龕說道：「那株水仙是我年底去澡堂回家的路上買來插在花瓶裡的，到現在還沒謝呢！」「說到年底，去年年底，我經歷了一樁非常奇妙的事件喔！」迷亭先生像表演雜耍似地，一邊講一邊將菸桿繞著指尖旋轉。「什麼經歷？說來聽聽。」主人發現「小黠大痴」的問題已經被拋得遠遠，不禁鬆了一口氣。至於迷亭先生所謂奇妙的經歷是這樣的：

「我記得那天是年底的二十七號。東風事前通知將到我府上求教文學高見，請我當天在家等候，因此我一早就等著他來，卻久久等不到人。吃過午飯，我在火爐前閱讀貝里·潘恩[40]的幽默小說時，接到了家母從靜岡捎來的信。老人家總拿我當孩子看，信裡殷切叮嚀著天氣冷晚上別出門，以及洗冷水澡無妨，但記得升火爐讓屋裡暖烘烘的以免受寒等等提醒。母親終究是母親，外人絕不會對我如此關心，連我這種向來不拘小節的人，讀完信後竟然大受感動，心想自己不能再這樣無所事事了，總得寫些了不起的著述來光宗耀祖，好讓家母在世時能看到全天下人都知道明治文壇上有這麼一位迷亭先生。我接著往下讀，家母還寫著，你真是個幸運兒，自從和俄國開戰以來，許多年輕人都辛辛苦苦地為國家效力，你卻在這大隆冬天，已經過起新年似的輕鬆享樂（事實上我並不如家母以為地那樣貪圖玩樂）。再繼續讀信，裡面詳細列出我的小學同學在這次戰爭中捐軀和負傷的名單。我逐一看著那些名字，忽然覺得人世間索然無味，活著也沒什麼意思。家母在末尾寫道，自己來日不多，恐怕已是最後一次吃賀年的年糕湯了……。看到家母寫得那般感傷，我更是悶悶不樂，巴不得東風快點來，偏偏他怎麼也不來。就這麼左等右等，又到了吃晚飯的時候。我想著不如給家母回信，於是寫了十二、三行。家母的來信長達六尺以上，但我實在沒本領寫那麼長的信，一向只寫十行左右就算完事。我一整天等人幾乎坐著沒動，胃很不舒服，打算出去寄信順道散步，若是東風來了就讓他在家裡等我回去。一般我都是去富士見町寄信，那時卻不自覺地朝河堤三號町走去。當天晚上天上有些陰雲，冷風從護城河那邊吹來，分外凍寒。火車從神樂坂[41]的方向駛來，咻的一聲穿過了河堤下。我感到非常孤寂。歲暮、陣亡、衰老與無常，這些想法在我腦中轉個不停。我陡地想到，據說不少人就是懷著這樣的心情而萌發了上吊尋死的念頭呢！我抬起頭來往河堤上方望去，赫然發現自己已在不知不覺間來到那棵松樹下了。」

「那棵松樹？哪一棵？」主人打斷了迷亭先生的話。

「就是那棵自縊松啊。」迷亭先生回答時縮了縮脖子。

[39] 日本作家尾崎紅葉（一八六八～一九〇三）的代表作，為長篇小說，描述男主角間貫一與女主角阿宮淒美的愛情故事。

[40] 貝里．潘恩（Barry Eric Odell Pain，一八六四～一九二八），英國記者、詩人與作家。

[41] 東京都地名。古來的繁華地，市廟甚多。

「自縊松不是在鴻台嗎？」寒月也來推波助瀾。

「鴻台那棵是吊鐘松，位在河堤三號町的是自縊松。至於這個名稱的由來，相傳自古無論是誰來到這棵松樹下，就會動了自縊的念頭。河堤上雖有幾十棵松樹，可是一旦有人自盡，必定在這棵松樹上吊。每年總有兩三個人在這裡弔頸，而絕不會死在其他的松樹上。我觀察那棵自縊松，發現它的樹枝恰好橫著伸向街道，角度正適合懸吊東西，什麼都不掛簡直可惜。我真想看看有人吊在上面的模樣，環顧四周，不巧連個人影也沒有。這下沒辦法了，不如自己去吊吊看吧？不行不行！太危險了！要是往樹上一吊，我可就沒命了，千萬別去！不過，聽說以前的希臘人會在宴席上模仿上吊當成餘興節目，方式是一個人站到台子上，把頭伸進繩圈裡，一伸進去就會由其他人把台子踢倒，而套在繩圈裡的那個人就在台子翻倒的同一時刻立刻將繩圈鬆開，跳了下來。如果這段敘事屬實，那麼也沒什麼好怕的，不妨一試。我抬起手抓住樹枝往下拉，樹枝順勢垂下，那彎曲的弧度真美。我想像著吊在上面時輕飄擺盪的身姿，頓時欣喜不已。我盤算著一定要嘗試一次，繼而轉念一想，若是東風已經在家裡苦苦等候，未免有些可憐。我看還是先和東風依約見面，談完話以後再過來一趟，於是回家了。」

「所以，結局是可喜可賀嘍？」主人問。

「真有意思呀！」寒月笑嘻嘻地說。

「回到家裡一看，東風人沒來，只寄了張明信片寫著『今日不巧有事，不克外出，容另日拜訪。』我這才放下心來，這樣一來，可以無牽無掛地上吊了。我趕緊趿上木屐，急匆匆地折返原地一看……」說到這裡，他看向主人和寒月，沒往下講。

「看了以後，怎麼樣了？」主人有些焦急地詢問。

「愈來愈緊張刺激了！」寒月說著，一面搓弄著外褂上的繫繩。

「我一看，已經有人先我一步上吊了。就差這麼一步，實在令我抱憾。現在回想起來，那時候的我恐怕被死神附身了。根據詹姆士㊷那一派學者的說法，那是我潛意識裡的幽冥界，與我生存的現實界，兩者由於某種因果關係而交互感應。世上真有這種無法解釋的事情哩！」迷亭先生一臉雲淡風輕地回答。

主人這才發覺又被他捉弄了，但一句話也沒說，僅大口咬下空也豆餡餅，塞得滿滿一嘴嚼了又嚼。

低著頭的寒月若有深意地微笑，慢慢地撥著火盆裡的灰燼，片刻過後他才開口，用非常平穩的語氣說道：

「原來是這麼回事。這段經歷確實難以解釋。不過，我最近也遇過類似的狀況，所以完全相信您的描述。」

「咦，你也想過上吊？」

「不，我的情形並不是打算自縊。這件事也發生在去年底，而且還與迷亭先生的奇遇恰巧是同一天的同一時間，所以更讓人覺得難以解釋了。」

「願聞其詳！」迷亭先生說著，也吃了一口空也豆餡餅。

「那天在一位向島的朋友家舉辦年終聯歡會暨演奏會，我帶著小提琴與會了。現場約莫有

㊷威廉．詹姆士（William James，一八四二～一九一〇年），美國心理學家暨哲學家。

十五、六位夫人與小姐等人參加這場相當隆重的宴會，一切安排周到妥帖，堪稱近來的一大盛事。晚餐用畢，演奏也結束後，眾人隨意聊談。我看時間已晚，正準備告辭，有位博士夫人就在這時來到我身旁，低聲問我是否知道〇子小姐玉體微恙。由於兩三天前我剛見過她，看不出她身體有任何不舒服，就和往常一樣，所以聽了以後很吃驚，探問了詳情。原來就在和我見過面的當天晚上，她突然發燒，神智不清地念念有詞；如果只有這樣也就罷了，問題是她在不清醒的狀態下多次提到了我的名字。」

聽到這裡，不單是主人，就連迷亭先生也絕口不提「真是艷福不淺哩」之類的陳詞濫調，兩人同樣洗耳恭聽。

「後來請醫生出診來為她看病，醫生也診斷不出病名，只說溫度燒得太高了，會造成腦部的損傷，假如安眠藥無法發揮藥效就危險了。我一聽到這段轉述立刻有股不祥的預感，宛如做噩夢時身體十分沉重，周圍的空氣彷彿瞬間變為固體，從四面八方緊緊壓在我的身上。回家的路上，這件事在我腦中盤旋不去，難受極了。那位美麗、那位活潑、那位健康的〇子小姐，竟然……」

「請容我打個岔。你說到現在，好像提過兩次〇子小姐，方便的話，能否透露芳名？」迷亭先生邊講邊看了主人一眼，主人也不置可否地「嗯」了一聲。

「其他的倒還好談，唯獨這一點，或許會造成當事人的困擾，還是隱去不提為佳。」

「你打算用這種曖昧模糊的方式把故事講完嗎？」

「別譏笑，我可是很嚴肅地把這件事講給二位聽。……總之，那位小姐忽然生了那種病，使我頓時想到世間無常猶如落葉飛花，心中感慨萬千，全身的精力同時罷工，立刻變得垂頭喪氣，腳步踉蹌地走到了吾妻橋。我倚著欄杆，低頭看橋下，也不曉得是漲潮還是退潮，只見黑幽幽的河水彷彿成了一大片顫抖抖的凝塊。此時，從花川戶的方向來了一輛人力車駛過橋上。我目送人力車上的燈籠漸行漸遠，最後消失在札幌啤酒廠㊸的彼方。我重又望向水面，忽然聽見從上游那邊遠遠地有人喚著我的名字。奇怪，這麼晚了，應該不會有人喊我才對，會是誰呢？我納悶著注視水面，除了一片黑暗，什麼也看不到。我心想一定是聽錯了，打算盡快回家，但就在我剛邁出一兩步的剎那，再度聽見有個聲音隱隱約約地從遠方喊著我的名字。我又停下腳步，豎起耳朵仔細聽個分明。就在第三次聽到呼喚的時候，我雖雙手緊抓欄杆，兩膝卻哆嗦個不停，因為那聲呼喚可能來自遠方，抑或許出自河底，但毫無疑問的是〇子小姐的聲音。我不自覺地回了一句『我在這裡——』，可是講得太大聲，竟然在平靜的河面上盪出了回音。我被自己的聲音嚇了一跳，倒吸一口涼氣打量四周，但是別說人影和狗影了，就連一小角月亮都瞧不見。霎時間，我彷彿被這樣的夜色吞噬進去，陡然冒出了一個念頭——我想去那個呼喚著自己的地方。下一刻，〇子小姐如泣如訴，又像求救的喚聲，又一次刺入了我的耳中。這一次我回應她：『我現在就去！』並且從欄杆探出半個身子，俯視著幽黑的河水，總覺得喊我的聲音正拚命從水波底下努力掙竄上來。我一面跨上欄杆，一面想著就在這條河裡錯不了。我盯著河流看，下定決心，只要再讓我聽到一聲呼喚，我立刻跳下去！這時果真又飄來一縷氣若游絲的聲音，聽來格外悲戚。說時遲那時快，我絞盡力氣縱身一躍，身體就像一塊小石頭般，通暢無阻地掉下去了。」

「結果你終究跳下去了？」主人眨巴著眼睛問道。

㊸吾妻橋橫跨隅田川東西兩岸，分別連接淺草（現為東京都台東區）與花戶川（現為東京都墨田區），而當時東岸附近有札幌啤酒廠和札幌啤酒屋。

「沒想到你當真走到了那一步。」迷亭先生捏了捏自己的鼻頭說道。

「跳下去以後我昏了過去，好一會兒像在睡夢之中。不久，我睜開眼睛，雖然覺得有點冷，但是渾身上下沒有一處弄濕，也沒感覺灌了水。奇怪的是，我的的確確跳下去了。我頓時心生狐疑，這才環顧周圍，不禁大吃一驚。我原本打算跳進河裡，可是中間不知怎的出了差錯，居然朝橋面的中央跳去，頓時懊悔不已，原來是因為我把後方誤認成了前面，結果沒能抵達呼喚我的地方。」寒月訕笑著，嫌累贅似地習慣性搓弄著外褂的繫帶。

「哈哈哈，真有意思！奇妙的是這和我的經歷極度神似，應該同樣可以成為詹姆斯教授的案例吧。假如以〈人類的感應〉為題撰寫紀實文章，一定可以成為文壇的驚世之作喔！……對了，那位○子小姐的病怎麼樣了？」迷亭先生不放棄地逼問。

「兩三天前我去拜年，看見她在門裡和女傭打板羽球，想必已經痊癒。」

看似沉思了好半晌的主人，直到這時終於不服輸地開口說道：「我也有！」

「你也有？有什麼？」迷亭一向不把我家主人放在眼裡的。

「我的事同樣發生在去年底！」

「大家都在去年底遇上怪事，說巧還真巧呢！」寒月笑著說。他缺了門牙的齒洞塞了塊豆餡餅渣。

「大抵也是同一天的相同時間吧？」迷亭先生從旁插嘴道。

「不，不是同一天，而是二十號左右。內人說她今年不要壓歲錢，想去聽攝津大掾㊹唱戲。我一想，帶她去聽戲也無妨，便問她今天唱的戲碼是什麼？內人翻閱了報紙，說是《鰻谷》。我說不想看那齣戲，今天別去啦，那天於是作罷了。隔天，內人又拿來報紙說，今天是《堀川》，總可以看了吧？我說《堀川》精采之處在於三弦琴的彈奏，聽似熱鬧其實沒什麼劇情，還是別看吧，內人一臉不高興地走開了。又過了一天，內人對我下了最後通牒，她告訴我今天是《三十三間堂》，說什麼都要去聽攝津唱這齣戲！她還說，或許我同樣不喜歡《三十三間堂》，不過既然是請她聽戲，就當是陪她一道去的總行了吧？我說，既然妳那麼想聽，就去吧。不過，據說這是他的告別舞台之作，可以想見觀眾特別多，一時心血來潮說去就去，肯定擠不進去；況且按理說，想去看戲的時候，正確的步驟是先透過劇場附設的茶館預約座位，不依照人家的規矩做事不恰當，沒能看到今天的戲碼雖然可惜，但我認為還是不去為好！這番話才講完，只見內人瞪我一眼，數落起我來，說她一個女人家不懂那些麻煩的規矩，可是大原家的太君和鈴木家的君代姐沒照那些規矩，也都好端端地聽完戲回來了；看個戲還得經過重重關卡，我這個當教員的平時見多識廣，自然不看也無所謂！接下來語帶哭腔抱怨她命真苦。這麼一來，我無論如何都得帶她去一趟了，不得已只好告訴她吃過晚飯就搭電車去吧！她一聽，精神就來了，說什麼如果要去就得趕在四點以前到那裡才成，沒時間再磨蹭了！我反問她，為何非得趕在四點鐘去？她把從鈴木家的君代姐那裡聽來的消息照樣講了一遍，說是就得那麼早去佔座席，否則連門都擠不進去的。我再問了一次，這麼說過了四點就看不成了吧？她回答是呀，那就看不成了。說也奇怪，就在這個節骨眼上，突然感到渾身發冷。」

「是師母嗎？」寒月問說。

㊹竹本攝津大掾（一八三六～一九一七），本名二見龜太郎，明治時代知名的義太夫節說唱表演者。義太夫節屬於淨瑠璃流派之一，亦即有說唱敘事及三弦琴伴奏的傀儡戲。

「才不是她。她精神抖擻，好得很，渾身發冷的是我。忽然像破了洞的氣球似的元氣盡失，昏頭轉向的，身子無法動彈了。」

「這病來得迅猛。」迷亭先生從旁補充。

「唉，我心裡暗叫不妙。內人一年就許這麼一次心願，說什麼也得讓她如願。我平素對她不是責備就是冷淡，既要她打理家務又要她照料孩子，卻從來不曾對她的辛勞給予慰勞。難得今日閒暇，口袋裡也有四五枚阿堵物，帶她去聽場戲不成問題。內人盼著去，我也願意帶她去；我雖一心一意帶她去，無奈全身發冷，眼前發黑，別說搭電車了，就連走到自家門口也辦不到。我心想：唉，真是對不起她啊，太對不起她了！我愈想愈冷，眼前益發昏黑。要是盡快請醫生來診治開藥方服用，應該能在四點之前恢復正常吧。於是我和內人商量，請甘木醫學士過來一趟，不巧他昨晚在大學值班，眼下還沒到家。他家裡人說他約莫兩點鐘回來，一到家就讓他馬上趕來。這下麻煩了，但若能趁現在喝些杏仁水[45]，四點以前肯定就能藥到病除，誰曉得人不走運時，樣樣不順心。我本來盤算能欣賞內人難得喜笑顏開的模樣，怎料一切落空。內人一臉怨恨地問我到底能不能去，我說去，一定去，四點鐘前一定會好，儘管放心，並要她快去洗臉更衣，等會兒就好。我嘴上雖這麼說，心裡想的卻完全不是那一回事。身子益發寒冷，也暈得更厲害了。萬一四點鐘前沒能依照約定痊癒，真不知道小心眼的內人會鬧出什麼事情來。事態到了這個地步，我到底該如何是好？我做了最壞的打算，認為應當趁現在曉以大義，解釋世事變遷、盛衰興廢，以及人生在世難免一死的道理，讓她心裡有個準備，即使事與願違也不至於氣急敗壞，這才是丈夫對妻子應盡的義務。我迅速將內人喚進書房，來了之後就問：妳雖然一介女子，總該聽過『many a slip 'twixt the cup and the lip[46]』這句西方俗諺吧？沒想到居然惹來她一頓破口大罵，說誰懂那種橫著寫的玩意？明明知道她不懂英文，偏要拿英文來取笑她，是啊，反正她不會英文，我若那麼喜歡英文，怎麼不去娶個教會學校畢業的小姐呢？像我這般冷酷無情的人，天底下再也找不到第二個了！就這樣，我特意構思的計畫形同胎死腹中。我想在兩位面前為自己講幾句公道話。我絕對不是基於惡意才說了英文，完全是對內人的愛護才這樣用心良苦，可是內人竟然曲解我的用意，簡直令我無地自容；再加上身體發冷和暈眩，使得腦子有些混亂。我一時太過急躁要她明白世事變遷盛衰興廢，以及人生在世難免一死的道理，一開口就用了英文，竟然忘了內人不懂英文。仔細想想，都怪我不好，是我理虧。犯錯之後，我身子愈冷，腦袋愈暈。內人已經依我囑咐去洗浴間光著膀子化好妝，並從衣櫃裡取出和服換上，做妥隨時動身的準備，就等著我出發了。我心急如焚，望眼欲穿地等候甘木醫生的到來，一看時鐘，已經三點了。距離四點只剩一個小時了。內人推開書房的門，探頭進來催我該出門了吧。誇讚自家妻子未免可笑，但我覺得內人從沒像那天這般好看！在黑色縐綢外褂的映襯下，她那用香皂搓洗過的上半身肌膚更顯得光澤閃耀。經過香皂洗滌的面龐上，充滿著期待聆聽攝津大掾唱戲的期待，這兩個有形和無形的因素使得她看起來更是明豔動人。我打定主意，非得讓她聽到這齣戲不可，那就強打精神去一趟吧！正抽上一支煙，果然如我所願，甘木醫生終於來了。我把情況說了一下，甘木醫生檢視我的舌頭，握握我的手，敲敲前胸，撫撫後背，翻翻眼皮，摸摸頭骨，然後思索半晌。我問道：『是否情況不妙？』醫生平靜地回答：『不，沒什麼要緊的。』內人問他：『請問，我們出個門很快就回來，應該不

㊺鎮咳藥。
㊻希臘諺語。意思是對事情不要過於胸有成竹，太早下定論。

會有事吧？』『是的。』醫生答完，又思索了一會兒才說，『只要身體沒有不舒服就不礙事……』『身子難受得緊啊！』我說道。『那麼，我先開個藥水和備用藥給您。備用藥有需要時才服用。』『這樣嗎？聽起來病情似乎不太樂觀哪？』『不，請千萬別擔心，緊張反而會讓症狀加劇喔。』醫生交代完就離開了。時間已過三點半了，內人吩咐女傭去領藥，女傭得令後飛奔出門，又飛快回來，到家時是三點四十五分，離四點還差十五分鐘。結果就在這時候，我突然一陣反胃，早前並沒有這種症狀。內人將藥水斟入碗裡擺在我面前，我端起碗正要服用，胃裡卻宛如有東西用力嘔了一聲。我不得已，只得將碗放下。內人催我：『快些喝下才好呀！』我心裡明白得盡快喝下、盡快動身，否則就對不起內人了。我下定決心服用，才將碗送到嘴邊，胃又執拗地嘔了一聲阻礙我喝藥。我端起碗想喝，又把碗擱下；我再端起碗想喝，還是把碗擱下。就這麼來來回回折騰了幾趟時，餐室的掛鐘正巧噹噹噹噹敲了四下。哎呀，四點了，不能再耽擱下去了！我又一次端起碗……，二位聽我說，神奇的是，真正神奇的是，就在時鐘敲完四下的剎那，我頓時不再反胃，毫不費力就將藥水一飲而盡了。到了四點十分，我終於明白甘木醫生確實是一位名醫。我背脊不再哆嗦發冷，腦袋也不再天旋地轉，一切就像從夢中醒來那般消失無蹤了。原本以為恐怕得臥床靜養好一陣子的大病，就在一瞬間痊癒了，我開心極了！」

「病好之後，與嫂夫人一起去了歌舞伎劇場嗎？」迷亭先生不明就裡地問道。

「我很想帶她去，可惜內人說過『過了四點就進不去了』，只好作罷。甘木醫生若能早個十五分鐘到，我就能履行約定，讓內人心滿意足，僅僅差十五分鐘，實在無奈。現在回想起來，仍然覺得千鈞一髮呢！」

講完，主人終於露出一副自己義務已盡的表情。他也許覺得講完這件事，可以在兩位來客面前揚眉吐氣了。

「真是遺憾呀。」寒月咧著缺了牙的門面笑道。

「嫂夫人有你這樣體貼的夫君，真是幸福。」迷亭先生佯裝正經地喃喃自語。

就在這時，紙門後面傳來了太太清嗓子的咳嗽聲。

我安安分分地依序聽完三個人的故事，既不覺得可笑，也不覺得可悲，只感到人類唯一的本領就是為了消磨時間而刻意做口舌運動，不好笑的事情也笑，無聊的事也高興。雖然早就曉得我家主人任性又心胸狹窄，但他平常沉默寡言，所以我對他所知仍不多。正因為所知不多，不免心生敬畏，可是剛才聽完他的故事以後，我突然瞧不起他了。他為什麼不能安安靜靜地聽其他兩人講話就好，非得不肯服輸又愚蠢地說得天花亂墜，這對他什麼好處呢？該不會愛比克泰德在著述裡要人們這麼做吧？簡單講，包括主人、寒月和迷亭，都是太平盛世的隱士。他們看似隨風搖曳的絲瓜，一派超然灑脫，其實心裡既有塵俗之念，也有欲求有渴望。即使在他們日常的談笑中，也隱約可見其爭強好勝之心，進一步說，他們和自己平時斥為凡夫俗子的那些人，根本是一丘之貉。

看在我們貓族的眼裡，太值得同情了。但話說回來，他們的言行舉止至少不像常見的半吊子那樣陳腐，勉強算有可取之處。

這麼一想，頓時覺得這三個人的對話無聊乏味，不如去探望三花子吧。於是我來到二弦琴師傅家，並且繞到院子前面。很快地，今天已是正月初十了，擺在大門兩側的松竹盆景以及懸掛在門楣上的稻草繩都撤走了。春光明媚，普照大地，湛藍的天空連一絲雲絮都瞧不著。這塊不到十坪大小的院子比迎接元旦曙光的那天，更顯得生氣盎然。簷廊上擺著一個坐墊，但是沒看到人

影。簷廊內側的紙門緊閉，也許師傅上澡堂去了。師傅出門了也無妨，我只掛念三花子身體好些了沒。整座宅邸靜悄悄的，聽不到屋裡有人的動靜，我沒把腳底的髒汙擦一擦就跳上簷廊，往坐墊一躺，舒服極了，一不留神竟打起盹來，把三花子忘得精光，就在半夢半醒之際，紙門裡面忽然有人說話了。

「辛苦了，做好了嗎？」聽這聲音，原來師傅一直待在家裡。

「做好了，我回來晚了。一走進那家佛具店，說是剛剛完成的。」

「來，給我看看。哎，做得真漂亮！有這樣的牌位，三花總算得以超生了。金漆不會剝落吧？」「是，我特別問過了，店家說用的是上等材料，比起給人做的牌位還持久。……另外，店家又說『貓譽信女』的『譽』字用草書寫才好看，所以將筆劃更動了一下。」「我看看……。快些供在佛龕為她上香吧！」

三花子出了什麼事嗎？怎麼好像不太對勁？我從坐墊站起身來，聽見清脆的一聲「叮」，接著是師傅的聲音：

「南無貓譽信女，南無阿彌陀佛，南無阿彌陀佛……。妳也來為她誦經回向吧！」

「叮——。南無貓譽信女，南無阿彌陀佛，南無阿彌陀佛……」這回是女傭的聲音。我突然心頭怦怦直跳，像木雕貓似地站在坐墊上，眼睛連眨一下也沒有。

「真可憐，當初只是受了點風寒哪！」「若是甘木大夫願意開點藥給她吃，說不定就沒事了。」「全怪那個甘木大夫不好，沒把三花當一回事哪！」「不可以怪罪人家，生死有命。」

看來，甘木醫生也幫三花子診察過。

「說到底，我覺得一切都怪大街上教員家的那隻野貓三天兩頭來勾引她出門！」「正是，那隻畜牲就是害死三花的仇人哪！」

我原想辯解，但這個節骨眼還是忍耐為上，於是咽了口水往下聽，但斷斷續續地聽不全。

「真是萬般不由人哪！三花這般美麗的貓兒早早死了，那隻難看的野貓卻活得好好的到處搗亂……」「可不是嘛。像三花這麼可愛的貓，就是敲鑼打鼓也找不到第二位了哪！」

女傭說的是「第二位」而不是「第二隻」，看來她把貓和人當成同樣的種族。對了，那個女傭的長相確實和我們貓族十分神似。

「多麼希望由牠代替三花……」

「那個教員家的野貓要是死了，可就如您金口所言了哪！」

要是真如她金口所言，對我可不太妙。我還沒體驗過死掉是怎麼一回事，所以說不上喜歡還是討厭，不過前些日子實在太冷，我鑽進滅火罐㊼裡，女傭沒發現我在裡面就闔上蓋子，光是回想起當時的痛苦，都讓我心驚膽戰。後來聽白毛嫂子說，要是痛苦的時間再拖久一點，我就沒命了。要我替三花子送命，我毫無怨言；可是，如果非得那樣受罪才死得成，要我替誰送死都不願意。

「雖說三花是貓，但我仍為她誦了經，還取了法號，我已了無罣礙。」「您說得是哪，三花真是好福氣！真要說缺了點什麼，就是那位和尚誦的經短了些。」「我也覺得太短，於是請問過月桂寺的師父，這經誦得挺快哪？可是師父要我別擔心，他特意挑選最有效的經文唸誦，足以送一隻貓去西方淨土了。」「是這樣的嗎……可是那隻野貓……」

㊼日本人會將餘火未熄的木炭或木柴放進滅火罐裡闔上蓋子密閉，使餘燼熄滅。

我已經一再聲明自己沒有名字，這個女傭卻開口閉口就喊我野貓，真沒禮貌。

「像那種罪孽深重的傢伙，再靈驗的經文也沒法超度哪！」

這之後，我不曉得她又講過幾百次野貓這個字眼。她們喋喋不休的對話我聽到一半就不想聽了，於是滑下坐墊，跳下簷廊。就在這一剎那，我從頭到腳總共八萬八千八百八十根毛髮齊齊豎起，渾身發顫。那天之後，我再也不曾靠近二弦琴師傅家的附近了。現如今，恐怕輪到師傅自己接受月桂寺和尚那偷工減料的誦經回向了吧？

近來，我連出門的勇氣都沒有，無精打采，不想去面對這個世界，已經變成一隻不亞於主人的懶貓了。難怪人們都說，主人成天窩在書房是由於失戀，的確有幾分道理。

我到現在還沒捉過老鼠，以致於有一陣子女傭提議把我攆走，多虧主人明白我不是一隻平凡的貓，我才能繼續逍遙自在地住在這個家裡。就這一點來說，我感謝主人的厚恩大德，並且對他的慧眼毫不猶豫地表示敬佩。雖然女傭不識我的才華，甚至虐待我，但我並不怎麼生氣。若是不久後，又出現一位左甚五郎㊽將我的肖像雕刻在樓門的柱子上，或是來個了日本的史坦林㊾主動把我的姿影繪在畫布上，那些有眼無珠的傢伙，就該為自己的無知而感到羞愧了吧！

第二章

三花子死了，我和老黑又合不來，不免有些寂寞，幸好還有人類了解我，所以不至於太無聊。前陣子有人寫信向主人索討我的相片，不久前又有人寄來岡山名產吉備糰，收件人指名是我。隨著愈來愈多人類同情我，我也逐漸忘記自己是一隻貓，不知不覺間，我疏遠貓族而親近人類了。

早前計畫糾聚貓族向兩條腿的教師挑起決鬥的念頭已經蕩然無存，我甚至經常以為自己也是人類社會的一員，可謂前途光明。然而，這並不意味著我從此蔑視同胞，我只是順應潮流，在性情相投之處覓得一處棲身之所而已。假如有人因此批評我變節啦、輕浮啦、背叛啦，我可擔當不起。會搬弄那些言語來咒罵他人的，多半是些頑冥不靈又心胸狹隘的人。我既已脫胎換骨，不再有貓族的習癖，就不該再把三花子和老黑的事情擱在心裡。我希望能和人類站在同等的地位去評論他們的思想言行，這也是常情。無奈主人仍把見聞廣博的我，看成是一隻長著毛的普通貓，連聲招呼也不打，就把吉備麻糬當成自己的東西似的全吃光了，真讓我氣惱。看樣子，他也還沒拍下我的相片寄給人家。不滿歸不滿，主人畢竟是主人，我是我，各自有各自的見地，這也是無可奈何的事。我處處以人自居，因此往後實在沒有辦法多加描述那些不再往來的貓族近況。容我只說說迷亭與寒月諸位先生吧！

今天是個晴空萬里的週日，主人慢悠悠地踱出書房，把筆墨和稿紙往我身邊一擺，自己趴下來，嘴裡念念有詞。我盯著他瞧，心想這些怪聲音大抵是寫初稿前的預備動作。不一會兒，主人以粗筆濃墨揮毫，寫下了「香一炷」。我才想著，很少看到主人寫出如此寓意瀟灑的文字，這到底是詩句呢？還是俳句呢？我還沒來得及想完，他已經另起一行，繼續書寫「方才想寫些天然居士的事」，寫了這幾個字以後，他又停筆不動了。主人握筆歪頭，似乎想不出什麼好句子，只見他舔了筆尖，嘴唇立時變得烏黑。接著，他在句末畫了個小圈，圓圈裡點上兩點權充眼睛，

㊽左甚五郎（生卒年不詳），日本江戶時代初期的知名雕刻工匠，日光東照宮的睡貓木雕即出自其手。

㊾史坦林（Théophile Alexandre Steinlen，一八五九～一九二三），法國畫家，常以貓為作畫題材。

正中央畫上開孔的鼻子，再拉一道橫線算是嘴巴。這既不是文章，也成不了俳句，連他自己看了也礙眼，便隨手把那張臉塗掉了。主人又另起一行，彷彿以為只要另起一行，信手拈來就能作成詩、贊、語，或錄。片刻過後，他提起筆，一氣呵成地寫下「天然居士者也，乃是研究空間、閱讀《論語》、吃烤地瓜、流鼻涕之人也。」整段話文白夾雜，有些拗口。接著，他大模大樣地朗讀，難得笑道：「哈哈哈，有意思！」笑了一陣後又說，「『流鼻涕』有些挖苦，拿掉！」便在這一句槓上一線。明明一條線就夠了，他偏要槓上兩條、三條整整齊齊的平行線，劃出界了仍是照槓不誤，直到劃完第八條線還沒想出下一句來，這才扔了筆開始搓起鬍子來。他使勁力氣，把鬍子往上搓又往上搓，簡直像要從鬍鬚裡搓出文章給人瞧似的。這時候，太太從餐室過來，湊向主人的面前一坐，喚了一聲：「我有事跟您說！」「做啥？」主人悶沉的聲音宛如從水裡發出的敲鑼聲。太太不滿意他的回應，再說了一次：「我有事跟您說！」「做啥啊？」主人這時把大拇指和食指探進鼻孔裡用力拔鼻毛。「這個月有點不夠支應……」「怎會不夠？藥錢已經還清醫生了，書錢上個月不也付了嗎？這個月肯定有剩餘！」說著，主人悠然自若地把拔出來的鼻毛當成天下奇觀欣賞。「話是這麼說，可是您不吃米飯，老吃麵包，又蘸果醬。」「到底吃了幾罐果醬？」「這個月買了八罐呢。」「八罐？我沒吃那麼多！」「不光是您，孩子們也吃。」「吃得再多，也不過是五六塊錢的東西而已。」主人一臉事不關己，小心翼翼地把鼻毛一根根豎立在稿紙上。由於鼻毛底下連著毛囊，所以像針似地站得直挺挺的。主人十分讚嘆這意外的發現，朝鼻毛吹了一口氣，鼻毛依舊牢牢地黏在紙上，沒有被吹跑。「真頑強呀。」主人只管拚命吹，太太卻氣得兩頰漲紅，非常不滿地抱怨：「除了果醬以外，還有很多其他非買不可的東西！」「在所難免吧。」主人又把手指探進鼻孔用力拽出一搓鼻毛，有紅的，有黑的，在各種顏色裡還摻著一根純白的。主人大感驚訝，瞪大了眼睛端詳，然後把捏在指腹間的這根鼻毛朝太太面前一遞。「討厭，快拿開！」太太皺起眉頭，將主人的手推了回去。「妳瞧瞧，鼻毛變白了！」主人說得十分激動。剛才還氣鼓鼓的太太也只好笑著起身走回餐室，似乎放棄爭辯經濟問題的念頭了。

主人拿鼻毛趕走了太太，總算放下心來，重又專注於天然居士的文稿上。他拔著鼻毛打算寫稿，看似焦急卻遲遲沒有動筆。「『吃烤地瓜』是畫蛇添足，忍痛割愛！」他終究把這一句也刪除了。「『香一炷』同樣太突兀，不要！」他毫不惋惜地揮筆劃去。紙面上剩下的只有「天然居士也者，乃是研究空間、閱讀《論語》之人也。」主人思忖著這樣未免過於簡略：哎，麻煩死了，不長篇大論了，寫一段墓誌銘就好！只見他勁頭十足地提筆在稿紙上左撇右捺的，整張紙簡直成了以蘭為題的蹩腳文人畫，原本絞盡腦汁想出來的文字，最後也刪得一字不留。接著，他把稿紙翻了面，重新寫下「生於空間，窮究空間，死於空間。或爲空，或爲間。噫！天然居士！」這一段語焉不詳的文句。這時，那位迷亭先生進來了。他把別人家當成自己家似的，不待家裡人通報一聲便大搖大擺地闖進屋裡，甚至還曾逕自從後門翩然而入。這個人打從一出娘胎，就把擔憂、客套、體貼、辛勞這些東西，全丟到其他地方去了。

「又在寫巨人引力啦？」迷亭先生還沒落坐就先問我家主人。「哪有人一天到晚老是寫巨人引力的。我正在撰寫天然居士的墓誌銘！」主人講得格外自豪。「所謂天然居士，是像偶然童子那樣的法號嗎？」迷亭先生又一開口就胡謅。「有偶然童子這樣的法號？」「哎，哪會有啊！我猜猜罷了。」「我沒聽過偶然童子，不過這位天然居士你也認識。」「究竟是誰用了天然居士這樣的法號？」「就是那位曾呂崎。他畢業後進了研究所，以空間論為研究主題，卻因用功過度，不幸罹患腹膜炎死了。別看曾呂崎那個樣子，算起來也是我的摯友。」「是不是摯友我沒有任何意見，我只是想問到底是誰給曾呂崎冠上了天然居士的名號？」「我啊，是我起的！誰要和尚老是取些俗不可耐的法號。」主人很得意自己想出了天然居士這般風雅的法號。「也罷。讓我瞧瞧你寫的墓誌銘。」迷亭先生笑著拿起草稿大聲朗讀，「待我觀來……生於空間，窮究空間，死於空間。或為空，或為間。噫！天然居士！」迷亭先生讀完了以後稱讚，「寫得挺好，和天然居士格外相稱。」「挺好吧？」主人開心說道。「應該把這段墓誌銘刻在用來壓醃蘿蔔乾的石塊上，把它當舉重用的石頭那樣，扔到寺院正殿的後院去。不錯，天然居士很是風雅，得此法號應該能夠成佛了。」「我正有此意。」回答口吻嚴肅的主人接著說道，「我失陪一下，待會兒就回來，你先逗貓玩，等我一陣。」不等迷亭先生答覆，主人已如一陣風般離開了。

沒有想到主人竟然派我接待迷亭先生，這麼一來總不好臭著一張臉，我於是撒嬌地喵喵叫，跳上了他的膝腿，卻被迷亭先生粗魯地一把揪住我的頸毛，把我懸空拎了起來。「嘿，肥了不少哩！待我瞧瞧……後腿這麼鬆垮垮的，大概不會抓老鼠。……嫂夫人，這貓會抓老鼠嗎？」單我一個陪他還不夠，迷亭先生又和隔壁房裡的太太搭話。「牠才不會抓老鼠呢，倒是吃了年糕湯會跳舞。」萬萬沒有料到太太竟然揭發了我的醜事，被拎在半空中的我聽了也不免尷尬，無奈迷亭先生還不打算放我下來。「是嗎？這面相的確像個舞棍。嫂夫人，您對這隻貓千萬大意不得！古典通俗小說裡的那隻妖貓就長這副德行！」迷亭先生信口開合，饒舌地與太太攀談。太太無可奈何地放下手裡的針線活，來到客廳。

「不好意思，讓您久等了。外子也該回來了。」太太重新斟了一杯茶，送到迷亭先生面前。「他上哪裡去了？」「不曉得。他去任何地方從不交代一聲。可能去醫生那裡了。」「去找甘木醫生嗎？甘木醫生真不走運，被這樣的病人纏上。」「嗯。」太太不知該怎麼回答，只好隨口應了一聲。迷亭先生逕自往下問道：「這陣子如何？胃疾好一些了嗎？」「也不曉得好些了還是變得更糟。外子纏著甘木醫生要他治病，自己卻天天吃果醬，胃疾哪裡治得好呢？」太太朝迷亭先生發起了方才的牢騷。「那麼愛吃果醬，簡直像個小孩嘛！」「不單是果醬，這些日子還猛吃白蘿蔔泥，說是治胃病的良方……」「真沒想到！」迷亭先生發出驚嘆。「說是從報上讀到了白蘿蔔含有消化酵素。」「原來如此，他打算拿白蘿蔔抵銷果醬對身體的壞處，虧他想得出這種主意，哈哈哈！」迷亭先生聽了太太的抱怨，顯得分外開心。「前些天，他還餵了娃娃吃……」「餵果醬嗎？」「不……他餵的是白蘿蔔泥！我聽他對孩子說，『孩子呀，爸爸給你好東西吃，過來過來！』還以為他難得哄孩子一回，誰曉得他老做這種荒唐事！再說兩三天前吧，他把二女兒抱到衣櫃上……」「他打什麼主意？」迷亭先生聽到什麼事情總要問出對方的主意來。「哪裡有什麼主意，只是要孩子從上面跳下來罷了。才三四歲的女娃，哪敢那麼調皮呢？」「原來如此，還真是毫無主意可言。不過，他是個好人，心腸並不壞喔。」「若是還有副壞心腸，我可沒法和他過日子嘍！」太太怒氣沖天。「嫂夫人別生氣了，能夠這樣衣食不缺過上小日子，再好不過了。像苦沙彌①兄這樣不嫖不賭，也不講究裝束，可說是個勤儉顧家的人。」迷亭先生也不掂掂自己的斤兩，口沫橫飛地訓誡起太太來。「事情完全不如您所想像的……」「該不會他背地裡做了些什麼吧？畢竟人心隔肚皮。」迷亭先生說得雲淡風輕。「他沒別的嗜好，就喜歡胡亂買些根本不看的書。若是買書時心裡有個分寸倒還好，偏偏他興致一來就去丸善書店搬回一大疊，到了月底還裝作這事與他無關似的。拿去年年底來說吧，一連積了好幾個月的書錢得結清，真不知道該上哪

① 「苦沙彌」的日語發音與「噴嚏／打噴嚏」相同。

裡張羅哪！」「不過是書嘛，想買就由著他買個夠，無所謂。店家來收款的話，告訴他下回給、下回給，打發走了就行。」「話雖這麼說，總不好一直拖欠下去。」太太不太高興地說。「那就把事情講清楚，刪減他的購書預算。」「說了他也不肯聽。前些時候還數落我根本不懂書籍的價值，不配當學者的妻子！還說了個羅馬的故事給我聽，要我聽完好長點見識。」「有意思。他說了什麼故事？」迷亭先生顯得興味濃厚。那模樣不像是同情太太，而是受到好奇心的驅使。「據說羅馬以前有個君王叫作搭扣……」「搭扣？這名字有點怪。」「洋人的名字太難記了，我記不清楚。好像說是第七代君王。」「第七代君王搭扣，怪得很。唔，那個第七代君王搭扣怎麼了嗎？」「哎呀，連您也笑話我，讓我這張臉往哪裡擺呀！您若曉得他的名字就教教我，別那麼壞心眼。」太太盛氣凌人，非要迷亭先生說個明白。「怎麼說我笑話您呢，我從不做那種缺德事的。只是聽到第七代君王搭扣覺得挺有意思而已……噢，請等一等，您方才說的是羅馬的第七代君王吧？我想想，印象有點模糊，不過應該是指塔克文．葸．普勞得②吧？也罷，是誰都無所謂。那個君王怎麼了？」「說是有個女人帶了九本書去見君王，問他買不買。君王問她要賣多少錢，她講了個很高的價錢。君王說太貴了，能不能便宜點？那女人馬上從九本書裡抽出三本扔到火裡給燒了。」「好可惜啊。」「據說那些書裡寫了預言之類的，全是別的地方看不到的東西。」「這樣哦？」「君王心想從九本書變成了六本，應該可以少算一點，就問她六本多少錢？她還是回答同樣的價錢，一毛也沒少。君王說她太不講理了！於是那女人又抽出三本書扔進火裡給燒了。君王還不死心，再問那女人剩下的三本書要賣多少？那女人還是要原先九本書的價錢。九本變成六本，六本再變成三本，但是她仍然一分錢也不肯減。君王擔心再跟那女人講價，她說不定會把剩下的三本書統統扔進火裡，最後花了一筆大錢，買下了逃過火劫的三本書。……外子說完，得意地一再問我聽了這個故事以後，總該明白書籍的可貴了吧？但我還是不懂到底可貴在什麼地方。」太太轉述了一派之見，急著聽迷亭先生的高見。平時辯才無礙的迷亭先生有點詞窮，只見他從袖兜裡掏出手帕來逗弄我一陣，接著忽然想起什麼似的大聲說道：「我說，嫂夫人……正因為那樣胡亂買書，又囫圇吞棗地往肚裡塞，人家才會稱他一聲學者。不久前我翻閱一本文學雜誌，裡面刊了對苦沙彌兄的文評呢！」「真的嗎？」太太立刻轉正了身子面向迷亭先生問道。畢竟是夫妻，難怪太太如此在意外界對丈夫的看法。「上頭寫了些什麼？」「沒什麼，寫了兩三行而已，形容苦沙彌兄的文章如行雲流水。」「只有這些嗎？」太太綻開微笑繼續問道。「後面還提到了『若現忽又隱，似遠去而為久忘返』。」「這是稱讚嗎？」太太一臉不解，語氣裡透著憂心。「唔，算是稱讚吧。」迷亭先生隨口敷衍，把手帕垂到我的眼前。「他得靠書籍謀生，總不能攔著不給買，就是那性子太彆扭了。」迷亭先生聽著心想，太太又發起其他牢騷了，於是不溫不火地巧妙回答：「彆扭是彆扭了點，不過做學問的人難免有自己的脾氣嘛。」這番話既像附和太太，又像為主人辯駁。「前些天他從學校回來，說是待會兒還要出門，嫌換衣服麻煩，連外套也不脫，就這麼往桌前一坐，吃起飯來。他把飯菜擱在火盆外罩的架子上，我揣著小飯桶坐在一旁瞧他那副模樣，愈看愈滑稽……」「簡直是洋派作風的驗明首級③哩！不過，那正是苦沙彌兄之所以為苦沙彌兄

②高傲者塔克文（Tarquin the Proud）的譯音。盧修斯・塔克文・蘇佩布（Lucius Tarquinius Superbus，生年不詳～西元前四九六），羅馬王政時代第七任君主。

③日本從前在戰場上帶回敵方將領的首級後，由部屬把裝著頭顱的桶子呈給坐在矮桌前的我方將領以驗明正身。這裡是將坐在桌前、身穿西服的苦沙彌與抱著小飯桶的太太這一個場景，比喻為洋派的「驗明首級」。

④參見第69頁注釋㉑。

的獨特風格。……總而言之，他不是庸俗調[4]。」迷亭先生為了擠出這番恭維，可謂煞費苦心。「我一個女人家，不懂什麼庸俗調不庸俗調的，反正他太胡來了。」「不過，總比庸俗調好啊。」迷亭先生不分青紅皂白的袒護引起了太太的不滿，於是她話鋒一轉，質問起庸俗調的定義：「大家總把庸俗調這個字眼掛在嘴上，到底什麼叫庸俗調呀？」「您問庸俗調嗎？所謂的庸俗調就是……這個嘛，不太容易解釋……」「既然是講不清楚的東西，也就是說庸俗調沒什麼不好的吧？」太太用女人獨特的邏輯咄咄逼人。「倒不是講不清楚，我完全了解這個詞語的意義，只是解釋起來不太容易。」「橫豎是自己討厭的東西，就拿它叫庸俗調吧？」沒想到太太竟一語道破。事已至此，不容迷亭先生再含糊帶過了。「嫂夫人，所謂庸俗調呢，就是用來形容一些見到『二八佳人』必定『茶飯不思』，遇到『今日晴朗好天氣』便是『攜酒踏青好時光』的傢伙。」「真有那樣的人嗎？」太太不明白他的譬喻，只好隨口回了一句，但也在這個話題上打了退堂鼓。「一點都不簡單，我實在聽不懂。」「那麼我換個說法，好比把潘丹尼斯[5]的腦袋安在曲亭馬琴[6]的身體上，然後放到歐洲的空氣裡擺上一兩年。」「這樣就會變成庸俗調嗎？」迷亭先生先是笑而不答，隨即說道：「其實也無須那般大費周章，只要把中學生和白木屋[7]的掌櫃加起來除以二，就能得出相當優良的庸俗調了。」「真的嗎？」太太歪著頭，看似不怎麼信服。

「你還沒走？」主人不知道什麼時候回來了，走到迷亭先生的旁邊落坐。「你好意思問我還沒走？你不是說了待會兒就回來，要我等你嗎？」「他什麼事都是這樣的。」太太轉頭看著迷亭先生幫腔。「你出門的這段時間，閣下大大小小的事蹟我全聽了。」「女人就是多嘴這毛病最要不得！人就該和這隻貓一樣保持沉默。」說著，主人摸了摸我的頭。「聽說你給娃娃餵了白蘿蔔泥？」「嗯。」主人笑著說道，「還以為娃娃什麼都不懂，沒想到這年頭的娃兒機靈得很。餵過一次以後，只要問她乖娃娃哪兒辣呀，她總是吐出舌頭來，真神奇。」「太殘忍了，簡直當是在訓練小狗學花招。對了，寒月君應該快到了。」「寒月要來？」主人一臉不解地問道。「來啊。我寄了明信片叫他下午一點鐘前到苦沙彌兄府上。」「你真是的，也不先問問我方不方便就擅自安排！叫寒月來做什麼？」「別罵我，今天的聚會可不是我的主意，而是寒月君本人提出的要求。這位寒月老師說自己要去理學協會演講，請我聽他預演，我說正好，讓苦沙彌兄也幫忙聽一聽，所以才叫他到你家來的。有何不可？反正你無所事事，恰好用來打發時間。反正不礙事，聽聽也好。」迷亭先生兀自說得頭頭是道。主人好像有些氣惱迷亭先生的專斷獨行，便說：「我又聽不懂物理學的講演！」「這次的主題並不是講裝上了磁鐵吸引力的噴射小管子⑧那種枯燥乏味的東西，而是〈縊頸力學之探討〉這樣超凡脫俗的講題，值得一聽。」「你是險些上吊的人，聽一聽也好，但我是……」「你想說的該不會是『想到要去歌舞伎劇場看戲就會渾身發冷的人，不能聽演講』吧？」迷亭先生又和往常一樣調侃主人。太太呵呵輕笑著走去隔壁房間時，不忘回頭望向丈夫。主人不發一語地摸著我的頭。他從來不曾像現在這般溫柔地撫摸我。

約莫七分鐘後，寒月依約來訪。由於今晚要發表演說，所以他一反常態，穿上了正式的禮服，新漿洗的潔白衣領格外硬挺，頓時提升了兩成派頭。「抱歉，我來遲了。」寒月不慌不忙地打了招呼。「我們兩人已經等上老半天了，快點開始吧。你也這麼認為吧？」迷亭先生邊說邊看了主

⑤英國小說家薩克雷（William Makepeace Thackeray，一八一一～一八六三）的同名小說《潘丹尼斯》（*Pendennis*）的主角。
⑥曲亭馬琴（本名為瀧澤興邦，一七六七～一八四八），日本江戶時代後期的小說家，代表作為《南總里見八犬傳》。
⑦白木屋吳服店（綢緞莊）創業於一六六二年的江戶日本橋，即為目前日本東急百貨店的前身。
⑧專業名詞為磁化噴嘴（Magnetized nozzle）。原文以非專業化的描述方式呈現。

人一眼。主人不得已，只好不置可否地「嗯」了一聲。寒月仍然慢條斯理地說：「麻煩給我一杯水。」「嘿，現在就正式預演了？接下來會要求我們鼓掌嗎？」迷亭先生一個人起哄。寒月從外套內側的暗袋裡掏出草稿，從容不迫地說：「這是預演，請二位別客氣，多多批評。」講完開場白，他才開始試行演說。

「對罪犯處以絞刑是盎格魯撒克遜民族慣常使用的刑罰方式。若上溯至古代，縊頸則是一種常見的自殺方法。相傳，猶太民族對待罪犯的方式是亂石砸死。我從《舊約全書》裡查到，所謂 hanging 這個字的原意是把罪人的屍體吊起來，任由野獸或肉食性的鳥禽啃噬。希羅多德⑨認為，猶太人在離開埃及之前最忌諱曝屍於黑夜，埃及人便將罪犯斬首之後，只將其剩餘的軀幹釘在十字架上放在外面過夜。而波斯人……」「寒月君，你似乎愈講愈離題了，這樣沒關係嗎？」迷亭先生打斷了講述。「馬上就會進入正題了，請稍安勿躁。……那麼，波斯人是如何處置罪犯的呢？他們可能同樣是將罪犯處以釘死之刑，至於是在罪犯還活著的時候綁上去，還是等到死了以後才釘起來，這部分就不得而知了……」「沒必要知道那些事！」主人無聊地打起呵欠。「我尚有許多資料待報告，唯恐增添諸位煩擾……」「與其用『煩擾』，不如用『困擾』聽起來順耳。苦沙彌，你說是吧？」迷亭先生又挑了個小毛病。主人無精打采地回答：「用哪個都一樣。」「好的，咱們言歸正傳……」「『咱們言歸正傳』是說書先生的口吻，演說家應該用比較文雅的措辭。」迷亭先生又插嘴了。「如果『咱們言歸正傳』不夠文雅，那該說什麼才行呢？」語氣中透著一絲怒氣的寒月問道。「誰曉得迷亭是來認真聽講，還是來搗亂的。寒月，你就當他是個看熱鬧的，別理他，趕快往下講！」主人只想快快熬過這段折磨。「世事多紛擾，言歸正傳為上策，心清了無愁。⑩」迷亭先生仍然自顧自地插科打諢，寒月也忍不住噗哧一笑。「根據我調查的結果，最早將絞死列為處刑方式的紀錄出自《奧德賽》⑪第二十二卷，亦即忒勒瑪科斯⑫吊死潘妮洛佩⑬的十二名侍女的那個段落。我本想用希臘語朗誦原文，如此一來似有賣弄之嫌，因此作罷。請自行閱讀原文第四百六十五行至四百七十三行，即可明白。」「希臘語那一段還是能免則免，否則像在炫耀自己通曉希臘語似的。苦沙彌兄，你說對吧？」「我同意迷亭的看法。不要特意彰顯，反而讓人感到內斂。」主人難得直接贊同迷亭先生，因為兩個人都完全不懂希臘文。「那麼，今晚就把那兩三句略去，咱們言歸正……不對，請聽我繼續報告。目前推測，執行絞刑的方式有兩種，第一種是忒勒馬科斯在歐邁俄斯和菲羅提俄斯⑭的協助之下，將纜繩的一端繫在柱子上，然後將纜繩綁出一串活結繩圈，將那些侍女的頭顱逐一套進去，接著把纜繩的另一端用力一拉，就把她們吊起來了。」「也就是像西式洗衣店晾襯衫那樣，把一整排侍女吊起來，這樣沒錯吧？」「正如您所說。接著是第二種，首先和前一種方式相同，將纜繩的一端繫在柱子上，而另一端則一開始就綁在屋內高處的頂棚上，然後在高處的那一端再綁上好幾條繩子，並且結妥繩圈，逐一套在那些侍女的脖子上。到了處決的時候，只要撤掉那些侍女腳下的踏台即可。」「打個比方，不妨想像成在繩簾底端掛上一整列圓燈籠的情景就對了。」「我沒看過您說的那種圓燈籠，所以

⑨希羅多德（Herodotus，約自西元前四八〇～西元前四二五），古希臘作家，被譽為西方史學之父。
⑩日本江戶時代中期俳人大島蓼太（一七一八～一七八七）的俳句「世事紛紛擾／歸家見柳隨風蕩／心清了無愁」，此處置換了部分文句。
⑪《奧德賽》（Odyssey）為古希臘史詩，傳說作者為盲詩人荷馬。主要講述希臘英雄奧德修斯於特洛伊戰爭中勝利後返鄉的故事。
⑫忒勒瑪科斯（Telemachus），希臘英雄奧德修斯（Odysseus）與潘妮洛佩的兒子。
⑬潘妮洛佩（Penelope）。
⑭牧豬人歐邁俄斯與牧牛人菲羅提俄斯，是忒勒瑪科斯的奴僕。

不便置評；不過，假如確實有那種燈籠，應該如同您描述的那種狀態。……接下來，我將證明就力學的觀點而言，第一種方法是無法成立的。」「真有意思！」「唔，有意思！」迷亭先生一說完，主人隨即表示同意。

「首先，假設那些侍女是等距離懸吊，離地面最近的兩名侍女脖子上的纜繩，與地面呈水平。這時，纜繩和地平線之間的夾角分別是α_1，α_2……α_6，每一段纜繩的受力分別是T_1，T_2……T_6，而$T_7 = X$則是纜繩最低處的受力，至於W當然是侍女們的體重。這樣各位明白了嗎？」

迷亭先生和主人面面相覷，一起回答：「大致明白了。」「問題是，這個所謂「大致」的程度標準是他們兩人擅自訂定的，也許無法適用於其他人身上。「好了，根據各位所知的多邊形平衡原理，即可得出以下十二項方程式：$T_1\cos\alpha_1 = T_2\cos\alpha_2$……（1）$T_2\cos\alpha_2 = T_3\cos\alpha_3$……（2）……」「方程式講到這裡已經夠多了吧？」主人毫不客氣地說道。「事實上，方程式正是我這次演講的核心。」寒月似乎非常遺憾。「那麼，不能改天再把這塊核心部分講給我們聽嗎？」迷亭先生似乎也受夠了。「如果把這些方程式略去不報告，我竭盡心思做出來的力學研究，等於全都白費功夫了……」「無須多慮，統統跳過去甭講！」主人不留情面地說。「那就謹遵指示，勉予刪除。」「這樣做就對了！」迷亭先生在這不合時宜的時刻拍手叫好。

「接下來把研究方向轉到英國。『galga[15]』，亦即絞刑架這個詞語，在《貝奧武夫》[16]中第一次出現，足見早在那個時代已開始施行絞刑了。布萊克斯頓[17]認為，被處以絞刑的罪犯，假使由於絞索的問題而沒有死亡，應當再次接受相同的刑罰。然而，《農夫皮爾斯》[18]裡面卻有這樣的詩句：縱為惡棍，亦不應受兩次絞刑。雖然無法辨別上述兩種說法何者為真，不過，不走運時，連受死都無法死得痛快，倒是不乏其例。有個事件發生於西元一七八六年，惡名昭彰的費茲傑羅被送上了絞刑台，沒想到中間不知出了什麼差錯，他第一次跳下行刑台時絞索居然斷了，重新調整後行刑第二次，這回卻因絞索太長導致雙腳安然落地而沒死，直到第三次在圍觀人群的協助下，總算送他上西天了。」「實在大費周章哩！」聽到這樣的情節，迷亭先生頓時精神一振。「真是命不該絕呀！」主人也跟著興奮起來。「有趣的還在後頭。據說上吊時，脊骨長度會被拉長一寸左右。這是醫生親自量得的結果，千真萬確！」「這可是新技術！苦沙彌，我看啊，你也去吊上一吊，把身子拉長一寸，說不定就和常人一般高嘍。」迷亭先生轉頭看著主人，主人竟一臉正色詢問：「寒月，有人曾將脊骨拉長一寸之後，還能起死回生的嗎？」「當然不行！一吊起來雖能拉長脊骨，但其實講白了，根本是把脊骨拉斷。」「既然如此，我就不試了。」主人放棄這個念頭。

後半段的演講還相當長，寒月原本還要論述縊頸的生理作用，卻因為迷亭先生屢次沒來由地插入幾句俏皮話，加上主人不時毫不客氣地打起呵欠，只好講到一半作罷，回家去了。至於當天晚上寒月上台演說時，舉止態度如何、是否講得滔滔不絕，由於距離太遠，我就不得而知了。

接下來兩三天都沒發生什麼事。然而某天下午兩點左右，那位迷亭先生又和往常一樣，宛如偶然童子般虛無縹緲地翩然而入。他一落坐，劈頭就問：「越智東風的高輪事件，你聽說了

⑮絞刑架的語源來自古英語 galga、gealga，現代英語寫為 gallows。
⑯《貝奧武夫》（*Beowulf*），西元八世紀的英雄敘事長詩。
⑰布萊克斯頓（Sir William Blackstone，一七二三～一七八〇），英國法學家。
⑱《農夫皮爾斯》（*Piers Plowman*），據傳是由英國中世紀詩人威廉・蘭格倫（William Langland，生卒年一說為一三三二～一三八六）所寫的英語宗教長詩。

嗎？」他那威風凜凜的模樣，簡直像來通報日軍攻克旅順的天大號外。「沒聽說，最近沒看到他。」主人和平常一樣悶悶不樂。「我今天是為了報告東風的糗事，特地百忙之中撥冗前來。」「你說話老是那麼浮誇，實在有失分寸！」「哈哈哈，不是『有失分寸』，根本是『沒分寸』！兩者可不一樣，事關本人清譽哩！」「統統一樣！」主人不想答理，宛如天然居士再世。「聽說東風上週日去了高輪泉岳寺⑲。這麼冷的天，何必跑這麼一趟？再說，現在是什麼時代了，除了沒來過東京的鄉巴佬，誰還上泉岳寺那種地方啊？」「那是東風的自由，你沒有權利干涉。」「也對，我確實沒有權利。別管什麼權利不權利了，那座寺院裡有個叫作義士遺物保存會的展覽場，你知道嗎？」「不知。」「不知道？你總該去過泉岳寺吧？」「沒。」「沒去過？真沒想到！難怪你站在東風那邊為他講話。身為道地的江戶人居然沒去過泉岳寺，太丟人了！」「沒去過照樣可以當教員。」主人愈來愈像天然居士了。「先不說那個了。總之東風進去參觀的時候，一對德國夫妻也來了。一開始，那對夫妻用日語問了東風幾句，我們這位懂德語的東風先生不免技癢，又想炫耀一番，於是故意回了幾句德語，沒想到對談挺流利。事後想來，這正是災難的開端。」「後來怎麼樣？」主人終於上了圈套。「德國人看到大鷹源吾⑳的描金印章盒想買，問說能不能賣給他。東風當下的回答真有意思，他說日本人都是清廉的君子，絕對不肯割愛。到這裡，東風仍是意氣風發，而德國人以為找到一個厲害的翻譯，於是不停發問。」「問什麼？」「問題就出在這裡。若是聽得懂對方問什麼倒無所謂，但是那德國人說話快又什麼都問，根本不知所云。好不容易聽出了幾個字，對方問的竟然是鷹嘴鉤和大木槌㉑，東風先生可沒學過這兩個字的德文，實在不曉得該怎麼翻譯，心裡著急得很。」「確實著急。」主人想起自己教學時的經驗，可以想見寒月當時的心情。「壞就壞在其他好奇的閒雜人等，一個兩個的靠了過來，到最後把東風和那對德國人團團圍住看熱鬧。我們這位東風漲紅著臉，不知所措，一開始的遊刃有餘已經不知去向，變得狼狽不堪。」「最後怎麼樣了？」「最後，東風心知自己招架不住，扔下一句用日語發音的『摘見』，急急忙忙逃回家了。後來我問他，『摘見』這發音有點怪，你家鄉的人習慣把『再見』說成『摘見』嗎？東風說哪有那種事，一樣是講『再見』，但是對方是洋人，為了融合東西文化，所以才說了『摘見』。即使身處困境，東風仍然不忘融合東西文化，真是令人欽佩。」「『摘見』的事已經聽夠了，那對洋人怎麼了？」「聽說那對洋人愣住了，一臉茫然。哈哈哈，笑死我嘍！」「這有什麼好笑的。專程跑來講這種事，你才好笑呢！」主人將捲菸的菸灰磕進火盆裡。這時，大門上的門鈴陡然大作，緊接著傳來一個尖細的女人聲音：「打擾一下！」迷亭先生和主人不禁對看一眼，雙雙閉嘴不說了。

主人家居然來了女客，真是稀奇。只見這位嗓子尖細的女客身穿一襲縐綢疊襯的和服，走進屋裡，下襬一路拖擦著榻席。女客年紀約莫四十初，後梳的髮式在高高的額頭上鼓隆起一道大壩似的，高聳入雲的髮高至少相當於臉長的一半。一雙鳳眼以湯島鑿通坡[22]的陡峭斜度筆直上揚，左右兩邊相互對峙，這雙鳳眼甚至比細小的鯨魚眼睛還來得小。整張臉唯獨鼻子大得出奇，簡直像把別人的鼻子偷來安在自己的面孔中央，不妨想像一下將靖國神社的石燈籠搬進不到三坪的小院子裡擺放的景象，那鼻子佔據了臉上絕大部分的位置，怎麼看怎麼彆扭。不單如此，形狀

⑲泉岳寺位於現在的東京都港區，是日本江戶時代中期，四十七名為藩主復仇的赤穗藩家臣的墳墓所在地。
⑳大高源吾（本名大高忠雄，一六七二～一七〇三），四十七名赤穗義士其中一人。「鷹」與「高」日語同音，此處應是作者誤繕。
㉑這兩種工具都是赤穗義士起義時用於破壞門戶以利進攻的器具。
㉒原文為「湯島切通坂」，位於現在東京都文京區湯島三丁目至四丁目之間的一條鑿通坡道，連通本鄉與湯島兩地。

還是所謂的鷹勾鼻，從鼻梁上端開始竭力朝外突頂，後來連鼻子自己也覺得這樣太過分，應該謙虛一點，於是到了鼻尖處已經不再有當初的氣勢，而是低頭垂看下方的嘴唇。由於這個鼻子實在太過醒目，以致於每當這個女人說話時，總是讓人以為她不是用嘴巴說話，而是用鼻子說話。我為了向這個偉大的鼻子致敬，決定此後稱她為「鼻子夫人」。鼻子夫人表達完幸會之意後，旋即將客廳仔細打量一圈，說道：「府上挺雅致的。」主人大口抽著香菸，只在心裡犯嘀咕：「胡扯！」迷亭先生則望著天花板問道：「你那是漏雨的水漬，還是原本的木紋？紋樣真特別哩！」他的用意是催促主人說話。「當然是水漬！」主人回答後，迷亭先生若無其事地說：「真好看！」這時，鼻子夫人暗自氣惱眼前的人根本不懂得交際應酬。三人相對而坐，好半晌都沒有人開口。

「造訪府上是因為有事請教。」最後鼻子夫人打破了沉默。「哦……」主人的反應非常冷淡。鼻子夫人心想，這樣可不行，於是接著說：「我就住這附近，就是對面巷子拐角的那棟大宅。」「您是說那棟有倉庫的大洋房嗎？怪不得門牌上寫的是金田。」主人似乎總算想起了金田家的洋房和金田家的倉庫，不過，他對金田夫人的態度並未因而變得更尊敬。「按理說，應該由外子登門請教，無奈公司那邊實在太忙……」鼻子夫人的眼神彷彿透露著：這樣明白我的身分地位了吧？可惜主人仍然不為所動。以一個初次見面的女人而言，鼻子夫人剛才的那些話實在有失文雅，已經惹得主人不高興了。「公司也不只一家，得同時看管兩三家，而且都是擔任要職……。我想，您應該知道吧。」鼻子夫人的表情像是告訴主人：說出來嚇死你了吧？事實上，我家主人一聽到博士或大學教授的頭銜，向來是畢恭畢敬，奇怪的是他對企業家卻毫不尊敬。他深信中學教員遠比企業家偉大，但對此也沒有十足的把握。他早已認定自己這種不知變通的臭脾氣，絕對不可能獲得企業家和富豪的眷顧，所以乾脆死了巴結這條心。既然已經確定自己不可能從那些人的身上得到好處，所以任憑他們再怎麼有錢有勢，也和自己沒有任何利害關係。也因此，他對學界以外的領域一概漠不關心，尤其是企業界，什麼人在哪裡經營什麼事業，他全都一無所知；就算知道，也沒有一絲一毫的尊敬與佩服。然而，鼻子夫人恐怕連做夢也想不到，居然有這種怪人存在於這世界的某個角落，並且和她同樣在陽光底下過日子。社會上形形色色的人她也算見過不少了，只要說一聲她是金田的內人，沒有一個人不立刻哈腰鞠躬的。金田夫人這個名號在任何聚會場合、任何身分高貴的人們面前，都是同樣響叮噹。她原先以為，只要對區區一個成天窩在陋居裡的老學究，說一聲自己住在對面巷子拐角的那棟大宅，這個老頭子就會連職業都不問即大驚失色了。

「你認識金田先生嗎？」主人隨口問了迷亭先生，迷亭先生一本正經地回答：「當然認識。金田先生是我伯父的朋友，前些天的園遊會還特地大駕光臨呢。」「是哦，令伯是什麼人？」「牧山男爵啊！」迷亭先生的神情益發正經八百。主人還想說點什麼，正要開口，鼻子夫人突然轉身看著迷亭先生。迷亭先生今天身上的衣服是大島捻線綢面料，罩上一件看似仿古花洋布的外褂。「哎呀，原來您是牧山閣下的……該怎麼稱呼才好？怪我懂得少，請恕萬分失禮。常聽外子說承蒙牧山閣下多年來的關照哪！」鼻子夫人忽然改用十分禮貌的措辭，甚至朝迷亭先生施了一禮。「不敢當，您客氣了。哈哈哈……」迷亭先生笑著回禮。目瞪口呆的主人啞口無言地望著眼前的兩個人。「聽說為了小女的婚事，還曾央託牧山閣下費心哪……」「哦？這樣嗎？」聽到這段話，迷亭先生倏然心頭一凜，聲音不禁透著幾分訝異。「照實說，不少人家都來提親，可畢竟我們也是有身分的，總不好嫁進門不當戶不對的地方……」「此話極是！」迷亭先生總算鬆了口氣。「今天來這裡，就是想問問這件事。」鼻子夫人轉頭望向主人，立刻又恢復為傲慢的口吻了。「聽說有個叫水島寒月的男子常常來府上，他究竟是個什麼樣的人呢？」「您打聽寒月的事做什麼？」主人不悅地說道。「應該是為了令嬡的婚事，想了解一下寒月君的人品吧？」還是迷亭先生腦筋動得快。「若能賜知，那就再好不過了……」「這麼說，您想把令嬡嫁給寒月嗎？」「我沒說要嫁給他！」鼻子夫人突然給主人碰了個釘子。「說媒的人多得很，用不著非得求他娶小女。」「既然如此，就不必打聽寒月的事了啊！」主人也激動起來。「但也沒理由瞞著不講吧？」鼻子夫人的口吻有幾分要找人吵架的意味。迷亭先生坐在他們兩人中間，手中的銀菸杆宛如相撲裁判的指揮扇那般高舉，像場上裁判在心裡放聲大喊：上啊！上啊！快上啊！㉓「那麼您的意思是，寒月求您非把令嬡嫁給他不可嗎？」主人正面迎擊，使出一招猛掌推頂㉔。「他倒沒有說過要娶……」「所以是您覺得他想必有意娶令嬡嗎？」主人似乎發現，使出猛掌推頂的招式對付這個女人最有效。「話不能這麼說……寒月先生也未必不滿意這門婚事吧！」鼻子夫人險些被推出界，總算穩住了身勢。「寒月可曾表示過對令嬡的愛慕呢？」主人挺起胸膛，氣勢洶洶，言下之意是要她有證據的話就拿出來。「這個嘛，可以說是這麼回事吧！」這句回話證明主人的這記猛掌推頂完全無效。當自己是相撲裁判在一旁坐山觀虎鬥的迷亭先生，也被鼻子夫人的這句話勾起了好奇心，他放下菸桿，身子探前問道：「寒月君寫過情書給令嬡嗎？這倒有意思，新的一年又添了一件美談嘍！」他自己說得很開心。「不是情書，而是比情書更強烈的。二位也都知道的呀？」鼻子夫人顯然話中有話。「你知道嗎？」一臉茫然的主人詢問迷亭先生。同樣一頭霧水的迷亭先生答道：「我不知道。要是真有人知道，也只有你一個了。」只有這種時候迷亭先生才忙著推辭。唯獨鼻子夫人一個人沾沾自喜地說道：「客氣了，這件事兩位都曉得哪！」「是嗎？」二個人同時愣住。「二位貴人多忘事，就由我來說一說吧！去年年底，在向島的阿部先生府邸舉辦了演奏會，寒月先生不也參加了嗎？那天晚上他回家的路上，在吾妻橋上發生了一件事，對吧？（詳情我不說了，免得給當事人添麻煩）我想，這項證據已經足夠了，二位說是不是呀？」說完，鼻子夫人傲然地端正了坐姿，將戴著鑽戒的手指疊放在膝腿上。在那一只益發大放異彩的偉大鼻子面前，迷亭先生和主人彷彿展現了「有若無」㉕的美德。

別說我家主人了，就連向來舌粲蓮花的迷亭先生也被她的這一記奇襲給嚇得魂飛魄散，兩人宛如症狀消退的瘧疾病患似的，茫然地愣坐著，好半晌才從震驚之中回過神來，一股滑稽感油然而生，不約而同雙雙縱聲大笑起來。這時輪到鼻子夫人有些莫名其妙，心想兩人笑成這樣成何體統，不由得慍怒地瞪視他們。「原來那位是貴府的千金？好極好極！我說，苦沙彌兄啊，夫人說得一點都不錯，寒月君肯定對金田小姐十分心儀……，我看這下也沒必要繼續幫他隱瞞了，不如一五一十全說給夫人聽了吧！」主人只「唔」了一聲。「是嘛，畢竟證據已經明明白白地擺在那裡了，就算想瞞也瞞不住呢！」鼻子夫人又說得沾沾自喜。「既是如此，也沒辦法了。關於寒月君的事，我們全都照實陳述，供您參考。喂，苦沙彌兄，你可是這屋子的主人，光是往臉上堆笑也無濟於事。話說，祕密這玩意實在太可怕了，再怎麼努力掩藏，遲早總會露出馬腳來的。……話說回來，這事還真奇怪。金田夫人，您是怎麼探聽到這件祕密的呢？真讓人吃驚。」迷亭先生

㉓原文為「八卦よいやよいや」，相撲裁判（原文為「行司」）在比賽場（原文為「土俵」）上指示相撲選手（原文為「力士」）發動攻勢的用語。迷亭把眼前苦沙彌和鼻子夫人的脣槍舌戰想像成一場相撲比賽，自己則是裁判，因此這個段落用了不少相撲術語。

㉔原文為「鉄砲」，日本相撲的傳統訓練法之一，這種訓練法可以幫助選手在場上以手掌猛推對手的肩膀或胸部，將之推出界外。

㉕語出《論語．泰伯篇》曾子曰：「以能問於不能，以多問於寡；有若無，實若虛，犯而不校，昔者吾友嘗從事於斯矣。」用於誇讚擁有知識才華的人，願意移樽就教的謙遜德行。

一個人講得格外起勁。「但凡我想知道的事，休想瞞得過我！」鼻子夫人一臉得意。「簡直一切都逃不過您的手掌心！請問夫人究竟是聽誰說的？」「就住在後頭的那個車夫老婆。」「那個養了隻黑貓的車夫嗎？」主人瞪大了眼睛問道。「是呀，我可花了一大筆錢來打聽寒月先生的事呢！我想知道寒月先生每次來這裡談了些什麼，所以託了車夫老婆鉅細靡遺向我報告。」「這麼做太過分了！」主人提高了聲量。「哎唷，您做了什麼事、說了什麼話，我壓根不關心，我想知道的只有寒月先生的事。」「不管您想探聽的是寒月也好，別人也罷，總之我就是討厭那個車夫的老婆！」主人兀自賭氣。「人家不過是站在府上的圍籬外而已，您管得著嗎？如果講話怕人偷聽，聲音小點不就成了？要不您也可以搬到更大的房子去住呀？」鼻子夫人臉不紅氣不喘地接著說，「不光車夫的老婆前來報告，我還從住在小巷裡的二弦琴師傅那裡聽來了不少消息。」「只說了寒月的事嗎？」「不單是寒月先生的事。」這個回答暗藏玄機。我原以為主人這下要敗下陣了，沒想到他卻破口大罵起來：「那個琴師一副高高在上的模樣，沒把其他人看在眼裡，真是個臭小子！」「恕我說一句，那位師傅可是個女人，『小子』二字套用錯誤。」從鼻子夫人的話，愈來愈能聽出她今天來到這裡的用意了，簡直像是來踢館的。即使事態發展到這個地步，迷亭先生依舊秉持本色，對眼前的這場談判聽得津津有味，猶如李鐵拐觀鬥雞似的，一派氣定神閒。

主人察覺自己吵不贏鼻子夫人，不得不暫時保持沉默，好半天才想到該向迷亭先生討救兵。「您口口聲聲說寒月對令嬡心儀不已，這和我聽到的有些出入。迷亭，你說是吧？」「嗯，據他當時告訴我們，一開始是貴府千金玉體違和……並且神智不清地念念有詞。」「什麼？絕對沒有那種事！」金田夫人斷然否認。「可是，寒月告訴我們，○○博士夫人是這樣轉述給他聽的！」「那是我安排的，我央託○○博士夫人代為試探一下寒月先生的心意。」「那位答應幫忙的○○

夫人知道您的用意嗎？」「是呀。可她也不是平白幫忙，前前後後我送了不少禮呢！」「看來，您今日來此，已經下定決心要把寒月君的事問個一清二楚，才肯打道回府吧？」迷亭先生有些不悅，措辭比往常來得粗魯幾分。「好吧，苦沙彌兄，橫豎說出來也沒什麼壞處，我們就講了吧！……金田夫人，除了不便告知的事，但凡寒月的一切，不論是我還是苦沙彌兄都會一五一十回答您。……最好麻煩您按順序一件一件詢問。」

鼻子夫人終於露出了滿意的表情，慢慢提出問題。她剛才語氣尖銳，現在面對迷亭先生又恢復了一開始的客氣。「聽說寒月先生是位理學士，他究竟是專門研究什麼的呢？」「他在研究院裡探究地球的磁力。」主人嚴肅地回答。可惜鼻子夫人無法理解何謂地球的磁力，只迷惑地「哦」了一聲，便接著問：「研究那東西，就能當上博士嗎？」「您的意思是，非將令嬡嫁給博士不可嗎？」主人不高興地反問。「當然！這年頭只讀到大學畢業已經不稀奇了。」鼻子夫人面不改色地回答。「寒月能否當上博士，我們也無法保證，請您問下一道問題吧！」主人望向迷亭先生，臉色益發惱怒；而迷亭先生也同樣心情不太好。「寒月先生最近還在繼續研究那個地球什麼的嗎？」「兩三天前，他在理學協會講演了縊頸力學的研究成果。」主人隨口答道。「唉呀討厭，真是太古怪了，怎麼會有人研究上吊呢？拿這種東西來研究，我看他當不成博士了吧？」「若是他把繩子套上自己的脖子，那就沒什麼指望了；不過，如果只是研究縊頸的力學，或許還有機會成為博士。」「是嗎？」鼻子夫人想從主人的表情讀出這番話的真偽。可憐的金田夫人，根本不懂力學這個字詞是什麼意思，因而心裡不踏實，但覺得請教這種常識未免有損顏面，只好觀察對方的神情來揣測，偏偏主人一臉諱莫如深。「除了這一項以外，他沒有研究其他比較容易懂的學問嗎？」「讓我想想……，前陣子他寫過一篇論文，題目是〈論橡子之穩定性暨天體運行〉。」

「滿地都是的橡子，還得上大學去學嗎？」「這個嘛，畢竟我也是外行，不太清楚。不過，既然寒月君拿它來研究，可見具有研究的價值吧。」迷亭先生一本正經地挖苦鼻子夫人。鼻子夫人察覺自己沒本事與人討論學術，於是放棄了繼續問下去的念頭，主動換了個話題：「我想請教另一件事，……請問寒月先生今年正月裡，是不是吃香菇時咬斷了兩顆門牙？」「對，而且缺了門牙的齒洞還塞著豆餡餅渣呢！」迷亭先生突然精神為之一振，心想總算轉到我拿手的話題了。「這人未免有失身分，怎麼不用牙籤呢？」「下次見到他的時候再提醒一聲。」主人忍俊不禁。「吃個香菇還能斷了牙，看來他牙口不怎麼好，是嗎？」「確實算不得好……迷亭，你說是吧？」「雖說不好，倒也有幾分可愛。只是不曉得他為何一直沒去補牙，那個齒洞現在成了豆餡餅安身立命的小窩，真是世界奇觀！」「他是因為沒錢補牙只好如此，還是刻意留下那個缺口呢？」「反正他總不會永遠自報名號是『缺門牙者也』，敬請放心。」迷亭先生漸漸恢復了好心情。這時，鼻子夫人又換了問題。「如果府上有他的親筆信函，能不能借我拜讀一下？」「明信片倒是很多，我去拿給您過目。」說著，主人從書房裡拿來三、四十張。「用不著那麼多，只要看個兩三張就夠了……」「來來來，幫您挑幾張我喜歡的！……這張有意思！」迷亭先生邊說邊揀出一張明信片。「唷，他連作畫都會，手真巧呀！容我拜閱。」她才瞥了一眼，旋即嚷了起來：「哎呀討厭，這可不是貉子嗎？畫什麼不好，怎麼偏要畫貉子呢？……話說回來，這貉子畫得夠傳神，讓人一看就認出來了，真不容易！」鼻子夫人還是讚許了幾句。「請讀一讀明信片上的文字。」主人笑著說道。鼻子夫人用女傭讀報的腔調唸誦：「舊曆除夕夜，山上的貉子辦了遊園會，熱熱鬧鬧載歌載舞，大家唱著：『來呀來，除夕夜，沒人上山來！司波克波諾波！』」「這是什麼跟什麼呀？簡直拿人尋開心嘛！」鼻子夫人發起了牢騷。「那麼這張仙女圖，您可喜歡？」迷亭先生又挑出

一張。畫中是一名穿著霓裳的仙女在彈奏琵琶。「這仙女的鼻子似乎小了一點。」「不會啊，長得挺一般。您別瞧鼻子了，還是看看文字內容吧。」明信片上是這樣寫的：「從前某個地方有位天文學家。一天晚上，他如同往常爬上高臺，專注地觀測星空。忽然間，天上出現一個美麗的仙女，奏出了人間罕聞的美妙音樂。天文學家聽得入迷，連刺骨的凍寒都感覺不到了。翌日清晨，人們赫然發現了那位天文學家的屍身，上面覆著一層白霜。這是一則眞實的故事，我是從某個成天滿嘴胡話的老頭那裡聽來的。」「這算什麼？根本沒有任何意義。就憑這樣，也算得上是理學士嗎？還不如拿《文藝俱樂部》來翻個幾頁還比較有意思呢！」鼻子夫人把寒月說得一無是處。迷亭先生又揀出第三張明信片，半開玩笑地問說：「這張如何？」這回是印刷的帆船圖，寒月照例在圖下寫了幾句：「昨夜留宿的小姑娘，年方二八，泣訴沒爹也沒娘，對著波濤洶湧間的海鳥、從惡夜夢魘中驚醒的海鳥嚎啕痛哭，說她爹娘搭船時葬身海底。」「這故事寫得好。就是說嘛，寒月先生明明能寫出這麼感人的故事呀！」「寫得好嗎？」「是呀，這一段可以譜成三弦琴的曲子呢！」「能夠譜成三弦琴的曲子，那算得上夠格了。您再看這一張怎麼樣？」迷亭先生又信手拈來一張。「夠了，拜讀這幾張已經足夠，不需要再多看其他的了。這樣我了解寒月先生並不是粗野之人了。」她自己下了結論。鼻子夫人認為對於寒月的疑問，已經大致得到解答了，最後提出一個無理的要求：「今日諸多失禮，還請海涵。麻煩二位別告訴寒月先生我來過這裡。」也就是說，她的策略是非把寒月的一切底細盤問清楚不可，卻不願意讓寒月知道自己的任何訊息。迷亭先生和主人都沒好氣，只應了聲「嗯」。鼻子夫人起身時又強調了一句：「容後再向二位致謝！」兩人送客後回到房裡，剛落坐，迷亭先生和主人同時開口問道：「那算什麼啊？」此時，在內室的太太終於忍不住呵呵笑了起來。迷亭先生提高嗓門喊道道：「嫂夫人、嫂夫人，『庸俗調』的標本來過啦！庸俗到了那種程度，可以算是奇葩了。好了，您別客氣，儘管笑個夠吧！」

主人忿忿說道：「那副長相最讓我看不順眼！」迷亭先生立刻接口說道：「鼻子坐鎮在臉盤的正中央，威風十足！」「而且還是有弧度的。」「那鼻子有點駝背。駝鼻子，太新奇了！」迷亭先生打趣地笑著。「那面相剋夫！」主人還不肯罷休。「那種面相可說是十九世紀的庫存貨，到了二十世紀又擺到店門前繼續促銷的。」迷亭先生總是妙喻連連。這時，太太從內室過來了。到底是女人細心，她提醒兩人：「壞話說多了，當心車夫老婆又去告密嘍！」「嫂夫人，讓她從告密裡，認識自己那張尊容，對她也是好事。」「可是你們私下批評別人的相貌，未免有失高尚。沒有人願意長那樣的鼻子，何況還是個女人家。說這話太刻薄了！」太太一方面是為鼻子夫人的鼻子辯護，於此同時也是間接預先為自己的容貌辯護。「有什麼刻薄的?那種人根本不是女人，而是蠢人！迷亭，你說是吧？」「我不知道她算不算是蠢人，總之這號人物並不簡單，我們不就任她擺佈了好一段時間嗎？」「她究竟把教師看成什麼了？」「看成和住在屋後的車夫差不多，只有博士才能得到那種人的尊敬了。沒能當上博士該怪自己的不爭氣。嫂夫人，您說是吧？」迷亭先生笑著回頭徵求太太的附議。「博士是沒指望嘍！」連太太都對主人不抱期望了。「別瞧不起人，說不定過一陣子我就是博士了！想來妳根本不知道，古時候有個名叫伊索克拉底㉖的人，九十四歲才完成巨著；索福克勒斯㉗寫出震驚天下的傑作時，幾乎是百歲人瑞了；西摩尼德斯㉘在八十歲時還做了美妙的詩歌。我遲早也能……」「你哪能跟那些人比?像你這樣一天到晚鬧胃病的人，能活到那把歲數嗎？」太太有憑有據地掐算主人的壽命。「胡說！……去問問甘木醫生就知道了！……話說，都怪妳讓我穿這身皺巴巴的黑棉外褂，和滿是補丁的破衣服，才讓那種女人看不起！從明天起，我也要穿迷亭那種衣服，給我拿出來！」「『給我拿出來』？家裡哪有那麼氣派的衣服！金田夫人是聽見迷亭先生的伯父名號之後，才開始對他客客氣氣的，所以和衣服並不相關。」太太巧妙地推卸了責任。

提到迷亭先生的伯父，主人突然想起什麼似地問了迷亭先生：「我今天才知道你有位伯父。以前從來沒提起，真有那位伯父嗎？」「嗯，說起我那位伯父，他呀，是個老頑固，……畢竟是從十九世紀一路活到了今天的人嘛！」說著，他瞧了瞧主人，又望了望太太。「哈哈哈哈哈，你講話老是沒個正經。你伯父住在什麼地方？」「住在靜岡。不過他可不是那種像平凡百姓一樣安分過日子的人，到現在頭上還頂著江戶時代的丁字髻，令人望之敬畏。家裡人勸他戴上帽子，他卻逞威風說自己活了這麼大歲數，從來不曾感到凍得需要戴帽子。告訴他天冷，再多睡一會兒，他堅持人類睡四個小時就夠了，超過四小時以上就是浪費生命，於是清早天色還沒亮就起床，並且得意地吹噓自己年輕時候總是貪睡，經過長年的苦練，近來終於練至隨心所欲的境地，成功地將睡眠時間縮短至四個鐘頭了。事實上，六十七歲的人本來就不再需要睡那麼久了，所以睡眠時間縮短根本和苦練不苦練的扯不上邊，可他本人滿心認定是克己自制的成果。不僅如此，他出門的時候必定隨身攜帶一把鐵扇㉙。」「帶著有什麼用處？」主人問道。「也不知道帶出去做什麼用途，總之他就是非帶不可，或許就和其他紳士出門拎手杖一樣的意思吧。對了，不久前還發生

㉖伊索克拉底（Isokrates，西元前四三六～西元前三三八），著名的古希臘雅典演說家。
㉗索福克勒斯（Sophocles，西元前四九六～西元前四〇六），古希臘三大悲劇詩人之一，代表作為《俄狄浦斯王》。
㉘西摩尼德斯（Simonides of Ceos，西元前五五六～西元前四六八），古希臘抒情詩人。
㉙鐵製扇骨，江戶時期的武士近身防衛用的器具。

了一樁不尋常的事呢。」迷亭先生轉頭朝著太太說道。「是哦？」太太隨口答腔。「今年春天他突然捎來一封信，要我趕緊寄送圓頂禮帽和長禮服。我嚇了一跳，寫信詢問，老人家回信說是自己要穿的，並且命令我必須火速寄到，必須趕上二十三日在靜岡舉行的戰役勝利慶祝大會。問題出在命令裡的這一段：帽子挑大小差不多的買一頂來，禮服同樣斟酌尺寸去大丸㉚訂製……」「大丸綢緞莊現在也做起西裝了嗎？」「這位老師您多想了，伯父是把大丸錯當成了白木屋。」「要你斟酌尺寸去做衣服，這不是難為人嗎？」「我伯父就是這性子。」「那你怎麼處理？」「沒辦法，只好斟酌著下訂做好寄去了。」「你也一樣荒唐。趕上慶祝會了嗎？」「嗯，好不容易總算完成任務了。後來看家鄉的報紙出了篇報導說：牧山老先生當天難得穿上長禮服，照例手持那把鐵扇……」「看來他說什麼也不肯放開那把鐵扇。」「嗯，哪天他撒手人寰，我打算無論如何都要讓那把鐵扇陪他一起進棺材。」「不過，幸好帽子和衣服都算是合身。」「完全不是那麼回事。我原本也以為謝天謝地，萬事順利，豈料不久後收到故鄉寄來一個包裹，想來是給我的謝禮，打開一看卻是那圓頂禮帽，裡面還附上一封信，信裡說：『勞駕購置之禮帽尺寸偏大，請送回帽鋪改小。修改費將以小額郵政匯票送上』。」「真是不諳世事。」主人發現天底下居然還有比自己更不諳世事的人，顯得心滿意足。主人隨後問道：「你後來怎麼辦？」「還能怎麼辦？我只好收下來自己戴了。」「原來就是那一頂喔？」主人笑得頗有深意。「令伯父是男爵嗎？」太太好奇地詢問。「您問的是誰？」「就是那位拿鐵扇的伯父。」「才不是呢！他是漢學家，年輕時在孔廟㉛專心致志研習朱子學還是什麼學問，即使在洋燈泡下捧讀，頭上還是照舊畢恭畢敬地頂著丁字髻，實在跟不上時代。」迷亭先生邊說，不停摩挲著下巴。「可是你剛才告訴那個女人的是牧山男爵啊？」「您確實是那麼說的，我在餐室裡也聽見了。」唯獨這一回，太太和主人意見相同。「是嗎？哈哈哈哈……」迷亭先生沒來由地大笑，「我騙她的！我伯父若是男爵，現下我起碼當上局長嘍！」他說得一派輕鬆。「我就覺得事有蹊蹺！」主人的表情憂喜參半。太太十分佩服地說：「哎唷，居然可以正經八百地吹牛皮，看來您真是個吹牛大王！」「那個女人比我高明。」「您也不比她差哪！」「可是嫂夫人，我吹牛只是逗樂子而已，那個女人說謊卻是心懷鬼胎，別有居心。假如世人將耍小聰明的陰謀，和與生俱來的幽默混為一談，那麼，連喜劇之神都要感嘆世人有眼無珠了。」「那可難說哦。」主人看著下方說道。「半斤八兩，都一樣！」太太邊笑邊說。

我從沒去過對面那條小巷，當然更沒看過拐角那幢金田宅邸是什麼樣子，甚至是今天才頭一回聽說有這戶人家。主人從沒談過企業家的話題，我這隻在主人家吃喝的貓，也就同樣對這方面既不了解，更不關心。剛才鼻子夫人突然來訪，我在一旁聆聽他們的交談，滿腦子都是那位千金小姐的天仙美貌。一想到這家的富貴與權勢，連我這隻貓也無心躺在簷廊下睡懶覺了。我對寒月深感同情，因為對方竟然神不知鬼不覺地收買了博士夫人、車夫老婆，甚至那個和天璋院有關的二弦琴師傅，連他缺了門牙都查得清清楚楚，寒月本人卻一無所知，依舊笑嘻嘻地搓揉和服外褂上的繫帶。以一個剛畢業的理學士來說，寒月未免也太無能了。不過話說回來，他的對手可是一個臉面正中央安放著一只宏偉鼻子的女人，絕非尋常人等能夠前去近身打探的。在這件事情上，主人一來與己無關，況且窮得很；至於迷亭先生，雖然不缺錢花用，但號稱「偶然童子」的

㉚指當時位於東京的大丸綢緞莊。後文提到的白木屋則較早開始承接洋裁業務，可做西式訂製服裝。

㉛江戶時代尊崇儒學，興建孔廟作為學術及教育的據點。

他，恐怕也不會提供寒月協助。照這麼看來，最可憐的就是這一位演講縊頸力學的寒月老師了。我想，我至少得挺身而出，潛入敵營偵察敵情，否則太不公平了。我雖然只是一隻貓，好歹寓居於學者之府，儘管這學者不過是個隨手翻閱愛比克泰德的著作之後，就氣得往桌面一扔的傢伙，但我畢竟有別於世上的蠢貓、笨貓，尾巴尖上還藏有一股俠義之心，甘願冒險犯難。這談不上是對寒月的知恩圖報，也不上是為了某人打抱不平而血氣方剛。說得誇大一點，此乃崇高之壯舉，實踐了秉持公平與信奉中庸的天意。既然那位鼻子夫人沒有徵得本人同意，便四處炫耀吾妻橋事件；既然她派遣走狗躲在別人屋簷下偷聽交談，還得意洋洋地逢人就說；既然她不惜買通車夫、馬夫、地痞、無賴、落拓書生、打零工的老婆子、產婆、妖婆、按摩人，乃至於笨蛋來騷擾國家棟梁——本貓非盡一己之力不可！所幸今日天晴，儘管霜雪融化，路滑難行，但為了替天行道，我即使犧牲小命也要成就大義。反正要處理腳底汙泥在簷廊留下梅花印的人，是女傭而不是我，所以我下定決心，等不及明天了，立刻出發！我才剛奮勇奔到灶房，腦中突然閃過一個念頭，頓時煞住衝勢。我想到，我這隻貓進化的程度不僅達到巔峰，而且智力也絕不亞於中學三年級的學生，悲哀的是，喉嚨的構造依舊和凡貓相同，無法講人話。因此，即使順順利利潛入金田宅邸，徹底掌握敵情，仍然不能轉告最關鍵的當事人寒月，也沒辦法說給主人或迷亭先生聽。有口難言，就跟埋在土裡的鑽石一樣，不能發出熠熠光亮，空有智慧而毫無用武之地，此去無疑是逞愚勇，不如作罷，一時在門口裹足不前。

可是，下定決心卻又半途而廢，就和等待驟雨降甘霖時，卻見烏雲飄向鄰鎮一樣，不免有些遺憾。如果錯在己方，自然另當別論；如果是為了伸張正義，就該萬死不辭勇往直前，才稱得上是見義勇為的男兒本色。既然如此，區區弄髒腳底和空跑一趟，對一隻貓來說又算得了什麼？

生而為貓，雖然沒有三寸不爛之舌與寒月、迷亭先生，及苦沙彌諸位老師交流思想的本領，但也因為生而為貓，飛簷走壁的技巧遠遠勝過諸位老師。能人所不能，堪稱一大樂事。哪怕只有我一隻貓知悉金田家的內幕，總比誰都不知道來得開心。我雖然無法讓人類明白真相，至少能讓金田家感到事跡敗露，這就夠我高興的了。既然欣喜之事不勝枚舉，豈能不去！我決定還是出發。

來到對面小巷一瞧，果然如鼻子夫人所描述的，那幢洋房大模大樣地矗立在轉角處，心想這家主人也和這幢洋房一樣倨傲吧。我步入大門，仔細打量一番，發現這棟二層樓房除了站在這裡嚇唬人以外，其實沒什麼了不起。這大概就是迷亭先生掛在嘴上的「庸俗調」吧。走進玄關往右轉，穿過庭院的花草樹木，繞到廚房的後門。這間廚房確實相當寬敞，約莫比苦沙彌老師家的灶房大上十倍。裡面的陳設井然有序，盤皿光潔無比，我猜這裡足以媲美《日本新聞》前陣子詳細報導的大隈先生[32]府邸的廚房，不禁暗自讚嘆「真是間模範灶房」，接著溜了進去。入內一瞧，那個車夫老婆正站在入門處兩坪大小的灰泥地上，與金田家的廚子及車夫聊個不停。萬一被他們發現可不妙，於是我趕緊躲到水桶後面。「聽說那個教員居然沒聽過咱家老爺的大名？」廚子說。「怎麼可能沒聽過？住在這一帶的，除非是一不長眼二沒長耳的殘疾人，否則哪個不曉得金田公館呢？」這是金田家車夫的聲音。「那可難說。要說那個教員真是個怪人，除了書本，什麼不懂。要是他聽過金田老爺的名號，也許還懂得敬畏三分，偏偏他是個連自家孩子幾歲都不知道的蠢貨，沒用的。」車夫老婆說。「連金田老爺都不怕？那該怎麼教訓這個糊塗蟲呢？沒關係，咱們

㉜大隈重信（一八三八～一九二二），日本政治家暨教育家，曾任內閣總理大臣，亦是早稻田大學的創校者，受贈侯爵爵位。當時的上流社會人士爭相模仿其府邸的廚房設計規劃。

一起去嚇唬嚇唬他！」「妙招！誰要他淨說刻薄話，罵咱們金田夫人什麼鼻子太大啦、長相瞧著不順眼啦……，也不想想他那張臉活像個今戶陶㉝的貉子似的，還以為自己長得人模人樣。真是愈說愈來氣！」「不光是那張臉，瞧他平時拎著毛巾上澡堂的模樣，要說多傲慢就有多傲慢，還以為自己是天底下最偉大的人呢！」就連廚子也很不喜歡這位苦沙彌老師。「咱們索性一起衝去那傢伙的圍牆邊臭罵他一頓！」「這樣一來，就能讓他明白金田家的厲害！」「剛才金田夫人已經吩咐過，咱們只要出聲叫罵，讓他沒辦法靜下心來讀書，只能乾著急就好，可別讓被他瞧見是咱們搗蛋，那就掃興了。」「那是當然！」車夫老婆的言下之意是，在這場痛罵任務中，自己會肩負起三分之一的責任。原來他們要用這一招來整苦沙彌老師。我悄悄地從這三人旁邊溜了過去，竄進內室。

貓兒躡步，悄然無聲，不論上任何地方，從來不曾發出笨重的腳步聲，既似乘雲而飛，又如御霧而行，猶似水間敲磬，又若洞裡鼓瑟，亦像嚐得醍醐妙味難以言喻，如人飲水冷暖自知。不管是所謂庸俗調的洋房也好，還是模範廚房也罷，我更不在乎車夫老婆、男僕、廚子、小姐、雜務女傭，甚至是鼻子夫人和老爺，我想上什麼地方就上什麼地方，我想聽誰講話就聽誰講話，我想幾時舌頭微吐、尾巴搖曳、鬍子挺豎地翩然賦歸，一切隨心所欲。這套來無影去無蹤的本事堪稱我的頂尖絕活，就是尋遍全日本也找不出第二隻貓來，有時候連自己都懷疑，莫非我是古典通俗小說裡那隻妖貓的後裔？相傳癩蛤蟆額上藏有夜明珠，那麼我的尾巴尖上，別說神道、佛教、情愛和無常了，就連傲視天下人的祖傳靈丹，必然盡皆囊括於內。由此可想而知，要我避人耳目穿過金田家走廊的區區小事，根本比金剛力士踏扁一盤涼粉還來得容易。這時候，連我都不禁由衷佩服自己的能耐，並且赫然驚覺原來一切多虧這條尾巴庇佑，我平時萬般呵護尾巴，往後可得

加倍珍視。於是我略微低頭，準備向最敬愛的這尊尾巴大神頂禮膜拜，祈求喵運昌隆，卻發覺不太對勁。我必須看著尾巴拜三次才行，可是一望向尾巴，身體就會轉半圈，而尾巴也會跟著轉半圈；我試圖追上尾巴，拚命扭過頭去，尾巴卻總是在前方領先同樣的距離。這條靈尾果真將天地玄黃全部吸納於三寸之間，我根本望塵莫及。我追著尾巴跑了足足七圈半，最後累癱了，不得不作罷，還感到頭暈目眩，一時分不清楚身在何處。不管那麼多了，我要繼續到處闖盪。忽然間，鼻子夫人的聲音從紙門裡面傳了出來。這下找對地方了！我立刻停下腳步，將左右兩耳豎得又直又挺，凝神靜聽。「不過是個窮教員，神氣個什麼勁兒！」鼻子夫人的聲音還是一樣又尖又細。「哼，好個狂妄的傢伙！非得給他吃點苦頭，以示教訓！我們的同鄉也在那所學校教書。」「誰在那學校？」「津木品助、福地喜佐古都在那邊，可以託他們去奚落他一頓。」我有些詫異。雖不曉得這位金田老爺的故鄉在哪裡，不過那地方的人怎麼都取些怪名字呢？金田老爺繼續問道：「那個傢伙是英文老師嗎？」「是的。聽車夫老婆說，他好像是專教英文讀本的。」「橫豎不是個正派的教員！」這句話裡的「橫豎不是」這幾個字真是深得我心。「前些時候我遇到品助，說是學校裡有個活寶。聽說學生問這位老師，『番茶㉞』用英文怎麼說？這傢伙居然一本正經地回答：『番茶』就是『savage tea』。這件事已經淪為教員之間的笑談了。品助還說了，學校裡有這麼個教員，害其他同仁跟著受罪。我猜品助講的活寶，大抵就是那個傢伙吧！」「肯定是他！光瞧他那副德行，想必一開口就會講出蠢話，而且居然還蓄著鬍子！」「荒唐！」如果臉上有鬍

㉝東京台東區今戶町生產的素陶瓷器名稱。

㉞正確詞義是粗茶。但該教師逐字直譯，將此處的「番」字譯為野蠻之意的「savage」。

子就叫荒唐，那世上沒有一隻貓不荒唐的吧。「另外那個叫什麼迷亭還是酩酊的傢伙，根本瘋瘋癲癲的！竟敢說他伯父是牧山男爵？就憑他的模樣，說什麼都不可能有個男爵伯父嘛。」「妳也不對，誰讓妳把不知打哪來的野小子講的話信以為真？」「罵我不對？是他們太欺負人了！」聽她的語氣，相當忿忿不平。奇怪的是，他們談了那麼久，自始至終都沒有提到寒月。到底是在我偷聽之前已先結束了對寒月的品頭論足，還是寒月已從女婿候選人的行列被剔除，無須再提了呢？我急著想知道，卻又無計可施。我又站著聽了一會兒，忽然從走廊對面的房間發出一陣鈴響。看來，那邊也有狀況了。我立刻趕往那邊，免得錯過好戲！

靠近一瞧，有一個女人扯著嗓子在講話，聲音像極了鼻子夫人。由此推測，她應該就是這家的小姐，也就是逼得寒月險些投河的關鍵人物了。可惜呀可惜，她人在紙門的另一邊，沒能一睹芳容，所以也無法確認她臉上正中央是不是也供著一尊大鼻子。不過，從她說話的口吻，以及鼻孔直噴粗氣的情況綜合起來判斷，恐怕是一只格外引人矚目的獅子鼻了。我只聽見小姐一個人講個不停，卻完全沒聽見有人回話，猜想她大概正在使用傳說中的那個叫「電話」的玩意吧！

「你那邊是大和[35]嗎？我明天要去看戲，給我訂鶉三[36]，聽懂沒？……明白了嗎？……什麼？不明白？你沒耳朵嗎？叫你訂一張鶉三啦！……你說什麼？……沒法訂？怎會沒法訂！我說行就是行！……你膽敢說『嘿嘿嘿開玩笑』？……誰和你開玩笑來著？……拿我尋開心嗎？你究竟是誰？長吉？長吉，我跟你說不通，快換老闆娘來接電話！……什麼？一切都交由你處理？……太沒規矩了，你知道自己在跟誰講話嗎？金田家的人哪！……『嘿嘿嘿久仰大名』？簡直是笨蛋！……就說我姓金田呀！……什麼？……『感謝常來捧場』？……謝什麼謝呀，我才不是要聽你致謝才打這通電話的！……咦，又笑了？你還真是個蠢貨！……『您說得對極了』？……要是再這樣嘻皮笑臉耍嘴皮，我就要掛電話了！聽見了沒？不怕嗎？……不回話我怎知道你聽見了沒？你倒是吭聲呀……」。照這樣聽來，大抵是長吉那邊把電話掛了，沒人回話。這位大小姐氣急敗壞地緊握電話機的把手，搖得電話機震天價響[37]，把腳邊的哈巴嚇得汪汪叫。我心想這可得多加提防，於是趕緊飛快跳下簷廊，朝地板底下鑽了進去。

就在這時候，走廊上由遠而近傳來腳步聲，接著是橫推紙門的聲響。我全神貫注聆聽，試圖分辨來者何人。「小姐，老爺和夫人有請。」聽起來像是丫鬟。「別吵我！」小姐劈頭就罵丫鬟。「老爺和夫人說有點事，請小姐去一趟。」「少囉唆！就說別吵我了！」小姐再次朝丫鬟發脾氣。「……聽說是要和您商量水島寒月先生的事。」機靈的丫鬟試著哄小姐開心。「我才不管是寒月還是水月，統統給我走開！……長得一副迷迷糊糊地呆瓜樣，討厭死了！」這次輪到可憐的寒月挨了第三頓罵。正所謂人在家裡坐，禍從天上來。「咦，妳什麼時候開始盤起西式髮型來了？」「今天。」小姐換了話題讓丫鬟鬆了一口氣，回話盡量簡單扼要。「一個丫鬟，也敢學起上流裝扮！」小姐又找其他名目第四度開罵。「還有，妳脖上戴的襯領是新的？」「是的。這是先前小姐賞給我的。實在太貴重了，我捨不得用，一直收在衣箱裡。可是之前的那一片弄得太髒了，這才拿出來換上。」「我什麼時候給過妳那東西？」「今年正月，您去白木屋買回來的——就是底色茶綠，上面印染相撲力士上場順序表的那件和服。您嫌它太素了，說『給妳吧』。就是

㉟劇院附設茶館的店號。

㊱指劇院觀眾席的座位。鶉三為第三排，也就是相當靠近舞台的頭等座位。

㊲本書自一九〇五年一月開始在《子規》雜誌上連載。日本於一八九九年開始使用磁石式電話，俗稱手搖電話機，這種電話需先搖轉把手通知人工總機，才能連接至通話方。

那時候給的。」「討厭，妳戴起來挺好看，真氣人！」「小的不敢當。」「又不是在誇妳，氣死我了！」「小姐說得是。」「戴在身上那麼好看的東西，為什麼不聲不響就收下了？」「咦？」「既然妳用著好看，那麼我戴起來總不至於出洋相吧？」「一定漂亮極了。」「明知道我戴著漂亮，為什麼不給我說一聲，就這麼大模大樣地戴了出來？心眼真壞！」小姐一連串飆罵。就在我恭謹地聆聽後續發展時，對面房間傳來金田老爺大聲喚喊小姐的聲音：「富子啊、富子啊！」小姐不得已，只得應了一聲「來了」，然後走出電話室。那隻比我大上一號、眼睛和嘴巴全擠在臉中央的哈巴狗，也跟在小姐後面過去了。我仍舊躡著腳步，從廚房原路回到大街上，急忙返回主人家。這次探險可以說取得了輝煌的成就。

回到家裡一看，我的心情彷彿從陽光燦爛的山頂忽然掉進漆黑的洞穴裡，因為剛剛才從富麗堂皇的宅邸突然回到主人髒舊的屋宅。我探險的時候只顧著留意其他事，沒能仔細欣賞金田家的裝潢擺設和隔扇、紙門的樣式，但還是足以感受到主人家實在簡陋得很，開始想念起所謂庸俗調的那地方了，我不禁想著，企業家畢竟還是比起教師來得偉大。我發覺自己這念頭有些反常，因此豎起那神聖的尾巴祈求解惑，結果尾巴尖裡賜知神諭：「所想極是！所想極是！」接著，我踱進客廳，赫然發現迷亭先生還沒走，火盆裡插滿了菸屁股，簡直成了蜂窩，只見他自在地盤著腿講話。另外，寒月不知道什麼時候也來了。主人枕著手臂專心地盯著天花板上的雨漬瞧。這裡仍然是太平盛世之遁隱居士的聚會。

「寒月君，你以前提過，有位小姐在神智不清醒時還叨念著你的名字，當時你不肯透露她的芳名，現在總可以公開了吧？」迷亭先生先開口調侃了寒月。「如果只和我一個人有關，當然可以直說，但是畢竟事情牽涉到另一位，這樣會給她添麻煩的。」「到現在還不肯從實招來？」

「不單是這樣，我還答應了〇〇博士夫人。」「你答應她絕不向人提起吧？」「是的。」寒月又在搓弄著外褂上的繫帶。那條繫帶是一種奇特的紫色，不像市面上的一般現成貨。「你那條繫帶的顏色透著『天保調㊳』哩！」主人躺著說道。他根本沒把這檔所謂的「金田事件」放在心上。「那當然，到底不是現今日俄戰爭年代的東西。繫這條帶子時，可得頭戴出陣漆帽，身穿葵紋家徽的騎馬戰袍才像樣。相傳織田信長陪新婚夫人回門時，在頭上紮了茶筅髮式，就是用這樣的帶子。」迷亭先生的話還是一樣又臭又長。「老實說，這條帶子是我爺爺出征長州時用過的。」寒月說話時表情十分嚴肅。「這種老古董該捐給博物館了吧？您可是『縊頸力學』的演講人、理學士水島寒月呢！如果一身過時武士的穿戴走在大街上，未免有失體面。」「依您忠告照辦倒是無妨，不過也有人認為我繫這條帶子相當合襯……」「是哪個缺乏品味的人告訴你的？」主人翻了個身，高聲問道。「您不認識的人……」「不認識有什麼關係，到底是誰啊？」「某一位女士。」「哈哈哈，真是個與眾不同的瀟灑公子！我來猜一猜——就是從隅田川水底下喊你名字的那名女子吧？你何不穿上那件外褂，再一次投河呢？」迷亭先生從話。「嘿嘿嘿，不會再從河底下喊人了，而是在此地西北方的一處清淨世界……」「我看也不怎麼清淨，那只鼻子挺惡毒的。」「什麼意思？」寒月面露不解之色。「對面巷子的那個大鼻子方才找上門啦！一點都不客氣地闖了進來，把我們兩人嚇了一跳。苦沙彌兄，你說是吧？」「唔。」主人躺著喝茶，應了一聲。「大鼻子是誰呀？」「就是你心儀已久的那位小姐的母親大人。」「什麼……！」「有個自稱是金田夫人的女人來探聽你的事啊！」主人正色地解釋。我偷看寒月的表情，想知道他是驚訝、是欣喜，

㊳苦沙彌的意思是嘲諷寒月不夠時髦。天保年間（一八三〇～一八四四）的俳句風格了無新意，因此「天保調」含有守舊不懂變通之意。

還是難為情，卻見他一臉的泰然自若，照樣搓著紫色的繫帶，不疾不徐地說：「想必是來請你們勸我娶她家的小姐吧。」「此話差矣。那位小姐的母親大人擁有一尊偉大的鼻子——」迷亭先生的話才講了一半，主人突然沒來由地半途改了話題：「喂，告訴你，我從剛才一直思考以那個大鼻子為題，做一首俳體詩！」隔壁房間裡的太太忽然噗嗤笑了出來。「這節骨眼你還有那種閒情逸致？詩呢，做好了沒？」「做了幾句。第一句，『面中供雄鼻』。」「接下來呢？」「接下來是『鼻前奉神酒』。」「下一句呢？」「只想到這兩句。」「真有意思！」寒月笑嘻嘻的。迷亭先生立刻手到拈來：「第三句用『隱隱見二孔』，如何？」寒月立刻接口說：「最後是『洞深難瞥毛』，也未嘗不可吧！」這三人你一言我一語正在瞎掰，忽然從圍籬外的街上傳來四、五個人此起彼落的吵嚷聲：「今戶陶的貉子！今戶陶的貉子！」主人和迷亭先生都吃了一驚，從圍籬縫隙往外探看是怎麼回事。隨著一陣「哈哈哈哈」的大笑聲，凌亂的腳步聲朝遠處跑開了。「今戶陶的貉子是什麼意思？」迷亭先生不解地問主人。「天曉得。」主人答道。「倒是挺新鮮的！」寒月提出了他的看法。迷亭先生似乎想起什麼事，驀然起身，用發表演說的語調說道：「敝人依據多年來在美學上的見解對鼻子進行了研究，在此想略抒淺見，煩請二位不吝垂聽。」主人對這突如其來的舉動沒有開口回應，只愣怔地望著迷亭先生。寒月則低聲說道：「自當聆聽高見。」「經過我多方考查，目前仍無法確定鼻子的起源為何。在此提出第一個疑點：假設鼻子是具有實際功用的器官，頂多只要有兩個鼻孔也就夠用了，大可不必倨傲地矗立於臉部的正中央；然而如諸君所見，鼻子愈凸愈高了。」說著，他捏起自己的鼻子給兩人看。主人不客氣地反嘴：「並不怎麼高啊！」「至少沒有凹下去吧。首先要提醒二位注意，切勿將鼻子的外形，視為單純只有兩個孔洞並排的狀態，這是錯誤的前提假設。……依照敝人拙見，鼻子的演進，乃是由我們人類擤鼻涕此一微小的行為，經過長年來的累積，造成外觀顯著改變的現象。」「果真是不折不扣的拙見！」主人補上一句評語。「眾所周知，擤鼻涕時必須捏住鼻子，使得鼻子被捏的部位受到刺激。按照進化論的基本原則，鼻子被捏的部位受到刺激之下，於是演進的程度遠大於其他部位，皮膚自然變厚，肌肉也逐漸變韌，最後固化成為骨骼。」「這推論未免有點……。肌肉不可能那麼容易就變成骨骼。」寒月畢竟是個理學士，忍不住提出異議。迷亭先生並不理睬，逕自繼續論述：「敝人能夠理解您的質疑。事實勝於雄辯，鼻子裡面的的確確存在著骨骼，這是不爭的事實。鼻骨既已形成，鼻涕還是要流的；鼻涕一淌，總不能不擤。擤鼻涕的作用磨薄了鼻骨的左右兩側，使鼻骨漸漸呈細長狀隆起……，這種作用實在威力驚人，可比滴水穿石，猶如賓度羅尊者㊴的頭頂自放光明，亦似『不思議薰不思議臭㊵』之譬喻，鼻梁因而變得高挺。」「可是你的鼻子卻是肉墩墩的哩？」「關於演講人自身的鼻子，我刻意略去不談，以回避自我袒護之嫌。以下將為二位介紹那位金田小姐的母親大人的鼻子，其演進程度如此偉大，堪稱天下珍奇。」寒月聽得精彩，立刻連聲稱好。「舉凡達到極致境地的事物，儘管望之壯觀，總不免令人心生畏懼而不敢接近。金田夫人的鼻梁確實格外出眾，卻稍嫌過於陡峭。以古人為例，蘇格拉底、戈德史密斯㊶，或是薩克雷㊷等人的鼻子，就結構而言，皆有值得商榷之處，但正是那些有待商榷之處別具風格。所

㊴賓度羅跋囉惰闍，十六羅漢（另一說為十八羅漢）的第一尊者。釋迦牟尼佛的得道弟子共十六名，稱十六羅漢（另一說為十八羅漢）。

㊵原文為「不思議薰不思議臭」，或為作者引用《楞伽經》的經文「不思議薰，不思議變，是現識因」，並予以置換其中一字玩文字遊戲。

㊶戈德史密斯（Oliver Goldsmith，一七二八～一七七四），愛爾蘭劇作家暨外科醫師。

㊷薩克雷（William Makepeace Thackeray，一八一一～一八六三），維多利亞時代的英國小說家，代表作有《浮華世界》（*Vanity Fair*）及《潘丹尼斯》。

謂『鼻者貴於奇，而不貴於高』，大概就是這個道理。另外，還有一句俗語也叫『賞鼻不如香糯丸㊸』。我認為以美學價值來說，敝人的鼻子堪稱最為標準。」寒月和主人嘻嘻笑了起來，迷亭先生同樣開心地笑了。「噫，且說方才那——」「迷亭先生，『且說』是說書人的用語，不夠高尚，您還是換個詞吧！」迷亭先生前一回也在用詞上挖苦過寒月，這下寒月總算報一箭之仇了。「既然如此，那就洗把臉重新來一遍吧！……呃，接下來想談一談鼻子和面部的比例。如果不提別的，單論鼻子，那位小姐的母親大人的鼻子足以傲視天下——即使送到鞍馬山上的展覽會比賽，應當也能奪得頭獎。遺憾的是，鼻子長出來的時候，並沒有找眼睛和嘴巴等諸君商討就兀自長出來了。這麼說吧，凱撒大帝的鼻子無疑相當雄偉，但是如果將凱撒大帝的鼻子剪下來，安放到貴府的貓臉上，成什麼樣子呢！一般常用『貓額』來比喻偌小的空間，假如在這麼丁點大的地面突兀地豎立一根英雄的鼻柱，就好比在棋盤上擺了奈良寺的大佛像，二者比例極端懸殊，必然有損美感。那位小姐的母親大人肯定與凱撒大帝一樣，擁有英姿颯爽、高聳入雲的鼻子；問題是環繞在鼻子周圍的其他四官，又是如何呢？當然了，總不至於像貴府的貓那麼醜。但是不諱言，的確像罹患癲癇的扁臉醜婦一樣，吊梢眼八字眉。各位，這張臉配上這只鼻，怎能不令人喟然長嘆哪！」說到這裡，迷亭先生稍微頓了一下，屋後隨即傳來人聲：「還在講鼻子？有完沒完啊！真是個死頑固！」「是車夫老婆的聲音。」主人告訴迷亭先生。迷亭先生便又展開演說：「沒想到屋後竟來了一位異性旁聽者，這是演講人無上的光榮。尤其這嬌柔婉轉的天籟，為這枯燥無味的演講會場添上一抹風韻，真是讓人喜出望外。既有佳人淑女專程蒞臨，原本應當盡量講得通俗一些，但是接下來將涉及力學上的問題，女士們或許比較不容易理解，還請多多包涵。」寒月聽到「力學」一詞，又露出了神祕的微笑。在這裡，我想證明的是：這只鼻和這張臉實在不成比例。

我可以根據力學公式，嚴謹地演算出其結果並不符合蔡興㊹的黃金比例。首先，請記住H代表鼻高，α代表鼻子與臉部平面的夾角，而W當然代表鼻子的重量。怎麼樣，到這裡應該都聽得懂吧？……」「鬼才聽得懂！」主人說。「寒月君呢？」「我也不完全明白。」「這就麻煩了。苦沙彌倒還情有可原，你可是個理學士，我還以為至少你一定聽得懂。這道公式是這場演說中最關鍵的部分，要是拿掉，那麼我前面所講的就統統白費了。……罷了，只好跳過公式，直接講結論吧！」「還有結論啊？」主人好奇問道。「當然有！沒有結論的演說，就像最後沒上甜點的西式套餐一樣。……二位仔細聽好了，我現在要下結論囉！且說，根據菲爾紹㊺、魏斯曼㊻等人的學說來驗證上述公式，我們不得不同意先天性的外貌乃是來自遺傳。此外，隨著此種外貌衍生出來的精神狀態，不可否認地會在某種程度上，遺傳予後代，即使某一派有力的學說認為後天性的特徵不會遺傳。綜上可知，當一個人擁有特大號、並且不符合自身身形比例的鼻子，這樣的人所生下的孩子，其鼻子顯然也會呈現異於常人之處。寒月君現在還年輕，或許不認為金田小姐的鼻子構造有什麼異樣，但畢竟遺傳因子的潛伏期很長，萬一氣象突然發生急遽的變化，說不定鼻子會猛然膨脹起來，變成和她那位母親大人一樣的大鼻子。故而依在下迷亭的學理論證，這門親事還是及早打消主意，以策安全。這個結論，相信不僅這家主人，甚至連在旁邊睡覺的妖貓大仙，

㊸俗諺原文為「花より団子」，意指比起賞花的風雅閒情，更在乎眼前美味的糯米丸子。日文「花」與「鼻」同音，作者在這裡同樣玩了文字遊戲。

㊹蔡興（Adolf Zeising，一八一〇～一八七六），德國心理學家暨美學家，認為黃金比例（數值約為1.618）可以在人體上得到驗證。

㊺菲爾紹（Rudolf Ludwig Karl Virchow，一八二一～一九〇二），德國醫師、公共衛生家、病理學家，建立了細胞病理學與人類學。

㊻魏斯曼（Leopold August Weismann，一八三四～一九一四），德國動物學家，提出胚質說。

應該也不會有異議。」聽到這裡，主人總算坐起身來，表示相當同意迷亭的看法。「這還用說！誰要娶那種女人的女兒啊！難不成讓寒月討這樣的媳婦兒嗎？」我為了聊表贊同之意，也跟著喵喵叫了兩聲。寒月臉上看不出絲毫激動的神色，泰然自若地說：「既然兩位老師認為如此，我打消念頭也未嘗不可；只是萬一對方因此積怨成疾，我可就罪過了……」「哈哈哈！那不就成了『豔罪[47]』？」迷亭先生笑得樂不可支，卻見主人不高興地嘀嘀咕咕：「你那是多慮！那種人的女兒肯定也不是什麼大家閨秀！哪有人第一次登門拜訪，仗著一張利嘴直衝著我來的！無禮至極！」這時，圍籬那邊又傳來三、四個人「哇哈哈」的大笑聲。其中一個叫著：「根本是驕傲的蠢蛋！」另一個嚷著：「有本事就搬去大房子住啊！」再一個則大聲吼著：「可憐唷，再怎麼神氣也只是家裡的紙老虎哩！」主人跑到簷廊，不甘示弱地破口大罵：「太吵啦！沒事來人家圍籬邊做什麼！」「哇哈哈哈，是 savage tea！Savage tea 出來啦！……」圍籬邊的人們紛紛嚷著。主人被徹底激怒，霍然起身，一把抓起手杖就朝街面奔去。迷亭先生拍手叫好：「有意思，上啊！上啊！」寒月一貫笑咪咪地搓著外褂上的繫帶。我跟在主人後面，從圍籬的破洞處鑽出街上一瞧，哪裡還有其他人影，只見主人獨自一個站在大街上，牢牢地拄著手杖作為依靠似的。眼前這情景有些玄乎莫名。

第四章

我照例潛入金田宅邸。

所謂「照例」，其實用不著多費唇舌解釋，無非是用來表示頻率為「屢屢」的詞彙。做過一次就想做第二次，試過第二次還想再試第三次。希望各位能夠了解，這樣的好奇心不光是人類的特權，我們貓族來到這個世上時，一樣具有相同的心理特質。我們也和人類一樣，凡是某種行為重複做過三次以上，就會冠上「習慣」一詞，並且認定這種行為源自生活演進所需。假如有人納悶：為何如此不辭勞苦，老往金田宅邸跑？我倒想反問一句：為什麼人類要由嘴巴吸進菸氣，再從鼻孔噴出來？菸那種玩意，一不能填飽肚子，二不能清血化瘀，人類既然拿它公然吞雲吐霧，就別義正詞嚴地責怪我進出金田家——因為我的香菸就是金田宅邸。

事實上，「潛入」這個詞並不貼切，簡直用來形容竊賊還是情夫似的，聽起來很不是滋味。雖然沒有人邀請我進金田宅邸作客，但我到那裡的理由絕不是要偷吃幾口鰹魚，更不是為了和那隻眼睛鼻子全痙攣似地擠在臉中央的哈巴狗關室密談……，有人問我是不是去當偵探？怎麼可能！要說世上哪一行最下賤，莫過於偵探和放高利貸的了。是啊，我確實為了寒月而萌生了違反貓規天性的俠義之心，去探查金田家的動靜，可就只有那麼一次。我敢發誓，那種令貓族蒙羞的卑鄙勾當，我再也沒做過第二回了。……又有人問我，既然如此，為什麼偏偏要用「潛入」這個不精確的詞彙呢？關於這個問題嘛，相當值得深入探究。依我之見，蒼穹之用在於遮蔽萬物，大地之用在於承載萬物，任何一個嗜辯好駁的人，都無法否定這個事實。那麼，人類在開天辟地這件工程上，究竟耗費了多少勞力呢？只怕是連一丁點力氣都不曾出過。天地不是人類親手製造出來的，人類卻又將它佔為己有，天底下絕沒有這種道理！就算非要佔為己有，也沒有理由禁止別

㊼「艷罪」的日文發音與「冤罪」相同，意思是無妄的冤屈或罪名。

人進出。人類玩弄小聰明，在這片蒼茫大地上架起圍牆、立起木樁，將它區劃為某個人的私有地；這種作為無異於在天空圈繩定界，接著昭告世人這一塊是屬於我的、那一塊是屬於他的。假如人們有權利切割土地，並且喊價每坪多少錢做買賣，同理可證，我們呼吸的空氣也可以切割為每立方尺來販賣了。倘若空氣不能夠零售、天空也不應該圈界，那麼土地的私有，不就同樣不合邏輯嗎？基於上述觀點，我秉持的信念自然是想上哪裡就上哪裡，誰也管不著。當然了，不想去的地方是絕對不去的，但凡嚮往的地方，不分東西南北，我自是從容不迫、儘管大搖大擺地去就是了。區區一戶金田家，又何必客氣呢？……然而，身為貓族的悲哀就在於，論力氣，到底比不過人類，這俗世人間甚至有句格言叫作「強權即是公理」，可見得縱令一隻貓站在有理的一方，也沒人會拿我當一回事的。如果我非要堅持到底不可，只怕會落得車夫家那隻老黑的下場，被魚販子不由分說掄起扁擔痛揍一頓。當我方有道理，但對方有權力的時候，結果只有兩種：一是言聽計從委屈求全，二是不畏強權貫徹始終——而我呢，當然選擇後者嘍。既然扁擔非躲不可，也就不得不「潛」；不過走到人類的家裡倒沒什麼不方便的，我也就順勢進「入」。這就是我「潛入」金田宅邸的理由。

隨著潛入的次數增多，我就算不想刻意去看、去記，金田家的一舉一動仍會映入我的眼裡、印在我的腦中。偵察並不是我的本意，得到這樣的結果也是莫可奈何。包括鼻子夫人每回洗臉時總是特別仔細地擦拭鼻子啦、富子小姐格外貪吃安倍川麻糬啦，還有金田老爺（他和夫人恰好相反，有個塌鼻子，而且不光鼻子塌，根本整張臉全是扁扁平平的。我懷疑他的臉之所以扁平到這種程度，大抵是因為小時候和孩子王打架時被摁住後腦杓，往土牆上死命地壓，以致於直到四十年後的今天，那張臉依然殘留著昔日慘痛的戰果。那副尊容雖是一副老實樣，沒有任何危險性，卻也顯得缺少變化，彷彿即使他暴跳如雷，臉上依舊不會出現任何表情）。對，就是這位金田老爺，他吃生鮪魚片時總是啪啪作響地拍著自己的禿頭啦、他不僅有張扁臉還是五短身材啦、他很喜歡戴高帽穿高齒木屐啦，還有車夫覺得老闆的穿戴很好笑於是說給宅邸的寄宿生聽啦、寄宿生聽了十分佩服車夫敏銳的觀察力啦……，我知道的祕密，簡直數也數不完。

最近我去金田府邸時，總是從後門邊穿過院子，先躲在假山後面朝前方瞭望。如果紙門緊閉，屋裡靜悄悄的，就慢慢爬上簷廊進去；假如裡面鬧哄哄的，或是可能被客廳裡的人目睹行蹤，就繞著池子的東邊，沿著廁所旁神不知鬼不覺地竄到簷廊下面。我沒做過虧心事，其實不必遮掩躲藏，也用不著心驚膽戰，可是萬一不巧撞上人類這種無法無天的種族，只能自認倒楣了。要是世間的人類一個個都像熊坂長範①那種傢伙，德高望重的君子想必也會和我有同樣的看法吧。所幸金田老爺是位堂堂企業家，我不必擔心他會像熊坂長範那樣，掄起五尺三寸的大刀砍殺而來，但是據我所知，他有個毛病是不把人當人看。既然不把人當人看，想必更不會把貓當貓看了。由此可見，身為一隻貓，就算是隻德高望重的貓，只要身在這座宅子裡，時時刻刻都不可掉以輕心，但也正是這種不可掉以輕心的情境吸引著我，我才會時常在金田家進進出出。我圖的大概就是這種身歷險境的刺激吧。關於這一點，請容我想清楚，並且把貓腦裡的每個角落都詳盡剖析之後，再向諸位報告囉。

金田府邸今天又有什麼新鮮事呢？我將下巴抵在那座假山的草皮上朝前望去，只見十五張榻席大的客廳敞開紙門，迎著三月的明媚春光，金田夫婦和一位客人坐在裡面談得十分熱絡。不

①相傳為日本平安時代末期的江洋大盜，慣常使用的兵器是五尺三寸的大刀。

巧的是，隔著池子望過去，鼻子夫人的鼻子正對著我，宛如睥睨著我的額頭。我這輩子還是第一次遭到一只鼻子睥睨。金田老爺正臉對著客人，從我這邊只能看到他那張扁平面孔的的側面，以致於無法辨識出他的鼻子位在何處。不過，他那口亂蓬蓬的花白鬍鬚長在臉孔的下半部，因此我不費吹灰之力，就可以推論出鬍鬚的上方應該有兩個孔洞。我不由得浮想聯翩，當春風拂過他那張平滑的臉龐時，應該覺得一路通暢無阻吧！客廳的三個人裡，以來客的面相最為普通。因為普通，也就沒什麼好介紹的了。我說他普通，意思是不好不壞。然而，普通到了「升平凡之堂，入庸俗之室②」的地步，則相當值得同情。命中註定帶著如此平庸的面相，誕生於明治盛世的那位來客，究竟是何許人也？我得照例鑽到簷廊底下，聆聽他們的對話，才能查出他的來歷。

「……於是，內人這才專程去他家裡問個清楚……」金田老爺的口吻依然傲慢，不過傲慢歸傲慢，倒聽不出絲毫凶狠的語氣。他說話也和長相一樣，平淡無奇。

「您說得是，他教過水島先生……您說得是，果真想得周到……您說得是！」這個左一句「您說得是」、右一句「您說得是」的人，是上門的客人。

「可是問了半天，還是沒問出個頭緒。」

「確實如此，苦沙彌這人說話向來不清不楚的……。學生時代，我和他一起寄宿時，他就是這種拖泥帶水的個性了……想必您當時不知如何是好吧？」客人看向鼻子夫人問道。

「豈止不知如何是好，你聽我說，我活到這個歲數，頭一遭遇上像那樣沒禮數的待客之道呢！」鼻子夫人還是老樣子，邊說話邊噴出粗重的鼻息。

「他對您說了什麼失禮的話嗎？他從以前就是那種頑固的脾氣……。只要看他十年如一日，到現在還是個教英文讀本的教員，應該就可以明白了。」客人得體地附和主人的意思。

「就是啊，連談都沒辦法談。聽內人說，只要問一句，他就氣焰沖天地頂一句回來……」

「太不像話了！……人就是這樣，肚子有點墨水就驕傲起來，要是加上家裡窮，嘴皮子就變得更硬……哎，世上多得是不知天高地厚的傢伙。這些人不想想是自己沒本事，偏要對有錢人找碴，簡直當別人搶走了他們的財產似的，真是難以置信，哈哈哈……」客人說得非常開心。

「哎，實在是可惡至極！那種人就是因為沒見過世面，所以才會這般胡鬧。我認為應該給這種人一點苦頭吃，所以小小捉弄了他一下。」

「您說得是，想必他學到教訓了。這完全是為他好。」客人也沒問清楚是怎麼個捉弄法，一開口就贊同金田老爺的處理方式。

「我說鈴木君，你知道他有多麼頑固嗎？據說他在學校，也不跟福地先生和津木先生交談。我原本以為他這下子總算懂得謹言慎行了，誰料到他前些時候竟然無緣無故，握著手杖追趕我家的寄宿生！……都已經三十多歲的人了，居然做出這種愚蠢的行為。看來，他已經自暴自棄，精神變得不太正常了。」

「真的嗎？他怎會有那麼粗魯的舉動呢……」聽到這裡，連一直和金田夫妻抱持相同看法的這位客人，也不禁有些詫異了。

「事情也沒什麼大不了的，家裡的寄宿生不過是走過他家門前時說了句話，結果他霍然抄起手杖，赤著腳就追了出來。就算寄宿生嘟囔了什麼不好聽的，畢竟是個孩子嘛，一個蓄著鬍子

② 《論語・先進篇》子曰：「由也升堂矣，未入於室也。」意思是孔子認為子路尚未達到入化之境。作者在此套用這個句型，用來反諷其面貌平庸之至。

的大人，況且還是個教師，有必要這樣計較嗎？」

「所言甚是，終究是個教師嘛！」客人說完，金田老爺又強調了一次「終究是個教師嘛！」依此看來，這三個人不約而同一致認為，既然身為教師，不論受到多大的屈辱都應該像個木雕一樣，打不還手、罵不還口。

「還有，那個叫作迷亭的，也是個瘋瘋癲癲的傢伙。一開口就是瞎扯胡謅，沒半點用處。我還是第一次遇見這種怪人呢！」

「噢，那個迷亭呀，這麼說他還是一樣成天吹牛呢。夫人是在苦沙彌家遇到他的嗎？碰上他那種人真是吃不消。他也是從前和我一起搭伙吃飯的同伴，可是因為他總是不把人放在眼裡，所以我們經常吵架。」

「那種性子，誰都要被他惹惱的。當然啦，有時候撒個謊也是情有可原，你說是吧？比方礙於情面，或是不得不跟著答腔的時候，像那樣的場合，任何人都得說些違心之論。但是他連不說話也不礙事的時候，也偏要滿口胡扯，真不知道該怎麼應付他才好！他這樣信口開合，到底圖的是什麼呢？……說得臉不紅氣不喘的，真讓人開了眼界！」

「您說對極了！他拿撒謊當嗜好，實在不應該。」

「你聽我說，枉費我誠心誠意走這一趟，想仔細探問水島先生的為人處事，沒想到被他們一搗亂，什麼也沒問到，真讓我又氣又恨……不過，禮數還是得周到。既然到別人家裡去探聽事情，總不好裝糊塗，所以回來後我派車夫送去一打啤酒，結果你猜怎麼著？他居然說：無功不受祿，拿回去！車夫勸他：『這是夫人的謝禮，請您務必收下。』他卻回答：『我天天吃果醬，不喝啤酒那種苦玩意！』講完就轉身進屋。……你說氣不氣人，哪有人這麼說話的，太失禮了吧？」

「確實太過分了！」客人這次似乎也打從心裡覺得對方這樣的回應太過火了。

「今天特地請你來這一趟……」金田老爺說到這裡，頓了一下，才又聽到他的聲音。「本來對付那些蠢貨，只要暗中捉弄他們一番也就罷了；但在捉弄完之後，還是有些小麻煩有待解決……」接著傳來金田老爺吃生鮪魚片時，啪啪作響地拍打那顆禿頭的聲音。我在簷廊的地板下面，當然看不到他有沒有拍打，但是這陣子他拍打禿頭的聲音，我已經聽得耳熟了，只要聽得清楚，我立刻就能辨識出那是金田老爺在拍打禿頭，這就如同尼姑能夠分辨出敲打木魚的聲音。「所以，想請你幫個忙……」

「只要我辦得到，請儘管吩咐！……這回能夠到東京上班，一切多虧您的大力安排。」客人二話不說，立刻答應了金田老爺的請求。從話中聽來，這位客人也受到金田老爺的關照。很好，事情的發展愈來愈有意思嘍！老實說，我今天原本沒打算來，只是覺得天氣這麼好，該出門走走，於是隨意踱了進來，根本沒想到能夠獲得如此重要的情報。這就像春分和秋分時節上寺院參拜時，湊巧遇到方丈請吃豆沙麻糬一樣幸運。我在簷廊的地板下豎起耳朵，準備聽清楚金田老爺央託客人幫什麼忙。

「不曉得什麼原因，那個叫作苦沙彌的怪胎給水島出餿主意，暗示他別娶金田家的小姐……鼻子③，我說得沒錯吧？」

「哪裡是暗示，他根本挑明了說：上哪裡找笨蛋願意娶那種傢伙的女兒啊！絕不能讓寒月

③鼻子夫人的本名即為「鼻子」。「鼻子」的日文發音與「花子」相同，「花子」為當時相當普遍的女性名字。這是作者刻意戲謔的文字遊戲。

討那種媳婦兒啊！」

「『那種傢伙』？太沒禮貌了！他真的用過那麼失敬的措辭嗎？」

「當然說過！這是車夫老婆聽到之後來報信的。」

「鈴木君，怎麼樣？這事正如你所聽到的，相當棘手吧？」

「實在不好辦。這種事不比別的，外人不該置喙。就算是苦沙彌，總該懂得這點道理，為什麼會這麼做呢？」

「畢竟你學生時代曾經和苦沙彌住在一起，即使有段日子沒聯絡了，過去應該算得上相熟，所以才想拜託你幫忙。你見了他，可要把利弊得失仔細分析給他聽。或許他心裡還鬧著彆扭，但是錯在他不在我，只要他別再輕舉妄動，自然有他的好處，我也不會再去惹他生氣；可是如果他非要搗亂，我也有我的打算……，換句話說，他若是繼續我行我素，吃虧的只有自己。」

「對，您說得對極了！一味頑抗，只有吃虧，沒有任何好處。我會好好勸勸他。」

「還有，上門提親的人多得是，小女不一定非嫁給水島不可。不過，經過多方探聽，他的學識和人品似乎還算不錯，只要他勤加用功，在近期內當上博士，或許有機會娶到小女。關於這一點，你不妨暗示一下。」

「這段話應該可以激勵他奮發努力。我會轉告他的。」

「再者，說來納悶……我不懂水島為什麼要那麼做，總之他開口閉口總是尊稱那個怪胎苦沙彌為老師，而且對他言聽計從。關於這一點，實在棘手。哎，倒不是非要水島當我家女婿不可，就算苦沙彌從中作梗，對我們來說倒是無所謂……」

「我們只是覺得水島先生錯失良緣，太可惜了。」鼻子夫人從旁插嘴說。

「我雖然沒見過那位水島君，但是如果能夠與貴府締結良緣，那是他一輩子的福氣，想必他本人不會有任何異議吧。」

「是呀，水島先生想要這門親事可是想得緊，都是苦沙彌呀、迷亭呀那些怪人，老在他跟前胡謅亂說的。」

「這就不應該了。受過高等教育的人，不該做出那種行為。我會去苦沙彌家找他詳談一番。」

「唔，那就勞煩你費心了。還有，最了解水島的人其實是苦沙彌，無奈上次內人去的時候，由於剛才提過的那些因素，以致於到最後沒能問出什麼像樣的消息，所以這回你去，希望能把他的品行才學各方面，全都問個仔細。」

「遵命。今天是星期六，我等一下繞去他家，他差不多也該回到家裡了。只是不知道他近來住在什麼地方。」

「出了大門右轉走到底，再往左走個三十來丈，可以看到有戶人家的黑色圍牆幾乎快要塌了，就是那裡了。」鼻子夫人告訴他該怎麼走。

「這麼說，就在附近嘛，不費事。我回家途中就去一趟。別擔心，到時候找門口的姓氏掛牌就沒問題了。」

「姓氏掛牌有時候看得到，有時候看不到喔。我猜他是拿飯粒把名片黏在門上，一下雨就掉，等到晴天再黏上去，所以別指望靠姓氏掛牌找路。我真不懂他為什麼要那麼麻煩地貼了又貼，乾脆釘個木牌多省事！這人實在莫名其妙。」

「真叫人吃驚！不過，問路的時候，只要說想找一堵黑色圍牆快倒下來的那一家，街坊鄰居應該就知道了吧？」

「是呀，那麼髒的屋子，這一帶就只有那一家，很容易找得到的。喔，對了對了，萬一這樣還找不到，我還想到一個好法子，你只找屋頂長草的那家，保准錯不了！」

「這房子還真是獨具特色啊，哈哈哈……」

我得趁鈴木先生大駕光臨之前趕回家才行。今天聽了這麼多，應該夠了。我順著簷廊底下繞過廁所的西邊，再從假山後面出了大街，快步跑回那間屋頂長草的房子，一臉若無其事地爬上了客廳的簷廊。

只見主人在簷廊鋪上一塊白色的毛毯，趴在上面，讓明媚的春陽灑落在背上。陽光是很公平的，即使是被人用長滿亂草的屋頂當作認路標誌的破落房子，也能夠享受到和金田宅邸的客廳一樣溫暖的陽光。遺憾的是，唯獨那張毛毯沒有一絲明媚的春意。那張毛毯剛織成的時候是白色的，舶來品店售出的時候也是白色的，就連主人購買時也指明要白色的。無奈的是，那都是十二、三年前的事了，毛毯的白色年代早已過去，目前進入深灰色的詭異顏色時期。至於這張毛毯能否長命百歲，熬過這段時期，直到化為墨黑色的樣貌，可就難說了。畢竟現在它已經百孔千瘡，織線經緯分明，就連稱為毛毯也言過其實，不如叫它毛線布還來得貼切一些。不過，主人的想法似乎是，既然能夠經得起一年、兩年、五年，乃至於十年的使用，也就表示能夠用上一輩子。真是異想天開。眼下，主人正趴在那張宿命已定的毛毯上，不知在做什麼。只見他雙手托腮，右手的指縫夾著一支捲菸，就只是這樣而已。他那顆布滿頭皮屑的腦袋瓜裡，或許有著宇宙的偉大真理正如火圈般快速旋轉，不過從外表上看來，他壓根不會去想那種事。

菸頭的火漸漸逼近濾嘴，約莫一寸長的煙灰驀然掉落到毛毯上，主人一點也不在意，仍舊凝視著從菸頭飄出的菸氣去向。縷縷菸氣在春風裡浮浮沉沉，繞出一圈又一圈的菸環，漸漸飄向太太洗滌完泛著墨紫光澤頭髮的髮根……，咦？我應該先講太太的事，一時竟給忘了。

太太的屁股朝著主人（什麼？哪有這麼沒規矩的妻子？這也算不上沒規矩。所謂有規矩還是沒規矩，全看雙方的感受而定。反正主人毫不介意地托著腮幫子面向太太的屁股，而太太也滿不在乎地把屁股巍然端放於主人的面前，所以這點小事根本談不上什麼規矩不規矩的！更何況這兩位結婚還不到一年，就已經擺脫了繁文縟節的束縛，昇華為超然物外的夫妻了）。且說，這位一屁股坐在丈夫臉孔前的太太今日心血來潮，趁著天氣晴朗，拿來鹿角菜和生雞蛋，將一尺多長的烏黑秀髮仔仔細細地搓洗了一番，彷彿炫耀似地將直順亮澤的一頭青絲從肩頭往後披散到背上，默不作聲，心無旁騖地縫製著孩子的背心。其實，她是為了將頭髮晾乾，這才把細紗綿褥和針線盒抱到簷廊上，再恭恭敬敬地將屁股對著丈夫坐了下來。又或許是主人看準了妻子屁股的位置，故意把臉湊過去的。前面提到的菸氣，宛如從濕熱的地面蒸騰而起的游絲一般，不合時宜地在茂密的烏黑長髮之間隱約穿梭，看得主人目不轉睛。然而，按其性質，菸氣向來不會在同一處地方駐留，總會不停地裊裊升向高處。因此主人若不想錯過這菸氣與髮絲纏綿的奇觀，就必須隨之移動視線。主人的眼神先從太太的腰際開始觀察，逐漸沿著脊背移動到肩頭，然後是脖頸，接著慢慢往上，直到抵達頭頂時，主人倏然大吃一驚！——與他訂下偕老之盟的妻子，頭頂的正中央居然禿了一大塊圓形，而且那塊斑禿在和煦的陽光的照射下，此刻正得意地熠熠生輝。主人在無意中赫然發現了這個天大的祕密時，眼中不禁滿是驚愕，在強烈的光線中瞳孔大睜，牢牢死盯著斑禿不放。他瞥見這塊斑禿的剎那，腦海裡首先浮現的是供在祖傳佛龕上好幾代的那盞油燈盤。主人全家篤信淨土真宗，而身為淨土真宗的信徒，必須花費令人瞠目的龐大金錢在佛龕上，這是自古相傳的崇敬之禮。主人還記得小時候家裡的庫房裡，供著一座隱隱可見厚貼金箔的佛櫃，而佛櫃裡長年垂掛著一盞黃銅的油燈盤，即使是白天，仍然可以看到油燈盤上燃著不太明顯的火苗。由於四周昏暗，唯獨這盞油燈盤比較亮，所以不知看過了多少遍之後，油燈盤在他幼小的心中留下了深刻的印象，因而於目睹到太太頭上的斑禿時，倏然想起了那一幕。主人腦海裡浮現的油燈盤不到一分鐘就消失了，緊接著他又想起觀音寺的鴿子。觀音寺的鴿子與太太的斑禿應該沒有任何相關，但在主人的腦中，兩者卻有著密不可分的聯想。同樣是小時候，主人每次去淺草總會買豆子餵鴿子。豆子每碟索價兩枚文久錢④，盛在紅色的陶碟上。那只陶碟子的顏色和大小，都和太太的斑禿非常神似。

「簡直像極啦！」主人說得十分感慨。

「像什麼？」太太頭也不回地問道。

「還問像什麼哩！妳知道自己頭頂上禿了一大塊嗎？」

「知道呀。」太太一邊應話，手上的針線活並沒有停頓，也沒有露出明顯的驚慌失措。真是一位瀟脫的模範妻子。

「那是妳出嫁時就有的，還是結婚以後才冒出來的？」主人問道。他嘴上不說，心裡卻嘀咕著如果是婚前就禿了頭，自己等於上當了。

「我哪裡記得什麼時候出現的呀！頭頂禿不禿，也沒什麼關係嘛。」太太倒是看得很開。

「也沒什麼關係？那可是妳的腦袋瓜哩！」主人有些惱怒。

「就因為是我自己的腦袋瓜，所以沒什麼關係呀。」太太雖是這麼說，終究有些在意地抬起右手舉到頭上，繞著圓圈摩挲著那塊斑禿。「哎呀，怎麼禿了這麼大一塊！以前可沒這樣呢。」從太太的話聽來，她終於察覺到以自己的年紀，這塊斑禿未免太大了。「女人家成天挽髮髻，這地方就扯緊了，任誰都會禿的。」她為自己辯解了幾句。

「要是大家都照這個速度禿頭，到了四十歲不就一個個全成了亮晶晶的西洋燒水壺嗎？這肯定是一種病，說不定還會傳染，妳得趁早找甘木醫生看病！」主人說著，不停地摸自己的頭頂。

「你好意思說我？你自己的鼻毛不是也變白了嗎？若是禿頭會傳染，那白毛也會傳染哦！」太太說得有些氣惱。

「鼻孔裡的白鼻毛看不見，所以不傷大雅，但是頭頂呢……，尤其是年輕女子的頭頂，禿成那副德行，太難看了。那是殘疾！」

「若是殘疾，何必娶我！自己情願娶過門，現在居然嫌我有殘疾……」

「因為我那時候不曉得啊！我到今天才知道有這回事。瞧妳說得義正詞嚴，為什麼出嫁時沒讓我檢查頭頂？」

「簡直無理取鬧！你倒是說說，天底下哪個地方非得通過了頭頂的檢驗才可以嫁人的？」

「頭禿了還能將就，可妳的個子比一般人矮得多，瞧著真不順眼！」

「個子高矮不是一眼就知道了嗎？你當初不是明明知道我長得矮，還是心甘情願娶我呀！」

「我當然知道，可是知道歸知道，還以為妳會再長高一些，所以才娶進來的！」

「都二十歲了哪裡還能長高！……你未免欺人太甚！」太太一把扔了孩子的背心，扭過頭來面對主人。瞧她氣沖沖的架勢，主人的回答要是惹怒了她，只怕不會善罷甘休的。

「世上可沒有到了二十歲就不許繼續長高的規定！我以為嫁進來以後，只要讓妳吃些補品，

---

④文久永寶古幣，於江戶時代末期流通的銅製錢幣，沿用至明治時代，當時一枚文久銅幣相當於一厘五毛錢。

一定就能長高一點。」正當主人表情嚴肅地發表歪理時，門鈴猛然響了起來，接著有人大聲叫門。鈴木先生終於找到了這間屋頂長滿亂草的房子，抵達苦沙彌先生這處「臥龍窟」了。

太太當下決定另日再與主人爭論，慌忙地捧起針線盒及孩子的背心躲進了餐室。主人也將鼠灰色的毛毯捲成一團，隨手扔進了書房。片刻過後，女傭將來客的名片送了上來，主人一看，臉色變了一變，仍然吩咐女傭請客人進屋，自己卻把名片攢在手心去了茅房。我實在不懂他為什麼急著在這個節骨眼上茅房，更不懂他為什麼要把鈴木藤十郎先生的名片拿到茅房去。反正倒楣的是那位名片君，被迫奉命陪同前往那個臭氣熏天的地方。

女傭把印花坐墊移到壁龕前擺妥，說了聲「請上座」之後就退下了。鈴木先生環顧了客廳，看到壁龕裡掛著一幅木庵⑤的《花開萬國春》複製畫軸，以及一只廉價的京都青瓷瓶裡插著江戶彼岸櫻。他順著方向逐一看去，忽然看見有隻貓大模大樣地坐在女傭特地為他擺的那張坐墊上。無庸贅言，正是本貓！剎那間，鈴木先生的心裡掀起了小小的波瀾，令他險些變了臉色。毫無疑問，這張坐墊是為鈴木先生擺的。專為自己擺上的坐墊，自己都還沒落坐，居然被一隻莫名其妙的動物旁若無人地搶先蹲坐於上，這是破壞了鈴木內心平靜的第一項因素。假如為自己鋪擺的這張坐墊還無人使用，空在那裡任由春風吹拂，那麼鈴木先生為了刻意表示謙遜，說不定會在主人再三請他落坐之前，先在硬梆梆的榻席上屈就。然而，是誰居然連聲招呼都不打就逕自坐上這張遲早屬於他的坐墊？如果是人，或許他還願意讓坐；但現實卻是一隻貓，實在豈有此理！這讓鈴木先生更加不悅，亦是破壞了他內心平靜的第二項因素。最後，那隻貓的表情尤其惹他生氣。貓不僅沒有一絲歉意，甚至一臉傲然地霸佔了根本無權使用的坐墊，不討喜的一雙圓眼不停眨巴，盯視著鈴木先生的臉，彷彿在問他：「你是誰啊？」這是破壞了他內心平靜的第三項因素。鈴木先生既然內心如此不滿，理應一把拎起我的後頸驅離坐墊，但是他只不發一語地望著我。身為堂堂人類，絕不可能被區區一隻貓嚇得不敢動手。那麼，他為什麼不快點趕走我以發泄心裡的不滿呢？我可以感覺到那完全是因為鈴木先生基於自尊心，必須保有人類的體面。若是比力氣，即使是三尺小童也能輕易把我捉起放下；但是從重視體面這個觀點考量，鈴木藤十郎縱使是金田老爺的心腹，仍然拿我這隻坐鎮在兩尺見方坐墊上的貓大神無可奈何。在這裡和貓爭奪座席，雖然不會被其他人看見，但多少有損人類的尊嚴。與一隻貓認真起來爭個是非曲直，不免顯得太幼稚、太可笑了。為了避免這種不光彩的事情發生，他不得不忍了下來。不過，也因為非容忍不可，鈴木先生對貓也愈來愈憎惡，因此他不時皺著眉頭看著我，而我卻饒富興味地欣賞著滿面憤慨的鈴木先生，並且得努力壓抑笑意，盡量裝出一臉雲淡風輕。

就在我和鈴木先生攜手表演這齣默劇之際，主人從茅房裡出來，整了整衣裝，說了聲「喔」就坐下，但手裡的那張名片已經不知蹤影。看來，鈴木藤十郎先生的大名，已經在那個臭烘烘的地方被處以無期徒刑了。我還來不及對無端惹禍上身的那張名片寄予同情，就被主人咒罵一句「畜牲」，並且揪起我的後頸，扔到簷廊去了。

「來，坐到墊子上吧。真是稀客，什麼時候上東京的？」主人請老朋友用坐墊。鈴木先生將坐墊翻了一面才坐下。

「天天忙得團團轉，沒來得及跟你打個招呼。我前陣子調回東京的總公司了……」

「那太好了！好久不見了。自從你去了外縣市，我們這是第一次碰面吧？」

⑤木庵（一六一一～一六八四），中國明代僧人，於一六五五年東渡日本，擅長書畫。

「嗯，將近十年了。其實我上班後常來東京，只是工作太忙，遲遲沒能來拜訪，可別見怪。在公司上班不比你在學校，忙得很。」

「十年過去，你的變化可真大。」主人從上到下打量著鈴木先生。鈴木先生的髮型有著俐落的分線，身上穿的是來自英國的毛料西服，繫著鮮豔的領帶，胸前還垂著一條閃亮的金錶鏈。這樣的穿著裝扮，怎麼樣都難以相信他是苦沙彌昔日的老友。

「嗯，就連這個玩意也不得不掛上呢！」鈴木一直刻意讓主人看到胸前的金錶鏈。

「那是純金的嗎？」主人提出了冒昧的問題。

「是十八K金的喔！」鈴木先生笑著回答，「你也老了不少。我記得你有孩子了，一個？」

「不止。」

「兩個？」

「不止。」

「還有？那，三個嗎？」

「唔，有三個。接下來會有幾個還不知道。」

「你講話還是那麼悠哉啊。最大的幾歲了？不小了吧？」

「唔，我也搞不清楚幾歲了，大概六歲還是七歲吧。」

「哈哈哈，當教師的真是逍遙。早知道我也當個教員了。」

「你當當看啊，包管不出三天就不想幹了。」

「會嗎？我覺得當教員既清高又輕鬆，還閒得很，想研究什麼就研究什麼，不是很好嗎？當個商人也不錯，不過像我這種階級的可不成，要當就得當個大企業家才行。階級低的只能到處逢迎拍馬，不想喝酒也得舉杯相敬，整天瞎忙活。」

「我讀書時就很討厭商人。這種人只要能賺錢，什麼事都做得出來。這要在以前，就叫小生意人嘛！」主人竟當著商人的面前大放厥詞。

「不至於吧。……話不能這麼說，雖然有些時候難免上不了檯面。總之，如果沒有抱定人為財死的決心，可就做不了這一行嘍。……說到錢這玩意，可不是輕輕鬆鬆能入袋的呢。……我剛剛聽了一位企業家說，要想發財，就得使出『三絕兵法』——絕義、絕情、絕廉恥，很有意思吧？哈哈哈……」

「哪個混帳說的？」

「不是混帳，是位相當精明能幹的男士。他在實業界小有名氣，不曉得你認不認識，就住在前面那條小巷子裡。」

「你說的是金田？我還以為是誰，原來是那個傢伙！」

「瞧你火氣那麼大。哎，不過是開個玩笑嘛。他只是打個比方，意思是得有那樣的決心，才能攢到萬貫家財，你何必一字一句全當真呢？」

「三絕兵法是玩笑話也就罷了，我受不了的是他太太的鼻子！你既然去過他家，總該見識過那只鼻子吧？」

「你是說金田夫人嗎？夫人的個性相當爽朗啊。」

「鼻子啦！我說的是她的大鼻子！前陣子我還給她的鼻子作了一首俳體詩哩！」

「俳體詩是什麼？」

「連俳體詩都不懂？你太跟不上潮流了。」

「哎，像我這樣的大忙人，實在沒空研究文學，何況我從前就對文學沒什麼興趣。」

「你知道查理曼大帝⑥的鼻子是什麼樣子的嗎？」

「哈哈哈，真有閒情逸致。我怎會知道呢？」

「那，你知道威靈頓⑦被部下取了綽號叫鼻子嗎？」

「你這麼關心鼻子，到底是怎麼回事？鼻子是圓的還是尖的，又有什麼關係呢？」

「關係可大了！你知道帕斯卡⑧嗎？」

「又來了，一連問這麼多次『你知道嗎』，我簡直像來考試似的。帕斯卡又怎麼啦？」

「帕斯卡說過這樣的話……」

「什麼話？」

「假如埃及豔后的鼻子稍微短一點，就會讓這個世界的地表景觀發生巨大的變化了。」

「原來如此。」

「所以，像你那樣沒把鼻子當一回事是不行的！」

「好吧，我以後會重視鼻子的。不說這個了，我今天來，是有事找你商量。……聽說，你之前教過一個學生叫水島……呃，水島……呃，水島什麼的，一時想不起來他名字……，就是常上你家的那個人嘛！」

「你是說寒月嗎？」

「對對對，就是寒月，就是寒月！我就是想打聽他的事才來的。」

「該不會是為了他的婚事吧？」

「嗯，差不多是那類事情。我今天去了金田先生家……」

「前些天那個鼻子自己來過了。」

「是哦？對對對，金田夫人也提過了。她說那天原本想向苦沙彌先生請教，不巧迷亭先生也來了，老在一旁胡亂打岔，聽得她暈頭轉向的。」

「錯在她自己，誰要她頂著那種鼻子來的！」

「不不不，她可沒有怪罪你喔！她的意思是，上回因為迷亭兄在場，不方便問得太深入，很是遺憾，所以想託我再來一趟問個詳細。我從來沒幫人牽過紅線，不過如果當事人雙方都不反對，那麼居間撮合一下，我想絕不是一件壞事……，所以才來找你的。」

「辛苦你啦。」主人回答的語氣雖然冷淡，但是他聽到「當事人雙方」這句話的時候，不知道什麼原因，心裡竟然起了一股悸動。那種感覺就像在悶熱的夏夜，有一縷涼風鑽進了袖口。我這位主人應該是由耿直、固執、不解風情等等原料組合製造而成的男人，儘管如此，他又與那種冷酷無情的文明產物截然不同。不管他嘴上說了什麼樣的話，我只要從那副氣鼓鼓的惱火模樣，就可以推測出他真正的想法。上次他之所以和鼻子夫人吵架，單純是因為看不慣那只鼻子，並沒有遷怒到鼻子夫人的女兒身上。他討厭企業家，所以連帶也討厭身為企業家的金田老爺，但這與金田小姐本人完全不相關。他對金田小姐既無冤也無仇，而寒月又是他疼愛勝於手足的門

⑥查理曼大帝（Charlemagne 或 Charles the Great，七六八～八一四），法蘭克王國的君主，其在位時建立的帝國疆域包括了大部分的西歐地區，由羅馬教皇加冕，稱號羅馬人皇帝，為神聖羅馬帝國的奠基者。

⑦威靈頓（Arthur Wellesley, 1st Duke of Wellington，一七六九～一八五二），第一代威靈頓公爵，英國軍事家，曾任首相，最著名的戰績為滑鐵盧之役。

⑧帕斯卡（Blaise Pascal，一六二三～一六六二），法國神學家、哲學家、數學家暨物理學家。

生。假若真如鈴木先生所說，當事人雙方郎有情妹有意，那麼即使只是間接作梗，也絕非君子應有的作為（苦沙彌老師畢竟自認為是個君子）。假如當事人雙方郎有情妹有意……可是問題就出在這裡。主人認為，如果要改變自己對這件事的看法和做法，首先必須先弄清楚真相才行。

「我問你，那位小姐願意嫁給寒月嗎？我才不管金田和鼻子是怎麼想的，我問的是小姐本人的意願如何。」

「這個嘛……呃……怎麼說呢……我想……呃，大概應該願意嫁他吧……」鈴木先生的回答不太明確。他本來只打算來探聽寒月的消息，然後回去覆命就算了事，沒想過還得問清楚小姐的意願，因而一向伶牙俐齒的鈴木先生變得有些狼狽。

「『大概』？這話太含糊了！」不管在任何情況下，主人總是從正面進攻。

「不，這是我用詞不當。小姐也同樣有這個意願。哎，我說的可是句句屬實！……你懷疑？那可是夫人親口告訴我的，說小姐有時會拿寒月來罵個幾句呢。」

「你是說那個小姐？」

「是啊。」

「豈有此理，居然罵人！這不就明明白白表示她根本對寒月沒有意思了嗎？」

「這你就有所不知了，人世間就是這麼奇妙，有些人偏偏愛說自己意中人的壞話呢。」

「世上哪有那麼愚蠢的傢伙！」即使聽了鈴木先生這番對人間情感觀察入微的分析，主人還是完全無法參透箇中奧祕。

「世上就是有那種愚蠢的傢伙，你生氣也沒用。金田夫人的看法也和我一樣，她說女兒時常抱怨寒月先生是個愣頭愣腦的呆頭鵝，想必對他用情很深。」

主人聽了如此難以置信的解釋，似乎頗感意外，兩眼瞪得圓大，既無答腔也沒有反駁，只像個在街上擺攤的算命先生似的，直盯著鈴木先生的臉看。鈴木先生大抵在心裡盤算著：依這傢伙的樣子看來，說不定我今天會白跑一趟。於是他趕緊換個簡單一點的話題，好讓主人也能夠理解。

「你想一想就懂了。金田家的小姐不但財產多，人又出落得標緻，不愁找不到門當戶對的婆家。寒月君或許滿肚子學問，但若提起身分地位……，不不不，要比身分地位，未免有些失禮……。就拿財產來說吧，哎，任誰看了都知道他們兩人並不般配。儘管如此，她的父母為了這件事，仍然特地派我走這一趟，不就表示小姐對寒月君有意嗎？」鈴木先生找了個相當符合邏輯的理由說給主人聽，而主人似乎總算恍然大悟，終於讓鈴木先生放下心來。但是鈴木先生明白，如果在這個關鍵點上琢磨太久，難保會遭到主人反將一軍，因此萬全之策還是盡快把事情談妥，及早完成使命。

「所以呢，如同我剛才說的，對方表示他們不要求寒月君必須家財萬貫，只希望他能夠拿個資格，而這個所謂的資格呢，也就是學位……。倒不是金田家擺架子，非得要寒月君當上博士才肯讓女兒出嫁……你可別誤會。畢竟上次金田夫人來的時候迷亭兄在場，說了好些莫名其妙的話……不不不，沒有責備你的意思，連金田夫人也誇你是個忠厚又耿直的好人喔，這一切都是迷亭兄的錯。……也就是說，只要寒月君成了博士，那麼金田家在社會上也就有了面子，傳出去也好聽。不知道水島君短期之內能不能提出博士論文，順利拿到博士學位呢？……哎，對金田家來說，是博士還是學士都不重要，不過總得顧及他們在社會上的名聲，總不好隨隨便便就把女兒送出門了。」

聽鈴木先生這麼一說，金田家要求寒月取得博士學位，似乎也有幾分道理，主人就覺得應該按照鈴木先生的請託去做。換句話說，鈴木先生有本事將主人的生殺大權握在手中。主人的性格果然單純又老實。

「既然如此，下次寒月來的時候，我勸他趕緊寫博士論文吧。不過，我得先盤問他究竟想不想娶金田小姐。」

「盤問？你若是採取那麼嚴肅的態度，是辦不好事情的。最好還是利用閒話家常的機會，不著痕跡地試探一下，才是最快的方法。」

「試探一下？」

「嗯，用試探這個詞或許有語病……哎，其實不需要試探，從談話當中自然能窺出端倪的。」

「你也許能窺出端倪，可是我不問個清楚就不會明白。」

「不明白也無妨，但是如果像迷亭兄那樣胡亂打岔、攪局壞事，那就不好了。這種事情不比其他的，就算不特意撮和，至少也應該尊重當事人雙方的意願。下次寒月君來府上，可得千萬別動搖他的心意！……不不不，我不是說你，而是那位迷亭兄。再怎麼有指望的事被他這麼一說，只怕沒指望了。」鈴木先生正拿迷亭先生指桑罵槐，豈料說人人就到，迷亭先生就在這個時候，照例從後門隨著春風飄然而至。

「唷，稀客稀客！像我這樣的熟客，苦沙彌可不會費心招待，不像話！我看啊，苦沙彌家只能每隔十年才來拜訪一趟。這點心可比平時給我吃的要高級多嘍！」說著，迷亭先生把藤田豆沙凍糕大口塞進嘴裡。鈴木先生滿臉尷尬，主人滿面笑容，迷亭先生則是滿嘴大嚼。我從簷廊欣賞這一剎那的情景，心想這簡直是一幕極佳的默劇。如果禪宗是透過以心傳心的方法，來傳授默然無言的妙理，那麼這齣無言的默劇很明顯地也正在演出以心傳心的一幕，雖然時間非常短暫，卻是精闢犀利的一幕。

「我還以為你這輩子都會到處漂泊，沒想到現在又回來了。人果然得活久一點，什麼時候會走運可難說呢！」迷亭先生對鈴木先生說話也和對主人一樣毫不客氣。雖說兩人曾經是一起搭伙的朋友，畢竟十年沒見了，總會客套一些，可是迷亭先生偏偏不睬那套。我也弄不懂像他這種人，到底該算是大人物還是大傻瓜。

「很遺憾，我還不至於落魄到那種地步。」鈴木先生給了個不痛不癢的回答。他看起來有些心神不寧，一直神經質地搓弄著那條金錶鏈。

「你搭過電車嗎？」主人沒來由地對鈴木先生問了個無關的問題。

「我今天到這裡簡直是專門來讓你們尋開心的。別當我沒見過世面……我可是擁有六十股街鐵⑨的股票呢！」

「那可不能看扁你囉！我原本有八百八十八股半，可惜差不多都被蟲子蛀了，現在只剩下半股。你要是更早來到東京，我就可以送你十股沒被蟲子蛀了的，實在可惜！」

「你還是一樣貧嘴。說笑歸說笑，手裡留著那種股票是不會吃虧的，年年只漲不跌。」

「可不是嘛。就算只有半股，留個一千年，少說也能蓋出三座倉庫。在這方面，你我都是精明的當代奇才，不過苦沙彌就值得同情了，聽我們講股票，他還以為那和匯票是同一類的東西

⑨東京市街鐵道株式會社的簡稱，於一九〇三年開始運行。

呢。」說完，迷亭先生一邊再度叉起一塊豆沙凍糕，一邊望向主人。主人也跟著胃口大開，手不自覺地伸向點心盤。世上凡是積極主動的人，都享有被別人仿效的權利。

「先不說股票了。我倒是很想讓曾呂崎搭一次電車過過癮。」主人面露惆悵地望著手中的豆沙凍糕上的齒痕。

「曾呂崎兄要是搭電車，一定每一趟都要搭到品川才下車，與其這樣，還不如為他在壓醃蘿蔔乾的石塊上，刻上天然居士的法號來得安全穩當。」

「聽說曾呂崎兄已經死了，真可憐。那麼聰明的人，死得太早了。」

鈴木先生說完，迷亭先生立刻接口說道：

「他腦筋好，煮起飯來卻是最差勁的。每次輪到曾呂崎兄煮飯的時候，我就只能去外面吃蕎麥麵填肚子。」

「就是說啊，曾呂崎兄煮的飯總是有焦味，米心卻沒熟透，我也吞不下去。還不單這樣，他給的配菜總是冷豆腐，冷冰冰的，讓人怎麼下嚥？」鈴木先生也從記憶深處喚醒了十年前的牢騷。

「從那時起，苦沙彌兄就和曾呂崎兄結為摯友，每晚都一起出去吃紅豆年糕湯，所以現在才會遭受慢性胃病的折磨。說實在的，苦沙彌兄吃太多紅豆年糕湯了，按理應該比曾呂崎兄早死才對。」

「這是什麼歪理！笑我吃紅豆年糕湯，怎不說你自己宣稱去運動，結果每天晚上拿著竹劍到屋後的墳地去敲打墓碑，還被和尚發現，挨了一頓臭罵呢？」主人也不甘示弱，揭發了迷亭先生昔日的惡行。

「哈哈哈，對對對，我記得那個和尚要我快點住手，說這樣敲打亡者的頭頂，會吵得他們沒辦法安穩睡覺。不過，當時我拿的是竹劍，而我們這位鈴木將軍卻是赤手空拳就上場和墓碑角力，推倒了差不多三座大大小小的墓碑呢。」

「回想起那時和尚的沖天怒火可真嚇人，他非要我把墓碑扶起來，照原樣立好才成。我說，等我去雇幾個苦力來，和尚說找苦力來幫忙，無法表示懺悔之意，必須親自扶起墓碑，否則亡者不會原諒我的。」

「這輩子再也沒看過你那麼『帥氣』的模樣了！上身穿件薄棉襯衫、下身只圍了塊兜襠布，就這樣站在雨後的積水中使盡了吃奶的力氣，口中還發出咿咿嗚嗚的聲音……」

「你那時候居然一臉雲淡風輕的給我畫什麼素描，太過分了！我這個人很少發脾氣，唯獨那一次打從心底對你氣極了！我還記得你當時說過的話，記得嗎？」

「十年前說過的話誰還記得啊？不過，我倒是記住了那座墓碑上面刻的字是『歸泉院殿黃鶴大居士　永安五年正月』。那塊墓碑相當古色古香，搬家的時候我甚至想把它偷走呢。那是符合美學原理的哥德式設計。」迷亭先生又在隨口賣弄他的美學知識。

「別把話題帶開了，重點是你講過的話！你一副事不關己的表情說：『我立志鑽研美學，所以舉凡天地間一切有趣的事物都必須盡己所能地忠實描繪下來，作為日後的研究參考。像我這樣以學術為本之人，基於私情而脫口表示同情呀、可憐哪之類的話語，並不適宜。』我覺得你太不近人情了，當下氣得用沾滿汙泥的髒手撕破你的寫生簿。」

「就是那一瞬間，我原本前途無量的繪畫才華遭到摧殘，從此一蹶不振。我的才華就是被你斷送的！我恨你！」

「少瞎掰了，我才恨透了你呢！」

「迷亭從那時候起就喜歡吹牛。」主人吃完了豆沙凍糕，再度插嘴，「和別人講好的約定，他從來不履行，就算被質問也絕不認錯，只管東拉西扯地搪塞。他曾在那座寺院的紫薇花開時，說自己要在紫薇凋謝前完成一部美學原理的論著。我說不可能，他絕對不會完成的。於是迷亭告訴我，人不可貌相，他是個毅力過人的男子漢，如果懷疑，儘管打賭。我把他的話當真，說好賭輸的人要在神田請客吃西餐。我雖然篤定他根本寫不出什麼著作，但是心裡還是有幾分害怕，因為我根本沒錢請他吃西餐。結果我的擔憂是多餘的，這位大師壓根沒有動筆的意思。七天過去了，二十天過去了，他連一張稿紙也沒寫。紫薇漸漸凋落，終於連最後一朵也謝了，他還是沒把寫作的事放在心上。我想這下賺到一頓西餐了，便催他實現承諾，怎料他居然裝傻不認帳！」

「這回他又搬出什麼理由了？」鈴木先生插嘴問說。

「當真連一張稿紙都沒寫嗎？」這回是迷亭先生本人發問。

「咳，這人真是臉皮厚！他還嘴硬，說自己沒別的能耐，唯獨毅力這點絕不比人差！」

「那還用說！你當時是這樣說的：『論毅力，我敢說自己不輸任何人；遺憾的是，我的記憶力卻比別人糟得多。我有堅定的毅力準備著手述寫美學原理，可是在對你宣示這股毅力之後，隔天就忘光了。所以沒能在紫薇凋謝之前完成著作，錯在我的記憶力，而不是毅力。既然不是毅力的過錯，也就沒有理由請你吃西餐了。』瞧，還很硬氣哪！」

「你說得是，迷亭兄發揮了最大的長處，真有意思！」我不曉得鈴木先生為什麼表現出這話題頗有意思的神情，語氣和迷亭先生不在場時大為不同。聰明人的特點或許就在於此。

「這有什麼意思！」主人似乎至今依然耿耿於懷。

「那時讓你受委屈了，所以為了賠不是，我這不是敲鑼打鼓地四處尋找孔雀舌嗎？暫且息息怒，等等好消息吧。不過，說到寫書，我今日特地帶來一則天大的獨家消息喔！」

「你每次來都說有獨家消息，我才不會輕易上當！」

「此話差矣，今天的獨家消息可是千真萬確的獨家消息，不折不扣貨真價實的獨家消息！你知道寒月開始撰寫博士論文的草稿了嗎？我原本以為寒月那種妄自尊大的人，不會把力氣耗費在寫博士論文那種無聊事上。如此看來，他終究是個動了凡心的俗人，你們說好笑吧？你一定要通知那個鼻子，說不定她這陣子已經夢到這位橡子博士了呢！」

鈴木先生一聽到迷亭先生提起寒月，立刻用下巴和眼神暗示主人千萬別說稍早前談的事，但是主人仍舊不懂他的暗示。早前他見到鈴木先生時，聽了他的說法，覺得金田小姐挺可憐的；現在聽到迷亭先生又提起那個鼻子夫人，不禁再度想起前幾天和鼻子夫人吵架的事，一想起來就覺得鼻子既滑稽又討厭。不過，寒月開始撰寫博士論文的草稿，這可是天大的佳音，確實如同迷亭先生自誇的，稱得上是近期的獨家消息，而且不單單是獨家消息，更是可喜可賀的特報！先不管寒月要不要娶金田家的小姐，反正能當上博士是件好事。主人覺得像自己這種刻壞了的木雕像，就算沒上漆就被佛像木雕師扔到店裡的角落，飽受煙熏直到被蟲子蛀光也沒什麼可惜，但如寒月這般工藝精美的雕刻品，總盼著能盡早為它貼上金箔。

「真的開始寫論文了嗎？」主人沒理睬鈴木先生的暗示，驚喜地問道。

「你總是不相信別人的話！……不過，我並不清楚他的題目到底是橡子還是縊頸力學。總之，畢竟是博學多聞的寒月寫出來的論文，日後一定能讓鼻子奉他為上賓。」

每當聽到迷亭先生不客氣地一口一聲「鼻子」時，鈴木先生總是坐立難安，但迷亭先生絲毫沒有察覺，仍然叫得很順口。

「後來我針對鼻子這個主題做了深入的研究，最近在《項狄傳》[10]這本小說裡，發現了關於鼻子的論述。金田夫人的鼻子假如被斯特恩看到了，一定會拿去當作極佳的寫作題材吧。她的鼻子有充分的資格足以名垂千古，而今卻懷才不遇、埋沒終生，令人不勝惋惜。等她下次再來，我來為她畫一幅素描作為美學上的參考資料吧！」迷亭先生還是一樣信口開合。

「可是聽說那位小姐有意嫁給寒月哩！」主人把剛從鈴木先生那裡聽來的話照樣轉述。鈴木先生頻頻向主人使眼色示意不妥，無奈主人如同絕緣體一般，根本不導電。

「這倒新鮮，那種人養大的女兒居然懂得愛情？想必不會是什麼轟轟烈烈的愛情，頂多和鼻子一般大吧。」

「和鼻子一般大的愛情也無妨，只要寒月願意娶人家就行。」

「願意娶人家就行？你前幾天不是堅決反對嗎？今天怎麼又這麼好說話了？」

「哪裡好說話，我絕不是個好說話的人！只不過……」

「只不過，你想法改變了吧？我說鈴木兄，好歹你也算得上是個企業家，不妨聽幾句建言。那位金田某某氏，想讓他的女兒高攀成為曠世英才水島寒月的夫人，有點像是想飛上枝頭當鳳凰，我們做朋友的總不能冷眼旁觀。你雖然也是個企業家，應該不會反對我的看法吧？」

「很好，你依然豪氣不減當年，就和十年前完全一樣，一點都沒變，真是難能可貴！」鈴木先生順水推舟，試圖把這話題敷衍過去。

「承蒙誇獎，那我就多展示一些廣博的知識，請您不妨一聽。古時候希臘人非常重視體育，所有的競技項目都設有貴重的獎賞，不計一切給予各種獎勵；然而奇怪的是，後人卻找不到任何希臘人獎賞學者知識的史料記載，至今仍是一個不解之謎。」

「確實有點奇怪。」其他兩人說什麼，鈴木先生一律表示贊同。

「然而，兩三天前，我終於在研究美學時忽然發現了箇中原因，多年來的疑惑豁然開朗，如同醍醐灌頂，茅塞頓開，達到了歡天喜地的最高境界。」

迷亭先生說得太過誇張，就連擅於阿諛諂媚的鈴木先生，也不禁露出了恕難奉陪的表情。主人則無奈地低著頭，拿象牙筷子敲打著點心碟，在噹噹作響中彷彿抱怨著：迷亭又要開始長篇大論了。只有迷亭先生得意地繼續發表高見：

「你們猜猜看，是誰明明白白寫出這種矛盾現象的解釋，拯救吾人掙脫千載深淵之謎呢？他正是自人類開始發展學問以來，享有第一位學者美譽的那位希臘哲人、亦是逍遙派始祖的亞里斯多德！他是這樣解釋的，……欸，別再敲點心碟了，這段可得專心聽講！……希臘人在競技中獲得的獎品，遠比他們表演的技藝來得貴重，如此一來，才能作為表揚和鼓勵。可是這種做法能夠套用到知識這種東西身上嗎？假如想致贈某種物品作為知識的報酬，就必須給予超越知識價值的東西才行。問題是世界上有比知識更貴重的寶物嗎？當然沒有。若是隨便送個便宜貨，只會侮辱知識的權威性。希臘人不惜把金幣堆得如奧林帕斯山一般高、將克羅伊斯⑪的財產全部拿出來作為知識的相對報酬，但是他們左思右想，終於明白錢財根本無法與知識媲美。當他們想通了以

⑩《項狄傳》（*The Life and Opinions of Tristram Shandy, Gentleman*），英國小說家勞倫斯·斯特恩（Laurence Sterne，一七一三～一七六八）的作品。

⑪克羅伊斯（Croesus 或 Kroisos，西元前五九五～西元前五四六），呂底亞王國最後一位君主。他的名字成為富人的代名詞。

後，就乾脆什麼也不給了。由此應該充分了解，知識不能折算成金幣白銀銅板了吧？好了，我們在接受了這項論理的基礎上，把理論應用到眼前的問題。金田某某氏算什麼？不就是個在紙鈔上長著眼睛鼻子的人而已嗎？用奇特一點的形容方式來說，他不過是一張活動紙鈔罷了。同理可推，活動紙鈔的女兒，頂多是一張郵票吧！我們再來看看寒月又是如何？他好歹也是以第一名從最高學府畢業的學者，至今外褂上依然毫不懈怠地綁著他爺爺遠征長州時綁的繫帶，並日以繼夜研究橡子的穩定性，從不滿足現狀，近期內還即將發表一篇足以凌駕凱爾文勛爵[12]之上的偉大論文！他只是偶然走過吾妻橋時險些鬧出投河的醜事，但這是熱血青年難免爆發的衝動行為，絲毫無損於他淵博的學問。以我迷亭一流的譬喻來形容寒月君，他是一座會行走的圖書館！他是一枚由知識鑄成的二十八公分砲彈！一旦時機成熟，這枚砲彈在學術界引爆開來的話……嗯，萬一它引爆開來，大夥就等著瞧吧……呃，它遲早總會引爆的吧……」說到這裡，這位自詡「一流」的迷亭先生想不出更貼切的形容方式。他察覺到這段長篇大論似乎淪為俗話說的虎頭蛇尾，於是立刻轉個彎接下去說：「只要引爆，那種活動郵票就算有幾千萬張，也一概炸得粉碎。所以對寒月而言，不可以和那種不相配的女人在一起！我不允許！這就等於讓百獸之中最聰明的大象，和最貪婪的小豬結婚一樣。苦沙彌兄，你說是吧？」一等他講完，主人又不吭聲地開始敲起點心碟來。

鈴木先生有些沮喪，只能勉強擠出一句：「不至於那樣吧？」他從進門到剛才，講過不少迷亭先生的壞話，如果這時隨便接口，難保主人那種冒失的個性會壞了事，所以他覺得這時候還是盡量避開迷亭先生的話鋒，圖個順利過關，方為上上之策。鈴木先生是個聰明人。他認為識時務者應當盡量避開不必要的反抗，那些無謂的辯論只是封建時代的遺物。人生的目標不在於脣舌之爭，而在於實踐之道。倘若事情能夠如己所願地順利進展，也就達到人生的目標了。只要事情能夠在沒有辛勞、擔憂，與爭辯的狀況下順利進展，人生也就能達到安樂無憂的境地了。鈴木先生自從畢業後，就靠著這種安樂主義獲得了成功，靠著這種極樂主義掛上了金懷錶，靠著這種安樂主義接受了金田夫妻的委託，也同樣靠著這種安樂主義巧妙且順利地說服了苦沙彌。可是，就在這樁委託案只差一成就可以交差的當口，迷亭先生貿然衝了進來，他具有不同於常人的心理特異功能，從不遵循常規，甚至來無影去無蹤，使得鈴木先生一時慌了手腳。安樂主義的創建人是明治時代的紳士，安樂主義的實踐者是鈴木藤十郎先生，但如今由於安樂主義而陷於困窘狀態的，同樣也是鈴木藤十郎先生。

「你不了解情況，才會一副事不關己地說什麼『不至於那樣吧』，還和以前不一樣，盡量少說話故作高尚。如果鈴木先生你見識過前些天那個大鼻子來這裡時的場面，哪怕你想方設法要迴護企業家也要束手無策。苦沙彌兄，我說得沒錯吧？你那天不是大戰了一場嗎？」

「話是沒錯，可是聽說人家對我的評價比你高哩！」

「哈哈哈，你真有自信。也對，難怪你都被全校師生拿『savage tea』當笑柄了，還能夠泰然自若地去學校。我自認毅力不比別人差，卻不比上你的厚臉皮，佩服之至！」

「聽學生和老師幾句嘟嘟囔囔有什麼好怕的！聖．佩甫⑬是冠古絕今的評論家，但是他在巴黎大學講課時卻很不受歡迎。聽說他為了應付學生的攻擊，外出時必定將匕首藏在衣袖裡，作為

⑫威廉．湯姆森（William Thomson，一八二四～一九〇七），受封爵位後稱為凱爾文勛爵一世（1st Baron Kelvin）。愛爾蘭的數學及物理學家，被譽為熱力學之父。

⑬聖．佩甫（Charles Augustin de Sainte-Beuve，一八〇四～一八六九），法國詩人暨評論家。

防身武器。布魯尼提耶⑭在巴黎大學批評左拉的小說時，同樣……」

「可是你根本不是什麼大學教授，頂多是個教英語讀本的老師。引用那些名家當作例子，不就等於小蝦米冒充大鯨魚？用那種比喻，又要被人笑話啦！」

「少囉唆！聖．佩甫和我同樣都是學者！」

「你的自尊心真強。不過，走路時揣著匕首可不安全，還是不要模仿為佳。如果大學教授帶的是匕首，那麼教英語讀本的教師最多只可以帶刀片嘍。話是這麼說，畢竟攜帶刀劍還是危險，我看你還是去寺院前的攤商買支玩具空氣槍，揹在身上走路來得好，看起來還有幾分親切感。鈴木兄，你說是吧？」

聽到談話內容總算不再提及金田家，鈴木先生這才鬆了一口氣。「你還是一樣天真又風趣。十年不見，這次見到你們，心情彷彿從狹隘的巷子走到了遼闊的原野。我和同行談話時總得再三提防，不管談什麼話題都不敢鬆懈，提心吊膽的，難受得很。說話還是要無拘無束的才好，尤其和寄宿生時期的朋友聊天，最不用講客套，舒服極了。哎，今天沒想到能夠遇到迷亭兄，真開心。我有點事，就此告辭。」鈴木先生說著，正準備起身，迷亭先生也跟著說：「我也走了。我得去日本橋的演藝矯風會⑮一趟，我們一起走吧！」「好極了，很久沒和你一起散步了。走吧！」於是，二人相挽離開。

第五章

如果要將一天二十四小時內發生的事情一點不漏地記錄、一字不缺地閱讀，恐怕至少也要耗費二十四個小時吧。雖說我提倡寫生文①，卻也得坦承這實在超過一隻貓能力所及。因此，即使我家主人不時做出值得精細描繪的奇言怪行，我也沒有本事和毅力逐一向讀者報告，實在非常遺憾，也是情非得已，畢竟我只是區區一隻貓，需要休息。且說鈴木先生和迷亭先生君離開之後，家裡頓時變得猶如秋風暫歇、唯有落雪紛飛的夜晚，一片靜謐。主人照例躲在書房裡，孩子們在六張榻席大的房間裡並排睡覺，而在約莫九尺長的隔扇另一邊的面南房間裡，太太正躺著給虛歲三歲的綿子餵奶。此時正是櫻花盛綻的時節，天上只有淡掃而過的薄雲，到了傍晚，太陽一下子就落到山後，屋外行人趿著低齒木屐的腳步聲在餐室清晰可辨，不遠處的公寓傳來斷斷續續的笛聲，隱隱刮著昏昏欲睡的耳膜。外面的天色大抵已經暗了下來，我晚餐只吃了一碗魚糕湯，現在真的非常需要休息。

我似乎曾經聽說，人們會把貓的談情說愛寫進俳諧連歌裡，而且據說初春之際，我貓族同胞會在夜裡瘋狂地追逐奔跑，但我還不曾感受過這樣的心理變化。照理說，愛情本是宇宙間的動力來源，上自天神朱比特，下至在泥土裡鳴叫的蚯蚓和螻蛄，一旦遁入此道必定形銷骨立，這是

⑭布魯尼提耶（Ferdinard Brunetiere，一八四九～一九〇六），法國文學批評家。

⑮日本演藝協會的前身。

①寫生文提倡將西方寫生畫的概念應用在日本文學的各種文體上，講究客觀的描寫。

萬物的天性，所以我們貓族一時的春心蕩漾、形跡放浪，也是情有可原。回首過往，我曾經苦戀過三花子；那位提出三絕主義、嗜吃安倍川麻糬的金田老爺的閨女富子小姐，聽說也同樣思慕著寒月君。因此，我從不輕蔑地把普天下雄貓、雌貓對一刻值千金的春宵的癡狂徘徊，視為是自尋煩惱。不過現在，我面對任何引誘，依然心如止水，因為此時此刻我只想休息，這麼睏乏的狀態下，根本沒辦法談戀愛。我慢悠悠地繞到孩子被窩底下，進入甜美的夢鄉……。

忽然間，我睜開眼睛一看，不知道什麼時候，主人已從書房來到了臥房，並且鑽進太太旁邊的被窩裡了。主人有個習慣，睡覺前總要從書房帶來幾本小開本的洋文書，但是他在躺下以後，從來沒有讀超過兩頁，有時只是拿來放在枕頭邊，碰都不碰一下。既然連一行都不看，似乎沒有必要特地拿過來，但這就是主人之所以為主人的怪脾氣。任憑太太嘲笑，要他別再帶書過來，他還是說什麼都不願改掉這習慣，仍舊每天晚上不辭辛勞地把書搬到臥房，有時還貪心地抱來三四冊，前些天甚至將厚厚一本《韋氏大辭典》②也捧來了。想來，這算是主人的一種老毛病。如同有些講究風雅的人士，非得聽著龍文堂鐵壺發出的松濤聲③才得以入睡，同樣的，主人不在枕邊放些書本就睡不著覺。如此看來，書本對主人的功效不在閱讀，而是催眠，是一種用鉛字排列而成的催眠藥。

我偷瞄一眼他今晚帶來了什麼書，只見一冊薄薄的紅皮書揭開一半，擱在主人鬍鬚底下。主人的左拇指還夾在書頁間。看來，難得他今天晚上讀了五六行吧，擺在紅皮書旁邊的那只鍍鎳懷錶，在這春夜裡散發著冷冷的寒光。

太太將奶娃推出一尺多遠，張嘴打鼾，睡到枕頭外面去了。若問人類什麼時候最難看，我覺得再沒有比張嘴睡覺更不體面的了，我們貓族這輩子絕不會做出如此丟臉的舉動。嘴巴原本應該是用來發出聲音的器官，而鼻子則是用來呼吸空氣的器官。話說回來，若是去北部地方看看，那裡的人們非不得已都懶得開口，結果就變成用鼻子說話，使得他們說話時都帶有奇怪的鼻音。依我看來，用嘴來代替塞住的鼻子呼吸，遠比用鼻子說話更為丟人現眼，不說別的，萬一從天花板掉下老鼠屎，那就危險了。

再往旁邊瞧瞧孩子們，歪歪斜斜的睡相一點也不輸給她們的父母。姐姐頓子伸長了右手搭在妹妹的耳朵上，彷彿有意彰顯身為姐姐的權力；妹妹寸子則宛如做出回擊似的，將一條腿壓在姐姐的肚子上，仰面呼呼大睡。我記得這兩個孩子的位子都比剛睡下時轉了九十度左右，並且同樣都維持著這種彆扭的姿態，誰也沒有抱怨地乖乖熟睡。

春夜裡的燈火忽明又滅，果然別有一番情趣，彷彿燈火在天真爛漫卻又極不雅觀的景象中，優雅地提醒著人們珍惜良宵。我四下打量，想知道現在已經幾點了，屋裡靜悄悄的，只有掛鐘的滴答聲、太太的鼾聲，以及隱約傳來女傭的磨牙聲。這名女傭，每回有人說她磨牙，她一向矢口否認，絕不肯說一句「今後改正」或是「真是抱歉」，還嘴硬地反駁：「我從出生到現在，從沒印象自己睡覺時曾經磨牙！」說得也是，睡著時發生的事，自然不會記得，但麻煩的是，事實並不會因為你不記得就不存在。世上有人總是做壞事，卻自認為是好人、相信自己沒做錯，還把一切歸咎為天真無知；問題是，他們的確造成了別人的困擾，就算解釋成天真無知，別人也不會因此少受罪。我認為這些以好人自居的紳士淑女，其實與那名女傭屬於同一類人……夜色更濃了。

②《韋氏大辭典》由美國辭典編纂家韋伯斯特（Noah Webster，一七五八～一八四三）主編而成。

③茶道人士將鐵壺煮水沸騰時，發出的聲音比喻為松濤聲。龍文堂則是日本江戶末期至明治初年，一個知名的京都鑄鐵行的堂號。

忽然間，有人在灶房的擋雨套窗上輕輕敲了兩下。奇怪了，這麼晚了不該有人上門。我猜是那些老鼠吧，若是老鼠，我已經決定不捉了，隨牠們愛怎麼鬧就怎麼鬧。……又輕輕敲了兩下。聽來不像是老鼠，如果真是老鼠，一定是隻特別小心謹慎的老鼠，但是主人家的老鼠，全都像主人任教那所學校的學生，不分白天或黑夜地拚命練習撒野胡鬧，把嚇醒我那可憐的主人視為天職，絕對不會那麼客氣的。因此，敲窗的不可能是老鼠！而且這與前陣子闖進主人臥房、咬了主人的塌鼻頭一口後凱旋高歌歸去的那隻老鼠相較，未免太小心翼翼了。看來，絕對不是老鼠！接著，灶房傳來從下往上揭起擋雨套窗的嘎吱聲，幾乎是同一時刻，外頭又傳來將紙拉門盡量緩慢地沿著槽溝推開的聲響。我益發肯定不會是老鼠，而是人！在這深夜時分，沒有叫門就擅自撬門而入的人，絕對不是迷亭先生或鈴木先生，說不定是鼎鼎大名的梁上君子——空空兒！既然是空空兒，我倒想快些瞻仰他的尊容。這時候，那個空空兒似乎已經沒脫鞋就把大腳踏進了灶房，走了兩步，約莫在邁出第三步時，被地下儲物櫃的活動蓋板給絆了腳，在這靜夜裡發出了巨然的喀嗒聲響，嚇得我背毛倒豎，宛如背部被人拿鞋刷逆向刷過似的。我好一會兒都沒再聽到腳步聲了。我看看太太，她依然張著嘴，盡情地呼吸這太平天下的空氣。至於主人，大抵夢到了自己的拇指夾在紅皮書裡吧。不久，灶房傳來了擦火柴的聲音，看來這個空空兒沒有我這般能在黑夜裡看得分明的視力，加上又在不熟悉的地方，想必行動並不方便。

這時，我蹲著思索，空空兒究竟會從灶房穿過餐室來到這裡呢？還是向左轉經由玄關去書房呢？……從腳步聲與推開隔扇的聲音來判斷，他到了簷廊。空空兒終於進書房了。之後就什麼聲音都沒聽到了。

直到這時我才想到，應該趕緊叫醒主人和太太，卻不曉得該用什麼法子才好。紛亂的思緒

在腦中如水車一般轉個不停，我卻想不出一個好主意來。我想到可以咬住棉被腳抖晃，試了兩三下卻完全不奏效。然後我想到可以用我冰涼的鼻尖去摩蹭主人的面頰，於是將鼻子湊近主人的臉，結果主人沒有醒來，只用力伸長了手臂，一掌拍在我的鼻尖推開我。鼻子是貓的要害，痛死我了。沒辦法，我看只能喵喵叫個兩聲看能不能吵醒他們，但不知道怎麼回事，我的喉嚨偏偏在這節骨眼上像卡住東西似的，發不出聲音來。我試了老半天，總算才擠出一點低沉的沙啞聲，連我自己都嚇了一跳，無奈主人一點也沒有要睜開眼睛的意思。就在這時候，外頭突然傳來了空空兒踩在簷廊上的腳步聲，嘎吱嘎吱的，由遠而近。他終於來了！事已至此，我也來不及叫醒他們了，只好死了心，暫時躲在隔扇和藤編箱之間靜觀其變。

空空兒的腳步聲來到臥房門前，倏然停了下來。我屏住氣息，全神貫注觀察他接下來的動作，兩眼直勾勾地瞪著隔扇瞧，簡直連魂魄都要從眼窩飛出去似的。事後回想起來，假如我捉老鼠時能用上這種氣勢，肯定招招不虛發，多虧梁上君子讓我有此領悟。忽然，隔扇的第三格木框中央像被雨打濕了似的變了顏色，隔著門紙，原本淺紅色的地方變得愈來愈深，接著門紙被捅破了，探出一截鮮紅色的舌頭。舌頭一下子就消失在黑暗中，換成一只發出可怕光芒的東西，出現在破洞的另一邊。毫無疑問，那是空空兒的眼睛。奇怪的是，我感覺那只眼睛沒有望向房裡的任何一件東西，只盯著躲在藤編箱後面的我瞧。被他這樣盯著看，我覺得壽命頓時短少了好幾年，雖然前後其實不到一分鐘。正當我再也忍受不了，下定決心從藤編箱後面竄出來的剎那，臥房的紙拉門被推開了，恭候多時的空空兒終於出現在我的眼前。

依照敘述的順序，接下來我有幸為各位介紹這位不速之客，也就是空空兒，不過在此之前，我想先陳述一點拙見。古代的神祇被賦予全知全能，特別是耶穌教的神，這些神祇直到二十世紀的今天，依然戴著全知全能的面具。然而凡夫俗子心目中的全知全能，視情況也可以解釋為無知無能，這是個很明顯的悖論。自開天辟地以來，能夠看透這個悖論的，恐怕只有我這隻貓了！想到這裡，我虛榮了起來，覺得自己絕非泛泛之貓，因此非得在這裡闡明箇中原因，並且將「不可小覷貓」的觀念，灌輸到高傲人類的腦袋裡去。據說天地萬物都是由神創造的，如此看來，人類也是神所製造出來的了，事實上《聖經》也有這樣的明文記載。人類之所以愈來愈傾向於承認上帝的全知全能，是因為他們經過數千年來的觀察，發現人類自身實在玄妙而不可思議。所謂玄妙，關鍵就在於世界上密密麻麻的人群中，居然找不到兩張一模一樣的面孔。人類臉上的器官就只有那幾種；換句話說，人們都是用同樣的材料所製成的，面孔理論上應該大致相去不遠。然而，人類的面孔卻是個個不同，神只用那麼簡單的材料，就做出差異如此之大的面孔，因此人類不能不佩服這位製造者高明的功夫。假如神沒有相當獨樹一幟的想像力，絕不可能如此變化無窮。出色的畫師窮盡畢生精力，試圖勾繪不同的面容，也頂多畫出十二、三種罷了。因此，人類相當讚嘆一手承攬製造人類之重任的神的精湛手藝。這種高超的技藝無法在人類社會中見得，因而人類將這種技藝譽為全能，這種想法並不為過。人類似乎就是基於這個原因，對神萬分敬畏。從人類的觀察角度來說，這種敬畏確實有它的道理；但是站在貓的立場來看，此一事實反而恰恰足以證明神的無能。我甚至可以斷定，神就算不是徹底無能，本領也絕不比人類高。人們說世上有多少人，神就製造了多少張臉孔，但是我們並不知道，神究竟是一開始就胸有成竹，決定做出各不相同的容貌呢？抑或是原本想統統都做得一樣，不管是貓臉還是杓子，結果一個接一個都做壞了，造成現在這種混亂的狀態呢？也就是說，人類的臉部構造既可以視為神成功的證明，也可以看成神失敗的證據嗎？我們當然可以說神是全能的，但說神是無能的也未嘗不可，因為人類的兩顆眼睛並排在同一個平面上，無法同時看到左右兩側，以致於只有一半的事物映入眼簾，真是可憐。換個視角來看，在人類社會中，像「神可能是無能的」這樣清楚的事實，可說是日日夜夜層出不窮，可惜人類震懾於神威，已經沖頭昏腦，失去判斷力了。如果說變化萬千的製造是困難的，那麼徹頭徹尾的仿製也同樣不容易。假如要求拉斐爾畫出兩幅一模一樣的聖母像，就等於逼他畫出兩幅全然迥異的瑪麗亞像，恐怕會讓拉斐爾不知如何下筆吧。不，或許要他畫兩幅毫無二致的圖畫，難度反而更高。又譬如，請弘法大師用昨天寫過的筆觸再寫一次空海二字，也許比要求他換一種字體來寫更為困難。相反的，人類使用的母語，完全是靠模仿而來。人們向母親、奶媽及其他人學習日常會話時，除了聽到什麼照樣重複說出什麼，此外再也沒有任何野心了，他們只是盡全力模仿別人而已。然而，經過十年、二十年之後，每個人靠模仿學會的母語發音卻自然產生變化，這就證明人類並不具備完全模仿的能力，也顯示純粹的模仿，竟如此困難。由此可知，如果神能夠把人類造得無法區分，一個個都像從模子鑄出來的小烏龜一樣，那就更能證明神的全能；而像現在這樣讓隨意做成的臉孔曝露在光天化日之下，每一張的改變都看得人眼花繚亂，反倒能夠推論出神的無能。

我忘了自己為何發表了前面這番論述。反正，人類都會忘本了，那麼貓更難以苛責，就請各位高抬貴手。總之，當我瞥見空空兒拉開臥房的紙拉門，突然現身於門前時，胸口自然湧現上述感想。為什麼會湧現出來？……如果要問我為什麼，就得從頭開始重新思索一遍才行……。呃，理由是這樣的：

我一向懷疑神的造物或許就是其無能的證據，但是當梁上君子的面容悠然出現在我的眼前時，他的五官特徵幾乎足以推翻我這番論證。所謂的特徵，說的不是別的，而是他的眉眼和那位親愛的美男子水島寒月沒有一處不像！我當然不認識什麼竊賊，但是我自然曾依竊賊平時粗暴的行徑，在心裡暗自描繪那種人的樣貌：大概是鼻翼扁塌，眼睛和一錢銅板一般大，頂著一顆平頭。這是我擅自想像的模樣，如今兩相對照，竟有天壤之別，可見得想像做不得準的。

這個空空兒身形修長，膚色淺褐，一字眉，是個氣宇軒昂的竊賊。年紀大約二十六、七，就連年齡也和寒月相去不遠。既然神擁有製造出如此相像之人的高明技藝，那麼絕對不該將神看成是為無能的了。哎，老實說，這兩個人實在太過神似，讓我幾乎以為或許是寒月精神失常，三更半夜闖了進來，還好這個賊的鼻子下面沒有淡淡的黑鬍渣，這才得以分辨出他是另一個人。寒月是個氣度凜然的美男子，他是神精心製造的產物，他擁有的魅力能夠吸引那位迷亭先生稱為活動郵票的金田小姐。單從長相觀察，這個空空兒對那位女子的吸引力顯然毫不亞於寒月。假如金田小姐只著迷於寒月的眼神與微笑，卻沒有帶著等量的熱情傾心於這個竊賊，那在情理上就說不通了。撇開情理不談，至少也不合邏輯。像金田小姐那樣，既有才華又很伶俐的姑娘，這點小事不勞向她求證也肯定是這個結果。由此可見，若是把這名竊賊當作寒月的替身送進金田家，金田小姐必定會獻上滿懷愛意，達到琴瑟和鳴之境。萬一寒月被迷亭先生等人說服，不願成就一樁千古良緣，只要這位空空兒還在人世，也就不必擔心了。我對那件婚事的未來發展預測到那麼遠，這才終於為富子小姐感到放心。富子小姐能否過著幸福美滿的生活，關鍵在於這個空空兒是否存在於天地之間。

空空兒腋下挾著一件東西。我定睛一瞧，原來是剛才主人扔在書房裡的舊毛毯。他穿著條紋棉布的短褂，腰際紮著一條青灰色的博多衣帶，膝蓋下面露出兩條蒼白的小腿，正要抬起一隻腳踩上榻席時，那位從剛才一直夢到自己的手指被紅皮書咬住了的主人，猛然翻了個身，大喊一句：「是寒月？」頓時把那名空空兒嚇得掉了毛毯，他剛要踩上地板的那隻腳也連忙縮了回去，紙拉門上映出兩條細長的小腿瑟瑟顫抖地站著。主人唔了一聲，然後嘟嘟囔囔的，將那本紅皮書扔了出去，接著伸手不停搔抓著像是染了皮癬的黝黑手臂。主人抓夠了以後，一切重歸平靜，只見他推開枕頭，又繼續沉沉睡去了。這麼看來，剛才那一聲「是寒月？」完全是他不自覺的夢話。那位空空兒站在簷廊上打探著房裡的動靜，半晌過後確定主人和太太仍在熟睡，便抬起一隻腳踏上榻席入內。這回沒聽見「是寒月？」的喊聲了。隔了一會兒，另一隻腳也踏了進來。這間一盞春燈就能照亮全室的六張榻席大的房間，恰好被空空兒的影子精準地截成一明一暗的兩塊，從藤編箱往上越過我頭頂的半面牆被擋得漆黑。我扭頭一瞧，空空兒臉部的影子落在牆高的三分之二處隱隱晃動。他是個美男子，但光看他的影子，簡直像隻八頭妖怪似的，詭異得很。空空兒俯身看了太太的睡容，不知什麼原因居然露出了一抹笑意，笑起來的模樣就和寒月一模一樣，讓我再度吃了一驚。

太太的枕畔鄭重其事地安放著一只以釘子釘得牢固的四寸厚木箱，長約一尺五、六寸，裡面裝的是山藥，那是家住肥前④唐津的多多良三平前些日子返鄉時送來的當地土產。這位太太把山藥擺在枕頭旁邊，簡直前所未聞，不過她連燉菜用的上等三盆糖也會收進衣櫥裡，可見她腦中根本沒有所謂「合適的食物收納位置」的觀念。在她看來，別說是山藥，說不定把醃蘿蔔放在臥房裡也沒什麼不對的。不過，這位空空兒可不是神仙，根本無從知道太太是這樣的個性，自然以

④位於現今日本九州佐賀縣與長崎縣的古代令制國名。

為她既然貼身珍藏，想必是一件貴重物品。空空兒抬起箱子掂一掂，感覺頗具分量，不由得露出了滿意的神情。我心想，這下子山藥要被偷走了，而且還是遭這麼一位美男子竊取，想來簡直忍俊不禁。我轉念一想，要是笑出聲音來，恐怕會惹禍上身，只得勉強忍住了。

接著，空空兒恭謹虔敬地將那箱山藥包進舊毛毯裡，然後環顧周圍，探找可以拿來捆紮的東西，恰巧有一條主人睡覺時解下的縐綢腰帶，空空兒便用這條腰帶將那箱山藥捆得嚴實，輕鬆地扛到了背上。若是讓女士瞧見了這副模樣，可要皺眉的。然後，空空兒再把兩件孩子的棉背心塞進主人的毛線褲裡，把褲襠處塞得圓鼓鼓的，活像一尾吞下青蛙的錦蛇似的——或許更貼切的形容是一尾快要生蛋的錦蛇呢。反正看起來古怪得很。諸位如果不信，不妨親自試上一試。空空兒把那條毛線褲圍在脖子上，我正暗忖他接下來還要偷什麼，只見他將主人的捻線綢上衣攤開來充作包袱巾，再把太太的和服腰帶和主人的外褂及內襯衣等等雜物，整整齊齊地疊妥後包了起來。我有點佩服他這一連串熟練而靈巧的動作。接下來，他用太太裹覆和服襯墊的腰帶以及窄幅飾帶接續成一條繩帶，綁在剛才那包衣物上，單手拎提。他又四下張望，像是在找尋還有沒有可以拿走的值錢貨，發現主人頭頂上有一包朝日牌的捲菸，於是順便扔進自己的袖兜裡。想了想，他又從那包菸裡抽出一支來，就著油燈點燃，十分享受地深深吸了一口。那呼出來的菸氣在乳白色的燈罩外繚繞不去，空空兒的腳步聲已經沿著簷廊漸漸遠去，聽不見了。主人和太太依然睡得很沉，沒想到人類的警覺心這麼低。

我還是需要休息一下，一連講了那麼久，身子實在受不了。我呼呼大睡，等到睜開眼睛時，映入眼中的是三月的晴朗藍天，而主人和太太正在後門與警員談話。

「這麼說，竊賊是從這裡入侵，然後繞到臥房那邊。您們睡覺時，完全沒有察覺吧。」

「是的。」主人似乎有點難為情。

「那麼，遭竊的時間是幾點左右？」警員的問話實在沒道理。如果知道遭竊的時間，那就不至於失盜了。主人和太太沒有發覺到這點，仍然認真地討論答案。

「幾點左右呢？」

「讓我想想……」太太正在思索。她似乎覺得只要仔細想就想得起來。

「昨晚你是幾點睡的？」

「妳睡著了我才睡的。」

「對，我比你早躺下。」

「醒來是幾點呢？」

「大約七點半吧。」

「這麼說，小偷是幾點進來的呢？」

「應該是半夜吧。」

「誰不知道是半夜！我是問妳幾點啦？」

「準確的時間，我得好好想一想才知道。」太太還打算繼續細想。其實警員只是形式上問個一句，根本不關心竊賊究竟是幾時入侵的。這時隨便給個答案敷衍一下也就罷了，無奈主人和太太卻在那裡一問一答，根本不得要領，聽得警員有些不耐煩，於是換了一個問題：

「也就是說，遭竊的時間不明吧？」

「唔，應該是吧。」主人仍是一副不置可否的語氣。

警員臉上沒有絲毫笑意，接著說：

「那麼，請遞交一份書面文件，寫的方式是『茲於明治三十八年某月某日關門就寢後，遭竊賊撬下某處的擋雨套窗，潛入屋內某處，竊走財物若干，耑此提訴。』注意，這不是申報書，而是訴狀，最好不要寫收件單位的名稱。」

「被偷走的財物要逐一列出嗎？」

「是的。例如外褂幾件、價值多少錢，按這樣寫出清單之後遞交。……不必了，進屋看也無濟於事，反正財物都已經失竊了。」警員滿不在乎地說完就走了。

主人將筆硯拿到客廳中央，把太太喚到面前，用宛如吵架似的嗓門說道：

「我現在要寫失竊訴狀，把失竊的財物一件件報上來，快點報上！」

「討厭，什麼『快點報上』，這麼霸道，誰想說呀？」太太坐了下來，腰間只纏了條細絲帶。

「妳這副模樣簡直像個又老又醜的窯姐！為什麼不把腰帶繫好再出來？」

「嫌難看就買條腰帶給我！像窯姐又不是我的錯。腰帶被偷了，我有什麼辦法！」

「連腰帶也偷走了？可惡的傢伙！那就從腰帶開始寫吧。什麼樣的腰帶？」

「有什麼好問的，我的腰帶就那麼一條，黑緞面、縐綢裡的那條。」

「黑緞面、縐綢裡的腰帶一條……大約多少錢？」

「六圓左右吧。」

「也不看看自己是什麼身分，居然繫那麼貴的腰帶！往後只能繫一圓五角的！」

「腰帶哪裡有那麼便宜的！你就是這樣我才會說你不講人情。光你自己一個人好就行，根本不管妻子穿得多麼寒磣。」

「行了行了。還丟了什麼？」

「平紋綢的外褂。那可是河野嬸嬸留給我的遺物，老東西用料就是講究，現在的平紋綢根本不能比。」

「用不著告訴我那麼多。大約多少錢？」

「十五圓。」

「就憑妳的身分，不該穿十五圓的外褂！」

「有什麼不行的，又不是你花錢買的！」

「接下來是什麼？」

「黑布襪一雙。」

「妳的嗎？」

「是你的，花了兩角七買的。」

「還有呢？」

「山藥一箱。」

「連山藥也偷走了？他是想煮熟了吃還是磨成泥生吃？」

「我不知道他想怎麼吃，你去小偷家問他吧！」

「該寫多少錢？」

「山藥的價錢我可不清楚。」

「那就寫十二圓五角吧。」

「怎麼可能那麼貴，就算是從唐津挖出來的山藥，也值不了十二圓五角哪！」

「妳不是說不清楚價錢嗎？」

「是不清楚呀。雖然不清楚，可是十二圓五角未免太貴了。」

「妳說不清楚價錢，又說十二圓五角太貴，這算什麼？根本不合邏輯！就是這樣，所以我才說妳是歐丹欽・帕雷歐羅格司⑤哩！」

「什麼？」

「歐丹欽・帕雷歐羅格司啦！」

「歐丹欽・帕雷歐羅格司是什麼意思？」

「不必管那麼多！其他還丟了什麼？……怎麼都還沒講到我的衣服？」

「其他還丟了什麼並不重要。快告訴我歐丹欽・帕雷歐羅格司是什麼意思！」

「哪有什麼意思好講的！」

「讓我知道又沒關係！你真欺負人，咬定我不懂英文，就用英文罵人！」

「別說傻話了，快點接著報上清單！不趕緊遞交訴狀，東西就找不回來啦。」

「反正現在才趕著遞狀子也來不及了。你先告訴我歐丹欽・帕雷歐羅格司是什麼意思，這事才要緊！」

「妳這女人家還真囉唆。不是說了沒別的意思啊！」

「既然不肯說，那我也不告訴你還有哪些東西被偷走了！」

「簡直冥頑不靈！不想講就甭講，我不寫失竊訴狀了！」

「我也不跟你講被偷了幾件東西！狀子是你自己要寫的，寫不寫與我何干！」

「那就不寫啦！」

主人和往常一樣，氣沖沖地猛然起身，進了書房。太太去了餐室，在針線盒前坐了下來。

兩人都什麼事也沒做，默不作聲地瞪著紙拉門約莫十分鐘之久。

就在這時，送來山藥的多多良三平進來屋裡。多多良三平讀書時曾在這裡寄宿，他自法科大學畢業後受顧於某家公司的礦產部門，剛進企業界工作，算起來是鈴木藤十郎先生的後輩。三平由於住過這裡，所以時常拜訪昔日恩師的草廬，遇上星期日，他甚至待在這裡玩上一天才回去，這一家都當他是自己人了。

「師母，今天天氣挺好的咧！」我沒聽過這種口音，猜測應是唐津口音。只見他身穿西式長褲，打著招呼邊來到太太面前，隨興地支起膝頭坐了下來。

「多多良君，你來了！」

「老師出門了嗎？」

「沒有，在書房。」

「師母，老師過度耽讀會傷身子的。難得的星期天可得休息咧。」

「跟我說也沒用，你去告訴老師吧。」

「話是這樣沒錯……」三平沒把話講完，朝客廳看了一圈，問道：「今天連小姐們都不見了？」他一方面是問師母，另一方面也是說給家裡的孩子們聽的。下一刻，頓子和寸子就從隔壁房間跑了過來。

⑤歐丹欽・帕雷歐羅格司：原文為「オタンチン」（讀音為otanchin，音似歐丹欽），罵人笨蛋的江戶俗語。而拜占庭帝國的最後一任皇帝為君士坦丁十一世・帕雷歐羅格斯（Constantine XI Dragases Palaiologos，一四〇四～一四五二）。作者在這裡用了「Otanchin」與「Constantine」的諧音，繞著圈子嘲諷苦沙彌太太的不精明。

「多多良哥哥！今天帶海苔飯卷來了嗎？」姐姐頓子還記著上回的約定，一見到三平就馬上索討。多多良抓著頭坦白承認：

「沒想到妳還記得。今天我忘了，下次一定帶來咧！」

「討厭啦——」姐姐一說，妹妹也立刻模仿著說：「討厭啦——」。太太終於心情好轉，臉上有了一點笑容。

「我沒帶海苔飯卷，但是山藥已經送到了吧？小姐們嚐過了嗎？」

「什麼是山藥？」姐姐一問，妹妹這次同樣模仿著問三平：「什麼是山藥？」

「還沒吃啊？快請媽媽煮給妳們吃咧！唐津的山藥好吃得很，東京的山藥根本比不上咧！」聽三平誇故鄉好，太太這才想起這件事來。

「多多良君，非常感謝你特地送來！」

「大家嚐過了嗎？我擔心山藥折斷，還訂做了木箱，並且把裡面塞得滿滿的咧！收到時應該沒斷吧？」

「可惜您特地送來的山藥，昨天晚上被小偷拿走了。」

「被偷走了？真是個蠢傢伙咧。沒想到竟然有人那麼愛吃山藥啊？」三平十分錯愕。

「媽媽，昨天晚上有小偷進來嗎？」姐姐問說。

「是呀。」太太輕聲回答。

「有小偷進來……然後……有小偷進來……他來的時候是什麼表情？」這次是妹妹發問。

太太不知道該怎樣回答這個奇怪的問題，只好回答：

「用很兇的表情走進來的。」說著，太太看向多多良。

「很兇的表情……是不是和多多良哥哥長得一樣？」姐姐沒有流露出一點同情地反問。

「說什麼！沒禮貌！」

「哈哈哈，我的臉有那麼兇嗎？那該怎麼辦才好咧？」多多良不禁抓起頭來。多多良的後腦杓禿了一塊，直徑約莫一寸大小，那是一個月前出現的。雖然找醫生診察過，但恐怕還得費上一番功夫才能治好。家裡第一個發現這塊斑禿的人是姐姐頓子。

「咦，多多良哥哥的頭上和媽媽一樣亮亮的唷！」

「剛才就吩咐過妳們別亂講話了！」

「媽媽，昨天晚上那個小偷的頭上也亮亮的嗎？」這是妹妹的發問，太太和多多良都忍不住笑了出來。孩子們在一旁在一旁頻頻打斷，大人不方便交談，於是太太對孩子們說道：

「去去去，妳們去院子裡玩一會兒，媽媽拿好吃的點心給妳們。」把孩子們趕到別的地方以後，太太面露擔憂地問道，「多多良君，你頭上怎麼了？」

「被蟲子咬的，已經好久了還沒痊癒咧。師母也是嗎？」

「真是的，哪裡是蟲子咬的。女人家挽著髮髻往下扯，難免有點禿。」

「禿頭都是因為感染了細菌咧！」

「我這可不是被細菌感染的。」

「那是師母不願意承認咧。」

「反正絕不是細菌！話說回來，英文裡的禿頭是怎麼講的？」

「禿頭讀做 bald。」

「不對，不是那個字。還有個更長的詞吧？」

「不如請教老師，馬上就知道了咧。」

「就是因為老師怎樣都不肯告訴我，所以才問你的。」

「我只知道 bald 這個字而已咧。您說那個詞很長，唸起來有多長呢？」

「他說的是歐丹欽・帕雷歐羅格司。我猜『歐丹欽』的意思是禿，『帕雷歐羅格司』的意思是頭吧。」

「或許是吧。我等下就到老師書房查一查《韋氏大辭典》。不過，老師真奇怪，這麼好的天氣卻悶在家裡……。師母，不出去走走，胃病可好不了咧！您勸勸老師去上野賞賞櫻花吧。」

「你帶他去。你那位老師從不聽女人家的建議。」

「老師近來還吃果醬嗎？」

「是呀，老樣子。」

「前陣子老師向我抱怨，他說：『內人嫌我果醬吃太多了，我可沒吃那麼多，肯定是她算錯了！』我就說：那一定是把小姐們和太太吃掉的部分一起算進去了咧……。」

「多多良君，你也真是的，為什麼要那樣說呢？」

「可是師母的表情看上去像是吃過的咧！」

「那種事怎麼可能從表情看得出來？」

「看是看不出來咧……這麼說，師母連一口都沒嚐過嗎？」

「嚐倒是嚐了一點。我吃了又有何不可？這也是家裡的東西嘛。」

「哈哈哈，我果然猜中了咧……。不過，說正經的，家裡遭竊真是禍從天降。只偷了山藥嗎？」

「要是只偷走山藥我就不著急了。竊賊連平時穿的衣服全都拿走了。」

「確實讓人著急，這下又得去借錢了吧？真遺憾……這隻貓如果是條狗就好了。師母，請務必養一條大塊頭的狗咧！……養貓根本沒用處，光知道吃……牠會捉老鼠嗎？」

「連一隻也沒捉過。真是個懶惰又厚臉皮的貓！」

「哦，那就完全派不上用場了，您還是快扔了牠，不然就交給我帶走燉了吃咧。」

「哎呀，多多良君吃貓呀？」

「吃過。貓肉香得很咧。」

「你可真豪邁哪！」

我早前聽聞有些下等的寄宿生是吃貓肉的野蠻人，卻連作夢都沒有想過一向承蒙關愛的多多良，居然也是一丘之貉！況且他已經不再是個寄人籬下的窮學生了。他雖說才剛畢業不久，但也是堂堂法學士，並且在六井物產公司上班，所以我更是萬分愕然。昨日那位寒月二世的行為，已經印證了「見人防賊」這句格言；今日託了多多良的福，我第一次悟到了「見人防吃貓」的真理。所謂活久閱歷多，閱歷多固然是好事，但是一天也比一天危險，也就一天比一天更要提防。一個人變得狡猾、變得卑鄙，變得表裡不一，這全是閱歷多的結果，而閱歷多正是年紀增長的罪過。老奸巨滑就是這個道理。我躲在牆角縮成一團，心想或許該趁著還沒老，自己進去多多良的鍋子裡和洋蔥一起到西方淨土，亦不失為良計。就在這時，方才和太太吵架後進去書房的主人，聽見了多多良的聲音，又踱來餐室了。

「老師，聽說家裡遭竊了呀？怎麼會發生這種蠢事咧？」多多良劈頭就說。

「蠢的是進來偷的那個傢伙！」主人無時無刻都以才德兼修之人自居。

「偷的人愚蠢，被偷的也不怎麼聰明。」

「我看，像多多良君這樣沒東西可偷的人最聰明吧？」這回太太倒是站在丈夫這邊。

「不過，最笨的還是這隻貓咧！真是的，牠到底在想什麼，非但不會抓老鼠，連小偷進來了也一副與牠無關的樣子。……老師，把這隻貓給我好不好？像這樣留在家裡也沒有任何用處咧。」

「給你也行，拿去做什麼用？」

「燉肉吃咧。」

主人聽了這句兇狠的話，忽然發出了反胃的虛弱笑聲，並沒有正面答覆，對我來說真是喜出望外，但多多良仍堅持非吃不可。隔了一會兒，主人換了個話題：

「不管貓了。衣服被拿走了，冷得難受。」主人顯得相當沮喪。也難怪主人喊冷，他昨天身上還穿著兩件棉襖，今天卻只剩下夾衣和短袖襯衫，而且從早到現在沒怎麼走動，只在家裡乾坐，原本就不太夠的血液全數供給胃部，幾乎沒有循環到手腳那邊了。

「老師！教師這個職業實在不行，家裡一旦遭了小偷立刻陷入困境。……您要不要考慮換成當商人咧？」

「你老師討厭商人，說了也是白說。」太太從旁幫著回答多多良。事實上，太太當然巴不得丈夫成為企業家。

「老師畢業幾年了咧？」

「今年是第九年吧。」太太說完，回頭看了主人一眼。主人既沒說對，也沒說不對。

「教了九年書還是沒加薪，再怎麼努力做研究也沒人誇獎，這真是『郎君獨寂寞』咧！」

多多良將中學時學到的詩句朗誦給太太聽，太太聽不大懂，因此沒有回話。

「我當然討厭當教師，但是更討厭商人！」主人好像在心裡琢磨著自己到底喜歡做什麼。

「老師什麼都討厭……」

「不討厭的只有師母嗎？」多多良講了句平時不會說的玩笑話。

「最討厭的就是她！」主人的回答簡單明瞭。

太太別過臉去壓下怒氣，接著才又轉過頭來看著主人說道，「我看你連活著都嫌煩了吧？」她打算用這句話狠狠地挖苦主人。

「確實不怎麼喜歡。」主人回答得不慌不忙。這下子太太想不到其他的攻擊方式了。

「老師如果不活動筋骨散散步，身體可吃不消的咧。……還有，您從商吧！商人賺起錢來簡直輕而易舉咧。」

「你自己根本沒賺到錢還好意思說！」

「哎，我去年才進公司的。單是現在，存下來的錢就比老師多咧！」

「存了多少？」太太很感興趣地問道。

「已經有五十圓了咧。」

「你月薪到底有多少？」這句話也是太太問的。

「三十圓。其中五圓每個月存在公司那邊，有急需的時候可以領出來。……師母，您不妨拿些零用錢買點外濠線⑥的股票吧？現在買，只要三四個月就能翻一倍。只要少少的錢，馬上就

⑥由東京電器鐵道株式會社營運的鐵路，運行路線是沿著皇居的外濠溝繞一圈。

可以變成兩三倍咧！」

「要是有那種閒錢，家裡就是遭小偷了也不至於著急嘍。」

「就是因為這樣我才勸老師從商。老師若是學法律的，就能進公司或銀行做事，現在每個月的收入就有三四百圓了，實在太可惜了咧。……老師，您認識一位名叫鈴木藤十郎的工學士嗎？」

「唔，昨天來過。」

「這樣啊。前些天在一場宴會上遇到他，談起了老師，他說：『哦，原來你以前寄宿在苦沙彌兄家？我和苦沙彌兄以前也在小石川的寺院裡一起搭過伙。下次你到他家的時候代我問候，就說我過陣子也會去拜訪他。』」

「聽說他最近才上東京的。」

「是的。他之前在九州的煤礦坑裡工作，前些時候調來東京了，挺有兩把刷子的咧。他也把我當成朋友般聊談。……老師，您猜他薪水多少咧？」

「誰知啊。」

「月薪二百五十圓，再加上年中和年尾的分紅，平均起來有四、五百圓咧！像他那樣的人都能領到那麼高的薪水，而老師專教英文讀本，卻是十年一狐裘⑦，太荒唐了咧！」

「確實荒唐。」即使是主人這樣秉持超然主義的人，對於金錢的觀念也和普通人沒什麼差別。不對，或許就是因為生活貧窮，所以對金錢的渴望比常人更強烈。多多良大肆吹捧完從商的好處之後，已經沒什麼要補充的了，於是換個話題：

「師母，有個叫水島寒月的人來過老師這裡嗎？」

「有呀，他常來。」

「是個什麼樣的人咧？」

「是個很有學問的人。」

「是個美男子嗎？」

「呵呵呵，和多多良君差不多吧。」

「這樣嗎？和我差不多咧。」多多良語氣嚴肅。

「你從哪裡聽來寒月這個名字的？」主人問道。

「不久前有人託我打聽。但是，這個人值得我打聽嗎？」多多良還沒探問，就擺出一副在寒月之上的架勢。

「他比你強多了！」

「是嗎？比我還強咧？」多多良沒發笑也沒惱怒，這是他的特色。

「近期內能當上博士嗎？」

「聽說目前正在寫論文。」

「果然不精明。寫什麼博士論文，我還以為是個有點出息的人物咧！」

「你的見識還是一樣不同凡響。」太太笑著說道。

「有人告訴我，只要他當上博士，某一家的閨女就要嫁給他還是什麼的。真是可笑咧！為

⑦語出《禮記・檀弓》：「晏子一狐裘三十年。」意思是春秋時代的齊國宰相晏嬰一件狐皮大衣穿了幾十年。

了娶媳婦兒才當博士？我告訴那個人，與其把那姑娘許配給那種人，還不如嫁給我好得多咧！」

「你告訴誰？」

「託我打聽水島的那個人。」

「不就是鈴木嗎？」

「不是。我還不好意思在他面前把話說得那麼絕，畢竟對方來頭不小。」

「多多良君只敢在自家人面前發威呢。到我們家裡來就神氣活現的，可是在鈴木先生面前就矮了一截，對吧？」

「是啊，不那樣可就危險咧！」

「多多良，陪我去散步吧。」主人忽然邀多多良出門。主人從剛才就思索著，身上只有一件夾衣實在太冷了，若是活動一下應該會暖和些，因而破天荒做了這項提議。八面玲瓏的多多良自然不會猶豫。

「我們走吧！去上野？還是去芋坡吃糯米丸子？老師，您吃過那裡的糯米丸子嗎？不妨和師母一起去嚐嚐看。那丸子滑嫩好吃又便宜，那裡也有酒喝咧！」多多良還忙著說得天花亂墜時，主人已經戴上帽子走到玄關了。

我又需要休息一陣子了。至於主人和多多良在上野公園做了些什麼事、又在芋坡吃了幾碟糯米丸子，這些瑣事我既沒有偵察的必要，也沒有跟蹤的勇氣，因此一概從略。我非得利用這段時間休息不可。休養生息乃是上天賦予萬物的應有權利。舉凡在這世上能夠翕動並且具有生息義務者，為了善盡其生息義務，必須得到休養才行。萬一有哪位神明訓誡我：「你是為勞動而生，並非為睡眠而生。」那麼我將這樣回答：「您說得是。我是為勞動而生，故而請求為勞動而休息。」就連像機器般一天到晚抱怨連連、不知變通的主人，不也時常在星期天以外的時段偷閒休息嗎？我就算只是一隻貓，但這樣多愁善感又心神晝夜勞煩的，當然需要比主人更多的休息了。不過，剛才多多良罵我是個只會休息、一無是處的廢物，讓我有些在意。那種完全受役於物象的凡夫俗子，除了五感的刺激以外就沒有任何活動了，因而評價他人時也只限於外在形體與行為狀態，實在讓人頭疼。他們認為，只有撩起下襬、累出一身大汗，這才算得上是勞動。相傳達摩祖師坐禪直到兩腳潰爛依然靜心專注，縱使從牆縫間冒出來的常春藤攀旋過來，緊緊纏繞在祖師身上，使得他連眼睛和嘴巴都無法動彈，他也不為所動，這不能說祖師是睡著或是仙逝了，因為他的頭腦仍然不停地活動，還在思索廓然無聖⑧之類的玄妙道理。據說儒家也講究靜坐的功夫，但是這種修行，同樣不是指閑靜地閉居於斗室之中跪地膝行，其腦中的熾熱活力其實遠超過一般人，只是因為外表狀態極為沉穩肅靜，看在世間凡夫的俗眼中，竟把這知識的巨擘當成昏睡假死的平庸之人，誹謗他們是廢物或飯桶云云。這些凡夫的俗眼，一概只見其形而未識其心，那兩顆眼珠子根本沒作用！……在這群只見其形而未識其心的凡夫當中，尤其以那位多多良三平最是佼佼者，所以他會把我看成乾屎橛⑨倒也不足為奇；可恨的是，就連粗通古今書冊、略諳事物真相的主人，居然也不明就裡地完全贊同那位淺薄的多多良，對他想煮一鍋貓肉的盤算並未加以阻攔。然而，退一步想，人類之所以輕視我，其實不無道理。自古有言，「大聲不入於俚耳⑩」，

⑧出自達摩祖師與梁武帝的對話，意思是心中若還有凡人與聖人的階層意識，就沒有參透真正的佛禪。
⑨原意為拭糞的小竹木片，後引伸為乾燥的條狀糞便。佛家用來比喻為穢賤之物。
⑩語出《莊子・天地》：「大聲不入於里耳，折楊皇荂則嗑然而笑，是故高言不止於眾人之心。」「里耳」也作「俚耳」，街巷俗人的耳朵。原意指一般人不懂得欣賞高雅的音樂，後來引申為高深的藝術不易普及。

又說「陽春白雪，曲高和寡[11]」。若要強迫那些眼中只見外表形體而無法看到其他活動的人來仰望我靈魂的光輝，等於強逼禿子紮頭髮，下令鮪魚演講，要求電車脫軌，勸告主人辭職，規誡多多良腦子裡別想賺錢，終歸是強人所難。不過，雖說身屬貓族，我仍是一種社會性動物。既然是社會性動物，縱使自命清高，在某種程度上仍然不得不融入社會。上至主人、太太，下至女傭、多多良等人，對我的評價都並不公允，雖然遺憾，也只能由著他們去；但如果由於人類的愚昧和魯莽，使得我的皮遭扒下賣給做三弦琴的、我的肉遭剁塊端上多多良的餐桌，事情可就嚴重了。我乃是冠絕古今，身帶只需動腦無須動手之天命，翩然降臨凡間的一隻寶貓，全身體膚都格外珍貴，就連古諺都曾提到「千金之子，坐不垂堂[12]」，若是自命不凡，輕率涉險，不但會給自己招致禍害，更是完全違背了天意。一頭猛虎被關進動物園，也只能與髒豬比鄰而居；一隻鴻雁被獵鳥人活捉，也只好與雛雞同為俎上肉。我既然與平庸之人生活在一起，也不得不變成一隻平庸之貓。既然是平庸之貓，就非捉老鼠不可了。……我終於決定要捉老鼠了。

聽說不久前日本和俄羅斯展開了一場大戰。我是日本貓，當然站在日本這邊，甚至恨不得組成一支混合編制的貓軍旅團，叫那些俄羅斯士兵嘗嘗貓爪功的厲害！像我這樣鬥志旺盛的貓，只要有心，就是閉著眼睛也能輕輕鬆鬆捉到一兩隻老鼠。相傳從前有人請教一位知名的禪師：「如何才能悟道？」那位禪師風趣地回答：「就像貓伺機捕鼠那樣。」他的意思是，只要像貓捉老鼠一樣專注，絕對能夠手到擒來。我只聽說有句俗話叫「聰明女子自擂賣牛反吃虧[13]」，卻還沒聽過「聰明貓兒不抓老鼠反吃虧」的格言。像我這麼聰明伶俐的貓，沒有道理不會捉老鼠。不只沒有道理不會捉老鼠，我更不可能想捉老鼠卻失手捉不到。我之所以到現在還沒捉老鼠，只是不打算捉而已。春陽如昨日般西沉，溫煦和風不時將飄落的花瓣從灶房紙門的破洞捲了進來，落在水桶裡蕩漾，在灶房昏黃的油燈映照下，花瓣顯得格外潔白。我決心要在今晚立下戰功，讓全家人另眼相看。既然要作戰，就必須先勘查戰場，熟悉地形。至於作戰區域，當然不大，以一張榻席的大小計算，這間灶房估計可以鋪上四張，其中約莫一張榻席大的地方被分成兩部分，一半是洗滌池，另一半沒鋪地板，方便酒鋪和蔬果店的人送貨進來。在這個破舊的灶房裡，灶台顯得格外講究，擺在上面的紅銅燒水壺閃閃發亮著。灶台後方到牆板之間有二尺寬，我的貝殼飯碗就擱在那裡。靠近餐室那邊有一塊六尺寬的地方，擺置著一座收納碗盤碟皿的碗櫥，使這個狹窄的灶房變得益發逼仄了。旁邊橫放著一座與碗櫥一般高的架子，下方擱著一只缽口朝上的研磨缽，缽裡倒扣著一個小桶子，桶底朝上正對著我。磨菜泥板和研磨杵並排吊掛，有個滅火罐孤零零地站在一旁。熏得髒黑的椽木交叉處的中央懸著一根吊鉤，底下掛著一只偌大的扁竹筐，那只竹筐不時被風吹得大幅擺盪。我一開始住進這裡時，實在想不透為什麼要把竹筐掛在上頭，後來才明白原來是為了把食物擺在竹筐裡讓貓兒搆不著，不禁由衷感嘆人類真是小心眼。

我接下來要擬定作戰計畫了。作戰地點自然必須選在老鼠出沒的地方，如果只是選在有利於我方之處獨自枯等，雙方可就無法開戰了，所以這時候有必要研究老鼠出沒的路線。我站在灶

⑪語出宋玉〈對楚王問〉：「……客有歌於郢中者，其始曰《下里》、《巴人》，國中屬而和者數千人。其為《陽阿》、《薤露》，國中屬而和者數百人。其為《陽春》、《白雪》，國中有屬而和者，不過數十人。引商刻羽，雜以流徵，國中屬而和者，不過數人而已。是其曲彌高，其和彌寡。」《陽春》與《白雪》均為古樂曲名，指高雅的歌曲，後引申為深奧的藝術，難覓知音。

⑫《史記．袁盎鼂錯傳》：「臣聞千金之子，坐不垂堂，百金之子不騎衡。」「垂堂」也作「陲堂」，屋簷下。意思是富有之人起居皆不靠近堂屋的屋簷旁，以免屋瓦掉落而受傷。

⑬有個自認聰明的女子賣牛時將自家牛隻形容得完美無比，反倒引來買家的仔細檢視而發現了缺點，要求降價出售。

房的中央環顧四周，思索老鼠會從什麼方位現身，這和東鄉將軍⑭的心情彷彿有幾分相像。女傭剛去公共澡堂還沒回來。孩子們早就睡熟了。主人在芋坡吃了糯米丸子後，回來又鑽進書房裡了。至於太太呢……我不知道太太在做什麼，大抵在瞌睡中夢見了山藥吧？大門外不時有人力車經過。車走遠了，更是冷清。不論是我的決心、我的豪情，抑或灶房的景物、四周的寂寥，在在透顯出一股悲壯，我益發覺得自己就是貓族裡的東鄉將軍。任何人身處這樣的境地，都會在戰慄中感到一絲愉悅，不過我卻在那絲愉悅之中，發現了潛藏於深處的一大隱憂。我已經下定決心要和鼠輩開戰了，所以不管來多少隻都無所畏懼，唯一擔心的是還沒有掌握到鼠輩會從哪裡出現。根據嚴密觀察所得的結果，我歸納出那些鼠賊會從三條路線現身。如果是陰溝裡的老鼠，一定是沿著下水道到洗滌池，再繞到灶台的後面。這種情況下，我會藏在滅火罐後面截斷牠們的退路。再來，老鼠也許會從把洗澡水排放到陰溝的灰泥排水孔逆向鑽進淋浴間，出其不意地衝進灶房。如果是這條路徑，我就坐鎮於大鍋蓋上恭候，等老鼠一來到眼前，立刻飛撲而下，一舉擒獲。接著，我重新打量了一圈，發現碗櫥右側櫃門底下被咬出了半月形的破洞，我懷疑是牠們進出灶房的捷徑。我湊近一聞，嗅到一點鼠臭味。假如牠們從這裡殺出來，我就躲在柱子後面讓牠們過去，再從旁猛然賞上一爪。但萬一是從天花板出現的呢？我抬頭一看，上面被煤煙熏得烏黑，受著油燈的映照，猶如地獄倒掛於上。憑我的本事，即使爬得上去也沒辦法下來，老鼠總不至於有能耐從那麼高的地方凌空而降吧，於是我決定解除那條路線的警戒狀態。即使如此，敵軍仍然可能從三條路線進攻。假如敵軍單從一個方向攻來，我閉上一只眼睛也能擊垮牠們；若是分兩路進攻，我也有自信打敗牠們；但如果三面夾攻，任憑自詡擁有抓鼠本能的我，也要束手無策了。話說回來，總不能向車夫家的老黑求援，這畢竟有損我的威嚴。那該如何是好呢？我左思右想也想不出妙招來。遇到這樣的時刻，最能夠安定心神的辦法，就是認定絕不會發生那樣的事態。想不出方法的時候，就該朝著那事情不會發生的方向去思考。大家只要放眼看看社會就明白了。昨天剛過門的新娘，說不定今天就死了，可是新郎還不是照樣滿口都是白頭偕老、永結同心的吉祥話，臉上看不出一點擔憂嗎？面無憂色，並不代表不值得擔心，而是即使擔心也莫可奈何。我現在的狀況也是一樣。我也沒有足夠的證據可以斷定自己絕對不會陷入三方圍攻的戰局，所以當成不會發生這種事來想，既方便又來得安心。天下萬物都需要安心，我也想要安心，因此我假定不會發生三面夾擊。

話雖如此，我還是有些放心不下，想了半天，總算明白自己無法放心的緣故：在這三個方案之中，我不知道究竟該選擇哪一個才是最佳良策，因而十分煩惱。假如鼠輩從碗櫥鑽出來，我自有對策；假如從淋浴間現身，我自有計畫；假如從洗滌池爬上來，我也勝券在握。然而問題是，我非得在這三條路線間鎖定其中一條應戰，這就讓我不知如何是好了。據說當年東鄉將軍在預測俄羅斯波羅的海艦隊的航行路徑時，可說是絞盡了腦汁——這支艦隊究竟會穿越對馬海峽？還是取道津輕海峽？抑或是繞遠路從宗谷海峽過來？現在，對照我自己眼下的處境，完全可以體會到東鄉將軍當時的舉棋不定。我與東鄉閣下不僅面臨著相似的困境，還具有相近的特殊地位，自然也同樣用心良苦。

我正專注地思索作戰策略時，那扇破損的紙拉門倏然被推開，旋即探出女傭的一張臉。這裡

⑭東鄉平八郎（一八四八～一九三四），日本帝國海軍元帥，於甲午戰爭及日俄戰爭等重要戰役中屢建彪炳戰功。

說她只露出一張臉，並不是指她沒手沒腳，而是因為屋子裡太黑了，看不清楚她身上的其他部位，唯獨那張面孔的顏色格外鮮明，所以我一眼就瞧見了。剛從公共澡堂泡了澡回來的女傭，臉頰比平時來得紅潤，只見她一進門就趕緊將廚房後門上了鎖，八成是從昨夜的那起事件中她學到了教訓。接著，主人的喊聲從書房傳了過來，吩咐女傭把他的手杖拿去放在他的枕畔。我實在不懂為什麼要把手杖擺到枕頭邊。主人總不至於異想天開，當自己是慨然佇立於易水岸邊，聽著名劍發出龍吟的壯士吧？昨天枕旁擺的是山藥，今天改為手杖，明天不曉得又要換成什麼玩意了呢。

才剛入夜，看這樣子應該等不到老鼠出沒。在大戰開打之前，我得休息一會兒。

主人家的灶房沒有拉繩式的活動天窗，客廳那邊倒是有個寬一尺左右的楣窗，代替活動天窗供冬夏季節通風之用。彼岸櫻隨風飄零，捲帶落英的一陣大風陡然吹入，驚醒了我。我睜開眼睛一看，不知不覺間，朦朧的月色已經灑了進來，灶台的影子斜斜地映在地下儲物櫃的活動蓋板上。我唯恐自己睡過了頭，抖了抖耳朵，觀察家裡的動靜。周圍一片靜謐，只聽到那只掛鐘和昨晚一樣滴答作響。該是老鼠現身的時刻了，那些鼠輩會從哪裡出來呢？

碗櫥裡傳出喀嗒喀嗒的聲響。那聲音聽起來像是老鼠伸出爪子搭在碟緣，正在偷吃碟子裡的東西。原來會從這裡出來哦……。我蹲在櫃門的破洞旁守候。左等右等，老鼠就是不肯出來。不久，碟子發出的聲響停了，這回老鼠好像換成攀上了大碗的邊緣，不時傳來低沉的碰撞聲響，而且就在我面前的櫃門裡面，距離我的鼻尖不到三寸。老鼠的腳步聲有時接近破洞，有時又走遠了，連一隻也不肯露出賊影來。敵人就在櫃門的另一邊為非作歹，而我卻只能無助地守在洞口，實在氣憤難耐！眼看著鼠賊就在旅順碗⑮裡舉行盛大的舞會哪！要是女傭沒把櫃門關緊，至少留下一道縫隙讓我鑽進去就好了。這個村姑真不機靈！

這回，又輪到我那只擺在灶台後面的貝殼飯碗發出噹啷一響。敵人竟然也從那個方向進攻了！我躡腳湊過去，只見水桶裡有條尾巴一閃而過，立刻鑽進洗滌池底下去。又過了一會兒，淋浴間那邊發出了漱口杯哐的一聲碰到金屬洗臉盆上的噪音，原來敵人這次又從那邊發動攻勢了！我轉過身子，赫見一隻身長將近五寸的大傢伙撞落了一袋牙粉，竄到地板下面去了。我見機不可失，跟著追了下去，可惜牠已經不見蹤影了。原來，捉老鼠遠比想像中來得困難，或許我天生就沒有捉老鼠的本領。

我一轉進淋浴間，敵軍就從碗櫥衝了出來，於是我立刻回防碗櫥，敵軍卻又從洗滌池爬了出來。最後，我乾脆戍守灶房的中央，結果三個方位同時鬧了起來。真不知道該罵這群鼠賊可恨還是膽小，總之這群敵軍的行徑稱不上是君子。我東奔西跑了十五、六趟，疲累又傷神，卻連一次也沒有成功。儘管無奈，畢竟與小人為敵，縱使請到東鄉將軍出馬也無計可施。開戰之初，我滿腔熱血準備奮勇殺敵，甚至還懷有悲壯的崇高美感，結果白忙一場，現在只覺得麻煩、沮喪、睏倦和疲憊，於是蹲在灶房中央，連動都懶得動了。身子雖然不動，但只要我坐鎮此處眼觀八方，料想敵營的那群小人絕不敢鬧得天翻地覆。原本拿牠們當成對手，沒想到都是些不成氣候的小嘍囉，令我對這場戰爭的使命感頓時煙消雲散，剩下的只有厭惡了。心裡一旦閃過了厭惡的念頭，就提不起勁來，變得心灰意冷。一旦變得心灰意冷，也就料定牠們做不出什麼大事來，便隨牠們鬧去。我完全沒把牠們看在眼裡的結果，就是昏昏欲睡。經過了這樣一段心情轉折，我終於睏了，

⑮「碗」與「灣」日文發音相同，亦即作者以諧音喻指「旅順港」。當時的日俄戰爭即在旅順港開戰。

進入夢鄉。即使身在前線，休息仍是必要的。

又有一團花瓣從屋簷側旁牆上的拉繩式活動天窗飄了進來。我正想著這陣風還真大時，碗櫥下面的破洞徒然衝出了一個快如子彈的身影。我還來不及閃躲，這個影子已經如風馳電掣般咬住我的左耳了。緊接著又有一道黑影竄到我的背後，我還沒反應過來，那道黑影已經吊在我的尾巴上了。這些事都發生在一剎那間。我不知所措，基於本能往上跳了起來，將渾身的力量灌注於毛孔裡，試圖甩掉這兩個怪物。咬住我耳朵的傢伙失去了平衡，在我的面頰邊懸盪擺晃，牠那軟如橡膠管的尾巴居然就這麼不偏不倚，溜進我的嘴裡了。我逮住這大好機會，使出咬爛它的蠻力，猛然咬住這條尾巴打橫一甩，結果那傢伙的尾巴就這樣斷在我的門牙之間，牠的身子應聲撞上糊著舊報紙的牆壁，再反彈跌落到地下儲物櫃的活動蓋板上。我趁牠正要起身的當口趕緊撲了過去，卻見那傢伙快得像踢飛的球，一骨碌掠過我的鼻尖，跳上牆壁擱板的邊緣蹲站著。牠從擱板上低頭俯視我，我由地板上抬頭仰望牠，彼此相距五尺。月光如夜空中的一疋大布幅，斜斜地灑了進來。我的一雙前腳卯足力氣，猛然朝擱板跳了上去，可惜只有前腳順利搆上擱板的邊緣，兩條後腿還懸在空中胡踢亂蹬。雪上加霜的是，早前咬住我尾巴的那個黑傢伙，依舊死也不肯鬆口，導致我的處境岌岌可危。於是我嘗試輪流放開前腳，重新搭牢一點，可是反而因為尾巴上的重量而往下滑。要是再滑個二三分，非摔下去不可。我的處境愈來愈危險了，甚至可以聽見爪子在擱板上劃出刺耳的摩擦聲。再這樣下去可不妙。就在我抬起左前腳想抓牢一點時，一不小心沒抓住，只剩右前腳掛在擱板上了。我的體重再加咬在尾巴上那個黑傢伙的重量，使得我的身子懸空滴溜溜地打轉。那隻一直待在擱板上動也不動地望著我的怪物見機不可失，馬上像顆擲出的石子似地，朝我的額頭直撲下來。我的前腳失去了最後一絲依靠，就這麼三隻抱成一團，穿過月光往下直墜了。在墜落的過程中，我還撞落了擺在下一層擱板上的研磨缽，以及放在研磨缽裡的小桶子和果醬空瓶，再順勢翻倒了放在底下的滅火罐，這一大堆器物有半數跌進水缸，另外半數摔到地板上，在深夜裡發出了轟然巨響，把垂死掙扎中的我嚇得魂飛魄散。「有賊！」主人扯著破鑼嗓子從臥房衝了出來。只見他一手拎著油燈，一手握著手杖，惺忪的睡眼竟發出異樣的炯炯神采。我乖巧地蹲在自己的貝殼飯碗邊，那兩隻怪物已經躲進碗櫥裡了。主人不知道該拿誰出氣，只能火冒三丈地在空無一人的灶房裡喝問：「是誰鬧出這麼大的聲音來！」明月西斜，夜空中泛著銀白光澤的布疋寬度比早前少了半幅。

第六章

這樣的大熱天，連貓也受不了。聽說英國有個叫什麼西德尼．史密斯①的人曾經抱怨過，這天氣熱得讓人恨不得把身上的皮剝了、肉刨了，只剩骨頭納涼。我倒覺得，不必到剝皮刨肉的程度，只求能把我這身淺灰底帶花斑的毛裘卸下來洗一下，或是暫時寄放到當鋪裡也行。從人類眼中看來，也許以為我們貓族一年到頭都是同一副表情，不分春夏秋冬都是同一身穿著，過著最單

①西德尼．史密斯（Sydney Smith，一七七一～一八四五），英國國教牧師、政治家暨作家。

純、最平靜、最儉樸的日子，其實即使是一隻貓，也能感受到夏暑冬寒。我偶爾也想洗個澡，麻煩的是這一身毛裘浸濕了要晾乾，可不是那麼容易的事，只好忍受一身的汗臭味活到現在，連一次都不曾跨進公共澡堂的大門。有時候我也想拿把團扇來搧一搧，問題是我沒辦法握住扇柄，只得作罷。一想到這些事，不禁覺得人類實在過得太奢侈了。可以生吃的食物，他們偏要拿去熬煮煎烤、浸在醋裡醃在味噌裡，就喜歡這樣費功夫才開心。人類穿戴的衣物也是一樣。對於身上沒有長滿毛髮的人類來說，要求他們像貓這樣一年四季穿著同一件衣裳，也許有點為難，但是他們為什麼非得把那些亂七八糟的玩意套在皮膚上過日子呢？就從他們必須勞煩羊的幫忙、蒙受蠶的照料，以及得到棉花田的恩惠來看，我幾乎可以斷定這種奢侈的作風正是人類無能的結果。衣食方面姑且不細究了，可是就連那些與生存毫無直接利害關係的事情，人類還是依樣畫葫蘆，這我就想不透了。就拿頭髮來說吧，這東西長在頭頂上，不去管它最方便，對本人的好處也最大；可是人類偏要多此一舉，絞盡腦汁變出各種花樣來，並且得意得很。有一種髮型人類稱作是光頭，這種髮型在任何時候看起來都只是一塊泛青的頭皮。頂著光頭的人，天一熱就得在頭上撐起傘來，天一冷就得往腦袋紮上頭巾，既然要這樣大費周章，又何必頂著那顆青瓜皮出門？真是莫名其妙。人類還有另一種相反的舉動，就是會拿著一個狀似鋸子、喚作梳子的的無聊工具，開開心心地把頭髮從中間劃分成左右兩邊。不做中分的時候，就會用三比七的比例，以人為的方式把頭蓋骨上的毛髮區分成兩塊。有人還會將這條分線往後穿過髮旋，一路劃到後腦杓，簡直像一枚偽造的芭蕉葉。還有人會把頭頂剃平，左右兩側頭髮剪齊成為直線，活像把一個方框扣到一顆圓頭上似的，我只看過由花匠修剪過的杉木籬笆呈現這幅模樣。除此之外，我聽說還有所謂的五分頭、三分頭，甚至一分頭的髮型。照這麼下去，說不定以後會流行往腦袋裡面剃進去的負一分頭、負三分頭等等更新奇的髮型呢！總而言之，我真不懂人類在頭髮上這樣嘔心瀝血，究竟有什麼好處。不說別的，單是身上明明長著四隻腳，卻只用兩隻腳走路，這就是一種浪費。用四隻腳走路輕鬆得很，然而人類總是只邁動其中兩隻腳，另外兩隻則像用來贈禮的鱈魚乾似的懸空擺盪，實在愚蠢。由此可見，人類比貓更加閒得發慌，才想出這些主意來尋樂子。奇怪的是，這些閒人卻又逢人便吹噓自己有多麼忙碌，而且從他們的氣色看來，也確實忙得臉色慘白。看著他們為瑣事操心的模樣，我確實擔憂人類該不會忙得累倒了吧。某些人看到我，常嚷嚷著：真羨慕像你這樣無憂無慮的呀！喜歡無憂無慮的話，儘管係聽尊便，沒人要求你必須這樣汲汲營營吧。自找麻煩結果窮於應付，然後才抱怨痛苦難受，這就和自己升起了熊熊烈火，卻又喊著好燙好燙一樣。假如貓族也走到了發明出二十種髮型的那一天，我們就不可能這樣逍遙自在了。人類如果想要活得逍遙自在，就得像我這樣，即使在夏季也天天都穿同一件毛裘當做修行。……話說回來，我的確有點熱。毛裘實在太熱啦！

熱成這樣，連我最擅長的午覺也睡不成了。我好長一段時間沒有觀察人類了，不知道有什麼新鮮事。今天打算再去欣賞欣賞人類異想天開的丟臉模樣，不巧我的主人也和貓一樣貪睡。他睡午覺的時間不比我少，尤其自從放暑假以後，他簡直沒做過半樁像樣的事，所以根本沒有觀察的價值。如果這時候迷亭先生能出現，主人那受到胃病影響的敏感皮膚就會呈現輕微的過敏反應，暫時離貓遠遠的，不過我還是期盼迷亭先生能來作客。就在這時，不知道什麼人在淋浴間裡嘩啦啦地澆水，而且傳過來的不單是澆水的聲音，還不時夾雜幾句家裡的每個角落都能聽得一清二楚的讚嘆聲：「欸，很好！」、「真舒服啊！」、「再來一瓢！」來到主人家竟敢這樣不客氣地大聲叫嚷的人沒有第二個，鐵定是迷亭先生。

他總算來了，這下子就能打發掉今日的下半天了。只見迷亭先生一邊抹汗，一邊將手臂穿回衣袖裡，老樣子大搖大擺地走進客廳。「嫂夫人，苦沙彌兄在忙什麼？」他大嗓門喊著，隨手把帽子往榻席一扔。太太在隔壁餐室裡，伏在針線盒旁睡得正香，驟然傳來了幾乎震破耳膜的嘰哩瓜啦的叫嚷，頓時把她嚇醒，她只得勉強睜開惺忪的睡眼來到客廳接待。這時，穿著上等麻料夏衫的迷亭先生已端坐廳中，手裡的扇子搖個不停。

「哎呀，您來了！」太太有些難為情地接著說，「我竟然沒發現您來了呢！」太太鼻頭上布滿汗珠，忙著欠身打招呼。「別客氣，我剛到。方才讓女傭到淋浴間幫我澆些冷水，總算活過來了……。天氣實在太熱了。」「這兩三天真是太熱了，就是坐著不動也直冒汗呢！……所幸您氣色還是一樣好。」太太依然沒來得及擦去鼻尖上的汗珠。「謝謝嫂夫人關心。雖然熱了些，但還不至於熱壞了身子。不過，這種悶熱的程度實在罕見，總覺得提不起勁來。」「我向來不睡午覺，可是這麼熱的天，也就忍不住——」「——忍不住打起盹來了吧？很好啊。白天能睡，晚上也能睡，再好不過了。」迷亭先生還是一樣隨口扯話題，但說完了又覺得闡釋得不夠充分，於是接著補充：「像我這種人的體質就不太有睡意。我每次來這裡總看到苦沙彌兄在睡覺，羨慕極了。當然啦，天氣這麼熱，有胃病的人特別難受。遇上像今日這樣的悶熱，就算是個身強體壯的人，肩膀上光是扛著一顆腦袋都會覺得重呢。話又說回來，既然腦袋已經長在那兒了，總不能把它摘下來吧。」迷亭先生罕見地不曉得該如何妥善處理這顆項上人頭了。「更不用說像嫂夫人這樣，頭上還頂著東西，難怪坐不住了。光是那頭髮髻的重量，就讓人想躺下來休息呢！」聽他這麼一說，太太心想原來是髮髻亂了，這才被迷亭先生發現她剛才在睡午覺，於是一面攏著髮絲一面埋怨迷亭先生：「呵呵呵，聽聽您這張嘴有多刻薄！」

迷亭先生並不在意太太的數落，繼續信口開合。「嫂夫人，請聽我說，我昨天在屋頂上嘗試煎雞蛋喔！」「怎麼煎呢？」「我看屋瓦給曬得發燙，覺得白白浪費太可惜，於是抹了牛油，打了顆雞蛋。」「您真的打了蛋！」「可惜陽光沒我想像中那麼燙，等了好久也煎不成半熟，只好下屋頂看報，這時來了客人，就把煎雞蛋的事給忘了，到了今天早晨才忽然想起來，心想應該煎得差不多了，趕緊爬上去一看……」「結果怎麼樣？」「別說是半熟，蛋液全都流光了。」「唉呀，可惜！」太太皺起眉頭感嘆。

「不過，三伏天那麼涼爽，現在才開始熱起來，還真是怪事。」「可不是嘛。前陣子單穿一件沒襯裡的和服還覺得冷，前天起卻又突然變熱了呢。」「本該是螃蟹橫行的時節了，今年的氣候簡直像是開倒車。說不定這表示老天爺警告我們切勿倒行逆施哩！」「這句話是什麼意思呀？」「沒什麼特別的意思。不過，氣候這麼反常，還真像海克力士[2]的牛呢！」迷亭先生愈說愈起勁，也愈說愈離奇了，太太果然不解其意。不過，太太已在剛才那句「倒行逆施」吃了悶虧，這回只說了聲「是哦……」作為搭腔，不敢多問。太太沒有反問，迷亭先生也就失去了炫耀的樂趣。「嫂夫人，您知道海克力士的牛嗎？」「我可不知道那是什麼牛。」「既然不知道，那我就講給您聽一聽吧。」太太也不好意思開口推辭，只好回說：「勞駕了。」「從前有個叫海克力士的人牽了一頭牛來。」「那個叫海克力士的，家裡養牛嗎？」「他家不養牛。家裡既不是養牛戶，也不開伊呂波牛肉鋪[3]。那麼久以前，希臘連一家牛肉鋪都沒有呢！」「哦，原來是希臘的故事？

② 海克力士（Heracles），希臘神話中的大力士，半人半神的英雄。
③ 當時相當知名的牛肉鋪，擁有許多分店。

您早說嘛。」太太只聽過希臘這個國名。「我不是告訴您要講海克力士的故事了嗎？」「提到海克力士，就該知道是希臘的故事嗎？」「對，海克力士可是希臘的英雄！」「難怪我沒聽過。那麼，他怎麼了？」「他就和嫂夫人一樣睏得要命，結果呼呼大睡……」「哎，您真貧嘴！」「他睡著的時候，伏爾甘[4]的兒子來了。」「伏爾甘是誰？」「伏爾甘是個鐵匠呀！這個鐵匠的兒子偷走了那頭牛，他扯著牛尾巴使勁地往後拖，結果海克力士一覺睡醒發現牛不見了，邊走邊喊：『我的牛啊！我的牛啊！』卻怎麼也找不到。海克力士沿著蹄印找牛當然找不到嘍，因為鐵匠的兒子不是牽著牛往前走，而是拉著牛倒退走。這個鐵匠的兒子真是太聰明了！」看來，迷亭先生已經忘記天氣的話題了。他接著問：「苦沙彌兄近來如何？還是一樣天天睡午覺嗎？午覺在漢詩裡倒是頗具雅興，不過像苦沙彌兄這樣一天不漏地睡，可就有些俗氣了。他這樣無所事事，像是每天慢慢步向死亡似的。嫂夫人，勞您叫醒他吧。」在迷亭先生的催促下，太太也想法一致地表示：「就是說嘛，真不知道該拿他怎麼辦才好。不說別的，才剛用完餐他就睡下了，很傷身呢。」太太剛要起身，迷亭先生又面不改色地主動說起沒人問他的事：「嫂夫人，提到用餐，我還沒吃飯呢！」「哎呀，正是午飯時間，我竟忘了問您……。家裡沒什麼好招待的，您將就吃些茶泡飯吧！」「不了，若是茶泡飯，那就不用了。」「可是，家裡沒有合您口味的東西哪……」太太的話中透著幾分挖苦之意。迷亭先生聽懂了太太的言下之意，便說：「不用了，茶泡飯也好，開水泡飯也好，不勞嫂夫人張羅了。我剛才來的路上順道在飯館叫了餐，等會兒就在這裡享用。」一般人絕說不出這種話來。太太只「唷！」了一聲，這是一聲包含了訝異的唷、不高興的唷，以及免去備餐的麻煩而感謝老天的唷。

至於主人，客廳的吵吵鬧鬧把他從甜美的夢鄉裡喚了回來，只見他踩著踉蹌的腳步走出了書房。「你這人就是話多！正想好好睡一覺就被你……」主人臭著一張臉，話沒講完就打起呵欠來。「兄台可醒了？擾您龍夢，真是失禮。偶爾為之，料想無妨。來來來，請坐請坐！」瞧他招呼的模樣，簡直反客為主。主人不發一語坐了下來，從木片拼花的菸盒裡抽出一支朝日牌的香菸，嘛嘴吸了起來。主人的視線無意間落到迷亭先生那頂躺在對面角落的帽子上，於是問道：「你買帽子啦？」迷亭先生馬上得意洋洋地拾起帽子遞給主人和太太看。「怎麼樣？」「哇，真好看！編工細緻，質地又柔軟！」太太愛不釋手地拿著帽子來回撫摸。「嫂夫人，這頂帽子可是個寶貝喔，要它怎樣它都會乖乖聽話！」說完，迷亭先生攢起拳頭，朝巴拿馬草帽的側面擊出一拳，草帽果真出現了一個拳頭大小的凹洞。太太頓時驚叫出聲。下一秒，迷亭先生又把拳頭探進草帽裡朝上一頂，草帽應聲往上凸起。接著，他兩手抓住帽簷的兩側往中間靠攏，被壓扁了的草帽就和用擀麵棍擀過的蕎麥麵一樣扁平。然後他像捲席子似的，從尾端朝前快速地捲起來。「瞧，變成這模樣囉！」說著，迷亭先生把收捲好的草帽塞進懷裡。「太神奇了！」太太宛如欣賞了歸天齋正一[5]的魔術表演，不禁發出讚嘆。迷亭先生益發得意，故意把方才從右邊袖口塞進懷裡的草帽由左邊袖口掏了出來，「您們看，完好如初！」並且順手把草帽整理回原狀，伸出食指在裡面頂住帽底，讓草帽在手指上一圈又一圈地轉著。原以為他的表演到此結束了，怎料他又使出最後一招，將草帽往後一扔，緊接著抬起屁股往帽子一坐。「欸，這樣行嗎？」這下連主人都露出了不安的表情，太太更是擔心地提醒他：「這麼高級的帽子要是弄壞可就糟糕了，您還是別再折騰它

④伏爾甘（Vulcan），羅馬神話中的火神與鍛冶工藝之神，擅長在火山岩漿中鍛造出各種金屬器物。
⑤生卒年不詳，日本明治時代著名的西洋魔術師。

了吧！」唯獨草帽的主人格外滿足地炫耀說道：「這帽子妙就妙在它怎麼樣壞不了呢！」才說完，他把不成樣子的草帽從屁股底下拽了出來，就這麼直接往頭頂一戴，奇妙的是，那頂草帽居然立刻恢復了原狀。「這帽子可真耐用哪！怎麼能夠這樣呢？」太太佩服不已。「沒什麼了不得的，這種帽子本來就是這樣的嘛！」迷亭先生回答太太時，頭上依然戴著帽子。

「您也去買一頂那種帽子呀！」片刻過後，太太勸主人買帽子。「可是苦沙彌兄不是已經有一頂好看的草帽了嗎？」「別提了，那一頂前些天被孩子給踩壞了。」「哎喲，可惜了。」「所以我才想，這回買的帽子應該像您那頂一樣耐用才好。」太太不曉得巴拿馬草帽的價格，因而再三催丈夫說，「您就買這樣的吧？好吧？」

迷亭先生接著又從右邊的袖兜裡掏出一只紅盒子，從盒子裡取出一把剪刀拿給太太看。「嫂夫人，帽子的事先談到這裡，您請看這把剪刀。這玩意同樣是個寶貝，總共有十四種用途呢！」要是迷亭先生沒拿出這把剪刀，主人就得被太太一直催著買巴拿馬草帽了，所幸太太也有女人通常都有的好奇心，主人這才免去了一場災難。不過，我可看得清清楚楚，與其說這該歸功於迷亭先生的機智，不如說純屬僥倖的幸運。「這把剪刀為什麼會有多達十四種用途呢？」太太一問完，迷亭先生立即高興地邊說邊展示給她看：

「我現在來一項一項說明，請您慢慢聽。請注意看喔，這裡有個新月形的缺口吧？只要把雪茄菸放進這裡，咔擦一聲就可以剪開茄頭了。接著，您看這刀刃的尾端做了特殊設計吧？把鐵絲放在這裡就能輕鬆鉸斷鐵絲。再來，把它拉開平放在紙上，可以用來劃線；還有，刀背上有刻度，所以也可以當作量尺用。刀刃的這一邊可以當成銼刀來銼指甲，這樣懂嗎？另外，把這個刀尖抵在螺絲頭上用力一旋，就可以當鐵鎚⑥用了。如果想要揭開上了釘子的木箱，只要把這一頭用力插進去一撬，通常就可以不費吹灰之力把箱蓋撬開了。再請看這裡，這一端的刀尖可以當錐子用。這一處可以把在木板上寫壞了的字磨掉。要是全都拆卸開來，就會出現一把小刀。最後……來，嫂夫人，最後這一項太有趣了！您瞧這地方有個像蒼蠅眼珠大小的圓珠子吧？請您湊過去看那個小孔。」「我才不要，您又要捉弄我了！」「您怎麼那麼不信任我呢？就當再上一次當，看一看嘛。什麼？您還是不願意？只要瞧一眼就好。」說著，迷亭先生把剪刀遞給了太太。太太半信半疑地接過剪刀，將眼睛貼在那顆像蒼蠅眼珠的地方，往小孔裡瞧了又瞧。「看見了嗎？」「烏漆墨黑的呀！」「不應該看到黑漆漆的喔。請稍微朝紙拉門的方向，把剪刀完全放倒……對對對，從那個角度應該看得到了！」「哇，是照片呀！怎麼有辦法把那麼小張的照片貼進去呢？」「那就是它的妙處。」一直噤聲不語的主人聽著太太和迷亭先生兩人不停一問一答，這時突然也想看那張照片了。「喂，也讓我瞧瞧！」太太聽見主人的要求，仍舊將臉湊在剪刀上，不肯交出去。「太漂亮了，是個裸體美人哪！」「喂，不是叫妳拿給我瞧瞧嗎？」「哎，您再等一會兒吧。這頭髮好美呀，都長到腰際了呢。這女人身材高得嚇人，微微仰起臉來，不過，的確是個美人哪！」「喂，叫妳給我看，看得差不多了就快點拿過來！」主人急吼吼地教訓起太太來。「來來來，讓您等久了，請儘管看個夠。」就在太太將剪刀遞給主人時，女傭從灶房端來兩籠蕎麥涼麵，並說客人訂的餐食送到了。

「嫂夫人，這是我自備的餐食。不好意思，請容我在這裡大快朵頤！」迷亭先生禮貌地欠

⑥此處原文為「金槌」，即中文一般所說的「鐵鎚」。這裡可能是「螺絲起子」的誤繕。鐵鎚的功能應該是在下一段文字，描述用來撬開上了釘子的木箱。

身致歉。這舉動既似正經，又像在說笑，太太也不知該怎麼反應才好，只得輕聲回了一句：「您請用。」然後在一旁觀看。主人直到這時才終於把視線從照片上移開，說道：「欸，這麼大熱天，吃蕎麥涼麵傷身哩！」「別擔心，不會有事。吃自己喜歡的東西，很少會遇上食物中毒。」說著，他揭開籠蓋。「現擀麵就是好吃！蕎麥麵煮好擺久會發漲，就和人類的糊塗愚蠢一樣，向來都是要不得的。」迷亭先生邊說邊把佐料撥進蘸汁裡，胡攪一氣。「你放那麼多山葵，等一下會太辣喔！」主人擔心地提醒他。「蕎麥麵就得搭上蘸汁和山葵一起吃才過癮。你討厭吃蕎麥麵吧？」「我喜歡的是烏龍麵。」「烏龍麵是馬夫吃的玩意！世上最可憐的就是不懂蕎麥麵滋味的人了。」迷亭先生說著，伸出杉木筷子往麵堆裡用力一插，盡量夾起一大筷麵條，往上拉至二寸高。「嫂夫人，吃蕎麥麵可有許多講究喔。只有剛開始學著吃的人才會把麵條一股腦地浸到蘸汁裡，然後塞進嘴裡亂嚼一通。那樣根本吃不出蕎麥麵的美妙滋味呀！正確的吃法得像這樣，先夾起一大筷……」他一面講解，一面將筷子舉高，筷子上那些長麵條齊齊地被拉到約莫一尺高。迷亭先生以為已經舉得夠高了，不料往下一看，居然還有十二、三根麵條的尾端尚未完全拉到空中，還待在鋪於籠底的竹簾上纏綿糾結呢。「沒想到這麵條居然那麼長！嫂夫人，您瞧瞧，真夠長吧？」迷亭先生又找太太為自己助陣。「確實長得很呢！」太太回答的口吻顯得十分佩服。「要把這一筷長麵條的三分之一浸入蘸汁，再一口吞下去。絕不能嚼！嚼了的話，蕎麥麵的香氣就散了。必須咕嘟咕嘟地滑進喉嚨裡，才算道地！」他下定決心，把筷子舉得更高，麵條終於全數離開了籠底，接著將夾著麵條的筷子移向拿在左手的碗裡放低，讓麵條的尾端浸入蘸汁裡。根據阿基米德原理，蕎麥麵浸入蘸汁裡的體積，就會讓蘸汁相對升高。可是碗裡的蘸汁原先就盛了八分滿，迷亭先生夾著的蕎麥麵條才放進不到四分之一，碗裡的蘸汁已經快滿到邊緣了。迷亭先生的筷子就

在離碗五寸高的上方停住，不再下降。也難怪他停止了動作，因為哪怕他的筷子再下降一分一毫，蘸汁就會溢出碗口。到了這個時刻，迷亭先生看起來有些猶豫，但是下一剎那他竟以疾如脫兔的速度，猛然將嘴巴湊向筷子，緊接著只聽到滋嚕滋嚕的聲音，他的喉結也跟著上上下下升降了一兩趟，夾在筷子前端的蕎麥麵已被一掃而光了。我定睛一看，迷亭先生的兩側眼角淌下一兩滴淚水，流到了面頰。只是我無法判斷這幾滴淚水，究竟是因為山葵太嗆了？還是他狼吞虎嚥的下場？「佩服佩服，居然能夠一口吞下！」主人服氣地稱讚。「真是了不起哪！」太太也相當贊賞迷亭先生俐落的技巧。迷亭先生沒有馬上回應，擱下筷子，捶了捶胸口之後才開口：「嫂夫人，一籠麵條我通常三口半或四口就吃完囉。如果吸吞麵條的次數比這個多，可就吃不出美味了。」說完，他拿手帕擦擦嘴，稍微喘息一下。

這時候，寒月進來了。不知道他在想什麼，這麼熱的天氣，竟然不怕辛苦地戴著冬天用的帽子，兩條腿上還沾滿了灰塵。「嘿，美男子駕到！我才吃到一半，暫時失陪。」迷亭先生就在眾人的圍攏與注視之中，一點也不覺得難為情地把另一籠蕎麥麵也吃光了。這回他沒有採用剛才那種又急又猛的吃法，但也多虧如此，這回吃麵看起來體面多了，過程中不需要掏出手帕抹嘴，也不必喘口氣再繼續奮戰了。他就這樣輕而易舉地征服完兩籠麵條，結果算是不錯。

「寒月，博士論文已經脫稿了吧？」主人問完，迷亭先生緊跟著催道：「金田小姐可是等得望眼欲穿呢，你趕緊送上去吧！」寒月還是露出一貫諱莫如深的笑容回答：「實在罪過。我也想盡快把論文提送出去，好讓小姐安心，但是論文的主題太過艱深，必須耗費極大的心力進行研究。」他用貌似真摯的態度說著聽起來相當虛假的話語。「是啊，畢竟是艱深的論文主題，沒辦法像那位鼻子夫人說的那麼輕鬆簡單就拿到學位。不過，那麼雄偉的鼻子，確實具有仰其鼻息的價值喔！」迷亭先生也學起寒月不著邊際的語氣隨口附和。在三個人之中，主人算是比較認真面對這個問題的人。他問了寒月：「你的論文題目是什麼來著？」「我的題目是《紫外線對於青蛙眼球電動作用之影響》。」「不愧是寒月老師，這題目真稀奇啊！這次改成研究青蛙眼球來了！苦沙彌兄，在論文脫稿以前，至少先把這個論文題目告訴金田家，你看如何？」主人並不答理迷亭先生的提議，繼續詢問寒月：「這項研究很不容易完成嗎？」「是的，這個研究主題相當複雜。首先必須克服的難關是，青蛙眼球晶體的結構是個很複雜的東西，所以需要做各種實驗。第一步要先做出一個玻璃圓球，然後才能進行測試。」「要玻璃球還不容易？去一趟玻璃店就行啦！」「那可不行——！那可不行——！」這位寒月老師稍稍挺起了胸膛說道，「所謂的圓形和直線等等的線條，都屬於幾何學的定義，因此在現實世界裡根本不存在符合幾何學定義的完美圓形與完美直線。」「既然不存在，還是不要研究才好。」迷亭先生開口建議。「所以我計畫先試做一個符合實驗條件所需的球，前陣子已經開始做了。」「做出來了嗎？」主人問得倒輕鬆。「哪裡做得出來呢？」寒月說完，自己也覺得前後矛盾，接著補充說道：「似乎相當困難。我一點一點慢慢研磨，有時覺得這邊的半徑太長，於是專注地研磨這邊，結果糟糕了，這回換成另一邊的半徑太長了。於是我千辛萬苦地把另一邊磨短一些，結果整顆球的形狀又歪了。好不容易把歪扭的部分調整回來，這下子直徑又不對了。一開始研磨的時候，球體有蘋果那麼大，可是愈磨愈小，變成草莓那麼小了。但我還是很有毅力地繼續研磨，直到變成黃豆的程度。可是即使小得像黃豆，仍然得不到一顆完美的球形。不過我仍然非常專注地研磨下去。……從今年元月到現在，我已經磨壞大大小小六個玻璃球了。」寒月說得滔滔不絕，但內容卻真假難辨。「你在哪裡磨那麼多顆的？」「是在學校的實驗室裡。我從早上開始研磨，午飯時段休息一會兒，接著一直忙到天黑，一點也不輕鬆。」「這麼說，你這陣子老喊忙，天天都去學校，連星期日也沒休息，就是為了磨那種珠子吧？」「您說對了。眼下，我從早到晚都在研磨珠子。」「我真想唱一句：『化身為製珠博士混了進去……⑦』。不過，如果讓那位高高在上的鼻子夫人聽到你的研究熱忱，想必她多少也會感動的吧？其實不久前，我去了趟圖書館辦點事，辦完後正準備走出大門，恰巧遇到了老梅。沒想到他畢業後還上圖書館，令我感到意外，於是對他說：『這麼用功，真令人佩服呀！』結果這位先生表情有點尷尬，回答我：『我才不是來看書的呢！剛才路過圖書館大門，忽然想小解，於是順道拐進來借個廁所。』他說完還哈哈大笑。我覺得老梅和你恰好是兩個相反的典型，以後編纂《新撰蒙求》⑧的時候，一定要把你們兩人的事蹟收錄進去才好。」迷亭先生還是老樣子，發表了冗長的注解。主人則有些嚴肅地詢問寒月：「你天天忙著磨珠子也無妨，你估計什麼時候能夠做出來呢？」「依照目前的進度，應該要花上十年吧。」看起來，主人比寒月更著急。「十年未免……，如果能再快一點磨出來比較好吧？」「十年還算快的了，萬一不順利，說不定要二十年。」「要那麼久？這麼說，要拿到博士學位，並沒有那麼容易嘍？」「是的。我也希望能盡早當上博士，好讓金田小姐放心；問題是在磨出珠子之前，根本沒辦法進行最關鍵的實驗……」說到這裡，寒月頓了一下，露出從容的表情繼續往下講，「請不必為我擔憂。金田家那邊，已經完全了解我目前的全副精神都放在研磨珠子上。事實上，我兩三天前去拜訪的時候，都

⑦這裡套用了一句淨瑠璃的台詞「化身為園丁混了進去……」。出自《本朝廿四孝》第四幕，作者為近松半二等人。該段劇情大意為：日本戰國時代，領主武田信玄之子武田勝賴化名簑作，假扮為園丁，潛入敵對領主上杉謙信府邸工作。上杉謙信之女八重垣姬見到這位園丁，竟產生了仰慕之情。

⑧古人常將啟蒙讀本的書名放入「蒙求」二字，意味著解惑。《新撰蒙求》意思是新編的現代版解惑讀物，其實並沒有這一本書。

將情況說明清楚了。」太太一直待在旁邊聽他們三人交談，雖然聽不太懂，但她仍覺得狐疑，於是問說：「可是金田府上全家人不是上個月就去了大磯，到現在還沒回來嗎？」寒月頓時有些尷尬，但仍裝傻地說道：「那就怪了，怎麼會這樣呢？」遇上這種情形，迷亭先生總會出面解圍。不管是話題聊完了的時候、羞恥害羞的時候、昏昏欲睡的時候，或者是處境困窘的時候，當發生各式各樣棘手的狀況時，迷亭先生必定會從旁飛撲過來幫忙。「金田府上全家上個月去了大磯，可是兩三天前曾在東京見過面，真是太奇妙了。這就是所謂的心靈感應吧！當相思情切的時候，經常出現這種情景。乍聽之下像是做夢，但是那個夢境卻遠比現實來得真實多了。尤其像嫂夫人這樣，沒有嘗過單戀之苦，也不曾成為其他男子的心儀對象，就這樣嫁給了苦沙彌兄，於是終生都不懂愛情為何物，自然也就無從理解寒月所說的……」「唷，您說這話有什麼根據呢？真把人給瞧扁了！」太太不等迷亭先生講完就從中打斷。「你自己不也從沒害過相思病嗎？」這回主人也從正面幫太太撐腰。「要說我的風流韻事呢，就算有也早就都成為風中往事了，說不定連你們也都不記得了……。坦白說，就是因為一再失戀，以致於我已經年紀一把了還打光棍呀！」迷亭先生說完，公平地將在場者的面孔逐一看過。「呵呵呵，真有意思！」太太笑道。「又拿人尋開心啦！」主人說著望向院子。唯有寒月依然滿面笑容地說道：「請您務必談談往事，以助後進學習。」

「我的故事說來頗為神祕，如果講給已故的小泉八雲⑨教授聽，他一定深感如獲至寶。遺憾的是，這位教授已經與世長辭，所以我也沒有什麼興致再提了。不過盛情難卻，今日不妨舊事重提吧。但是各位可得仔細聽到最後才行喔。」他特別叮嚀完，才正式進入本題。「回想起來，那是距今……呃……那是幾年前的事呢……真麻煩，姑且當作發生在十五、六年前吧。」「真隨便！」主人嗤之以鼻。「您的記性實在不好。」太太也奚落了一句。只有寒月遵守約定，沒有插嘴，十分期待接下來的發展。「總之某一年的冬天，我從越後經過蒲原郡的筍谷、爬上蛸壺嶺，即將進入會津領地的時候……」「地名聽起來真怪。」主人又打岔了。「請安靜聽講嘛，挺有意思的。」太太制止了主人。「可是這時天黑了，我路不熟，肚子又餓，不得已只好去敲了山腰處一戶人家的門，解釋眼下的情況是如此這般，懇求收留一個晚上。門裡的姑娘舉起手裡的蠟燭照著我的臉說：別客氣，快請進！我一見到那個姑娘的容貌，當下渾身微微顫抖。就從這一剎那起，我終於深刻地體會到愛情這個妖物的魔力。」「咦，深山老林的，真有那樣的美人嗎？」「嫂夫人，就算上山下海我也在所不辭，真想讓您見一見那個姑娘呀！她梳著優雅的文金高島田髮式呢！」「真的呀？」太太目瞪口呆。「我進去一看，屋裡有八張榻席大小，中央嵌著一個好大的地爐，那個姑娘和她的爺爺奶奶再加上我，四個人圍坐在地爐旁。他們問說客人想必已經餓了吧，我麻煩他們隨便弄點東西讓我填填肚子。姑娘的爺爺便說，至少得煮蛇飯來款待貴客。好了，接下來就快要講到失戀的部分了，大家可得仔細聽喔！」「迷亭先生，我當然會仔細聽，但是越後那個地方，冬天應該沒有蛇吧？」「嗯，你這個問題問得好！既然講的故事如此具有詩意，就別在意是不是符合邏輯了。在泉鏡花⑩的小說中，不也是從雪裡找到了螃蟹嗎？」寒月聽完，只說了「原來如此」，便又恢復了仔細聽講的姿式。

⑨小泉八雲（本名為 Patrick Lafcadio Hearn，一八五〇～一九〇四），日本作家，生於希臘，曾入籍英國，其後於一八九〇年赴日定居並歸化日本，改名小泉八雲，於東京大學擔任英國文學教授。小泉八雲精通多國語言，對於促進不同文化的了解貢獻卓著，由日本鄉野傳奇改寫而成的短篇故事集《怪談》一書最為人所知。

⑩泉鏡花（一八七三～一九三九），日本小說家。

「那陣子我吃過了不少稀奇的東西，從蝗蟲，蛞蝓、林蛙等等無所不吃，甚至都吃膩了，剛好試試蛇飯，嚐個新鮮，於是我請姑娘的爺爺快讓我嚐一嚐。姑娘的爺爺把一只鍋子擺到地爐上，把米倒進鍋子裡，咕嘟咕嘟地開始烹煮起來。奇怪的是，那個鍋蓋上有大大小小約莫十個洞眼，熱氣從一個個洞眼裡蒸騰而上。我看了覺得在這鄉下地方，居然有做工那麼精巧的鍋蓋，真讓人佩服。這時，姑娘的爺爺忽然起身出門，不知道上哪裡去了。一會兒以後，他腋下挾著一只偌大的竹籠回來了，接著把竹籠隨手擱在地爐旁。我往籠子裡一瞧——哎呀！裡面有好幾條長長的傢伙，大抵是由於天冷，互相纏繞成一大團呢！」「您別再講下去了，好討厭呀！」太太的眉頭皺成了八字。「那怎麼成？這可是導致我失戀的重要因素，絕不能略去不提的。不久，姑娘的爺爺伸出左手揭開鍋蓋，右手一下子探進去抓住那一大團纏在一起的傢伙，不由分說就扔進鍋裡，隨即蓋上鍋蓋。就連我這種什麼世面都見過的人，當時也嚇得險些喘不過氣來。」「請不要講下去了，好可怕！」太太不斷表示害怕。「馬上就要講到失戀的部分了，再忍耐一下就好。……然後，不到一分鐘，鍋蓋的洞眼突然挺起一個鐮刀形的蛇頸，嚇了我一跳。我正想著：蛇鑽出來了！說時遲那時快，旁邊的洞眼又竄出一個蛇頭來。我才嚷著又鑽出一條了，只見這裡的洞眼、那邊的洞眼，接連冒出了好多個，到後來鍋蓋上全都是一張張蛇臉了！」「為什麼蛇都把頭伸出來啊？」「因為鍋裡燙，受不了痛苦，所以想鑽出去。過不久，姑娘的爺爺說差不多了吧，揪出來！姑娘的奶奶應了一聲好啊，姑娘也回答好的，接著一人抓住一個蛇頭，用力拔出來。就這樣，蛇肉都留在鍋裡，只有蛇骨完整地從肉上剝除下來，長長的骨架子隨著頭部一起被拉出來，相當神奇。」「那叫剔骨蛇肉吧？」寒月笑著問道。「正是剔骨蛇肉。這手法相當高明吧。接著，他們把鍋蓋揭開來，拿杓子將米飯和蛇肉拌勻後，就請我用餐了。」「你吃啦？」主人冷冷地問道，太太哭喪著臉抱怨道：「不要再講了，我直反胃，什麼都吃不下了！」「嫂夫人沒吃過蛇飯才會這麼說。您不妨試一次，那滋味保證終生難忘！」「哎呀，我才不要！誰吃那東西呀！」「我吃得很飽，也不覺得冷了，並且充分地欣賞了姑娘的芳容，正感到心滿意足之際，他們請我去休息。旅途勞累，因此我也恭敬不如從命，一頭倒下，雖然不好意思，但很快就睡得很熟了。」「後來怎麼樣？」這回是太太催他往下講下。「到了第二天早上，我一醒來就失戀了。」「怎麼了嗎？」「其實也不是什麼大事。我早晨睡醒，吸著捲菸從後窗往外看，看見不遠處的引水管旁，有個禿頭正在洗臉。」「是那個爺爺還是奶奶？」主人問道。「我一開始也分辨不出來，注意看了一陣子，直到那個禿頭轉過來面向我這邊的時候，我不禁嚇了一大跳——原來那個人竟是我的初戀，也就是昨晚的那位姑娘！」「你不是說那個姑娘梳著島田髮式嗎？」「前一晚梳的確實是島田啊，而且是很講究的島田髮式。可是隔天早晨居然變禿頭了。」「你老拿人尋開心！」主人又看向天花板了。「我也因為太不可思議，所以心裡有點害怕，但還是鼓起勇氣繼續觀察。只見那個禿頭終於洗完臉，隨手拿起一頂放在旁邊石頭上的高島田式假髮往頭上一戴，若無其事地走進屋來。我心想，原來是這麼回事。就從我明白原來是這麼回事的瞬間起，我也和其他人一樣，走上失戀的哀戚命運。」「世上居然有這種一文不值的失戀！寒月，你說是吧？就是因為一文不值，所以迷亭即使失戀了，還能像這樣容光煥發、神采奕奕哩！」主人對著寒月批評迷亭先生的失戀。寒月卻說：「不過，如果那位姑娘不是個禿頭，可喜可賀地隨著迷亭先生回到東京，或許先生會比現在更加容光煥發呢。總之，難得遇到這樣一位姑娘，沒想到卻是一個禿頭，真是千古憾事呀！話說回來，那麼年輕的姑娘，怎麼會掉光了頭髮呢？」「我考慮過很多原因，最後認為一定是蛇飯吃太多了。蛇飯這玩意挺上火的。」「可是您也吃了，並沒有怎麼樣，健康得很呀？」「我雖然保住頭髮了，但是如各位所見，自從吃了蛇飯以後，就變成近視眼了。」說完，他摘下金絲眼鏡，拿出手帕細心地擦拭。隔了一會兒，主人突然想起什麼似地，問了迷亭先生：「這段經歷到底有何神祕可言？」「那頂假髮是從哪裡買來的？還是在什麼地方撿到的？我到現在依然百思不得其解，所以才說很神祕呀！」迷亭先生將眼鏡戴回鼻梁上。「簡直像聽了單口相聲的段子哪！」這是太太的評語。

迷亭先生的饒舌到此告一段落。我還以為他沒別的事可說了，沒想到這位先生的性格是只要嘴巴沒被堵住就不肯保持沉默，於是緊接著，他又開始發表起獨到的高見了：

「我的失戀雖然也是一段痛苦的經歷，但是萬一當時不知道她是個禿頭就娶回來，可就終生都得看著扎眼了。結婚這件事如果不慎重考慮，可是相當危險的喔！有時候直到緊要關頭，才在料想不到的地方發現了對方隱藏起來的缺陷。所以奉勸寒月不要那麼時而憧憬、時而失落地折騰自己，還是定下心來磨你的珠子才好。」寒月故作苦惱地說：「您說得是，我也希望一心專注在研磨珠子上，可惜對方不肯，真是左右為難。」「就是說啊，你的情況是對方不肯靜心等候，但某些人遇到的狀況可就滑稽了。比方那個進圖書館借地方小解的老梅，他的情況可就相當奇特了。」「他做了什麼事？」主人聽得挺起勁的。「來來來，我說給各位聽。這位老兄曾經在靜岡一家叫作東西館的旅社住過……，就住一個晚上而已……，當天晚上他立刻向那裡的女侍求婚。我做事已經夠隨興了，但也還沒有進化到那種程度。那時候，那家旅社有個出名的漂亮女侍叫阿夏，就是由她負責老梅的客房。所以說起來，也算情有可原。」「這個情有可原，聽起來就和你上那個什麼嶺的故事一模一樣啊？」「的確有點相似。老實說，我和老梅沒有多大的差別。總之，老梅向阿夏姑娘求婚，正在等待她的答案時，他忽然想吃西瓜了。」「你說啥？」主人一臉納悶。

不單是主人，還有太太和寒月也都不約而同歪著頭想了一下。迷亭先生並沒有理睬，逕自往下敘述。「老梅喚來阿夏姑娘，問她靜岡應該沒有西瓜吧？阿夏姑娘回答他靜岡雖是個鄉下地方，西瓜還是有的，並且隨後送來了滿滿一大盤西瓜。老梅非但吃了，還把一整盤西瓜吃得盤底朝天。他繼續等待阿夏姑娘的答覆。結果答覆還沒給，他肚子先痛了起來，痛得他哼唧唧的，過了一陣子也不見轉好，只得又喚來阿夏姑娘，問她靜岡應該沒有大夫吧？阿夏姑娘又回答他靜岡雖是個鄉下地方，大夫還是有的，並且請來了一位大夫，那大夫的名字聽起來像是從《千字文》裡什麼天地玄黃的句子裡偷了其中一個字似的[11]。第二天早晨，幸好他的肚子不再疼了。就在離開旅社的十五分鐘前，老梅喚來阿夏姑娘，問她是否答應昨天的求婚。阿夏姑娘笑著說：靜岡這地方西瓜也有、大夫也有，就是沒有只認識一個晚上就答應出嫁的新娘子哪！老梅才踏出旅社，一轉頭，已經看不到阿夏姑娘了。此後，老梅和我一樣失戀了，而且他除了小解，再也不上圖書館。仔細想想，女人還真是禍水！」主人難得同意迷亭先生的觀點。「你說得對！之前我讀繆塞[12]的劇本，書中人物引用了羅馬詩人的一段話：『輕於鴻毛的是塵埃，輕於塵埃的是微風，輕於微風的是女人，輕於女人的是烏有。』這段話說得相當精闢吧！女人真是糟糕。」主人在這偏離主題的問題上講得格外激昂。然而太太聽在耳裡，可就相當不舒服了。「您說女人家輕了不應該，可是男人家重了也不是件好事吧？」「什麼重不重的啊？」「重就是重嘛！就像您這樣。」「我哪裡重了？」「您這就叫重呀！」夫妻倆展開了一場莫名的爭論。迷亭先生覺得很有意思，聽了一陣子才開口

[11]《千字文》的開篇第一句即是「天地玄黃」。日本從前行醫者的名字幾乎都帶有「玄」字。

[12]繆塞（Alfred Louis Charles de Musset-Pathay，一八一〇～一八五七），法國劇作家。

說道：「像這樣臉紅脖子粗地互相爭辯攻訐，才是夫妻相處的真實寫照吧。古時候的夫妻相處想必乏味極了。」這番話聽起來模稜兩可，既像是調侃，又像是讚美。其實迷亭先生說到這裡就好了，可是他偏又把話題衍生下去，繼續闡述如下：

「據說從前沒有任何一個妻子敢向丈夫頂嘴，假如真是這樣，豈不等於娶了個啞巴媳婦？我對此嗤之以鼻。妻子就該像嫂夫人這樣爭辯幾句『您這就叫重呀』這樣的話才好。既然要娶妻，總得隔三差五鬥嘴吵架，否則日子太無聊了。就以我母親來說，在我父親面前一向唯唯諾諾，而且結褵二十載⑬，我母親除了去寺院禮佛掃墓，從不邁出大門一步，未免太委屈了。但也有賴於此，我將列祖列宗的戒名全都背誦下來了。男女間的交往也是如此。我小時候那個年代，根本不可能像寒月那樣和意中人合奏一曲，或是透過心靈感應以朦朧體⑭相會。」「深表同情。」寒月低頭致意。「的確值得同情。更何況，那時候的女人未必比現在的女人品行優良。嫂夫人，您應該也聽過某些人大肆批評現在的女學生不懂潔身自愛云云。真要說，從前的情況要比現在來得嚴重多了。」「真的嗎？」太太問得嚴肅。「當然！我沒有胡說，而是有千真萬確的證據。苦沙彌兄，你也許還記得，直到我們五、六歲的時候，還有小販把女孩像南瓜一樣裝進籃子裡，用扁擔挑著沿街叫賣呢，對吧？」「我不記得有那種事。」「你家鄉有沒有這種事我不清楚，但在靜岡確實是這樣的。」「真有這種事？」太太訝異地輕喊了一句。「是真的嗎？」寒月也狐疑地問道。

「是真的！我父親就曾和那種小販討價還價。當時我差不多六歲吧，跟著父親從油町一路逛到通町那邊，迎面有人扯著嗓子大喊『要不要小姑娘？要不要小姑娘？』我們剛好走到二丁目的轉角，就在一家名為伊勢源的綢緞莊門口遇到了那個小販。那家伊勢源的店門寬約六丈，擁有五座倉庫，是靜岡最大的綢緞莊。下回到靜岡時去看看，現在還在，氣派得很。掌櫃叫甚兵衛，頂著一張像三天前死了娘似的哭喪臉坐在帳房裡。甚兵衛的旁邊坐著年約二十四、五的小伙子叫作阿初，這個阿初簡直像是皈依雲照律師[15]門下，三七二十一日內只喝蕎麥湯修行似的，什麼時候看他都是一張蒼白的臉。坐在阿初旁邊的叫作阿長，這個阿長則像是昨天家裡失火逃出來似的，一臉愁雲慘霧地倚著算盤。而坐在阿老旁邊的是……」「你到底要講綢緞莊的事，還是要講賣小姑娘的事？」「還好你提醒了，我要講的是賣小姑娘的事。其實那家伊勢源綢緞莊也相當傳奇，今天暫且割愛，只講賣小姑娘的事吧。」「賣小姑娘的事其實也可以順便省略不講。」「怎能不講呢？這對於比較今日二十世紀女性與明治初期女子的品行，具有相當重大的參考價值，絕對不可以隨便省略！……話說，我和父親走到伊勢源的門前，那個小販看到我父親，放下扁擔邊擦汗邊推銷：『老爺，小姑娘就剩這兩個了，算您便宜一點，幫個忙買下吧！』我看到一前一後兩個籃子裡，各載著一個同樣大約兩歲的小女孩。我父親問他：『便宜的話倒是可以買，貨只剩這樣而已？』小販回答：『回老爺的話，趕巧今天賣得不錯，就剩這兩個了。老爺喜歡哪個都行，任您挑選。』說著，小販像抱南瓜似的，伸出雙手把小女孩抱到我父親眼前。我父親朝小女孩的頭頂啪啪敲了幾下，說道：『唔，聲音挺清脆的。』接下來，我父親開始講價，砍了不少價錢，然後又問對方：『買下也行，貨色保證沒問題吧？』小販說：『回老爺的話，前面那一個我一直

⑬此處原文確實為「二十年」。但從前文可知，迷亭是苦沙彌的同窗，以苦沙彌已在學校執教鞭十年、以及其學生寒月已攻讀博士學位等等敘述來推算，迷亭應該遠大於二十歲，再以當時的社會風俗而言，似乎不太合理。此處仍依原文譯出。

⑭當時文學藝術界常用的評論語，意指模糊曖昧。

⑮雲照律師（一八二七～一九〇九），日本真言宗的僧侶。「律師」為真言宗傳法資格的僧階稱謂。

盯著看，所以絕對不會有問題；但是後面載的那一個，因為我後腦杓上沒長眼，說不定什麼地方給碰壞了，不過我可以再算您便宜一點。』這段對話我到今天記憶猶新。從那時候起，我心裡就有了這樣的念頭：挑選女人的時候，可得裡裡外外、仔仔細細檢查清楚才行！——話說回來，到了明治三十八年⑯的今天，再也沒有人會做這種販賣小女孩的荒唐行徑，也不會聽到有人說『因為腦袋後面沒有長眼睛，所以扁擔後面的那一個恐怕有問題』之類的話了。因此，我認為可以說，拜西方文明之賜，女子的品行出現了長足的進步。寒月，你的看法如何？」

寒月在回答之前，先堂而皇之地清了清嗓子，然後刻意壓低了語調，以穩重的語氣陳述如下的觀察：「現在的女性幾乎等於就在上下課的路上、在合奏會上、在慈善會，甚至園遊會上自己推銷自己，她們吆喝著：『買一下嘛！咦，不喜歡嗎？』因此再也沒有必要做那種低賤的寄賣，雇用一些不入流的蔬果販子沿街叫賣『要不要小姑娘』。當人類提高了自尊心，自然會有這樣的演進。老年人對此總是杞人憂天，再三批評，實際上這是文明發展的趨勢，我將它視為非常值得喜悅的現象，暗自額手稱慶以示祝賀呢。而且，現在再也不會出現任何人用敲腦袋、詢問『貨色應該沒問題吧』這種粗魯的方式來買東西，所以這方面也可以放心。況且在複雜的今日社會中，大概也沒辦法再做那麼麻煩的事了，否則女人恐怕到了五十歲甚至六十歲，都還找不到丈夫、也當不成新娘了。」寒月不愧是二十世紀的青年，侃侃暢談當代思潮。他把敷島牌香菸的菸氣吹向了迷亭先生臉上。不過，迷亭先生可不會被區區的敷島牌香菸嗆得打退堂鼓。「你說得沒錯。現今的女學生和大家閨秀，完全是由她們的自尊心與自信心孕育出全身上下的血肉皮骨。她們在任何方面都不輸男子漢，令人欽佩之至。例如，我就很佩服我家附近那所學校的女學生。看到她們穿著窄袖的和服吊單槓的模樣，真不容易！每當我從二樓的窗口看到她們做體操，總會緬懷起古代希臘的婦女。」「又是希臘啊？」主人不屑地冷笑。「不能怪我，畢竟舉凡具有美感的東西，絕大都數源自於希臘。美學家與希臘二者是不可分割的。——尤其每當我欣賞那位皮膚黝黑的女學生專心做體操的樣子，總會想起一則關於 Agnodice 的小故事⑰。」迷亭先生擺出一副無所不知的表情說道。「又出現深奧的名詞了。」寒月依然帶著神祕的笑容。「Agnodice 可是個偉大的女人喔！我對她佩服得五體投地。當時雅典的法律禁止婦女從事接生行業，對生產的婦女而言實在很不方便。我想，那時候 Agnodice 應該也感受到那種不便了吧。」「啥啊？那個……你念的那個字是啥？」「女人呀，那是女人的名字啦。這個女人思考了很久，覺得女人不能當助產婆實在說不過去，也太不方便了。她無論如何都想從事這行，於是連著三天三夜抱胸苦思難道沒有其他辦法嗎？就在第三天的黎明時分，隔壁鄰居家傳出了哇的一聲，小娃兒誕生了。她頓時恍然大悟，立刻剪去一頭長髮，換上男裝去聽 Hierophilus ⑱講課。她順利地聽完課程，認為學得差不多了，終於開業當起了接生婆。當時生產的婦女可多著呢！這一家有嬰孩呱呱墜地、那一戶也有嬰孩呱呱墜地，而且全都是由 Agnodice 接生的，她因而發了大財。然而，人間諸事，時而塞翁失馬，時而枯榮無常，時而禍不單行。她的祕 密終於被揭發開來，說她觸犯了官府的法令，要求對她處以重刑。」「這真像單口相聲的段子！」「我講得十分引人入勝吧？……但是雅典的婦女發起了連署請願，使得當時的官老爺無法置若罔聞，讓她得以無罪開釋，官老爺甚至還公告往

⑯西元一九〇五年。

⑰阿格諾蒂斯（Agnodice），古代雅典的第一位助產士。這段記載據傳出自拉丁作家 Gaius Iulius Hyginus（約西元前六四～西元前十七）某部著作中的一段文字。

⑱希羅菲盧斯（可寫為 Herophilus 或 Herophilos，約西元前三三五～西元前二八〇），希臘醫生暨第一位解剖學家。

後女子也可以從事接生行業。一切最後可喜可賀地落幕了。」「您知道的事可真多呀，不簡單哪！」「好說好說，一般常識大都曉得，不知道的就只有自己有多麼愚蠢了。不過，這件事我其實也略有所聞。」「呵呵呵，您又說笑話了……」太太笑得前仰後合。這時，木格門的門鈴發出了與剛安裝好時一樣清脆的聲響。「唷，又有客人來了。」太太說著，退到餐室去了。太太剛離開，客人隨後走進客廳。我還以為是誰，原來是早前介紹過的越智東風。

雖說經常出入主人家的一些怪人並未全員到齊，但連東風都來了，至少這幾個人加起來已經足以排解我的無聊。如果這樣還不滿足，未免要求太高了。假如我不走運，當初住進了其他人家，或許一輩子都不會知道竟有像這群先生這樣的人類了。所幸我成為苦沙彌老師門下的貓兒，朝夕服侍，這才有這份千載榮耀，得以躺著欣賞這群以一當十的英雄豪傑的言行舉止。東京即使廣大，也難以找到像我的主人、迷亭先生、寒月，乃至於東風這樣的人物。託他們的福，我才能夠在這大熱天裡忘卻身上裹著毛裘的痛苦，愉快地消磨了半日時光，真是不勝感激之至。既然有這麼多位佼佼者齊聚一堂，想必稍後一定精彩萬分，所以我便待在紙拉門後面，恭候他們的脣槍舌戰。

「久未問候諸位安好。」東風躬身致意。他的頭髮仍然和上次一樣梳得光潔。如果僅就頭部而言，他似乎像個二流的舞台演員；但是從他不嫌辛苦地穿上漿洗得硬邦邦的白色小倉和服裙褲的模樣來看，他又儼然是榊原健吉⑲的入室弟子。這樣的穿著裝扮，使得東風全身上下只有肩膀到腰部的這一截看起來像一般人。「哎，大熱天，你還專程跑這一趟。來來來，快進來！」迷亭先生宛如這個家的主人似地招呼客人。「迷亭先生，好久不見了。」「是呀，印象中從今年春天的朗誦會以後就沒見過面了。說到朗誦會，近來一樣熱鬧吧？你後來還演過阿宮嗎？那次演得真是唯妙唯肖！我當時為你熱烈鼓掌，你看到了嗎？」「看到了。承蒙您的鼓勵，我才能夠提起勇氣，堅持演到最後。」「下一次什麼時候舉行呢？」主人插嘴問道。「七月和八月休息兩個月，計畫在九月份盛大舉辦。請問各位有什麼好題材嗎？」「這個嘛……」主人漫不經心地應了一句。「東風，要不要用我的作品？」這回接口的人是寒月。「你的作品一定很有趣，不過，具體而言是什麼呢？」「劇本！」寒月盡量加重了語氣。此話一出，在場的其他三人果然張口結舌，不約而同地望著他。「能寫劇本可真不簡單！是喜劇還是悲劇？」聽到東風進一步詢問，寒月依然神情自若地回答：「不，既不是喜劇也不是悲劇。近來關於舊劇和新劇的兩派論爭不是吵得不可開交嗎？我決定另闢門戶，嘗試寫了一齣俳劇。」「什麼叫作俳劇？」「就是具有俳句風格的戲劇，簡稱為俳劇二字。」這麼一解釋，連主人和迷亭先生都得強自鎮定，以免如墜五里霧中。「那麼，這齣俳劇是什麼樣的風格？」先提問的依然是東風。「其主要的理念來自俳句風格，如果過於冗長拖沓就不好了，所以寫成了獨幕劇。」「原來如此。」「先從道具談起。道具最好盡量簡單。在舞臺中央放上一棵大柳樹，從樹幹往右探出一根枝椏，枝椏上歇著一隻烏鴉。」「烏鴉應該要一動也不動才好吧？」主人幫忙操心，自言自語似地說道。「這一點也不難。只要用線把烏鴉的爪子綁在樹枝上就行了。接著在樹下擺放一個澡盆，再請一位美女側身坐進澡盆裡拿著布巾洗浴。」「聽起來帶點頹廢色彩。先不說別的，找得到人來飾演那位女人嗎？」迷亭先生問道。「別擔心，很快就能找到了。可以去雇用美術學校的模特兒。」「我看，警視廳那邊恐怕要來找麻煩

⑲榊原健吉（一八三〇～一八九四），日本劍術家。

嘍！」主人繼續操心。「只要不是公開表演就沒關係呀。如果警察連這個都要來囉哩囉嗦的，那麼學校根本不能裸體寫生了。」「可是那是教學所需的練習，和這種純供觀賞的狀況不太一樣喔！」「要是連諸位先生都這麼說，那麼日本就還是落後於世界各國。不管是繪畫也好、戲劇也好，同樣都是藝術。」寒月說得豪情萬丈。「好了，先別爭論這個。接下來要怎麼做？」東風似乎很想採用這個劇本，急著往下問清楚劇情。「接下來，俳句詩人高濱虛子[20]持著手杖、頭戴白色藺草帽、身披薄絹外褂、足蹬薩摩碎白紋的無繫帶反折馬靴，從旁邊的延伸通道走向主舞台。這樣的裝扮雖然像個陸軍的軍需商人，但他畢竟是俳人，因此必須盡量表現得悠然自在，踱步時的神態彷彿正在專注推敲俳句。然後，當虛子先生走完延伸通道，即將踏入主舞臺時，他狀似不經意地抬起眼來朝前方一瞥，倏然驚見一棵大柳樹，並且有個肌膚雪白的女子正在柳蔭下洗浴。他大為吃驚，視線沿著樹幹往上移，又看到長長的枝椏上歇著一隻烏鴉，而烏鴉正低頭俯視著美女洗浴。此情此景令虛子先生詩興大發，略微沉吟五十秒鐘便得一首，隨即高聲朗吟『柳下見一女／沐浴滌洗雪白肌／孤鴉意亂迷』，待他話聲一落，梆子一拍，旋即落幕……。這樣的風格如何？還中意吧？依我看，你與其扮演阿宮，還不如飾演高濱虛子來得好！」東風的表情似乎不太滿意，認真地回答寒月：「感覺太單調了。希望再穿插一些富有人情味的情節。」自從寒月開始講劇本之後，迷亭先生一直安安分分聆聽，不過他可不是能夠沉得住氣的人。「假如這樣就叫作俳劇，未免太荒唐了。上田敏[21]君認為，所謂的俳風以及詼諧文學等等都相當消極，根本是亡國之音。不愧是上田君，真是一針見血！那麼無聊的俳劇假如真的搬上舞台，肯定要被上田君笑掉大牙的！先不談別的，這一齣不知道該歸類成戲劇還是鬧劇的東西，實在太消極、太莫名其妙了！寒月，恕我說句不客氣的，你還是去實驗室磨珠子吧。這種俳劇什麼的，哪怕再寫上一百齣、兩百齣，終究都是亡國之音，上不得檯面！」寒月帶著些許憤慨回擊，「真有那麼消極嗎？我可是賦予它相當積極的意涵呢！」他接著對究竟是消極還是積極這種無關緊要的小事努力辯解，「就拿虛子先生那一段來說吧！虛子先生吟誦的那首俳句『柳下見一女／沐浴滌洗雪白肌／孤鴉意亂迷』，這不就具有非常積極的意義嗎？」「這倒是個新觀點，務請詳細論述！」「身為理學士，不得不說烏鴉對美女意亂情迷，並不合乎邏輯吧？」「一點也不錯。」「但是，把這種不合邏輯的事說得堂而皇之，聽起來就合乎邏輯了。」「是嗎？」主人從旁提出質疑，寒月並沒有停頓，仍然繼續說明下去。「如果問為什麼聽起來合乎邏輯，只要從心理學的角度來解釋就很清楚了。事實上，意亂情迷與否，完全是發自俳人本身的情感，與烏鴉毫不相關。因此，所謂覺得那隻烏鴉意亂情迷，重點其實不在烏鴉身上，真正的意涵是俳人自己感到意亂情迷。可以肯定的是，當高濱虛子本身目睹美女入浴而感到訝異的剎那，就陷入了意亂情迷。接下來，他在意亂情迷的狀態中，看到樹上的烏鴉動也不動地凝視下方，頓時產生錯覺，料定烏鴉也和他一樣愛上了美女。這雖是一種錯覺，卻具有文學性以及積極性的意義。虛子將私自的感受，擅自認定烏鴉也有同感，而且裝出一副與己無關的清高模樣，這樣還不算是積極主義嗎？迷亭先生，您說不是嗎？」「確實是高見。如果虛子先生聽到了，一定會十分震驚。你的闡釋確實很積極，只怕那齣劇上演的時候，觀眾看了都會變得消極的。東風，你說是吧？」「先生說得對，我也覺得太消極了。」

⑳高濱虛子（一八七四～一九五九），日本明治至昭和時代的俳人及小說家。俳句雜誌刊物《杜鵑》由俳人的柳原極堂於一八九七年創刊，兩年後移交高濱虛子主編。

㉑上田敏（一八七四～一九一六），日本詩人、評論家、翻譯家暨英文學者。與夏目漱石同為東京大學英文科講師，兩人交情深厚。

東風嚴肅地回答。

主人似乎想把談話的範圍擴大一些，便問了東風：「東風，近日可有雅文共賞？」「不敢當，拙作實在不值得請先生過目，只是最近正在計畫出版詩集……所幸身上帶著稿子，望請諸位不吝批評指教。」東風從懷裡取出一只紫色的綢布包，再從布包裡面拿出厚約五、六十頁稿紙的冊子，擺到主人面前。主人一本正經地說聲拜讀，隨即揭開第一頁。上面只寫了兩行字：

謹以此書獻給
脫俗又嬴柔的富子小姐

主人露出難以解釋的表情，一語不發地看著第一頁良久。迷亭先生從旁探身過來，一邊問說，「我看看，是新詩嗎？」看了一眼之後，他大為稱讚，「哇，『謹以此書獻給』呢！東風，你有勇氣下定決心把這本詩集獻給富子小姐，佩服佩服！」主人仍然面帶不解地問道：「東風，這裡寫的富子小姐，真有其人嗎？」「是的，上回的那場朗誦會，這位女士和迷亭先生同樣都是應邀出席的與會嘉賓。她府上就在這附近。其實，我想把這本詩集拿給她看，方才去過她家，可惜她不在家，上個月就去大磯避暑了。」東風說得很真誠。「苦沙彌兄，現在都已經二十世紀了，別擺出那副表情，快點朗讀傑作吧！不過，我說東風，這段獻書的文字似乎不怎麼高明。『嬴柔』這個文縐縐的詞語，你想用來表達什麼意思呢？」「這個詞語的意思應該是『纖弱』、『柔美』。」寒月回答說。「當然也可以做這樣的解釋，不過『嬴』這個字還有『疲憊』和『破舊』的含義，所以換成我來寫，我不會用這個字喔。」「那麼該怎麼寫才能更有詩意呢？」「如果是我會這樣

寫：『謹以此書獻給脫俗又纖柔的富子小姐鼻下。』雖然總共只改了三個字，但是有沒有加上『鼻下』這兩個字，給人的感覺不大相同喔！」「原來如此！」東風看起來像是勉強自己裝出恍然大悟的表情。

主人仍然沒有作聲，好半晌才終於掀開下一頁，讀起開卷第一章。

熏香慵慵懶懶地繚繞不去
這相思的煙霧團團圍裹著妳的靈魂
我啊！我喲！於酸酸苦苦的紅塵
得到甘甘甜甜的熱吻

「這詩我看不太懂。」主人嘆了一聲，把詩稿遞給迷亭先生。「有點誇張了。」迷亭先生再將詩稿遞給寒月。「我和二位看法一致。」寒月最後把詩稿還給了東風。

「幾位先生看不懂也並不奇怪，因為今天的詩壇和十年前的詩壇相比，已經發展成全然迥異的樣貌了。現在的詩文內容，並不適合拿來在家裡消磨時光，或是在火車站等車的空檔用來打發時間，有時候甚至連作者本人也沒辦法回答讀者的提問。因為這種詩全憑靈感，詩人只管寫出來，無須負任何責任。關於注釋與訓詁的研究，全交給學者去處理，和我們詩人毫無瓜葛。我有個朋友名叫豎十[22]，他前些日子寫了一則短篇小說，題目是《一夜》，所有人讀完以後都一樣似

㉒此處為作者夏目漱石的文字遊戲，「豎十」與作者名字「漱石」諧音。後文提到的《一夜》，作者確實曾經寫過同名的短篇小說。

懂非懂、不甚了了，所以我遇到他時就問他這篇小說的中心思想是什麼，結果他竟然也回答不曉得。我想，這就是詩人獨有的特質吧。」「他也許稱得上是詩人，可是性格未免太古怪了。」主人說道。迷亭先生則用更簡單明瞭的一句話為豎十下了定義：「他就是個傻瓜！」東風覺得剛才對自己這篇詩作的討論還不夠，便再補充：「我們這群朋友同樣也把豎十當成異類，不過現在希望各位能夠把關心放回我的詩作上。尤其想請大家特別留意我煞費苦心寫出的對仗——『酸酸苦苦的紅塵』和『甘甘甜甜的熱吻』。」「聽你這麼一說，確實可以看得出煞費苦心的痕跡。」「用『甘甘甜甜』和『酸酸苦苦』相互映襯，一首詩裡酸甜苦辣什麼滋味都有了，有意思！這是東風的獨門技巧，我佩服得五體投地！」迷亭先生一直拿老實人插科打諢逗樂子。

這時，不曉得主人想起了什麼，突然起身進了書房一趟，帶著一張紙走回來，以帶點慎重的語氣說道：「剛才既然拜讀過東風的大作，這回輪我讀一篇短文，請諸位指正。」「如果是天然居士的墓誌銘，我已經恭聽兩三遍了。」「你少囉唆！東風，這雖然算不上我的得意之作，就當作助興，不妨一聽。」「自當洗耳恭聽！」「寒月也順便聽聽。」「就是不順便我也非聽不可！文章不長吧？」「只有六十幾個字。」這位苦沙彌老師終於開始誦讀這篇親筆寫下的大作了。

「大和魂！——日本人吶喊完，像染患肺病似地咳了起來。」

「開頭很新奇。」寒月稱讚道。

「大和魂！——報販高喊。大和魂！——扒手高喊。大和魂躍然渡海，在英國舉行大和魂的演講，在德國上演大和魂的戲劇。」

「這篇文章果然超越了那篇天然居士。」這次是迷亭先生出面讚揚。

「東鄉將軍有大和魂！賣魚的阿銀也有大和魂！老千、騙徒、殺人犯，統統都有大和魂！」

「老師，請在這裡補上一句『寒月亦有大和魂！』」

「如果有人問：『何謂大和魂？』另一個人便回答：『就是大和魂！』說完就走了。不一會兒，從三、四丈遠處，傳來那個人清嗓子的聲音。」

「這一句妙極了！你真有文采。接下來呢？」

「大和魂是三角形的嗎？大和魂是四角形的嗎？大和魂，魂如其名，就是魂。因爲是魂，所以總是虛無縹緲的。」

「老師寫得很有意思，但是『大和魂』會不會用得多了點？」東風提醒了一下。「我同意！」說這句話的人當然是迷亭先生。

「每一個人都絕對說過，卻沒有一個人看過；每一個人都絕對聽過，卻沒有一個人遇過。莫非大和魂是天狗妖怪？」

主人讀完，自以為達到餘音繞梁的效果，可惜這篇傑作實在太短了，而且也看不出主旨在哪裡，因此三個人以為還有下文，等著作者繼續讀下去；可是左等右等，作者還是沒再吭氣，最後由寒月問道：「這樣就結束了嗎？」「唔。」主人隨口應了一聲。他也未免「唔」得太輕鬆了。

奇怪的是，迷亭先生對於這篇傑作，居然不像往常那樣慷慨評論一番。片刻過後，他轉過臉來問主人：「不如你也把短篇彙集成冊，然後獻給某個人，你覺得怎麼樣？」「那就獻給你吧？」主人隨口說說。「敬謝不敏。」迷亭先生扔下這句之後，逕自掏出剛才向太太炫耀的那把剪刀，咔擦咔擦地剪起了指甲。寒月問東風：「你認識那位金田小姐嗎？」「自從今年春天她受邀參加朗誦會之後，我們就保持密切的往來。我一見到她，就會湧生出某種情感，不管是作詩詠歌都能夠一揮而就。這本詩集裡以情詩居多，靈感完全是從異性友人那裡得到的。我為了向那位小姐表示誠摯的謝意，便借此機會將我的詩集獻給她。以前我沒有紅粉知己，所以一直寫不出像樣的詩作。」「是嗎？」寒月忍住笑意答道。即使是雄辯家齊聚一堂的盛會，終究也無法持續太久。精彩的話題結束後，接下來他們只是有一搭沒一搭地聊。我可沒有義務非得整天聽他們那些一再重複的閒聊，於是先行失陪，到院子找螳螂去了。西斜的夕陽，穿過梧桐的濃綠，投下了斑斑點點的光影。寒蟬在樹幹上叫個不停。晚上說不定會有一場雨。

第七章

我近來開始運動了。有人冷嘲熱諷，說我不過是隻小貓，有什麼資格學人類運動！我想對這些人說幾句話：您們以前也是成天吃飯睡覺，直到這幾年才知道什麼叫作運動，不是嗎？您們應該還記得，自己曾經把「無事是貴人①」奉為圭臬，袖著雙手坐到屁股都爛了還不肯起身，沾沾自喜地以為能夠過上這種日子是一種榮耀吧？至於現在大力提倡要運動、要喝牛奶、要洗冷水澡、要跳進海裡游泳，還有到了夏天要去山裡吸收日月精華等等，這一連串無聊的倡議，都是晚近從西方蔓延到神國日本的疾病，可以與黑死病、肺病、神經衰弱歸類在一起。話說回來，我去年才出生，到今年才滿一歲，自然還沒看過人類當年罹患這些病時變成了什麼樣子，我那時候甚至還不在塵世風中飄忽浮沉，不過可以肯定的是，貓活一年等於人活十年。我們的壽命儘管只有人類的二分之一甚至三分之一，但是在這短暫的歲月裡，已經發育得很成熟了。由此可知，如果把人類的歲月直接套用到貓的年紀上，那是極大的謬誤。不說別的，光從我才活了一年又幾個月就有這樣的見識來看，事實就不言自明了。看看主人的三女兒，聽說虛歲是三歲，但是她的智力發展實在慢得很，到現在還只曉得哭叫、尿床和吃奶，其他什麼也不會，遠遠比不上我這隻懂得憤世嫉俗的貓。說到這裡您應該可以明白，我的小腦袋裡儲存著關於運動、海水浴，以及到外地療養等等歷史知識，實在不足為奇。如果還有誰對這種不值一提的小事大驚小怪，想必是一種缺了兩條腿、叫作「人類」的遲鈍傢伙。人類自古就很遲鈍，所以直到近年來才開始倡導運動的功效，不停宣傳海水浴的好處，彷彿是一大發現。這種小事我早在初生之前就知道了。如果想知道為什麼海水可以治病，只要去海邊一趟就懂了。我不知道那片寬廣的大海裡究竟有多少條魚，但是每條魚都精神飽滿地游著泳，從來沒聽說哪條魚生病了去找醫生的。魚要是生病了，身子就不聽使喚，萬一死掉就會浮上水面。所以一般都說，魚死是「浮」，鳥死是「落」，人死是「翹辮子」。大家不妨去問問那些橫渡印度洋去西方國家的人，有沒有看過魚死掉的樣子，我敢打包票沒有人看過。即使他們搭著船來來去去的，也不會有人看過任何一條魚在波浪間停止呼吸空氣（不對，不該用「呼吸空氣」。既然是魚，應該說是「吞吐海水」……，我重講一遍），也不會有人看過任何一條魚在波浪間停止吞吐海水。既然添煤加炭開著船在那浩瀚無邊的海上不分晝夜地到處尋找，從古至今都沒找到任何一條魚浮在水面上，也就可以信誓旦旦地立刻做出結論：魚是一種十分健康的動物。如果還要進一步追問，為什麼魚類能夠保持健康呢？只有人類想不出答案。道理其實很簡單，聽我解釋一下就懂了。這完全要歸功於魚類從早到晚吞吐海水，終身享受著海水浴。海水

①語出臨濟義玄禪師：「無事是貴人，但莫造作，只是平常。」意思是只要心無罣礙，不庸人自擾，即是高貴之人。

浴的功效在魚類身上相當顯著。既然對魚類成效卓著，那麼對人類想必也具有同樣明顯的效果。李察·羅素醫生②曾經於一七五〇年大打廣告，號稱有四百零四種疾病只要跳進布萊頓③的海水，就可以立即痊癒。人類這麼晚才發現海水的療效，我都要笑掉大牙了。等到時機成熟，我們貓族也計畫全體前往鎌倉去享受海水浴，但現在還不是時候。凡事都有最佳時機。正如在明治維新之前的日本人，還沒享受過海水浴的功效就離開人世，今日的貓族也不能光著身子就這樣衝進大海裡。所謂欲速則不達，以目前的條件，貓族萬萬不可毫無準備就貿然跳到海裡，這麼做等於現在把一隻貓扔去築地④，永遠不可能找到回家的路。我們必須等到貓族的身體依照生物演化的法則，變得能夠與狂濤巨浪相互抗衡時，也就是說，等到大家很自然地把「貓死了」這句話說成是「貓浮上來了」的那一天，我們才可以享受海水浴。

海水浴留到以後再說，我決定先做運動。二十世紀的今天，如果不做運動，別人會當你是窮人家，傳出去不太好聽。假如不運動，大家不會以為你只是不想運動，而是把你看成受到生活所逼，沒辦法運動、沒時間運動、沒閒暇運動。過去人們嘲笑那些做運動的人像武士的奴僕，如今人們譏笑不做運動的人不是上流階級。世人對同一件事情的褒貶，會因時因地而有所不同，就像我的瞳孔⑤一樣變幻莫測。貓族的瞳孔頂多是忽大忽小，但是人類的對其他人的評價，有時卻是前後完全顛倒過來。其實顛倒過來也不礙事，畢竟事物本來就有正反兩面，也有頭尾兩端。只要抓住一端用力一拍，同一件事物就能馬上翻身，由黑轉白或由白轉黑，這就是人類善於權宜變通。將「方寸」兩個字前後交換就成了「寸方」，挺有意思的；低頭從胯下遠望天橋立⑥，也別有一番風情。如果文學界千年萬年來只有一位莎士比亞，未免太乏味了。偶爾也該出現一位人物，低頭從胯下讀《哈姆雷特》，並且批評莎士比亞寫得不夠好，否則文壇就不會進步了。也因為如此，原本瞧不起運動的人突然開始想做運動，女子走在大街上時也帶著球拍，這些情形都該司空見慣。只要人類不嘲笑我不過是隻小貓，有什麼資格學人類運動，也就無所謂。好了，或許有人懷疑，我這隻貓會從事哪一類運動，不如在這裡說明一下。眾所周知，很不幸地，我無法握住運動器材，所以沒辦法拿球，也不能握住球棒。其次，我也沒錢，因此買不起運動器材。基於這兩項因素，我只能選擇分文不花、也不需要運動器材的運動項目。或許有人覺得既然如此，我所謂的運動不是悠哉悠哉地散步，就是叼走鮪魚片逃命罷了。但是像這種在地心引力的作用之下橫行於大地，僅僅使用四條腿從事的力學動作，未免太簡單了，我沒興趣。主人經常做些所謂的運動，雖然也打著運動的名號，但頂多只具有字面上的意義，實在有辱神聖的運動。當然，就算只是單純的運動，也不見得就不需要刺激。譬如，搶奪鰹魚乾、尋找鮭魚都不錯，但前提是要有獵物，如果把搶奪或尋找獵物的這項刺激拿掉，運動就索然無味了。若是缺少了懸賞性的興奮劑，我寧願去做著重在技術上的運動。我嘗試過各種方案：從灶房的屋簷跳到屋頂上、四隻腳同時站在屋頂最上面的梅花形瓦片上、走在晾衣竿上（最後沒有成功。竹竿太滑了，爪子抓不住，站不穩）、悄悄地跟在小孩後面趁其不備撲上去（這項運動倒是很有趣，但是事後總沒有好下場，所以一個月頂多玩上三

②李察・羅素（Richard Russell，一六八七～一七五九），英國醫師，專長為水療法。
③布萊頓（Brighton），位於英吉利海峽沿岸的英國濱海城市。
④當時的築地還是偏僻的郊區。
⑤這裡與下一句的「瞳孔」，原文皆為「眼玉」，亦即眼球。但是貓的眼球不會忽大忽小，而是瞳孔。此處應為作者筆誤。
⑥位於日本京都府宮津市宮津灣的特殊自然景觀，海面有一道細長的沙洲。此處地景的名稱由來是，當背對沙洲站著低頭從自己的跨下往後面看，那道沙洲像是一條延伸到天際的橋梁。

回）、頭上蒙著紙袋（其實很難受，也沒什麼意思。而且必須找個人類合作搭配才能成功）、用爪子撓書本的封面（萬一被主人發現，肯定要挨上一頓臭罵，而且這項運動只適合訓練爪子的靈活度，並沒有鍛鍊到全身的肌肉）。以上是所謂的舊式運動。至於在新式運動當中，有幾項非常有趣。最有意思的是捉螳螂。捉螳螂的運動量雖然不比捉老鼠，但至少危險性也相對來得小，適合從盛夏玩到初秋的遊戲中，以這種玩法最為上乘。步驟是這樣的，首先到院子裡找到一隻螳螂。運氣好的時候，不費吹灰之力就能找到一兩隻。找到螳螂之後，我就如疾風一般奔到螳螂身旁。螳螂一受驚，就會陡然昂首擺出備戰態勢，螳螂雖然只是小小一隻卻非常英勇，即使不知道敵手的實力有多麼強大，依然抱持反抗到底的決心，因此玩起來格外有趣。我伸出右腳，稍微撩一下牠那鐮刀形的脖子，昂起的頭部並不堅硬，一撩就軟軟地歪向一邊。這時候，螳螂君的表情十分逗趣，面露錯愕，因此玩起來更有意思了。我旋即一個跳步，繞到螳螂君的後面，這回從牠的背部輕輕地搔牠的翅膀。那對翅膀平常小心翼翼地疊在背上，我這一輕撓牠卻難以招架，驚嚇中倏然展開了猶如吉野紙一般薄透的淺色內裡襯衣。即使在盛夏時節，螳螂君依然不畏辛苦，疊穿著兩層和服，實在講究。在我的抓撓之下，螳螂君細長的脖子一定會扭過來向後看，有時候整個身子都會轉過來，但多半只轉過頭來昂揚挺立，彷彿已經準備好迎戰。如果對手一直維持著這種姿勢不動，我就沒辦法好好運動了，所以萬一螳螂君立定不動太久，我就會再撓牠一下。如此一來，但凡有點眼力的螳螂，必定拔腿就逃了；要是這種時刻仍然不顧一切奮力朝我衝過來，那就是沒受過教育的野蠻螳螂。假如對手做出這樣野蠻的舉動，我就會看準目標，賞牠一記貓掌，多數傢伙總會被揮到兩、三尺遠。然而，敵人如果不動聲色地往後退，我反倒覺得怪可憐的，只會像飛鳥般繞著院子裡的樹木跑上兩三圈。即使給螳螂君那麼多時間了，牠還沒逃出五、六寸遠。到了這時候，牠已經明白我的厲害，再也沒有勇氣迎戰，只能東竄西躲地逃命，可惜沒用，我也東奔西跑地緊追在後。到最後螳螂君終於走投無路，只好展開翅膀試圖大戰一場。螳螂的翅膀又細又長，和牠的脖子很搭配，但聽說根本只是裝飾品，就和人們學到的英語、法語及德語一樣，完全沒有實用價值。因此，想用那種派不上用場的廢物大戰一場，對我起不了任何作用。雖然號稱是大戰，其實牠不過是在地面拖著下肢移動罷了。看到這副模樣，我不免心生同情，但為了達到運動的目的，也顧不了太多了，只好在心裡致歉，然後猛然衝到牠面前。在慣性原理作用下，螳螂君無法急轉彎，不得已只好繼續前進，我依勢朝鼻子揮上一拳，牠隨即展著翅膀倒下。我抬起前腳壓住螳螂君，略事休息，過一會兒才放開牠，放開了以後又壓住牠，也就是施出諸葛孔明七擒七縱的戰略予以制服。就這樣反覆進行三十分鐘左右，瞧牠再也動彈不得，便叼起牠甩一甩，再把牠吐出來。我看牠這時候躺在地面上動也不動了，便抬起手撥一撥，見牠被我撥離了地面，再趕緊按住。就這麼玩個幾趟直到玩膩了，才使出最後一招，狼吞虎嚥地將牠送進肚子裡。順便利用這個機會告訴那些沒吃過螳螂的人，螳螂不怎麼好吃，而且好像也沒有太大的營養價值。除了捉螳螂，我還會從事捕蟬運動。雖然一律概稱為蟬，其實種類都不一樣。如同人類有油嘴滑舌的傢伙、喋喋不休的傢伙、嘰裡呱啦的傢伙，蟬也有油蟬、鳴鳴蟬，以及寒蟬。油蟬吵得我受不了，得離牠遠一點；鳴鳴蟬太傲慢了，不好處理；只有寒蟬玩起來有意思。這傢伙只在夏季的尾聲才會出現，大約要等到秋風毫不留情地從和服腋下的縫隙鑽進去拂過人們的肌膚，害人受了風寒打起噴嚏的時節，寒蟬才會翹起尾巴來叫個不停。這傢伙喊得可大聲了。依我看來，牠生來只做兩件事：一是鳴叫，二是被貓捕捉。到了初秋，我就捕這些傢伙，稱之為捕蟬運動。在此先向諸位聲明，牠的名字中好歹有個蟬字，總不能在地面上爬行。萬一掉到地上，肯定會引來螞蟻獵食。我想捉捕的，可不是躺在螞蟻地盤上的那種貨色，而是歇在高高的樹枝上，「知了知了」叫個不停的傢伙。這裡想順道請教博學多識的各位，那傢伙的叫聲到底是「知了知了」？還是「了知了知」？我認為這項見解，對於蟬學的研究有著重大的影響。人比貓強，就強在這點上，而這點也正是人類引以自豪之處。如果沒辦法馬上給出答案，不妨仔細想一想。不過無論是哪種叫法，都不妨礙我的捕蟬運動。我只要根據蟬聲發出的位置爬上樹去，趁對方陶醉在鳴叫中一把擒獲就成。這種運動看似再簡單不過，實際上卻相當吃力。我有四條腿，自認為在大地上奔跑絕不比其牠動物來得差。至少按照數學常識判斷，長著四條腿的貓不會輸給只有兩隻腳的人類。但是說到爬樹，比我高明的傢伙卻多得很。撇開生來專為爬樹的猿猴，就算是猿猴的遠房子孫人類，也有些人擅長爬樹而不容小覷。爬樹原本就是違反地心引力的行為，所以即使不會爬樹，也算不上是恥辱，只是這對捕蟬運動造成很大的不便。幸虧我還擁有貓爪這項利器，勉強爬得上去，只是爬的時候並不如旁觀者看起來那麼輕鬆就是了。除了爬樹，我面臨的第二道難題是，蟬會飛。一旦讓蟬給飛了，可不像螳螂君飛起那麼好抓，萬一牠在我爬到一半時飛走了，好不容易爬上去就和沒爬上去的結果都一樣，而且倒楣事還不止這一樁，我偶爾還會淋到一泡蟬尿。那泡蟬尿簡直像是瞄準我的眼睛澆下來似的。寒蟬君若是面對生死交關想逃命請便，我只求行行好別撒尿。蟬起飛時撒尿，這種行為到底是由於什麼樣的心理狀態影響了生理器官呢？會不會是因為太憂愁苦悶了？還是為了攻敵不備，爭取逃脫的時間？如果是後者，那麼蟬就和烏賊噴墨汁、街頭混混刻意露出身上的刺青，還有我家主人賣弄拉丁文等等，可以歸成同一類的舉動了。這也是蟬學上不可掉以輕心的問題。若能精心研究，一定可以寫成一篇博士論文。這是閒話，還是言歸正傳。蟬最喜歡聚集在（如果「聚集」一詞覺得不妥，就改用「集結」。可是「集結」二字又有點老派，還是改回「聚集」為佳）……

蟬最喜歡集結的地方是青桐樹。據說青桐樹的漢名叫作梧桐樹。青桐樹的葉子非常濃密，而且足足有團扇那麼大，層層疊疊的，連樹枝都瞧不見了。這對於捕蟬運動造成極大的障礙。我甚至懷疑，有句俗話叫「只聞其聲，不見其影」，該不會是特地為我量身打造的吧？我逼不得已，只好以蟬鳴當成目標，往上爬六尺左右，梧桐樹很貼心地就在這個高度岔開成兩根枝椏。我在這裡稍微休息一下，隱身在葉叢間偵察蟬躲在什麼地方。問題是當我爬到這裡時，沿途發出窸窸窣窣的噪音已經惹得性急的傢伙飛走了。哪怕只飛走一隻，後續還是棘手。因為蟬和人類一樣，都是善於模仿的蠢蛋，只要飛走一隻，就會接而連三跟著離開。於是，等到我千辛萬苦終於從樹根爬到枝椏分岔處時，滿樹早已靜謐，連一聲嗡鳴都聽不見了。我爬到此處，任憑左探右瞧、抖晃耳朵，依然沒能發現蟬的動靜，要重來一趟我嫌麻煩，不如在這裡暫時歇一下，我便在分岔的枝椏上安頓好自己，等待第二次機會的來臨。等著等著，睏了起來，終於夢周公去了。當我忽然驚醒過來時，已經拜會完周公，從枝椏間摔落到院子裡的嵌地石板上了。不過，大致上我每爬一次，總能捕到一隻蟬。掃興的是，我只能在樹上把蟬銜在嘴裡爬下來。等我回到地面，從嘴裡把蟬吐出來時，牠多半已經斃命了。我再怎麼逗牠、撓牠，都沒有任何反應。可是捕蟬的樂趣就在於偷偷摸摸地靠過去，趁著牠將尾巴盡情伸伸縮縮之際，猛然探出前腳按住牠。這時，寒蟬君就會發出哀號，薄透的翅膀搧個不停。那搧動的速度，那搧動的優美，完全無法以言語形容，可謂寒蟬世界的一大奇觀。每當我按住寒蟬君時，總要央求牠做一場這種藝術展演，直到玩膩了才說聲抱歉，把牠塞到嘴裡。有些蟬甚至在進到我嘴裡之後，仍然繼續表演呢。除了捕蟬，還有一種運動是滑松樹。這無須多做解釋，稍微提幾句就好。說到滑松樹，也許有人以為是在松樹上滑行，其實不是那樣的，這也屬於一種爬樹的運動。與前一種運動的差異在於，捕蟬運動是為了捕蟬而爬樹，但滑松樹的目的就只是為了攀爬上去。松樹是一種常青樹，早從它被用來招待北条時賴⑦之後一直到今天，樹幹表面始終是疙疙瘩瘩的，樹皮長得最粗糙的樹就是松樹了。這種樹不僅無處下手，也無處落腳，換句話說，就是不知道該把爪子搭在什麼地方才好。我盡量找到一棵容易攀爬的樹幹，一口氣爬上去，爬上去之後再跑下來。至於下來的方式有兩種：一種是用頭下腳上的姿勢衝下來，另一種是維持爬上去的姿勢，尾巴朝下，慢騰騰地退著走下去。我想請教各位，有人知道這兩種方式當中，哪一種比較困難嗎？依照人類膚淺的見識，一定認為既然是往下走，自然是頭朝下比較舒服吧？那就錯了。選擇這種方式的人，大概只記得源義經衝下鵯越⑧的故事，以為既然源義經都能衝下峭壁了，一隻小貓從樹上跑下來，當然更不成問題。這些人對我們貓族太不尊重了。猜猜看，貓爪的彎勾是朝哪個方向的？全都是往後倒勾。由於貓爪像長鐵鉤一樣是倒勾回來的，所以能夠抓住東西拽向自己，卻沒有辦法把東西往外推出去。假定我現在一口氣爬上樹了，由於我是生活在地面上的動物，自然沒辦法在松樹頂上停留太久。若是一直待在樹頂，肯定要掉下來。可是放開手腳直接掉下來，速度未免太快，所以必須採取某種方法讓掉下來的速度減緩一些，這就是所謂的「降」。「掉」和「降」看似有很大的差距，實際上兩者的程度並不如想像中那般不同。掉得慢一點就是降，降得快一點就是掉。掉與降，僅僅是差之毫釐。我既然不想從松樹往下掉，只好減緩掉下去的速度，變成從樹上降下來。也就是說，我得要靠著其他東西的協助，來牽制掉下去的速度。剛才說過，我的爪子一律是往後勾的，恰好可以反過來用於調節掉落的速度，從而轉掉為降。這個道理相當淺顯易見。然而，如果要我頭下腳上，模仿源義經那樣衝下樹幹，就算我爪子全張也使不上勁，根本沒辦法幫忙支撐住自己的體重，只會哧溜溜地一路滑落到底，就算原本的盤算是降下去，結果卻變成掉下去了。所以說，像源義經那樣衝下鵯越不是一件容易的事。放眼貓族，擁有這項技藝的恐怕只有我一個。所以，我才把這種運動取名為滑松樹。最後，我再提一下繞牆這項運動。

主人家的院子用竹籬笆圍成一個四邊形，與簷廊平行的那一側約有五丈長，左右兩邊都差不多只有兩丈半。我剛才說的繞牆運動，就是沿著這道籬笆繞上一圈，中途不能掉下去。雖然無法每次都成功，但是順利完成的時候相當值得欣慰。尤其籬笆每隔一段距離都打上一支底部用火烤過的圓木樁，可以供我稍微休息一下。今天我的狀況很不錯，一早到中午已經繞了三趟，一次比一次熟練，而愈熟練就愈有意思，於是我開始繞第四圈。但是當第四圈繞到一半時，三隻烏鴉從鄰居的屋頂飛來了，就在離我大約六尺遠的籬笆上規規矩矩地歇成一列。我正在運動，居然被這群不速之客妨礙了，何況盡是一些來歷不明的烏鴉，膽敢停在別人家的圍籬上，簡直無法無天！我朝他們喊著：「讓開！我要過去！」離我最近的烏鴉嘻皮笑臉地看著這邊，第二隻在打量主人的院子，第三隻在用籬笆的竹子擦嘴喙，想必是飛來之前吃過東西了。我站在籬笆上，給牠們三分鐘的時間考慮如何回覆。聽說人們給烏鴉起了個別名，叫作勘左衛門⑨。這麼一看，這名字取得真貼切！我等了老半天，牠們既沒打招呼，也不飛走，我只好慢慢走過去。這時，最前面那個勘左衛門忽然張開翅膀，我還以為牠懼怕我的威風，打算逃走，豈料牠只是換了個姿勢，從

⑦北条時賴（一二二七～一二六三），日本鎌倉時代鎌倉幕府第五代執權（當時幕府政權的實際支配者），出家後亦被稱為最明寺入道。在謠曲中提到，北条時賴於寒冬中微服探訪民間，投宿村民佐野源左衛門家中，主人不惜焚燒珍藏的盆栽以款待來客。

⑧源義經（一一五九～一一八九）於源平會戰時，在鵯越這地方率領部屬騎馬衝下，成功奇襲敵軍。

⑨「烏」與「勘」的日文頭韻相同，而「左衛門」原本為侍衛官名，後來演變成男子的姓名。另外，也有人用「烏勘左衛門」來調侃膚色黝黑的人。

朝右看改成朝左看而已。臭小子！要是在地面上，我三兩下就能解決掉這個勘左衛門，無奈我在籬笆上連站著都得小心翼翼了，根本沒有餘力對付牠。可是，我又不甘心繼續站在這裡等三隻烏鴉自己離開。不說別的，我的腿力已經撐不住了。對方有翅膀，向來習慣在這種地方停留，要是牠們對這裡滿意，說不定會一直待下去。問題是，我這已是第四圈，腿酸得很，何況繞牆運動又是一項不亞於走鋼索的雜技兼運動，即使中間沒有任何障礙物，我也無法保證絕不會摔下去，誰知道半路居然冒出三個全身黑衣的攔路賊，使得繞牆運動更是難上加難。牠們若是再不讓路，我只好放棄運動，自行跳下籬笆了。再等下去也是麻煩，索性就這樣辦，否則敵軍聲勢浩大，況且牠們不像是常在本地走動的傢伙，嘴喙尖利的模樣簡直像天狗妖怪的孩子。而且烏鴉肯定不是什麼好東西，還是先撤退來得安全，要是再接近敵營，萬一摔了下去，那就比現在更丟臉了。我正琢磨著撤退，突然朝左看的那隻烏鴉叫了一聲「阿瓜」，第二隻也學著牠叫了聲「阿瓜」，最後一隻彷彿怕我沒聽清楚似地連叫了兩聲「阿瓜、阿瓜」。我再怎麼厚道，被這麼指著鼻子罵傻瓜、呆瓜，實在不能當成沒聽見了。好端端待在自己家裡，居然受到烏鴉侮辱，有損我的名聲。如果說我還沒名沒姓，談不上有損名聲，那就改成有損面子吧。我絕不能撤退！俗語不也說了，這就叫「烏合之眾」嗎？那邊雖然有三隻烏鴉，或許根本不堪一擊。我壯起膽子慢慢往前走，看看能走多遠就到多遠。那群烏鴉並沒有答理我，自顧自地聊著天，激得我益發惱火！若是圍籬的寬度可以再多個五、六寸，我非要好好修理牠們一頓不可！無奈的是，縱然一肚子火，我卻只能慢吞吞地一步一步走過去。好不容易，我總算來到距離最前面那隻烏鴉大約五、六寸的地方了。我正打算喘一口氣，沒想到那三個勘左衛門突然不約而同拍起了翅膀，飛上一、兩尺高。牠們搧起的那陣風猛然襲向我，我一驚，不慎踩空，就這麼直直掉落到地面了。我站在圍籬底抬頭望去，心裡暗叫一聲不妙，只見那三隻烏鴉又歇回原處，三個嘴喙齊齊排成一列，居高臨下瞅著我。真是厚臉皮的傢伙！我瞪了牠們一眼，牠們依舊無動於衷；我又弓起背來低吼幾聲，還是無濟於事。牠們即使看到了我所發出的憤怒信號，仍然沒有表示任何反應，就像庸俗之人無法領略靈妙的象徵詩一樣。仔細想想，也不能全怪牠們。我錯就錯在自始至終都拿牠們當貓看。如果是貓，看到這些明示和暗示，早就該有反應了，偏偏牠們是烏鴉，而既然是名叫勘左衛門的烏鴉，我也就無可奈何了。這種情形正如企業家急於要我家苦沙彌老師伏首稱臣，亦似源賴朝送給西行法師一隻銀製的貓⑩，又像烏鴉把屎液拉在西鄉隆盛⑪的銅像上一樣。但我懂得見機行事，既然情勢比貓強，我也就不再留戀，斷然退回簷廊上了。現在已是吃晚飯的時候。運動固然好，但不可以過量。我全身上下的骨架都快散了，累得要命，不僅身體疲憊，加上時序剛入秋，我這身毛裘在運動時已經被漸漸西斜的陽光曬得暖烘烘的，熱得我受不了。從毛孔裡滲出的汗液如果能淌下去就好了，麻煩的是那油汗卻稠膩膩地黏在毛根上，背癢得不得了。發癢的原因是出於黏汗還是跳蚤竄爬，那種感覺完全不一樣，我可以立刻分辨出來。如果發癢的地方嘴巴搆得到，還可以咬上一咬；要是發癢的地方腿腳伸得到，還能夠搔上一搔。問題是，我現在發癢的地方位在脊梁骨的正上方，自己根本抓不到癢處。遇上這種時候，只有兩個辦法：找到一個人靠在他身上搓蹭，或是找到一棵松樹靠在樹皮用力摩擦。如果沒有執行其中任一方案，我就會難受得沒法安穩睡覺。人類並不

⑩這是一則日本的數學故事。相傳源賴朝（一一四七～一一九九，日本鎌倉時代的首任征夷大將軍，並且創建幕府制度）賜給西行法師（一一一八～一一九〇，日本鎌倉時代的歌僧）一只銀製的貓，西行法師收下後，看見一群孩子在門前玩耍，他想將這只銀貓送給小孩，小孩爭搶，於是他想出讓孩子們圍成一圈依序報數，報到某一固定數字者遭到淘汰的方法，最後沒被淘汰的人可以得到銀貓。

⑪西鄉隆盛（一八二八～一八七七）日本明治維新時期的政治家，其最著名的銅像座落於東京上野公園。

聰明，所以我只要向他們撒嬌地叫個幾聲就行（所謂撒嬌的叫聲，是從人類的角度而言，就我的感受來說，這不是撒嬌聲，而是肉麻兮兮的叫聲）。總而言之，人類並不聰明，所以我只要肉麻地叫個幾聲，蹭到人類的膝腿旁，他或是她多半會誤以為自己頗得我的鍾愛，因此不僅會任我為所欲為，還會不停地撫著我的頭呢。可是，最近我這身毛皮裡有種叫作跳蚤的寄生蟲繁殖，所以即使我偶爾靠過去一下，總會被拎起脖子扔到別處去，人類就為了那種連肉眼都不一定看得見、微不足道的小蟲子，棄我如糞土。用「翻手作雲覆手雨⑫」來形容人類這種忽熱忽冷的態度，實在貼切。我身上的跳蚤頂多不過一兩千隻罷了，人類居然就翻臉不認貓，真是太現實了！據說人類社會有所謂「愛的法則」，第一條是這樣的：「但凡於己有益之時，則應當愛人。」人類突然對我無情無義，所以即使我身上再癢，也沒法仰靠人力解決了。我只好採取第二種的松樹皮摩擦法。既然決定了，現在就去找棵樹摩一摩吧。我正準備跳下簷廊時，忽然發現這是個得不償失的笨方法。原因只有一個：松樹有松脂。這種松脂是一種相當難纏的傢伙，一旦沾在毛尖上，任憑五雷轟頂還是波羅的海艦隊全軍覆沒，它也絕不會脫落下來。不但如此，如果黏上五根毛，很快就會蔓延到十根了；等你發現有十根毛淪陷時，早已波及三十根了。本貓性喜恬淡，嗜尚風雅，最討厭這種揮之不去的惡毒、黏膩、執拗的玩意了。縱使是絕世美貓，如果是這樣執拗的個性，我都懶得理睬，更不用說是松脂了。松脂就和車夫家老黑隨著北風吹颳從眼裡淌出的眼屎幾乎是一樣的玩意，怎麼可以容得了這玩意來糟蹋我一身淺灰色的毛裘呢！我還是再想一下該不該去蹭松樹。其實也沒什麼好思索的，只要往樹皮一摩擦，立刻可以消解我背上的奇癢，但是肯定會沾得一身黏。和松脂這種不懂得因事制宜的笨蛋打交道，不僅會傷害我的顏面，更會殃及我的毛皮，再怎麼癢得難受，也只好繼續忍下去了。這兩種方法都行不通，真叫我發愁。像這樣又癢又黏的，若不趕快想個辦法，說不定會生病的。我蹲在地上思索有什麼好主意時，忽然想起一件事來。我家主人經常拎著毛巾和肥皂翩然出門去，不曉得上哪裡，過了三、四十分鐘後回來，只見他原本暗沉的氣色有了生氣，看起來有神采多了。如果連主人那種邋裡邋遢的人，都能煥然一新，對我想必多少有點效用。我生來俊俏，用不著變成美男子，可是萬一身上的奇癢害我染病，只活了一年又幾個月就夭折，豈不是愧對天下蒼生？聽說那地方也是人類為了消遣而設計出來的，叫作澡堂。既是人類打造的，八成好不到哪裡去，不過反正眼下想不出其他辦法了，進去試一試也無妨。如果試過以後沒效，頂多下回不去就是了。問題在於，不知道人類有沒有那個度量，願意讓非我族類的貓進去專為人類自己建蓋的澡堂？不打緊，反正連我家主人都可以堂而皇之進去的地方，總不至於把我拒於門外吧？可是，萬一當真吃了閉門羹，傳出去就不好聽了。我最好還是先去探探情形較妥當。看過以後確定沒問題，再叼條毛巾竄進去也不遲。沙盤推演完畢，我就大搖大擺前進澡堂了。

我往左拐進小巷裡，不遠處有一支像竹子一樣高聳的東西，頂端一直冒出淡淡的煙霧，這就是所謂的澡堂了。我悄悄地從後門溜進去。若是有人說這樣從後門溜進去不夠磊落啦、不夠成熟啦，那都是只能由前門造訪的人心懷嫉妒，才會如此出言諷刺。自古以來，聰明人向來都是從後門來個出其不意的奇襲。聽說在《紳士培育方策》第二卷第一章第五頁就有這樣的文字記載，甚至在下一頁還明明白白寫著：「紳士應於自宅後門撰留如是遺言：『此乃明德修身之門也』。」呢！我可是二十世紀的貓，這點教育還是受過的，別把我給瞧扁了。好了，我溜進去一看，左邊

⑫出自杜甫〈貧交行〉：「翻手作雲覆手雨，紛紛輕薄何須數？君不見管鮑貧時交，此道今人棄如土。」

是一座由鋸成八寸長的松木段堆積而成的小山，這座小山的旁邊則是一座由煤炭堆積而成的小丘。也許有人要問，為什麼松木柴薪堆得像山，而煤炭堆得像丘呢？其實沒什麼特別的意思，只是想靈活運用一下「山」和「丘」這兩個字而已。如此看來，人類不但吃米，還吃鳥、吃魚、吃獸，種種不該吃的東西全吃了，到最後居然墮落到吃起煤炭來了，太可憐了。我走到盡頭，看到寬約六尺的入口大敞。往裡頭一探，屋裡空空蕩蕩，蕩蕩空空，一片寂靜，倒是對面不停傳出人們講話的聲音。我可以肯定所謂的澡堂就在傳出聲音的那邊，於是穿過松木柴薪和煤炭中間形成的谷道之後左轉，再走了一段路，發現右邊有扇玻璃窗，由小圓桶疊成的三角形，也就是金字塔，就座落在玻璃窗外。小圓桶分明身為圓形，卻被疊成三角形，該是何等的不願意哪！我對於小圓桶君的委屈，能夠感同身受。小圓桶的南邊還多出一段大約四五尺寬的木板，簡直像是保留下來供我專用的。木板離地約三尺來高，這個高度恰恰適合我跳上去，太完美了。我暗叫一聲好極，輕巧地往上一躍，所謂的澡堂立刻呈現在我的鼻尖、眼下與面前。天底下最有意思的事，莫過於享用不曾吃過的東西、欣賞還不曾看過的風景了。各位如果和我家主人一樣，差不多每星期都來三趟這個澡堂天國待上三十乃至四十分鐘，那很好；要是像我這樣從來沒看過澡堂長什麼樣，最好盡快來見識一下。寧願不為爹娘送終，澡堂卻非看不可。世界之大，如此奇景絕不多見。

有人反問這地方奇在哪裡？眼前的奇景簡直稀奇得讓我沒法形容。在玻璃窗裡動來動去、吵吵鬧鬧的人們，全都裸著身子。他們是台灣的生蕃[13]，他們是二十世紀的亞當。回溯人類的服裝史（這一講又要講好久了，不講了，交給圖非斯卓克[14]慢慢說去）……總之，人類完全是靠服裝來莊重自己的地位。十八世紀，理察．奈許[15]在大英帝國的巴斯溫泉訂定了嚴格的規範，要求所有人不分男女，即使在浴場之內，仍然要穿著服裝，並且要從肩膀包覆到腳部。另外，距今六十年前，同樣是在英國的某個城市要設立一所美術學校。既然是美術學校，當然必須購置裸體素描與裸體模型，擺設於校園的各個角落，但是這個立意良善的舉措，在即將舉行開學典禮時，卻成為所屬機關主管與教職員的噩夢。因為開學典禮必須邀請該市的名媛淑女蒞臨，共襄盛舉。然而，當時的貴婦認為人類是穿著衣服的動物，不是裹著毛皮的猴子猴孫。人類不穿衣服就等於大象沒有鼻子、學校沒有學生、士兵沒有勇氣一樣，完全失去了本質。既然失去了本質，那不再是人，而是獸禽了。即使只是素描和模型，仍然無異於獸禽，而與獸禽為伍，自然有傷貴婦的品位，因此那些女眷紛紛拒絕出席。教職員雖然覺得那些女人不可理喻，可是東西方的國家都一樣把女人當成裝飾品。她們雖然不會樁米也沒辦法志願從軍，卻是在開學典禮上少不得的裝飾擺設。為了讓那些女人出席，教職員只好去布店買回三十五反⑯八分七的黑布，逐一罩住那些被說成是獸禽的人像。為了慎重起見，甚至連所有人像的面孔全都裹起來了。如此折騰了一番，開學典禮總算順利舉行。服裝對人的重要性可見一斑。近來有些老師成天強調裸體畫，並且主張人們應該裸體，我認為他們錯了。身為一隻有生以來從未裸體的貓，他們錯得離譜。裸體是希臘、羅馬的遺俗，並且是挾著文藝復興時代的淫靡風習廣為散播，希臘人和羅馬人在日常生活中對於裸體已經司空見

---

⑬台灣日治時期，台灣總督府原本依循清廷對台灣原住民依據漢化程度的分類，稱為「熟蕃」與「生蕃」，後來將「生蕃」改稱「高砂族」，「熟蕃」改稱「平埔族」。

⑭圖非斯卓克（Diogenes Teufelsdröckh），這個名字的原意是「由神而生的魔鬼的糞便」。圖非斯卓克是蘇格蘭諷刺作家兼歷史學家湯瑪斯・卡萊爾（Thomas Carlyle，一七九五～一八八一）重要著作《衣服哲學》（Sartor Resartus）裡的虛構人物。

⑮理察・奈許（Richard Nash，一六七四～一七六二），原為賭徒，因緣際會之下成為巴斯溫泉地區的禮賓司長，將該地成功打造成觀光重鎮，吸引皇室與名流前來休閒度假。

⑯「反」為日本傳統的布匹單位，一反布料可縫製一襲成人尺寸的和服。

慣，根本沒想過裸體會導致傷風敗俗。然而北歐天氣嚴寒，就連在沒有北歐那麼冷的在日本都沒辦法不穿衣服上街，要是在德國或英國赤條條地走在路上，肯定要凍死了。這種死法太冤枉了，那麼還是穿上衣服吧。於是大家都穿起衣服來，人類也就變成穿著衣服的動物了。自從成為穿著衣服的動物之後，人類某一天忽然見到裸體的動物，就只當他是獸禽，而不是人類了。基於上述原因，歐洲人，尤其是北歐人，都把裸體畫和裸體像當成獸禽看待，甚至視為比貓更次等的獸類。你們說裸體才是美？你們覺得美也無妨，反正我們只把裸體的人看成是一頭美麗的野獸。這時也許有人要問我看過西方婦女的禮服沒有？我只是一隻貓，當然沒見識過西方婦女的禮服，不過聽說她們穿那種叫作禮服的衣裳時是袒胸露肩，還光著膀子的，成何體統！在十四世紀之前，女人的穿著打扮還和普通人一樣，並沒有那麼可笑，至於為什麼後來會演變成穿得像個不入流的雜耍演員，說來話長，我這裡就不說了。反正懂的人就懂，不懂的人保持不懂也就行了。服裝的歷史就說到這裡了。話說回來，西方婦女雖然喜歡在晚上打扮得怪模怪樣，但是心底似乎還留有一絲人性，因為她們白天出門的時候，曉得該掩住肩膀、遮起胸脯、包緊手臂，全身上下裹得緊緊的，哪怕被人瞧見一根腳趾頭，也覺得是奇恥大辱。由此可見，西方婦女的禮服，根本是由笨蛋和傻瓜在某種愚蠢的作用下所討論出來的結果。假如不同意我的說法，不妨試試親自在大白天露出肩膀、胸脯和手臂。崇尚裸體的人也請照做。您既然認為裸體有益無害，那麼就請令嬡別穿衣裳，閣下也順便脫個精光，相偕去上野公園散散步吧！您說辦不到？不對，不是辦不到，而是因為西洋人沒有這樣的舉動，所以您也不願意吧？事實上，就在這一刻，有人正穿著不合邏輯到了極點的禮服，威風凜凜地踏進帝國飯店。如果問為什麼要穿那種衣服？說穿了也沒什麼，只是因為西洋人穿了，所以他們也學著穿上了。這些人大概認為西洋人有權有勢，就算不合理也要勉強自己模仿，否則坐立難安。在高者面前就該彎腰，在強者面前就該低頭，在重者面前就該服輸。面對這一連串的「就該」，難道不覺得不甘願嗎？如果認為不甘願也只能逆來順受，我得求您行好，再也不要自以為日本人很了不起。做學問也是這個道理。不過這與服裝無關，不多談了。

由此可知，衣服對於人類有多麼重要。其絕大的重要性，可以說人類就是衣服，抑或衣服就是人類。我認為即使說，人類的歷史既不是肉的歷史，也不是骨的歷史，更不是血的歷史，而是衣服的歷史，也不為過。因此，當人類看到不穿衣服的人，就覺得那不是人，而以為自己遇上妖怪了。如果全體人類都約好一起當妖怪，那麼世上就沒有人類和妖怪之分，原本應該天下太平了，但是在那種情況下，人類的煩惱反而變得更多。很久很久以前，大自然把造得一模一樣的人扔到了世上，所以每一個人出生時都是光著身子的。假如人類的本性願意接受這樣的平等，應該就能夠以裸體的樣貌永遠一起生活下。可是，其中有個光著身子的人覺得：「像這樣人人都相同，就沒有必要努力了，即使奮發圖強，也無法將優異的成果展現出來。非要想個辦法，讓任何人一看就能識別出那是我。我希望能在身上加點什麼東西，讓誰看了都會大吃一驚，有沒有什麼好主意呢？」這個人整整想了十年，終於發明出短褲衩，於是立刻穿上它，趾高氣揚走來走去，心裡非常得意，這個人就是現在車夫的祖先。或許有人覺得奇怪，光是發明一件簡單的短褲衩，居然耗費了十年的光陰？這樣的疑問是帶著優越的眼光站在今日的角度，去批判古代那個民智未開的世界。在當時，短褲衩可是絕無僅有的偉大發明。笛卡兒說過「我思故我在」，這個真理現在連三歲小孩都懂，但聽說他耗費了十幾年才想得出來的。單是思考道理都得這樣竭盡心思，那麼以車夫的智慧，能夠只用十年的時光就發明出短褲衩來，已經值得讚許了。自從這種短褲衩面世之後，全天下的妖怪就數那些車夫最神氣了。他們穿著短褲衩，不管上哪裡都擺出一副昂首闊步、耀武揚威的架勢，惹得另一個妖怪不服氣，因而花費六年時間發明出一種叫作和服外褂的廢物。外褂一出現，短褲衩的勢力頓時衰退，從此進入了和服外褂的全盛時期。賣蔬果的、賣藥草的、賣布料的，統統都是這位大發明家的後裔。緊接在短褲衩時代、外褂時代之後的，是和服裙褲時代。這個時代的起源是有個妖怪看不慣那些穿外褂的，於是創造出裙褲。從前的武士和目前的官員，都屬於這個妖怪的種族。世上的妖怪們如此這般地競相標新立異，甚至出現了下襬模仿燕子尾巴的畸形服飾。回顧這段史實可以知道，種種衣物的出現絕非毫無來由、胡亂拼湊，也不是在偶然巧合、漫不經心間得到的結果，每一件都是抱持著必勝的雄心壯志所想出來的新款式，穿上身到外面展示「我和你大不相同」。從這裡可以看出一種心理學上的重大發現：人類厭惡平等，如同自然忌避真空[17]。厭惡平等的人類不得已穿上了衣服，時值今日，身上的衣服已經如同骨肉，成為人類本質的一部分，到了這時候又要他們拋棄身上的衣服，像「木阿彌回復本初[18]」一樣，回到眾人平等的原始時代，只有瘋子才想得出這種餿主意！就算這些人甘願背上瘋子的臭名，人類終究無法回到那種生活，因為在文明人的眼中，回歸裸體狀態的人都是妖怪。縱令把全世界幾億萬人口全都拖回到妖怪的疆域，以為如此一來，大家都成了妖怪，沒什麼好羞恥的，總算達到眾人平等，這下可以安心了……，未免放心得太早。因為就在全世界人類都變回妖怪的第二天，妖怪就會再次展開競爭。不能穿上衣服競爭，那就靠妖怪的本質來競爭。就算人人同樣裸體，還是要想盡辦法從中找出差異之處。從這點可以看出，人類的衣服終究是脫不得的。

回歸正題，如今我瞧見的這一群人，居然把脫不得的短褲衩、外褂，還有裙褲全脫下來擺到架子上，在眾目睽睽之下毫不顧忌地暴露出天生的醜態，並且談笑自如。我剛才說的一大奇景，指的就是眼前這片景象。請允許我有這份榮幸，為各位文明君子介紹概況。

映入眼簾的全是一團亂，我真不知該從哪裡寫起才好。妖怪們不按規矩辦事，要想條理分明地記錄下來實在太辛苦了。先從浴池寫起吧。我沒把握那就是浴池，不過應該是浴池錯不了。那座浴池約三尺寬、九尺長，從中間隔成兩半，一邊蓄的是乳白色的熱水。聽說這叫藥浴，顏色渾濁，像是溶了石灰似的，不但看起來渾濁，還像泛著油光般地濃稠。我後來聽了才知道，原來水一星期才換一次，難怪這水像餿了。旁邊那池是普通的熱水，但我敢發誓，那絕不是澄澈透明的。那種水的顏色，完全和把消防儲雨桶裡的蓄水攪拌過後一樣。接下來要描述那些妖怪了，這部分很不好寫。水色像消防儲雨桶的那個池子裡，站著兩個年輕人，他們面對面，往對方的肚子互相嘩啦啦地淋水，看來挺享受的。若論膚色黧黑，這兩個可是難分勝負。我心想，這兩個妖怪長得真強壯。不一會兒，其中一個拿著布巾不停地搓撫著胸脯，開口問另一個人：「小金，這地方疼得很，你瞧這是怎麼回事？」「那是胃哩！要是犯了胃病，會要人命的，你可得當心點唷！」小金熱心地警告對方。「不，我說的是左邊呀！」那人指著左肺的位置問說。「那地方是胃！左是胃，右是肺！」「是哦，我還以為胃在這兒哩！」那人說著，拍了拍腰部給小金看。小金告訴他：「那地方疼的話，就是疝氣犯啦！」就在這時，有個鬍子稀疏、年約二十五、六的男子噗咚一聲跳進水裡。接著，他身上的肥皂沫和汙垢漂在水面，就像帶有鐵質的水那樣閃閃發亮。他旁邊有個禿老頭和一個剃五分頭的人聊個不停，這兩人同樣只把腦袋瓜露出水面。「唉，上了年紀

⑰出自佛學用語「真空妙有」。《佛學大辭典》：「非有之有曰妙有。以對於非空之空而曰真空也。」

⑱用以比喻事態好轉時，又恢復到原本的狀態。典故出自日本戰國時代，大和國領主筒井順昭病故，家臣找來聲音神似領主的木阿彌假扮成病中的筒井順昭，三年之後才正式發布筒井的死訊並由領主之子繼位，木阿彌也恢復了原本的生活。

就不中用嘍！人一老，什麼都比不上年輕人了。唯獨泡澡，到現在還是得夠燙才舒服。」「老爺子還硬朗得很！這麼有活力，一定能夠長命百歲。」「活力倒沒有，只是沒生病而已。人哪，只要不做壞事，包管能活上一百二十歲。」「哦？能活到那個歲數？」「當然行！保你活到一百二十！明治維新以前，牛込那地方有個叫作曲淵的近衛武士，他家裡有個男僕還活到一百三十歲呢！」「真是長壽呀！」「是啊，他活了太久，連自己的年紀都忘了。聽說活到一百歲時還記得，再來就記不住了。而且一百三十歲只是我聽到的時候，那年他還沒死，後來又活了多久我不清楚，說不定到現在還活著哩！」說著，禿老頭出了浴池。鬍子稀疏的那個人兀自笑的很開心，他身上不時有像雲母片那般發亮的渣子往四周擴散開來。下一個跳進池裡的和一般看到的妖怪不一樣，背上紋著圖案。那幅圖看起來像是岩見重太郎⑲掄起大刀正要斬殺巨蟒的一幕。可惜那幅圖尚未竣工，巨蟒還沒紋上去，使得這位「重太郎先生」顯得不夠英勇。重太郎先生一面跳進浴池裡一面嘀咕著：「賊王八，這水不燙啦！」接著，又有一個人跳了進去，一入水就皺起眉頭了。「這水已經太……呃，對，得再燒熱一點才好……」然而看他的表情，像是正在忍耐滾燙的熱度。他一抬眼對上了重太郎先生，立刻喊了聲「師傅好！」重太郎先生只唔了一聲，不一會兒才問說：「阿民怎麼樣了？」「還能怎麼樣？一樣喜歡灌黃湯嘛。」「再這樣貪杯下去可不成……」「管他，反正那人心術不正！……該怎麼說，就是很多人不喜歡他……不曉得怎麼回事，大家就是對他不放心。當工匠的，這要如何做生意？」「就是說啊。阿民不肯放低身段，氣焰太囂張了。就因為這樣，讓人沒辦法信賴。」「您說得沒錯。他仗著自己手藝好，……到頭來還是自己吃虧嘛。」「白銀町老一輩的都上西天了，現在只剩下做桶子的阿元和燒磚塊的老闆和師傅了。咱們都是這兒土生土長的，阿民可不知道是打哪兒來的哩！」「是呀。能在這兒待到現在，也算難為他了。」

「唔，真弄不懂他，就是不招人喜歡。他也不和咱們往來。」兩個人把阿民攻擊得體無完膚。

關於消防儲雨桶的那個池子，就寫到這裡。我往稠白的浴池一看，那邊幾乎客滿，與其說是人泡在水池裡，不如說往人堆裡灑了些水來得貼切。不單如此，這些人都悠閒得很，從剛才到現在一直有人跨進去，卻沒有任河一個人跨出來。按照這種泡法過了一個星期，難怪這池髒成那副德性。我感嘆之餘繼續端詳，赫然發現苦沙彌老師泡得紅通通的，被人推擠到左邊的角落裡縮成一團，真可憐。我心想，要是有人願意讓條路給他出來就好了，可是誰也不動，而主人也沒打算起身，始終悶不吭氣地泡得通紅，真是辛苦他了。他大概是想把二分五厘的入浴費撈個夠本，才把自己泡成一身紅吧。關心主人的我在窗框外心急如焚，真怕他再不快點起身，待會兒可要頭暈目眩了。這時，泡在水裡離主人六尺遠的那個人皺著眉頭說：「這藥浴太有效了，我背上有股熱辣辣的感覺直往上竄呢！」他想從身邊這群妖怪當中博取同情。「哪兒的話，這樣正好！藥浴就得這個燙度才有效。在我老家，那藥浴的溫度可比這裡燙上一倍哪！」某個人自豪地說。「這池藥浴到底能治什麼病？」有個人向眾人請教。此人在自己凹凸不平的頭顱上擱著疊好的布巾作為遮掩。「這藥浴能治百病喔！只要泡澡，保證病除，厲害得很。」回答的人瘦稜稜的，面孔的顏色和形狀都像極了黃瓜。既然藥浴那麼靈驗，他的相貌應該更福態一些吧。「把藥材包放到池子裡後的第三天或第四天最有效，今天來泡正是時候！」有個人說得像個萬事通似的。我一看，是個臃腫的男人，估計這身形是油垢積出來的。「喝下去也有效嗎？」不知從哪裡冒出一個尖細

⑲日本傳說中有許多英勇事蹟的豪傑。

的聲音問說。「把這池水舀起來放涼之後喝下一杯再睡覺，夜裡不必起來小便，很神奇，不妨喝一點試試。」我找不到這個答案是從哪一張嘴巴說出來的。

浴池的部分先寫到這裡。我看向沖洗區，……天啊，不堪入目的亞當們以各種隨心所欲的姿態，隨心所欲地搓洗著各部位。其中最令我驚駭的兩個亞當，一個仰躺著望向高高的天窗，另一個趴伏著窺探水溝裡面，看來這兩個亞當十分悠閒。有個大光頭面向石牆蹲著，後面有個小光頭一直為他捶肩。這兩人大概是師徒，由小光頭代替澡堂雜役為大光頭服務。真正的澡堂雜役也在，他大概染了風寒，在熱烘烘的澡堂裡還穿著無袖棉襖，拿著小桶子舀水往客人的肩上澆淋。我定睛一看，這個澡堂雜役的右拇趾和食趾間還夾著一塊羊毛搓澡布。靠近我這邊有個人貪心地獨自霸佔了三個小桶子，頻頻勸旁邊洗澡的人用他的肥皂，並且一直發表長篇大論。我好奇他講些什麼，於是仔細聆聽。「槍砲是從外國傳進來的，以前咱們日本人都是拿著刀打打殺殺的。外國人膽子小嘛，所以才發明出那種東西。我記得好像不是大清國，應該是外國發明的。和唐內的時候還沒那東西。提起那個和唐內，他也是清和源氏的子孫，說是源義經從蝦夷國去滿洲的時候，帶了一個非常有學問的蝦夷男人隨行。後來源義經的兒子攻打大明國，又擔心打不過大明國，於是派出使臣去見三代將軍請求借兵三千，三代將軍卻扣住那個傢伙不放他回去。……那名使臣叫什麼來著？……反正就叫某個名字的使臣……。總之把他扣留兩年，最後在長崎給他找了個女人，兩人生下來的兒子就是和唐內了。後來回國一看，大明國已經被國賊大清給滅了……⑳」這個人說的話，我一個字也聽不懂。在這個人的後面，有個看似二十五、六歲的男子一臉陰沉，心不在焉地不停舀起稠白的熱水蒸熏自己的胯下，大抵是那地方長了疔瘡還是什麼的，好像很難受。他旁邊有個差不多十七或十八歲的小伙子自吹自擂說得口沫橫飛，應該是這附近的寄宿生。

再過去出現一個形狀奇特的後背，脊梁骨一節一節非常清楚，簡直像是從屁股插進去一根紫竹似的，而且脊梁骨的左右兩側各有對稱的四處紅腫潰爛的膿包，那形狀很像十六武藏古棋。真要按照我看到的情景逐一描述實在寫不完，以我的文筆連百分之一都無法完整轉述。我開始猶豫不該自找麻煩時，入口處忽然冒出一位身穿淺黃棉料和服的七十歲禿頭老翁。老翁恭恭敬敬地朝那些裸體的妖怪鞠躬，並且相當熟練地致謝：「萬分感謝各位客官天天關照。今天冷了一些，各位請在這裡待久一點……歡迎到藥浴池那邊來來回回多泡幾趟，好好暖一暖身子……掌櫃，注意水涼了得趕緊添些熱水！」掌櫃立刻應了一聲。「真懂得招呼客人。沒這種本事可做不好生意呢！」那個「和唐內」對老翁大加稱讚。這個奇怪的老翁突然出現，嚇了我一跳，打斷了我對澡堂裡面的紀錄，於是我轉而只觀察那個老翁。老翁看見一個大約四歲的孩子正從浴池裡爬出來，便伸出手要去拉他：「小少爺，我拉你起來。」那小孩瞧見老翁那張臉活像踩扁的麻糬，嚇得他哇的放聲大哭起來。老翁頓了一頓，假惺惺地感嘆道：「唉呀，怎麼哭啦？爺爺嚇到你了？唉呀，這該怎麼辦才好？」老翁沒辦法讓孩子止住哭聲，只好馬上換個話題，對孩子的父親說：「這不是源老爺嗎？今天有點冷啊。昨天晚上溜進近江屋的那個小偷實在笨透了，居然在門上挖了個四四方方的洞呢！結果呢，什麼也沒拿就跑了。大概看見警察或是夜裡值班的人來了吧！」老翁既同情這個糊塗的小偷，又忍不住大大嘲笑了一番。接著他又找上另一個人搭話：「冷啊冷！您還年輕，

⑳這一段話並無史實根據。近松門左衛門的淨瑠璃劇本《國姓爺合戰》以鄭成功為原型雛形塑造出名為「和唐內」的主角。清和源氏的由來是日本清和天皇將皇子降為臣籍賜姓源氏。蝦夷國為現今北海道一帶。三代將軍即德川幕府的第三代將軍德川家光（一六〇四～一六五一）。

想必不覺得冷吧？」他倚老賣老地直喊冷。

我好一陣子只注意這個老翁，不但完全忘了還有其他妖怪，就連可憐兮兮縮在池角的主人也從我的記憶中消失了。就在這個時候，沖澡區和更衣區的中間突然有人大吼一聲。我定睛一看一瞧，果然是如假包換的苦沙彌老師。早從我第一天住進主人家，就聽慣了他那破鑼大嗓門，但畢竟今天不在家裡，還是把我嚇了一大跳。我當下立刻鑑定事由並且做出結論：這一定是他勉強自己在熱水中泡太久以致於頭昏腦脹了。如果單純由於頭部充血而做出違背本性之事，當然不能怪他；可是看情形，顯然他雖然頭昏腦脹，腦筋卻依然清楚得很。至於我為什麼能夠肯定這一點，只要接著解釋他發出這聲轟天巨吼的理由，各位就明白了。原來他十分幼稚地和那個自吹自擂、不值一哂的寄宿生吵起架來。「過去一點！不許把水潑到我的桶子裡！」臭罵對方的自然是我家主人。觀看事物的角度不同，就會得到截然不同的結果，所以我不該把這聲怒吼認定是他泡久了頭昏腦脹的結果。這就好比也許一萬個人裡面，會有那麼一個把他這聲怒吼類比為高山彥九郎㉑痛斥山賊。也許主人的這聲喝叱，正是以高山彥九郎自居，無奈對方並不覺得自己是山賊，主人當然就無法得到預期的效果了。那個寄宿生只回過頭來，老老實實地說：「我從一開始就在這裡沒動過。」這句回答很平常，只是他話中隱含的「不願意移過去一點」的意思拂逆了主人的心意。儘管主人正值氣頭上，他倒也明白以對方中規中矩的態度和回答，自己不能再把人家當成山賊似的臭罵一頓。其實，主人之所以發火的理由，並不是真的氣他太靠近自己這邊，而是主人一直聽著這兩個年輕人談話太過傲慢，大聊捕風捉影之事，不像這個年紀該有的態度，所以才會這樣惱火。所以即使對方有禮貌地回答了，主人依舊不肯移到搓洗區，而是又罵了一句：「混蛋小子，怎麼可以把髒水直往別人的桶子裡潑！」事實上，我也覺得這個小伙子有點討厭，不禁在心裡暗叫一聲「痛快」，可是又想到，主人身為學校教師，這種舉止並不妥當。主人向來是硬脾氣，和燒過煤炭渣一樣又尖又硬。相傳從前漢尼拔[22]帶領軍隊越過阿爾卑斯山時，路中央有一塊巨石擋道，成為阻礙。漢尼拔在這塊巨石上澆了醋再點火焚燒，把石頭燒軟了，再用鋸子輕而易舉地把巨石像切魚糕一樣鋸成兩塊，軍隊這才順利通過。我覺得像主人這樣，都已經在成效驚人的藥浴裡泡得都快煮熟了，依然沒有變成有用處的人，恐怕只能澆上醋再炙烤一番才行。否則，就算主人再經過幾十年、遇上幾百個像這樣的寄宿生，也治不好他這頑固的脾氣。包括泡在這座浴池裡的，還有在這處沖澡區裡閒晃的人，一旦脫下文明人必備的服裝，就是一群妖怪，當然不必遵守常規常道，大可為所欲為。隨他喜歡把肺部講成胃、將鄭成功說是清和源氏、不信賴阿民，統統無所謂。可是，一旦跨出沖澡區，進入更衣區，他就不再是妖怪了。當他來到普通人類生活的娑婆世界[23]，就必須穿上文明人必備的服裝，也就不得不遵照人類的規範，做出循規蹈矩的言行舉止了。主人此刻正站在門檻上，那是位於沖澡區與更衣區分界線上的門檻。下一瞬間，他即將返回這個充斥著八面玲瓏、八面圓通的世界了。就連在這交關之處，主人還是頑固如故，可見這種頑固已經是他根深柢固的痼疾了。既然是痼疾，當然不容易治癒。根據我不太聰明的腦袋，這種病只有一帖藥方可以根治，那就是拜託校長予以革職。主人不懂得變通，一旦遭到革職，必然走投無路；一旦走投無路，只能橫屍街頭。換句話說，革職將成為主人死亡的遠因。主人雖然喜歡

㉑高山彥九郎（一七四七～一七九三），日本江戶時代的思想家，提倡推翻幕府政體。
㉒漢尼拔（Hannibal，約西元前二四七～西元前一八三），古迦太基的將軍。
㉓釋迦牟尼佛所教化的三千大千世界。

嚷嚷自己身上帶病，其實非常怕死，他只是想把這種不會嚴重到致死的病症，當成一種享擁特殊待遇的身分。因此如果嚇唬他：「再鬧病就宰了你！」主人這個膽小鬼一定嚇得渾身發抖，渾身發抖之後這種病就會痊癒了。萬一這樣還不見好轉，也就無藥可救了。

就算糊塗愚蠢、就算身上有病，他依舊是我的主人。有個詩人寫過「一膳君恩重」的句子，我雖然是只是一隻貓，也不可能對主人不聞不問。我所有的心思都用在對主人的無盡同情上，注意力沒放在沖澡區那邊。突然間，一陣亂烘烘的叫罵聲從稠白色的浴池那邊傳了過來。我心想，難道那裡也吵起架來了？轉頭一看，從沖澡區通往浴池的狹窄過道塞滿了許多妖怪，有毛的小腿和沒毛的大腿動來動去。初秋的日光漸漸暗了下來，一片朦朧氤氳熱氣從沖澡區瀰漫到天花板，中依稀可見那群妖怪你推我擠的模樣。頻頻喊燙的叫聲貫穿了我的耳朵，在腦子裡轟然炸開。那聲音有黃的、青的、紅的、黑的交錯層疊，混合成一種無以名狀的聲響在澡堂裡迴盪。這種只能以混雜紛亂來形容的噪音能有什麼作用，我一點也想不出來。我深深受到這幅景象的魅惑，看得茫然佇立。一會兒過後，這種吵雜聲達到混亂的極點，再也無法比此刻更刺耳了，就在這一剎那，這胡亂推擠的一大群人中陡然站起一名大漢，身高至少比其他男子高上三寸，再加上他那張面孔，簡直分不清是臉上長滿鬍鬚、還是鬍鬚裡藏著臉。只見他揚起漲紅的面龐，發出如烈日下敲起破鐘般的聲音大吼：「快添快添！太燙啦！」這一瞬間，滿場熙熙攘攘的群眾中，唯獨這個聲音和這張面孔鶴立雞群，整間澡堂彷彿只有他這麼一個男人。超人！他就是尼采所謂的超人啊！他是魔鬼中的大王！他是妖怪的首領！我在心潮澎湃中，看到浴池後面有人應了一聲「來嘍」。我狐疑地把目光移向那邊，在昏暗難辨中，瞥見那個罩著無袖棉襖的澡堂雜役將好大一個煤塊扔進爐子裡以壓住火勢。澡堂雜役關上爐門，大煤塊發出劈劈啪啪的爆裂聲，倏然把那雜役的側面映得分明，同時也像著了火似地照亮了他背後那片在黑暗中的磚牆。我有些害怕，趕緊跳出窗外，跑回家去了。回去的路上我不禁尋思，在那群脫掉外褂、脫掉短褲衩、脫掉裙褲，竭力爭取平等的赤裸人類之中，又出現了一個赤裸的豪傑征服了其他的弱者。可見就算把全身脫得光溜溜的，還是沒辦法獲得平等。

我回到家中一看，這裡是一片太平。剛泡完澡回來的主人臉上泛著光彩，正在吃晚餐。他看見我跳上簷，隨即說道：「這貓可真逍遙自在，方才上哪裡遛達去了？」我打量菜色，家裡沒錢卻擺著兩三樣菜，其中還有一尾烤魚。我不知道這尾魚的名稱，想來大抵是昨天在品川砲臺沿岸捕到的。我要先聲明，這尾魚長得挺健壯，可是再健壯的魚也經不起像這樣或煮或烤的，所以說倒不如當隻病秧秧的魚，至少還能苟延殘喘。我蹲在飯菜旁思索著這些事，假裝看著那尾魚又像沒看著那尾魚似地，等著看主人會不會賞我幾口。如果不扮出這種表情，我敢肯定絕對沒機會吃到魚，不如趁早死心來得好。主人夾了一口魚，擱下了筷子，臉上的神情似乎覺得不太好吃。太太坐在對面，聚精會神地觀察著主人默默上下夾動筷子，以及下顎開闔的動作。

「喂，朝貓頭打一下！」主人突然這樣吩咐太太。

「為什麼要打牠？」

「別管那麼多，打牠一下就是了！」

太太應了句「真要打嗎」，隨即往我的頭頂拍了一下。一點也不疼。

「沒叫啊？」

「是沒叫。」

「再來一次！」

「不管打幾遍，不都是一樣嘛。」說著，太太又伸出手心拍了我一下。還是一樣不痛，所以我連動也沒動。我雖然足智多謀，仍然想不出來主人打我做什麼。若是知道理由，總會想出點辦法來；但是主人只說了打我一下，這樣一來，不但動手打貓的太太為難，挨打的我也不曉得該怎麼應對。主人發現前後已經打了兩下還是沒能如他的意，忍不住開始發急。「喂，再試試！打下去得讓牠叫啊！」

「讓牠叫要做什麼？」太太面露不耐地問道，再度啪的打了我一下。我明白了主人的意圖，事情就好辦了。只要叫一聲，就能讓主人滿意。有這麼愚蠢的主人，實在麻煩得很。如果想聽我叫，一開始把目的講清楚就行了，根本用不著大費周章地打了我一次、兩次、三次，而我也在挨第一下時就能交差了事，不必要多挨了第二下、第三下。除非是單純以拍打為目的，才能像主人那樣下達「打一下」的命令。「打」是對方的動作，而「叫」卻是我的回應。既然一開始就期待我叫，卻只吩咐要打我，以為這樣就能把屬於我自由裁量範圍的叫聲也包含在這道命令裡面，簡直無禮！這樣太不尊重別人的人格了！對我來說，就是太不尊重貓格了！假如有這種行徑的人是主人鄙棄如蛇蠍的金田老爺，倒還不奇怪，但是一向以無愧天地自豪的主人做出這種事，未免太卑鄙了。然而事實上，主人並不是那種小人，因此主人的這道命令不是出於狡詐奸滑，而是因為他的智慧頂多和孑孓一般多，於是只能萌生出這種程度的念頭。他認為吃飽飯肚子就會鼓起來，皮肉被割傷就會流出血，遭到砍殺就會一命歸西，因此以他短絡的思惟，他以為貓挨打就會叫了。遺憾的是，那樣的推論不太合乎邏輯。按照他的理論，掉進河裡就會死掉，吃下炸蝦就會腹瀉，領到薪水就要上班，閱讀書籍就有出息。倘若當真如此，有些人可要煩惱了。要是挨打了就非叫不可，我可就麻煩了。如果把我當成那只一敲就響的目白報時鐘，未免把我這隻貓看得太沒有用

處了。……我先這樣在心裡把主人挖苦一番，接著才配合他的要求，「喵」的叫了一聲。

我叫完了以後，主人問太太：「現在叫了。妳知道牠這聲『喵』是感嘆詞，還是副詞呢？」

太太並沒有回答這個突如其來的問題。老實說，我也覺得主人想必是泡澡引起的頭暈還沒復原，才會問出這種問題。我家主人早就是這一帶小有名氣的怪人了，事實上甚至有人一口咬定他是個不折不扣的神經病。不過，主人擁有超凡的自信心，堅持自己不是神經病，全世界的其他人才是神經病！如果左鄰右舍叫我家主人是狗，主人聲稱為了公平起見也要喚他們是豬，並且主人確實打從心底自詡為維護公平的使者。該拿他怎麼辦才好呢？就因為我家主人是這種個性，所以對太太提出這種古怪的問題，在他看來根本是小事一樁，但是被問的人卻覺得他真像個神經病。也因為這樣，太太覺得莫名其妙，選擇緘默無語，而我更是就算想答也沒辦法講話。結果主人突然大喊一聲：「喂！」

太太嚇了一跳，隨口應了一聲：「欸！」

「妳這聲『欸』是感嘆詞，還是副詞？」

「是哪種都無所謂，這麼無聊的事何必去想它呢。」

「怎麼可以不想！這可是當今國語文學者腦子裡最關心的重大議題哩！」

「哎，您又繞回貓叫聲的問題了嗎？真討厭。但是，貓叫聲也不是日語嘛。」

「所以才要問妳啊！這可是個非常深奧的問題哩！這叫作『比較研究』。」

「是哦。」太太生性伶俐，不會把自己攪進這種麻煩的問題裡。「那麼，您想出來到底是哪一種詞了嗎？」

「這麼重要的問題，不可能一下子就分析出來。」說著，主人連吃了好幾口魚肉，也順便夾了口旁邊那盤芋塊燁豬肉。「這是豬肉吧？」「對，是豬肉。」主人哼了一聲，臉上帶著非常輕蔑的表情把嘴裡的豬肉嚥了下去㉔，然後把酒杯遞給太太。「再給我一杯吧！」

「您今晚真有酒興，可是臉已經喝紅了呢。」

「不礙事，照喝不誤。……妳知道世界上最長的字詞是什麼？」

「知道，是從前的關白太政大臣㉕吧？」

「那是人物敬稱。我問的是最長的字詞，知道嗎？」

「字詞？是洋文嗎？」

「唔。」

「我怎會知道呢？……酒別再喝了，再吃些飯菜，好嗎？」

「不，我還要喝！我告訴妳最長的字詞是什麼吧！」

「好好好，說完可得吃飯喔。」

「就是 Archaiomelesidonophrunicherata ㉖這個字詞！」

「您編出來的吧？」

「才不是我編的哩！這是希臘文。」

「用日語來說是什麼意思呢？」

「我只曉得拼法，不知道是什麼意思。如果寫得寬鬆一些，可以寫到六寸三分長哩！」

別人拿到酒席上談笑的話題，我家主人卻說得正經八百，實在堪稱奇觀。不過他今晚喝得特別多，平常日子向來只喝兩盅，現在已經喝下四盅了。主人光是兩盅下肚都會滿面通紅，多喝了一倍更是整張臉像燒紅的火筷子似的，簡直活受罪。可是他還不肯罷休，又遞出酒杯嚷著：「再來一杯！」

「已經夠了吧，別再喝了。再喝要難受的。」太太見主人喝太多了，很不高興地勸阻。

「妳懂什麼？就算現在難受，今後也得慢慢練酒量才行。大町桂月㉗就勸人多喝。」

「桂月是什麼人？」即使是名滿天下的大町桂月，到了太太面前卻是一文不值。

「桂月是當代第一流的評論家。既然他勸人喝，準沒錯！」

「胡說八道！管他名叫桂月還是梅月，哪有勸人喝酒受罪的，真是多管閒事！」

「他不單勸人多喝酒，還勸人多交際、多玩樂、多旅行哩！」

「那就更不像話了。那種人是第一流的評論家？真不敢相信，居然勸有婦之夫到處吃喝玩樂……」

「吃喝玩樂也挺好的。用不著桂月建議，要是口袋裡有錢，說不定我也出門去玩哩！」

「幸好家裡沒錢！您要是往後照那樣吃喝玩樂，我可吃不消。」

「妳若是吃不消，我也可以打消這念頭，不過妳以後得好好伺候丈夫，還有，晚上幫我多備些好菜。」

㉔當時的日本只有九州人常吃豬肉，其他地方的居民多半認為那是一種低賤的肉品。

㉕在《小倉百人一首》（藤原定家挑選一百位具有代表性的歌人與其和歌作品一首，集結成冊）中，將平安時代歌人藤原忠通（一〇九七～一一六四）記為法性寺入道前關白太政大臣。

㉖出自古希臘喜劇作家阿里斯托芬（Aristophanes，約西元前四四八～三八〇）的作品《馬蜂》（The Wasps），意思是唱著一首迷人的古老詩歌，而詩歌的內容是描述普留尼柯斯的席頓尼女子。

㉗大町桂月（一八六九～一九二五），日本詩人暨評論家。

「現在這樣已經最好的飯菜了。」

「是嗎？那麼，等以後有了錢再去吃喝玩樂，今晚就先這樣打發吧！」說著，他把空飯碗遞了出去。他後來好像吃了三碗茶泡飯，而我這天晚上則享用了三片豬肉，還有鹽烤魚頭。

第八章

我早前說明繞牆運動時，已經稍微提過主人院子周圍的竹籬笆了。如果各位以為這圈竹籬笆旁邊就是鄰居家，譬如住在南側的鄰居名叫次郎，可就誤會了。這裡畢竟是苦沙彌老師的住家，儘管房租便宜，但是我家主人絕不會和隔著一片薄牆的鄰舍熱情往來，更不會不加敬稱，直接親切地叫喚阿與或是次郎之類的鄰居名字。竹籬笆外有塊寬約三、四丈的空地，空地的盡頭蓊鬱矗立著五、六株扁柏。從簷廊望過去，遠處是一片茂密的森林。老師的住處彷彿是荒郊裡一間孤伶伶的屋子，只有一隻無名的貓陪伴這位江湖隱士送走一天天的日月星辰。不過扁柏並不如一般形容的那麼茂密，從枝葉的空隙可以毫無阻礙地眺見群鶴館的簡陋屋頂，這館舍的商號雖然氣派，但其實只是一家廉價旅社。望著那片簡陋的屋頂，要將苦沙彌老師想像成江湖隱士，自然不是一件容易的事。如果那家旅社都能自稱是群鶴館，那麼苦沙彌老師的居所完全堪稱是臥龍窟。反正這又無須納稅，大家儘管隨意起些響叮噹的名號吧。這塊三、四丈寬的空地，沿著竹籬笆朝東西向延伸十丈左右，旋即像鉤子一樣急遽轉彎，圍住臥龍窟的北側。北側這塊空地是禍患的根源地。原本這間屋子的兩側全是空地，一塊空地接著另一塊空地，連綿不絕。別說臥龍窟的主人了，就連住在窟裡的我這隻靈貓，望見這片空地也要發愁。空地的南邊矗立著高聳的扁柏樹，而北邊也不遑多讓，有七、八株梧桐樹巍然而立。梧桐樹的樹圍已經長到一尺粗細了，只要請木屐商來收購，肯定可以賣個好價錢，然而這也是向人租房的無奈之處。可憐的主人，就連想賣木材也不能作主。前些天，學校那邊來了個工友砍下一根樹枝帶走，第二次上門的時候，已經趿上一雙簇新的桐木屐，還主動吹噓這雙大木屐就是用上回砍走的樹枝做的，這不是來氣人的嗎？家裡雖然有梧桐樹，但是看在我和主人全家人的眼裡，卻是連一毛錢的價值都沒有。聽說有句古語是「匹夫無罪，懷璧其罪」，套用到主人家，就該說是「梧桐無辜，換不了錢」了。正所謂空藏美玉，卻毫無用武之地。更奇怪的是，愚蠢的不光是主人一個，也不是說我，而是房東傳兵衛。難道傳兵衛每次來收租時，都沒聽見家裡那些梧桐樹的一聲聲催促，要他趕緊找木屐商來嗎？愚蠢的他卻當作沒聽見，只管催著主人快點繳租。我與傳兵衛無冤無仇，不多說他的壞話了。言歸正傳。方才介紹過，「北側這塊空地是禍患的根源地」，這是你我之間的祕密，可別把這句話拿去告訴主人。關於這塊空地有個最大的缺點，那就是沒有圍牆。這裡是一塊四面通風、四通八達、人人皆可長驅直入抄近路穿行的空地。我用了「這裡是」，其實並不妥當，其實應該用「這裡曾經是」，這樣才正確。至於為什麼必須這樣用，就得話說從頭才能明白來龍去脈。若不清楚來龍去脈，縱使是大夫也不曉得該如何開藥方。所以，我得從主人剛搬來這裡的時候開始慢慢講起。四面通風的好處是夏天涼爽宜人，加上這戶人家反正沒錢，即使沒當心門戶，應該也不至於有小偷光顧。因此主人家完全不需要設置圍牆、籬笆，甚至是作戰用的防禦繩網或尖木欄柵那類東西。不過，問題的真正關鍵在於，駐紮在這塊空地對面的究竟是些什麼人或什麼樣的動物？為了解決這個問題，非得把囿守在對面的君子品格查清楚不可。在還沒有弄清楚對方是人類還是動物之前就稱之為君子，似乎過於躁進，但原則上稱一聲君子總是錯不了，反正這個時代就連小偷也奉上一個梁上君子的美名。話說回來，以主人家遇到的狀況來說，那些君子絕對不是需要勞駕警察大人出動的那種君子。只是，雖然不會給警察添麻煩，但論起數目，卻是密密麻麻，相當驚人。那是一所名為落雲館的私立中學——一所為了把這八百名君子培育成更為像樣的君子，而每個月收取兩圓學費的學校。如果你以為，名為落雲館，想必裡面盡是風流倜儻的君子，那就大錯特錯了。剛才從「群鶴館裡根本沒有仙鶴落凡」以及「臥龍窟裡只有一隻貓」的事例中，各位應該已經學到不可輕信名稱的教訓了。既然諸位清楚我家主人苦沙彌是個擁有學士與教師頭銜的瘋子，那麼應該明白落雲館裡的君子不會個個都是風雅之士。如果這樣仍然堅持無法了解，不妨來我主人家住個三天左右吧。

如前所述，主人一家剛搬來的時候，那塊空場沒有圍籬，於是落雲館的那些君子都像車夫家的老黑一樣，慢悠悠地擅自闖入梧桐林裡聊天、吃飯包、躺在竹葉上休息……，想做什麼就做什麼，然後把飯包的屍體（也就是竹皮）、舊報紙、舊草鞋、舊木屐等等，凡是帶有「舊」字的東西，差不多都往這裡扔。不在意瑣事的主人對此並不在意，也沒有提出抗議，就這樣繼續過著他的生活。我不明白主人是不知道有這種情形，還是分明知道卻無意責怪。問題是，那些君子隨著在學校接受教育的日子愈來愈久，愈來愈像個所謂的君子，逐漸從北側空地往南側空地蠶食而入。如果覺得蠶食這個詞彙不適合用在君子身上，也可以不用，但我實在找不到其他更貼切的字眼了。那些君子猶如逐水草而居的沙漠住民，離開了梧桐林，奔向扁柏林的懷抱了。扁柏林位於客廳的正前方。若不是膽大包天的君子，豈敢採取如此囂張的行動！過了一兩天，他們的膽子愈來愈大，進化成為超級大膽。世上再也沒有比教育成效更可怕的作用了。他們不僅朝客廳的正前方步步進逼，甚至在那裡唱起歌來。歌名是什麼我忘了，但決不是三十一個字的那種①，而是更歡快、更通俗易懂的歌曲。聽到他們的歌聲，訝異的不單是主人，連我這貓也佩服起那些君子的才藝，不由得豎起耳朵欣賞。讀者們應該都知道，「佩服」和「干擾」有時候是相互抵觸的，然而就在此刻，沒想到這兩者居然合而為一！至今回想起來，我仍然感到遺憾萬分。我猜主人同樣也覺得遺憾，不得已奔出書房兩三次驅趕他們離開。主人朝他們大吼：「這裡不是你們可以進來的地方，滾出去！」不過，他們畢竟是受過教育的君子，區區這幾句，怎麼願意聽話照做？才被攆走馬上又進來了，進來以後又唱起歡快的歌、高聲聊天。況且身為君子，他們的談吐必然別具一格，一開口就是「你這渾小子」、「干老子屁事」。據說那種語言在明治維新之前屬於武士僕役、轎夫、挑夫、搓澡工之流的專用術語，到了二十世紀，已經成為受教育的君子學習到的標準語言了。有人認為這種情況就像是從前不入流的運動，到了今天卻大受歡迎一樣。主人又從書房衝了出來，逮住一個把這套「君子語言」說得最流利的學生，質問他為什麼要進到這裡？那個君子竟一時忘了該使用「你這渾小子」、「干老子屁事」這種高貴的語言，而是以相當低俗的語言回答：「我們以為這裡是學校的植物園。」主人告誡他下不為例，把他放走了。使用「放走」這個詞，聽起來宛如把一隻小烏龜放生了似的，有點可笑，但是主人當時確實是揪住了那個君子的衣袖進行談判。主人心想，已經再三訓誡了，他們以後應該不會再犯，但主人不知道的是，自從女媧補天的時代以來，人間世事向來事與願違——主人又一次遭遇到失敗。那些君子這回改由北

①意指日本和歌，由「五七五七七」的三十一音組成。

側空地穿越院子，再從大門出去。大門哐噹一聲開了，主人以為有客人造訪，卻聽到梧桐林那邊傳來笑聲。情勢益發嚴峻，教育成效愈加顯著。可憐的主人眼見事態不妙，鑽回書房寫了一封恭恭敬敬的信送去給落雲館的校長，懇請校方稍加管束。校長也送來一封鄭重的復函，告知近期將派員圍一道牆，請主人稍候。不久，果然來了兩三名工匠，大約只花半天功夫，就在主人和落雲館之間分界上架起了一道高約三尺的方眼竹籬。主人喜形於色，認為往後可以高枕無憂了。主人太傻了。區區一道竹籬，怎麼可能改變那些君子的行動？

捉弄人實在太有意思了。像我這樣的一隻貓，也時常捉弄家裡這幾位小千金取樂，更不用說落雲館的那些君子當然更喜歡找上不機靈的苦沙彌老師了。恐怕只有被捉弄的人，才會對此感到忿忿不平。我嘗試剖析這種捉弄人的心態，歸結出兩項要因：第一是受捉弄者不能不當一回事，第二是捉弄者在在勢力以及人數上都必須優於對方。前陣子主人去了動物園，回來後屢次提起一件事讓他很有感觸。一聽之下，原來是他目睹了小狗向駱駝挑釁。小狗在駱駝周圍快得像風一般不停轉圈吠叫，駱駝仍是泰然自若，自顧自揹著駝峰站著沒動，任憑小狗狂吠嗥叫，駱駝依然不理不睬，到最後，小狗也覺得掃興，自己停了下來。主人笑那駱駝未免反應太遲鈍了。這個例子恰恰可以用來說明目前的情形。不管是多麼擅於捉弄的高手，一旦對方是那隻駱駝，也就捉弄不成了。話說回來，受捉弄者也不能找像獅子和老虎那般凶猛的捉弄對象，否則正準備逗弄一下，自己反倒落得大卸八塊的下場了。最愉快也最安全的狀況是，一逗弄對方就氣得他齜牙咧嘴，可是生氣歸生氣，卻也只能吹鬍子瞪眼，拿我沒辦法。為什麼說捉弄別人很有意思，這有多方面的理由。首先是很適合用來消磨時間，有些人無聊的時候甚至想數一數自己有幾根鬍子呢。我還聽說從前有個囚犯坐牢，由於實在找不到事情做，只好在牢房牆上畫一個又一個三角形來捱過一天又一天。世上再沒有比無聊更令人難以忍受的事了，總得找點刺激的事情，否則活著也沒有意思。也就是說，捉弄別人是一種可以得到刺激的娛樂遊戲。想要得到刺激，就必須或多或少把對方惹得冒火、焦急或示弱才算成功，所以自古以來熱衷此道的多半是不知民間疾苦、只想尋樂度日的昏庸官宦，以及只管自己開心、其他事都事不關己、腦筋幼稚、精力又無處發洩的少年。其次，對於想實地驗證自身優勢的人而言，捉弄別人是最簡便的方法了。雖然殺人、傷人與害人都能夠驗證自身的優勢，然而這樣的行為毋寧說是以殺人、傷人與害人為目的所採取的手段，而驗證自身的優勢只不過是遂行這些手段之後的現象，也是必然的結果。因此，如果一方面要展示自己的優勢，又不想給人帶來太大的傷害，捉弄別人就成為最適當不過的選項了。如果不稍微傷害對方，就無法用事實證明自己的優越；唯有得到事實驗證，否則即使心裡告訴自己沒有問題，仍然無法得到極大的樂趣。人類總是自視過高，即使在不應該自負的情形下，也希望有恃無恐。他們因而非得找到別人來實地應用一番，告訴自己確實優於別人，以後可以無所顧忌，儘管安心了。不僅如此，一些不明事理的庸俗之人，以及缺乏自信而躁進之人，更會把握各種機會，體驗穩操勝券的快感。這和練柔術②的人總想把對手摔出去一樣。柔術不高明的人只盼能遇上一個比自己差的對手，僅僅交手一次也好，哪怕是個沒學過柔術的外行人也可以，反正可以把他摔出去就行。這種人抱著如此危險的願望，在街上走來走去，只為了實現這個心願。除此以外，想要捉弄別人的理由當然還很多，可是再講下去就太長了，以下省略。如果還想聽，請帶塊柴魚來請教，我隨

②日本明治維新時代之前，以護身制敵為主的傳統武術。目前廣為人知的現代柔道與合氣道，其多數技法均由柔術沿襲而來。

時都可以開講。參照以上所述來推論，我認為最佳的捉弄對象，就是奧山的猴子③和學校的教師。把學校的教師和奧山的猴子擺在一起，實在抬舉了。——我抬舉的不是猴子，而是太抬舉教師。可是他們真的太像了，我也沒辦法。大家都知道，奧山的猴子被鐵鍊鎖著，再怎麼張牙舞爪，吱吱亂叫，也不必擔心牠會抓傷人。教師身上雖然沒有鐵鍊，卻被月薪給牢牢捆住，可以儘管捉弄別擔心，他絕不會辭掉工作去毆打學生。如果是個有勇氣辭職的人，當初就不會去從事照顧孩子的工作。我家主人是教師，他雖然不是落雲館的教師，仍然是個教師。要想捉弄人，我家主人是最適合、最方便、最安全的對象。落雲館的學生都是少年，既然捉弄人可以抬高自己的身價，這些受過教育的學生，於是理直氣壯地要求享有這項應有的權利。不僅如此，假如不捉弄人，他們就不曉得該如何發洩過剩的體力與腦力，也不知道該怎麼打發那無聊又漫長的假期。這時候，具備一切最佳條件的主人，自然要受到捉弄，而學生自然要捉弄他，不管讓誰來看，這都是天經地義的結果。主人為此生氣，實在是太不解人情、太不懂世事了。接下來我將依序描述落雲館的學生怎麼樣捉弄我家主人，而我家主人對此又是如何不解人情，敬請過目。

各位應該都看過方眼竹籬是什麼東西，那是一種通風良好的簡易圍籬，我們貓族可以從方眼孔洞之間自由穿行來去。有沒有那道方眼竹籬，對我都不成為妨礙。不過，落雲館的校長並不是為了防堵貓族才架設了方眼竹籬，而是為了防止自己培育的那些君子鑽進來，才會特地請工匠來紮出這道竹籬笆。方眼竹籬通風良好，人類應該鑽不過去。這種用竹子組合捆紮而成的籬笆上有許多四寸見方的孔洞，縱使請到大清國的魔術師張世尊，恐怕同樣束手無策。因此，這道籬笆對於人來說，肯定充分發揮了阻隔的作用，也難怪主人看到這道圍籬架設完成會那麼高興，以為從此可以過著太平生活了。然而，主人的理論卻有很大的漏洞，比竹籬上的方眼孔洞更大，簡直是連吞舟之魚都能游逃過去的大漏洞。主人是基於「不可攀牆」的假設做出了結論。他假設這些君子好歹是學生，即使只是簡陋的圍籬，畢竟名義上是一道分界，只要能夠看出區分的領域，就不必擔心他們會隨意闖入。緊接著，主人也暫且推翻了那個假設，認定就算有人企圖闖入也沒關係，因為即使是個小毛頭也不可能從方眼孔洞鑽進來。綜合以上兩種狀況，他立刻下了結論：絕無闖入之虞。的確，除非他們是貓，否則不可能穿過這種方眼孔洞，再怎麼渴望也辦不到；但是圍籬完全不妨礙學生攀爬過來和跳過來，他們甚至可以當成一種運動，更有意思了。

從架好圍籬的第二天起，就和還沒架起圍籬之前一樣，那些君子一個兩個的從北側的空地跳了進來，只是他們不再入侵到客廳的正前方了。畢竟如果遭到追捕，需要一點時間逃跑，因此他們預先估計好逃跑所需的時間，只在沒有活逮風險的地方巡弋。待在東側耳房裡的主人當然看不見他們在做些什麼。如果想知道他們在北側空地上的巡弋的狀態，只能推開院子的便門，探出身子遠眺對向的轉彎處；或是從茅房的小窗隔著圍籬眺望。從茅房小窗裡看過去，對方有多少人、在哪裡做什麼事，全部一目了然。問題是，就算看清楚敵營有幾個人，總不能過去逮捕，頂多只能從窗子裡罵個幾聲而已。若要從院子的便門繞道進攻敵陣，還來不及出手逮人，他們只要一聽到腳步聲，立刻一個兩個的爬出竹籬笆外了。這就和盜獵船偷偷駛向海狗曬太陽的地方，試圖偷抓海狗的情形一樣。主人當然不會在茅房裡站哨，也不會讓院子的便門敞著以備一聽到動靜立刻衝出去。假如他真的打算這麼做，就得辭去教員工作，把全副心力都放在對付他們上，否則

③奧山指淺草寺後面一帶，在江戶時代是熱鬧的娛樂場所，當時還有一座動物園。

沒辦法逮到人的。主人在這兩項上屈居劣勢，其一是他在書房裡只能聽到敵人的聲音，卻看不到敵人的身影；其二是他從茅房的小窗只能看到敵人，卻沒有辦法動手逮人。對方識破了主人這些不利的條件，於是採取了以下的戰略：當他們偵察到主人窩在書房裡時，就可以盡量大聲吵鬧，甚至有些話是用來譏笑主人的，而且聲音的來源很難辨識。乍聽之下，那些君子好像是在圍籬裡喧嘩，但又似乎是在圍籬外面嘻鬧，很難斷定。一看到主人出現，他們不是逃之夭夭，就是一臉無辜地彷彿打從一開始就待在竹籬笆外了。再來，當他們看到主人進去茅房時（我前面用了很多次「茅房」這個骯髒的字眼。我一點都不想用它，而是逼不得已，為了記錄這場戰爭才不得不使用）也就是說，當目睹主人跨進茅房裡時，他們就挑在梧桐樹那一帶徘徊，故意讓主人看見。萬一主人從茅房裡發出足以驚動四鄰的高聲怒吼，敵軍也能從容不迫地退回基地去，絕無露出驚慌之色。敵人採取的這種戰術讓主人根本想不出對策。當他認定敵人確實入侵，抄起手杖趕出去一看卻是靜悄悄的，一個人也沒有；當他以為誰也沒來的時候，從茅房的小窗朝外一看，必定又有一兩名學生闖入了。主人一下子繞到屋後探看，一下子進去茅房偵察；進去茅房偵察了以後，又繞到屋後探看……，就這樣兜來轉去，說來說去都是同一回事，也不停重複同樣的事情。所謂疲於奔命，指的就是他的處境。主人火冒三丈，已經分不清自己的本業究竟是教師還是戰士了。當這股怒氣衝到頂點時，就惹出了以下這場風波。

事件的開端大抵都是由怒氣引爆的。所謂怒氣，就是氣血竄升。關於這一點，我相信不論是蓋倫④、帕拉塞路薩斯⑤，乃至於古老時代的扁鵲，都不會有任何異議；爭論的問題焦點在於，這股氣血會攻到什麼地方，還有為什麼是往上攻的。根據歐洲人古老的傳說，人們體內有四種液體在循環。第一種名為怒液，如果往上竄升會導致生氣；第二種名為鈍液，如果往上竄升會導致神經反應遲鈍；第三種名為憂液，這會造成抑鬱；最後一種是血液，有助於四肢活動自如。後來，隨著人類的進化，怒液、鈍液，和憂液都在不知不覺間消失，到現在只剩下血液仍然和當初一樣在體內循環。所以，如果有東西在體內往上竄升，除了血液以外，應該找不到別的了。至於血液量則是因人而異，按照性格而稍有增減，不過每個人大約是五升五合左右。當這五升五合的血液往上竄升的時候，只有血液流經之處會變得非常活躍，而其他部位則由於缺血而變得冰涼。這就像當時民眾放火燒毀派出所，警員全都集結在警察局裡，而街上連一名警員的影子都看不到的情況一樣⑥。如果從醫學的角度來診斷當時的情形，可以稱為「警察之氣血竄升」了。要想治療這種氣血竄升的病症，必須讓血液像從前一樣平均分布在體內的每一個部位才行。要達到這個目的，就要讓竄升上去的東西退降下去。方法有很多種。聽說主人已故的老太爺會把濕布巾擱在頭上，下身鑽進暖爐桌裡焐暖。《傷寒論》裡也提到了頭寒足熱乃是延命祛災之徵。因此，天天以布巾濕敷可作為延年益壽的良方。如果不用這個方式，也可以試一試和尚常用的法子。居無定所、雲遊四方的禪僧，一向是在樹底下的石頭上過夜。他們之所以睡在那樣的地方，並不是為了修行，完全是為了讓氣血退降。這是六祖慧能舂米時想出來的祕方。各位不妨試著坐在石頭上，尊臀當

④蓋倫（Galen，約一二九～二〇〇），古羅馬醫學家暨哲學家，奠定了日後歐洲醫學理論的基礎。

⑤帕拉塞路薩斯（Philippus Aureolus Theophrastus Bombastus von Hohenheim，自稱與通稱為 Paracelsus，一四九三～一五四一），瑞士醫生與科學家。

⑥該起事件發生於一九〇五年九月五日。日俄戰爭結束，兩國簽署了《朴茨茅斯條約》（Treaty of Portsmouth），日本民眾對於條約內容大表不滿，在日比谷公園召開了反對談和的國民大會，後來爆發警民衝突，演變成放火燒毀多處派出所的暴動，幾天後政府出動軍隊鎮壓才結束了這起事件。

然涼涼的吧？屁股一涼，氣血降低，這就是毋庸置疑的自然規律。像這樣透過各種方式讓氣血退降的妙法已有不少，遺憾的是到現在還沒有發明出能夠促使氣血竄升的好辦法。絕大都數情況下，氣血竄升是有害無益的現象，但也不能一概而論，某些職業就非常需要。如果氣血沒有竄升，也就一事無成，其中最重視氣血竄升的是詩人。氣血竄升對詩人的重要性，等同於煤炭對輪船的不可或缺。萬一哪天氣血斷了供給，這些詩人除了吃飯，就只能雙手抱胸枯等，成了什麼都不會的凡人。不過，氣血竄升是發瘋的別名，不發瘋就無法營生——這樣傳出去，有失體面，因此詩人彼此間談妥了，不用氣血竄升這個說法，而煞有介事地稱之為靈感。這是他們用來欺瞞世人所巧立的名目，其本質就是氣血竄升。柏拉圖當他們的靠山，把氣血竄升美其名曰「神聖的瘋狂」。儘管冠上了「神聖」的名號，但人們對「瘋狂」依舊不敢恭維，所以為了他們著想，還是放上「靈感」這個像新發明藥品的名稱吧。其實說穿了，就像魚糕的材料是山藥、觀音像鑿自一寸八分的朽木[7]、蔥段鴨肉蕎麥麵用的是烏鴉肉、牛肉豆腐鍋裡用的是馬肉，而靈感的本質就是氣血竄升。當發生氣血竄升的症狀時，就是暫時性發瘋。這種暫時性發瘋可以不必被送到巢鴨[8]住院。不過，要製造出這種暫時性發瘋極其困難，反倒是終生性發瘋容易製造。即使是神通廣大的神仙用盡神力，也很難讓人只在執筆撰寫的這段時間內發瘋。既然無法靠神力，只好自力救濟。這就是為什麼從古至今，專家學者絞盡腦汁想研發出氣血竄升術和氣血退降術。某個人為了獲得靈感，每天都吃十二個澀柿子。他的邏輯是，吃了澀柿子會便秘，而便秘必定會引發氣血竄升。另一個人拿著酒壺跳進鐵澡盆裡泡熱水浴。他認為浸在熱水裡喝酒一定會讓氣血竄升。他又進一步說，如果這樣還不成功，再把葡萄酒煮滾，一面泡熱水浴一面喝熱葡萄酒，保證一舉奏效。可是這個人沒有錢，所以還來不及做實驗就死掉了，可憐哪。最後，有人想到，如果模仿古人，也許能夠激發靈感。這是應用了某個學說：只要模仿某人的言行舉止，就會接近那個人的心理狀態。假如學一個喝得醉醺醺的人講醉話，自己不知不覺間也會覺得喝了酒似的；倘若能夠堅持打坐一炷香的功夫，就會覺得自己彷彿也變成和尚了。由此可知，只要模仿那些得到靈感的古代名家的一言一行，必定可以誘發出氣血竄升。傳說雨果曾躺在一艘快艇上構思作品主題，所以只要坐在船上凝望藍天，一定可以氣血竄升。傳聞史蒂文生是趴著寫小說的，因此只要趴著握筆，一定能夠血液逆流。各種不同的人，就像這樣想出了各種不同的辦法，可是到現在還沒有任何一個成功。換言之，到目前為止，人為的氣血竄升還無法實現。雖然遺憾，也是無可奈何。毫無疑問的，能夠隨心所欲操控靈感的時機遲早終將到來。為了人文領域的長足進步，我殷切盼望這一天能夠早日來臨。

關於氣血竄升的闡述，說到這裡應該已經相當完整，接下來終於要敘述那場風波的始末了。不過，舉凡任何大風波發生之前，必定會先出現小風波。只記敘大風波而忽略了小風波，這是自古以來的諸多史學家常犯的弊病。我家主人同樣是因為不斷遇上小風波，導致他的氣血竄升症狀一次比一次加劇，終於因為火冒三丈而引發了大風波。所以我必須依照事情發生的順序逐一說明，否則各位就無法了解我家主人究竟為何火冒三丈；而如果無法讓世人了解，我家主人的火冒三丈也就落得空有其名，說不定世人還會輕蔑他根本名不副實。主人難得火冒三丈，至少得博得一聲了不起的美譽，否則就太不划算了。在此先聲明，以下描述的所有事件，不分大小，對主人

⑦這裡指的是東京淺草寺奉祀的觀音像，不對外展示，相傳高度為一寸八分。
⑧當時有一家東京府巢鴨醫院可收容精神病患。

而言都並不光彩。既然事件本身並不大光彩，那麼主人被激得火冒三丈，也就代表是毫無虛假的火冒三丈，絕對不比他人遜色。畢竟我家主人在其他方面沒什麼值得誇口的，至少也得藉這火冒三丈來炫耀一番，否則我就是想破頭，也想不出有什麼可以拿來寫的了。

集結於落雲館的敵軍最近發明了一種達姆彈，利用下課休息的十分鐘空檔，或者是放學以後，頻頻瞄準北側的空地開砲。這種達姆彈俗稱「球」，藉由一支形似研磨杵但體積較大的棒子，朝敵陣的目標發射。達姆彈的威力不小，但畢竟是遠從落雲館的運動場發射的，所以不必擔心會射中窩在書房裡的我家主人。敵軍並非沒有意識到彈道太遠的事實，然而這正是他們的戰略。在旅順會戰中，海軍的間接射擊提供了絕大戰力，可見落在空地上的達姆彈也能夠發揮相當的功效。更何況每射出一發，他們全軍也會同步威嚇地「嘩」的大吼一聲，勢必導致主人體內通往手腳的血管在驚恐之下應聲收縮，而無處可去的淤積血液自然往上竄流，可以說敵營的計策非常巧妙。據說古希臘有個作家名叫埃斯庫羅斯⑨，他的腦袋與一般學者和作家都一樣。我所謂與一般學者和作家一樣的腦袋，意思就是禿頭。如果問他們為什麼禿了？那是因為頭顱的營養不良，缺乏足夠的活力提供頭髮生長。學者和作家最常動腦筋，而且多半很窮，所以學者和作家的腦袋都營養不良，一個個光禿禿的。這位埃斯庫羅斯既然同樣是作家，頭上當然非禿不可——那顆金桔頭真是光滑無比。有一天，他頂著那顆一如往常的禿頭（由於他的腦袋既沒有外出服也沒有家居服，所以當然說是「一如往常」的那顆腦袋了），搖搖晃晃地走在大街上，這就是他鑄下大錯的緣由。那日陽光普照，從遠方一望，在太陽底下的那顆禿頭亮得出奇。所謂樹大招風，禿頭也得招點什麼才行。就在這時，有隻大鵰飛到埃斯庫羅斯的頭上盤旋，利爪上還攫著一隻不知從哪裡活捉來的烏龜。龜和鱉都是美味佳餚，可是早在希臘時代前，牠們身上就有堅硬的背殼，有了那層背殼的阻擋，再美味也沒辦法嘗得到。連殼烤的乾烹大蝦倒是有，但是到現在還沒聽過連殼烤的乾烹小龜，當時更不可能有這道菜。大雕正為難該如何享用爪上的食物時，忽然瞥見遠遠的下方有個東西閃閃發亮。大雕心想好極了，只要把小烏龜扔到那個發亮的東西上，龜殼一定會撞得粉碎，到那時候再飛下來，就可以不費力地吃到裡面的肉了，就這麼辦！大雕打定主意，連個招呼也沒打，就把小烏龜從高空瞄準那顆禿頭扔了下去。可憐的是，作家的腦殼沒有龜殼那麼堅硬，應聲砸得頭破血流，名聞遐邇的埃斯庫羅斯就這樣死於非命。關於這樁悲劇就不多提了，我無法難以理解的是大雕的想法。牠到底是明知那是作家的腦袋，刻意把小烏龜扔到他的頭上呢？還是誤以為那是光滑的岩石，才把小烏龜扔下來的呢？這個問題必須先解決，我才能夠決定能不能把落雲館的敵軍拿來和大雕做比較。我家主人的腦袋並不像埃斯庫羅斯，或是其他赫赫有名的學者那樣閃閃發亮。不過，既然他獨自一人霸占了只有六榻席大小、畢竟號稱書房的一個房間，而且雖然打著瞌睡、但至少拿深奧艱澀的書籍蓋在臉上，那麼也只好將他視為學者和作家的一分子了。如此說來，主人的頭之所以沒禿，是因為他還沒有取得禿頭的資格。若是他再過一些日子就會禿頭，表示他在不久的將來，同樣會走向被東西砸中頭頂的命運。按照這樣推論，不得不說，落雲館的學生鎖定主人的頭部為目標，集中火力發射達姆彈的戰術，非常切合時宜。只要敵軍將這項計畫持續執行兩周，主人的頭部必定因為恐懼和鬱悶而營養不良，可能會逐漸變成金桔或燒水壺或銅壺；如果再繼續砲轟兩個星期，那顆金桔頭一定會爛掉，那顆燒水壺頭一定會漏水，那顆銅壺頭一定會

⑨埃斯庫羅斯（Aeschylus 或寫作 Aischylos，西元前五二五～西元前四五六），古希臘三大悲劇詩人之一。

出現裂縫。連這顯而易見的結局都沒有預測到，只管不計一切和敵軍奮戰到底的，恐怕只有這位苦沙彌老師了。

某天下午，我和往常一樣在簷廊上睡午覺，夢見我變成一隻老虎，命令主人拿雞肉來，主人恭敬地應了一聲，立刻戰戰兢兢地送來雞肉。接著，迷亭先生也來了。我吩咐要吃雁肉，派他去雁鍋⑩叫一道菜來，迷亭先生老樣子胡扯說把蘿蔔醬菜和鹽味烤米餅一起送進嘴裡，嚐起來就是雁肉味。我張開大口吼了一聲，嚇得他臉色發白，抖著說山下的雁鍋已經歇業，他該如何是好？我說既然如此，用牛肉將就也行，快到西川肉鋪拿一斤牛裡脊肉來，如不快去快回，就先把你吃下肚！迷亭先生趕緊撩起下襬掖到腰帶裡，拔腿就跑。我的身體突然變得好大，把簷廊都塞得滿滿的。我躺下來打著盹，等待迷亭先生回來。就在這個時候，家裡突然發出一聲巨響，我還沒享用到鮮美的牛肉，就從夢中醒來，回到現實了。前一刻還戰戰兢兢跪在我面前的主人，想不到現在竟從茅房裡衝了出來，順道朝我的側腹狠狠地踹了一腳。我還來不及喊疼，已經聽到他趿上擺在簷廊下的木屐，穿過院子從便門那裡繞過去奔向落雲館了。我一下子由老虎縮回了貓，有點難為情又有點好笑，可是主人的氣勢洶洶，加上側腹被踢的疼痛，我立刻就把變成老虎的事忘得一乾二淨。況且主人終於要出馬和敵人對戰，這麼精彩的場面我非看不可，於是忍著疼痛從後門跟了上去。就在這時，傳來主人喝叱一聲：「有賊啊！」我定睛一看，有個頭戴校帽、體格強壯的傢伙，年紀大約十八、九歲，恰好翻過了方眼竹籬想逃離。我暗叫一聲哎呀來遲了，只見那個戴校帽的傢伙猶如飛毛腿韋陀一般，逃向他的基地了。主人眼見大罵「有賊啊」確實奏效，於是一面追上去一面放聲大喊「有賊啊」。如果想要追上他，主人也必須翻過圍籬才行，可是再追下去，主人自己也同樣變成入侵的盜賊了。前面說過，主人一旦被激怒就會火冒三丈。既然他挾著雷霆萬鈞之勢，一路高喊著「有賊啊」追到這裡了，身為夫子的他不惜淪為賊寇，發誓非追到這個傢伙不可。我看著他無意回頭，奮勇衝向圍籬。眼看著主人只要再前進一步，就要踏上那盜賊的領土了，千鈞一髮之際，一個鬍子稀疏的敵營將領一臉不在乎，慢悠悠地前來應戰。兩人分別站在圍籬的兩側展開談判。我仔細聆聽後，把那場無聊的討論記錄如下：

「那是本校的學生。」

「既然是學生，為什麼私闖民宅？」

「不是那樣的，是不小心讓球飛過去了。」

「為什麼沒經過我的允許，就擅自進來撿球了？」

「本校會提醒學生往後多加注意。」

「那就好。」

原本以為會有一場龍爭虎鬥的大戲可看，沒想到這場雲淡風輕的談判就這樣順利且迅速地結束了。主人有的只是豪情壯志，一旦正面交鋒，總是草草收場，簡直和我從夢中的老虎變回現實的小貓一樣。我所謂的小風波就這樣結束了。既然已經記敘完畢小風波，按照順序，接下來必須描述那起大風波了。

客廳的紙拉門敞著，主人趴在榻席上想事情，大概是在思索防禦敵軍的戰略吧。落雲館那邊看來正在上課，運動場上分外安靜，只聽到校舍的其中一間教室傳來清晰的倫理學授課聲。從

⑩位於東京上野的知名禽肉餐廳。

那條理清晰的宏亮聲音來判斷，正是昨天從敵營出馬談判的那位將軍。

「……所以，公德非常重要。若是到西方國家就會發現，不論法國、德國或英國，沒有一個國家不講公德，而且在那些國家，甚至連下等人也同樣重視公德。就這一點而言，我們日本到現在還無法與外國相提並論，實在可悲。你們或許有人以為公德是從外國新近輸入的觀念，如果這樣想就大錯特錯了。古人有云：『夫子之道，一以貫之，忠恕而已矣。』⑪這段話裡的『恕』字，正是『公德』一詞的出處。我也是人，有時候也想大聲唱唱歌，但是當我讀書時，如果聽到隔壁房間的人縱聲高歌，就沒辦法讀下去了。這是我讀書時的習慣。從那之後，每當我打算高聲吟詠《唐詩選》讓心情舒暢時，就會想到，萬一隔壁鄰居也和我一樣怕吵，我就會在不知情的狀況下吵到對方，那就對不起人家了，所以就克制自己不能大聲吟詩。各位從這個例子可以學到，要盡量遵守公德，當自己覺得會妨礙到他人的時候，就絕對不可以那樣做。……」

主人側耳聆聽這段講課內容，聽到這裡，嘴角不禁浮現一抹笑意。在這裡，我必須對主人這抹笑意的意涵稍加說明。如果是慣於諷刺的人讀到這一段文字，一定會以為這抹笑意中含有冷嘲熱諷的成分。可是我家主人絕不是那種壞心腸的人，或者說應該說他的智力沒有那麼高。如果有人問，我家主人為什麼笑？只有當他開心時，才會露出笑容。他一定感到高興，多虧那位倫理學老師做了這番諄諄教誨，想必往後得以永遠免於達姆彈的掃射了。自己的腦袋可以暫時解除禿頭危機，而火冒三丈的毛病雖然無法立刻根除，再過些時日總會慢慢康復的。一想到自己再也不必在頭上濕敷布巾、不必鑽進暖爐桌裡焐暖、不必睡在樹底下的石頭上也不會有事，主人嘴角才浮現了一抹笑意。這位即使到了二十世紀的今天，依然堅信「欠債必還」的主人，會聽信講課內容也是合情合理。

不久，大概是下課時間到了，講課聲陡然停了下來，其他教室的課程也同時結束了。緊接著，原本被密閉在教室內的八百人齊聲吶喊，衝出了校舍。那浩大的聲勢猶如一尺寬的蜂窩遭捅落，蜜蜂嗡嗡嗡地從窗戶、從門口、從一切敞著開口之處，肆無忌憚地爭相奔了出來。這就是那場大風波的開端。

先從蜂群部隊的布陣說起。如果以為這種戰爭哪裡需要布陣，那就錯了。提起戰爭，一般人只會想到沙河會戰、奉天會戰或旅順會戰，似乎除了這幾場戰役以外，其他地方就沒發生過戰爭了。若是較有詩意的野蠻人，則會聯想到阿喀琉斯拖著赫克托爾的屍體沿著特洛伊城牆繞行三圈[12]，或是燕人張飛站在長坂橋上掄起丈八蛇矛，瞪眼喝退曹操百萬大軍之類的誇大故事。浮想聯翩當然是個人自由，但是如果以為世上的戰爭就只有這幾場，那就不妥了。或許在太古的蒙昧時代，曾經發生過前述誇張的戰爭，但是在今日的太平盛世，於大日本國帝都的中心，那種野蠻行為已經屬於不可能出現的奇蹟了。就算學生暴動，也不會比放火燒毀派出所事件鬧得更嚴重。由此說來，臥龍窟主人苦沙彌老師對上落雲館八百健兒的戰爭，完全有資格列入東京市[13]建制以來的大戰之一了。左丘明寫鄢陵之戰，也是先從敵軍的陣勢開始記述。自古以來凡是記述技巧高明的作家，無不採取這種筆法，這已經成為通則了。因此，我先從蜂群部隊的布陣說起，應無不

⑪語出《論語・里仁》。子曰：「參乎！吾道一以貫之。」曾子曰：「唯。」子出。門人問曰：「何謂也？」曾子曰：「夫子之道，忠恕而已矣。」

⑫荷馬史詩《伊利亞德》中，有一段對於阿喀琉斯在決鬥中擊斃了特洛伊城王子赫克托爾的描寫。

⑬現今日本東京都的前身為東京府（一八六八年至一九四三年），其府廳所在地為東京市（一八八九年至一九四三年），所轄區域約為目前的東京都二十三區。

妥。那麼，我先看蜂群部隊是如何布陣的。他們在方眼竹籬外排成一列縱隊。看來，這列縱隊的任務是把我家主人引誘到那個戰鬥圈裡。「還不投降？」「誰要投降啊！」「不行、不行！」「出不來！」「攻得下嗎？」「怎麼可能攻不下！」「叫幾聲聽聽！」「汪汪！」「汪汪！」「汪汪汪汪！」接著全體縱隊突然爆出了一片吶喊。距離這支縱隊稍微偏右邊一點的操揚上，則是選了險要之地布陣的砲彈發射部隊。一名將領手握一支形似研磨杵但體積較大的棒子，面向臥龍窟等待時機。離他三丈多遠的對面也站著一個人，而握著研磨棒杵的人後面又站著一個人，面向臥龍窟站得筆直。像這樣面對面站成一直線的是砲手。我聽某個人說，這叫做練習棒球，絕不是預備戰鬥。我是文盲，聽不懂「棒球」是什麼玩意，據說是從美國進口的一種遊戲，最近在中學和高校的體育項目裡是最時髦的一項。美國這個國家總能想出稀奇古怪的花招，說不定美國人是基於好心，才會教日本人玩這種很容易被誤以為是砲彈發射部隊、嚇得鄰居雞犬不寧的遊戲。而且，美國人是真心把這當成一種運動遊戲。可是，既然連純粹的遊戲都具有嚇得鄰居如此雞犬不寧的力量，那麼只要更換裝備，就完全可以把這些技巧運用在砲擊上。根據我的觀察，他們只是企圖利用這項運動技術來發展發射砲火的威力。任何事物都有不同的角度，既然有人借慈善之名行詐騙之實，有人打著靈感的名號而喜孜孜地享受火冒三丈的快感，也就難保不會有人藉由玩棒球的名目來準備戰爭了。剛才告訴我這叫棒球的人，說的是普通的棒球運動；而我現在記錄的，卻是僅限於這個特殊場合下的棒球運動，也就是攻城砲彈射擊戰術。緊接著介紹達姆彈的發射方法。在站成一直線的那列砲手之中，有一個學生右手扣著達姆彈，朝那個握著研磨杵的人投擲過去。至於那顆達姆彈是用什麼製造而成，我這個局外人就不得而知了。它像是一顆堅硬的圓石球，還用皮革精心包裹縫製外皮。就和剛才說過的一樣，這種砲彈從其中一名砲手的掌心飛了出去，御風而行，站在他對面的另一名砲手使勁掄起那支研磨杵，朝砲彈用力揮擊回去。有時候沒能打中，讓砲彈給飛了，不過多半情況下都能哐的一聲把砲彈擊回去。飛回去的砲彈奔馳如電，看樣子萬一擊中我家那位患有神經性胃疾的主人，當下就要腦漿迸裂了。砲手要做的事只有這些，其周圍還密密麻麻如雲霞般簇擁著一群看熱鬧的救援手。每當研磨杵哐的一聲擊中圓球，他們馬上熱烈鼓掌助陣，扯著嗓門大吼：「打得好！」「打中了吧？」「這樣還攻不下？」「還不知道厲害嗎？」「要投降了吧？」如果光是吼吼打打的也就罷了，麻煩的是被擊回去的砲彈，每三發必有一發飛進臥龍窟的院子裡。如果沒有飛進來，就不算達到攻擊目標。近來很多地方都在製造達姆彈，但價格還是相當昂貴。雖然是用在戰爭上，但目前還沒辦法大量供應。一般來說，每一支砲隊發給一到二顆，因此絕不能哐的一聲就讓那麼貴重的砲彈報銷了。於是，他們增設了一支撿球部隊，專門負責拾回掉落的砲彈。假如落下的地點容易撿拾，自然不必費力；一旦掉在草地或是飛進民宅裡，想撿回去就沒那麼容易了。所以一般為了節省勞力，總是把球打向容易撿的地方，然而目前的情況卻正好相反。他們的目的不在於遊戲，而是戰爭，因而故意把達姆彈打進主人家。既然將落在院子裡，就非得進去撿拾才行，而最簡便的辦法就是翻過方眼竹籬。他們在方眼竹籬的裡面吵吵嚷嚷，鬧得主人只有兩種選擇：不是大發雷霆，就是丟盔卸甲投降。再這樣憂心忡忡，主人的腦袋遲早要禿光的。

剛才敵軍射出的一發砲彈，準確無誤地越過方眼竹籬，擦過梧桐樹下方的葉片後掉落，命中第二道城牆，也就是竹籬笆，發出了很大的聲響。依照牛頓第一運動定律，除非物體受到外力，運動中的物體會維持等速度直線運動。假如物體的運動只依循這條定律，那麼此時此刻，主人的腦袋已經和埃斯庫羅斯的頭顱慘遭同樣的命運了。所幸牛頓在發現第一定律的時候，也同時發現了第二定律，主人才得以在千鈞一髮之際保住了這顆腦袋瓜。牛頓第二運動定律是，物體的加速度會與所受外力成正比，並且該加速度的方向與外力作用的直線方向相同。這在講什麼我實在不明白。反正那顆達姆彈並沒有貫穿竹籬笆、撞破紙拉門、砸破主人的頭顱，由此看來，肯定是受到牛頓的庇佑。一會兒過後，果然不出所料，我聽到有人闖進院子裡，拿著棒子到處拍打竹葉，還嚷著：「在這邊嗎？」「更靠左邊嗎？」每一回敵軍入侵主人家撿拾達姆彈，總會這樣發出很大的聲音。若是悄悄進來、悄悄拾球，可就無法達成他們最重要的目的了。達姆彈雖然貴重，但是捉弄主人遠比達姆彈更重要。例如像現在這種情形，分明從遠處就看到達姆彈落在什麼地方了，也聽見達姆彈撞到竹籬笆的聲響了。他們不但知道擊中了什麼東西，也知道掉落到哪一處地面，只要有心，想安安靜靜撿回去絕不成問題。按萊布尼茨⑭的定義，空間是可能同時存在的秩序，如同月份總是以一月二月三月……的順序接續到來，如同柳樹底下一定有泥鰍，如同蝙蝠和傍晚的月亮總是相偕露臉，至於出現在圍籬底下的球……呃，也許不大相稱。然而天天都朝主人院子丟球的那些人，已經看慣了這樣的空間排列組合了，其實瞧一眼就知道球在哪裡了，他們偏要讓人不得清靜，說到底，就是要向主人挑起戰爭的策略。

既然對方上門叫陣，主人再怎麼消極，也非應戰不可了。剛才還在客廳裡露出一抹笑意聆聽倫理課的主人，霍然起身，猛然衝奔出去，猝然活捉一名敵兵。依照主人過去的成績，這可是大功一件。他立下了大功沒錯，可是仔細一看，只是個十四、五歲的孩子。派個孩子來與臉上蓄鬍的主人對戰，似乎有失公允。但是主人已禁受夠了，不顧孩子一再道歉，硬是拉到了簷廊下。在此，我必須對敵軍的戰術稍做解釋。敵軍昨天見識過主人的怒不可遏，猜想到他今天必定會親自出馬。這時候，萬一來不及逃走，被抓住了大孩子，情況就不好收拾了，不如派個一年級或二年級的孩子去撿球，減少風險。就算小孩被主人抓住，得理不饒人囉唆半天，也不至於有傷落雲館的聲名，反倒是主人和小孩一般見識，會被人嘲笑沒個大人風範。這就是敵人的盤算。以普通人而言，這個計畫相當縝密；但是敵軍在做沙盤推演的時候，完全忽略了關鍵是他們的對手並非尋常人。主人如果有點常識，昨天根本就不會衝出去了。火冒三丈，會把普通人推升到超越普通人，會讓具有常識的人變成沒有常識的人。當人們還分得清誰是女人、誰是小孩、誰是車夫、誰是馬夫的時候，還不足以自豪已臻火冒三丈的境界。人們必須到達主人這樣把一個不成氣候的一年級中學生活捉來當戰俘的程度，才有資格躋身火冒三丈之列。可憐的是那個俘虜，他只是遵從高年級生的命令，當了撿球的勤務兵，竟不幸遭遇沒常識的敵將、火冒三丈的天才窮追猛趕，來不及翻過籬笆就被拖回院子裡了。目睹我軍士兵被虜，敵軍自然不能好整以暇地坐視戰友受辱，爭先恐後趕來營救，有的翻過方眼圍籬，有的從便門闖入，亂烘烘地紛紛跑進院子裡，約莫十二個人來到主人面前排成一列。他們多半沒有穿外套或背心，有的挽起白襯衫的袖子雙手抱胸，有的把洗得褪了色的棉絨衫隨手搭在肩膀上，還有個特別顯眼的時髦少年，白帆布的上衣滾著黑邊，胸口還繡著黑色的花體洋文。他們膚色黝黑，筋肉鼓隆，個個都能以一當千，那氣勢彷彿是剛從丹波國笹山連夜趕來搭救的勇將。把這些人送進中學讀書太可惜了，應該讓他們去打打魚、撐撐篙，肯定對國家更有貢獻。他們不約而同光著腳，緊身褲的褲管捲得高高的，宛如趕著去鄰近的火場幫忙救火似的。他們在主人面前列隊而立，一句話也沒說。主人也不開口。雙方怒目互瞪，

⑭萊布尼茨（Gottfried Wilhelm Leibniz，一六四六～一七一六年），德國哲學家暨數學家。

眼神透出幾分殺氣。

「你們是賊嗎？」片刻過後，主人喝問。那股氣焰幾乎像是用臼齒咬破甩炮後從鼻孔噴出火焰來，鼻翼翕動得很厲害。越後地方舞獅面具的鼻子，八成就是仿造人類發怒時鼻子的模樣，否則不會造得那麼可怕。

「不是，我們不是賊，是落雲館的學生。」

「胡說！落雲館的學生怎麼會無故入侵民宅？」

「我們頭上戴的校帽有校徽可以證明。」

「那是冒牌的吧？既然是落雲館的學生，為什麼擅自進來？」

「因為球飛進去了。」

「球為什麼飛進來了？」

「就這樣飛進去了。」

「不像話！」

「以後會小心，這回請原諒我們！」

「來歷不明的人翻牆闖進家裡來，怎麼可能隨隨便便就放走了？」

「我們的的確確是落雲館的學生。」

「你說你是落雲館的學生，幾年級？」

「三年級。」

「沒騙我？」

「是的。」

主人回頭朝屋裡喊道：「來人哪！快來人！」

故鄉在埼玉的女傭拉開隔扇，探出臉來應了一聲。

「去落雲館帶個人過來！」

「要帶誰回來呢？」

「誰都行，帶個過來就是！」

女傭雖然應了聲「遵命」，可是簷廊下的奇特景象，加上不懂自己到底被派去做什麼，還有，整件事從剛才鬧到現在都莫名其妙，這一連串的發展使她不知道該怎麼處理才好，只管嘻嘻笑著。主人將眼前的事態視為一場大戰，準備盡情發揮火冒三丈的本領。值此關鍵時刻，自家傭人當然應該站在同一戰線，嚴陣以待，沒想到她接下任務時居然嘻嘻哈哈的，這讓主人火氣更旺了。

「不是告訴妳了，隨便叫個人過來，聽不懂嗎？校長也好幹事也好教務主任也好……」

「要請校長來嗎……」女傭只聽過校長這個職稱。

「不是講過了，校長也好幹事也好教務主任也好，聽不懂嗎？」

「如果這些人都不在，帶工友來也行嗎？」

「胡說！工友懂什麼！」

到了這個地步，女傭也明白自己非去不可了，只好再應了句「遵命」後離開家門。可是她看起來還是沒了解主人的意思。我正擔心她該不會真的拉了個工友回來，就在這個時候，那位倫理學教師卻從大門走了進來。主人一等他泰然落坐，立刻展開了談判。

「方才一干人等闖入敝宅……」主人模仿《忠臣藏》⑮裡的文言口白。「……確為貴校學生無誤？」這段話的結尾略帶挖苦的語氣。

倫理學教師沒有被主人的口吻嚇到，神情自若地將視線投向站在簷廊下的勇士們，逐個檢視後又把目光移回主人臉上，回答如下：

「確實都是本校學生。我們再三告誡學生不許發生這種狀況……可是他們還是不聽話……。你們為什麼要翻過圍籬？」

學生看到老師來了，不敢造次，他們站在倫理學老師面前一句話都不敢說，宛如遇上大雪的羊群，全都乖巧地待在院子的一隅。

「球飛進來是難免的事。既然與學校毗鄰，偶爾總會有球飛進來。不過……他們太沒有規矩了。即使必須翻過圍籬，如果能安安靜靜地撿走了，我還可以忍受……」

「您說得是。本校已經多次提醒，無奈學生人數眾多，往後一定會更加嚴格地訓誡學生。……你們聽好了，以後如果球飛進了的院子，一定要到前門，經過先生的同意之後再去院子撿球，知道了嗎？……學校太大，照顧不周全，給府上添了麻煩。不過，運動在教育必修課程的一環，實在沒辦法禁止。但是讓學生運動，就會惹出這樣的麻煩來，關於這一點，請您務必多擔待。以後本校會規定他們，一定要先到前門，得到允許後再進院子撿球。」

「老師客氣了，他們知道規矩就好。球儘管扔進來都不礙事，只要到前門說一聲就好。那麼，這些學生就交給您帶回去了。不好意思，勞駕您跑這一趟，實在抱歉。」主人向對方致歉，又是虎頭蛇尾的老套結局。倫理學老師領著這群丹波國的笹山勇將，從前門回去落雲館了。我所謂的大風波到此告一段落。若是有人笑說這算哪門子大風波？請儘管大笑無妨。由嘲笑的那些人看來，這算不上大風波；但是我記錄的是「主人」的大風波，而不是「那些人」的大風波。如果有人譏諷主人前倨後恭、強弩之末，我希望他不要忘記這正是主人的特質，也不要忘記主人之所以成為滑稽文章的題材，就是因為他的這種特質。如果批評主人竟和十四、五歲的孩子嘔氣，簡直犯傻，那麼我同意他確實犯傻。大町桂月就曾經對主人說過，怎麼到現在還那麼孩子氣呢？

我已經講完小風波，現在又說完大風波了，接下來想談一談大風波發生過後的餘波蕩漾，作為全篇的結尾。或許有讀者覺得，我所寫出來和說出來的每一件事，全都是胡謅亂編的。我絕不是那種輕浮的貓。我筆下的一字一句，全都蘊含著宇宙間的重大哲理，並且每一字每一句的前後因果無不環環相扣，有時候看似隨口聊談瑣事，讀著讀著卻突然轉變為深奧的高僧法語。所以，閱讀我的文章絕對不許輕慢無禮，或躺或握，伸手攤腳，一目十行地隨意瀏覽。相傳柳宗元每次閱讀韓愈的文章時，甚至會先以薔薇花水來淨手。希望我的讀者至少能自己掏腰包買雜誌⑯來看，千萬別只向朋友借閱，那樣太不成體統了。我把以下要講的部分稱為餘波。若是有人覺得既然是餘波，想必沒什麼大不了的，於是跳過這一大段不看，日後一定後悔莫及。請務必從頭至尾仔細精讀。

那場大風波發生過後的隔天，我想散散步，一出家門就瞧見金田老爺和鈴木藤十郎先生在對面巷子轉角站著談話。金田老爺正搭車回府，鈴木先生才剛去過金田府邸拜訪未遇，兩人恰巧在路上見到面了。由於金田府邸不再新鮮，我已經好一陣子沒去了，今天偶然碰到，不免倍感親切。鈴木先生也好久不見了，不妨瞻仰一下他的風采。我做了決定，慢悠悠地走到這兩位先生身

---

⑮日本江戶時代元祿十五年（一七〇三年）發生了赤穗藩四十七名家臣為藩主復仇的事件。後人將這起事件改編為文學作品與歌舞伎、戲曲、電影、影集等等藝術形式，廣為流傳。

⑯自一九〇五年一月起，《我是貓》於《杜鵑》雜誌上連載發表。

旁，他們的對話也就傳進了我的耳中。我可沒偷聽造孽，是他們自己要講話的。金田老爺可是個有良心到甚至派了密探去偵察主人一舉一動的人，而我不過是湊巧聽到他的談話，想來他也不至於生氣吧？要是他生氣，表示他還不了解公平的含義。總之，我聽了他們兩人的交談。不是故意去聽的，而是沒打算聽，但是談話聲就這麼飄進了我的耳朵裡。

「剛剛去過府上，能在這裡遇到您，真是太好了！」藤十郎先生畢恭畢敬鞠躬問安。

「喔，是嗎！我這陣子正打算找你，來得好！」

「真的嗎？那可真巧。請問有何吩咐？」

「只是小事，並不怎麼重要，但也只有你才辦得成。」

「只要我能力所及，儘管吩咐。請問要我辦什麼事？」

「唔……這個嘛……」金田老爺思索著該怎麼說。

「若是現在不方便，改天再來請教。請問哪天比較合適？」

「用不著，不是什麼大事。……既然今日湊巧，那就麻煩你了。」

「您真的不必客氣……」

「事情是關於那個怪人。就是你以前的朋友，那個叫苦沙彌還什麼的……」

「您說得是，他叫苦沙彌。他怎麼了嗎？」

「倒也不是怎麼了。只是自從那件事發生以後，我心裡頭總是不痛快。」

「也難怪您心裡不舒坦，都怪苦沙彌太傲慢……。他也不想想自己在社會上哪有什麼地位，竟然那般霸道橫行！」

「沒錯。居然大發什麼『絕不向金錢低頭』、『企業家算什麼』之類的狂語。我心想，既然如此，就讓他知道企業家的厲害。前一陣子他嘗到苦頭，收斂一些了，但還是挺頑固的。沒想到竟有那種牛脾氣的傢伙！」

「這傢伙缺乏得失觀念，只是在逞強罷了。他從以前就是這個毛病，連自己吃了虧都不知道，無可救藥。」

「哈哈哈，確實無可救藥！我試了不少招數，最後叫學生去好好整了他一頓。」

「這個主意妙！效果如何呢？」

「這一招總算讓那傢伙困擾極了。再過不久，他就要投降了。」

「好極了。再硬的脾氣，終究寡不敵眾嘛。」

「是啊，一個人能抵得過那麼多人嗎？聽說最近他抱頭苦惱，所以想讓你去探探他的情況。」

「原來如此。小事一樁，我現在就去，回頭向您稟報。瞧瞧那頑固的傢伙意氣消沉的模樣，一定很有趣，值得一看！」

「唔，我等你，回頭見。」

「那麼，我先失陪了。」

哦，原來又是另一個陰謀！企業家的勢力果然不容小覷，不僅有辦法瞬間激怒已是燃盡煤渣似的無力主人，令他火冒三丈，也能讓主人由於苦悶而頭頂禿得連蒼蠅都會腳滑，甚至還能讓主人的腦袋與埃斯庫羅斯的頭顱淪為同樣下場。這一切都展示出企業家雄厚的實力。我不知道是什麼作用使得地球以地軸為中心而旋轉，但我知道推動這個世界運轉的確實是金錢。再也沒有人比企業家們更熟悉金錢的功效，更能隨心所欲發揮金錢的威力了。連太陽得以從東方順利升起，又在西方順利落下，也全是蒙受企業家的庇蔭。我一直寄居在不懂世事的窮教書匠的家裡，從來不知道企業家如此神通廣大，實在失策。不過我想，冥頑不靈的主人這回總該多少有所醒悟了吧。要是再繼續這樣冥頑不靈，會有生命危險的。這下子，最怕死的主人恐將小命難保嘍。不曉得他和鈴木先生見面後會談些什麼。只要看看他的表情，就可以知道他醒悟幾分了。不能在這裡耽擱時間了，我這隻貓特別關心主人，得搶在鈴木先生之前先趕回家裡。

鈴木先生依然和往常一樣八面玲瓏。今天他絕口不提金田二字，只愉快地聊些無關痛癢的家常。

「你氣色不太好，哪裡不舒服嗎？」

「沒什麼不舒服啊。」

「可是臉色看起來很蒼白，你得好好保養身體。尤其這陣子天氣不好，更得當心。晚上睡得好嗎？」

「唔。」

「有沒有什麼事讓你擔心的？能幫得上忙的地方請儘管告訴我，別客氣，說就是了！」

「擔心？擔心什麼？」

「噢，沒有就好，我的意思是，如果有事就要說出來。最傷身的就是心有掛慮了。人活著要開開心心笑笑的才好，總覺得你太憂鬱了。」

「笑也同樣傷身哩！有人瘋狂大笑結果死翹翹了哩！」

「別開玩笑了。俗話說得好，笑臉迎人福滿門。」

「古希臘有個名叫克律西波斯⑰的哲學家，你一定不知道。」

「不知道。他怎麼了？」

「他笑過頭，死掉了。」

「是哦？不可思議！不過，那是古代的故事……」

「古代和現代還不是一樣！他看見驢子吃銀碗裡的無花果，覺得太滑稽了，於是捧腹大笑，怎麼樣都停不下來，最後就這樣笑到死翹翹啦。」

「哈哈哈。誰要他笑得那麼毫無節制嘛。適當的時候笑一笑……這樣最愉快。」

鈴木先生仍在頻頻探瞧主人的反應，前門那邊突然傳來喀啦喀啦的推開聲。我還以為又是客人來了，結果不是。

「球掉到這邊了，請讓我過去撿。」

女傭從灶房裡回了一句「好」，學生接著繞到後門。鈴木先生面露不解地問主人怎麼回事？

「後頭的學生把球扔進院子裡了。」

「後頭的學生？後頭住著學生嗎？」

「是一所叫作落雲館的學校。」

「哦，原來是學校。很吵吧？」

「豈止吵！我連書都讀不下去了。我若是教育部長，早就下令關閉了。」

「哈哈哈，這麼大的火氣！有什麼事惹得你那麼生氣嗎？」

---

⑰克律西波斯（Chrysippos，西元前二八〇～西元前二〇七），古希臘斯多噶學派哲學家。關於其死因，相傳他看到驢子正在吃無花果，命令奴隸餵驢子喝酒，其後大笑而亡。

「不但有，而且從早到晚都把我氣得急火攻心！」

「既然那麼生氣，不如搬家吧？」

「我才不搬家哩！莫名其妙！」

「對我發火也沒用。反正都是小孩子嘛，別理他們就沒事了。」

「你沒事我可有事！昨天找他們的老師來談判過了。」

「聽起來真有意思。對方道歉了吧？」

「唔。」

這時候，前門又被推開了，再度傳來一個聲音：「球掉到這邊了，請讓我過去撿。」

「怎麼這麼常來？你聽，又是來撿球的。」

「唔，講好了要他們從前門來撿球。」

「怪不得來了這麼多趟。原來如此，我懂了！」

「你懂什麼了？」

「沒什麼，只是懂了他們來撿球的原因。」

「這已經是今天的第十六趟啦！」

「你不嫌煩嗎？別讓他們來就不會被打擾了。」

「別讓他們來？可是他們偏要來呀，有什麼辦法！」

「既然你認定沒辦法，別人也就幫不上忙了，可是你不必那麼固執嘛。有稜有角的人在這世上到處磕磕碰碰的，只有自己吃虧而已。又圓又滑的滾到哪裡都暢通無阻，有稜有角的一滾起來就是滿身傷痕，而且每滾一次，邊邊角角都被磨得疼得要命。世上不是只有你一個人，別人不可能樣樣遷就你。哎，該怎麼說呢，硬要和有錢人作對，只有壞處沒好處，不但傷心又傷身，也沒人會讚你一聲做得好，重點是人家根本不痛不癢呢。有錢人坐在家裡差遣幾個出去就把事情辦妥了，寡不敵眾，打從一開始就知道鬥不過人家。你堅持己見也無妨，可是這樣固執到底，一來妨礙自己的學習研究，再者也給日常工作帶來麻煩，吃力不討好又白費功夫。」

「對不起，剛才球飛進來了，可以讓我到後門去撿球嗎？」

「瞧，又來嘍！」鈴木先生笑著說。

「拿人尋開心！」主人漲紅了臉。

鈴木先生大抵覺得已經完成這趟出訪的任務，告訴主人：「告辭了，有空來坐坐。」就離開了。

鈴木先生才走，緊接著進門的是甘木醫生。自古以來，容易火冒三丈的人鮮少主動告訴別人自己的這種脾氣。當自己察覺到好像不太對勁的時候，其實已經熬過最嚴重的關卡了。主人的火冒三丈在昨天那場大風波中登峰造極，雖然談判以虎頭蛇尾收場，總之還是解決了一件事。當天晚上，主人在書房裡仔細推敲，愈想愈覺得這事有點詭異。不過，他還沒想通到底是落雲館那邊有問題，還是自己這邊有問題，總之整起事件確實有疑點。他發覺，雖然家裡旁邊就是中學，但總不至於像這樣一年到頭沒有不生氣的時候，未免有些奇怪。既然覺得奇怪，就得想想辦法才行。可是他也想不出什麼好主意，看來只能服用醫生開立的藥方，降降肝火，將五臟六腑好好保養一番。既然如此，他打算請來相熟的甘木醫生到家裡診療。姑且不論這個方法聰明還是愚笨，至少能夠意識到自己已經火冒三丈、氣血竄升，單就這點就該稱讚他難能可貴了。甘木醫生和平常一樣面帶笑容，不疾不徐地問道：「哪裡不舒服嗎？」絕大都數醫生總要問這句話的。那些從不問一聲「哪裡不舒服嗎？」的醫生，我實在信不過。

「醫生，我恐怕不行嘍！」

「不會吧，怎麼會那麼嚴重呢？」

「醫生開的藥到底有沒有效啊？」

甘木醫生雖然有點訝異，但這一位溫和敦厚的長者，表情看不出有什麼特別的起伏，依然平靜地回答：

「不會沒有效的。」

「可是吃了那麼多藥，我的胃病還是不見起色啊！」

「不可能沒有改善。」

「真的嗎？真的會稍微好轉嗎？」胃長在自己身上，他卻問起別人來了。

「不會一下子痊癒，會慢慢好起來的。今天就比之前的狀況好多了。」

「真的好一些嗎？」

「又動了肝火？」

「那還用說！連做夢都生氣哩！」

「你該做些運動。」

「一運動，肝火更旺！」

甘木醫生也不知道該怎麼和他講下去了，只得開始診察。「來，我看一下。」

診察還沒結束，主人已經等得不耐煩，突然大聲問道：

「醫生！我前陣子看了一本介紹催眠術的書，書裡寫到，催眠術能夠治好扒竊和其他種種疾病，是真的嗎？」

「的確有這種療法。」

「現在還會用這種方法來治病嗎？」

「對。」

「催眠別人很困難嗎？」

「不會，很容易的。我也常幫人催眠。」

「醫生也會催眠術？」

「是啊，要不要試一次看看？理論上，任何人都可以被催眠。如果你同意，我們來試一下。」

「有意思，請幫我催眠！我老早就想試試了。不過，萬一進入催眠狀態之後醒不過來，那可糟嘍！」

「別擔心，沒有那種危險性。那麼，我們開始吧！」

兩人聊著聊著，突然就談妥了。主人終於要接受催眠術了。我還沒有看過催眠術，不免有點竊喜，於是待在客廳裡觀看過程。醫生先從主人的眼睛開始，由上往下輕撫主人的上眼瞼，主人已經閉上眼睛了，他還是一次又一次順著同一個方向輕撫。過了一會兒，醫生問主人：「這樣輕撫，感覺眼皮愈來愈重了吧？」主人回答：「的確愈來愈重了。」醫生繼續用同樣的方式由上往下輕撫，再一次由上往下輕撫，然後問道：「眼皮愈來愈重了喔，感覺還好嗎？」不知道主人是否真的進入催眠狀態了，他安安靜靜的，一句話也沒說。同樣的按摩法又進行了三、四分鐘。最後，甘木醫生說道：「好了，眼睛已經睜不開嘍！」可憐的主人，眼睛就這樣毀了。「再也睜不開了嗎？」「對，再也睜不開了。」主人再度緘默，依然閉著眼睛。我滿腦子以為主人的眼睛就這樣瞎了。過了一會兒，醫生告訴主人：「如果能夠睜開眼睛，你就試著睜開。不過應該是睜不開的。」「真的嗎？」主人話都還沒說完，眼睛已經睜得和平常一樣大了。主人笑嘻嘻地說：「催眠沒成功哪！」甘木醫生也笑嘻嘻地說：「是啊，催眠沒成功。」催眠術以失敗告終，甘木醫生也回去了。

接著又來了一位客人，主人家不曾來過這麼多人。主人不善交際，家裡根本不可能有那麼多人登門造訪。然而，客人確實來了，而且還是一位稀客。我為這位稀客記上一筆，不只是因為難得見到這位客人。前面提過了，我正在記錄那場大風波過後的餘波，而這位稀客是後續餘波之中不可或缺的人物。我不知道他的名字，但是可以描述他的樣貌。他有一張長臉，還蓄著山羊鬍，大約四十歲上下，這樣應該夠了吧。我稱迷亭先生為美學家，這一位要稱作哲學家。原因是他不像迷亭先生那樣信口開合，看他和主人談話時的氣度，總讓我聯想到哲學家。他似乎也是主人的老同學，二人見面時沒有任何拘束。

「嗯，你說迷亭嗎？那傢伙像金魚飼料，漂在池子上盪來晃去。聽說前些日子他和朋友經過一戶素未謀面的貴族府邸，忽然說要進去喝杯茶，還硬把那位朋友也一起拖了進去。實在太隨興了。」

「後來怎麼樣了？」

「我沒問後來怎麼樣了。……他啊，可以說是個天生的怪人，但是腦子空空如也，就和金魚飼料一模一樣。你說鈴木嗎？他來過？是喔。那傢伙不明事理，倒是很懂人情世故，很適合掛個金懷錶四處交際，可惜缺點是太膚淺了，不夠穩重。他常把『做人要圓滑』這句話掛在嘴邊，其實他根本不懂圓滑是什麼意思。如果迷亭是金魚飼料，鈴木就是用草繩綁起來的蒟蒻，除了滑溜溜又哆哆嗦嗦個不停以外，沒別的好處。」

主人聽了這番獨到的比喻似乎大感佩服。許久沒聽他這樣哈哈大笑了。

「那麼，你是什麼？」

「我嘛？至於我呢……大概像野生的山藥吧，埋在土裡，愈來愈長。」

「你一直都是那麼怡然自得，真叫人羨慕。」

「哪裡的話，我和大家都一樣過著普通日子而已，沒什麼值得羨慕的。唯一可喜的是我不會羨慕別人，就這點好處。」

「最近手頭還寬裕吧？」

「還不是老樣子，有時夠用，有時不夠用。反正有東西填肚子就是了，沒什麼好怕的。」

「我天天都不高興，大動肝火，看什麼都不順眼。」

「不順眼也無所謂。看什麼不順眼儘管生氣，氣完了以後心情會暢快一陣子。世界上什麼個性的人都有，就算勸別人學學自己這樣，別人也學不來。筷子得和別人握法一樣才方便吃飯，但是麵包可以隨自己的喜好切出想吃的大小。手藝精湛的裁縫師傅做出來的衣服，做好了穿上就很合身，如果向手藝差的裁縫師傅訂做，就得將就著穿一段時間了。不過，社會就是一襲做工精巧的西服，穿久了，那襲西服會漸漸貼合身上的曲線。假如我們幸運遇上了符合現在社會標準的好爸媽，那可幸福了；要是沒能那麼幸運，只能勉強忍受這個社會，或是忍耐到能夠適應這個社會為止。」

「可是我這種脾氣，不管等再久，也不可能適應這個社會的，真擔心。」

「勉強穿上完全合身的西裝，只會把它撐破而已，這就是引發吵架或自殺等等事件的原因。

不過以你的個性，只會嚷嚷著人生乏味，絕不會自殺，連吵架都不會發生。和那些人比起來，算是不錯嘍。」

「問題是我天天都在吵架哩！就算沒有吵架的對象，只要心裡有怒火就算是吵架，對吧！」

「有道理，這叫內心交戰。這個有意思，儘管多吵幾次無妨的。」

「但我已經不想再這樣過下去了。」

「那就甭吵了。」

「這話只告訴你。我沒辦法那樣自由自在操控自己的心。」

「哎，到底是什麼事惹得你忿忿不平呢？」

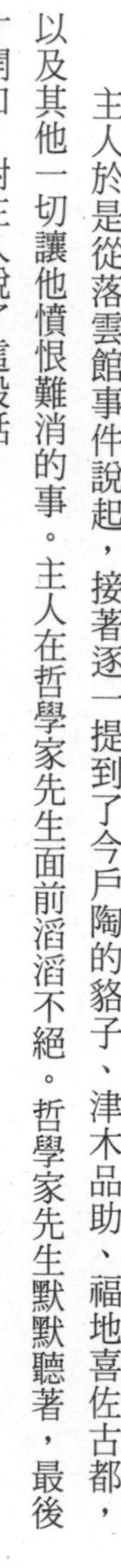

主人於是從落雲館事件說起，接著逐一提到了今戶陶的貉子、津木品助、福地喜佐古都，以及其他一切讓他憤恨難消的事。主人在哲學家先生面前滔滔不絕。哲學家先生默默聽著，最後才開口，對主人說了這段話：

「津木品助也好，福地喜佐古都也罷，隨他們想說什麼，你當作沒聽見不就好了？反正都是些胡說八道。至於中學生，根本不需要理睬。你說會妨礙你看書？但是就算去找他們談判、吵架，妨礙的狀況依然無法改進啊？就這一點來說，我覺得從前的日本人遠比西方人偉大得多。西方人近來大力提倡積極的作為，但是那種觀念有一個很大的缺點。首先，所謂的積極，究竟要到什麼程度才算是極致呢？如果一直堅持積極的作為，永遠都達不到滿足的境界。比方從這裡看過去有幾棵扁柏樹吧？嫌它們妨礙視線可以砍掉。把樹砍掉之後，原本躲在樹林後面的廉價旅社又礙眼了。等到把旅社拆掉，再遠一點的那戶人家又瞧著不順眼了。再做下去，永無止境。這就是西方人的做法。拿破崙也好，亞歷山大也好，沒有一個人會因為贏得勝利就心滿意足。因為看人不順眼而吵架，對方不服氣，上法院控訴，官司打贏了，如果以為這樣就能得到安寧，那就錯了。除非人死了，否則再怎麼焦急，內心也無法得到安寧。認為寡頭政治不好，就改為代議制度；覺得代議制度也不好，就想再換成另外的體制。嫌河川霸道就架座橋梁，嫌山峰擋路就挖條隧道，嫌交通不便就修條鐵路，人永遠不會得到滿足。話又說回來，人們能夠為積極貫徹自己的意念而做到什麼程度呢？西方文明或許是一種積極的、進取的文明，但也可以說是一種由在不滿足中度過一輩子的人所創造出來的文明。日本文明不是透過改變外在狀態讓自己得到滿足的文明。日本文明和西方文明最大的不同點在於：日本文明是在「不可大幅改變周圍環境」的前提假設之下發展起來的。即使親子關係不睦，也不會像歐洲人那樣採取改善的手段以增進雙方關係。在日本人看來，親子關係必須保持原有的狀態，絕對不容改變，因此日本人只能在那種關係的基礎上尋求得以安心的相處方式。夫妻君臣之間的關係也一樣，武士與平民之間的區別也一樣。在檢視大自然的時候，也是這樣──假如有座高山擋路而無法前往鄰國，這時應該想到的不是剷平這座大山，而是設法讓自己不去鄰國也不會影響生活，培養自己即使不越過山嶺也能夠滿足的心境。所以，你看看禪宗和儒家，都是從根本上掌握到這個問題。不管自己有多麼偉大，活在世間終究無法一切順心如意。既不能讓落日立刻升起，也不能讓加茂川倒流，能夠掌握的唯有自己的心。只要你修養到能夠隨心所欲，落雲館的學生再怎麼吵鬧，你也可以淡然處之；即使有人譏笑你是今戶陶的貉子，只要不在意就沒事了；至於津木品助那些人，如果再有無稽之談，心裡啐罵一句混帳東西，置之不理就行。據說從前有個和尚被人拿刀架在脖子上的時候，還能瀟灑地說了句『電光影裡斬春風』⑱呢！如果修心養性的功夫能夠達到消極的顛峰，說不定就會有這種靈活自如的真本事了。我不懂太深奧的道理，總之，一味鼓吹西方人那種積極主義並不完全正確。就拿現在來說，你再怎麼積極努力，那些學生還是要來捉弄，你拿他們一點辦法都沒有。假如你的權力大到可以關閉那所學校，或是學生做了能夠向警員報案的壞事，自然另當別論，否則任憑你採取多麼積極的行動，也贏不了他們的。積極處理，就會演變成金錢的問題，也會演變成寡不敵眾的問題。換句話說，到時候你不得不向有錢人低頭，也不得不在人多勢眾的孩子們面前求饒。你一個窮光蛋單槍匹馬，卻要積極主動找人吵架，這就是你心中忿忿不平的根源！怎麼樣？聽懂沒？」

主人默默聽著，沒說懂也沒說不懂。這位稀客離開之後，他走進書房，沒有看書，不知道在想些什麼。

鈴木藤十郎先生告訴主人要屈從於金錢與勢力。甘木醫生奉勸主人用催眠術來鎮定神經。最後這位稀客建議主人藉由消極的修養來得到安心。主人想選擇哪一種，那是主人的自由。不過，如果照現在這樣繼續下去，那是絕對行不通的。

第九章

主人長了一張麻臉。據說明治維新時代之前，麻臉還算挺時興的，可是在締結了英日同盟以後的今天看來，這張臉似乎有點過時了。根據醫學統計上精密計算的結果，天花的發生率與人口成長數恰成反比，因此在可見的未來將會絕跡。我這隻貓百分之百相信這樣的結論。我不知道現今地球上還活著多少個帶著麻臉的人，但是就我活動的範圍裡算一算，貓是一隻也沒有，人也只有一名，而這碩果僅存的一名就是我家主人，實在可憐得很。

每一次看見主人時我總想著，他到底是造了什麼孽，以致於天天不知羞恥地頂著這張奇怪的面孔呼吸著二十世紀的空氣。這副模樣或許在以前還算吃得開，可是到了所有麻瘢都被勒令撤退到手臂上①的今日，他的麻瘢依然盤踞在鼻頭、面頰毫不動搖，這其實關乎麻瘢的面子，根本不值得拿來炫耀。想必那些麻瘢都過著謹小慎微的日子，可以的話還是趁早祛除為上策。話說回來，也許那些麻瘢值此黨風萎靡不振之際，懷抱著將落日提回中天之決心，蠻橫地佔據了主人的整張臉。若是如此，絕不可輕蔑看待這些麻瘢。它們是抵禦滔滔流俗而萬古不滅的坑洞集合體，值得吾人尊敬的凹陷。缺點是看起來有點髒兮兮的。

主人還小的時候，牛込一帶的山伏町住著一位名叫淺田宗伯的漢醫。這位老人家出診時總是坐著一頂慢轎去病人家。淺田漢醫過世後，他的養子繼承衣缽，轎子立刻換成了人力車。我想，等到他的養子死了以後，如果再由那個養子的養子接下家業，說不定葛根湯也會被換成了安替比林②。即使在淺田漢醫的那個時代，於東京市內搭著轎子招搖過街也實在不怎麼得體，敢這樣不在乎別人眼光的，只剩下守舊的死人、準備裝上火車的豬隻，再來就是宗伯老人家了。

主人臉上的麻瘢和宗伯老人家的轎子同樣不光彩，旁人看他們這模樣，不免施以同情。但

---

⑱語出中國南宋的無學祖元禪師（一二二六～一二八六）。相傳禪師曾被元軍以刀架脖，當時態度從容地說了一首偈語：「乾坤無地卓孤筇，且喜人空法亦空；珍重大元三尺劍，電光影裡斬春風。」意思是出家人置死生於度外，即使拔刀砍我，也只如利劍砍春風，無法殺死一名得道僧人。

①這裡指的是接受天花疫苗注射，又稱接種牛痘。有些人在接種天花疫苗之後會發病，痊癒後在皮膚上留下的疤痕稱為麻子，也就是作者在這一章描寫的狀況。

②安替比林（Antipyrine），止痛藥和退燒藥。

是主人的頑固程度不亞於淺田漢醫，至今仍然在大白天頂著這張猶如孤城落日的麻臉，天天去學校教英語讀本。

就這樣，站在講台上的主人，滿臉烙印著前一個世紀的遺跡。這對於學生來說，想必是這門課程的額外收穫與啟示。比起一次次讀誦「人猿有手③」，他更是毫不藏私地展示「天花對於面貌的影響」這個個重要的課題，並且透過身教傳授答案給學生。如果沒有主人這樣的教師，那些學生若想研究這個課題，就得跑去圖書館或博物館翻遍文獻，所耗費的勞力絕不下於由木乃伊去想像埃及人的長相。從這點來說，主人的麻瘢在無形中布施了神奇的功德。

當然，主人並不是為了布施功德才在臉上留下了無數的麻瘢。他其實種過牛痘。不幸的是，本來種在手臂上，卻在不知不覺間蔓延到臉上去了。當時年紀小，不像現在這樣講究外貌，嘴裡直嚷著癢，不停往臉上亂抓，水皰猶如火山爆發的熔岩流得滿面都是，把爹娘生得好好的一張嫩臉全糟蹋了。主人常告訴太太，他沒長天花以前是個面如冠玉的美男子，還誇自己小時候漂亮得像淺草寺那尊觀音像，連洋人瞧見都不由得回頭多看幾眼。主人說的或許是事實，可惜現在找不到人來為他作證了。

雖說這張臉做了功德又給人啟示，但是怎麼看就是髒兮兮的。主人長大之後，對這張麻臉十分發愁，想盡辦法要消除這副醜陋的模樣。可是麻瘢和宗伯老人家的轎子不一樣，再怎麼討厭也不可能立刻扔掉，到現在依然留在臉上。這清晰可見的麻瘢讓主人有些在意，他每回走在大街上總要數算麻臉，並且詳詳細細地記錄在日記裡：今天遇見了幾張麻臉、是男還是女、地點在小川町的勸工場④或是上野公園。他敢保證關於天花的知識自己絕不輸任何人。前些時候有個從國外回來的朋友到家裡坐坐，主人甚至問了他：「我問你，西方人有麻臉的嗎？」「我想想……」

那位朋友歪著頭想了好一陣子才回答，「我幾乎沒看過。」主人緊接著追問道：「幾乎沒有，總還是有吧？」朋友隨口回答：「就算有，也是乞丐或苦力吧。受教育的人應該一個也沒有。」主人回他一句：「是嗎，在日本可不太一樣喔。」

主人聽了哲學家先生的意見，不再和落雲館的學生爭執，一直待在書房裡想事情。也許他接受了哲學家先生的忠告，想透過靜坐，以消極的修養來陶冶自身靈活的精神。可惜像他這種心胸狹窄的人，成天一個人袖著手什麼也不做，根本不可能修養出什麼好結果來。我覺得倒不如把那些英文書送進當鋪換錢，拿去向藝妓學一學喇叭小曲來得有用多了。但是那麼執拗的人絕不肯聽一隻貓的勸告，那就悉聽尊便吧。從那以後，我連著五、六天都離他遠遠的。

算起來今天恰好是第七天。修行禪宗的人會在第七天用一種厲害的姿勢「結跏趺坐⑤」以求取大徹大悟。我心想，主人不知道是不是也大徹大悟了，總得去瞧瞧他是活著還是死了吧，於是優哉游哉地從從簷廊踱到書房門口，探了一下裡面的動靜。

書房坐北朝南，六張榻席大小，光線最好的地方擺著一張大桌子。只說是一張大桌子，聽的人恐怕不容易想像。說得具體一點，那是一張長六尺、寬三尺八寸，高度也相當的大書桌。當然，這不是現成買來的，而是與附近的木工坊商量後特製的一張臥床兼書桌，堪稱稀世珍品。至於主人為什麼要訂做這麼大的桌子，又從哪裡冒出來的念頭居然想睡在桌上，我沒問過他本人所

③人猿有手（The Ape has hands.），當時日本中學英文讀本裡的例句。
④販售日用雜貨的賣場，百貨公司的前身。
⑤禪坐坐姿，兩腳掌交疊置於另一側的大腿上盤坐，俗稱雙盤或吉祥坐。

以不知道。說不定他是一時心血來潮，才會弄進這麼一大個笨重的傢伙；又或許他像我們常見的精神病患那樣，把壓根無關的兩種概念聯想在一起，於是把桌子和臥床兜到一塊去了。總之，這是異想天開，缺點是想法雖然新奇卻派不上用場。我就親眼看過主人躺在這張桌子上午睡時，一個翻身摔落到簷廊上。從那以後，他好像再也不把這張桌子當臥床用了。

書桌前擱著一只扁扁的平紋細布坐墊，被菸頭燒出了三個破洞，可以瞥見裡面的棉花是灰撲撲的。背倚著書桌端正跪坐在這張坐墊上的正是主人。他腰際那條髒得成了灰鼠色的軟質腰帶打了個雙聯結，兩端垂落在腳掌上。不久前，我曾玩過這垂下的腰帶，結果頭上冷不防挨了一記爆栗，從此以後我就不敢隨隨便便靠近這條腰帶了。

主人還在想事情嗎？俗話說，笨人想不出好主意來。我偷偷從他背後一瞧，只見桌上有個亮晃晃的東西，我不由得眨了眨眼睛，納悶著這是打哪裡來的古怪玩意。我忍受著刺眼的強光盯著它瞧，這才看清楚原來那亮光是從桌上晃動的一面鏡子發出來的。可是，主人為什麼在書房裡玩起了鏡子呢？家裡的鏡子，只有掛在淋浴間裡的那一面。我今天早晨才在淋浴間裡看過那面鏡子。之所以強調「那面鏡子」，是因為主人家裡除了它以外，再也沒有第二面鏡子了。主人每天早上洗完臉後，就用這面鏡子梳頭分髮線。也許有人要問，你家主人是個大男人，為什麼要分髮線？老實告訴你，我家主人對其他事都不講究，唯獨對頂上的頭髮特別用心。自從我來到這戶人家，不管天氣有多麼炎熱，主人連一次都不曾剃過五分頭，髮長向來留二寸，而且不僅煞有介事地把頭髮從分線梳往左邊，另一半撥向右邊時梳到尾端還要往上一挑，仔細抿住。這有可能是精神病的症狀之一。這種矯揉作態的髮型和那張桌子根本不搭襯，但既然不會礙到別人，也就沒聽聞有誰對此批評過什麼了。他本人也對這個髮型相當得意。關於主人時髦的髮線分法就說到這

裡，現在來談談他把頭髮留到那麼長的理由。原來天花不僅侵蝕了他的臉，甚至還深入他的頭頂，所以他若和一般人一樣剃個五分頭三分頭，多達幾十個麻瘢就會從短短的髮根探露出來，再怎麼用力搓也搓不掉那些坑洞，如果將顯眼的程度形容為把螢火蟲放到荒郊一樣，聽起來倒有幾分雅趣，但是太太肯定不會喜歡。既然把頭髮留長就不會被人瞧見醜處，當然沒有理由自暴其短。可以的話，主人多麼盼望連臉孔也能長滿毛髮，把那些麻瘢統統遮掩起來。不花一文錢就有自動長出來的毛髮遮醜，那又何苦掏腰包把頭髮剃短，向眾人炫耀自己連頭蓋骨都全是麻瘢呢。——這就是主人的頭髮較長的理由，而頭髮較長是他分髮線梳頭的理由，而需要分髮線梳頭是他要照鏡子的理由，而他要照鏡子是那面鏡子掛在淋浴間的理由，而那面鏡子掛在淋浴間也就是鏡子只有一面的理由。

既然應該掛在淋浴間的唯一一面鏡子此時出現在書房，那麼，不是鏡子有夢遊症，就是主人從淋浴間拿來的。如果是主人拿來的，他為什麼要拿來這裡呢？說不定這是消極修養的必備道具。聽說從前有個學者去拜訪某位很有智慧的僧人，到了那裡一看，那位僧人光著膀子打磨一枚瓦片。學者問他磨瓦片做什麼，僧人說沒什麼，正在拚命把它磨成一面鏡子。學者相當訝異，告訴對方即使是高僧，也沒辦法把瓦片磨成鏡子的。僧人哈哈大笑，邊笑邊說：是嗎？那就不磨了，這就和一個人縱使讀破萬卷書也沒有悟出道理一樣。說不定主人也曾聽過那則寓言，這才把鏡子從淋浴間拿了過來，頻頻顧影自憐。這下有好戲可瞧了，我在一旁悄悄準備看熱鬧。

渾然不覺遭到偷窺的主人，正全神貫注地凝視這唯一的寶貝鏡子。鏡子這玩意原本就是不祥之物。深夜時分，在一個大房間裡點起蠟燭獨自攬鏡而照，想必要有很大的勇氣。家裡的小千金頭一回把鏡子推到我面前時，簡直把我嚇得魂飛魄散，繞著屋子整整跑了三圈。雖說是大白天的，要是像主人那樣直勾勾地盯著鏡子看，肯定也覺得自己這張臉挺嚇人的。單是瞥上一眼，那張臉都讓人不太舒服。過了一會兒，主人自言自語地說了句「這臉還真髒」。願意坦承自己的容貌醜陋，值得敬佩。他的舉動像個瘋子，說出來的話倒是真理。若能再前進一步，主人就會害怕起自己的醜惡。人們如果沒有徹底體悟到自己是個可怕的壞蛋，就算不上受過風霜歷練；沒受過風霜歷練的人，就無法得到解脫。既然主人已經踏上這段歷程的第一步了，接下來應該要說「哇，好可怕」，可是我左等右等，就是沒聽到這一句。他剛才說完「這臉還真髒」之後，不知道打起什麼主意來了，忽然把腮幫子鼓得圓圓的，再抬起手來用掌心往腮幫子拍了兩三下。我看不懂這是在作什麼法。突然間，我發現這副面孔似曾相識。細想一下，原來是女傭那張臉。這裡順便介紹一下女傭的長相。她那張臉真是既膨又腫。前些日子有人從穴守稻荷神社那裡送來了河豚模樣的燈籠，女傭的臉就腫得和那只河豚燈籠一模一樣，連兩邊眼睛都被擠得不知去向了。不過，河豚鼓起來是一顆圓球，但是女傭的臉骨卻是稜角分明，浮腫起來活像是一只泡水發漲的六角鐘。這些話要是讓她聽去了一定很生氣，我就不多說了，回到主人的話題。主人就這樣吸飽了空氣鼓起腮幫子，然後像前面說過的那樣用掌心一邊拍打自己的面頰，一邊喃喃說道：「臉皮繃得緊緊的，麻瘢就不明顯了。」

接著，主人別過臉去，把照到陽光的半個臉對著鏡子看。「這樣看，麻瘢非常顯眼。還是正面向著陽光時看起來平滑一些，真奇妙。」主人似乎很有感觸。然後他又將右手往前伸直，將鏡子盡量放遠再仔細端詳，忽然茅塞頓開地說道：「離這麼遠就幾乎看不見了。果然太近了就是不行。……不單是臉，世間一切皆是如此。」緊接著他突然將鏡子放倒，低頭照鏡，結果眼睛、額頭和眉毛一下子全擠向鼻根去了，整張臉皺八八的，那樣子實在太難看了。「不成！萬萬不可！」連他自己也意識到了，趕忙抬起頭來。「怎麼會變成那麼凶狠的表情呢？」他有些狐疑地把鏡子拉回到離眼睛三寸多遠的地方，抬起右食指抹了抹鼻翼，再將那根指頭往桌上的吸墨紙使勁一按，鼻子上的浮油在吸墨紙上印出了一個油光光的圓印子。我家主人會玩的小把戲還真多呢。接下來，他又把那根抹過鼻油的手指頭轉了個方向，翻開了右邊的下眼皮，這就是常說的扮鬼臉，而且他扮得十分道地。我不太明白他是在研究麻瘢，還是在和鏡子做瞪眼比賽。反正主人向來沒定性，只要觀察他一陣子，一定會瞧見他玩出許多花招來。但現在不該是玩耍的時候。若是從蒟蒻問答⑥的角度為主人做善意的解釋，或許主人對著鏡子表演各種動作，是為了體悟見性自覺⑦。人類的一切研究，其實都是為了研究自我。天地、山川、日月、星辰，全都是自我的別名罷了。一旦拋開自我，任何人都找不到其他值得研究的項目了。假如人們能夠跳開自我，在跳開的剎那，也就失去自我了。況且如果撇開自我，也找不到人來代替研究自己了。再怎麼想去研究別人，或者請別人來研究自己，這都是辦不到的。也因此，自古以來的豪傑無不是靠著自己的力量成為英雄。如果能夠透過別人來了解自己，那麼也能找別人代吃牛肉，代替自己辨別牛肉是嫩還是硬。所謂朝聞法而夕聞道，案前燈下不釋卷，都不過是協助自己認識自我的方法而已。自我不存在於他人論述的法與道之中，也不存在於堆滿五車的蟲蛀書冊裡。即使有，也是自我的幽靈。或有些時候，幽靈總比無靈來得好。追著影子，或許就能遇上實體，畢竟多數影子離不開實

⑥日本單口相聲的知名段子。冒充禪院住持的蒟蒻鋪老闆，遇到一個雲遊僧人，兩人進行了一段比手畫腳的無言對答，結果雙方都誤解了對方的意思。

⑦佛法用語，意即領悟自我本性。

體。就這層意義來說，擺弄鏡子的主人還算得上通達事理，至少比那些生搬硬套愛比克泰德的論述、以學者自居的人來得高明多了。

鏡子不僅是自戀的釀造器，也是自傲的消毒器。假如照鏡子的蠢物滿腦子都是浮華虛榮的念頭，這時候，再也沒有比鏡子更具有煽動力的器具了。從古至今，由於增上慢⑧而害己害人的事例，有三分之二都是鏡子造成的。法國大革命時，有一名好事的醫生發明了改良式的砍頭機⑨，無異於犯下滔天大罪。做出第一面鏡子的人，應該也同樣夜夜難眠吧。不過，每當自我厭惡或自我萎靡之際，照鏡子最是特效神藥。鏡子一照，美麗醜陋一目了然。這時就會赫然發現，就憑這張臉，自己怎麼敢高傲地挺著胸脯活到了今天呢？當察覺到這一點時，正是人生中最難能可貴的時光。沒有比承認自己的愚蠢更高尚的行為了。在自知之明的面前，所有驕傲的人都要低頭屈服。儘管他自以為高高在上，竭盡嘲諷之能，但在對方看來，那種高高在上其實是低頭屈服。主人沒有聰明到能夠從鏡子中領悟到自己的愚昧，但是能夠持平看待自己臉上的烙印，承認自己醜陋的容貌，將是通往領悟自我內心卑鄙面的階梯。這樣看來，主人的前途大有可為！當然，這或許得益於哲學家先生的忠告。

我一邊想著，一邊繼續觀察主人又在做些什麼，主人當然什麼都不曉得，自顧自地玩著扮鬼臉的遊戲，玩夠了以後才說了句：「充血挺嚴重的，我看是感染了慢性結膜炎。」他用食指側邊開始用力揉起了充血的眼瞼，看來大概是很癢。可是眼瞼不揉都已經紅得那麼厲害，根本禁不住這樣的搓揉。要不了多久，眼珠子一定會變成像鹽醃鯛魚那樣潰爛了！不久，主人睜開眼睛照鏡子。果不其然，他的眼睛就和冬天的北國寒空一樣混濁。話說回來，那雙眼睛平時就沒清澈過。形容得誇大一點，主人的兩眼模糊，根本難以分辨眼白和黑瞳。他的眼珠子混沌不清地漂浮在眼窩裡面，如同他的精神始終如一地飄忽不定。這可能是胎毒所致，也可能是天花的餘毒。聽說主人小時候，吃了不少赤蛙以及柳樹上的蟲子⑩，可惜他母親的用心良苦全都付諸東流，主人活到今天仍然和剛出生時一樣懵懂。我心想，這種狀態絕不是胎毒和天花所造成的。他的眼珠子之所以在如此晦暗混沌的悲境中徘徊，完全是由於他的頭腦是由不透明的物體所構成的，而這種物體的作用將促使達到暗淡迷濛的極致，因而呈現於其形體之上，給對此一無所知的母親增添了無謂的憂愁。看到煙就知道起火了，看到眼球子混濁可證明其人之愚蠢。由此看來，主人的眼睛即是他內心的象徵。既然他的內心像天寶年間的銅錢一樣中央有孔，他的眼睛也就和天寶銅錢一樣沒太大用處。主人又捻起鬍子來了。那鬍鬚東倒西歪，長得不太整齊。雖說社會上盛行個人主義，但是鬍鬚這樣我行我素，給鬍鬚主人帶來的困擾可想而知。主人有鑒於此，近來大加操練，盡力將這些鬍鬚予以系統化排列。功夫不負苦心人，鬍鬚最近的步伐比較整齊了。主人甚至得意地認為，從前他是任由鬍鬚生長，現在則是指定鬍鬚生長。近來呈現的成效讓主人受到相當的鼓舞，彷彿看到嘴上鬍鬚的光明前程，於是不分朝夕，只要手一得空，必定大加鞭韃。主人的野心是蓄出像德意志皇帝那樣矢志向上的翹鬍子，所以不管毛孔是往橫的還是往下的，他捏著一撮就用力往上拉。想來那鬍鬚十分受罪，而鬍鬚的主人也時常覺得疼。然而，這就是操練，不顧個人意志，往上拉就是了。外行人看起來這只是一種莫名的嗜好，本人卻視為天經地義。如同教育家

⑧佛法用語，意指還沒有悟得的法卻自稱已經悟到。
⑨紀約亭（Joseph-Ignace Guillotin，一七三八～一八一四），法國醫師，在其改良之下設計出新式斷頭臺。法國大革命期間，許多人遭到這種斷頭臺斬首而亡。
⑩相傳赤蛙和柳樹上的蟲子是治小兒驚風的偏方。

明明違反了學生的本性，還自誇一切都是自己的功勞，一樣無可非議。

主人正懷著滿腔熱忱操練鬍鬚，女傭頂著那張多角形的面孔從灶房過來。隨著一聲「信來了」，一隻紅咚咚的手陡然伸進了書房。這時主人的右手還捻著鬍鬚，左手拿著鏡子，就這樣回過頭來望向書房門口。那張多角形的面孔一瞧見奉命豎成顛倒八字形的鬍鬚，急急忙忙跑回灶房，趴在鍋蓋上哈哈大笑。主人可一點都不在意，只見他氣定神閒地放下鏡子，拿起郵件。第一封信是鉛字印刷的，全是些嚴肅的字句，逐字照讀如下：

敬啓者：謹祝日益吉祥康泰。近日，我軍於日俄戰爭連戰連捷，克復和平。我忠勇剛烈之將士，大半已於萬歲聲中凱旋賦歸，舉國歡騰，普天同慶。憶自宣戰大詔頒布，將士義勇奉公，久駐萬里異境，忍寒霜凍苦，竭誠禦敵，甚而爲國捐軀。其心至誠，國民應永鐫不忘。有鑑於我軍將於本月全數歸建，本會擬於二十五日代表本區全體居民，爲區內千餘名出征將校士卒舉行凱旋慶祝大會，兼以慰藉陣亡軍人家屬，竭誠歡迎軍眷蒞臨，聊表謝忱。盼蒙各界大力支援盛典，以期如期舉行。敬請慷慨樂捐，不勝翹企。耑此。　謹啓

寄信人是一位貴族老爺。主人默讀一遍，隨即將來信按原樣收回信封裡，當作沒看過這封信。主人大概不會去樂捐吧。前些時候，東北地區嚴重歉收，他捐了兩圓還是三圓賑災，從此逢人就嚷嚷自己的錢被搶去樂捐了。主人的話有語病。既然叫作樂捐，當然是自己願意捐出而不是被搶走的。又不是遇上了強盜，用這個「搶」字實在不恰當。儘管如此，主人還是當自己被搶了錢似的。按主人的個性，若是強逼他，或許還肯掏出錢來；但是就憑一張印刷信，縱使打著歡迎

軍隊歸來，或是貴族老爺勸募的名號，恐怕他不肯掏出錢來。主人認為，在歡迎軍隊之前，他倒是想先歡迎自己。等到歡迎完自己以後，他就可以配合歡迎其他人。眼下他還得日夜奔忙，歡迎一事只好有勞貴族老爺們費神了。主人接著拿起第二封信一看，喊了聲：「啊？又是一封印刷信！」

秋冷時節，謹祝貴府日益興旺。誠如閣下所知，敝校自前年以來，遭受數名野心人士干擾，深陷困境。敝人不才，深自警惕。經臥薪嘗膽，苦思良久，謹此報告：我校將獨力籌措經費以增建理想校舍。籌款方案為出版《裁縫竅門綱要特輯》一書。本書乃敝人多年苦心鑽研工藝原理之結晶，嘔心瀝血之著述，僅於製書成本略添薄利，盼能普及一般家庭。如蒙購讀，可助拓展縫紉技術，並蓄微利支應新建校舍費用。敬請惠予慷慨助購《裁縫竅門綱要特輯》乙冊，或可轉贈貴府侍女，以表閣下贊助之美德。拜懇千乞。草此奉聞。

大日本女子裁縫最高等大學院
校長　縫田針作　九拜

主人冷淡地把這封用詞懇切的來信揉成一團，毫不留情地扔進了廢紙簍裡。這位縫田針作校長的臥薪嘗膽以及卑躬屈膝的九拜之禮全都白費了，真讓人同情。主人開始看起第三封信。第三封信散發著異樣的光芒。信封是紅白條紋的花色，十分鮮豔，真像賣飴糖[11]的招牌，而正中央

[11] 日本傳統糖果。製作過程是將各色糖條按照構圖黏合成粗條，拉細後橫切成粒，切開後的糖粒斷面會呈現彩色的圖案，傳統上是以童話人物金太郎的頭像作為糖粒圖案。

則以粗筆八分體寫上「珍野苦沙彌先生閣下」。我雖不知道揭開信後會不會跳出金太郎來，至少信封看來相當氣派。

若由我主宰天地，我將一口喝乾西江之水；若由天地主宰我，我不過是陌上的一粒微塵。天地與我，究竟何干？……第一個食入海參的人，其膽量可敬；第一個吞下河豚的漢子，其勇氣可嘉。食海參者，猶如親鸞上人⑫再世；吞河豚者，宛如日蓮上人⑬化身。苦沙彌先生之流，頂多只嚐過糖醋味噌醬拌葫蘆乾的滋味。我到現在還沒見過任何一個人，光是曉得糖醋味噌醬拌葫蘆乾的味道，就成為人上之人的。……

摯友也會出賣你，父母也只顧自己，愛人也會拋棄你。富貴榮華根本沒指望，功名利祿亦是旦不保夕，祕藏在你頭腦裡的學問遲早發黴。你還能仰仗什麼？天地之大，何物可以依靠？神嗎？

神不過是人類苦痛難耐之際捏製出來的泥偶，只是人類在悲傷欲絕之際排出的糞屎凝結成的臭骸。仰靠了不該仰靠之物，以為可以安心度日。嘖嘖！醉醺醺的胡言亂語，踩著蹣跚腳步走向墳墓。油盡而燈枯，千金散盡還剩下什麼？苦沙彌先生，您還是喝杯茶歇著吧。……

不把人放在眼裡，也就無所畏懼。試問，一個不把人放在眼裡的人，卻對這個沒把他放在眼裡的社會感到義憤填膺，有道理嗎？權貴顯要之士，當不把人放在眼裡時就面露得意之色，但別人沒把他放在眼裡時就怫然變色。臉色變來變去，隨你愛怎麼變就怎麼變吧！混帳東西！

當我把人放在眼裡，但是別人不把我放在眼裡的時候，不平之鳴轟然從天而降。這種猛爆性的行動就叫作革命。革命不是疾呼不平之人所帶領的，根本是那些權貴顯要之士搞出來的。

朝鮮人參挺多的，先生怎麼不吃呢？

天道公平　再拜　於巢鴨

那位縫田針作校長行了「九拜」，此人卻只施了「再拜」。如此看來，如果來信不是募捐，就可以省下七拜。這封信雖然不是募捐，卻很難看懂，不管向任何一本雜誌投稿，都有充分的資格不被刊登。我本來猜想，以頭腦不透明而馳名的主人，一定會把這封信撕得粉碎，沒想到他居然竟讀了一遍又一遍，讀個沒完。說不定他以為這樣的信有某種寓意，決心要把隱藏其內的寓意挖掘出來。天地之間人類不懂的事情雖然多得很，但還好沒有任何一件不能賦予它某種意義。再怎麼深奧難解的文章，只要有心解釋，總能說出個道理來。說人愚蠢也好，說人聰明也好，喜歡怎麼解釋都不必費什麼功夫。不只這樣，即使想證明「人是狗」或「人是豬」，也不是太難解答的命題。說「山很矮」也沒問題，說「宇宙很小」也沒有關係，要講「烏鴉白」、「小町⑭是醜女」、「苦沙彌老師是君子」，也都沒什麼講不通的。所以，即使是這封莫名其妙的信，只要動動腦筋，穿鑿附會一些道理，就會變成一封言之有物的書信了。尤其主人一向有能耐把自己不懂的英文胡亂解釋，這種牽強附會對他來說更是輕而易舉。有學生問他：「分明天氣不好，為什麼要說『good morning』呢？」主人一連思考了七天。又有學生問他：「哥倫布這個名字用日文怎

⑫親鸞上人（一一七三～一二六三），日本鎌倉時代的高僧，日本淨土真宗的宗祖。
⑬日蓮上人（一二二二～一二八二），日本鎌倉時代的高僧，日蓮宗與法華宗之宗祖。
⑭小野小町（約八〇九～九〇一），日本平安時代著名的歌人，傳說中的美女。

麼說？」主人又整整三天三夜苦思答案。像他這樣的人，不管要他解釋「糖醋味噌醬拌葫蘆乾是人上之人」，或是要他講解「朝鮮人參就要發動革命」，他全都能手到擒來，隨口就可以說出一套道理來。半晌過後，主人露出的表情就像當初成功解析了「good morning」的時候一樣，對信中難懂的文字已經融會貫通，對此大加贊賞：「意義實在深遠，這個人一定對哲理頗有研究。了不起的見解！」單從這幾句話也可以看出主人有多麼愚昧。不過，從另一方面來看，他會這麼想也不意外。主人有個毛病，對那些不了解的事物總是讚譽有加。這樣的毛病其實不單主人一個人有。不容小覷的道理總是潛藏在未知之處，而高深莫測的地方總讓人格外崇敬。就因為這樣，凡夫俗子喜歡把不懂的事情口沫橫飛地講得頭頭是道，學者亦把淺顯易懂的事情講得讓人如墜五里霧中。大學授課也一樣，滿口玄乎莫名的教授大受歡迎，講義深入淺出的教授則沒有人望。主人對這封信推崇備至，同樣也不是由於看懂了內容，而是因為根本難以掌握其意旨所在，更是因為信裡一下子蹦出了海參，一下子又跳出了糞屎。也就是說，主人推崇這封信的唯一理由，正如道家推崇《道德經》、儒家推崇《易經》、禪宗推崇《臨濟錄》，都是因為一竅不通，可是一竅不通又說不過去，於是胡亂注釋，不懂裝懂。自古以來，人們都喜歡對不了解的東西裝出一副了然於胸的樣子，並且大加推崇。——主人畢恭畢敬地將這封八分體的名家書信收回信封裡擺在桌上，袖起手來陷入冥思。

「打擾、打擾！」這時有人在玄關高聲叫門。那聲音聽起來像是迷亭先生，卻不應該是迷亭先生。叫門聲一聲接著一聲。主人在書房聽得清清楚楚，卻依然袖著手，八風吹不動。也許他認定迎接客人不是主人的職責，因而這位主人從來不曾在書房裡朗聲應門。女傭出門買肥皂去了，太太正在茅房裡，能夠去招呼客人的只剩下我這隻貓了，可是我也懶得出去。一會兒過後，

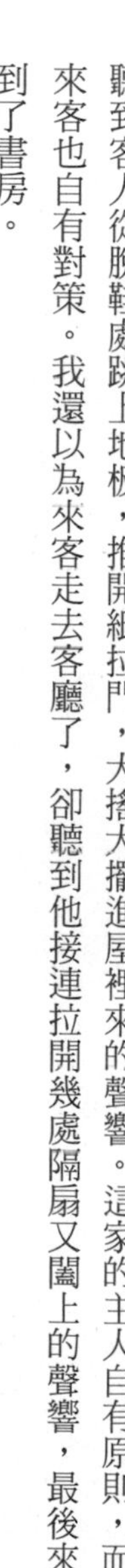

聽到客人從脫鞋處跳上地板，推開紙拉門，大搖大擺進屋裡來的聲響。這家的主人自有原則，而來客也自有對策。我還以為來客走去客廳了，卻聽到他接連拉開幾處隔扇又闔上的聲響，最後來到了書房。

「喂，你這沒禮貌的傢伙！躲在這裡做什麼？客人來啦！」

「哦，是你啊。」

「還問什麼『是你啊』！既然坐在那裡總該出個聲說句話，我還以為家裡空蕩蕩的沒人呢！」

「唔，我在想點事情。」

「就算在想事情，好歹也能講一聲『請進』吧？」

「要說倒也可以說一聲。」

「你還是老樣子，連這種話也敢說出口。」

「我從前陣子就開始致力於涵養精神哩！」

「你還真閒。挑上你忙著涵養精神沒辦法應門的這天上門拜訪的客人還真倒楣。別坐在那裡不動，快點起身！今天不光我一個人，還帶一位貴客來呢！快出去見一見！」

「帶誰來了？」

「你別問了，快點出去見人！人家對你可是仰慕已久呢。」

「誰啊？」

「別問，起來起來！」

主人霍然起身，仍然袖著手。「你又想捉弄人了吧？」主人漫不經心地邊說邊由簷廊進了客廳，映入眼簾的卻是一位長輩面對六尺壁龕肅然端坐，等候主人。主人不由得從袖兜裡抽出來手，雙膝一彎就在隔扇旁跪了下來。這樣一來，他和長輩同樣面西而坐，兩邊都沒有辦法向對方施禮了，而舊時代的老人家對這種繁文縟節是特別講究的。

「您請上座。」長輩指著壁龕催主人移過去。直到兩三年前，主人一直以為客廳裡隨便坐在哪裡都一樣，後來聽了某位先生講解壁龕的由來，他才明白那裡是從上座廳⑮演變而來的，原是特使落坐的地方，此後，他再也不敢坐到那邊去了。尤其眼前有位素昧平生的長輩堅持坐在下座，他豈敢移到上座，連寒暄都沒法好好講了，只能一股勁地猛欠身致意，照樣複述對方的話：

「您請上座！」

「不，那樣就不便施禮了，還是請您上座。」

「不不不，那怎麼好……還是請您上座……」主人一逕學著對方的口吻。

「這般謙讓，實在不敢當，老朽反倒不自在了。還是請您別客氣，請上座。」

「這般謙讓……不敢當……您還是……」主人漲紅了臉，講得結結巴巴的，可見涵養精神並沒有太大的效果。迷亭先生站在隔扇後面笑著看戲，覺得看夠了，這才從後面推著主人的屁股，催促道：

「好啦，快去吧！你堵在隔扇這裡，我就沒地方坐了。不必客氣，快去前面！」

主人逼不得已，只得往前膝行了幾步落坐。

「苦沙彌兄，這位就是我時常提起住在靜岡的伯父。伯父，這位就是苦沙彌先生了。」

「真是幸會！聽聞迷亭常來打擾，老朽早想登門求教，今日恰巧途經貴府附近，特來致謝平素對小姪之關照，望請不要見外，日後多多指教。」長輩如行雲流水般說了老派的客套話。我

家主人鮮少與人交際，平時話也不多，加上幾乎沒見過這樣老派作風的長輩，一開始有點怯懦，不知道該怎麼應付這種場面，又聽長輩滔滔不絕地講了一套，上一刻還在腦海裡的朝鮮人參和飴糖花色的信封，統統拋到九霄雲外去了。主人狼狽之際，答話也跟著期期艾艾。

「我也……我也……早該登門拜訪……請多海涵……」說完，趴伏在榻席上的主人稍稍抬起頭來，赫然發見眼前的長輩依然彎身跪伏，嚇得他趕緊將頭磕回榻席上。

長輩覺得禮數周到了，這才抬起頭來，說道：「昔日寒舍亦忝列此地，於將軍[16]腳下安居樂業，直到瓦解後才遷居靜岡[17]，此後不曾回來。今日舊地重遊，連南北東西都分不清……，所幸迷亭陪同，否則難以赴會，滄海桑田莫過於此。將軍受封江戶三百載，豈料將軍家……」

長輩話還沒說完，迷亭先生已經不耐煩了，插嘴打斷：

「伯父，德川將軍君恩浩蕩，但是明治時代也不錯呀。從前並沒有紅十字會吧？」

「確實沒有，紅十字會這幾個字連聽都沒聽過。若非明治盛世，老朽何德何能，竟得以瞻仰殿下[18]尊容！老朽苟活至今，有此榮幸出席今日大會，恭聆殿下玉音，死而無憾矣。」

「離開這麼多年，能回來東京走走逛逛，也算值得了。苦沙彌兄，這次紅十字會召開全體大會，伯父專程從靜岡赴會。今天我陪他去了上野，才剛逛完。所以你看，伯父身上穿的是我上回從白木屋訂做的那身長禮服喔！」迷亭先生特地提醒主人留意。我仔細一瞧，這位伯父確實穿

⑮地板高出一層的廳室，主君接見之處。
⑯將軍即德川宗家，江戶幕府的征夷大將軍，此句意指居於江戶（今日的東京）。
⑰意指江戶幕府的崩解。一八六八年，末代將軍德川慶喜大政奉還，交出江戶城，改封靜岡，結束了長達二百六十五年的江戶幕府統治。
⑱日本紅十字會當時的總裁是閑院宮載仁親王，明治天皇的弟弟。

著長禮服，可是一點也不合身。袖子過長，領口太大，背後凹了一塊，腋下吊了上來。就算一開始就打算做一套不合身的禮服，要做成這麼糟糕的樣式也實在不簡單。不光這樣，白襯衫和白襯領還各自為政，脖子一仰就露出了喉結，更別說那只黑領結，到底是打在襯領上還是襯衫上也不清不楚的。話說回來，長禮服還勉強可以忍受，他頭上的白髮丁字髻才叫作天下奇觀。對了，那柄名聞遐邇的鐵扇呢？我找了找，就擺在長輩的膝腿旁邊。主人直到這時總算定下心來，將涵養精神的功效充分應用在眼前長輩的服裝上，頓時有些詫異。他以為迷亭先生那時說得太浮誇了，見面一看才發現比迷亭先生描述得更嚴重。如果自己臉上的麻瘢可以作為歷史研究的材料，這位長輩的丁字髻和鐵扇的研究價值可就更高了。他原本想探問鐵扇的來歷，又覺得刨根問底不妥，可是沒了話題也失禮，只好問了個不痛不癢的問題：

「有很多人出席吧？」

「那叫人山人海哪！眾人直朝老朽打量……。今日之人眼光可高了，從前並非如此。」

「是的，從前並非如此。」主人的口吻也像個老人家。主人未必故意不懂裝懂，就當是從他混沌的腦袋裡偶然冒出那麼一句即可。

「況且，眾人皆注目老朽這柄劈盔。」

「那把鐵扇很重吧？」

「苦沙彌兄，你拿著掂一掂，重得很喔！伯父，請借他看看。」

長輩吃力地拿了起來，說句「請過目」，遞給了主人。

主人接了過來，那姿態猶如到京都黑古朝拜的信眾借看蓮生法師⑲當年用過的長刀似的，恭恭敬敬地拿了一會兒，說了聲「果然不凡」，又還給了長輩。

「人人都稱之鐵扇，其實此物稱為『劈盔』，與鐵扇截然不同……」

「哦，那麼這器物有何用途？」

「劈頭盔之用。亦即，以此物重劈，趁敵人頭暈目眩之際，給予致命一擊。聽聞早自楠木正成[20]之時即有此物……」

「伯父，您這柄劈盔是楠木正成用過的嗎？」

「非也，不知何人之物。確為古物，或為建武[21]之物。」

「這也許真是建武時代的老物件，可把寒月給整慘嘍！苦沙彌兄，我們今天的回程路上，順道穿過大學校園，也繞去理學部參觀了物理實驗室。這把劈盔是鐵做的，害得實驗室裡的磁力機器統統失靈，惹出了大亂子。」

「且慢，絕無此事！此乃建武時代的精良鐵物，不可能！」

「再怎麼精良，鐵就是鐵嘛。寒月說了禍首是它，只能信了。」

「所謂寒月，即為磨玻璃球之人乎？年紀輕輕，可惜！應有更大貢獻。」

「不必可憐，他可是在做研究。只要把那顆玻璃球磨好，就能成為了不起的學者喔！」

「若是磨好玻璃球即能成為偉大學者，人人皆可。老朽也可，玻璃鋪老闆亦可。在漢土，

---

⑲俗名熊谷直實（一一四一～一二〇八），日本平安時代末期至鎌倉時代初期的武將，於金戒光明寺（位於現今京都市黑谷町）出家，法號蓮生。

⑳楠木正成（一二九四～一三三六），日本鎌倉時代末期至南北朝初期的武將。

㉑日本南北朝時代的年號，自一三三四年至一三三八年。

磨玻璃的叫『玉人[22]』，身分卑微得很。」長輩邊說邊看向主人，希望主人表示贊同。

「原來如此。」主人唯唯諾諾地說。

「當今之世，一切學問皆為形而下學，乍看不錯，緊要關頭毫無作用。從前可大不相同，武士乃是以項上人頭為賭注之營生，平日致力修心養性，臨危受命絕不慌張。如您所知，那絕非磨球、搓鐵絲云云之賤業。」

「原來如此。」主人依然唯唯諾諾。

「伯父，所謂修心養性，就是不磨球，只管袖起手坐著就好，是吧？」

「不宜做此解釋，修心養性絕非如是舉止。孟子曰：『求其放心』[23]，邵康節[24]曰：『心要放』，又有佛門之中峰和尚曰：『具不退轉』[25]。這些道理並不容易理解。」

「我還是沒聽懂，到底該怎麼做才好呢？」

「你讀過澤庵禪師的《不動智神妙錄》[26]嗎？」

「沒有，聽都沒聽過。」

「心也者，置於何處乎？置心於敵之動靜，則我心受制於敵之動靜；置心於敵之長刀，則我心受制於敵之長刀；置心於殺敵之念，則我心受制於殺敵之念。置心於己之長刀，則我心受制於己之長刀；置心於己不死之念，則我心受制於己不死之念。置心於人之警戒，則我心受制於人之警戒。總之，心也者，無處可置。」

「伯父的記性真好，居然一句不漏全背下來了！這麼長長一大段，苦沙彌兄，聽懂了嗎？」

「原來如此。」主人又用同一句話敷衍了過去。

「二位不妨想想，該書所言甚是！正所謂心也者，置於何處乎？置心於敵之動靜，則我心受制於敵之長刀；置心於敵之長刀，則我心受制於敵之長刀——」

「伯父，您說的苦沙彌兄全都聽懂嘍。他近來天天都在書房裡，將其心置於涵養精神上，連客人來也沒法分神應門，所以這套道理他了解得很透徹了。」

「好極，用心可嘉！……你也該一同涵養精神。」

「嘿嘿嘿，我沒那閒功夫。伯父自己無事一身輕，以為別人也都在玩吧？」

「你確實成天玩樂，不是嗎？」

「那叫閒中有忙嘛！」

「如此馬虎萬萬不妥，當須涵養精神。只聽聞『忙裡偷閒』之成語，未聽聞『閒中有忙』。苦沙彌先生，以為如何？」

「是的，似未聽聞。」主人說。

「哈哈哈，你們兩人聯手，我可招架不住嘍。伯父，我請您去吃吃好久沒嚐的東京的鱔魚，我們上竹葉亭去吧！從這裡搭電車，一下就到了。」

「鱔魚確實美味，然而今日已與撒原相約，恕難奉陪。」

㉒雕琢玉器的工匠。

㉓語出《孟子．告子上》：「學問之道無他，求其放心而已矣。」意指研究學問的道理，關鍵在於尋回失去的本心。

㉔邵雍（一〇一一～一〇七七），北宋五子之一，思想家、易學家與詩人，諡康節。「心要放」意指解開心靈束縛。

㉕明本禪師，世稱中峰和尚，（一二六三～一三二三），中國元代禪僧。「具不退轉」意指勿中途放棄。

㉖澤庵宗彭（一五七三～一六四六），日本安土桃山時代至江戶時代的臨濟宗僧人，大德寺住持。《不動智神妙錄》為澤庵禪師與柳生但馬守宗矩（劍道家）的問答錄。

「是杉原伯伯嗎？那位老爺身體還相當硬朗。」

「並非杉原，應讀為撒原！你這方面向來馬虎，不妥不妥。他人姓氏錯讀乃是失禮之舉，今後切記於心！」

「可是，明明寫的是『杉』字呀？」

「寫作『杉』原，但讀為『撒』原。」

「真奇怪。」

「無怪可言。此乃慣用讀法，自古有之。蚯蚓之日本名字為『目無視』即為慣用讀法，亦即眼無視力之意。如同蛤蟆讀為『仰肚』，亦為同理。」

「哦，我真沒聽過！」

「打死蛤蟆，取其翻身肚朝天之狀，慣用讀法為『仰肚』。同理可推，洞眼圍籬讀作『柵籬』，油菜讀作『立莖菜』。將撒原讀為杉原，聽來土氣。談吐需留意，莫遭人恥笑。」

「那麼，您現在要去『撒』原伯伯那裡嗎？這下麻煩了。」

「你若不願同行，老朽獨去無妨。」

「您一個人去得了嗎？」

「步行不妥。煩請雇車，由此地前往。」

主人立刻聽命，指派女傭跑去車夫家。這位長輩又花了好長一段時間辭行，終於將圓頂禮帽戴在丁字髻上離開了。迷亭先生留在這裡。

「那位就是你伯父？」

「是我伯父錯不了！」

「原來如此。」主人坐回墊子上，袖著手思索。

「哈哈哈，我伯父是一號了不起的人物吧？我能有這樣伯父真是三生有幸。不論帶他上什麼地方，言談舉止同樣都是那一套。吃驚吧？」迷亭先生很開心自己成功嚇唬我家主人了。

「沒什麼好吃驚的。」

「連我那位伯父都嚇不著你，你的膽量還真不小。」

「不過，你伯父有些見識的確了不起，比方他主張應該涵養精神，令我相當敬佩。」

「那套理論值得敬佩嗎？你如果現在是六十歲的人，說不定也和伯父一樣變得落伍嘍。你可得好好振作振作啊！要是你到時候被時代淘汰了，可就不是聰明人嘍！」

「你老是擔心被時代淘汰了，可是在某些時間和場合，落伍的人才是佼佼者哩！不說別的，這個時代的學問拚命催著向前邁進，可是不管進步到什麼程度，永遠都不滿意。相對地，東方的學問雖然消極，卻非常值得深思，講究的是修心養性。」主人把前幾天從哲學家那裡聽來的那番話，當成自己的見解慷慨陳詞。

「聽你講得頭頭是道，怎麼也和八木獨仙兄說起一樣的話來了？」

一聽到八木獨仙這個名字，主人不禁心頭一凜。原來幾天前造訪臥龍窟、說服主人之後翩然而去的那位哲學家，正是八木獨仙先生。主人剛才一本正經陳述的這番理論，完全是從八木獨仙先生那裡現學現賣的。迷亭先生應該不曉得他日前來訪，卻在聽完主人的話之後立刻說出八木獨仙先生的名字，當下拆穿了主人的臨時抱佛腳。

「你聽過獨仙的論述嗎？」主人侷促不安地求證。

「怎麼沒聽過！他那套理論，早從十年前還在學校讀書的時候一直到現在，連一個字都沒改過。」

「或許因為真理是永恆不變的吧。正因為不變，才值得相信。」

「哎，就是有人相信，獨仙才能靠那套混到現在啊！先不說別的，八木的姓氏實在太貼切了！他臉上的鬍鬚就和山羊一模一樣呀！㉗而且從我們寄宿求學的時候，他就蓄了那把山羊鬍了。還有，獨仙這個名字也挺別出心裁。有一回，他去我那裡借住一晚，照樣開講消極的修養。他翻來覆去都是同樣的意思，我告訴他：『你也該睡了吧？』這位大師可悠哉了，很乾脆地回答一句：『我不睏！』仍舊講他的消極論，說個沒完沒了。我實在沒辦法了，只好求他：『你不睏，我可睏極了，求求你睡吧！』這樣他才總算睡下了。可是那天晚上，老鼠出來咬了獨仙兄的鼻頭。三更半夜的，他大吼大叫。這位大師嘴上說什麼悟得超然，結果還不是貪生怕死，對自己的髮膚珍惜得很。他居然逼我：『萬一老鼠的毒性蔓延到體內就了不得了！你快想想辦法救救我呀！』我被他吵得沒辦法，只好去灶房拿紙片黏些飯粒來敷衍他。」

「怎麼個敷衍法？」

「我告訴他，『這是舶來膏藥，最近某位德國名醫發明的，印度人被毒蛇咬傷時立刻貼上這膏藥馬上見效。你只要把這膏藥貼上就不會有事了。』」

「你從那時候就深諳唬弄別人的技巧了。」

「……獨仙兄是個老實人，認為我說得很有道理，就放下心來呼呼大睡了。第二天起來一看，膏藥下邊吊著一些線頭，原來是把他的山羊鬍黏了上來，簡直把我給笑岔氣嘍！」

「他現在可比那時候更神氣了。」

「你最近見過他嗎？」

「一星期前來過，聊了很久才走。」

「怪不得，我說你怎麼也拿獨仙兄那套消極論侃侃而談了！」

「說真的，我當時聽得非常感佩，於是決定也要發奮修養一番呢。」

「發奮是好事，不過如果把別人的話統統當真，可要受騙了。你的缺點就是太容易相信別人的話。獨仙兄也只是會耍耍嘴皮，遇上危險的時候和你我沒兩樣。你記得九年前的大地震㉘吧？那時候，從宿舍二樓跳下去受了傷的，只有獨仙兄一個。」

「關於那件事，他不是自有一番說詞嗎？」

「是呀。他笑容滿面地說自己非常感激那段難得的經歷，所謂禪之機鋒峻峭，使他在電光火石之際得以飛快做出反應。其他人一感到地震，無不驚慌失措，唯獨他一個人能迅速由二樓窗戶跳下去，這正是平日修業的功效。他瘸著腳，講得高興得很。真是個嘴硬！我覺得那些成天把禪呀、佛呀掛在嘴上的人，都不值得相信。」

「是嗎？……」苦沙彌老師顯得有些怯懦。

「前些天他來的時候，一定又胡扯些鬼話，提到禪宗和尚了吧？」

「唔，他說了一句『電光影裡斬春風』。」

「就是那句『電光』沒錯！他打從十年前就喜歡搬出這句話了，實在滑稽。想當年，一提起無覺禪師的那句『電光』，宿舍裡幾乎沒有人沒聽過的。而且我們這位大師只要一著急，就會

㉗「八木」和「山羊」的日語發音同樣都是「yagi」。

㉘一八九四年東京地震，也稱為明治東京地震，震央位於東京灣北部，強度高達芮氏地震規模七．〇。

把『電光影裡斬春風』顛倒過來唸成『春風影裡斬電光』，好笑極了。你下回遇到他不妨試上一試。先讓他好整以暇發表論述之後，再各種不同角度予以反駁，他一急起來就會答非所問了。」

「誰遇上你這個促狹鬼都要遭罪！」

「促狹鬼是誰還不一定呢！我最討厭那些禪宗和尚啦、悟道不悟道的啦。我家附近有個南藏院，寺院裡有個八十來歲的老僧。前陣子下暴雨，一道雷落在寺院內，把老僧住的禪房前的一棵松樹劈開了。據說當時那位老僧面不改色，穩如泰山。後來我一打聽才曉得，原來他耳朵根本聽不見，難怪可以穩如泰山。多數的禪修悟道，說穿了不過是那麼回事。獨仙一個人去悟道也就罷了，壞就壞在他喜歡把人拉進去摻和。事實上，已經有兩個人託了獨仙的福，變成瘋子啦。」

「誰？」

「你不知道？一個是理野陶然㉙啊。他聽信獨仙那一套，熱衷研究禪學，還去了鎌倉修行，最後在那裡發瘋了。圓覺寺㉚前面不是有個火車平交道嗎？他跳到平交道在鐵軌上坐起禪來，還架勢十足地說：『看我擋下對向火車！』還好那班火車即時剎住，他才保住一命。問題是他從此益發深信不疑，宣稱自己是水火不入的金剛不壞之身，於是這回又跳進寺裡的蓮花池裡，載沉載浮地兜著圈子走。」

「死了嗎？」

「這次同樣很幸運，一個道場的和尚恰巧路過，救了他。後來他回到東京，終於患上腹膜炎死了。直接死因是腹膜炎，造成腹膜炎的原因是在僧堂裡吃的麥飯和陳年醬菜，也就是說，等於是獨仙間接害死了他。」

「過度熱衷一件事有好處也有壞處啊。」主人的表情看起來有些害怕。

「就是說嘛！我們還有一個同學也遭了獨仙荼毒。」

「愈聽愈可怕！哪一個啊？」

「就是立町老梅㉛嘛。他同樣被獨仙洗了腦，一開口就說什麼『鱔魚升天』，最後還真的修成了。」

「修成了什麼？」

「就是鱔魚升了天，肥豬成了仙。」

「什麼意思？」

「既然八木叫作獨仙，那立町就是豬仙了。這個人本就貪吃，饕口饞舌還加上禪修到走火入魔，根本沒救了。我們這些同學起初沒怎麼放在心上，現在回想起來才發覺他說話全都牛頭不對馬嘴。他到我家一開口就是胡言亂語：『沒有炸肉排飛來那棵松樹上嗎？』『在我家鄉，魚糕會坐在木板上游泳喔！』單是說胡話還好，居然還催著我說：『我們去門外的水溝挖栗泥球吧！』真不知道該怎麼應付他才好。過了兩三天，他終於成了豬仙，被送去巢鴨住院了。其實貪吃的肥豬是沒有資格發瘋的，都是被獨仙給害慘了，才會淪落到那種地方去。獨仙的力量令人咋舌！」

「這樣啊。他現在還在巢鴨嗎？」

「當然還在，成了自大狂，盛氣凌人。近來他覺得立町老梅這個名字不夠響亮，於是自號

㉙「理野陶然」的日語發音與「理所當然」相同。

㉚位於鎌倉山上的臨濟宗圓覺寺派本山。

㉛「立町老梅」的日語發音與「立即慌亂」相同。

天道公平，當自己是天道的化身呢。真的瘋得厲害，你不妨去瞧瞧。」

「天道公平？」

「就叫天道公平呀！人挺瘋的，名字起得倒是出色。有時候也寫成『孔平』。他說世人陷於迷惘之中，要靠他來拯救眾生，拚命寫信給許多朋友。我也收過四五封，有些信寫得又臭又長，害我補繳了兩次超重郵資呢。」

「這麼說，寄到我家的那封，也是老梅寫來的？」

「他也寄給你啦？沒想到你也收到了。信封是紅色的吧？」

「唔，中間紅兩邊白，很奇特的信封。」

「聽說那是特地從大清國買來的。按照豬仙的格言：天道為白，地道為白，人在中間射紅光……」

「沒想到那信封還大有學問。」

「人瘋了才格外講究這些。不過，瘋歸瘋，看來他貪吃的習性還是沒改，每次會寫到食物，妙得很。給你的那封信也寫了吧？」

「唔，寫了海參。」

「也難怪，因為老梅喜歡吃海參。還有呢？」

「還寫了些河豚和朝鮮人參之類的。」

「河豚搭朝鮮人參還真好吃。他的意思大概是，如果吃河豚中了毒，就燉朝鮮人參湯喝吧。」

「好像不是那個意思。」

「不是也沒關係，反正他是個瘋子。就這些？」

「還有一句，『苦沙彌先生，您還是喝杯茶歇著吧。』」

「哈哈哈，『您還是喝杯茶歇著吧』，這句話太刻薄啦！他一定是存心奚落你一番，做得好！天道公平兄萬歲！」迷亭先生樂不可支，捧腹大笑。至於我家主人，自從赫然察覺自己懷著無比敬意捧讀再三的那封來信，寫信人居然是個貨真價實的瘋子，頓時感到當時的熱忱與苦心形同徒勞而怒不可遏，又發現自己竟耗費那麼多心力去玩味一個瘋癲病患的文章而羞愧難當，最後想到自己對狂人之作佩服得五體投地而擔憂自己恐怕也有點神經異常，這憤怒、羞愧與擔憂三種情緒結合在一起的狀態，使得主人的神情相當不安。

就在這個時候，有人喀啦啦地拉開大門，踏了兩步沉重的腳步聲就到了脫鞋處，緊接著大喊：「打擾了！打擾了！」我家主人一旦坐下就不想起身，而迷亭先生是個相當不講究繁文縟節的人，因此不等女傭出去應門，他已經嚷著「進來！」並且兩個跨步就穿越隔壁房間，來到了玄關。迷亭先生來這裡從不叫門，總是大搖大擺直接進來，實在有些困擾；不過他在這裡時，並不介意把自己當成這戶人家的寄宿生，願意幫著去應門接待來客，倒是省事不少。可是，儘管迷亭先生不介意，他畢竟是客人，勞駕客人去應門，身為主人的苦沙彌老師卻安安穩穩地坐在客廳裡，實在說不過去。若是一般人，這時候早就隨後出面接待來客了，然而這正是苦沙彌老師特立獨行之處，他仍舊若無其事地端坐在坐墊上。「端坐」和「穩坐」雖然看似沒什麼差異，其實內心的平靜程度有很大的不同。

迷亭先生飛奔到玄關之後，與來客交談了一陣，一會兒過後朝著客廳嚷道：「喂，勞煩主人出來一下。這問題非得由你出面才解決得了。」主人不得已，只好依舊袖著手，慢條斯理走去。到了門口一看，迷亭先生手裡攢著一張名片，蹲低了與來客交談，那姿態頗為謙卑。名片上印的是「警視廳刑事警察　吉田虎藏警員」。與吉田虎藏警員並肩而立的是個年約二十五、六的英俊男子，身材修長，身穿條紋棉布的短褂。奇怪的是，他和主人同樣袖著手，一聲不吭地站在那裡。這個人愈看愈面熟，好像在哪裡見過。我仔細打量之下，猛然想起自己當然見過他，因為他正是前些日子深夜來訪還搬走了山藥的那名空空兒！咦，莫非他這回膽敢在光天化日之下公然從前門光臨？

「喂，這位是刑事警員，逮住了不久前來你家行竊的小偷，專程來通知你去一趟警局。」

主人這才總算明白警察登門的理由，連忙對著小偷那邊恭恭敬敬地鞠了躬。小偷長得比吉田警員更加相貌堂堂，冒失的主人可能把他誤認成警察了。我想，小偷一定很吃驚，卻又不便糾正主人說自己是小偷，只好照樣袖著手，不動聲色地站在那裡。反正他戴著手銬，要他把手從袖兜裡拿出來也辦不到。換作是平常人，看到這個情形，早就心裡有數了，偏偏我家主人不是平常人。不僅如此，主人還有個毛病，在官員和警察面前總是變得謹小慎微，非常懼怕官威。他其實也明白，警員是包括自己在內的國民掏錢雇來的守衛而已，可是一旦遇見，他還是忙著鞠躬哈腰，因為主人的父親曾當過郊區的里正，過慣了對上位者唯命是從的日子，或許惡果就這麼到了兒子身上，可憐極了。

警員覺得主人很滑稽，笑嘻嘻地告訴他：「明天上午九點以前，請到日本堤警察分局一趟。……失竊物有哪些？」

「失竊物有……」主人只說了這幾個字，無奈家裡被偷了麼東西他差不多都忘了，唯一記得的只有多多良山平送來的山藥。他心想，不過是山藥罷了，丟了也無所謂，可是只說了開頭，接下來卻詞窮，看起來有些呆笨，有失面子。別人家被偷的東西不知道也就算了，自家失竊卻答不清楚，忝為一家之主，於是他牙一咬，接著說道：「失竊物有……山藥一箱！」

小偷一聽，實在太好笑了，趕緊把低頭把下巴埋進衣襟裡忍住笑意。迷亭先生一面縱聲大笑一面說：「看來，你很心疼那箱山藥喔！」

唯獨警員一臉嚴肅。「山藥恐怕找不回來了，其他物品大致都找到了。……總之，您去看一下就清楚了。另外，把失竊物領回去的時候需要填寫單據，出門前請記得帶印章。……務必在九點以前抵達日本堤分局。……是淺草警員署轄區內的日本堤分局。……以上。再會！」警員說完了這番話就轉身離開，小偷也跟著走出門外。由於手上了銬，小偷沒辦法伸出手來關門，只能敞著大門逕自走了。主人雖然對警察敬畏有加，也不免露出了不高興的神色，繃著臉砰的一聲關了門。

「哈哈哈，你對警察真是尊敬呀！要是平時都保持這種謙恭的態度就好了，可惜你只對刑警客客氣氣的，差別也太大了。」

「人家可是特地跑這一趟來通知的啊！」

「特地來通知又怎麼著？那是他的工作呀！按照平常的態度接待他就可以了。」

「這可不是一般工作！」

「這當然不是一般的工作，而是一種專做偵察的惹人厭的工作，比普通的工作更下等！」

「欸，你講這種話，當心遭報應。」

「哈哈哈，好吧，不再講警察的壞話了。話說回來，你尊敬警察也就罷了，居然對小偷也那麼尊敬，我實在太震驚了！」

「誰尊敬小偷？」

「就是你呀！」

「我怎麼可能對小偷好聲好氣的？」

「怎麼可能？……你不是向小偷行禮了嗎？」

「幾時？」

「就是剛才，你不是向他鞠了躬嗎？」

「胡說！那位是警察哩！」

「警察怎麼會是那身裝束！」

「就因為是警察，所以是才穿那身裝束！」

「臭脾氣！」

「你才臭脾氣！」

「那我問你，警察到別人家，會袖著手站在那裡連動都不動嗎？」

「警察未必就不能袖著手！」

「發那麼大脾氣，算我怕了你。在你施禮寒暄的那段時間，那傢伙始終站著沒反應呀！」

「畢竟是警察，也許是基於職業上的要求。」

「強詞奪理，怎麼講都聽不進去。」

「當然不聽！你從頭到尾都喊他是小偷，可是小偷進來的時候你又沒見過他，只是憑主觀認定，非說他是小偷不可。」

針鋒相對的兩人講到了這個地步，迷亭先生終於明白自己沒有能力渡化這個老頑固，於是一反常態，緘口不談了。主人以為難得一次把迷亭先生說得啞口無言，得意非凡。在迷亭先生看來，主人的倔強貶低了自己的人格；可是在主人看來，正是因為堅持己見，所以自己終究高出迷亭先生一等。人世間像這樣的愚蠢的事還真不少。有些人以為只要堅持到底就能贏得勝利，卻渾然不覺就在這志得意滿的時候，自己的身價已經大幅滑落。奇怪的是，這種老頑固自以為一輩子活得很體面，連做夢都沒想過，後人卻拿他當成了嗤之以鼻的範本。無知者最是幸福。聽說這種幸福有個名稱叫作憨豬的幸福。

「總而言之，明天你打算去嗎？」

「去呀！叫我九點以前到，我八點出門。」

「學校怎麼辦？」

「停課啊！上課有什麼要緊的。」主人說得鏗鏘有力，十分豪氣。

「好大的口氣。停課沒關係嗎？」

「當然行！我們學校是發月薪的，從來不扣錢，沒問題。」主人倒是說得坦白。說他油滑也對，說他老實也沒錯。

「你說要去，認得路嗎？」

「誰曉得啊。反正搭了車就會到吧。」主人語氣衝得很。

「失敬失敬，原來您是個和我那位靜岡的伯父不相上下的東京通呢！」

「知道失敬就好，以後可別再看走眼啦。」

「哈哈哈。日本堤分局可不是等閒之地，在吉原呢！」

「什麼？」

「我說在吉原呀！」

「就是那個妓院區的吉原？」

「是呀。走遍全東京也只有那個吉原。怎麼樣，敢去嗎？」迷亭先生又開始捉弄起主人來了。

主人一聽是吉原，不免猶豫了一下，繼而轉念一想，「是吉原也好是妓院也罷，既然答應了會去就非去不可！」主人在無關緊要小事情上展現豪情壯志。愚蠢之人總是在這種地方逞威風。

迷亭先生只說了聲：「也好，應該很有意思。去開開眼界吧！」

警察來訪所引發的風波到此暫時告一段落。接下來迷亭先生還是一樣瞎扯了半天，直到太陽快下山了才說太晚回去會惹伯父生氣，就這樣告辭了。

迷亭先生離開之後，主人匆匆用完晚餐，再度回到書房，雙手抱胸，開始思索：

「依照迷亭說的話看來，我大感欽佩並想努力效法的八木獨仙，似乎並不值得學習。而且，他倡導的論述不僅違反常識，也和迷亭講的一樣有些瘋癲，再加上他有兩個追隨者都已經發瘋，實在太危險了！我要是一時不查，靠了過去，很可能會被捲入那個圈子裡。至於那個撰文令我讚嘆見多識廣的偉大人物天道公平，其實就是立町老梅，而且是個不折不扣的瘋子，現在根本住在巢鴨的精神病院裡。迷亭儘管講話比較誇大，但是他描述在精神病院裡的立町老梅為了出名，而以主宰天道之人自居，此話應該屬實。照這樣看來，我說不定也有相同的傾向。常言道，靈犀相通，物以類聚。我既然對這種瘋狂的論述感到欽佩，或至少對他的言詞文字頗有同感，那麼自己恐怕也和瘋人相去不遠了。即使不是出自同一個模子鑄造出來的人種，既然與狂人相鄰而居，或許遲早會敲穿兩屋之間的隔牆，共聚一堂促膝談心。那還得了！回想起來，這陣子自己腦子裡的運作，確實出現了連自己都感到分外驚奇的改變。就算撇開那一杓腦漿呈現的化學變化，單就由心念意志轉化為行動，再由行動轉化為言辭來看，我已經有很多地方莫名失去了中庸之道。我雖舌上無龍泉，腋下無清風，然而牙根有狂亂之臭，筋肉有瘋癲之氣，這該如何是好？情況愈來愈糟糕了！該不會我早就是個十足的病患了吧？不幸之幸是，我到目前為止還沒鬧出傷人危世之事，才免於被逐出住所，還能當個東京居民。到了這個地步，已經不是消極或積極那種層次的問題了，必須先從脈搏檢查起才行！……脈搏量來似乎並無異狀。那是頭部發熱嗎？……也不像氣血竄升的感覺。還是放心不下，不知道哪裡出問題了。

「像這樣一直把自己拿去和那些瘋人比較，計算有多少類似之處，恐怕難以掙脫出瘋人的圈子。這種方法不對。以瘋人當作標準，把自己拿去那邊對照著解釋，才會得出那樣的結論。假如用健康人當作標準，把自己擺在健康人旁邊來思考，說不定會得出相反的結論。這樣的話，要從身邊的人開始比對起才行。首先是今天來的那位身穿長禮服的伯父。他一開口就是『心也者，置於何處乎？』……似乎不太正常。再來，拿寒月來比對可以嗎？他帶著飯盒進實驗室，從早到晚拚命磨珠子。……這傢伙也有毛病。第三個是……迷亭？那傢伙把胡言亂語當成天職，根本是個呈陽性反應的瘋子。第四個是……金田太太。她那惡毒的本性連一絲一毫常人之情也沒有，肯定是個道地的瘋子。第五個該輪到金田了。雖然還沒與他見過面，光是從他對那種妻子百依百順、夫唱婦隨的樣子看來，不妨說他是個非凡的人物。非凡乃是狂人的別名，大可把他和瘋子歸成同一類。接下來是……對對對，還有還有，就是落雲館那些君子！以年紀而言，他們還乳臭未乾，但是在狂躁這一點上，全都是空前絕後的英傑。這樣細算下來，大都屬於同一種類型，頓時讓我安心不少。說不定這個社會就是由一群瘋子集合而成的。好多瘋子湊在一起，相互砍殺、相互啃咬、相互咆哮、相互謾罵、相互爭奪。所謂的社會，莫非就是由所有瘋子聚合成的一大團細胞那樣分裂之後生長、生長之後分裂，不斷循環下去？說不定其中有些人還保持了一絲理智，能夠辨別是非，結果這種人反而成為社會的阻礙，所以人們才設立瘋人院，把這些人關了進去不讓他們出來。照這樣推論，被幽禁在瘋人院裡的是正常人，而在瘋人院外滋擾生事的反而是瘋子了。當瘋子只有一個的時候，不管上哪裡都被人看成瘋子；但是當一群瘋子化整為零成為一個群體之後就產生了勢力，搖身一變，以健全之人的樣貌現身了。大瘋子濫用金錢與權威指使眾多小瘋子到處為非作歹，卻博得偉人的美名，這樣的例子屢見不鮮。我愈想愈不明白了！」

以上是主人當天夜間在熒熒燈盞下沉思時的心理狀態，透過我如實描述。主人那顆不透明的頭腦，在這段記敘中也充分展示出來了。他雖然蓄著德意志皇帝的八字鬍，依舊是個無法區分出瘋子和正常人的呆瓜。更嚴重的是，難得他找到這樣的問題讓自己思索，結果最後連結論都沒有做出來就草草收場了。不管是大事還是小事，他的腦力都不足以應付刨根究底的思考。他的結論虛無縹緲，如同從他鼻孔噴出來的朝日牌香菸的菸氣一樣，看不清也摸不著。切勿忘記，這正是他的論述唯一的特色。

我是貓。也許有人懷疑，就憑一隻小貓，有本事把主人的內心世界記錄得那麼詳盡嗎？其實這對貓族來說只是一件小事。別小看我，我可是精通讀心術喔。不必問我是什麼時候學會的。反正我會就是了。當我趴在人們的膝腿上睡覺時，會悄悄地把自己柔軟的毛裘貼在人們的肚皮上，接著就有一股電流竄進我的肚子裡，轉映到我的心眼上。比方前幾天就發生了這樣的事。主人當時和藹地摸著我的頭，突然萌生一個可怕的念頭：如果把這張貓皮剝下來做成一件無袖棉襖，穿起來一定很暖和。我一讀到他的想法，當下嚇出一身冷汗來，太恐怖了！所以，現在我還能在這裡把那天晚上主人腦中的思想記錄下來向諸位報導，可以說是我的光榮，也是我的幸運。不過，主人想到「我愈想愈不明白了」那句話之後就呼呼大睡了，到了明天睡醒，他一定又把自已想過了什麼、想到了什麼地方，統統忘光。如果以後主人還針對瘋狂這個主題進行思考，就得再從頭來一遍才行。我無法保證他到時候會不會按照同樣的思路，走到最後抵達「我愈想愈不明白了」這句話。然而，我敢打包票，不論他重想多少次，也不管他依循多少路徑去思考，結論一定是「我愈想愈不明白了」。

第十章

「快起床，已經七點嘍！」太太從隔扇的另一邊喊道。主人的臉背著隔扇，沒有回應，不曉得是睡著還是醒了。不回答人家的問話是主人的習慣。他只在不得不開口的時候，才發出一聲「唔」，但有時候連一聲「唔」也不輕易發出。一個人懶到連答話都嫌麻煩，或許也是一種特色，不過這種人向來不受女人青睞。最好的例子就是連陪在主人身邊的太太都似乎對他不太敬重，其他人更是可想而知了。所謂，人既遭父母兄弟見棄，遑論得他家紅顏垂青。主人連太太的尊敬都得不到，又怎能得到一般淑女佳人的喜愛呢？我不是故意藉此機會揭發主人沒有女人緣的糗事，而是出於好意提醒一下，幫他消解這無謂的煩惱，因為主人誤以為是流年不利，所以太太才對他沒好氣。

妻子已經按照吩咐，準時告知丈夫了。既然丈夫當成耳旁風，還背過臉去連唔一聲也沒有，妻子便認定錯不在己而是丈夫。於是，太太擺出一副「遲到了可沒我的事」的表情，扛起布條撣子和笤帚就往向書房走去。不久，書房傳來啪啪啪的拍打聲，太太又開始打掃了。掃除的目的是運動還是遊戲，與我無關，裝作沒看到就行。可是這一家太太打掃的方法，不得不說實在沒什麼意義。其毫無意義之處在於，這位太太只是為了打掃而打掃罷了。她覺得拿起布條撢子在紙拉門上揚一揚，又握著笤帚往榻席上揮一揮，如此就打掃完畢了。掃除的用意和結果與她無關，哪怕連一粒灰塵的責任她都不必負。於是，光潔乾淨的地方每天都一樣光潔乾淨，而藏汙納垢的地方則永遠藏汙納垢。從前不是有個告朔餼羊①的故事嗎？儘管太太是這麼個掃法，但也總比不掃來得好一些吧。不過，太太這樣清掃家裡，並不是為了主人。在這種不具目標的事情上，天天不辭辛苦，這正是太太偉大之處。掃除是太太多年的習慣，太太與掃除這兩個項目已成為機械性的聯想，密不可分。但若說到她掃除的實際成果，卻和太太出生之前、甚至尚未發明布條撢子與笤帚之前的古老時候一樣，一點也沒有進步。或許此二者的關係，就如同形式邏輯學命題中的名詞那般扣在一起，至於實質內容如何，並不重要。

我和主人不一樣，向來習慣早起，到了這個時間已經餓得受不了。只是，連家裡的人都還沒用餐，我不過是隻貓，自然吃不到早飯。這也是貓的可悲之處。但我仍然忍不住猜想，說不定那只貝殼飯碗裡冒著香噴噴的熱氣呢。一想到這裡，我再也等不下去了。明明知道機會渺茫，卻仍是存有一線希望的時候，最好別輕舉妄動，只把那份期盼深藏在心裡，才是最聰明的做法，問題是我做不到。我總想試一試，或許真能如願以償。就連注定會失敗的嘗試，我還是不見黃河心不死。肚子實在太餓了，我只好爬進灶房，先往灶台後面的貝殼飯碗裡探了一眼。果然沒錯，仍是昨晚舔乾抹淨後的樣子，只有從天窗灑落的初秋陽光，映出了奇異的光彩。女傭把煮好的米飯倒進飯桶裡了。一只鍋子擱在小炭爐上，她正在攪拌。大飯鍋溢出來的米湯已在鍋身留下幾道乾巴巴的漬印，有幾條看起來真像貼在鍋上的薄透吉野紙。既然飯和湯都做好了，讓我吃也沒什麼不行的吧。這種節骨眼上用不著客套，就算希望落空也不吃虧。我下定決心，催她快讓我吃早飯。雖說是個吃閒飯的，照樣會飢腸轆轆。我打定主意，喵喵叫了起來，那聲音似泣如訴，既甜又怨。女傭卻完全不理睬。雖然知道那張與生俱來的多角形面孔，使得她冰冷無情，但我還是想搬出拿手本領，以巧妙的叫聲喚起她的同情。這回，我試著改為喵嗚喵嗚叫。這種叫法透著悲壯，我有十足的把握能聽得天涯遊子肝腸寸斷。女傭連瞧都不瞧我一眼。這女人說不定耳朵聽不見，但是耳朵聽不見就當不成女傭了，難道她只有貓叫聲聽不見？世上有些人是色盲，雖然什麼都看得到，可是醫生說那是種殘疾。該不會這個女傭是個聲盲吧？聲盲也是一種殘疾。身上有缺陷還那麼跋扈！晚上我想去小解，她說什麼都不肯開門；偶爾放我出去，卻又不准回屋了。就算是夏天，夜露仍有涼意，更不用說秋霜有多冷了。誰都無法想像，整夜蹲在屋簷下等待天明有多麼悲哀。不久前的一天，我又吃了她的閉門羹，還遭到野狗襲擊，命在旦夕，好不容易才逃到倉房的屋頂上，瑟瑟發抖了一個晚上。這一切痛苦，全都源自於那個無情的女傭。就算用心叫給她聽，這種人也不會有任何感動。俗話說，急來抱佛腳，饑寒起盜心。但凡被逼急了，什麼事都做得出來。於是，為了引起她的注意，我第三次特地換成喵嗚咪喵嗚咪的極度複雜叫法。這美妙的天籟之音，我有信心絕不輸貝多芬的交響樂，然而對女傭仍舊沒有絲毫影響。只見她忽然跪了下去，揭開一塊地下儲物櫃的活動蓋板，從裡面拿出一根長約四寸的硬木炭，接著對準小炭爐的邊角用力敲了幾下，硬木炭應聲斷成三截，墨黑的炭粉還把旁邊都弄髒了，甚至還有一點點飛進了湯鍋裡。這

①告朔餼羊：比喻徒有形式或虛應故事。語出《論語．八佾》：「子貢欲去告朔之餼羊，子曰：『賜也，爾愛其羊，我愛其禮。』」告朔之禮是古代的一種祭祀儀式。天子在年終時，將來年曆書頒給諸侯，諸侯將它藏在祖廟中，每月朔日，以活羊告祭於廟，然後聽政。

位女傭絕不會計較這種小節，馬上把那三截短炭從鍋底塞進小炭爐裡，仍舊不肯聆聽我演奏的交響樂。我只好默默走回餐室。途中穿過淋浴間時，看到三個小千金正在洗臉，熱鬧非凡。

她們正在洗臉。兩個大的上了幼兒園，老三只能一顛一顛地跟在姐姐後面到處轉，自然不可能有模有樣地洗臉與抹粉。只見最小的那個從水桶裡撈出濕抹布來滿臉亂揩。用抹布揩臉應該不舒服，不過這孩子連地震時都大叫好好彎（玩）②，所以用抹布揩臉也就不足為奇了。說不定她對人世的體悟遠在八木獨仙先生之上。大千金畢竟是長女，她展現大姐的威嚴，哐啷一聲扔了自己的漱口盂，伸手要搶那條抹布。「娃娃，那是抹布唷！」這娃娃挺倔強，沒那麼容易聽大姐的話，嚷嚷著要搶回那條抹布，「不——要！八撲！」她說的「八撲」二字到底是什麼意思，語詞的來源又是什麼，誰也不曉得。總之，這個娃娃發脾氣時，常常喊出這兩個字。抹布就這樣被姐妹倆拉拉扯扯的，髒水從濕漉漉的中央滴滴答答淌了下來，毫不留情髒地流到娃娃的腳上。光是濕了腳還好，可是連膝腿一帶也淋濕了。娃娃今天身上穿的可是一件元祿③。我不知道是從誰那裡聽來的，聽來聽去才明白，花樣大一點的圖案都叫元祿。「娃娃，元祿濕了，快放開抹布，乖！」大姐用了頗為講究的字眼。不過，這位懂得不少的大千金，其實前些日子還把「元祿」和「雙六」④說反了呢。

既然提到元祿，我順便多講幾件事。這口齒不清的孩子把字讀錯的次數太多了，多到讓人哭笑不得。例如，看到失火時她嚷著香菇飛來了⑤，或是說她以後要去御茶味噌女子學校上學⑥，也曾把財神和廚房⑦擺在一塊講，有一次還說自己不是住草屋的小孩，仔細一問，才知道她把「裏屋」說成「草屋」了⑧。主人每次聽到這樣的口誤就忍不住笑，可是他自己去學校教英文的時候犯的謬誤想必更嚴重，而且還一本正經地講給學生聽呢。

娃娃（她自己不說娃娃而是發音成筏筏）瞧見身上的元祿濕了立刻放聲哭喊著：「吱吱（濕濕）的好冷！」衣服濕了發冷可不行，女傭聽見了，趕緊從灶房跑來拿起抹布幫忙擦乾。在這場混亂中比較安靜的是二女兒寸子。寸子轉身過去，把從架子上滾下來的白粉瓶子打開，不停地往臉上塗抹。她將伸進瓶子裡的一根手指在鼻尖上抹了一下，立刻出現一條白線，使得鼻子的所在位置看起來比較明顯了。接著她又用抹過鼻子的手指磨蹭著面頰，於是那裡又出現一塊白花花的。她才剛打扮完，女傭恰好進來擦拭娃娃衣服上的水漬，也順手把寸子的臉蛋揩乾淨了。寸子顯得不太高興。

我在一旁看了這幕景象，再穿過餐室來到主人的臥房瞧一瞧他起床了沒有。可是左探右瞧，怎麼樣都沒看到主人的頭，倒是有一隻高腳背的八寸大腳從棉被底邊露出來。看樣子，主人大概不想露出頭來以免被叫醒，乾脆把棉被罩在頭上，那模樣真像隻小烏龜。這時候，打掃完書房的太太又扛著布條撢子和笤帚過來，和剛才一樣站在門口喊道：「您還沒起來嗎？」喊完後，太太盯著那床沒露出人頭的棉被看了一會兒，棉被裡的人還是沒有回答。太太往前走了兩步，拿笤帚

---

②此處的彎（玩），是夏目漱石在模仿小孩子說話不清楚的腔調。

③當時流行的花樣較大的鮮豔圖案。

④「元祿」（genroku／元禄）與「雙六」（sugoroku／双六）的日語發音相近。雙六是一種升官圖的遊戲，類似現代的大富翁遊戲。

⑤「香菇」（kinoko／きのこ）與「飛濺的火星」（hinoko／火の粉）的日語發音相近。

⑥應為御茶水女子學校。「水」（mizu）與「味噌」（miso）的日語發音相近。

⑦日本民間信仰七福神，其中兩尊象徵財神的神明為惠比壽與大黑天，此處將「大黑天」（daikokutenn）誤讀成日語發音相近的「廚房」（daidokoro／台所）。

⑧此處「草屋」原文為「藁店」（waradana，位於目前東京新宿區的一處地名），而「裏屋」原文為「裏店」（uradana，陋巷裡的住屋）。

往棉被戳了戳，「您還不打算起來嗎？」太太催促後，再次等待主人的回答。其實這時主人已經醒了，就是因為醒了，才把棉被罩在頭上以抵禦太太的攻擊，大概以為只要不露出頭來就能躲過了。他心懷僥倖地繼續躺著，然而太太沒那麼輕易放過他。太太第一次是站在隔扇的門軌上喊的，至少還有六尺遠，所以他心想還安全得很；可是當那支笤帚戳過來時，雙方的距離已經逼近到三尺左右，著實嚇了他一跳。尤其是太太第二次問他「您還不打算起來嗎？」這時他在被窩裡感受到的聲量和距離帶來的壓迫感，都大於前次一倍以上，他這才放棄掙扎，小小應了聲「唔」。

「不是說九點鐘前報到嗎？再不快點就遲到嘍。」

「用不著喊那麼多次，我這就起來了。」

棉被袖口⑨裡傳出了人的聲音，這簡直是世界奇景。太太過去多次上當，以為主人起床了而放下心來，沒想到他又睡了過去，所以太太知道此時千萬不可鬆懈，又再催了一次：「快點，快起來！」主人已經回答這就起床了太太又來催促，任誰都會不高興，尤其主人這種唯我獨尊的個性，更覺得惱火。最候，主人終於把罩在頭上的棉被猛力掀開，瞪大了一雙眼睛吼道：

「吵什麼吵？我說起來就會起來！」

「您只嘴上說說，就是沒起來呀！」

「我什麼時候只有嘴上說說而已？」

「每次都這樣呀！」

「胡說！」

「胡說的不曉得是誰！」太太說著，站在主人枕邊把笤帚往榻席上霍然一杵，英氣逼人。於此同時，屋後車夫家的孩子阿八突然哇的一聲嚎啕大哭。我猜只要主人生氣，車夫老婆就會立刻下令阿八放聲大哭。或許只要阿八在主人發怒時哭泣，車夫老婆就能領到賞錢吧。說起來阿八有這樣的娘還真可憐，恐怕得從早到晚哭個不停。要是主人知道了阿八的苦衷，別常常發那麼大脾氣，阿八應該能活久一點。話說回來，就算這是金田老爺的吩咐，如此沒分寸的事車夫老婆居然做得下手，依我的鑑定，她的瘋病要比天道公平來得重多了。問題是，假如只是主人生氣的時候叫阿八哭幾聲，事態還沒有那麼嚴重，可是金田老爺雇用了這一帶的地痞故意大嚷我家主人是今戶陶的貉子時，阿八同樣要哭。也就是說，在還沒確定主人是否動怒之前，阿八早一步算準了主人非發火不可，搶先哭了出來。這樣一來，根本難以分辨主人是阿八，抑或阿八是主人了。從此以後，想要對主人指桑罵槐一點都不費事，只要把阿八臭罵一頓，也就等於甩了主人一耳光。相傳很久以前，西方國家的犯人如果在行刑前逃到國境之外而且沒被抓到，就會做一個偶人當成替身受到火刑。顯然金田老爺身邊也有通曉西洋歷史的軍師教了他這個妙招。想要對付毫無招架之力的我家主人，不管是落雲館的學生或是阿八他娘，統統可以讓他吃上苦頭。主人的強敵還不只有這幾個，說不定街坊鄰居全都是他無法應付的對手。不過這些暫時不重要，留到以後有時間再慢慢介紹。

主人大清早聽到阿八的哭聲，頓時怒氣騰騰，猛然起身坐在鋪蓋上，根本管不上什麼涵養精神或是八木獨仙了。他一邊坐起，兩隻手拚命抓頭，險些扒下一層頭皮來。足足攢了一個月的頭皮屑毫不客氣地紛紛落到脖頸和睡衣的領子上，這一幕相當壯觀。我再往鬍鬚一瞧，根根昂然

⑨原文為「夜着」，日本特有的棉被，形狀像大尺寸的和服。因此這裡才會形容聲音從袖口傳出來。

挺立，更令我吃驚了。那些鬍鬚可能覺得它們的主人凶顏怒目的，總不好自己一派氣定神閒，於是每一根都跟著暴怒，朝各個方向發動迅猛攻擊，這景象實在難得一見。主人昨天才在鏡子前花了許多時間，模仿德意志皇帝把鬍鬚仔細整理了一番，沒想到睡了一夜醒來，昨天的一切操練全都付諸流水，鬍鬚統統恢復了原本的樣貌，依照各自喜歡的樣子豪放怒張。這就和主人只用了一個晚上涵養出來的精神修為一樣，天一亮就宛如船過水無痕，與生俱來的野豬本色立刻暴露無遺。我一想到，蓄著這種野蠻鬍鬚的野蠻男人，居然能夠在學校教書到現在都還沒被革職，這才明白日本之大無奇不有。正因為日本那麼大，所以金田老爺和金田老爺的走狗，才得以裝出一副人模人樣的相貌橫衝直撞吧。主人似乎很有把握，既然連他們都能佯裝成人的樣貌四處招搖撞騙，那麼學校當然找不到理由開除自己。如果有必要，大可給巢鴨精神病院捎去一張明信片請教那位天道公平先生，一定可以馬上得到滿意的解答。

主人這時候用力睜大那雙我昨天介紹過的太古混沌之眼，看向對面的壁櫥。這座壁櫥有六尺高，分成上下兩層，各別安上櫥門。棉被的底邊幾乎掃到下層櫥子，因此坐起身來的主人一睜開眼睛，視線自然就落在櫥門上。櫥門上裱糊的花色門紙已經百孔千瘡，肚破腸流。襯在門紙底下的那些「腸子」形形色色，有的是印刷品，有的是手寫字，有的是背面，有的顛倒擺。當這些「腸子」映入主人的眼簾時，他不由得想看清楚上面寫了些什麼。主人前一刻還氣得恨不能把車夫老婆抓來，揪住她的後腦杓把整張臉往松樹上擦蹭，但就在這一秒，他突然想細讀這些廢紙上的文字了。以一個隨時會暴跳如雷的人來說，這種行為既不奇怪，也沒什麼不可思議的。其實就和小孩啼哭時只要塞一塊豆餡餅給他，當下就會破涕為笑是一樣道理。主人從前曾在某一間寺院裡寄宿，隔壁住著五、六名女尼，兩個房室中間只隔了一片隔扇。在心地不好的女人當中，最壞

的就屬尼姑了。這些尼姑好像摸清了主人的性情，於是敲著自己的飯鍋打拍子唱起歌來：「這隻烏鴉哭了又笑呀！這隻烏鴉哭了又笑呀！」據說主人之所以非常討厭尼姑，就是從那時候開始的。不過，他雖然討厭尼姑，但尼姑唱的一點也沒錯。我家主人比一般人更容易時而哭時而笑，時而喜時而悲，但也因為這種個性，他做什麼都沒有毅力。說得好聽一點是他不會留戀不捨，心情換得快；若是譯成比較客氣的白話文，他只是個膚淺而缺乏內涵又固執己見的磨人精。既然是個磨人精，他原先一副要衝出去打人似地猛然坐起，突然又改變主意讀起隔扇上露出來的「腸子」，也就十分合情合理了。他第一眼注意到的是一幀頭上腳下的伊藤博文玉照，再往上看則出現了明治十一年九月二十八日⑩的文字。原來這位現任的韓國統監⑪從那麼早以前就忙著頒布政府公告了。不知道伊藤大人當時擔任什麼職務呢？雖然接下來的文字相當難以辨識，但努力一陣之後終於找到「大藏卿」三個字了。果然是偉人！就算倒立著，到底是大藏卿呢！再挪往左邊看過去，又出現了一次橫放的「大藏卿」，原來他這回躺下來午睡了。這也難怪，誰也沒辦法倒立那麼久。下面露出了木版印刷的「汝」字，很想知道接下來寫些什麼，可惜被遮住了。下一行只出現了「盡快」兩個字。這邊同樣想續讀下去，無奈就只有這樣了。假如主人是警視廳的探員，也許就可以擅自拆除別人的物品了。做偵探這一行的都沒有受過高等教育，他們不擇手段只為求

⑩伊藤博文（一八四一～一九〇九），早年為明治維新運動志士，於一八六八年明治政府建立之後負責外交事務，歷任多項公職，於一八八五年就任首任日本內閣總理大臣。文中提及的明治十 年（一八七八年），伊藤博文當時的職務是內務卿兼大藏少輔（僅次於大藏卿、大藏大輔之官銜，於一八六九年接任）。內務卿（今內務大臣）相當於內政部長，大藏卿（今大藏大臣）相當於財政部長。

⑪大日本帝國與大韓帝國於一九〇五年簽訂乙巳保護條約，於漢城（今首爾）成立了統監府，伊藤博文於一九〇六年就任第一任統監，其後於一九〇九年被朝鮮義士安重根襲擊身亡。

蒐集事證，很難對付，真希望他們能把分寸拿捏好；若是不願拿捏分寸，乾脆別讓他們查出真相算了。據說他們甚至會羅織罪名來以搆陷良民。他們可是良民掏錢雇來的人，竟然反過來陷害雇主，這種瘋子太猖狂了。主人繼續把視線移向中間，正中央出現「大分縣」在翻筋斗。既然伊藤博文都倒立了，那麼大分縣翻筋斗也沒什麼奇怪的。主人一路看到這裡，忽然雙手握拳，高高地伸向天花板。這是他準備打呵欠的姿勢。

主人的呵欠聲十分奇特，聽起來猶如鯨魚朝遠處呼喚。打完呵欠之後，他才慢吞吞地換上衣服去漱洗。早就等得不耐煩的太太趕忙捲起鋪蓋、疊好棉被，開始了例行的掃除。主人漱洗的步驟和太太的掃除一樣，十年來不曾改變，總是扯著嗓門嘎嘎大喊。我之前已經介紹過他這種奇特的漱口方式。又過一會兒，他也把頭髮梳妥、髮線分好，接著將西式毛巾往肩上一搭，終於蒞臨餐室，在長方形的火盆旁悠然落坐。提到長方形火盆，或許有人眼前會浮現這樣的畫面：江湖大姐的半濕長髮披垂於肩背上，慵懶地支起一邊膝腿倚著長方形火盆而坐，火盆內膽以全銅打造，周身的櫸木框有著美麗的螺旋紋路，只見江湖大姐將手上的長菸管伸向盆緣上的黑柿木包邊，使出巧勁把菸灰磕入火盆裡……。但是，這位苦沙彌老師的東西絕不可能那麼講究，這只是一件古典雅致的長方形火盆而已，使用的材料外行人也看不出來。真正上好的火盆在勤加拭拂下會泛著高雅的光澤，可是眼前這一件不知道到底是櫸木、櫻木還是桐木，而且幾乎不曾以布巾擦過，看起來暗暗沉沉的，一點也不惹眼。如果問我家主人這種東西是從哪裡買來的，他會告訴你完全沒印象；要是再問他那是誰送的，恐怕也不會有人送他火盆；如果不死心繼續問他難不成是偷來的，這就不好回答了。主人從前有個親戚年紀很大，過世時房子托他照料。後來主人自立門戶，從那位親戚家搬走時，沒多想就順手把這件用慣了的火盆一起帶了過來。這種舉動似乎品行欠佳，但是再想想，這類事情在社會上其實屢見不鮮。據說銀行家天天幫忙別人保管錢，管久了就當成是自己的錢了。又譬如官員是公僕，人民同意他們成為代理人，賦予一定的權限處理事務，沒料到他們久而久之，竟然把這項委任的權力當成是自己擁有的權力，還跋扈地認為人民對此毫無置喙的餘地。既然社會上到處都是這種人，也就不能拿區區一椿長方形火盆之事一口咬定主人有順手牽羊的毛病。要是主人這樣叫作順手牽羊，那麼天底下每一個人的手腳都不乾淨了。

主人在靠近長方形火盆旁的餐桌前落了坐，坐在餐桌另外三邊的分別是剛才用抹布揩臉的「筏筏」、說自己以後要去御茶味噌女子學校上學的頓子，以及和將手指摁進白粉瓶子裡的寸子，三個女兒已經先開動吃早餐了。主人公平地逐一端詳三個女兒的臉。頓子的輪廓很像南洋鐵刀的刀鍔。寸子是妹妹，自然和姐姐有幾分相像，很可以說是琉球朱漆托盤。唯獨「筏筏」是個長臉，堪稱一枝獨秀。長臉如果是直的，倒也常見，可是這孩子卻往橫的走。雖說流行變化日新月異，這種橫寬的臉形怎麼想都不可能受到歡迎。主人並未由於寵愛自己的孩子，因而失去了冷靜思考的能力。相貌儘管如此，孩子一樣會長大，而且不僅會長大，那飛快的生長速度，直逼禪寺裡的竹筍眨眼間抽高成了嫩竹，每每以追兵之勢驚得主人背脊發涼，赫然發現孩子又長高了。主人平時做事糊里糊塗的，但至少還清楚這三個孩子是女兒，也曉得女兒遲早總要嫁人，更明白自己沒那個本事送她們風風光光出嫁，因而對這三個親骨肉感到有些棘手。早知道棘手，當初就不該生下她們。但這就是人類的通病。如果要定義人類，只要一句話就夠了，那就是好端端的卻偏要自尋煩惱。

孩子畢竟是無憂無慮的。她們開心地吃著早飯，完全不曉得父親為她們傷透了腦筋。最麻煩的就屬「筏筏」了。筏筏今年才三歲，母親特地為她張羅了專給三歲孩童用的小筷子和小飯碗，她卻說什麼都不肯拿，非要搶姐姐的碗、奪姐姐的筷，用那套她使不動的餐具費力地吃飯。放眼社會，愈是無才無能的小人愈是狂妄囂張，一心一意高攀官位，那種劣根性從小時候就開始萌芽了。既然這種弊病由來已久，絕無可能憑藉教育和薰陶就能導正過來，勸各位還是及早死了這條心吧。

筊筊把從旁邊掠奪而來的龐大飯碗和特長筷子蠻橫地佔為己有，耀武揚威。這耀武揚威的架勢，來自於她以蠻橫的手段操使不順手的食具。筊筊一手握住了兩根筷子的上端，用力扎入碗底。碗裡盛了八分滿的飯，又添了齊至碗緣的味噌湯。這滿滿的湯飯好不容易保持著平衡，卻遭到筷子的突襲，扎入的力道一觸及碗底，整只碗立刻裡傾斜了三十度，味噌湯也跟著毫不留情地潑濺到她的胸口。但是，筊筊是暴君，絕不會為了這點小事輕易退縮。她緊接著將扎進碗底的筷子使勁往上一挑，小嘴巴同時湊向碗緣，把挑上來的飯粒盡量接到嘴裡，而那些漏網的飯粒和著黃色的湯汁挾著衝勢，奮勇地撲上了她的鼻尖、面頰和下巴，至於沒能撲附成功的則紛紛墜落榻席，死傷不計其數。這種吃法實在沒規矩。在此謹向鼎鼎大名的金田老爺以及天下權貴提供忠告：諸公對待他人，倘若與筊筊使用碗筷的方法一樣，那麼飛進諸公嘴裡的飯粒必然寥寥無幾；即使吃到，也不是原本就對準了的，而是誤打誤撞，不慎飛進去而已。因此，建請各位往後行事務必考慮再三。這不是一個能幹世故的人該有的處事之道。

姐姐頓子被搶走了碗筷，只好拿小筷子和小飯碗湊合著用。飯碗太小，一整碗只用三口就扒光了，她只好不停地去飯桶盛飯，已經吃完四碗，接下來就是第五碗了。頓子揭開飯桶的蓋子，抓起大飯杓盯著看了好一會兒，似乎拿不定主意該不該再多吃一碗。最後，她終於下定決心，往沒有焦鍋巴的部分舀了一杓起來。到這個步驟還算簡單，可是就在她要把杓子上的米飯扣進碗裡時，原本應該盛入碗裡的飯卻不小心整坨掉到榻席上了。頓子不慌不忙，把榻席上的米飯仔細撿拾起來。我還在納悶她撿起來要做什麼，下一瞬，只見她把手裡的米飯全部扔回飯桶裡去了。這舉動似乎不太講衛生。

筱筱大顯身手把扎入碗底的筷子往上挑的時候，頓子恰好把掉到榻席上的米飯送回飯桶裡了。頓子到底是大姐，看到筱筱臉上一團糟，不禁嚷了起來：「哎呀，筱筱，瞧妳滿臉都是飯粒，這樣怎麼行呢！」邊說邊忙著幫筱筱收拾。頓子先捻下黏在鼻尖上的飯粒，我本以為她會丟掉，沒想到她居然順手把飯粒送進自己的嘴裡了。接下來是清除面頰上的，這部分黏了不少，左右兩邊加起來應該有二十粒吧。大姐專心地捻起一粒就吃一粒，花了好一段時間總算把小妹臉上的飯粒全部吃完了。一直老老實實地嚼著醃蘿蔔的寸子，這時從剛盛好的味噌湯中舀起蕃薯來，急匆匆地送進嘴裡。各位應該知道，熱湯裡的蕃薯根本燙得沒法入口，就連大人一不小心也會被燙傷，何況那麼小的寸子沒吃過湯裡的蕃薯，當然被燙得哇哇叫，疼得把嘴裡的蕃薯吐到了桌上。其中兩三個碎塊就這麼好巧不巧地滑到了筱筱伸手可及的前面。筱筱特別愛吃蕃薯。最喜歡的蕃薯都送到眼前了，她當然扔了筷子，伸手就抓起蕃薯碎塊狼吞虎嚥起來。

這混亂的場面，主人從頭到尾看在眼裡，但他保持沉默，只管專心吃自己的飯、喝自己的湯，這時候已經吃飽喝足拿著牙籤剔牙了。依我看來，主人對女兒採取的是絕對放任的教育方針。哪怕三個女兒要當「褐式部」還是「灰式部」⑫，或是各自找了情夫私奔，想必他仍然一副事不關

⑫「褐式部」和「灰式部」都是以《源氏物語》作者紫式部的名字當作範本所編造出來的。

己地冷眼旁觀，照樣吃自己的飯、喝自己的湯吧。這叫「無為自化」。然而，看看世上那些所謂的有為之人，除了說謊詐騙、爭搶先機、恫嚇和陷害之外，似乎也沒有其他的本事了，致使一些中學生也有樣學樣，以為要這樣才稱得上是頭面人物，做起本該羞愧自殘的勾當，還神氣活現地以未來的紳士自居。這根本不叫有為之人，而是地痞流氓。我既然是日本貓，自然也有愛國心。每次瞧見這種傢伙，總忍不住想揍他一頓。這種人只要多一個，國力就會消滅一分。有這樣的學生是學校的恥辱，有這樣的人民是國家的恥辱。我實在無法理解，怎麼可以由著他們就這樣忝不知恥地在社會上橫行無忌。照這樣看來，日本人的氣概比一隻貓還差，太悲哀了。不得不說，比起那種傢伙，我家主人要來得高尚多了。主人的高尚在於他的窩囊，在於他的無能，在於他的不賣弄小聰明。

主人秉持著無為自化的原則順利吃完了早餐，一會兒過後就換上西服，搭車去日本堤警察分局報到了。他拉開木格門時，問了等在門口的車夫知不知道日本堤怎麼走，車夫只嘿嘿嘿地笑了。主人不放心地又提醒了一次，他要去的是那個吉原妓院區附近的日本堤哦。瞧主人那副擔心的模樣，實在有點好笑。

主人難得在門前搭上人力車出門了。太太和往常一樣吃完早餐，催促孩子們說：「好了，快上學吧！要遲到嘍！」孩子們沒把母親的話當一回事，並未打算去換衣服，「為什麼要上學？今天放假呀！」「今天才不是假日呢，快去！」大姐聽到了母親的斥責，依然不肯去學校，「可是昨天老師說今天放假呀！」太太這時開始覺得不太對勁，便從壁櫥裡取出日曆翻了又翻，果然看到今天是印著紅字的假日。我猜，主人大概不知道今天放假，還特地寫了請假單給學校，而太太也不曉得今天是節日，於是把請假單投進郵筒寄去學校了吧。至於迷亭先生，他是真的不知道，還是裝作不知道，倒是值得懷疑。太太赫然發現了今天放假後吃了一驚，這才吩咐孩子們乖乖玩別吵，說完便與平常一樣，忙起了針線活。

家裡之後安安穩穩的，沒發生值得記敘下來的事情，半個小時後突然來了個奇怪的客人。那是個十七、八歲的女學生，她的鞋跟已經歪了，紫色傳統褲裙幾乎拖地⑬，頂著蓬得像顆算盤珠子似的髮式，連招呼也不打就從後門進來了。原來她是主人的侄女，聽說還在學校讀書，星期天常來，不時和叔叔鬥了嘴後就走了。她有個漂亮的名字叫雪江，可惜貌不如名，姿色平凡，出門走個十來分鐘總會遇上一張相像的面孔。

「嬸嬸好！」雪江一面問安，當這裡是自己家似地進了餐室就在針線盒旁坐了下來。

「咦，來得這麼早……」

「今天是皇室祭典節日，我想早上來一趟，所以八點半就急急忙忙出門了。」

「這樣呀，有什麼事嗎？」

「沒什麼事，只是好久沒來向嬸嬸請安，所以來家裡坐一坐。」

「別只是坐一坐，多玩一會兒再走。妳叔叔待會兒就回來了。」

「叔叔這麼早就出門了嗎？真難得呢。」

「是呀，他今天去的地方不太尋常……，他去警察局了，沒想到吧？」

「去警察局！為什麼？」

⑬當時的女學生多半穿著絳紫色的日本傳統褲裙。

「說是今年春天來家裡偷東西的那個小偷捉到了。」

「所以被叫去對證了？真麻煩。」

「那倒不是，說是東西找到了。昨天警員專程來通知失竊物已經尋獲，讓你叔叔去認領。」

「原來是這樣，怪不得叔叔一大早的就出門了，平常這時候還在睡呢！」

「真沒見過像你叔叔那麼能睡的……，喊他起床總是氣鼓鼓的呢。今天早上也是，交代我七點鐘非叫醒他不可，我就按吩咐喊他了，可是他鑽進被窩裡連應都不肯應一聲。我擔心他來不及，又叫了一遍，結果他還是縮在裡面，我只聽見棉被袖口傳出模模糊糊的聲音，也不知道講些什麼，真拿他沒辦法。」

「叔叔怎麼老是賴床呢？我猜一定是神經衰弱。」

「那是什麼？」

「叔叔動不動就發脾氣，這樣能在學校教書嗎？」

「可是聽說他在學校不常生氣呢。」

「那就更不應該了，簡直像蒟蒻閻魔大王⑭呀！」

「為什麼？」

「反正就是像蒟蒻閻魔大王嘛！蒟蒻閻魔大王不就是這樣的嗎？」

「妳叔叔不光是脾氣大，讓他往右他偏要往左，讓他往左他偏要往右，樣樣都不聽別人的，倔強得很。」

「叔叔就喜歡和人唱反調。所以，想要他做什麼，只要講反話就會按照我們的意思去做了。上回我想請叔叔買把陽傘給我，但故意告訴他我不想要，叔叔就說怎麼可能不需要！結果馬上買給我了。」

「呵呵呵，真好騙，我以後也要用這個法子來治他。」

「嬸嬸請務必用這個方法，否則太吃虧了。」

「不久前來了個保險公司的人，勸他一定要買保險，還說了許許多多的好處，整整講了一個鐘頭，可是他說什麼也不肯買。家裡既沒有存款，又有三個小孩，好歹也得買份保險好讓我安心，但是他根本不管我有多麼擔憂。」

「嬸嬸說得是，如果有個萬一，真叫人不放心哪！」這種老成的話實在不像是出自十七、八歲女孩的口中。

「我躲在一旁聽著他們來來回回過招，有趣極了。妳叔叔堅持說，『我並非不認同保險的必要性，就是因為大家需要保險才有保險公司。不過，我既然不會死，也就不必買保險了！』」

「叔叔這麼說呀？」

「是呀。那個保險公司的人聽了以後說，『當然，要是人不會死，也就不需要保險公司了。人的生命力看似非常強大，但也非常脆弱，說不準哪一天就遇上了不測風雲。』妳叔叔回答他，『不打緊，我已經下定決心不可以死！』妳聽聽，哪有人這麼不講理的！」

「就算下定決心，還是難免一死呀。就拿我來說吧，我也打定主意考試非及格不可，結果還是沒能及格。」

⑭日本東京都源覺寺閻魔堂的主神，由於常以蒟蒻作為供品而有此俗稱。雪江的意思是叔叔只敢在家裡逞威風，然而閻魔堂並沒有相關的故事傳說，所以嬸嬸不解她為什麼要用這個譬喻。

「保險公司的職員和妳講的一樣呀！他說，『人沒辦法決定自己的壽命，要是下定決心就可以長生不老，那誰都不會死了。』」

「保險公司的人說得很有道理！」

「人家講得有道理吧？可是妳叔叔就是聽不懂，斬釘截鐵地說，『不，我絕對不會死！我發誓絕不會死！』」

「真是怪人！」

「當然怪，簡直怪透了！他還說，『要我繳保費，還不如拿去銀行存錢。』」

「叔叔在銀行有存款嗎？」

「怎麼可能有！他根本沒想過自己死了以後，我們母女可怎麼過日子哪！」

「愈聽愈讓人擔心哪。叔叔為什麼那個樣子呢？常來叔叔家的人，也沒有一個是那樣的呀！」

「當然不可能有！天底下也就這麼一個了。」

「不然去拜託鈴木先生來勸一勸叔叔吧。請到像他那樣穩重的人出馬，一定能勸得動叔叔的。」

「可是妳叔叔對鈴木先生的評價不好呢。」

「怎麼什麼事全反過來了？再不然就去請那一位……呃，就是那位講話有條有理的……」

「八木先生？」

「對！」

「八木先生可就更沒辦法了。昨天迷亭先生來家裡說了他的壞話，恐怕不如妳想像得那般奏效。」

「八木先生有什麼不好的？從容大方又有條不紊。……人家不久前還來學校演講喔。」

「八木先生嗎？」

「是呀。」

「八木先生是妳們學校的老師嗎？」

「不，不是老師，是淑德婦人會⑮請他來講演的。」

「講得有意思嗎？」

「呃，內容不是頂有意思，不過，那位先生的臉很長，又蓄著和天神公⑯一般的鬍鬚，所以大家都聽得津津有味。」

「那他到底講了什麼呢？」太太才問完，聽見雪江聲音的三個孩子爬上簷廊，急吼吼地衝進餐室裡了。剛才她們大概在竹籬笆外的空地上玩耍吧。

「哇，雪江姐姐來囉！」兩個姐姐開心地尖叫。

「別大聲嚷嚷，全都乖乖坐下。雪江姐姐正要講有意思的事呢。」太太把針線活收到了角落。

「雪江姐姐，您要講什麼故事？我最愛聽故事了！」這句話是頓子說的。

⑮輪島聞聲（一八五二～一九二〇，日本的尼僧暨教育家）致力於女子教育，於一八九二年成立淑德婦人會，是為相當現代化的文化教育講座，二戰結束後改制為淑德中學校及淑德高等學校。

⑯菅原道真（八四五～九〇三），日本平安時代的學者暨政治家，被譽為學問之神。日本人奉菅原道真為天神，一般尊稱天神公，天神信仰屬於神道信仰的其中一支。

「您要再講一次《咔嚓咔嚓山》⑰嗎？」這句話是寸子問的。

「筏筏也要江（講）！」跪坐在榻席上的三女兒硬是從中間擠開兩位姐姐，爬到前面去。她的意思不是想聽故事，而是自己要講故事。

「哦，筏筏又要說故事囉？」大姐笑著說。太太哄著么女，「筏筏等一下再講，先聽雪江姐姐的故事。」這孩子怎麼肯依，立刻大喊「不——要！八撲！」「好好好，知道知道，讓筏筏先講。妳要講什麼故事呀？」雪江讓了小妹妹。

「我要講那個『小寶呀小寶，你要去哪裡』的故事！」

「這故事真好聽。接著呢？」

「小寶說，『窩（我）要氣（去）田裡割稻！』」

「哇，妳懂得真多！」

「小寶說，『你賴（來）了會挨（礙）事！』」

「筏筏呀，不是『賴』，而是『來』才對。」頓子從旁糾正。筏筏又尖叫一聲「八撲！」嚇退了頓子。可是這半途打岔害筏筏忘記下文，講不下去了。「筏筏，講完了嗎？」雪江問說。

「還有，小寶說，『以後不可以噗噗噗放屁了喔！』」

「呵呵呵，好討厭喔，是誰教妳講這種話的？」

「是煮旺（飯）阿姨！」

「煮飯阿姨真不應該，怎麼可以教她這種話呢。」太太苦笑著說道，「好了，這回輪到雪江姊姊嘍，筏筏要乖乖聽喔！」這位小暴君總算心滿意足，暫時不再搗亂了。

「八木先生的講演是這樣……」雪江終於能夠開始講了。「從前，有座地藏菩薩的石像位在交叉路口，可是那裡車水馬龍，來來往往熱鬧得很，石像造成嚴重的交通阻礙，於是那地方的居民聚在一起商討該如何把菩薩石像移到旁邊的角落去。」

「這事是真的嗎？」

「我也不曉得，八木先生沒提。……總之，大家出了不少主意。當地最有力氣的男子說，『一點都不難，我現在就搬走讓大家瞧瞧！』說完，這個大力士一個人來到路口，使出渾身解數還大汗淋漓，可是石像一動也不動。」

「那地藏菩薩的石像可真重哪。」

「是呀。那個大力士累壞了，回家睡覺去了。居民又商量起來。這回是當地最聰明的男子說，『交給我來，很快就讓大家看到成果。』他在餐點套盒裡裝滿豆沙麻糬，來到石像面前揭開套盒出示豆沙麻糬並說『請隨我來』，他以為地藏菩薩看到豆沙麻糬一定嘴饞，就能把石像誘走，然而石像還是一動也不動。那個聰明男子發現這方法不管用，於是換了個辦法，把酒裝進葫蘆裡一隻手拎著，另一隻手端著酒盅，再次來到菩薩石像面前說，『來，您不想喝嗎？想喝的話請隨我來！』他就這樣花了三個鐘頭，還是沒能把菩薩石像請走。」

「雪江姐姐，地藏菩薩不餓嗎？」頓子問說。寸子接著說：「我好想吃豆沙麻糬喔。」

「聰明男子接連兩次都失敗，第三次他做了非常多偽鈔拿到菩薩石像面前，把偽鈔拿出來又收回去、收回去又拿出來，一邊問菩薩，『來，您想要這鈔票吧？想要的話請隨我來！』可惜

⑰日本童話故事。大意是有位老奶奶被壞心腸的貉子害死了，老爺爺很傷心，去找相熟的兔子商量，兔子想出幾種計策來教訓貉子，終於為老奶奶報了仇。

這一招依舊不靈。那尊地藏菩薩相當頑固呢！」

「是呀，妳叔叔和這菩薩有些相像呢。」

「就是說嘛，和叔叔一樣頑固。最後，聰明男子也嫌煩，罷手不做了。接下來呢，有個吹牛大王出面，彷彿接下一份易如反掌的小事，輕輕鬆鬆地說，『請放心，換我來就可以解決了。』」

「那個吹牛大王做了什麼？」

「這一段太有意思了。他先穿上警察制服和黏上假鬍子，來到菩薩石像面前，威風八面地說，『欸欸欸，再不走對你可沒好處，我們警察可不會坐視不管的！』問題是，現在這個社會，誰還答理警察講什麼呢？」

「的確是這樣。那麼，菩薩石像動了嗎？」

「當然不可能，就和叔叔一樣嘛！」

「妳叔叔可是很怕警察的喔。」

「真的嗎？叔叔那脾氣也怕警察？那我以後也不必那麼怕叔叔囉。……再說回故事上。據說那尊地藏菩薩仍舊泰然自若，動也不動，惹得那個吹牛大王勃然大怒，一把脫下警察制服，還把臉上的假鬍子扔到廢紙簍裡，接著換上富豪的衣服出現了。以現在來說，就是扮成岩崎男爵⑱的模樣了，真好笑。」

「像岩崎男爵的模樣，是什麼模樣呀？」

「就是端著高高在上的架子吧。那個吹牛大王什麼也不做、什麼也不說，只管銜著一支大大的捲菸，繞著地藏菩薩石像周圍踱來踱去。」

「他想做什麼？」

「他要用菸氣把地藏菩薩石像圍裹起來。」

「簡直像單口相聲的段子一樣逗趣呢。那麼，他成功了嗎？」

「沒辦法，那可是石頭唷！他還以為這種騙術能夠蒙混過關，也不掂一掂自己的份量。後來他居然又換了一個身分，喬裝起親王殿下了。真傻。」

「哦，那個時代已經有親王殿下了？」

「應該有吧，八木先生是這麼說的。他說那個吹牛大王喬裝成親王殿下，簡直膽大包天！一個騙子居然敢假裝是皇室貴族，實在大不敬！」

「八木先生說那個人裝作親王殿下，是哪一位親王殿下呀？」

「哪一位親王殿下？不論裝成哪位親王殿下都一樣不敬！」

「有道理。」

「結果以親王殿下的面貌出現，還是不成功。吹牛大王再也拿不出辦法了，只好認輸，『看來以我的本事，還是拿這尊地藏菩薩沒辦法。』」

「活該！」

「是啊，其實該順便把他抓去關了才對。……這些居民苦惱極了，又一次次聚集起來討論，可是再也沒有人願意挺身而出了，大家都不曉得該怎麼辦才好。」

「故事就到這裡結束？」

---

⑱日本三菱集團的前身三菱財閥的第二代至第四代統帥（岩崎彌之助、岩崎久彌、岩崎小彌太）皆擁有男爵爵位。

「後面還有呢。到最後，居民雇來許多車夫和地痞在地藏菩薩石像旁邊日夜輪班，大吵大鬧，就用這種方式欺負地藏菩薩讓祂待不下去。」

「太辛苦了。」

「可是仍然不管用。地藏菩薩也真倔強呢。」

「後來怎麼樣了？」頓子急切地問。

「後來呀，天天從早鬧到晚，鬧了好幾天也不見效，大家開始覺得吵了，但是車夫和地痞每天都可以領得到日薪，因此很高興地一天接一天吵個不停。」

「雪江姐姐，什麼是日薪？」寸子問說。

「日薪呢，就是錢呀！」

「領了錢要做什麼用？」

「領了錢嘛……，哈哈哈，寸子怎麼問個不停呀……。嬸嬸，我繼續往下講。那群人就這樣日日夜夜鬧個沒完。當時那附近住著一個傻子名叫『笨竹』，他什麼都不懂，也沒有人理他。這個傻子看到那群人大聲嚷嚷，過去問他們，『你們吵成這樣有用嗎？真可憐，再花多少年也動不了地藏菩薩呀……』」

「沒想到這個傻子竟能說出這番道理來！」

「這傻子還能說出大道理呢。大家聽了他這番話，覺得反正死馬當活馬醫，不妨讓笨竹來試一試，於是請他幫忙。笨竹二話不說就答應了。他要那些車夫和地痞安靜下來別再吵了，讓他們到一邊去，然後信步來到地藏菩薩面前。」

「雪江姐姐，『信步』是笨竹的朋友嗎？」故事來到了緊要關頭，頓子卻問了一個怪問題，惹得太太和雪江噗嗤笑了。

「不是他朋友。」

「那是什麼？」

「信步就是……哎，沒法說呀。」

「『信步』就是『沒法說』？」

「不是不是，所謂信步呢……」

「嗯？」

「對了，妳記得多多良三平先生吧？」

「記得，多多良哥哥還給過我們山藥喔！」

「信步，就像多多良先生那樣嘛。」

「多多良哥哥就是『信步』喔？」

「呃，就當是吧。……然後呢，那個笨竹來到地藏菩薩石像面前袖著手說，『地藏菩薩，住在這裡的人都希望您移個位置，您請挪一挪吧！』他話才說完，地藏菩薩立即開了口，『這樣啊，早點說清楚不就成了。』菩薩石像就緩緩地移動了。」

「這尊地藏菩薩真奇妙！」

「接下來才是演講內容喔。」

「還沒完？」

「是啊。八木先生接著說，『今天應婦人會之邀前來演講，我是經過一番考量才決定講述剛才那個故事。請恕我說話失禮，女士們有個通病，處理事情的時候經常繞遠路，而捨棄最直接的近路不走。當然，不單女士有這種現象，自從進入明治時代之後，男士的性格也在文明的負面影響下變得比較女性化，導致許多男士時常浪費些不必要的程序和勞力，誤以為這樣做才正確，才是紳士應有的舉止，因而淪為遭受文明開化之惡綑綁下的畸型兒，實在不值一提。我希望各位女士能夠記住我剛才講過的故事，遇到事情時請按照笨竹的方式，以誠懇的態度面對處理。各位只要具有笨竹的正直，那麼夫妻間以及婆媳間的糾紛，絕對可以減少三分之一。一個人愈喜歡玩弄小聰明，就愈會導致不幸。一般來說，女士多半比男士不幸福，原因就是太常玩弄小聰明了。請各位都變成笨竹吧！』這就是八木先生的演講內容。」

「哦，那雪江姐姐想變成笨竹嗎？」

「誰要當笨竹呀！我才不想當個笨竹呢。像金田家的富子小姐那些人聽了以後非常生氣，直說八木先生講話太失禮了。」

「金田家的富子，就是住在對面巷子那一家的小姐？」

「是呀，就是那位時髦的小姐呀！」

「她也在妳們學校上學？」

「沒有，她只是來旁聽婦人會舉辦的演講。富子小姐真的很摩登，那身穿著打扮讓我大開眼界呢。」

「聽說她長得很漂亮？」

「普普通通而已，那種姿色還不到能拿出來炫耀的程度。一般人學她那樣擦脂抹粉的，誰看起來都漂亮。」

「這麼說，妳若是像金田小姐那樣化妝，一定比她漂亮一倍吧？」

「哎唷討厭死囉，少來少來，這可不關我的事呢！不過，雖說金田小姐家有錢，那模樣未免太造作了……」

「就算造作，總是有錢比較好吧。」

「這話也有道理。……我倒希望她能學一學那個笨竹，現在的她太過高高在上。她不久前還向大家炫耀說有個叫什麼的詩人獻給她一本新詩集呢。」

「應該是東風先生送的。」

「哦，是那一位送的？他的喜好還真與眾不同。」

「不過，東風先生可是真心誠意的，認為自己這件事做得理直氣壯。」

「就因為有像他這樣的人，才會讓富子小姐那麼趾高氣揚。……有意思的還不光這一樁。聽說最近有人送了情書給她喔！」

「哎呀，真沒規矩。是誰做了那種事呀？」

「說是不知道是誰。」

「沒寫名字嗎？」

「上頭雖然署了名，可是沒人知道那是誰。還有，那封情書寫得可長了，足足有六尺呢。聽說裡頭的話奇奇怪怪的，什麼『我對您的愛慕，可比宗教家對神祇的景仰』、『若是為了您，我甘願成為供在祭壇上的羔羊任您宰割，這是我無上的光榮』、『心臟是三角形，而丘比特的箭就插在這三角形的正中心。倘若一般吹箭能夠如此準確，堪稱百發百中』……」

「當真這麼寫？」

「當然是真的！我有三個朋友都看過這封信了。」

「真不害臊，那種東西怎敢拿去到處給人家看呢？那位小姐想嫁給寒月君，這種事情要是傳得人盡皆知就不好了。」

「她一點都沒覺得不好，反而很得意呢。下回寒月先生來不妨轉告一下，他應該還不曉得吧？」

「我也不清楚他知不知情。寒月君天天都去學校磨球，應該還沒聽說吧。」

「寒月先生真的想娶那位小姐嗎？好可憐喔。」

「為什麼可憐？人家有財力，成家立業不愁沒錢，有什麼不好的呢？」

「嬸嬸，您別一開口就提阿堵物，太俗氣了。比起金錢，愛情不是更重要嗎？沒有愛情，怎麼結為夫妻呢。」

「這樣嗎？那麼妳想嫁給什麼樣的人呢？」

「人家怎麼知道嘛，八字都還沒一撇呢。」

雪江正和嬸嬸熱烈討論婚姻大事時，一旁雖然聽不懂但仍乖巧聆聽的頓子忽然開口說：「我也想當新娘子！」聽到這個冒失的願望，連青春洋溢、應該深表同情的雪江都不免愣住了，太太比起來鎮定多了，笑著問女兒：「妳想嫁到哪裡去呀？」

「我呀，其實我想嫁到招魂社[19]，可是我討厭過水道橋[20]，好煩惱喔！」

太太和雪江聽了這個大出意外的回答，根本連反問的勇氣都沒有，一起笑得前仰後合。這時候，二女兒寸子找大姐商量：「姐姐也喜歡招魂社？我也好喜歡喔！我們一起嫁去招魂社吧，好不好？妳不要？不要就算了，我自己坐車去一下子就到啦！」

「筏筏也要去！」就這樣，連筏筏也決定要嫁去招魂社了。要是三個女兒當真聯袂嫁去招魂社，想必主人就輕鬆了。

就在此時，嘎啦嘎啦的人力車的輪子聲響在門口停了下來，旋即傳來響亮的一句「老爺您回來了」。看來，主人已經從日本堤警察分局回來了。女傭從車夫手中接下了一只大包袱，主人則悠然邁入了餐室。「哦，來啦？」他和雪江打著招呼，順手把一支酒瓶似的東西砰的一聲，扔在早前提過的那個長方形火盆邊。既然我把這東西形容為酒瓶，它自然不是酒瓶，可是也不像花瓶。實在不得已，我只能說它是一個奇特的陶器了。

「好奇怪的酒瓶哦。那是從警察局領回來的嗎？」雪江伸手把那支倒在榻席上的東西扶正，問了主人，而主人則看著雪江得意地說：「怎樣？樣子美吧？」

「樣子美？就那玩意？不怎麼好看。為什麼要帶個油壺回來呀？」

「哪裡是油壺！想法太庸俗了，這可不成。」

「那是什麼？」

「花瓶！」

「用這當花瓶，未免瓶口太小，瓶肚又太大了。」

「美就美在這裡！妳真沒審美眼光，和妳嬸嬸一個樣，實在不成哩！」主人逕自拿起那把「油壺」，朝著紙拉門的方向舉高起來端詳。

「好呀好呀，我沒有審美眼光又怎麼樣！至少我不會做那種從警察局領一把油壺回來的傻

⑲為紀念明治維新時期與之後為國犧牲的志士而於各地建蓋的神社，後來改稱護國神社，只有東京招魂社稱為靖國神社。
⑳架設在流經東京都千代田區與文京區之間的神田川上的橋梁。

事。嬸嬸您說是吧？」太太這時已經無暇答理雪江，只急著解開包袱，瞪大了眼睛點檢失竊的物件。「唷，真想不到，這年頭的小偷還真進步，全幫我拆開漿洗過嘍[21]！我說，您快過來看看呀！」

「誰會從警察局領個油壺回來！我是因為等得太無聊，到附近逛一逛，恰巧尋到了這件好東西。妳當然不懂門道，這可是件希罕的寶貝哩！」

「是是是，希罕得很。叔叔到底上哪裡逛呀？」

「就是日本堤那一帶啊！我還進了吉原參觀，那地方真熱鬧！妳看過吉原那個大門[22]嗎？沒看過吧？」

「誰看過那個呀！我怎麼可能去過吉原那種操持賤業的地方呢！我真不敢相信，叔叔身為教師，竟然去了那種地方！嬸嬸，您說是吧？……嬸嬸？」

「……哦，是呀。……東西好像缺了。找回來的就這些了嗎？」

「沒找到的就只有山藥了。昨天要我九點報到，結果讓我一直等到了十一點，像話嗎？所以說，日本警察還需要改進！」

「如果日本警察需要改進，去吉原閒逛的人就更不應該了。這種事要是傳開了，會被學校開除哪！嬸嬸，您說對不對？」

「……哦，應該是吧。……我說，我那條腰帶少了一片！難怪覺得少了什麼。」

「不過是腰帶裡外兩層缺了一片布就別計較了，我可在那裡乾等了整整三個小時，寶貴時光糟蹋掉半天了。」主人說完，去換上和服，倚在火盆邊自顧自地把玩那支「油壺」。太太也只好死了心，把找回來的東西全都收進壁櫥裡，回到了餐室的座位上。

「嬸嬸，叔叔說那把油壺是希罕的寶貝，您瞧瞧有多髒呀。」

「您去吉原買了那種東西回來嗎？哎唷——」

「什麼哎唷不哎唷的！不懂就別胡亂嚷嚷！」

「真要買那種瓷壺，用不著大老遠的去吉原，到處都有得賣呀。」

「這可不是隨處都有的東西，罕見得很！」

「叔叔太像那個地藏菩薩了。」

「妳這孩子又學起大人的口氣了。這年頭的女學生，談吐太不文雅了，都該讀一讀女四書。」

「聽說叔叔討厭買保險吧？女學生和買保險，您更討厭哪一種？」

「我並不討厭買保險，那是有必要的，凡是有遠見的人都該購買，但是女學生根本是沒用的廢物。」

「好吧，就算我是沒用的廢物吧！可是您根本沒買保險，還好意思說呢！」

「我打算下個月投保！」

「當真嗎？」

「自然當真。」

「叔叔還是算了，別買什麼保險了。有錢繳保險費，還不如拿去買別的東西。嬸嬸，您說對吧？」太太聽了以後露出笑容，主人卻板起臉來訓話：

㉑和服洗滌前會把縫線全部拆掉，拆解成布塊清洗上漿後再重新縫製。

㉒從前的吉原妓院區是一個封閉式的區域，為防止妓女逃離，所有人員進出均受嚴格的管控，並於固定時間關閉大門。

「妳當自己可以活個一、兩百年，才敢講那種風涼話，等妳比現在更有理智時，就會知道保險有多麼重要了。下個月我一定投險！」

「是嗎，您非要投保我也沒辦法。不過，您上回買了陽傘給我，我跟您說了不要，您卻非要買給我不可。有錢買傘，還不如拿去繳保險費呢。」

「妳當真不想要？」

「是呀，我根本不想要陽傘。」

「那就拿來還我。頓子吵著要傘，給她剛好。今天帶來了嗎？」

「啊，叔叔太壞了，對人哪能這麼刻薄！是您要買給我的，現在又要討回去！」

「是妳自己說不要的，我才讓妳拿來還啊，哪裡刻薄了？」

「我不要是沒錯，可是您太刻薄了！」

「莫名其妙，妳說不要我才講還來，哪一個字刻薄來著？」

「可是……」

「可是什麼？」

「可是……就是刻薄嘛！」

「這孩子真蠢，同一句話不曉得已經講過幾遍了。」

「叔叔還不是一樣，說話翻來覆去都是同一回事嗎？」

「那是因為妳講過好幾遍了，我只好照樣回答妳。說不要傘的人不是妳自己嗎？」

「我說是說了，也確實不要傘，但就是不想還給叔叔嘛！」

「怎麼有這種孩子！強詞奪理還脾氣倔，該拿妳怎麼辦才好？妳們學校沒教邏輯學嗎？」

「少來少來，就當我不識字，隨您說好了。送了人的東西居然叫人家還回來，就算是沒關係的外人也不會說出這種絕情話來。您該好好向筝竹看齊！」

「要我向誰看齊？」

「就是說，您該老實一點、直爽一些！」

「妳這個蠢孩子還那麼嘴硬，就是這樣，難怪考試不及格！」

「反正我又沒伸手向叔叔討學費，何必管我及不及格！」

雪江說到這裡，心裡難過極了，眼淚撲簌簌地落在了紫色褲裙上。主人頓時愣住了，直盯著雪江的褲裙和那張低垂的面龐瞧，彷彿在研究那淚水是基於什麼樣的心理作用而出現的。這時，灶房裡的女傭來到門口跪下來稟報，紅通通的手探進門軌裡面，雙掌併攏按在榻席上說：「有客人來了。」「誰來了？」主人問道。「是學校的學生。」女傭一面答話，視線卻掃向了雪江掉淚的臉上。主人起身到客廳去了。我為了採訪與研究人類，也尾隨主人離開，先一步到簷廊等著看來客何人。想要研究人類，就必須挑選波瀾起伏的時機，否則就得不到成果了。平常時候一般人都很一般，觀察他的言行舉止都平凡得乏味；一旦遇上緊要關頭，原本的平凡，就會由於某種神奇且神祕的作用，驟然轉變成許許多多奇特的、怪誕的、玄妙的、罕見的，總之是足以令我們貓族列為參考範例的珍奇事件。譬如雪江淌落的少女之淚，就是這種現象的其中一個例子。當雪江和太太聊談時，我完全看不出她有那般難以捉摸又難以置信的一面，卻在主人回到家裡扔出「油壺」的那一刻，她猶如一條乾渴瀕死的龍倏然得到蒸氣泵注入甘泉似地，把那暗藏幽暗深處的巧妙的、美妙的、奇妙的、靈妙的與生俱來的資質，頓時發揮得淋漓盡致。然而，那種與生俱來的資質是天下女性共有的天生資質，遺憾的是她們並不輕易發揮。或者應該說，她們從早到晚持續發揮這種資質，只是沒有那麼顯著，沒有那麼堂而皇之地發揮到淋漓盡致的地步。我必須感謝時不時喜歡逆向摸我貓毛的古怪主人，這才得以欣賞到這齣精彩大戲。只要緊緊跟在主人身後，不管到什麼地方，台上的演員總會不自覺地演出這樣的好戲來。能夠得到這樣一位有意思老爺當我的主人，我這隻貓才能在短暫的一生中，體驗到這般豐富的經歷，真該感謝上天的恩惠。話說，剛才來的客人又是誰呢？

我仔細一看，來客是個大約十七、八歲的學生，和雪江年紀相仿。只見他安分地跪坐在客廳一隅，碩大的腦袋頂著剃得極短的平頭，幾乎可以看到底下的頭皮了，臉中央有顆圓圓的鼻頭。除了頭蓋骨特別大以外，說不上有其他的特徵。他的腦袋都已經剃成平頭了還這麼大，要是像主人那樣蓄著頭髮，想必更加引人注目了。主人一向認為，凡是有顆大頭的人肯定做不好學問。也許主人說得對，總之，這顆大頭乍看之下頗有拿破崙的風範，氣勢十足。他穿著一般學生常見的和服，但我看不出那是薩摩布料、久留米布料或是伊予布料，反正是一種叫作碎白紋樣的藍底布料的短袖夾袍，裡面似乎沒有穿襯衫或傳統內衣。雖說單穿夾袍和赤足也別有一番瀟灑脫，可是這個學生卻讓人覺得不太舒服。尤其榻席上清清楚楚落下三枚大拇指的印子，這種猶如小偷留下足跡般的行徑，必須歸咎在他的光腳板上。他恭恭敬敬地端跪在第四枚大拇指的印子上。如果是個規矩的人像這樣恭敬地跪坐著，沒什麼可大驚小怪的；但是一個頂著毛栗子似的平頭的粗魯小子，這般誠惶誠恐的跪坐著，總覺得一股說不上來的古怪。像這種平時在路上遇到老師也不會行禮還引以自豪的小子，現在讓他學著像一般人這樣老實坐著，就算只有三十分鐘，也肯定會叫苦連天。他像個謙恭有禮的君子或德高望重的長老，進退有節地正身端跪在那裡，使得他隱忍痛苦的模樣從旁看來更加滑稽。我一想到，這個在教室裡不守規矩、在操場上大吵大叫的小子，究竟從何處獲得如此強大的約束自我的能力，不禁對他感到同情，又覺得好笑。像這樣單獨面對面而坐，再怎麼愚鈍的主人，在學生眼中似乎多少仍是有些分量的。想必主人對此也頗為得意吧。俗話說聚沙成塔，即使是微不足道的學生，一旦大批聚集起來，也會成為不容欺侮的團體，說不定會發起抗議運動或是罷課。這應該和膽小鬼兩杯黃湯下肚以後，突然壯起膽子來的現象是一樣的。所謂的聚眾鬧事，不妨看成這些人醺然陶醉在這人多勢眾的氛圍之中而失去了理智。我家主人已近老朽，但是他好歹也頂著師尊的名號，那一個與其說是誠惶誠恐更像頹喪地縮靠在隔扇上、穿著薩摩碎白藍底布料的學生，豈敢看不起我家主人？即使向天借膽也辦不到。

主人將坐墊推了過去，「喏，坐吧！」那個毛栗頭小子卻渾身僵硬，只回了一聲「謝坐」，卻一動也不動。那枚破舊的印花坐墊已經來到了他的跟前，坐墊自然不會開口勸他「請坐到我身上來」，只能由著那個頂著大頭的小子傻愣愣又孤伶伶地待在坐墊的後方，這一幕景象還真奇怪。太太從勸工場買來這坐墊是讓人坐的，而不是供人瞪著瞧的。就坐墊的立場來說，如果沒人坐在它們身上，等於毀壞它們的聲譽，況且對勸賓客用墊的主人也掛不住面子。不過，那個毛栗頭小子不顧主人面子掛不住，仍然和坐墊大眼瞪小眼，絕不是因為討厭坐墊本身。老實說，他打從出生以後，多半時間都是坐沒坐相，隨隨便便的，只有在為他爺爺辦法會時老老實實正身端跪過，所以他這時早已跪坐得兩腿發麻，腳尖哀嚎了。儘管如此，他還是沒有移到坐墊上。主人客氣地讓他用坐墊，他仍然沒有移上去坐。真是個麻煩的毛栗頭小子。假如真的這麼懂禮貌，在人多的時候這麼懂禮貌該多好，在學校裡這麼懂禮貌該多好，在寄宿住處裡這麼懂禮貌該多好。用不著客氣的時候這麼拘束，該客氣的時候又沒有表現出謙讓，這種行為根本是野蠻。這個毛栗頭小子實在太壞了！

這時，他身後的隔扇被拉了開來，雪江很有禮貌地將一碗茶端給毛栗頭小子。換作是平時，毛栗頭小子一定會揶揄一句「瞧，savage tea 來囉！」但是現在，光是和我家主人單獨對坐已經讓他侷促不安了，再加上這位妙齡少女又用在學校學到的小笠原派奉茶方法，裝腔作態地按照規定的手勢將茶碗奉送到他的面前，使得這個毛栗頭小子更顯得坐立難安。雪江走出客廳闔上隔扇以後立刻竊笑起來。由此可見，即使是同齡之人，女生還是比較爭氣。看看雪江，她的膽量要比那個毛栗頭小子大得多。她不久前才被氣得落下了少女之淚，此時的竊笑令我更是訝異。

雪江退出門外以後，賓主二人好一陣子相對無語，直到主人覺得再這樣下去簡直成了修行，這才開口問道：

「你叫什麼名字？」

「古井……」

「古井？古井什麼？名字呢？」

「古井武右衛門。」

「古井武右衛門……唔，這名字真長，挺老派的，不像現代的名字。四年級了吧？」

「不是。」

「三年級嗎？」

「不是，是二年級。」

「在甲班嗎？」

「在乙班。」

「既然在乙班，那就是我帶的那一班了。原來是我的學生。」主人說得頗有感觸。其實這個大頭學生剛進學校，主人就記得他了，絕不可能忘記。況且主人常在夢裡見到這顆大頭，所以印象更是牢牢刻在腦海裡。然而，粗心的主人並沒有把這顆大頭和這般老派的名字連結在一起，更沒有進一步連結到二年乙班的學生上，所以當他聽到這顆會出現在他夢中的大頭居然就是自己導師班的學生，不禁在心裡暗叫一聲：「原來就是他呀！」可是這個擁有老派名字的、腦袋碩大、又是自己導師班的學生，此刻是為了什麼而來到家裡，主人完全想不出來。我家主人在學校並不受歡迎，因此不管是過新年還是中元節，幾乎不曾見過學生登門來向老師請安賀節，第一個上門的就是古井武右衛門這個稀客。可是主人不知道這位稀客的來意，不知道該拿他怎麼辦才好。這個學生應該不會到這麼沒意思的老師家作客，若是來勸主人辭職的話應該更理直氣壯一些，況且武右衛門總不可能來找這位老師商量自己的私事，主人想來想去還是沒有答案。瞧瞧武右衛門的表情，說不定連他自己也不曉得自己到底為何而來的。主人不得已，只好直接問他：

「你是來玩的嗎？」

「不是的。」

「那是有事找我？」

「是的。」

「是學校的事嗎？」

「是的，有點事想和老師談一下……」

「唔，什麼事，說吧！」

武右衛門卻只是看著下方，一句話也不說。其實武右衛門在二年級中學生當中算得上能言善道，雖然腦力不如頭圍那麼發達，但是論口才，在乙班當中堪稱佼佼者。前陣子在課堂上發問

「哥倫布」的日文翻譯是什麼，難倒了我家主人的，就是這個武右衛門。這樣一位佼佼者卻從進門之後就像個口吃的公主似的吞吞吐吐，肯定有什麼難言之隱，所以不該當成他只是客套。主人也覺得有些狐疑。

「既然有事要談就快點說吧。」

「這件事有點難以啟齒……」

「難以啟齒？」主人反問，並且看了一眼武右衛門的表情，他依然低著頭，無法窺出端倪。主人只好換上和藹的語氣對他說：「別擔心，不管有什麼事都儘管對我說。這裡沒有別人在，我也不會說給其他人聽。」

「我真的可以說嗎？」武右衛門仍然舉棋不定。

「可以啊！」主人不知事由就先打了包票。

「那麼，我說了。」話聲剛落，毛栗頭小子猛然抬起頭來，瞇著眼睛望向主人。那對眼睛是三角形的。主人鼓著兩頰呼出朝日牌香菸的菸氣，將臉略微別向一旁。

「那個……事情不妙了……」

「什麼事？」

「總之就是非常不妙的事，這才來的。」

「所以問你是什麼事不妙了啊？」

「我本來不想做那種事，可是濱田一直纏著要我借他……」

「你說的濱田是那個濱田平助嗎？」

「是的。」

「濱田向你借了房租嗎？」

「不是的，我沒有借他房租。」

「那你把什麼東西借他了？」

「我把名字借給他了。」

「濱田借你的名字去做什麼事了？」

「送了封情書。」

「你說送了什麼？」

「我就跟他講不要向我借名字，讓我去送信就好了嘛！」

「你在講什麼我實在聽不懂。到底是什麼人做了什麼事？」

「就是送了情書。」

「送了情書？給誰？」

「我剛才不是說了，這事難以啟齒。」

「那你送了情書給哪一家的女孩？」

「不，不是我。」

「是濱田送的嗎？」

「也不是濱田。」

「那是誰送了情書？」

「我不知道該算誰。」

「聽得我一頭霧水。這麼說，你沒送信給任何人？」

「只用了我的名字。」

「只用了你的名字？愈聽愈迷糊了，你把事情說得有條理一點！收到情書的人是誰？」

「就是姓金田，住在對面巷子的女生。」

「你說的金田，是那個企業家嗎？」

「是的。」

「那麼，只借了名字，究竟是怎麼回事？」

「聽說那家的女兒時髦又高傲，所以就寫情書送去了。濱田說信末要署名才行，我說那就寫上你的名字，他說自己的名字沒意思，還是用古井武右衛門這個名字好，最後我只好把名字借他用了。」

「那你認識那家的女兒嗎？有過來往嗎？」

「根本不曾往來，我連她長什麼樣都不知道。」

「太胡鬧了，居然給一個沒見過面的人寫情書。到底為什麼要做這種事？」

「因為大家都說她驕傲又囂張，所以想惡作劇。」

「這樣更胡來！你就那麼大剌剌地簽上你的名字送出去了？」

「是的。信是濱田寫的，我出借名字，由遠藤趁著夜裡送到了她家。」

「這麼說，你們三個人一起做的。」

「是的。但是後來一想，萬一事跡敗露遭到退學處分就完了，我這兩三天擔心得沒辦法睡，頭腦昏昏沉沉的。」

「誰讓你做了這種荒唐的蠢事！信上署名的是『文明中學二年級古井武右衛門』嗎？」

「不是，沒有寫校名。」

「還好沒寫上校名，萬一寫上校名可糟了，學校就要聲譽掃地了！」

「老師，您說我會被退學嗎？」

「這可難講。」

「老師，我老爸管我管得很嚴，現在的媽媽又是繼母，要是被退學，我就不知道該怎麼辦了。我真的會被退學嗎？」

「早知如此，何必當初。」

「我不是故意的，只是跟著起鬨的。您能不能幫幫我，讓我不要受到退學處分？」武右衛門說到後來，幾乎是用快哭出來的聲音苦苦哀求。太太和雪江從一開始就躲在隔扇後面嗤嗤竊笑，而主人從頭到尾都裝作一臉嚴肅，不管問他什麼總是回答「這可難講」這一句。這情形真是有意思極了。

也許有人要問我，這情形有意思在哪裡？這問題問得很好。人類也好，動物也好，一生中最重要的就是自知之明。一個有自知之明的人，我會敬重他，甚至將他奉於比貓更為尊敬地位。如果真有這樣的人出現，我也不忍心再寫這些事來奚落人類，一定立刻封筆。不過按目前看來，人類似乎還沒有認清自己真正的樣貌，如同他們看不見自己的鼻子高挺與否是一樣的，所以才會對他們平時瞧不起的一隻貓提出這樣的質疑吧。人類看似威風凜凜，其實有時還是不脫愚昧。他們以萬物之靈自居，頂著這個頭銜四處橫行，卻連這麼清楚的真相都不懂，而且對此渾然不覺，這滑稽的景象看得我忍俊不禁。他們扛著萬物之靈的招牌，卻見人就問「我的鼻子在哪裡？」你以為人類會因此而婉拒萬物之靈的名號嗎？不會，他們死也不肯放手。人類理直氣壯地堅持這種矛盾，不得不說是一種可愛的傻氣。然而，傻得可愛的代價，就是得承認自己是愚蠢的。

我現在之所以覺得武右衛門、主人、太太和雪江有意思，並不單純是由於外部事件的相互撞擊所產生的震波傳遞向奇妙的地方，我更關心的是，這樣的撞擊在每個人的心裡所引發出各種不同的音色。首先，主人對這件事毋寧說是冷眼看待。武右衛門的老爸對他的嚴格管教、現在的媽媽並未將他視如己出，都沒有讓主人感到訝異。主人當然不會訝異，因為武右衛門受到退學處分，與他本人遭到革職，根本是兩回事。若是上千名學生都被退學，或許會影響到教師的生計；但現在只不過是武右衛門一個學生，不管其命運有何變化，幾乎不會影響到主人的生活。既然不受影響，也就不會誘發出同情心了。為一個陌生人雙眉緊蹙、涕泗縱橫和長嗟短嘆，一點也不自然。我完全不認為人類是那麼有感情、悲天憫人的動物，他們與別人相處時偶爾流下幾滴淚水、露出憐憫的表情，只當成是自己來到這個世間必須繳納的稅款而已。那種虛偽的表情，其實是一種煞費心機的藝術，擅長表現這種神情的人被稱為富於藝術良心者，在社會上頗受敬重。所以說，愈是受到敬重的人，愈不值得信賴。不妨試一下，就能得到驗證了。就這一點而言，我家主人應該被歸類到笨拙的那邊。既然笨拙，就不受敬重，而不受敬重，就不需要掩飾其內心的冷漠，可以盡情表現出來。只要從他對武右衛門一再回答「這可難講」這句話，即可明白聽出他的心聲了。然而各位千萬不要因為主人的冷漠，就討厭像他這樣的好人。冷漠是人類的天性，不加掩飾才是正直之人。如果各位在這樣的情況下，希望對方表現得親切熱絡，只能說各位對人類抱有過高的期待了。在這個幾乎找不到正直二字的世間，懷有這麼高度的期望，除非瀧澤馬琴小說裡的志乃和小文登從書裡跳出來、就在您左鄰右舍上演這齣《南總里見八犬傳》㉓，否則簡直希望渺茫。關於我家主人的部分先講到這裡，接下來談一談在餐室裡竊笑的兩位女眷。她們超越了主人的冷漠，欣喜地奔向滑稽的領域。這一起讓武右衛門頭疼不已的情書事件，在她們聽來宛如恭聆佛陀的聖音。理由無他，總之就是開心。如果非要分析不可，她們就是對武右衛門不知所措而感到開心。諸位不妨問問身旁的女士：「當妳看到別人遇到麻煩時，會不會覺得滑稽而笑了起來？」想必被問的女士一定會啐罵提問者莫名其妙；即使沒有開口罵對方莫名其妙，應該也會說故意問這種問題根本存心侮辱淑女的品德。這個問題或許確實侮辱了女士，但她們嘲笑別人的煩惱也是不爭的事實。按照這種邏輯，她們的意思就是事先聲明：「接下來各位會目睹我做出侮辱自我品德的事，可是不許大家指責我。」這種情形，就等於以下的主張：「我要去偷東西了，但是誰都不准說我不道德，如果說我不道德，就等於往我臉上抹泥巴，那是一種侮辱。」女人相當聰明，理路清晰分明。既然已是生而為人，在與那些聰明的女人打交道之前必須下定決心，即使受到踐踏、踢打、斥罵或冷落，都必須逆來順受，甚至遭到吐唾或潑屎，還被大聲嘲笑時，也必須欣然接受。武右衛門一時不察而鑄下大錯，從此惶惶不可終日，說不定他聽到隔扇外的竊笑，心裡很不高興，覺得自己已經怕成這樣，她們這種舉動實在太沒禮貌了。如果武右衛門這樣想，也就表示他稚氣未脫。若是會被別人的無禮激怒，只會被對方笑他沒度量；假如不願意被人這樣講，最好表現得毫不在意。最後，我想介紹一下武右衛門的心境。他堪稱擔憂的化身。如同拿破侖的頭腦裡充斥著對功名利祿的野心，武右衛門那顆巨大的頭顱裡塞滿的是憂慮。他的圓鼻頭不停地一翕一合，

㉓《南總里見八犬傳》為日本江戶時代後期的通俗小說作家瀧澤馬琴（一七六七～一八四八）耗時二十八年完成的代表作。故事內容為受詛咒的伏姬公主與八隻愛犬到深山隱居，死前其腹中之子化為胎氣逸出，與伏姬公主配戴的八顆寫有八項美德文字的念珠結合，飛向遠方散開，到各地姓氏含有「犬」字的家族投胎轉世，日後成為八犬士。這裡提到的志乃（犬塚信乃）和小文登（犬田小文吾）均為八犬士之名。「志」與「信」此處的日文讀音雖然同為「shi」，但書中的人物名字一般寫為「信乃」。

那是由於擔憂傳遞到顏面神經後，一種像反射動作似的無意識動作。他宛如吞下了一枚大炸彈，心裡有個無助的疙瘩，已經兩、三天不知如何是好了。他在焦急萬分之下，忽然想到如果去那個名義上是導師的老師家，說不定能幫我找到一條生路，這才到了這個自己討厭的人家裡，不惜用這顆大頭向人磕頭求救。他彷彿忘了自己平時經常在學校捉弄我家主人、煽動同班同學給主人出難題，深信即使曾經對這個老師惡作劇，畢竟他被賦予導師身分，一定會也為他擔憂，幫忙想辦法的。武右衛門太天真了。這個導師的身分並不是我家主人求來的，而是校長任命，不得已只好接下的。打個譬喻，導師一職就像迷亭先生那位伯父的圓頂禮帽，空有其名罷了。既然空有其名，也就不管用。如果空有其名遇上關鍵時刻也能發揮救急的作用，那麼雪江也可以單用姓名就去相親了。武右衛門的想法不但任性，而且把人性看得太好了，認定別人無論如何都會關心他，根本沒有想過會受到恥笑。武右衛門這回來到導師家，必然會發現一道人性的真理。看清了這道真理之後，應該有助於他未來成為一個真性情的人吧？看到別人擔憂，他應該會冷漠以待吧？在別人煩惱時，他應該也會大聲嘲笑吧？此後，世界大概會變成滿天下都是武右衛門，大概會變成滿天下都是金田老爺和金田夫人。我由衷期盼武右衛門能夠儘快覺醒過來，切勿成為一個真性情的人，否則任憑他再怎麼擔憂、懊悔、一心向善，也不可能像金田老爺那樣成功，甚至要不了多久，其他人就會把他流放到人類居住地以外的地方去。相較之下，被文明中學處罰退學根本算不上一回事了。

我愈想愈有意思。這時，木格門喀啦喀啦地被推開，接著玄關的紙拉門後面探出半張臉來，喚了一聲「老師」。

主人這時候還忙著一再回答武右衛門「這可難講」，忽然聽見有人喊他。轉頭一看，那紙拉門後面斜著探出來的半張臉原來是寒月。「喔，進來吧。」主人坐著招他入內。

「家裡有客人？」寒月依舊只露出半張臉問道。

「沒關係，進來吧。」

「其實我是想來邀老師出門的。」

「上哪兒去？又去赤坂？那地方我可不去。上回硬拉我去，走到兩條腿都快斷了。」

「今天不去那麼遠的地方。您好久沒出門散步了，一同去逛一逛吧？」

「到底去哪兒？先進來再說吧。」

「我想去上野聽虎嘯。」

「聽那個有什麼意思。總之先進來吧。」

寒月也許覺得隔著一段距離談事情實在不方便，終究脫了鞋，慢慢走進客廳了。他仍舊穿著那條灰色的褲子，臀上打了補丁。根據他本人的解釋，褲子破了洞不是因為太舊，或是他屁股太大，而是他最近開始學騎自行車，褲子的那個部位較常摩擦所導致的結果。寒月做夢也沒想到，眼前這個小子正是給他未來的夫人送去情書的情敵，他還向武右衛門微微點頭，輕鬆地打聲招呼，逕自在靠近簷廊的地方落了坐。

「去聽老虎吼叫有什麼意思！」

「您說得是，現在去聽就沒意思了。我們先到別的地方散散步，到了晚上十一點再去上野。」

「是哦。」

「深夜，公園裡老樹森然，很可怕吧？」

「那當然，比白天來得冷清。」

「我們得盡量走進連大白天都人跡罕至的密林深處，走著走著，就會忘記自己身在萬丈紅塵的都市，感覺像在山裡迷了路似的。」

「為什麼要覺得在山裡迷了路？」

「醞釀出那種氣氛之後，只要多站一會兒，就會聽到從動物園裡陡然傳來的虎嘯。」

「真能聽得到嗎？」

「沒問題，聽得到。我在理科大學，連白天都能聽見老虎的叫聲，更不用說在夜深人靜、四下無人、鬼氣襲來、魑魅刺鼻的時候……」

「什麼叫魑魅刺鼻？」

「不就是用來形容駭人的成語嗎？」

「是嗎，好像沒聽過。……然後呢？」

「然後虎嘯一發，幾乎把上野老杉樹的樹葉全都震落下來，恐怖極囉！」

「那當然恐怖。」

「老師意下如何？和我一起去冒險吧，一定很開心。我認為如果不曾在深夜時分聽到虎嘯，算不上聽過真正的虎嘯。」

「這可難講。」主人對寒月提議的探險所表現出來的冷漠，一如他對武右衛門的哀求。

始終在一旁欣羨地聽著虎嘯探險之旅的武右衛門，直到聽見我家主人的這句「這可難講」，倏然又想起了自己的事，於是再次詢問：「老師，我真的很擔心，該怎麼辦才好呢？」寒月一聽，面露納悶地望向那顆大頭。這時，我心生一念，決定暫時失陪，繞去餐室那邊瞧瞧。

餐室裡的太太低聲笑著，正往便宜的京瓷茶碗裡斟上粗茶，再將茶碗擱到一個鎚製茶托上。

「雪江，麻煩妳送這個過去。」

「我才不要！」

「為什麼？」太太有些訝異，斂住了笑意。

「反正就是不要！」雪江立刻裝出一副與己無關的表情，把視線移向擺在旁邊的《讀賣新聞》上。太太再次與她協商。

「妳這孩子怎鬧起彆扭來了？只是送茶給寒月先生嘛，有什麼好怕的？」

「可是，人家就是不要嘛。」雪江的視線依然不肯離開《讀賣新聞》。可以想見這種時候她根本連一個字也讀不下去，但若揭穿她沒在讀報，恐怕又要哭出來了。

「沒什麼好害臊的呀？」太太這回故意笑著將茶碗推到《讀賣新聞》上。雪江小姐嘟囔著「好討厭喔」，想把報紙從茶碗底下抽出來，抽到一半不巧碰翻了茶托，粗茶毫不留情地沿著報紙流進了榻席縫裡。「哎呀，妳看妳！」太太嚷了聲，雪江也一邊喊著「糟糕了」一邊跑向灶房。大概是拿抹布去了吧。我覺得這一幕狂言㉔演得還算有趣。

寒月對隔扇後方的喜劇渾然不覺，依然坐在客廳裡談起奇特的話題。

「老師，紙拉門重新裱糊了？是誰糊的門紙？」

「女人家糊的，不錯吧。」

「是的，相當出色。是經常來府上的那位小姐糊的嗎？」

㉔日本傳統的滑稽戲。

「唔，她也幫了忙。糊的時候她還自誇，能把門紙糊得這麼好看，很有資格出嫁了！」

「是嗎，確實不錯。」寒月邊說邊仔細觀察門紙。「這邊十分平整，但是右邊的紙太長，擠出紋路了。」

「最先就是從那裡開始糊起，經驗還不夠時做出來的成品。」

「難怪，技術稍微差了點。那個區塊的表面屬於超越曲線㉕，無法用普通函數予以呈現。」這位理學士的用語相當艱深，主人只能隨口搭腔「可不是嘛」。

武右衛門心裡明白，再這樣下去，不管自己哀求多久也得不到幫助，於是將他那巨大的頭蓋骨猛然磕向榻席，以無言的行動表示了訣別之意。「要回去了？」主人問道，武右衛門沒有回話，只默默地趿著薩摩寬木屐走出了大門。這小子真可憐。要是主人真的置之不理，難講哪一天他會留下一篇〈巖頭吟〉，跳下華嚴瀑布自盡㉖。追究起來，這一切都是金田小姐的時髦和高傲惹出來的麻煩。萬一武右衛門當真喪命，大可化為幽靈去殺了金田小姐。對男人來說，世上少了一兩個那種女人，完全不成問題。寒月可以另娶一位更加端莊賢慧的千金小姐為妻。

「老師，他是您的學生嗎？」

「唔。」

「好大的腦袋瓜。書讀得好嗎？」

「頭挺大的，書卻讀不好，常常問些奇怪的問題。不久前還要我把哥倫布譯成日文，簡直為難人。」

「全怪那顆腦袋瓜太大了，才會提出那種莫名奇妙的問題。老師，您怎麼回答的？」

「我怎麼回答？隨口謅了個翻譯給他。」

「您畢竟翻譯出來了，真不簡單！」

「在那些小孩面前，樣樣都得給個翻譯，否則他們可瞧不起人。」

「這麼說，老師也成為了不起的政治家了。可是我剛才看他垂頭喪氣的，不像會給老師出難題的樣子。」

「他今天有點洩氣。這個蠢傢伙！」

「怎麼了嗎？我只看了他幾眼，感覺非常可憐。究竟是怎麼回事呢？」

「還問怎麼回事，他可做了件蠢事，給金田的女兒送了情書去。」

「什麼？那個大頭學生嗎？現在的學生還真不能小看，真讓人驚訝。」

「想必你也會擔心吧……」

「我一點也不擔心，反而覺得有意思。有多少封情書都儘管送去，不礙事的。」

「既然你沒放在心上，那就不要緊了……」

「當然不要緊，我向來沒放在心上。不過，聽到那個大頭學生寫了情書，我心裡倒是有點訝異。」

「那只是惡作劇。聽說他們三個學生覺得金田家的女兒打扮時髦又高傲，所以決定合謀起來捉弄她……」

㉕超越曲線（transcendental curve），非代數曲線，例如三角函數、指數函數、對數函數等等所呈現出來的圖形都屬於超越曲線。

㉖華嚴瀑布位於日本栃木縣日光國立公園內的知名瀑布。一九〇三年，受教於夏目漱石的第一高等學校資優學生藤村操在瀑布旁一棵樹上留下一篇頗具哲學意涵的遺書〈巖頭有感〉之後投瀑自盡，此後有一段時期許多厭世者都到該地輕生。

「三個人合力寫情書給金田小姐？我愈聽愈奇怪。這簡直像三個人合吃一人份的西餐。」

「他們是分工合作，一個寫信，一個送信，一個出借名字。剛才來的那個，就是出借名字的小子。三樣分工裡面就屬這個最荒唐。而且他說，根本沒見過那個金田家的女兒哩。真不懂為什麼要那樣胡鬧。」

「這堪稱近來的偉大成果！精心傑作！一想到那個大頭學生居然給女人寫情書，太有趣了！」

「就這樣闖下大禍啦！」

「別擔心，闖了禍也不必怕，別忘了收信的人可是那位金田小姐呢。」

「可是，她或許會成為你的妻子啊！」

「就因為還沒說定要娶她，所以才說不要緊。我才不在乎金田小姐呢！」

「就算你不在乎，可是……」

「金田小姐同樣沒把我放在心上，不會有事的。」

「若是你們雙方都這樣想，那就沒事了。話說回來，寫情書的人惡作劇之後突然良心發現，怕了起來，擔驚受怕地跑到我家來請我出主意。」

「哦，原來那孩子是因為這樣才垂頭喪氣，可見他膽子不大。老師，您幫他出了主意嗎？」

「他最擔心的就是自己會不會遭到退學處分。」

「為什麼會被退學呢？」

「因為做了太惡劣、太不道德的事了。」

「不至於到不道德的程度吧？根本沒什麼要緊的。想必金田小姐覺得這是對她的美譽，還拿去到處炫耀呢！」

「不會吧。」

「總之，他太可憐了。雖說做了那種事確實不對，但是讓一個男孩子擔心成那樣，簡直把他活活急死。他的腦袋瓜雖然大了一點，但是看起來不像個壞孩子。鼻子抽呀抽的，真可愛。」

「你愈來愈像迷亭了，說這種風涼話。」

「這可不是風涼話，而是時代的思潮。老師的作風太守舊了，凡事都講得太嚴重了。」

「但那樣做確實很愚蠢啊！對一個根本沒見過面的人惡作劇送情書，太沒常識了！」

「多數的惡作劇都是沒常識的。您救救他吧，救人一命勝造七級浮屠。看他那副頹喪的模樣，真會去華嚴瀑布尋死的。」

「說得也是。」

「您請務必出手幫他。換成是個再大一些、更懂事一點的大孩子們可就不只這樣了，他們做了壞事還裝作與己無關呢。假如因為這次的惡作劇就讓這個孩子退學，那更要把那些大孩子們統統趕走，才算公平。」

「你講的有幾分道理。」

「這樣好。那麼，您願意和我一起去上野聽虎嘯嗎？」

「去聽老虎叫哦。」

「是呀，我們去聽吧！再過兩三天，我得回一趟老家，暫時無法陪您出門了，所以今天來這裡前已經打定主意，一定要邀您出去散散步。」

「哦，你要回故鄉？有要緊的事嗎？」

「是的，有點事必須回去辦。……總之，我們出門吧！」

「是嗎，那就出發吧。」

「我們快走吧。今天晚飯請由我作東，用完餐之後一路散步兼運動，到達上野恰好是最佳的時刻。」在寒月的頻頻催促下，主人也覺得不錯，於是一起出門了。他們離開了以後，太太和雪江放聲咯咯大笑，總算笑了個痛快。

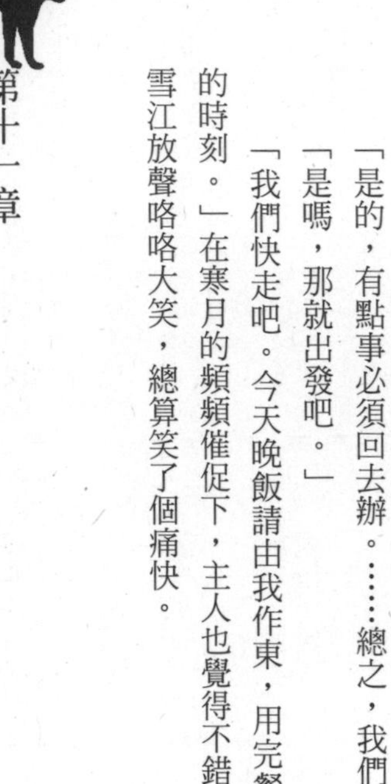

第十一章

壁龕前，迷亭先生和獨仙先生隔著圍棋盤相對而坐。

「我玩棋向來下注，誰輸了就得請客，行吧？」迷亭先生強調。獨仙先生捋著下頷的那把山羊鬍答道：「如此一來，清高的遊戲可就落了俗套。比賽時如果一心求勝，那就沒意思了。唯有將勝敗置之度外，帶著雲無心以出岫①的自在下完一局，方能體會到箇中妙韻。」

「又來了。遇上這種仙風道骨的對手實在累人。您真像《列仙傳》②裡的人物呀！」

「彈無弦之素琴③。」

「拍無線之電報？」

「閒言少說，下棋。」

「你持白子？」

「都可以。」

「不愧是仙人，氣度就是大。你持白子，那我自然持黑子了。好，來吧，誰先走都行！」

「按棋規，黑子先走。」

「那好。既然如此，我客氣一點，定石就布在這裡了。」

「沒人那樣布棋的！」

「沒有也無所謂，這是我新發明的布棋法。」

我見聞不廣，直到最近才看到棋盤，愈想愈覺得這玩意設計得真奇妙。在一塊小小的四方木板畫上許多小方格，然後擺上密密麻麻的黑棋子白棋子，看得我眼花撩亂。在棋盤兩邊的人緊張得虛汗直淌，邊玩邊嚷著贏了輸了死了活了什麼的。其實那塊木板長寬頂多一尺，我伸出前爪一拍就能讓它東倒西歪。不過，有人說過這樣的話：「集而結則成草廬，解而散則成荒原。」所以我還是別淘氣，待在旁邊好整以暇觀戰，這才叫逍遙自在。一開始的三、四十步，我瞧著棋盤上的模樣還算順眼，可是等到決定勝負的關鍵時刻再探眼一瞧，那景象真是太可憐了。白棋子和黑棋子你推我擠的，靠邊一點的幾乎要從棋盤上跌下去了，就算大喊擠死啦，也沒辦法叫隔壁的棋子讓一讓，又沒有權力命令擋在前頭的棋子退開，以至於每一枚棋子只好認命地一動也不動待在原處，一點辦法也沒有。圍棋是人類發明的。如果說人類的癖好反映在棋局上，那麼棋子進退不得的命運，恰恰代表著人類狹隘的本質。假如從棋子的命運可以推測出人類的本質，也就不得

①語出陶潛《歸去來辭》：「雲無心以出岫，鳥倦飛而知還。」意指如山間繚繞的浮雲般自在，比喻勿刻意強求。

②中國第一部流傳後世的神仙傳記，作者不可考，一說為劉向。

③典出《宋書》卷九十三〈隱逸列傳・陶潛〉：「潛不解音聲，而畜素琴一張，無絃，每有酒適，輒撫弄以寄其意。」

不斷定人類喜歡把海闊天空的世界用小刀切割出屬於自己的領域，劃地自囚，只肯站在那裡面，說什麼都不願踏出界限之外。簡單來講，人類是一種自找痛苦的動物。

不曉得性格悠閒的迷亭先生和具有禪意的獨仙先生今天從哪裡來的念頭，從壁櫥裡拿出了一套舊圍棋，開始了這場讓人瞧著冒汗的遊戲。這兩人不愧是棋逢對手，起初各自隨意落子，棋盤上的白棋子和黑棋子自由自在穿梭飛舞；但是棋盤大小有限，直的橫的格子就那麼多，下一手棋就填掉一格，再怎麼悠閒、再怎麼有禪意，終究愈來愈無路可走。

「迷亭君，你的棋路太沒有章法了，怎麼可以在那種地方落子呢？」

「禪師的棋譜或許找不到這一招，可是本因坊④派就有這種規矩，你奈我何？」

「可是你盡往死路走啊！」

「『臣死且不避，彘肩⑤安足辭？』我走這兒！」

「落子此處，很好。所謂『薰風自南來，殿閣生微涼』⑥，我落在這裡就沒問題了。」

「哦，補上這一子果然厲害！沒想到你會補在這裡。來，要補不如敲八幡鐘⑦。我看你如何應付！」

「沒什麼不能應付的，所謂『一劍倚天寒』⑧……，咦，麻煩了，乾脆斷開吧。」

「哎呀，那可不行！你這一斷開，我不就死棋了？開什麼玩笑，讓我悔棋吧！」

「方才不是明明白白告訴過你了，沒人在那種地方落子的。」

「請恕在下愚昧。你把這枚白子拿掉吧！」

「連那一步也要悔？」

「既然拿了，那就順手把旁邊那枚白子給帶走！」

「喂，你臉皮太厚了！」

「那我就對上一句『Do you see the boy』⑨。……哎，我們是什麼交情了，別那麼見外，快點拿掉，這可是生死關頭哪！就像歌舞伎裡演的，有人一邊大喊『刀下留人！刀下留人哪！』，一邊從延伸台道衝上舞台的場面哩。」

「那與我何關？」

「無關也不要緊，反正拿掉就是！」

「你從開始到現在，已經悔了六步棋啦！」

「你這人記性真好。容在下後續加倍悔棋。就跟你講把那枚棋子拿掉嘛，這麼固執。既然平日坐禪，怎可如此我執？」

「可是，若不吃掉你這子，我恐怕沒有勝算……」

「你一開始不是說要把勝敗置之度外嗎？」

---

④日本圍棋界四大派別中最具有影響力的門派。

⑤語出《史記．項羽本紀》：「樊噲覆其盾於地，加彘肩上，拔劍切而啗之。項王曰：『壯士，能復飲乎？』樊噲曰：『臣死且不避，卮酒安足辭！』」此處為項羽設鴻門宴款待劉邦，劉邦臣子樊噲欲救其主，接下項羽所賜酒食。但是迷亭這句話將「卮酒」誤植為「彘肩」了。

⑥語出《舊唐書．本傳》：「文宗夏日與學士聯句。帝曰：『人皆苦炎熱，我愛夏日長。』公權續曰：『薰風自南來，殿閣生微涼。』」，為唐文宗與柳公權聯句。

⑦「補」棋子和「敲」鐘在日文中諧音。

⑧語出無學禪師：「兩頭俱截斷，一劍倚天寒。」意指看破生死。

⑨與上一句「你臉皮太厚了」的日文諧音。

的。好吧，那我只好認了。」

「我輸倒無妨，就是見不得你贏。」

「你悟的是哪一門的道啊？還是那句老話，『春風影裡斬電光』，對吧？」

「不是『春風影裡』，是『電光影裡』，你講反了。」

「哈哈哈，我還以為到了這個時候，你差不多該把這句話講顛倒了，看來你現在還挺清醒的。好吧，那我只好認了。」

「『生死事大，無常迅速』⑩。你認了吧！」

「阿門！」迷亭先生啪的一聲，落了一子。他這回另闢了一處新局面。

迷亭先生和獨仙先生正在壁龕前爭個你死我活，寒月與東風則並肩坐在客廳靠近門口處。坐在這兩人旁邊的是我家主人，面色臘黃。寒月面前擺著三只鰹魚乾，赤條條地在榻席上排得整整齊齊，蔚為奇觀。

這些鰹魚乾來自寒月的懷裡，掏出來握在手掌上，還能從赤條條的魚乾上感到一股溫熱。但是主人和東風望著鰹魚乾的眼神卻透著異樣。半晌過後，寒月終於開了口：

「我大約四天前從故鄉回到東京。回來後雜事纏身，到處奔忙，直到才能來拜訪。」

「不必急著來也無妨。」主人說話還是那麼不中聽。

「若是以往，我倒不必趕著來，但是不早點把這些土產送來實在不放心。」

「這不是鰹魚乾嗎？」

「是的，這是家鄉名產。」

「你家鄉的名產？東京不是也有嗎？」主人說著，拿起最大的一只湊到鼻尖下嗅聞。

「光是用鼻子聞，可沒辦法辨別鰹魚乾的好壞。」

「就因為個頭比其他地方的大了些，所以成了名產嗎？」
「您嚐一嚐就明白了。」
「遲早總是要嚐的，可是這一塊的頭上怎麼缺了一角啊？」
「就是因為這樣，所以才說不早點送來實在不放心。」
「為什麼？」
「還能為什麼，就是被老鼠吃了。」
「那還得了！萬一不小心吃下肚，會得鼠疫哩！」
「沒那麼嚴重，老鼠只啃掉一小角，不會生病的。」
「到底是在哪裡讓老鼠給吃了？」
「在船上。」
「船上？在船上怎會被偷吃了？」
「我找不到地方放這三只鰹魚乾，就和小提琴一起裝進行囊裡，上船那天晚上就被老鼠偷吃了。如果光吃鰹魚乾還好，偏偏老鼠把我心愛的小提琴琴身誤以為是鰹魚乾，也啃了一角呢。」
「那老鼠太冒失了。船上住久了，連東西能不能吃都沒法分辨了嗎？」主人依然盯著鰹魚乾，說些沒人能懂的話。
「老鼠就是老鼠，住在哪裡都一樣冒失。我把鰹魚乾帶到寄宿公寓後，又被吃了。我實在

⑩出自永嘉玄覺禪師與六祖惠能的對答。永嘉禪師云：「生死事大，無常迅速。」六祖曰：「何不體取無生，了無速乎？」意思是無暇顧及儀表與禮貌等等與生死問題無關的事宜。

不安心，晚上就揣在懷裡帶進被窩裡。」

「那樣不太衛生吧！」

「所以吃的時候請稍微洗一洗。」

「光是稍微洗一洗，恐怕洗不乾淨。」

「那請泡在鹼水裡，用力搓洗應該就可以了。」

「那把小提琴，你也是摟著睡嗎？」

「小提琴太大，實在沒辦法摟著睡……」

寒月話還沒說完，稍遠處的迷亭先生也提高了嗓門，加入這邊的話局：「你說什麼？摟著小提琴睡覺？還真有雅興。不是有一首俳句是這樣吟的：『春光難留駐／心似懷中琵琶沉／只盼隨風去』⑪？作這首俳句的可是古人，明治時代的秀才就得抱著小提琴睡覺，才能超越古人呢。換我吟一首，『寢袍染倦意／依偎懷裏小提琴／共度漫長夜』，有請諸位評一評。東風君，你能用新詩寫出同樣的內容嗎？」

「新詩和俳句不同，沒辦法一揮而就。不過一旦寫成，就能夠迎得觸及靈魂深處的美妙樂音！」東風認真地回答。

「是哦，我還以為得焚燒麻桿才能招魂迎魄⑫呢，原來作新詩就能接引靈魂了呀！」迷亭先生又沒專注在棋局上，只管說些玩笑話。

「再耍嘴皮，你又要輸了。」主人警告迷亭先生。迷亭先生卻毫不在乎地說：「不管我想贏還是想輸，反正對手已經成了熱鍋裡的章魚，爬不出去嘍。我就是因為下棋這邊閒得發慌，不得已只好加入小提琴那邊的話題。」

迷亭先生話才說完，他的棋友獨仙先生有些生氣地喊道：「輪到你啦！等好久啦！」

「咦？你已經下好了？」

「落啦！早就落好了！」

「擺在哪裡？」

「從這裡斜上去添了一枚白子。」

「哦。你添這枚白子打斜一連，我不是輸定了？既然如此，我就……我就……我就走投無路，沒戲唱啦。好，我讓你重來一次，你隨便找個地方擺吧！」

「哪有人這樣下棋！」

「既然沒有人這樣下棋，就換我下吧……那就在這個角落拐個彎，落在這裡吧。……寒月君，你的小提琴太便宜，連老鼠都瞧不起，也來啃它一啃。你該闊氣一點，買個上等貨。要不要我幫你從義大利找一把三百年前的老琴？」

「那就請您費心了，琴錢也勞您一併結清。」

「那種老傢伙能用嗎？」無知的主人喝斥了迷亭先生。

「你以為小提琴的老傢伙和人類的老傢伙是一樣的嗎？瞧瞧那個金田，他就是個老傢伙，到現在不是還挺吃得開嗎？更不用說小提琴是愈老愈名貴。……好了，獨仙兄，請快快落子。借用慶政的台詞，『秋日早落山哪』[13]！」

⑪出自與謝蕪村（一七一六～一七八四，日本江戶時代的俳人與畫家）的俳句。

⑫日本人會於中元節燒麻桿迎接與送走死者的魂魄。

⑬出自義太夫節（日本說唱敘事曲藝）《戀女房染分手綱》裡的人物慶政的台詞：「天黑了嗎？秋日早落山哪！」

「和你這種沒定性的人下棋簡直活受罪，連思考棋路的時間都沒有。好吧，落在這裡做個眼。」

「哎呀呀，居然起死回生了，真可惜！就是擔心你把子落在那裡，我才故意東扯西聊讓你分心，結果還是沒用。」

「那當然。你這不叫下棋，根本是瞎耗時間。」

「我這可是本因坊派、金田派，再加上當代紳士派的棋法！……喂，苦沙彌先生你聽聽，我們這位當年去鎌倉吃了不少陳年醬菜的獨仙兄果然不同凡響，定力格外深厚呢！佩服佩服！雖然棋藝不怎麼樣，倒是挺有氣魄的。」

「像你那這種沒氣魄的人，就該向他學習學習。」頭也不回的主人才應完話，坐在背後的迷亭先生馬上朝他吐了又紅又大的舌頭扮了鬼臉。獨仙先生根本不理他們的對話，一逕催促迷亭先生：「來，該你下了。」

「你從什麼時候學小提琴的？我也想學，但是聽說很難。」東風詢問寒月。

「嗯，如果不要求拉得多好，誰都學得會。」

「我覺得詩歌和音樂同樣是藝術，愛好詩歌的人學音樂時進步應該比較快。我對此倒是有點自信，就不知道是不是這樣？」

「沒問題，你學琴一定很快就能拉得很好。」

「你從什麼時候開始拉琴的？」

「那時還在高等學校。……老師，我對您說過自己學小提琴的經過嗎？」

「沒有，我沒聽過。」

「你讀高等學校的時候向小提琴老師學的嗎？」

「哪有老師指導，全都是自學的。」

「你是個天才！」

「自學的人未必都是天才！」寒月帶著傲氣反駁。天底下被譽為天才卻驕傲地反駁的人，大概只有寒月一個了。

「好吧，是不是天才暫且擱到一邊，說說你如何自學的，好讓我借鏡。」

「要聽也可以。老師，我可以說吧？」

「可以啊，你說吧。」

「現在街上常看到年輕人拎著小提琴盒在大街上來來去去，可是我那個年代的高等學校生，幾乎沒有人學習西洋音樂。尤其我就讀的那個學校位在一個非常純樸的地方，那裡根本是鄉下的鄉下，連一個穿麻裡草履的人都找不到，更不用說學校裡當然沒有人拉小提琴了……」

「那邊開始講的故事好像挺有趣的。獨仙兄，這盤棋就到此結束吧？」

「還有兩三處沒下完呀！」

「沒下完就算了。不重要的地方統統奉送給你。」

「你說要送，我總不能佔便宜。」

「一個修禪的人怎麼這麼一板一眼的。那就一氣呵成，趕緊下完這盤棋吧。……寒月君那邊似乎很有意思呢。……你說的地方就是學生都打赤腳上學的那所高等學校吧？……」

「沒有那種事！」

「可是，我聽說你們學校的學生都光著腳做軍訓操，一下向左轉一下向右轉的，腳底都磨出了一層厚皮呢。」

「怎麼可能，您聽誰說的？」

「是誰說的都無所謂吧。不是說那所學校的學生都帶一顆好大的飯糰，像夏橘似地掛在腰上，中午就吃那個裹腹嗎？與其說是吃，其實用啃字還比較貼切。啃到最裡面，才會嚐到一粒鹹梅乾。大家就是為了嚐到那粒鹹梅乾，才會拚命把周圍的白飯全部啃光。年輕人就是這樣精力旺盛。獨仙兄，這故事應該合你的意吧？」

「樸實剛健的風習值得嘉許。」

「還有比這更值得嘉許的事呢。聽說那地方沒有賣菸灰筒。我有個朋友在那裡工作時，想去買個有吐月峰商標的菸灰筒，沒想到別說指定牌子了，根本沒賣菸灰筒這種玩意。他覺得奇怪，問了問，當地人蠻不在乎地告訴他：『你要菸灰筒嗎？到後面竹林裡砍一節竹子就有了。砍竹子誰不會，那東西怎麼賣錢呢？』獨仙兄，也是一樁樸實剛健風習的美談吧？」

「嗯，不錯不錯。……這裡得走一步單官⑭才行。」

「沒問題！單官。單官。單官。統統補好了，這樣算下完了吧……我聽了那番話，實在吃驚。在那種環境裡自學小提琴，太令人景仰了。《楚辭》裡有句話叫『既惸獨而不群兮』⑮，寒月簡直就是明治時期的屈原！」

「我才不想當屈原呢！」

「那就換成是本世紀的少年維特吧！……什麼？還要數子定輸贏？你未免太嚴謹了。何必數呢？肯定是我輸嘛！」

「可是不數就沒辦法確定……」

「那你就數吧！我現在可沒空數那玩意。如果不趕快聆聽一代才子維特先生自學小提琴的軼事，那就對不起列祖列宗了，恕我失陪。」迷亭先生說完隨即轉過去將雙手抵在榻席上，身子往前一蹭，就移動到寒月這邊了。獨仙先生聚精會神地拿起白子、填了白空、拿起黑子、填了黑空，嘴裡喃喃計算著數目。寒月繼續往下說：

「那地方的民風已經很保守了，加上和我同鄉的那些同學脾氣又相當頑固，只要有哪一個表現得軟弱一點，那些同學立刻就以事情傳出去會成為其他縣市學生的笑柄為由，施以嚴厲的懲戒。實在不好應付呢。」

「說起你同鄉那些學生，真是不敢恭維。不知道為什麼，他們總是穿著那種素面的深藍色和服褲裙，給人一種突兀的感覺。再來，也許因為家鄉面海，成天飽受海風吹颳，膚色特別黑。男人還無所謂，可是女人家一身黝黑，想必很困擾吧？」只要迷亭先生一出現，總會把話題扯遠。

「那裡的女人和男人一樣黑。」

「這樣嫁得出去嗎？」

「整個村子裡的人都一樣黑，也沒辦法計較了。」

「太不幸了。苦沙彌兄，你說是吧？」

「真要比，還是黑臉來得好。臉一白就喜歡照著鏡子瞧個沒完，那可不好。女人就是麻煩！」

主人長長地嘆了一口氣。

---

⑭ 圍棋術語，以棋子佔據棋盤上的一個交叉點，不佔「目」（地域）的一手棋。

⑮ 語出《楚辭・九章・抽思》：「既惸獨而不群兮，又無良媒在其側。」意指無依無靠。

「如果整個村子都是黑皮膚，臉黑的人也會照著鏡子瞧個沒完吧？」東風的反問很有道理。

「反正女人就是多餘的！」

「你這句話回頭要惹嫂夫人不高興了。」一聽完主人的話，迷亭先生馬上笑著提出警告。

「怕什麼，沒事！」

「嫂夫人不在家嗎？」

「剛才帶孩子出去了。」

「怪不得家裡這麼安靜。去哪裡了？」

「我不知道。她一聲也沒交代就出門去了。」

「什麼時候回來也隨她的意嗎？」

「是啊。你還是單身漢，真羨慕。」

聽到主人的欣羨，東風的表情有點不以為然，寒月卻露出頗有深意的笑容。迷亭先生說道：

「娶了老婆的人都喜歡這樣講。我說獨仙兄，你娶妻之後，應該受了不少苦吧？」

「什麼？等我一下。……四六二十四、二十五、二十六、二十七。這塊地看起來不大，居然有四十六目！我還以為贏你更多一些，仔細一算，才差十八目。……你方才問我什麼？」

「我是說，你娶妻之後，應該受了不少苦吧？」

「哈哈哈，哪有受什麼苦，內人挺愛我的。」

「那就請恕失言了。獨仙兄果真與眾不同。」

「不是只有獨仙先生是這樣的，很多夫妻都是如此！」寒月為天底下的太太代為辯駁。

「我也同意寒月的看法。依我看，人們要想進入所謂的絕對領域只有兩條路，那兩條路就是藝術和愛情，而夫妻之愛正是代表後者。所以我認為，每一個人都必須結婚，實現幸福，否則便是違背了天意。……迷亭先生，您看法如何？」東風照舊一本正經地望向迷亭先生問道。

「高見！像我這種人，恐怕進不了絕對領域了。」

「娶妻之後，可就更進不去啦。」主人皺著眉頭說道。

「總而言之，我們未婚青年必須接近藝術的靈性，開展向上的道路，否則無法了解人生的意義。為了達成這項目標，我認為必須從小提琴學起，所以想聽一聽寒月的經驗。」

「對對對，大家都該恭聽這一則維特先生與小提琴的故事。來，開講！我不會再插嘴了。」迷亭先生終於收起話鋒了。

「想靠學習小提琴來開展向上之路是不可能的。絕對沒辦法從消遣當中了解宇宙真理。若是有心認識箇中之祕，就必須有置之死地而後生的勇氣才行。」

獨仙先生煞有介事地對東風說教一番，可惜東風對禪學毫無涉獵，無法產生共鳴。

「您說的也許有道理，但是我覺得藝術才是人們渴望的極致呈現，所以我無論如何都不能放棄它。」

「既然不能放棄，那就照你的希望，把我學小提琴的經歷講給你聽吧。老師，剛才提到過，我開始學小提琴之前可說是費盡了千辛萬苦。第一道難關就是買小提琴。」

「可以想像。在一個連麻裡草屐都沒有的地方，不會有小提琴的。」

「不，琴倒是有，錢也已經存夠了，那些都不是問題，就是沒辦法買。」

「為什麼？」

「首先那是個小地方，一買琴就會被人發現，一旦被發現就會遭受他們的制裁，罵我不懂得掂掂自己的斤兩。」

「自古以來，天才總是遭受迫害。」東風先生深表同情。

「又是這句，求求你別再說我是天才了。……總之，我每天散步路過那家賣小提琴的商店時，心裡總是嘀咕著如果能買下來該多好，也猜想著將小提琴抱在懷裡不知道是什麼感覺，愈想愈渴望，天天都恨不得把它買下來。」

「可以體會。」迷亭先生評道。「簡直是鬼迷心竅哩！」主人無法理解。「不愧是個天才！」東風十分佩服。只有獨仙先生一臉超然地捋著鬍鬚，並沒有開口。

「或許有人會立刻提出質疑：那種地方怎麼會有小提琴呢？其實沒什麼好奇怪的，因為那個地區也有女子學校，而女子學校的學生有音樂課程，必須天天練習小提琴，所以有商店販賣。不過，當然沒有上等的好琴，頂多只能說是看起來頗像小提琴的樂器罷了。因為琴並不名貴，所以商店也不太重視，常常將兩三把琴綁在一起掛在門口。每當我散步從商店門前走過，小提琴有時會由於大風吹來或是小夥計碰觸而發出聲音。一聽到琴聲，我的心臟彷彿被壓擠破裂似的，幾乎站不住了。」

「危險哪，瘋病的種類可多了，甚至有看到人就犯病的。我看呀，你這位少年維特的瘋病是一看到小提琴就發病。」迷亭先生揶揄了一下。

「不，的確要具備那樣敏銳的感受，才有辦法成為真正的藝術家！不管由哪一個角度看來，你確實是個天才！」東風益發欽佩。

「或許我當時確實瘋了，但是那音色實在太奇妙了！我到現在拉琴拉了那麼久，還不曾拉出那麼美妙的聲音。到底該怎麼形容才好呢？實在難以言喻。」

「莫非為『璆鏘鳴兮琳琅⑯』？」獨仙先生搬出了艱深晦澀的字句，但是誰也沒有理睬他，可憐得很。

「我每天散步都從商店前面走過，總共聽過三次那種靈妙的聲響。聽到第三次時，我決心非買下小提琴不可。縱使會遭到鄉親的譴責，即使會受到外地人的蔑視，哪怕遭揮拳揍到斷氣，甚至是稍有差池而被退學，總之小提琴我是買定了！」

「這正是天才本色！如此堅定的決心，唯獨天才辦得到！太羨慕了。這幾年來，我不斷思考要如何喚起這般迅猛的感受，卻總是難以如願。參加音樂會時，我努力懷抱熱情聆聽，卻沒有得到太多的感動。」東風頻頻表示對寒月的羨慕。

「沒有得到感動才叫幸運。別看我現在可以心平氣和敘述，回想起當時的痛苦，根本難以想像。……老師，我後來終於鼓足勇氣，買到琴了。」

「唔，怎麼買的？」

「那天恰好是十一月天長節⑰的前一晚，同鄉的那些同學都去溫泉鄉玩，在那邊過夜了，所以一個人也不在。我從前一天就開始裝病，還向學校請了假，在房間裡躺著。我躺在床上，滿腦子想的只有一件事：一定要趁今天晚上去把夢寐以求的小提琴買到手！」

「你為了裝病，連課都沒去上？」

「一點也不錯。」

---

⑯語出《楚辭・九歌・東皇太一》：「撫長劍兮玉珥，璆鏘鳴兮琳琅。」形容金屬或玉石敲擊的悅耳聲音。

⑰日本天皇誕辰紀念日於二戰結束前又稱為天長節，日期依據當時在位天皇而有所不同。作者為文當時為明治天皇，每年十一月三日。

「果真只有天才能夠想得如此縝密呀！」迷亭先生也有些敬佩了。

「我從被窩裡探出頭來，發現太陽還高高掛在空中，簡直等不及了。沒辦法，只好用棉被蒙住頭，閉上眼睛繼續等，卻實在等不住。我又探出頭來一看，秋天的驕陽仍然將六尺高的紙拉門照得透亮，頓時勃然大怒。就在這時，我忽然瞥見紙拉門上方有一道細長的黑影，不時隨著秋風搖曳。」

「那道細長的黑影是什麼？」

「那是去了皮的澀柿子，串起來掛在屋簷下要晾成柿餅。」

「是哦。然後呢？」

「我實在捱不下去了，只好鑽出被窩，推開紙拉門走到簷廊，摘下一個柿餅吃了。」

「甜嗎？」主人這個問題簡直像是小孩子問的。

「那一帶的柿子甜得很，東京這邊的人絕對沒嚐過那種滋味。」

「柿子的事說夠了。後來怎麼樣了？」這回開口的人是東風。

「後來我又鑽進被窩，閉上眼睛，在心裡向神佛祈禱快點天黑。我覺得應該過了三、四個小時，心想差不多了吧？結果探出頭來一看，秋天的驕陽居然還將六尺高的紙拉門照得透亮，上方有一道細長的黑影不時搖曳。」

「這一段聽過啦。」

「我當時就這樣來來回回好幾趟哪。於是我鑽出被窩，推開紙拉門，摘下一個柿餅吃了，又鑽進被窩，在心裡向神佛祈禱快點天黑。」

「這不是跟剛才一樣嗎？」

「老師，請稍安勿躁，繼續往下聽。後來我又在被窩裡忍了三、四個小時，心想差不多了吧？結果探出頭來一看，秋天的驕陽依舊將六尺高的紙拉門照得透亮，上方有一道細長的黑影不時搖曳。」

「翻來覆去還是同一回事啊！」

「於是我鑽出被窩，推開紙拉門走到簷廊，摘下一個柿餅吃了……」

「又吃了柿餅！聽了老半天，你總在吃柿餅，簡直沒完沒了。」

「我這個說故事的人也焦急呀。」

「聽的人比你更焦急！」

「老師這般性急，故事就講不下去了，這叫我如何是好呢？」

「聽眾也有點不知如何是好呢。」東風也不由得抱怨了一下。

「既然各位都感到困擾，那我只好縮短內容。總之，我吃了柿餅就鑽回被窩，鑽回被窩以後又出來吃柿餅，最後終於把掛在屋簷下的柿餅全部吃完了。」

「既然全部吃完，太陽總該下山了吧？」

「事情沒有那麼順利。我吃了最後一個柿餅，心想差不多了吧？結果探出頭來一看，秋天的驕陽依然將六尺高的紙拉門照得透亮……」

「我放棄。再聽下去也沒個結尾。」

「連我自己講得都快煩死了。」

「不過，如果有這樣的毅力，不管做什麼都可以成功的。要是我們都閉起嘴巴光聽不問，這句『秋天的驕陽照得透亮』恐怕會一直講到明天早上吧。你到底打算什麼時候才要買一把小提琴呀？」看來，迷亭先生也似乎有些不耐煩了。

這一群人之中，只有獨仙先生神色泰然，即使寒月講到明天早上甚至後天早上，哪怕秋天的驕陽照得多麼透亮，他依然不為所動。寒月同樣一派從容不迫地回答：

「您問我什麼時候去買嗎？我準備一到晚上立刻出門去買。遺憾的是，不管我等了多久，每回探出頭來一看，總是秋天的驕陽照得透亮……。唉，回想起來，各位現在的焦急，遠遠比不上我當時的痛苦哪。當我看到都已經吃完了最後一個柿餅，太陽卻仍然沒有下山，不由得泫然落淚了。東風，我這眼淚實在是因為太不甘心呀！」

「我想也是。藝術家本就多愁善感。關於你落淚一事，我深表同情，但也希望你講快一點。」東風性情溫和，說起話來總是十分認真，但聽起來卻有幾分滑稽。

「我也很希望講快一點，可是太陽總是不下山，真是急死人了。」

「太陽總是不下山，聽眾也受夠了，索性別說了吧！」主人終於忍無可忍，撂了這段話。

「不講下去會更難受，接下來就要進入佳境了。」

「那就繼續聽下去。你快點說一句『太陽已經下山了』，事情不就結了？」

「那麼，雖然這個要求令我有些為難，既然老師開口了，我只好退讓一步，就當做天已經黑了。」

「這天色可黑得真巧。」獨仙先生說得若無其事，在場的人不禁噴笑出聲。

「夜色愈來愈濃，我總算放下心來，舒了口氣，走出了在鞍懸村寄宿的地方。我原本就不喜歡嘈雜的地方，因此刻意遠離交通便捷的市區，到人跡罕至的窮鄉僻壤暫借農家，結起小如蝸牛的草廬……」

「用『人跡罕至』來形容，未免太誇張了吧？」主人提出了抗議。「說是『小如蝸牛的草廬』也很浮誇呀。倒不如說是一間『連壁龕都沒有的四張半榻席大的屋子』，這樣比較寫實，也增加故事的趣味。」迷亭先生同樣表示了抱怨。只有東風誇獎寒月：「先不論這段敘述的真假，這樣的語言相當富有詩意，聽起來舒服。」至於獨仙先生則一臉認真地問道：「住在那樣的地方上下學很辛苦吧？大概要走多遠？」

「距離學校不過四、五百公尺。學校本來就蓋在窮鄉僻壤……」

「這麼說，那裡的學生多半都寄宿在那一帶吧？」獨仙先生非得刨根究底不可。

「是的，多數農家都住了一、兩名學生。」

「那樣怎麼可以用『人跡罕至』來形容呢？」獨仙先生來了一記正面攻擊。

「可是，假如沒有那所學校，那地方確實是人跡罕至喔。……至於我當天晚上的服裝，裡面穿的是手織棉襖，再加一件金鈕扣制服外套，還特地拉起外套上的連衣帽將臉掩得低低的，盡可能不被認出來。那正是柿樹落葉的時節，我從寄宿居所走到南鄉大道，沿途地面落滿了枯葉，每踩一步就會發出沙沙聲，讓我心驚膽跳，總覺得有人從後面跟來。我回頭一看，東嶺寺那片鬱鬱蒼蒼的樹林在黑夜中益發漆黑了。那座東嶺寺是松平氏的祖祠，位於庚申山麓，距離我的居所只有一百公尺左右，是一座相當幽靜的古剎。樹林上方是一片浩瀚無垠的夜空，星光璀璨如月明，銀河斜亙於長瀨川上，而銀河的尾端……尾端，讓我想想……應該流向夏威夷去了……」

「流向夏威夷未免太離奇了。」迷亭先生說道。

「我沿著南鄉大道走了二百公尺，從鷹台町進入市區，再穿過古城町，繞過仙石町，經過喰代町，接著依序越過通町的一丁目、二丁目、三丁目，然後是尾張町、名古屋町、鯱鉾町、蒲鉡町……」

「不必告訴我們經過了哪些町！重要的是，你到底買到小提琴了沒？」主人不耐煩地問道。

「那家賣樂器的商店老闆是金子善兵衛先生，也就是店號叫金善的那一家，所以還有一大段距離呢。」

「一大段距離就一大段距離，反正你買快一點！」

「謹遵囑咐。等我來到金善商店一看，裡面的油燈照得透亮……」

「又是『照得透亮』！我看，你這個『照得透亮』不是一兩次就能說完的。這下子前途崎嶇難行啊！」這回迷亭先生預先拉起一道防護線。

「不，這回的『照得透亮』，真的只會出現一次『照得透亮』而已，請別擔心。……我就著燈影一瞧，只見秋夜燈火隱隱映在小提琴上，那玲瓏有致的渾圓琴身泛著些許寒光，而繃緊的琴弦只有白燦燦的一小段映入我的眼簾……」

「多麼美的描述啊！」東風稱讚道。

「是它！就是那把小提琴了！這個念頭一浮現，我突然心頭猛然跳動，兩腿直打顫……」

「哼。」獨仙先生冷笑了一聲。

「我情不自禁地闖了進去，由內袋掏出錢包，再從錢包拿出兩張五圓鈔票……」

「終於買了嗎？」主人問道。

「我正準備買下時，心裡突然冒出一個聲音說等一等，這可是關鍵時刻，思慮不夠周全就會做錯事。我想還是算了吧，於是臨買前又改變了主意。」

「怎麼？還沒買？不過是買一把小提琴，未免太吊胃口了。」

「我不是故意吊胃口，而是還不是買琴的時機，沒有辦法。」

「為什麼？」

「原因是才剛天黑，路上還有很多人來來往往呀。」

「你管那麼多做什麼！就算有兩百人、三百人來來往往，又有何干？你這人真是莫名其妙！！」主人氣鼓鼓的。

「若是不相關的人，即使二千人還是三千人都無所謂，可是那些路人之中有學生挽起袖子、拿著大手杖流連不去，使我遲遲無法買琴。畢竟那些學生裡有一群永遠留級還沾沾自喜、號稱沉澱黨⑱的傢伙，而且他們個個都是柔道高手，所以我絕不能輕舉妄動。萬一被他們瞧見我買了小提琴，不知道會惹出什麼樣的麻煩來。我當然渴望買下那把小提琴，但是也很愛惜自己的生命。與其為了拉小提琴而送了命，還是不拉琴活下來比較好。」

「這麼說，你終究死心不買了？」主人向寒月確認。

「不，我買了。」

「你這人真是不乾不脆。要買就快點買，不買就甭買算了，早早下決定不是很好嗎？」

「嘿嘿嘿，世間事總是不能盡如人意嘛。」寒月說著，鎮定地點燃朝日牌香菸，逕自吞雲吐霧。

主人似乎聽膩了，突然起身進了書房，不久後又帶著一本老舊的洋書走出來，順勢趴在榻

⑱此處為作者的文字幽默。「沉澱黨」（沈澱組，chinndenngumi）與「新選組」（shinnsenngumi）的日文發音相近。新選組是日本江戶時代尊王攘夷派的京都維安武裝集團，於一八六八年的戊辰戰爭結束後解散。

席上開始翻閱。獨仙先生不知道什麼時候已經回到壁龕前獨自對弈。寒月買琴雖然是難得一聞的趣事，但是由於故事過於冗長，使得聽眾一名、兩名地走了，留下來的只有忠於藝術的東風，以及一向耐得住氣的迷亭先生。

寒月朝空中盡情呼出一口長長的菸氣，過了一會兒，繼續以相同的速度講起故事來。

「東風，當時我是這麼想的：選在這個天剛暗下來的時刻實在不妥，但如果等到深夜再來，金善老闆已經睡下，更不行了。無論如何，一定要趁那些學生散步回去、金善老闆尚未就寢的時段來買，否則這個苦心安排的計畫就要化為泡影。難就難在要掐準時間。」

「確實不容易。」

「最後，我把時間定在十點左右。如此一來，我必須找個地方打發從現在到十點的這段時間。如果先回家再過來，路程太遠了；到朋友家聊聊天，又覺得有點心虛，沒法聊得盡興。不得已，我只好在街上到處閒逛了很長一段時間。平常上街，兩三個小時一轉眼就過去了，可是那天晚上的時間過得特別慢。有句話叫作一日三秋，我現在可以完全體會到那是什麼樣的心境了。」寒月說得感慨萬千，還特地望向迷亭先生。

「不是有句歇後語叫『熱鍋上的螞蟻』嗎？講的就是這種心急如焚的感覺。況且，等人的比讓人等的要煎熬多了。我想，那一把掛在屋簷下的小提琴也等得十分心焦。不過，你像個毫無線索的偵探般，在街頭兜轉徘徊，想必心裡更是痛苦，正所謂『累累若喪家之狗⑲』。唉，再沒有比無家可歸的狗更可憐的了。」

「把我比作狗，未免太過分了！從來沒有人拿狗來說我呢。」

「聽你講故事，我感覺彷彿在讀昔日藝術家的傳記，不勝同情。至於將你比作狗，那是迷亭先生的玩笑話，無須介意，快點繼續講吧。」東風出面打了圓場。其實不需要東風安慰，寒月本來就會接著講下去的。

「於是，我從徒町穿過百騎町，再由兩替町來到鷹匠町，於縣廳前面數完枯柳，又在醫院旁邊算過窗燈，然後在紺屋橋上吸了兩支捲菸，這時拿錶出來一看……」

「十點了嗎？」

「遺憾得很，還沒到。……我走過紺屋橋，沿著河岸往東，遇到三名做按摩的盲眼人。迷亭先生，這時傳來一陣又一陣狗吠聲呢……」

「漫漫秋夜在岸邊聽見遠方的狗吠，這情景真像一幕戲劇。你飾演的是逃亡者。」

「我做了什麼壞事嗎？」

「是正準備去做壞事。」

「可悲啊。買小提琴如果是壞事，音樂學校的學生可就個個都是罪人了。」

「只要做的是不被他人認可的事，即使是天大的好事，也會被當成罪人。所以，世上的罪人很可能其實是無辜的。耶穌同樣是因為生在那樣的時代，這才成了罪人的。我們這位好男兒寒月君，若是在那個時候買下小提琴，也就是個罪人了。」

「好罷，我就含冤擔下這個罪名吧。當個罪人倒沒什麼，可是遲遲捱不到十點，太辛苦了。」

「再把町名一個一個唸過一遍吧。如果還有多餘的時間，就再來幾趟『秋天的驕陽照得透

⑲語出《史記·孔子世家》：「東門有人，其顙似堯，其項類皐陶，其肩類子產，然自要以下不及禹三寸，纍纍若喪家之狗。」形容一個人不知何去何從的狀態。

亮』。萬一這樣時間還沒到，不妨再吃三打柿餅。你要講多久我都奉陪，儘管慢慢講到十點吧！」

寒月笑了起來。

「都被您先講完了，我只能投降嘍。那就快轉，當作已經是十點了吧。好了，到了心裡預想的十點，我來到金善商店附近，入夜後有了涼意，繁華的兩替町幾乎不見人影，偶爾迎面而來的木屐聲顯得格外孤寂。金善商店已經關上大門，只留下側門進出。我懷著彷彿被野狗尾隨似的心情，推開側門鑽了進去，心裡有些忐忑……」

這時，主人從那本髒兮兮的舊書裡抬眼問道，「喂，買到小提琴了嗎？」「現在正要買。」東風代為回答。「還沒買？這麼慢啊。」主人喃喃自語，說完又回到書裡。獨仙先生依然保持沉默，白子和黑子已經擺滿了半盤棋。

「我牙一咬，闖了進去，劈頭就說：給我一把小提琴！這時，火盆旁圍了四、五個小夥計和小工在聊天，他們嚇了一跳，不約而同朝我看來。我不自覺地舉起右手將連衣帽往前一拉，再次喊了聲：喂，給我一把小提琴！這時坐在最前面盯著我看的那個小夥計怯懦懦地應了一聲，站起來將掛在店頭那三、四把小提琴全都拿了下來。我問他多少錢，他回答五圓二角……」

「喂，有那麼便宜的小提琴嗎？該不會是玩具吧？」

「我再問他價格都一樣嗎，他說統統一樣，還說每一把的做工都同樣好。我從錢包裡掏出五圓鈔票和兩角錢幣給了他，再掏出事先備妥的一條大包袱巾將小提琴裹了起來。從我進來以後，那些店員都不再聊天，直盯著我的臉瞧。我的臉用連衣帽遮住了，不必擔心被認出來，但還是心慌意亂，恨不得立刻衝回大街上。好不容易總算把那只包袱藏在外套底下，從店裡走了出來，忽然聽見掌櫃領著夥計們齊聲大喊多謝惠顧，頓時把我嚇出冷汗。我來到大街上張望一圈，所幸沒看到人影。但是走了一百公尺左右，迎面走來兩、三個人邊走邊吟詩，聲音之大幾乎從街頭傳到街尾。我暗叫一聲糟糕，趕緊從金善商店的轉角往西拐，沿著城壕來到藥王師路，再從榛木村走到庚申山麓，總算回到了寄宿的居所。到家一看，已經是凌晨一點五十分了。」

「整整走了一夜哪。」東風同情地說道。迷亭先生舒了一口氣，「總算買到了。辛苦你了，這場雙六⑳遊戲玩得還真久呀！」

「接下來才是精彩之處呢。剛才說的那些只是序幕罷了。」

「還有？真不簡單。一般人遇上你只能甘拜下風。」

「用不著甘拜下風。要是在這裡打住，等於雕完佛像卻忘記開光一樣。我就再說幾句吧。」

「要講當然請便，我聽就是了。」

「苦沙彌老師願意來聽一聽嗎？小提琴已經買好了。……老師，您聽到了嗎？」

「接下來要講賣小提琴了嗎？賣琴的事就不必聽了。」

「還不到賣的時候呢。」

「那就更不值得一聽。」

「真糟糕。東風，看來聽得津津有味的只有你一個，有點掃興。也罷，大致帶過就結束吧。」

「不必大致帶過，儘管慢慢講，我很有興致。」

「好不容易把小提琴買到手，首先面臨的第一難題是沒有地方放。我的住處常有人來玩，

⑳請參見第345頁注釋④。

如果隨便找個地方掛起來或是倚著牆擺，馬上就被發現了。若是挖個洞埋起來，要拿出來時還得把土扒開，太費事了。」

「的確。那麼藏到天花板上的夾層了？」東風說得輕鬆。

「那是農家，可沒有什麼天花板夾層。」

「這下麻煩了。結果你放在什麼地方了？」

「你猜放在什麼地方？」

「猜不出來。是放在收納擋雨套窗扇片的窄洞裡嗎？」

「不對。」

「裹在棉被裡，放進了壁櫥？」

「也不對。」

當東風與寒月就小提琴的藏處匿一問一答時，主人和迷亭先生同樣忙著討論什麼。

「這講的是什麼？」主人問。

「哪裡？」

「這兩行。」

「這是什麼？Quid aliud est mulier nisi amiticiae inimica ㉑……這不是拉丁文嗎？」

「我知道是拉丁文，我是問你這在講什麼啊？」

「你平時不是總說你會拉丁文嗎？」迷亭先生覺得大勢不妙，打算抽身。

「當然會啊。會是會，可是這寫的是什麼意思？」

「『會是會，可是這寫的是什麼意思』，你這不是前後矛盾嗎？」

「少囉唆，快給我翻譯成英文！」

「『快給我翻譯』？簡直把我當成你的勤務兵差遣了。」

「就當是勤務兵好了，快說這是什麼意思？」

「拉丁文什麼的待會兒再說，我們先恭聽寒月君的講述吧。現在正是高潮，故事到了小提琴會不會被發現的千鈞一髮的緊要關頭！……寒月君，沒錯吧？接下來怎麼樣了？」迷亭先生突然來了興致，又加入小提琴故事的陣營，主人就這樣被扔在一旁了。寒月頓時氣勢大振，開始說起小提琴的藏匿處。

「最後我藏進了一只舊衣箱裡了。那個衣箱是我離開家鄉時祖母送給我的作為餞行禮物，聽說是祖母當年出閣時的嫁妝。」

「那可是有歷史的老件，但似乎和小提琴不太合襯。東風君，你說是吧？」

「是的，是不太合襯。」

「可是放到天花板的夾層，不也是不太合襯嗎？」寒月回敬了東風一句。

「即使不合襯也無須憂心，至少可以吟成俳句一首，『秋日添寂寥／衣箱深處密密藏／一把小提琴』，二位覺得如何？」

「迷亭先生今天作了不少俳句呢。」

「不光是今天，我無時無刻都是滿腹詩意。要論我的俳句造詣，就連已故的正岡子規先生

㉑出自英國作家湯瑪斯・納什（Thomas Nashe，一五六七～一六〇一）著作《荒謬的解剖》（*The Anatomy of Absurdity*）中的句子，意思是「女人不過是友情的絆腳石罷了，一點也不重要」。

也嘖嘖稱奇哪！」

「迷亭先生，您和子規先生有交情嗎？」老實的東風問起話來從不拐彎抹角。

「哎，就算沒有交情，靠著無線電通訊一樣也可以維繫我倆的肝膽相照呢。」

東風受不了迷亭先生的胡扯，乾脆三緘其口。寒月笑著接續說道：

「好了，藏小提琴的地方有了，接下來的困擾是該怎麼拿出來。若是單純拿出來欣賞，只要避著其他人就行了，但琴光用看的就失去了它的意義。不拉琴，頂多是個擺飾罷了。然而一拉弦就會發出聲音，一發出聲音勢必事跡敗露。不巧的是，隔著一道木槿樹籬的南邊便住著沉澱黨的首領，相當危險。」

「這下麻煩了。」東風搭腔一句，表示了同情。

「事實勝於雄辯，當年的小督局㉒就因為忍不住彈箏和鳴，發出了樂音，以致於暴露了行蹤。如果是偷吃食物或偷造假抄，倒還容易遮掩，可是彈奏音樂實在難以掩人耳目呀。」

「只要不發出聲音，倒還容易處理，壞就壞在……」

「等等，你以為只要不發出聲音就容易處理嗎？有些事就是不發出聲音也瞞不住喔。從前我們借住在小石川的寺院裡，其中有一個叫鈴木藤十郎的，這位仁兄非常喜歡喝甜料酒，還拿啤酒瓶去裝了甜料酒買回來，自斟自飲好不愜意。有一天，藤十郎兄出去散步，苦沙彌兄偏要偷喝幾口……」

「我幾時偷了鈴木的甜料酒？偷喝的明明是你！」主人突然大聲喝道。

「咦，我以為你在看書沒聽見，沒想到還是讓你聽去了，以後可得對你多加提防。俗話說眼觀四處耳聽八方，說的就是你了。沒錯，我承認我也喝了。我喝了是實情，可是找到那瓶酒的人可是你呀。……你們兩位聽我說。這位苦沙彌老師原本是不喝酒的，但是他一想到反正是別人的酒，喝了也不心疼，於是拿起甜料酒來拚命灌，這一灌可灌出了滿面通紅，那德行實在讓人不敢再多瞧一眼……」

「住嘴！你這個連拉丁文都看不懂的傢伙！」

「哈哈哈。後來藤十郎兄回來，晃了晃了啤酒瓶，赫然發現少了一大半，心想肯定遭人偷喝了，於是往旁邊看了一圈，一眼就看到了我們這一位窩在牆角，活脫脫像一尊紅泥塑的關老爺……」

三人頓時哄堂大笑，主人也看著書發出竊笑，只有獨仙先生似乎用腦過度，不曉得什麼時候已經疲憊得伏在棋盤上呼呼大睡了。

「還有一回也是沒發出聲音照樣敗露事蹟的。我有一次去姥子溫泉鄉㉓，旅社安排我和一個老先生合住同一間客房。聽說他以前是東京某家綢緞莊的老闆，那時已經賦閒在家了。反正只是住同一間房，他開的是綢緞莊還是舊衣店都與我無關，讓我苦惱的事只有一樁——我到姥子溫泉鄉的第三天，帶去的菸已經抽完了。諸位或許曉得，那裡是山裡唯一一間房子，只供餐和溫泉水，其他什麼也沒有。在那種地方斷了菸實在太可怕了。人都是這樣，東西愈缺就愈想要。我平時菸癮不大，可是一想到自己無菸可抽，反而想抽得要命。好巧不巧，那個老先生準備了一大包袱的

㉒小督局（一一五七～卒年不詳），日本平安時代高倉天皇的寵妃，善彈箏。小督局為逃躲權臣平清盛加害而遠避嵯峨野，天皇萬般思念，派遣吹笛高手前往尋妃，果真以笛音引出了她的箏樂合奏，從而找到她並且帶回宮中。

㉓位於日本神奈川縣箱根町的一處溫泉區。

香菸帶到山上，並且一支一支慢慢拿出來，就在我面前盤起腿來吸得有滋有味的，簡直在向我示威。他若是規規矩矩地吸菸我還可以忍受，可是他吸著吸著，居然吐起菸圈來，一下吐了個豎的，接著再來一個橫的，甚至還像耍雜技似的，不是讓菸圈停在半空中，就是讓菸氣在鼻孔裡進進出出的，那根本是炫吸啊……」

「什麼叫作『炫吸』？」

「炫耀服飾叫『炫衣』，所以炫耀吸菸就叫『炫吸』了。」

「您那樣飽受煎熬，為什麼不向他索一些來抽呢？」

「我是個男子漢，豈可乞討！」

「咦，男子漢就不能索幾支菸嗎？」

「或許可以，但我沒向他開口。」

「那您怎麼辦呢？」

「我不討菸，我偷菸！」

「這這這……！」

「我看那老先生兒拎著布巾泡溫泉去了，心想要抽菸就得趁現在，趕緊專心拿菸猛抽，正覺得過癮時，紙拉門突然喀啦喀啦推開來。我狐疑地回頭一看，出現的竟是香菸的主人。」

「他沒去泡溫泉嗎？」

「他正想進去，忽然想起忘了把錢褡帶去，於是從走廊折了回來。他當我會偷他的錢褡呢，簡直侮辱人！」

「不好說這種話吧，您正在抽人家的菸呢。」

「哈哈哈。先不說錢褡的事，那老先生的眼力不錯。他一推開紙拉門，菸氣彌漫，客房裡就坐著整整憋了兩天菸癮的我。俗話說壞事傳千里，我當場被逮個正著。」

「老先生說了什麼呢？」

「畢竟薑是老的辣。他什麼也沒說，拿白紙包了五、六十支捲菸遞了過來，還對我說：『多有失敬。這菸算不得上等，不嫌棄的話請用。』說完以後他又去浴池了。」

「這就是所謂的江戶風範吧？」

「我不知道是叫江戶風範還是綢緞莊風範，總之，從此我和老先生從此結為忘年之交，在那裡度過愉快的兩個星期才離開呢。」

「在那兩星期中，您抽的菸都是老先生嗎？」

「可以那麼說吧。」

主人這時終於闔上書本起身，歸順此方陣營。「小提琴的故事結束了吧？」

「還沒有，接下來開始進入高潮，您來得正是時候呢。順便請睡在棋盤上的那一位先生……，我忘了貴姓大名……啊，對對對，是獨仙先生！那麼，請獨仙先生也一起來聽。白天睡太久，有害身體健康，應該可以請他起來了。」

「喂，獨仙兄，起來起來，來聽精彩的故事了，快起來吧！人家說你睡太多了，到時候睡出毛病來會讓嫂夫人擔心的。」

「嗯？」獨仙先生抬起頭來，一道長長的涎液循著他的山羊鬍淌了下來，好似蝸牛爬過的痕跡，閃閃發光。「哎，睏死我了。有道是，山間白雲飄悠，廳中白晝瞇盹。啊，這一覺睡得真香。」

「大家都知道你睡得可香了。該起來了吧？」

「也好，那就起來吧。要我聽的故事有意思嗎？」

「接下來終於要把小提琴……呃，苦沙彌兄，要把小提琴怎麼著？」

「我也壓根沒有頭緒他要把小提琴怎麼著。」

「我接下來終於要進入拉琴的段落了。」

「聽到了沒？說是接下來終於要進入拉琴的段落囉！快過來這邊聽呀！」

「還在講小提琴？還沒講完啊。」

「你彈的是無弦之素琴，自然沒有煩惱；可是寒月君拉起琴來嘎嘎吱吱的，左鄰右舍全聽得到，現在正講到他抱頭苦思該如何是好的部分呢。」

「這樣啊。寒月君不知道怎麼樣能夠拉小提琴又不擾鄰嗎？」

「不曉得。獨仙先生若有良策，望請不吝賜教。」

「不必請教。只要看看露地白牛[24]就明白了。」

獨仙先生說得十分玄虛。寒月認定這位先生睡糊塗了所以口出夢囈，並不答理，逕自往下敘述：

「我想了半天終於得出一計。第二天是天長節，我整天待在家裡將那只衣箱開了又關、關了又開，根本定不下心來，就這樣等到了天黑。就在衣箱底下傳出蟋蟀的鳴叫聲的時候，我終於下定決心，將那把小提琴和琴弓取了出來。」

「終於拿出來了！」東風說道。迷亭先生卻提出警告，「草率拉琴，小心鑄下大錯喔！」

「我先拿起琴弓，從弓頭到弓尾的纏柄仔細檢查一遍……」

「簡直像個三流的刀匠。」迷亭先生譏諷一句。

「在我眼中，這把琴就是我的靈魂！我當時的心情好比武士在長夜燈影中將磨得鋒利的寶刀拔出刀鞘，手握琴弓，直打哆嗦。」

「不愧是天才！」東風讚道。「根本是瘋子！」迷亭先生接口說道。「拜託你快拉琴吧！」這句是主人說的。只有獨仙先生一臉莫可奈何。

「謝天謝地，琴弓安然無恙。我接著把小提琴也拿到油燈旁，裡裡外外嚴密端詳，約莫用了五分鐘的時間。請別忘了，這段期間衣箱底下的蟋蟀仍然叫個不停……」

「大大小小的事全幫你記著了，你儘管安心拉琴吧。」

「這時候還沒拉琴。……所幸小提琴同樣完整無缺，我終於放心了。於是我凜然站……」

「要去哪裡？」

「聽故事的過程請保持安靜。如果一直打岔就沒辦法往下講了……」

「喂，在場的各位，叫你們都閉上嘴哪！噓——噓——」

「就你一個話多！」

「哦？是喔，抱歉抱歉，我洗耳恭聽！」

「我將小提琴挾在腋下，趿上草屐，出了我那間草廬，才走兩、三步，心裡忽然覺得不對……」

「就知道你又來這招了。我早猜到你會在這個節骨眼上打住。」

「這次就算回去，也沒柿餅可吃啦。」

㉔禪門用語。字面意思是在門外空地上的一頭清淨之牛，意指無憂無慮的清靜之地。

「諸位先生頻頻打斷，委實甚為遺憾，我只好對東風一個人講了。……東風，接下來就只講給你一個聽了。我走出兩、三步，又折了回去，拿起離開家鄉前以三圓兩角買下的一條紅毛毯罩在頭上，呼的一聲吹熄了油燈，結果頓時眼前一片漆黑，連草屐擺在什麼地方都看不見了。」

「你到底想去哪裡？」

「哎，往下聽著吧。我好不容易才找到草屐，走出去一看，此情此景值得作詩一首：時正是星光燦如月，地面滿柿葉，頭披紅毛毯，懷揣小提琴。我一路朝右循著緩坡往上走，快到庚申山的時候，東嶺寺的鐘聲轟然貫入了我頭上的毛毯、穿過我的耳膜，在腦中久久迴盪。你猜，什麼時辰了？」

「猜不出來。」

「那時已經九點嘍。接下來我就在漫漫的秋夜中，獨自一人足足走了八百多公尺山路，爬上一處叫大平的地方。我向來膽小，換作是平時，早就嚇得打退堂鼓了。奇妙的是，當一個人心無旁騖的時候，腦子裡根本不會感覺到恐懼，一心一意只專注在『我要拉小提琴』這件事情上。庚申山的南邊有處叫大平的地方，是一塊登高望遠的絕佳平地。天氣晴朗的時候站在那裡，可以從眼前的紅松林間俯瞰山下的市景。那裡面積約有一百坪，中間有一塊較平的岩石，約為八張榻席大。北邊連接名為鵜沼的池塘，池畔是樹徑需三人環抱的大樟樹林，還有一間採樟腦的小屋，山上只有這裡有人居住。池塘周圍即使在白天已是陰氣逼人，更不用說深夜時分了。幸好工兵為了演習已闢了一條路，爬上來並不吃力。我走了好久總算來到那塊較平的岩石，將毯子鋪在上面趕緊坐了下來。這是我第一次在這麼冷的夜晚爬到山上來。我坐在岩石上，讓呼吸緩下來以後，四周的寂寥漸漸滲入心底。其實人們在這樣的時刻之所以方寸大亂，原因就在於心生恐懼。若能摒除那股恐懼，真正存在周遭的其實只有皎皎清洌的空靈之氣了。我茫然呆坐了二十分鐘左右，感覺自己彷彿一個人住在水晶宮裡，而且我的身軀……不，不單是身軀，就連我的心和靈魂也全都神奇地像洋菜凍一般晶瑩剔透，愈來愈分不清是我住在水晶宮裡，還是水晶宮住在我的體內了……」

「這故事怎麼變成離奇小說了。」迷亭先生一本正經地揶揄。「這境界太玄妙了！」獨仙先生看起來有些感動。

「如果這樣的狀態持續下去，說不定我到隔天早上仍舊茫然地坐在那塊岩石上，錯失了難得可以練琴的機會……」

「那地方該不會有狐仙吧？」東風問道。

「我在這樣的狀態下已經不知道自己是誰了，也不曉得自己是生還是死，就在這時候，後方那池古沼裡突然發出一聲淒厲的尖叫……」

「鬼怪終於出現了！」

「那個尖叫聲乘著大風掠過了滿山的秋林樹梢，再從遠方送來了回音，直到這時我才赫然恢復了神智……」

「這下總算可以放心了。」迷亭先生伸手撫了撫胸口。

「正所謂大難不死必有後福。」獨仙先生朝寒月使個了眼色。寒月完全不明白他的用意。

「後來，我醒過來看向四周，庚申山靜謐無聲，連雨點滴落到地上那般細微的聲音都沒有。我不禁納悶剛才那是什麼聲音呢？那聲音太尖銳了，不像是人發出來的，也太高亢了，不像是鳥發出來的，那麼會不會猿猴呢？……這一帶總不可能出現猿猴。到底是什麼聲音呢？這個疑問在我腦海浮現。我一旦有了問題就非找到解答不可，於是前一刻還靜悄悄的腦裡倏然變得紛亂雜遝，就和帝都民眾爭相歡迎康諾特王子㉕來訪時一樣混亂瘋狂。緊接著全身的毛孔一齊張開，宛如在多毛的小腿噴上了燒酒似的，毛孔中所有號稱勇氣、膽量、判斷、沉著等等貴客頓時蒸發，心臟在肋骨底下跳起了丟鼻舞㉖，兩條腿像風箏震晃似地瑟瑟發抖，再也忍受不下去了。我立刻將毛毯罩在頭上，抓起小提琴挾在腋下，踉踉蹌蹌地跳下岩石，飛也似地衝下八百公尺的山路回到了住處，鑽進被窩裡蒙頭大睡了。東風，回想起來，那是我到目前為止最可怕的遭遇了。」

「後來呢？」

「就到這裡結束了。」

「沒拉小提琴嗎？」

「想拉也拉不成呀。都聽到那淒厲的尖叫聲了，換成是你也沒辦法待在那裡拉琴。」

「你這個故事似乎虎頭蛇尾的。」

「但是事實就是如此。各位先生，這個故事好聽吧？」寒月相當得意地環視在座的每一位。

「哈哈哈，真有你的！能把故事編到這個程度想必花費了一番苦心。我還以為這個故事就像桑德拉．貝羅尼㉗化身為男士出現在東方的君子之邦，所以從頭到尾一直很認真聆聽呢。」迷亭先生以為會有人請他解釋一下桑德拉．貝羅尼是誰，沒想到誰也沒有提問，他只好直接講解了。「桑德拉．貝羅尼在月光下的森林裡彈著豎琴唱起義大利風情的歌曲，這和你帶著小提琴爬上庚申山恰有異曲同工之妙喔！可惜人家是驚動了月裡嫦娥，而仁兄卻是被古沼中的怪狸嚇得魂都飛了，兩個故事在緊要的關頭呈現出崇高與滑稽的絕大落差，實在不勝遺憾。」

「我倒不覺得遺憾。」出乎眾人意外，寒月相當平靜。

「誰要你冒出那種洋裡洋氣的主意，到山上拉什麼小提琴的，才會被嚇成那副德性！」主人接著給了嚴厲的評判。

「好漢一條身陷鬼域卻渾然不覺，可惜呀可惜。」獨仙先生嘆了氣。

獨仙先生說過的話，寒月連一句也聽不懂。其實不單是寒月，恐怕任何人都無法理解。一會兒過後，迷亭先生換了個話題。

「故事就講到這裡吧。寒月君，你最近還是去學校磨玻璃珠嗎？」

「沒有。前陣子我返鄉省親，暫時停下來。老實說，玻璃珠我已經磨厭了，正在思考是不是該放棄。」

「可是你沒有磨出玻璃珠就當不上博士了啊？」主人微微蹙起眉頭問道。

寒月自己反倒一派輕鬆。「您是說博士學位嗎，嘿嘿嘿嘿，當不成博士也無所謂。」

「但是拖延了婚事，對雙方來說都不太好吧？」

「婚事？您指的是誰的婚事？」

「你啊！」

㉕康諾特王子（Arthur of Connaught and Strathearn or Prince Arthur of Connaught，一八八三～一九三八），維多利亞女王之孫，曾於一九〇六年赴日接受日本明治天皇贈勳。

㉖日本單口相聲家第一代三遊亭圓遊（一八五〇～一九〇七）於相聲結束後表演的滑稽舞，配合著要把自己的鼻子捏掉的動作，並且喊著「丟掉吧、丟掉吧」的口號。

㉗英國小說家喬治．梅瑞狄斯（George Meredith，一八二八～一九〇九，英國維多利亞時代的詩人暨小說家）的小說《桑德拉．貝羅尼》（*Sandra Belloni*）裡的同名女主角。

「我和誰結婚？」

「和金田家的小姐啊！」

「咦？」

「咦什麼，不是都講定了嗎？」

「我不曾和她做過約定。要到處宣揚那種事是對方的自由。」

「這事有些荒唐。我說迷亭，那件事你不也清楚嗎？」

「那件事，你說的是那個『鼻子』的事件嗎？如果是那一樁，可就不光是你知我知，已經成了眾所周知的公開祕密了。事實上，《萬朝》㉘那邊三天兩頭就有人跑來問說：何時有榮幸刊載一篇以新郎新娘為題的報導，並附兩位新人的照片？簡直問得我煩死了。還有，東風君也早在三個月前就寫好了名為〈鴛鴦歌〉的長篇巨作等著送你們當結婚賀禮，但是寒月君還沒拿到博士學位，他一直提心吊膽自己這首嘔心瀝血的傑作會不會毫無用武之地。東風君，我說得沒錯吧？」

「提心吊膽倒不至於，總之希望能把這篇投注了滿腔情感寫就的作品公諸於世。」

「看吧，你能不能當上博士的影響層面已經擴及四面八方。我看，你還是振作起來磨玻璃珠去吧！」

「嘿嘿嘿。真對不起，承蒙諸位掛心了，不過我現在不當博士也無所謂了。」

「為什麼？」

「因為呢，我已經有個名媒正娶的妻室了。」

「哎，了不得！你什麼時候祕密結婚的？這年頭還真是一刻也不能鬆懈，什麼事都會發生呢。苦沙彌兄，如同方才聽見的，寒月君說他已經有妻有子嘍。」

「孩子還沒有哦！總不會結婚不到一個月就生孩子吧。」

「你到底是在何時何地結婚的？」主人像個預審法官㉙似地質問。

「就是前陣子呀。我一回到老家，她已經等在家裡了。今天送來苦沙彌老師家的鰹魚乾，就是親友致贈的賀禮。」

「結婚賀禮就送三只鰹魚乾？真吝嗇。」

「不是的，送了很多來，我僅帶了三只來。」

「這麼說，你娶的是家鄉的姑娘了。膚色也是黑的囉？」

「是的，一身黝黑，和我相當般配。」

「金田家的小姐那邊，你打算怎麼辦？」

「不怎麼辦。」

「道義上似乎說不過去。迷亭，你說是吧？」

「不需要負道義責任。她嫁給別人還不是一樣。反正夫妻就像兩個人在黑暗裡碰巧撞上，本來不會撞上的兩個人，偏偏就這樣撞個正著，可以說是多此一舉；既然是多此一舉，不管是誰撞上誰也都無所謂了。可憐的人就只有〈鴛鴦歌〉的作者東風君一個。」

「無須掛意，我也可以先將〈鴛鴦歌〉轉贈給您。金田小姐結婚的時候，我再另做一首。」

㉘《萬朝報》，創刊於一八九二年，由朝報社發行的新聞日報。

㉙二戰前的日本刑事訴訟法採用預審制度，亦即於正式起訴前經由預審法官初步審查起訴內容的合理性。預審法官擁有搜查權以及輕罪案件的強制處分權。日本現行的刑事訴訟法已經沒有這種預審制度了。

「不愧是詩人，想法自在，毫無拘束。」

「向金田家知會了嗎？」主人依然在意金田家那邊。

「沒有。不需要知會他們。我從來不曾請她嫁給我，也沒有表示要娶她，這件事根本不需要讓他們知道。……哎，反正對方大抵會派出十幾二十名探子守在這外面，把我們的談話原原本本回報給金田家，說不定此時此刻就有人在偷聽呢。」

主人一聽到探子二字，倏然臉色大變，轉而交代一句：「唔，那就甭講啦！」說完以後主人似乎意猶未盡，繼續針對探子發表了以下這段煞有介事的論述：「乘人不備而竊取他人懷中之物者謂之扒手，乘人不備而盜取他人心中之事者謂之探子。乘人不知而卸下擋雨套窗竊取他人家中之物者謂之小偷，乘人不知而聽取無意脫口之言以窺視他人心中之事者謂之探子。拿大寬刀插在榻席上勒索他人錢財者謂之強盜，以惡言穢語恐嚇強迫他人意志者謂之探子。所以說，所謂為的探子和扒手、小偷、強盜根本是同一夥人，臭不可聞。要是順他們的意，久而久之也就臣服其下，絕對不可屈服！」

「無庸過慮！即使有一、兩千名探子在上風處整軍待發，也不必害怕他們前來襲擊。堂堂磨珠名人、理學士水島寒月在此候教！」

「哈哈哈，佩服佩服！不愧是新婚的學士，活力旺盛！話說回來，苦沙彌兄，如果探子和扒手、小偷、強盜是同一夥人，那麼雇用探子的金田先生又和誰屬於同類呢？」

「頂多是熊坂長範[30]吧。」

「熊坂長範，這個比喻妙。謠曲的唱詞不是說了，『一個長範頓時成了兩半，一命嗚呼』[31]。住在對面巷子裡的那個『長範』靠著放高利貸起家，貪得無厭，禍害遺千年。萬一被那種傢伙纏上了可是孽緣，這輩子就算完了。寒月君，你得多加提防。」

「不會有事的，無須擔心。作惡多端的盜賊！既已見識過本大爺高強的武功，竟然膽敢殺將過來，讓你嚐嚐本大爺的厲害！」寒月神情自若，豪氣萬千地模仿起寶生派㉜的唱腔。

「提到探子，不知道為什麼，二十世紀的人多數都帶有成為探子的傾向，這是什麼緣故呢？」獨仙先生畢竟與眾不同，提出了一個無關時事的超然問題。

「大概是因為物價太高了吧。」寒月答道。

「應該是由於不懂藝術之美吧。」東風答道。

「原因是人類頭頂上長出了一種名為文明的尖角，於是變成像表面凹凸不平的星星糖似的，沒辦法和其他人圓融相處。」迷亭先生答道。

輪到我家主人發言了，只見他故作威嚴地講述：

「我曾經就此思考多時。依我之見，現代人具有探子化的傾向，必須歸咎於自覺意識太強。我所說的自覺意識，絕不是獨仙說的那些見性成佛㉝、與天地合而為一等等的悟道之言……」

「唷，愈說愈艱澀了。苦沙彌兄，既然連你都開始發表起長篇大論來，在下迷亭也就不藏拙，稍後陳述一段我對現代文明的不滿了。」

「要說請便。我看你根本沒什麼好說的。」

㉚請參見第141頁注釋①。
㉛根據日本謠曲《烏帽子折》的唱詞，熊坂長範最後死於源義經刀下，一刀揮出，砍成兩段。
㉜日本能樂的派別之一。
㉝禪門用語，只要能夠識得本心，參透與生俱來的佛性，就能夠成佛。

「這回你可看走眼了，我不但有話要說，而且多得很。你前些時候把警員奉為神明般尊崇，今天則把探子比作扒手和小偷，簡直矛盾之至。我可就和你不同了，早從『父母未生以前㉞』一直到現在為止，始終如一，從來不曾改變過自己的主張。」

「警員是警員，探子是探子；前些時候是前些時候，今天是今天。不曾改變自己的主張就證明你沒有進步。古人說『下愚不移㉟』，講的就是你！……」

「太刻薄了。要是探子也能像你這樣理直氣壯，也有幾分可愛之處。」

「我才不是——」

「我知道你不是探子，所以才誇獎你的坦率老實。好了好了，我們別吵了。來吧，大家繼續恭聽你的大論吧。」

「現代人的自覺意識，指的是現代人對於自我與他人之間那道截然不同的利害鴻溝了解得太過透徹了，而且這種自覺意識隨著文明的進步，一天比一天更加敏銳，最後連一舉手一投足都失去了自然與天性。有個名叫亨利㊱的人批評史蒂文生說：『他是一個無時無刻都記著自己的人。如果讓他走進一個掛有鏡子的房間，每次經過鏡前他都非得照一照自己的模樣，否則會難受。』這番話恰恰描繪了當今的趨勢。人類睡著的時候記著自己，醒來了以後記著自己，這個自我隨時隨地亦步亦趨，以致於人們的舉止言行變得矯揉造作，把自己囚於桎梏之中，使得世間充斥著痛苦，從早到晚都得在宛如年輕男女相親時的那種惶然忐忑的心情中度過每一天。『悠然自得』和『從容不迫』這些詞彙形同虛字，毫無意義。從這一點來說，現代人都探子化了，小偷化了。探子這一行是在避人耳目的情況下只顧牟取自己的利益，所以自覺意識也就愈來愈強；而小偷則是一天到晚擔心自己下一刻會不會被逮，自覺意識同樣也會愈來愈強。至於現代人，不論是睡著還是醒著，始終盤算著如何有利、如何避害，當然也就和探子、小偷一樣，自覺意識愈來愈強了。現代人成天心驚膽跳，直到偷偷摸摸進入墳墓的那一刻為止，沒有一刻能夠得到安詳。這就是文明的詛咒！太荒唐了！」

「這個論點很有意思。」獨仙先生開口了。討論這樣的問題時，獨仙先生絕不可能落於人後。「苦沙彌兄的解釋深得我意。從前的人學到的教誨是忘卻自己，現在的人學到的教誨卻是切勿忘己，剛好顛倒過來。時時刻刻都充斥著所謂自我的意識，因而時時刻刻都無法得到詳寧，永遠在水深火熱的地獄。天底下的萬用靈丹，莫過於忘卻自己。所謂『三更月下入無我㊲』，就是吟詠這種最高境界。現在的人即使在關懷別人的時候，表現出來的態度還是不自然。英國標榜的儒雅舉止，其實也強化了自覺意識。聽說英國的天子遊歷印度時，曾和印度皇室成員同席用餐。那些皇室成員沒有留意到國賓在座，仍然按照傳統的用餐方式將手伸到盤子裡抓馬鈴薯吃，等到赫然驚覺的時候，不禁臉紅又羞愧。這時，英國的天子王沒有表現出異樣的神色，同樣伸出兩隻手指從盤子裡拿起了馬鈴薯……」

「那該稱為英國風範嗎？」這回是寒月問道。

「我聽過這樣一則故事。」主人接著補充，「同樣和英國有關的故事。某個軍營裡的多位聯隊軍官一起宴請一名下級士官。用餐結束，盛在玻璃碗裡的洗手水送了上來。那名下級士官很

㉞禪門用語，自己尚未存在的時候，也就是無我的境地。
㉟《論語．陽貨》：「子曰，唯上智與下愚不移。」意指只有最聰明與最愚笨的人不會改變。
㊱威廉．歐內斯特．亨利（William Ernest Henly，一八四九～一九〇三），英國詩人暨文學評論家。
㊲禪門用語。意指在深夜時分進入無我的境地。

少參加正式的宴會，居然拿起玻璃碗就口，仰頭飲水。聯隊長見狀，開口祝福那個下級士官身體健康，接著同樣將洗手碗裡的水一飲而盡。於是同桌的軍官也都爭相舉起洗手碗祝福下級士官身體健康哩。」

「我還知道這樣的趣聞喔。」不甘寂寞的迷亭先生說道，「湯瑪斯．卡萊爾㊳性格與眾不同，不諳宮廷禮節。這位先生第一次謁見英國女王時，突然說了句『有事找我？』並且一屁股坐在椅子上。這時，站在女王身後的眾多待從和侍女都發出竊笑。……不對，他們沒有笑出聲，而是忍住了笑聲。於是，女王轉頭向後面使個眼色，那些待從和侍女旋即全數坐在椅子上，這才沒讓卡萊爾顏面盡失，這樣的關懷方式真是體貼又周到。」

「既然是那位卡萊爾，即使滿屋子的人都站著，說不定他同樣不在乎呢。」寒月給了個短評。

「關懷別人那一方的自覺意識還算是好的。」獨仙先生進一步闡釋，「可憐的是，在擁有自覺意識之後，想要關懷別人就得耗費一番苦心了。一般人認為，隨著文明的進步，暴戾之氣會漸漸消失，人與人之間的往來會變得比較平和，這種想法實在大錯特錯。既然懷有如此強烈的自覺意識，怎麼可能相處平和呢？人類乍看之下彷彿一片安寧，其實彼此的相處非常痛苦，這種痛苦的程度大概不亞於相撲選手在賽場上雙方扭成一團而無法動彈的情況。看在旁人的眼裡，以為這兩人一動不動就是達到最平穩的狀態，但是當事人的內心卻猶如驚濤駭浪一般，激動萬分呢。」

這回輪到迷亭先生發言了，「就拿爭執來說吧，從前的爭鬥型態多半是採用暴力來壓迫他人，那樣反而不算是罪惡，但是近來的爭鬥型態五花八門，於是自覺意識也隨之增強。培根㊴說過：『要想戰勝大自然，必須順從大自然的力量。』經過比對，現今的爭鬥型態完全印證了培根的格言，實在不可思議。這就和柔術的中心思想一樣，借力使力來打倒敵人……」

「水力發電也是同樣的原理。不要違抗水的力量，反而能夠將那股力量轉化為電力，進而發揮作用……」寒月還沒說完，獨仙先生立刻接口道，「所以說，貧時受貧所縛，富時受富所縛，憂時受憂所縛，喜時受喜所縛。才子敗於才，智者敗於智。像苦沙彌兄這樣暴躁的脾氣，敵人只要故意激怒，你就會立刻衝出去，恰好中了敵人的圈套……」

「對對對！」迷亭先生聽得拍手叫好，苦沙彌老師笑嘻嘻地回應：「我才不會那麼容易上鉤哩！」在座的人一起笑出聲來。

「話說，像金田先生那種人，會敗在什麼事情上呢？」

「太太敗在鼻子上，一家之主敗在罪孽上，那批手下敗在暗中伺探上。」

「他女兒呢？」

「他女兒嘛……我沒見過他女兒，不便評論……，我猜應該不外乎敗在衣著、吃食或是酒飲之類的，總不至於是敗在愛情上吧。若是運氣不佳，說不定會像《卒塔婆小町》裡的小野小町那樣倒在路旁㊵哩！」

「那種結局未免太慘了。」金田小姐畢竟是東風曾經獻過新詩詩集的對象，他立刻提出了抗議。

㊳請參見第47頁注釋⑧、第59頁注釋⑮。

㊴培根（Francis Bacon，一五六一～一六二六），英國哲學家、科學家暨政治家。

㊵日本能劇。相傳某位高野山的僧侶見到路旁有個乞討老婦坐在墳墓上，覺得此舉不敬而予以訓誡，結果遭到老婦有條有理的反駁。僧侶大驚，一問之下才知道老婦原來是才貌兼備的小野小町。卒塔婆是立在墳墓後面的塔形木牌。

「所以說，『應無所住而生其心㊶』這句話非常重要。一個人如果還沒到達那樣的境界，就會活得非常痛苦。」獨仙先生經常說出只有他自己能夠體悟的話。

「不用講得那麼清高。像你這種人，說不定哪一天就一頭倒栽在電光影裡喔！」

「反正文明若是照這種速度發展下去，我可不想活下去啦！」主人撂下這句話。

「不必客氣，不想活請儘管去死。」主人話才說完，迷亭先生立刻頂了這一句。

「可我更不想死。」主人耍賴起來。

「沒有人是經過深思熟慮才誕生在世上，但是臨死前卻沒有人看起來不苦惱的。」寒月說了孤高的格言。

「這就像借錢的時候隨隨便便開口就借，等到要還錢的時候就不情不願了。」在這種討論上，迷亭先生總能立刻應答。

「借錢後不去想還錢的事，這樣的人是幸福的；同樣地，不為死亡苦惱的人，也是幸福的。」獨仙先生十分超脫世俗。

「照你這樣講，厚臉皮的就是悟道之人？」

「沒錯。這就是禪語所說的『鐵牛面者鐵牛心，牛鐵面者牛鐵心㊷』。」

「而你就是那種典型？」

「並不盡然。不過，直到出現了神經衰弱這種疾病之後，人們才開始為死亡而苦惱。」

「有道理。就拿你來說，怎麼看都像是神經衰弱病症出現之前的上一個世代的人。」

迷亭先生和獨仙先生誰也不服輸地不停拌嘴，於此同時，主人向寒月及東風繼續抨擊文明。

「問題在於，怎樣才能借了錢不用還。」

「那個問題根本不成立！向人借了錢非還不可。」

「哎，這是在討論，你先聽我講就是了。問題在於怎樣才能借了錢不用還，同理可推，問題就在於怎樣才能長生不死。說得確切一點，古人已經提出這個問題了。發明煉丹術，就是為了解決這個問題，然而所有的煉丹術都失敗了。人類於是明白自己終究難逃一死。」

「早在發明煉丹術之前，人類已經明白自己遲早會死了。」

「哎，這不過是討論嘛，你聽我講就是了。聽好了，當人類明白自己終究難逃一死的那一刻，就出現了第二個問題。」

「哦？」

「既然早晚都得死，那麼，哪一種死法比較好？——這就是第二個問題了。當第二個問題出現，伴隨而來的就是〈自殺俱樂部〉[43]的誕生了。」

「有道理。」

「面對死亡讓人苦惱，然而死不了更是痛苦。對神經衰弱的國民而言，活著比死亡更加痛苦萬分。他們苦惱的不是死亡的恐懼，而是什麼樣的死法才是最好的。然而一般人缺乏智慧，只能聽天由命，承受來自社會的欺凌與殺戮。在這樣的過程中，但凡比較有想法的人，都不可能甘於接受那樣的凌遲，必定會探討各種死亡的方式，研發出新穎的死法。因此，自殺者日漸增加必

㊶語出《金剛經．第十莊嚴淨土分》：「是故須菩提，諸菩薩摩訶薩應如是生清淨心，不應住色生心，不應住聲香味觸法生心，應無所住而生其心。」意指不執著才能使心清淨。

㊷禪門用語。見《碧巖錄》：「祖師心印，狀似鐵牛之機。」即其體不動然用於無相，意指內心堅定不受動搖。

㊸蘇格蘭小說家史蒂文生一八八二年的小說集《新天方夜譚》（New Arabian Nights）的其中一則短篇小說。

然成為世界趨勢，而那些自殺者將會採取獨創的方法離開人世。」

「到時候可就天下大亂了。」

「會的，一定會變成那樣。有個叫亨利．亞瑟．瓊斯㊹的人在他的劇本裡就寫了一個強烈主張自殺的哲學家……」

「他要自殺嗎？」

「遺憾得很，他本身並沒有自殺。但是再過一千年，全世界的人一定都會自己尋死的；再過一萬年，人們一提到死亡就會聯想到自殺，因為只有自殺才會導致死亡。」

「那樣的世界真可怕。」

「一定會變成那樣的。到時候，人類對於自殺已經積累了大量的研究成果，並且發展成為一門科學，像落雲館那種中學就會取消倫理學改授自殺學，而且列為必修課程。」

「挺有意思的，連我都想去旁聽。迷亭先生，您聽見苦沙彌老師的高論了嗎？」

「聽到了。到時候落雲館的倫理老師應該會這樣上課：『各位同學，公德是一種野蠻遺風，千萬不可遵循。身為世界青年，各位同學首要重視的義務就是自殺。不僅如此，請記住己所欲必施於人的格言，為了普及自殺的效益，儘管施行他殺。尤其是住在前面那個窮教書匠珍野苦沙彌先生，他顯然活得非常痛苦，所以各位同學的義務就是及早殺了他。不過，現在已經是文明進步的時代，不能再和以前一樣，採用要刀動槍、飛鏢暗箭之類的卑鄙手段，只能運用高尚的奚落技巧將他嘲諷至死，這對他本人來說是功德一件，也是各位同學的榮耀。』……」

「這樣的講課真有趣。」

「還有比這個更有趣的喔。現代的警察是以保護人民的生命財產為首要目標，但是到了那個時候，警員就會掄起打狗的棍棒，到處撲殺所有的公民……」

「為什麼？」

「因為現在的人覺得生命寶貴，需要警員的保護；但是到了那時，國民活著是一種痛苦，警員殺了他們是一種慈悲。話說回來，腦筋動得快的那些人差不多都已經自殺了，需要警員動手殺死的傢伙只剩下一些膽小鬼、欠缺自殺能力的白痴，或者是殘疾人士。那些願意領死的人就在門口貼上一張紙條，字不用多，只要寫上『內有男（或女）願意領死』貼在門前，警員巡邏到這裡的時候看到紙條，馬上就會滿足民眾的需求。你問屍體怎麼辦？屍體當然由警員拉著大板車沿路撿回去囉。還有更有趣的事喔……」

「先生一說起笑話來真是源源不絕呀！」

東風對獨仙先生非常佩服。獨仙先生又捋起了山羊鬍，從容不迫地說明：

「要說是笑話也可以，或者不妨當成預言來聽。一個人若不窮究真理，就會受到眼前表象的束縛，而把泡沫似的夢幻當成了永恆的事實。於是，一聽到與他的認知略有距離的意見，就會當成是詼諧的談資。」

「這就叫『燕雀安知鴻鵠之志』吧？」寒月肅然起敬。

獨仙先生以神情對寒月表示了肯定。「從前，西班牙有個地方叫哥多華㊺……」

「現在應該還在嗎？」

㊹亨利．亞瑟．瓊斯（Henry Arthur Jones，一八五一～一九二九），英國劇作家。

㊺哥多華（Córdoba），西班牙南部的哥多華省首府，於十世紀時是西歐最大的城市。

「或許還在。暫且不論這個地方的從前與現在。當地有一種風俗，當教堂晚禱的鐘聲響完以後，家家戶戶的女眷都會走進河裡游泳……㊻」

「冬天也游泳嗎？」

「這一點倒不清楚。總之，女子不分老少尊卑全都跳進河裡，但是男人一個也沒有，只能遠遠地眺望。從遠方看去，暮色蒼茫的河面上隱約可見白皙的身體動來動去……」

「真有詩意，可以寫成一首新詩呢！您說那地方叫什麼呢？」東風一聽到裸體，立刻往前探出身子。

「那裡是哥多華。當地的青年男子既不被允許和女子一同戲水，從遠方又無法看清楚女人的軀體。他們覺得很遺憾，決定來個小小的惡作劇……」

「哦？開了什麼樣的小玩笑？」迷亭先生一聽到惡作劇，立刻大感興趣。

「他們賄賂了教堂裡的敲鐘人，將日落的鐘聲提前了一個小時。女人家見識不高，一聽到鐘聲響了，便三三兩兩來到岸邊，將身上的衣物脫到短襯衣和短襯褲，噗通噗通地跳進水裡。她們以為一切都和往常一樣，其實唯一不同的是天還沒黑。」

「該不會又是『秋天的驕陽照得透亮』吧？」

「那些女眷往橋上一看，竟有許多男人站在那裡賞覽這幅美景。她們雖然害臊，卻也無計可施，一個個羞得臉蛋都紅咚咚的。」

「所以呢？」

「所以說，這個故事給我們的啟示是，人們千萬要小心，不可被目前的習慣所惑，反而忘記了根本的原理。」

「這個寶貴的教誨，容我領受了。我也來講一個被目前習慣所惑的故事。前陣子閱讀某本雜誌，其中一篇小說的主人公是個騙子。假設我就是那個騙子，在此地開了一家書畫古董店，店裡陳列了許多名家的字畫以及名人用過的物件，全都是如假包換的真品與貨真價實的上等貨色，沒有一件是贗品。既然是上等貨色，自然索價不斐。有一天，來了一個嗜好淘寶的顧客詢問元信㊼的這幅畫多少錢？我回答標價是六百圓，那就賣六百圓。那個顧客說他想買，但手頭沒那麼多錢，只好忍痛放棄。」

「你確定那客人是這麼說的嗎？」主人沒想過對方只是在講故事，問的話永遠都是這樣老實愣頭的。

迷亭先生並沒有與他認真計較。「哎，小說嘛。我說什麼你聽什麼就是了。……於是我告訴那個顧客若是中意請儘管帶走，錢的事就不必擔心了。顧客說怎麼能不付錢，但又對那幅畫依依不捨。這時候我相當豪爽地對他說，這樣吧，那就按月給款，每個月給一點點，給款時間也拉長，反正今後您就是小店的主顧了，完全用不著不好意思。每個月給十圓方便嗎？或者每個月給五圓無所謂。接下來我和顧客一陣磋商，最後我以總價六百圓成交了狩野法眼㊽元信那幅畫，他每個月繳十圓。」

㊻法國作家梅里美（Prosper Mérimée，一八〇三～一八七〇）的小說《卡門》描述了哥多華婦女於晚禱鐘聲結束後到河裡沐浴的情景。
㊼狩野元信（一四七六～一五五九），日本室町時代畫家，狩野畫派傳人，作品揉合了中國與日本的繪畫技巧，對江戶時代的畫風有極大的影響。
㊽法眼是僧侶階級之一。狩野元信於一五四五年獲授法眼之階。

「就和《泰晤士報》那套百科全書⑭一樣呢。」

「人家《泰晤士報》賣書是規規矩矩的，但我賣書可就其中有詐了。接下來我要開始施展高明的詐騙伎倆了，仔細聽了。每個月付十圓，六百圓應該幾年可以繳清？寒月君，你算一算。」

「當然是五年呀。」

「是五年沒錯。那麼，獨仙兄，你覺得五年的歲月是長還是短？」

「所謂『一念萬年，萬年一念』[50]，五年歲月既是短，又並不短。」

「你在講什麼呀？道歌[51]嗎？真是莫名其妙的道歌。……這五年當中每個月付十圓，也就是對方只要付六十次就結清了。但是，習慣是一個可怕的陷阱。當人每個月都做同樣一件事，就這樣重複做了六十次之後，第六十一個月仍會付十圓，第六十二個月還是照例付十圓。第六十二次、第六十三次……，隨著付錢的次數愈多，日期一到就覺得非得去付十圓才行。人類看似聰明，但有個很大的弱點，那就是因循舊習而忘記根本。我就是利用這個弱點，源源不絕地每個月都能平白多賺十圓。」

「哈哈哈，怎麼可能有人那麼傻！總不至於那麼健忘吧？」寒月大笑。

「不，確實有那種情形。我上大學的貸款就是按月償還的。我也不記帳，反正時間一到就繳，直到最後還是對方拒收，我才知道原來已經還完了。」聽著寒月的笑聲，主人表情有點嚴肅，把自己的糊塗事說得彷彿大家都和他一樣糊塗似的。

「你們看，在座就真有其人，可見我說的一點不假！所以，剛才把我對文明演進的預言當成笑話聽的人，正是只需繳六十次卻付了一輩子錢的那種傢伙。尤其像寒月君和東風君這樣缺乏歷練的青年朋友，更需要把我的話牢記在心，千萬不要上當受騙！」

「謹遵教誨。往後分月付款一定只繳六十次。」

「寒月君，迷亭兄這番話看似說笑，其實具有很高的參考價值喔。」獨仙先生對著寒月說道，「比方說，苦沙彌兄或是迷亭兄現在告訴你，未先告知金田家就和別人結婚，此舉不妥，快去賠罪！你會接受這項建議，赴金田家道歉嗎？」

「賠罪一事請容我謝絕。如果是對方要向我致歉，尚可另當別論，我本身完全沒有那種打算。」

「如果是警察命令你去道歉呢？」

「只能說恕難照辦。」

「如果是大臣或貴族的要求呢？」

「那更是斷難從命。」

「你看，從前的人和現在的人有多麼大的差異！時代就是這樣演變的。最早的時代是『只要』仗著官府的權威就可以恣意妄為，接下來的時代是『即使』仗著官府的權威也未必能事事如願，到了現在這個時代，縱使是貴族或大官，也不能毫無限度地欺凌個人的人格。說得更嚴重一點，現代社會的當權階級握有的權力愈大時，受壓迫階級就會心生反感，群起反抗。所以說時代已經不一樣了，在這個充滿新氣象的現代社會中，仗著官府的權威『反而』完全行不通。倘若用

⑲《大英百科全書》的版權經過多次易手，英國倫敦《泰晤士報》報社於一九〇一年取得了版權，以每月分期付款方式販售。

⑳禪門用語。意指心不起塵世雜念，能夠如實觀其本性。

㉑教導倫理道德的和歌。

過去的思惟來檢視現代社會，有太多從前無法想像的事情如今都成為理所當然。世態人情的變遷十分奇妙。假如把迷亭兄的那番預言當笑話看亦無不可，但若用來詮釋時代的改變，倒是相當值得咀嚼再三。」

「既然有了知音，我非得繼續預言下去不可。獨仙兄說得對，在這個時代，假如還有人想頂著官府的權威、仗著自己有二、三百支竹槍的武力要作威作福，簡直像是坐著轎子卻執意和火車賽跑，根本是落伍的死硬派（話說回來，那群大爺本來就是無知的根源、是放高利貸的『熊坂長範』，只要冷眼旁觀這群傢伙玩些什麼把戲也就可以了）。但是我的預言講的並不是那些眼前的小問題，而是攸關所有人類命運的社會現象。各位不妨仔細審視目前的文明傾向，預測遙遠的未來趨勢，即可發現結婚將成為一件不可能的事。切莫驚慌，我來解釋為什麼說以後的人不會結婚。前面已經提過，現代社會重視的是個別的人格。過去的時代，家長代表了一家、郡守代表了一郡、領主代表一國，除了代表者以外的其他人根本沒有人格，即使有也不被承認。但是到了現代，情況已經截然不同，每一個生存者都呈現出自我的個性，在群體中也強調你是你而我是我。即使兩個人擦肩而過，那一瞬間也會各自在心裡朝對方叫陣似地大喊：你是人，我同樣是人啊！所有人對於人格的重視已經到達這樣的程度。然而，當每一個人公平地同樣變強，也就等於每一個人公平地同樣變弱。如果就別人不再容易加害於我這一點來看，自己確實變得強大了；可是就不再容易欺負別人這一點來看，卻又明顯比以前來得弱小。變得強大誰都高興，變得弱小可就誰都不願意了。於是，人們一方面捍衛自身的強項，不讓別人侵犯一毫，另一方面又想盡辦法擴張自身的弱項，哪怕得以侵犯別人半毛都好。如此一來，人們彼此的空間漸漸減少，生活只剩下逼仄的縫隙。大家都盡可能膨脹自我，膨脹到幾乎快要爆開的地步，就這樣在痛苦中生存。由於太痛苦了，人們想出各式各樣的方法，希望爭取不同個體彼此的空間。人類就這樣在自作自受中飽受折磨。為了消解這種折磨，人們想出來的第一個方案是父母子女分居制度。請到日本的山上看看，每個家族都是幾代人統統擠在一棟屋子裡起居作息，住在那裡的人沒有應當各自突顯的人格，即使各有人格也並不強調，因而得以和睦相處。但是，住在文明開化之地的居民認為，即使是在親子之間也必須盡量主張自我特質，否則就會吃虧了。為了保障雙方的安全，必須採取分居的方式。歐洲由於文明發達，比日本更早實施了這種制度。即使偶爾有歐洲家庭是父母與子女同住一起，兒子向老爸借錢照樣要給利息，也要和陌生人一樣付房租。唯有父母承認與尊重兒子的人格，才能產生如此良善的風俗。我期盼這種良善的風俗能夠盡早引進日本。於是，再也不必和親戚住在一起，父母兒女也各住各的，壓抑已久的人格得以發展，並且隨著對於人格發展的重視，每個人也得到愈來愈多尊敬，到了這個時候，人們已經無法再去過那種同住一戶的生活了。現在已是父母兒女兄弟姐妹全部各自居住，屋子裡已經沒有人該搬出去了，這時候的最後一步，就是夫妻分居。依照現代人的觀點，住在同一個屋簷下的男女就是夫妻，這個想法大錯特錯。要住在一起，雙方的個性必須非常契合才行。在過去那個的時代，這並不是問題，因為當時講究異體同心，夫妻看起來是兩個人，但實際上是合而為一的，所以才會出現什麼偕老同穴[52]的賀詞。細想這個詞義，這意思不就是要人家死了以後也要淪為一丘之貉嗎？實在太野蠻了。時至今日，這一套已經行不通了，丈夫永遠只是丈夫他本人，而妻子再怎麼樣也是妻子她自己。這些為人妻者都是在女子學校裡穿著燈籠褲鍛鍊

[52] 即白頭偕老。

出堅毅的個性，梳起西式髮型自信滿滿地嫁進門的，根本不可能對丈夫百依百順。況且，如果是一個對丈夫百依百順的妻子，那就不是妻子而是木偶了。愈是賢慧的夫人其個性益發獨特，而個性愈獨特就愈和丈夫合不來，合不來自然會產生衝突。因此，享有賢妻美譽的夫人，總是從早到晚都和丈夫發生爭執。說起來雖是好事，但若娶了賢慧的妻子，雙方的摩擦就愈多。夫妻之間就像水和油一樣界線分明，如果能夠穩定下來，經常保持平靜無波那還好，麻煩就在於水和油雙方都想各自發揮長處，以致於家裡像是發生大地震一樣上下震盪，於是人們開始了解到，夫妻住在一起對彼此都不利……」

「夫妻就是因為這樣而分開的嗎？真讓人擔心呀。」寒月說道。

「會分開的，一定會分開的。天底下的夫妻都會分開的。以前人們認為住在一起就叫作夫妻，往後大家會漸漸認為，住在一起的男女沒有資格成為夫妻。」

「這麼說，像我這樣的就會被歸入沒有資格的那一類當中了吧！」寒月在這緊張的時刻不忘展現自家的恩愛。

「能夠生在明治時代是一種幸運。像我這種能夠預言的人，想法當然比當前形勢快了一兩步，所以到現在還保持單身。有人說我單身是因為失戀云云，這完全是可憐的短視之人目光淺薄。先不說我了，還是回到預言吧。……到那個時候，將會有位哲學家從天而降，大力倡導自開天闢地以來首度發現的真理。他說，人是具有個性的動物，泯滅了個性，也就等於消滅了人類。為了讓人類的存在充滿意義，必須不惜任何代價保有並且發展自我的個性。那種受到陋習綑綁、也不是兩廂情願的婚姻，實在是違背人類自然法則的野蠻風習。暫且不論人們尚未發展出個性的那個民智未開的時代，即使到了文明開化的今日，社會依然有此陋習並且不以為意，未免太荒唐了。

時值文明開化已達到顛峰的現今，根本沒有任何理由要求兩個個體必須極度親密地連結在一起。儘管原因顯而易見，但一些缺乏教育的青年男女仍然在低等情感的瞬間驅使下，輕率地舉行了合巹之禮，可謂悖德之至。我為了人道，為了文明，為了保護那些青年男女的個性，非得拚盡全力抗拒這股野蠻的風習……」

「迷亭先生，我徹底反對您的說法！」東風陡然朝自己的膝頭猛拍一掌。「我認為世界上最崇高的莫過於愛與美了。多虧愛與美的存在，我們才得到了慰藉，我們才得到了圓滿，我們才得到了幸福；多虧愛與美的存在，我們才有優美的情操，我們才有高貴的品格，我們才有高尚的憐憫。因此，我們不管生在何時何處，都不可以忘記愛與美。在現實世界中，愛會化身為夫妻關係，美則轉化為詩歌與音樂的兩種形式。所以只要人類還存在於地球表面，夫妻與藝術就絕對不會被消滅的。」

「不會被消滅當然好，無奈的是，一切必然會按照剛才那位哲學家說的那樣遭到徹底消滅，只好死心了。什麼？你說藝術？藝術終究也會和夫妻有一樣的下場。所謂個性的發展，也就意味著個性的自由吧？而個性的自由，不就代表我是我、別人是別人的意思嗎？在那樣的情況下，你所謂的藝術，如何能夠繼續存在下去呢？藝術之所以能夠蓬勃發展，是因為藝術家的個性和欣賞者的個性具有共通點。即使你是個了不起又堅持努力的新詩詩人，假如人們讀了你的詩後，沒有一個人受到感動，那麼很遺憾，除了你自己以外，應該不會有其他人來讀你的新詩了，就算你作了再多首〈鴛鴦歌〉也無濟於事。值得慶幸的是，你出生在明治年間，所以每一個人都喜歡你的詩……」

「過獎了，我還差得遠。」

「假如連現在都還差得遠，那麼到了人文興盛的未來，也就是當那位大哲學家出面主張反對結婚論的時候，可就沒人會讀你的詩嘍。我的意思不是說因為是你寫的所以不讀，而是由於人人各有獨特的個性，對別人的詩文完全沒興趣。目前在英國等地已經開始出現這種趨勢了。你看看梅瑞狄斯[53]！你看看詹姆斯[54]！他們的作品是當今英國小說家之中個性最為鮮明的，但是讀者少得可憐。讀者少是理所當然的。要讀出那種作品裡面的意涵，畢竟必須是擁有相同個性色彩的人。隨著這種趨勢一天天發展，直到社會認為婚姻是不道德的關係的那個時候，藝術也就完全滅亡了。不妨想像一下，如果有一天，你寫的詩我看不懂、我寫的文你看不懂，到了那個時候，你我之間還有什麼藝術可言！」

「您說得確實有道理，但是直覺告訴我並非如此。」

「直覺告訴你並非如此，可是曲覺告訴我確實如此。」

「迷亭兄靠的或許是曲覺。」這回是獨仙先生開口。「總而言之，當容許個性的自由發揮，人與人的相處就愈拘束而不自在。尼采就是因為無從排解，逼不得已提出了超人理論，將那股束縛變形成為哲學。乍看之下，那就是尼采的理想。實際上那不是理想，而是他的不滿。他憋悶地活在重視人格的十九世紀，一個連鄰居都不敢輕易得罪的時代，乾脆把滿懷的憤慨盡皆發洩在自己的學說裡。他那部著作讀起來與其說暢快淋漓，更多的是對他的憐憫。那不是勇猛殺陣的吶喊，而是怨憤填膺的聲音。不能怪他。過去的年代只要有豪傑出世，天下人無不順服歸於麾下，豪氣得很！現實中既能豪氣干雲，根本不必像尼采那樣藉由紙筆的力量將滿腹憤懣發洩在文字上。所以，不管是荷馬的史詩或是切維切斯民謠[55]，儘管同樣歌頌超人性格，但給人的感受卻完全不一樣，通篇明快，豪放洋溢。在現實中有如此痛快之事，還能把這痛快之事訴諸筆墨，心裡也就沒有苦澀。可是到了尼采的時代，社會氛圍大不相同。放眼世間，找不到任何一個英雄人物，縱使有人毛遂自薦，也得不到世人的推崇。古時候只有一個孔子，當然備受尊榮，而今卻好多人都是孔子，甚至可以說遍地孔子，就算神氣活現地號稱自己是孔子也沒人答理，沒人答理自然心生不滿，心生不滿才會在紙面上奮筆疾書什麼超人理論。我們渴望自由，也得到了自由，但在得到自由之後，卻又覺得不自由，於是陷入苦惱。從這個角度來看，西方文明看似不錯，其實還是不行；相反地，東方自古講究內心修為，這才是正確的。君不見重視個性發展的結果是人人都患了神經衰弱，演變成一發不可收拾的局面。直到這個時候，人們終於體會到『王者之民蕩蕩焉』⑯這句話的價值，也才領悟到『我無為而民自化』⑰這句話的深意，可惜即使開悟也為時已晚，就像一個酗酒者直到患上酒精中毒之後，才懊悔自己不該喝酒。」

「諸位先生說的大都偏向厭世哲學，不曉得是不是我不受教，聽了那麼多卻沒有任何感覺，這是怎麼回事呢？」寒月說道。

「那是因為你娶妻了嘛。」迷亭先生馬上給了解答。

主人聽了以後，突然開口說道，「要是你有了妻室就以為女人真好，那可是天大的錯誤。

---

⑬請參見第429頁注釋㉗。

⑭詹姆斯（Henry James，一八四三～一九一六），生於美國的小說家，長期旅居歐洲，被譽為英美心理主義小說的先驅。

⑮切維切斯民謠（Chevy Chase），十五世紀的英國古民謠，內容描述英格蘭與蘇格蘭的狩獵活動後來演變成一場戰爭。

⑯典出《論語．泰伯》子曰：「大哉，堯之為君也！巍巍乎！唯天為大，唯堯則之。蕩蕩乎！民無能名焉。巍巍乎！其有成功也；煥乎，其有文章！」孔子於這段話中讚揚堯效法天道施行德政。

⑰典出老子《道德經》：「我無為而民自化，我好靜而民自正，我無事而民自富，我無欲而民自樸。」意指上為者施行無為的統治之道，人民自會順應服從。

我來念幾段有趣的文字給你們參考參考，全都好好聽著！」說著，主人拿起先前從書房拿來的一本舊書，「這本書年代久遠，但是讀了以後就知道，女人從那麼古老的時候就很壞了。」

「真有這種書？是什麼時候的書呢？」寒月問道。

「十六世紀的著作，作者名叫湯瑪斯．納什[58]。」

「這就更出乎我的意外了。沒想到從那麼久以前，已經有人講起內人的壞話了。」

「書裡批評女人的壞話可多了，其中一定包括了你的妻子，你好好聽著吧。」

「這當然要洗耳恭聽，受教了。」

「書上寫著：首先應當介紹一下古今賢哲對女性的觀點。……每個人都仔細聽著嗎？」

「都聽著呢！連我這個沒結婚的也聽著。」

「亞裡士多德說：『女子既是禍水，娶妻之時自當取小捨大。禍水大患亦多，禍水小患亦少……』」

「寒月君的妻子是大是小？」

「屬於大禍水那一類的喔。」

「哈哈哈，這本書有意思！快快快，快往下念！」

「某人問曰：『何為最大奇蹟？』賢者答曰：『貞節之婦……』」

「那個賢者是誰？」

「上面沒寫名字。」

「那個賢者大概被女人拋棄過。」

「接下來是第歐根尼[59]。某人問曰：『娶妻以何時為宜？』第歐根尼答曰：『青年尚早，老年已遲。』」

「這位先生是在酒桶裡想出來的吧?[60]」

「畢達哥拉斯[61]曰：『天下三懼事：火，水，女人。』」

「那些希臘的哲學家的思慮太不周詳了。要我來說呢，『天下無懼事。入火而不焚，下水而不溺……』」獨仙先生說到這裡便詞窮了。

「見色而不迷。」迷亭先生立即伸出援手，補上一句。

主人自顧自地往下讀，「蘇格拉底曰：『世人最難之事堪稱馭女駕婦。』狄摩西尼[62]曰：『制敵上上之策乃贈之以女，令其日夜飽受家內風波而困乏不振。』賽內卡[63]將婦女與無知視為世界之兩大災厄。馬可．奧里略[64]曰：『女子難御，可比船行。』普勞圖斯[65]曰：『女人喜著綺羅以掩其與生之醜，實乃下策也。』伐列里烏斯[66]修書一封致友，云：『天下無女子不敢為之事，願

---

58 請參見第419頁注釋21。

59 第歐根尼（Diogenēs，約西元前四一二～西元前三二三），又稱錫諾普的第歐根尼，古希臘哲學家，犬儒學派的代表人物。

60 相傳第歐根尼住在一只大酒桶裡。

61 畢達哥拉斯（Pythagoras，約西元前五七〇～西元前四九五），古希臘哲學家、數學家暨音樂理論家，其發現的畢氏定理為平面幾何數學的重要原理。

62 狄摩西尼（Dēmosthénēs，約西元前三八四～西元前三二二），古希臘的演說家暨雄辯家。

63 賽內卡（Lucius Annaeus Seneca，約西元前四～六五），古羅馬斯多噶學派哲學家。

64 馬可．奧里略（Marcus Aurelius Antoninus Augustus，一二一～一八〇），羅馬皇帝，羅馬帝國五賢帝時代最後一個皇帝，亦是斯多噶派哲學家，著有《沉思錄》。

65 普勞圖斯（Titus Maccius Plautus，西元前二五四～西元前一八四），古羅馬喜劇作家，亦為音樂劇的先驅者之一。

66 伐列里烏斯（Valerius Maximus，生卒年不詳），拉丁文作家暨通俗歷史作家，於西元一四至三七年間有相關記載。

皇天垂憐，勿使汝落其暗計圈套。』又云：『女子者，何也？若非友誼之敵又為何？若非難逭之苦又為何？若非必然之厄又為何？若非自然之誘又為何？若非如蜜之毒又為何？棄之而去者倘為不德，則不棄者愈應責譴。』……」

「老師，已經夠了。聽了這麼多內人的壞話，我已經無話可說了。」

「還有四、五頁，不如順便聽完吧。」

「我看你還是見好就收吧。算算時間，嫂夫人該回來了。」迷亭先生將主人奚落一頓。

就在此時，從餐室那邊傳來太太叫喚女傭的聲音，「阿清，阿清呀！」

「這下子大事不妙嘍了！欸，嫂夫人在家呢。」

「呵呵呵……」主人笑著說，「我才不怕她哩。」

「嫂夫人，我說嫂夫人呀，您什麼時候回來的？」

餐室裡靜悄悄的，沒有人答話。

「嫂夫人，剛才這邊說的話，您都聽見了嗎？嫂夫人？」

依然沒人回答。

「剛剛那些呢，不是尊夫君的意思，他只是拿著十六世紀一個叫湯瑪斯．納什的書照上面念而已，您別在意。」

「沒聽過。」太太遠遠地簡單回了幾個字。寒月低聲笑了起來。

「我也沒聽過。這廂失禮嘍，哈哈哈……」迷亭先生不客氣地高聲朗笑。

忽然間，大門被人喀啦喀啦使勁推開，既沒說有人在嗎，也沒講打擾了，就毫不客氣地踏著大步進了屋裡，旋即粗魯地推開客廳的隔扇。出現在門後的那張臉原來是多多良三平。

三平今日破天荒穿起了雪白的襯衫搭上簇新的西式晨禮服，完全不同以往，右手還拎著繩子捆紮的四瓶啤酒，看來沉甸甸的。他把啤酒往鰹魚乾旁一放，連客套話也沒說，逕自坐了下來，甚至沒有端身跪坐，而是自在地盤起腿來，一派威風凜凜的武士英姿。

「老師，胃病近來好一些嗎？不要總是悶在家裡，對身體可不好咧！」

「說不上是好還是不好。」

「可是，老師的氣色不太好咧！臉看起來有點泛黃。我最近覺得釣魚不錯，從品川租一艘小船去垂釣，……上星期天才剛去過咧。」

「釣到什麼啦？」

「什麼也沒釣上來。」

「釣不到，還覺得有意思嗎？」

「這叫養浩然之氣咧！我問各位，您們釣過魚嗎？釣魚太有意思了。搭一條小船在大海上到處划過來划過去咧！」三平毫不客氣地對著在場的所有人說道。

「我比較想搭一艘大船在小海上到處開過來開過去。」迷亭先生接口說道。

「真要釣魚，至少得釣上鯨魚或是人魚，否則就沒意思了。」寒月答道。

「哪些東西釣得到嗎？文學家就是缺乏常識咧！」

「我可不是文學家。」

「是嗎？那您是做什麼的？像我這樣的商業人士最講究的就是常識了。老師，近來我的常識變得很豐富。成天待在商場上，旁邊的人個個都是那樣，我也自然而然變成那樣咧！」

「變成什麼樣了？」

「拿抽菸來說吧，抽朝日牌和敷島牌的菸可是有失體面。」說著，他掏出一支菸嘴鑲金紙的埃及香菸，大模大樣地吸了起來。

「你有錢這樣揮霍嗎？」

「錢現在還沒有，很快就能掙到了。抽這種菸大大提高了信譽。」

「比起寒月君磨玻璃珠，抽抽菸就能贏得信譽，既輕鬆又不費事，這叫簡便式信譽。」

迷亭先生對寒月說完，寒月還沒開口講話，三平又先說了：

「哦，您就是寒月先生嗎？到現在還是沒能當上博士嗎？因為您沒當上博士，所以就由我接手了。」

「您是說博士學位嗎？」

「不，是金田家的小姐。老師，說真的，我覺得很不好意思，可是那邊一直求我娶了她，我最後才答應下來，可是總覺得對不起寒月先生，心裡過意不去。」

「請千萬別在意。」寒月說道。

「想娶就娶啊。」主人給了個不置可否的答話。

「這可是喜事一樁！所以說，家裡養了什麼樣的女兒都不必發愁嘛。照我剛才說的，只要問一問有沒有人要啊，這不是出現了這麼一位瀟灑的紳士來當乘龍快婿了嗎？東風，新詩的素材有了，快快動筆吧。」迷亭先生對這種事向來格外起勁。

「您就是東風先生嗎？結婚的時候，可以請您為我們寫些東西嗎？我一收到就拿去印刷分送給大家，也希望您能投稿《太陽》[67]咧！」

「好的，我來寫寫。您什麼時候需要？」

「看您的方便。從現成的詩裡選一首也行。至於稿酬，會請您來參加婚宴，讓您喝上香檳酒。您喝過香檳酒嗎？甜得很咧！……老師，我打算請樂隊來婚宴上，如果把東風先生的詩譜成曲子演奏，您覺得如何咧？」

「隨你的便。」

「老師，您能幫忙譜成曲嗎？」

「我哪裡會！」

「請問有哪一位懂音樂的咧？」

「這位落榜的女婿候選人寒月君可是小提琴高手喔！你好好拜託他。不過，區區香檳酒恐怕請不動他。」

「香檳酒的種類可多了咧，四、五圓一瓶的不夠好，我請人喝的可不是那種便宜貨。可以請您幫忙譜一曲嗎？」

「當然沒問題！即使給我喝兩角錢一瓶的香檳酒我也答應，或者免費做了送您也行。」

「怎麼可以免費，謝禮一定會給。如果不喜歡香檳酒，這樣的謝禮您中意嗎？」三平說著，從外套的內袋掏出七、八張照片隨意擺到榻席上。有半身照，有全身照；有站著的，有坐著的；有穿著和服褲裙的，有穿著長袖和服的，還有挽著高島田髮式的。影中人全是妙齡女子。

「老師您看，有這麼多人選咧。我可以為寒月先生和東風先生各介紹一位當作謝禮。您覺

---

⑥⑦ 由博文館出版社於一八九五年開始發行的月刊，為日本第一本綜合雜誌，發行量相當大。一九二八年停刊。

得這位如何？」說著，他拿起一張遞到寒月面前。

「這個好！請務必介紹！」

「這個您也喜歡嗎？」三平又遞過去一張。

「這個也好！請務必介紹！」

「要介紹哪一個？」

「哪一個都好。」

「您還真多情。老師，這位是博士的侄女。」

「這樣啊。」

「這一位特別溫柔，年紀也輕，才十七歲。……如果娶這一位，有一千圓當嫁妝咧。……

這一位是縣長千金。」三平一個人說得舌粲蓮花。

「我不能統統都要嗎？」

「您全都要？未免太貪心了。您是一夫多妻主義者嗎？」

「我不是多妻主義者，而是肉食論者。」

「是什麼都行！快把那些玩意收起來好不好！」主人大聲斥責。

「這樣的話，一個都不要了。」三平邊確認邊把照片一張張收回了內袋裡。

「那些啤酒是怎麼回事？」

「送您的禮物。我在轉角口的酒鋪買來和老師提前慶祝，請各位同享。」

主人拍手喚來女傭打開瓶蓋。主人、迷亭先生、獨仙先生、寒月、東風，這五位端起酒杯，誠心祝賀三平抱得佳人歸。三平非常高興地說：

「我想邀請今天在座的各位來參加我的婚禮，各位願意賞光嗎？應該會來吧？」

「我可不去。」主人立刻告知。

「為什麼不來呢？這可是我這輩子唯一一次婚禮，您不出席嗎？有些不近人情咧。」

「不是不近人情，反正我不去。」

「您是擔心沒有合適的禮服嗎？頂多缺外褂和裙褲，我一定幫您張羅來咧。老師，您該出來多交際交際，我介紹名人給您認識。」

「不必啦！」

「可以治胃病咧！」

「治不好也沒關係。」

「您那麼堅持我也沒辦法勉強了。您呢？願意賞光嗎？」

「我嗎？一定到場。如果有這份榮幸，我很願意當二位的媒人唱交杯詞呢：三三九獻交杯酒[68]，香檳迷人春宵短。……怎麼，媒人是鈴木藤十郎兄？果然不出我所料。雖然遺憾，也只好這樣了。兩個媒人未免太多了，我就當個賓客出席囉。」

「您願意來嗎？」

「你問我嗎？一竿風月閒生計，人釣白蘋紅蓼間。」

「那是什麼？《唐詩選》裡的嗎？」

---

[68]日本傳統婚禮新人的交杯換盞儀式。每人各喝三杯酒、每杯要分三口飲完，合計九次。

「我也不知道是什麼。」

「您不知道，又是誰會知道呢？……寒月先生願意賞光吧？畢竟有那麼一層因緣咧。」

「一定出席。若是錯過樂隊演奏我作的曲子，可就太遺憾了。」

「那是當然！東風先生，您呢？」

「這個嘛，我想在新郎新娘面前朗誦新詩。」

「那太好了！老師，我有生以來從沒這麼高興過，所以要再喝一杯啤酒咧！」三平說完，端起自己買來的啤酒大口牛飲，喝得滿臉通紅。

秋天的太陽下山快，已到了黃昏時候。我瞥一眼火盆，火早就滅了，裡面散亂著捲菸的屍骸。這群清閒的人士也有些意興闌珊了。「時候已經不早，該走了。」獨仙先生第一個起身。「我也回去了。」其他人紛紛跟著告辭，走向玄關。客廳彷彿曲藝場子散了似的，一時冷清了下來。

用過晚餐，主人進了書房。太太覺得有些冷，攏了攏衣襟，手上縫著一件洗得褪色的家居服。幾個孩子躺得整整齊齊睡下。女傭洗浴去了。

這些人看似一派悠然閒適，倘若輕輕敲一敲他們的內心，必然會發出悲涼的聲音。獨仙先生貌似已經悟道入化，其實兩腳還牢牢踩在大地之上，並未翩然成仙。迷亭先生也許自在逍遙，但他的世界並不是畫中那幅美麗之境。寒月終究不再磨玻璃珠，從家鄉帶著妻子來到這裡。理當如此。然而，理當如此的生活過了太久也會覺得無聊吧。東風再過十年，想必會幡然悔悟自己當年貿然獻上新詩的過錯。至於三平，很難辨別他是個依山之人還是傍水之人，反正他這一生曾經請人喝過香檳酒也就心滿意足了。鈴木藤十郎先生以後照樣摸爬滾打，摸爬滾打免不了沾染汙泥；即使身上沾染汙泥，總比不擅摸爬滾打的人來得神氣。我投生為貓來到人間，一轉眼已有兩年多了。原以為貓族當中就屬我最見多識廣了，沒想到前些時候忽然出現了一隻素未謀面的公貓同胞[69]，態度不可一世[70]，嚇了我一跳。聽說他的名字叫作摩爾。我仔細打聽之下才曉得，原來他差不多一百年前已經死了，這回是因為忍不住好奇才化為幽靈，特地從遙遠的冥土出差來此地嚇唬我。我還聽說他去見母親之前，叼了一條魚當作見面禮，可是半路上實在嘴饞，居然自己吃掉了。這隻貓雖然不孝，但是才華橫溢不亞於人類，所作的詩讓主人為之驚艷。既然上一個世紀就出現這樣的豪傑人物了，那麼像我這樣的平庸之輩早該告退，歸返無何有之鄉[71]了。

主人早晚會因胃疾而喪命。金田老爺已經死在貪得無厭之中了。秋葉已然凋零殆盡。世間萬物終將難逃一死，活著也沒有多大用處，或許早點死了才是明智之舉。按照幾位先生的看法，人類的命運最終將走向自殺一途。我得留神一些，免得來世投胎到那種處處束縛的地方，太可怕了！心情有些鬱悶，不如喝點三平帶來的啤酒提振精神吧。

我繞去灶房。油燈不知道什麼時候滅了。可能是由細細的門隙鑽了進來的秋風撲熄的。窗子映入了夜色，天上應該掛著清月。托盤上擺著三只玻璃杯，其中兩只有半剩的褐色水液。即使是熱開水，倒進玻璃杯看起來就是有一股涼意，何況杯中的褐色水液靜靜地倚在滅火罐旁，在寒夜冷月的映照下，不待沾脣已經感到沁肌之凍，我實在不想喝了。不過，我總得試上一試。三平

---

[69] 德國作家霍夫曼（Ernst Theodor Wilhelm Hoffmann，一七七六～一八二二，亦為作曲家，寫作風格相當特殊），在小說《公貓摩爾的人生觀》（*Lebensansichten des Katers Murr*，一八一九年出版）中，藉由一隻會寫作的公貓摩爾來影射德國市儈典型。

[70] 一九〇六年，德國文學研究家藤代素人（夏目漱石的朋友），於《新小說》雜誌發表〈貓文士氣焰錄〉，以「卡特．摩爾口述，藤代素人記錄」的戲謔文體撰寫，並在文中以摩爾的口吻抱怨〈我是貓〉裡面的那隻貓沒有提到自己，很沒禮貌。

[71] 語出《莊子．逍遙游》：「今子有大樹，患其無用，何不樹之於無何有之鄉，廣莫之野。」意思是空無一物的地方，比喻虛幻之境。

喝下那種水之後變得滿臉通紅，連呼出來的氣都是熱烘烘的，我這隻貓若是喝了它，應該也會快活起來吧。反正這條命今天在明天未必還在，什麼事都該趁著還有一口氣的時候嘗個新鮮，千萬別等到死了以後才躺在墳裡懊悔，那就什麼都來不及了。我下定決心喝喝看，鼓起勇氣伸進舌頭吧嗒吧嗒舔了舔，頓時嚇了一大跳。我的舌尖彷彿被針扎了似的，刺刺麻麻的。真不懂人類為什麼喜歡喝這種臭臭的東西。這玩意貓族實在喝不下去。再怎麼想，貓和啤酒都湊不到一塊去。當真喝不得。我把探出去的舌頭縮了回來。可是轉念一想，人類常把良藥苦口這句話掛在嘴上，染了風寒時就皺著眉頭服用奇怪的東西。我到現在都還想不透：到底是因為服用才治好的，還是為了治好才服用的。這下恰好有機會得到答案，就用啤酒來解開這個迷團吧。假如喝下以後五髒六腑都發苦那就算了，若是能變得像三平那樣快活，把一切拋到腦後，可就是空前的收獲，可以拿去教給這一帶的貓族同胞學習。總之，我的命運就交給上蒼決定了。我拿定主意，再一次伸出舌頭。睜著眼睛喝不舒服，我乾脆把兩眼閉得緊緊的，重新吧嗒吧嗒地舔了起來。

我忍耐又忍耐，終於把一只杯子裡的啤酒喝完了，一種奇怪的症狀緊接著出現了。最先是舌頭麻麻刺刺的，嘴裡發苦，像是被人壓著我的臉似的。喝著喝著，愈來愈舒服了。當我把第一只杯子喝光的時候，已經不怎麼難受了。我心想不礙事，輕輕鬆鬆地繼續喝完第二只杯子裡的啤酒，順便把灑在托盤上的酒滴也舔進肚子裡。托盤彷彿擦拭過一般，變得乾乾淨淨。

接下來，我蹲坐著一動不動，想觀察自己身體的變化。漸漸地，我的身體發熱，眼神發直，耳朵發燙。我想唱歌，想跳〈貓兒貓兒〉舞㊼。我想咒罵主人和迷亭先生和獨仙先生「統統去吃屎吧！」我想狠狠地抓撓金田老爺一頓，想把金田夫人的鼻子咬下一塊。我想做好多好多事。最後，我左搖右晃地想站起來，站起來以後又想踉踉蹌蹌地走動。走著走著實在有意思，我於是想到外面去，去外面向月亮姐姐道晚安。太開心了！

所謂的陶然自樂，應該就是形容我現在的感覺吧。我隨著興致到處走走，既像散步又不大像，就這樣有一步沒一步地移動著失去力氣的腿。不知道為什麼，我愈來愈睏，幾乎分不清自己到底是在睡覺還是在走路。我想睜開眼睛，可是眼皮重得要命。到了這個地步，只好聽天由命了。前面是高山也好，是大海也罷，統統都不怕。我才抬起軟綿綿的前腳往前一踏，噗通一聲，我心頭大驚——完了！我連思索為什麼完了的時間都沒有，甚至連來不來得及發現自己完了都不確定，就這樣一陣天旋地轉。

等我回過神來，自己正浮在水面上。我好難受，伸出爪子拚命地抓，可是怎麼抓都只抓到水，而且一用力抓，整個身子就沉進水裡。我只好雙管齊下，後腿往上蹬的時候前腳同時朝上抓，這回終於微微聽到了鏘的一聲，隱約感覺碰到堅硬的東西了。我的頭好半天才掙扎出水面，往周圍一看，這才明白原來自己掉進一口大水缸裡。在入秋之前，有一種名叫雨久花的水草在這口大水缸裡長得滿滿的，後來都被綽號勘左衛門的烏鴉群吃了精光，吃光了以後竟然還用這口缸洗澡。洗著洗著，缸裡的水就少了，水一少，烏鴉就不來了。前些天我還在想，這缸裡的水少了一大半，最近都沒看到烏鴉來了，連作夢也沒想到，我居然代替烏鴉在這裡洗起澡來了！

水面離缸緣約莫四寸多，我就是伸長了腳也搆不到，就算使勁蹬也跳不出去。要是什麼都不做，就只能等著沉到缸底。我怎麼掙扎也只有爪子撓到缸壁的聲響。撓到缸壁時，身子好像稍

⑫請參考第51頁注釋④。

微浮起來一些，可是爪子一滑落，身子又立刻往下沉進水裡。但是我在水裡面太難受了，忍不住又探出腳往上猛撓。就這樣來來回回好一陣子，我已經累了，心裡雖然急得很，但是腳卻又不怎麼聽使喚。到後來，我已經分不清自己究竟是為了沉下去而撓缸壁，還是為了撓缸壁才沉下去的。

就在這種痛苦中，我有了一個想法。我之所以受著這樣的折磨，無非是企求爬出水缸。我一心一意想爬出水缸，但也非常清楚根本爬不上去。我的腳長還不到三寸，就算身子浮到水面上，從水面使盡吃奶的力氣伸長了腿，仍然搆不到五寸外的缸緣。既然搆不到缸緣，抓撓再多下、內心再焦急也沒用，縱使耗上一百年拚盡全力，照樣不可能爬得出去。明知道爬不出去卻非爬出去不可，這叫不切實際。就是因為不切實際還妄想能夠成真，才會這麼痛苦。太荒唐了！像這樣自討苦吃又自尋折磨，根本是愚蠢的行為。

我心想：算了吧，順其自然，我不想再撓缸壁了。於是，我放鬆前腳的力氣，放鬆後腿的力氣，放鬆頭和尾巴的力氣，不再抵抗了。

我漸漸得到解脫。我分不出現在是痛苦還是慶幸，也不知道自己是在水裡還是客廳。反正在哪裡做什麼都無所謂了。我只感到解脫，……不對，就連解脫與否也感覺不到。日月隕落，天地崩裂，我已進入奇妙的安詳境地。我就要死了。死了以後可以得到這份安詳。這份安詳必須死了以後才能得到。

南無阿彌陀佛，南無阿彌陀佛。感恩老天爺，多謝老天爺。